GENEVA LEE
SEXY RICH VAMPIRES
BLUTIGE VERSUCHUNG

Autorin

Geneva Lee ist eine hoffnungslose Romantikerin und liebt Geschichten mit starken, gefährlichen Helden. Mit der »Royals«-Saga, der Liebesgeschichte zwischen dem englischen Kronprinzen Alexander und der bürgerlichen Clara, eroberte sie die internationalen Bestsellerlisten. Auch die »Rivals«-Reihe traf mitten ins Herz ihrer Leser*innen. Mit ihrer neuen Trilogie, den »Sexy Rich Vampires«, begibt sich die SPIEGEL-Bestsellerautorin zum ersten Mal in die Welt der Fantastik – ohne dabei aber den großen Gefühlen, der Leidenschaft und dem Luxus untreu zu werden. Geneva Lee lebt zusammen mit ihrer Familie im Mittleren Westen der USA.

Von Geneva Lee bereits bei Blanvalet erschienen:

Die »Royals«-Saga:

Clara und Alexander:
Band 1 – Royal Passion
Band 2 – Royal Desire
Band 3 – Royal Love
Band 1 aus der Sicht des Prinzen – His Royal Passion

Belle und Smith:
Band 4 – Royal Dream
Band 5 – Royal Kiss
Band 6 – Royal Forever

Clara und Alexander – Die große Liebesgeschichte geht weiter:
Band 7 – Royal Destiny
Band 8 – Royal Games
Band 9 – Royal Lies
Band 10 – Royal Secrets

Die »Rivals«-Reihe:

Band 1 – Black Roses
Band 2 – Back Diamonds
Band 3 – Black Hearts

Die »Sexy Rich Vampires«-Reihe:

Band 1 – Blutige Versuchung
Band 2 – Unsterbliche Sehnsucht
Band 3 – Nächtliche Sünde

GENEVA LEE

Sexy Rich Vampires

Blutige Versuchung

Deutsch von Wolfgang Thon

blanvalet

Die Originalausgabe erschien 2022 unter dem Titel
»FILTHY RICH VAMPIRE« bei Estate Publishing + Media.

Die Verse in Kapitel 25 stammen aus dem Gedicht
La Belle Dame Sans Merci. In: Keats, John: Gedichte.
Übertragen von Gisela Etzel, Leipzig, 1910.

Der Verlag behält sich die Verwertung der urheberrechtlich
geschützten Inhalte dieses Werkes für Zwecke des Text- und
Data-Minings nach § 44 b UrhG ausdrücklich vor.
Jegliche unbefugte Nutzung ist hiermit ausgeschlossen.

Penguin Random House Verlagsgruppe FSC® N001967

3. Auflage 2024
Copyright der Originalausgabe © 2022 by Geneva Lee
Copyright der deutschsprachigen Ausgabe © 2023 by Blanvalet
in der Penguin Random House Verlagsgruppe GmbH,
Neumarkter Straße 28, 81673 München
Redaktion: Susann Rehlein
Umschlaggestaltung: Isabelle Hirtz, Hamburg,
nach einer Originalvorlage von Estate Publishing + Media
Coverdesign: © Estate Books
JS · Herstellung: sam
Satz: Satz: Uhl + Massopust, Aalen
Druck und Bindung: GGP Media GmbH, Pößneck
Printed in Germany
ISBN 978-3-7341-6370-8

www.blanvalet.de

Für Louise

*Die ewig darauf gewartet hat,
dass ich endlich
das verdammte Vampirbuch schreibe*

JULIAN

»Welches Jahr haben wir?«

Ich blinzelte und hob die Hand, um meine Augen zu schützen.

Blendendes Tageslicht drang durch die Fenster herein und machte es unmöglich, etwas zu sehen. Dennoch war einiges ersichtlich:

Die Welt war nicht untergegangen.
Trotzdem war ich wach.
Und jemand hatte die Jalousien hochgezogen.

Es gab nur eine Person, die wusste, wo ich die Fernbedienung für die Jalousien aufbewahrte – die einzige Person, der ich vertrauen konnte. Sie wusste, dass es nicht nur dumm, sondern auch gefährlich war, mich zu wecken. Sie hatte gesehen, wie ich dafür jemanden geköpft hatte.

Sie hatte die Jalousien trotzdem hochgezogen.

Wenn meine Assistentin mich gestört hatte, musste es dafür einen guten Grund geben. Zumindest wäre das sehr ratsam für sie.

Celia bewegte sich geräuschlos durch den Raum, als die Jalousien zu Ende hochfuhren und die raumhohen Fenster freigaben. Das Licht funkelte an der Decke und tanzte im

Rhythmus der Wellen draußen. Ruhig. Friedlich. Das einzige Geräusch kam vom Rauschen der Brandung. Ich war ganz allein. So war es mir am liebsten. Menschen störten mich hier nicht – außer Celia, wie es schien. Nicht allein, dass sie mich geweckt hatte – jetzt schlich sie auch noch vorsichtig um mein Bett herum. Sie wusste ganz genau, dass sie besser nicht in die Reichweite eines Vampirs kommen sollte, der seit Jahrzehnten keine warme Mahlzeit zu sich genommen hatte.

»Dich beiße ich doch nicht«, versicherte ich ihr.

Celia schnaubte und blieb auf Abstand. »Das habe ich schon mal gehört, also warte ich lieber, bis ich wirklich sicher sein kann, dass du dich wie ein Gentleman benimmst.«

»Das könnte eine Weile dauern.« Ich schnitt eine Grimasse und rieb mir mit der Handfläche über den Nacken. Ich war nach meinem bösen Erwachen noch recht ungnädig.

»Davon bin ich überzeugt.« Sie war damit beschäftigt, die Gegenstände auf einem Silbertablett zu ordnen.

Fast hätte ich laut geknurrt, aber ich hielt meine Wut im Zaum und biss die Zähne zusammen. »Warum bin ich wach?«, fuhr ich sie an. »Und welches verdammte Jahr haben wir?«

»Ich rede erst mit dir, wenn du nicht mehr so übellaunig bist.« Sie blickte dabei nicht von ihrer Beschäftigung auf. Ihr silbrig-weißes Haar reichte ihr bis über die Schulter und verwehrte mir den Blick in ihr Gesicht. Aber ich hörte das Grinsen heraus, das sie verbarg. Wie schön, dass wenigstens sie sich amüsierte.

Ich versuchte es etwas höflicher. »Welches Jahr haben wir, *bitte*?«

»Es ist 2021, Sir.« Sie wandte sich mir zu und schenkte mir ein süßes Lächeln. Ich war nicht so dumm, mich davon einlullen zu lassen. Celia konnte einem Mann das Herz aus der

Brust reißen, ohne sich dabei einen Nagel abzubrechen. Ich hatte sie dabei beobachtet – mehr als einmal.

»Mein Gott, ich hatte gehofft, noch ein paar Jahrzehnte dranhängen zu können.«

Sie presste die Lippen zusammen, und das Lächeln erlosch, aber sie antwortete nicht, zuckte nur mit ihren schmalen Schultern. Ich betrachtete sie einen Moment, um herauszufinden, was ich verpasst hatte. Aber ihr war nichts anzumerken. Sie sah genauso aus wie vor ein paar Dutzend Jahren. Die Narbe, die sich über eine Gesichtshälfte zog – das Souvenir eines früheren Liebhabers –, war nicht überschminkt. Als Sterbliche hatte sie sie versteckt, als Vampirin trug sie sie mit Stolz. Sie sah sie als Beweis dafür, dass sie überlebt hatte, und als Warnung an jeden, der sie in Zukunft verletzen wollte. Das war einer der Gründe, warum ich ihr vertraute. Sie machte sich nicht die Mühe, ihre Vergangenheit zu verstecken oder zu verbergen, wer sie jetzt war. Sie stand dazu.

Aber obwohl ich ihr vertraute, spürte ich, dass sie mir etwas verheimlichte.

Das verhieß nichts Gutes.

Ich wollte mich aufsetzen und riss dabei fast eine Infusion aus meinem Unterarm. Ich blickte auf den roten Strom, der durch den Schlauch floss, und seufzte. Es war eine fürsorgliche Geste von ihr, aber ein weiteres Indiz dafür, dass mein Nickerchen endgültig vorbei war. Ich lehnte mich an das Bambus-Kopfteil, um das Ende der Transfusion abzuwarten. Sie sollte meinen schlimmsten Hunger stillen, und verhindern, dass mir der Kragen platzte.

Hoffentlich.

Inzwischen war ich hellwach und richtete meine Aufmerksamkeit auf das türkisfarbene Wasser, das gegen das Haus plätscherte. Streng genommen war es gar kein Haus. Mein Wohnsitz nahm eine ganze Insel in der Nähe von Key West ein, lag aber in internationalen Gewässern. Im Gegensatz zu den Keys war die Insel also jeder staatlichen Kontrolle entzogen. Ich hatte das bewusst so eingerichtet und wollte damit allen klarmachen: *Lasst mich verdammt noch mal in Ruhe!*

Ich hatte die ganze Insel zu meinem Zufluchtsort gemacht. Mein Schlafzimmer war so gebaut, dass es über das Wasser ragte, drei Wände umgeben von nichts als dem weiten, unendlichen Blau des Ozeans. Der Rest der Insel war so groß wie ein voll funktionsfähiges Resort, und eine ausgewählte Gruppe von Vampiren und Menschen lebte fast das ganze Jahr über auf den dreihundert Hektar und verließ sie nur während der Hurrikan-Saison. Es war entspannend hier – ein Luxus, den ich so lange wie möglich auskosten wollte. Celia musste einen verdammt guten Grund haben, mich zu wecken.

»Ist irgendwas passiert, während ich weg war?«

»Eine ganze Menge. Da ist ein Dossier mit den wichtigsten Ereignissen, den letzten vier Präsidenten und verschiedenen Staatsoberhäuptern, außerdem die Zeitung von heute Morgen.« Sie war anscheinend überzeugt, dass ich kein Beißrisiko mehr darstellte, denn sie platzierte das silberne Tablett neben mir im Bett. Sie drehte sich um und inspizierte den Blutbeutel, dessen Inhalt in meinen Arm sickerte. »Der ist leer. Soll ich einen neuen holen?«

Ich schüttelte den Kopf. Je älter ich wurde, desto weniger Blut brauchte ich nach dem Aufwachen. Ich nahm das *Wall Street Journal* und überflog die Schlagzeilen. Meine Mundwinkel sanken bei jeder Nachricht tiefer. Das Dossier war noch deprimierender. »Wie konnte dieser Schwachkopf gewählt werden?« Ich blätterte die Seite um. »Oder der da?«

Ich ließ die Zeitung auf das Bett fallen. Die Achtziger waren ein Affentheater gewesen: zu viel Haar, zu viele Schulterpolster und viel zu viel Kokain. Das hatte meinen Geschwistern und vielen anderen Vampiren sehr gut gefallen. Aber ich hatte eine Pause gebraucht. Von den Partys. Von meiner Familie. Von allem. Es war mir damit ernst gewesen, als ich Celia befahl, mich bis zum Jüngsten Tag in meinem Schlafzimmer in Ruhe zu lassen.

Wieso hatte sie mich geweckt? Ich stieß die Bettdecke beiseite.

Ich schlief am liebsten nackt und konnte gleich sehen, dass die Blutinfusion bereits gewirkt hatte. Ich fuhr mit der Handfläche über meinen Bauch, der noch genauso definiert war wie damals, als ich mich zur Ruhe gebettet hatte. Als ich die Zehen beugte, stellte ich fest, dass meine Oberschenkel und die Waden schon wieder Muskelmasse aufgebaut hatten. Nichts deutete darauf hin, dass ich fast drei Jahrzehnte lang geschlafen hatte, außer vielleicht die hartnäckige Erektion, die mir meine Träume beschert hatten. Ich war hinter einer Frau her gewesen. Das war der einzige Traum, an den ich mich erinnern konnte. Ich hatte sie nie erwischt. Das Ergebnis waren ein jahrzehntelanger Samenstau und ein Ständer, der ebenso lästig wie schmerzhaft war.

Celia enthielt sich jeglichen Kommentars, was ihr weitere Pluspunkte bei mir einbrachte.

»Also, was mein vorzeitiges Wecken anbetrifft ...« Ich versuchte mich an meinem charmantesten Lächeln, aber es hing schief auf meinen Lippen, die ich so lange nicht benutzt hatte.

»Deine Mutter hat dich nach Hause zitiert.« Sie ignorierte meine säuerliche Miene. »Ich habe den Jet bereitstellen lassen, aber ich sollte ...«

Bevor sie den Satz beenden oder erklären konnte, wofür meine Mutter ihren ältesten Sohn benötigte, schwang die Tür zu meinem Zimmer auf. Eine vertraute Gestalt stand im Türrahmen und grinste irre, als wären nicht Jahrzehnte vergangen, seit wir uns das letzte Mal gesehen hatten. Sebastian Rousseaux war nicht mein leiblicher, sondern mein Blutsbruder. Somit unterschieden wir uns vom Aussehen und vom Temperament her sehr deutlich. Als ich ihn das letzte Mal gesehen hatte, trug er gebleichtes, stacheliges Haar. Er hatte sich der Punkrock-Szene zugewandt. Sebastian hatte jede Sekunde der verdorbenen Achtzigerjahre genossen. Menschen, die sich Exzessen hingaben, waren leicht zu manipulieren, und Vampire – die, wie sich herausstellte, Kokain ebenso liebten wie Opium – konnten der Versuchung kaum widerstehen.

Und niemand liebte Drogen und Menschen mehr als Sebastian.

Sein Haar war in den vergangenen Jahren länger geworden und zu seinem natürlichen Blond verblasst. Den Ohrring und das Hundehalsband, die damals sein Markenzeichen waren, hatte er abgelegt, aber die Bikerjacke beibehalten. Er trug sie jetzt über einem schwarzen T-Shirt und einer weiten, abgetragenen Levi's.

Ich erfasste das alles mit einem einzigen Blick, als die Tür aufflog. Sebastian sah zwar anders aus, aber seine Unverfrorenheit war die alte, denn eine halb angezogene Frau lehnte schief an ihm.

»Guten Morgen, Bruder«, rief Sebastian fröhlich. »Ich habe dir eine Blondine mitgebracht.«

Der Kopf des Mädchens wackelte ein wenig, und sie blinzelte verträumt zu mir herüber. Sie war bei Bewusstsein. Jedenfalls weitgehend. Ihr Blick glitt anerkennend an meinem Körper hinunter, bis er meine Leistengegend erreichte und dort einrastete. Ihr Kiefer klappte herunter, und sie starrte mich mit großen Augen an.

»Nette Geste«, sagte ich trocken. Ich warf die Decke wieder über meinen Schritt, um ihr den Blick auf meinen Schwanz zu versperren. »Aber ich habe keinen Appetit.«

»Wer's glaubt.«

»Was führt dich her?« Sebastian antwortete nicht.

Es war kein gutes Zeichen, wenn ich nach langem Schlaf erwachte und ihn in meinem Haus antraf. Oder irgendwelche anderen Geschwister. Er schob die Frau in seinen anderen Arm wie eine Puppe. Sie streckte die Arme aus und klammerte sich an seine Schulter.

»Anscheinend bevorzugst du die Transfusion«, sagte er und verzog angewidert das Gesicht, als Celia mit dem leeren Blutbeutel an ihm vorbeiging. »Aber dem Fahnenmast zwischen deinen Beinen nach zu urteilen, könntest du sie für etwas anderes benutzen.«

»Das wird nicht nötig sein.« Doch ich hätte genauso gut mit der Wand sprechen können, denn Sebastian flüsterte der Frau bereits etwas ein.

»Sag ihm, wie gern du reitest.«

»Ich reite sooo gern«, sagte sie mit verträumter Stimme. »Wie wär's mit einer Runde?«

»Siehst du? Das Fleisch ist willig.« Sebastian betrat den Raum. Er hatte es nicht so eilig wie die meisten Vampire seines Alters, die ihre Schnelligkeit abfeierten. Nein, mein Bruder hatte die Kunst perfektioniert, sich Zeit zu lassen. Als er schließlich das Bett erreichte, schubste er sie darauf.

Sie ließ sich auf alle viere fallen und kroch auf mich zu, aber ich hob die Hand.

»Dein Willkommensgeschenk ist wirklich rührend, aber Celia wollte mir gerade erklären, warum zum Teufel ich wach bin.«

»Darf ich ihm die gute Nachricht überbringen?«, fragte Sebastian Celia, die zustimmend den Kopf neigte. Doch während Sebastian weiter unablässig grinste, formten ihre Lippen einen grimmigen Schrägstrich.

Was meinen Bruder amüsierte und Celia beunruhigte, würde mich aufregen, das wusste ich jetzt schon.

»Dann verständige ich die Piloten, dass wir unterwegs sind.« Sie eilte hinaus.

Ich hatte noch nie erlebt, dass sie so ängstlich vor etwas Reißaus nahm. Ich verstand das nicht. Sofern es keine finanzielle Katastrophe gegeben hatte, garantierte der Familienname Rousseaux immer noch offene Türen und unkomplizierte Bürokratie. Der Jet würde bereitstehen, um mich zu der Privatresidenz meiner Mutter zu bringen, sobald ich ihn anforderte. Unsere Familie besaß mehr als fünfzig Anwesen, die über die ganze Welt verstreut waren – das Ergebnis eines Immobilienportfolios, das über Jahrhunderte gepflegt worden war.

Wir beschäftigten Privatpiloten, besaßen mehrere Flugzeuge. Celia brauchte sich also nicht bei den Piloten zu melden. Sie suchte nur die sichere Distanz, bevor mein Bruder die Bombe zündete.

Es musste eine verdammt schlechte Nachricht sein.

»Was will Mutter?«, fragte ich ihn, sobald Celia gegangen war. Das blonde Mädchen legte sich ans Fußende des Bettes und schlief umstandslos ein, wobei sie ein bisschen an eine Hauskatze erinnerte. Er musste ihr eine gehörige Portion Vampirgift eingeflößt haben, bevor er sie herbrachte. Sie war völlig zugedröhnt.

»Kommst wie immer gleich zur Sache.« Sebastian ließ sich in einen Sessel an der Fensterfront fallen. »Interessiert dich denn gar nicht, was ich so treibe?«

»Frauen und Drogen, nehme ich an.« Wahrscheinlich auch ein paar Männer. Aber ich sprach es nicht laut aus. Sebastian gewährte neuen Erfahrungen immer Spielraum, vor allem im Bett.

»Ich hatte eine Zeit lang eine andere Band.« Sebastian legte nachdenklich den Kopf schief. »Vor allem wegen der Frauen und der Drogen. Andererseits hatte in den Neunzigern so ziemlich jeder eine Band. Es war wie in den Sechzigern.«

»Tut mir leid, dass ich das verpasst habe«, stieß ich hervor. Doch es tat mir überhaupt nicht leid. Die Unsterblichkeit hatte Sebastian nicht mit musikalischen Talenten ausgestattet. Trotzdem war er von Musik so besessen, dass mir ein paar misslungene Sinfonien und eine grauenvolle Oper nicht erspart geblieben waren. Aber Punk hatte schließlich für ihn gepasst, weil da meistens sowieso nur gebrüllt wurde.

»Oh, und die hier sind gerade richtig angesagt.« Er warf mir einen kleinen schwarzen Gegenstand zu.

Ich fing ihn mit der rechten Hand und betrachtete ihn einen Moment lang. Als ich ihn umdrehte, leuchtete ein Bild auf, außerdem wurden die Uhrzeit und eine Reihe kleiner Symbole angezeigt. »Was ist das?«

»Telefon«, erklärte er.

»Das ist ein Telefon?« Ich schüttelte den Kopf. »Das hat die Menschheit beschäftigt? Sag mir, dass sie wenigstens den Krebs geheilt haben.«

»Es ist auch eine Kamera«, fuhr Sebastian fort und reckte sich in seinem Sessel. »Und das Internet. Warte, verdammt, gab es das überhaupt schon, als du dich hingelegt hast?«

Es war wohl die Stunde des Zeigens und Erzählens. Ich

ließ das Telefon aufs Bett fallen. Es fühlte sich zwar zerbrechlich an, war aber bestimmt nicht schwer zu bedienen. Später würde ich von Celia einen weniger narzisstischen Überblick über die wichtigsten politischen, technologischen und kulturellen Ereignisse bekommen, die ich verpasst hatte. Im Moment musste ich Sebastians Ego in die richtige Richtung lenken.

»Also, warum bist du hier?«, fragte ich.

Sein Mund verzog sich zu einem wölfischen Grinsen. »Mutter will uns auf den neuesten Stand bringen.«

»Ich sollte lieber nicht wach sein, wenn Mom sentimentale Wallungen bekommt.« Das ging nie gut aus. Als der gesamte Rousseaux-Clan zum letzten Mal am gleichen Ort gewesen war, hatten wir die Aufmerksamkeit der ganzen Stadt auf uns gezogen. Als wir es merkten, war es schon zu spät gewesen.

»Oh nein, keine Feier, das hier ist eine offizielle Vorladung.« Das Lächeln wurde breiter und zeigte ein blendend weißes Gebiss, das in Sekundenschnelle kampfunfähig machen und zerfetzen konnte. »Ich gebe dir einen Tipp: Das letzte Mal ist ungefähr fünfzig Jahre her.«

Ich nahm wieder das Telefon in die Hand und schaute auf das Display. Unter der Uhrzeit stand ein Datum. Ich stöhnte auf, als ich Oktober las. Fünfzig Jahre. Oktober. Alles passte. Wie hatte ich mir nur einbilden können, dass ich da rauskommen würde? Es war einfach nicht aufzuhalten.

Ich hatte mich in der Erwartung schlafen gelegt, dass die Menschheit der Erde den Rest geben würde, während ich weg war. Damals steuerte sie mit halsbrecherischer Geschwindigkeit auf die totale Selbstzerstörung zu. Ich hatte es nicht länger mit ansehen können. Aber jetzt war ich hier und nicht tot, und angesichts des drohenden Vampirtreffens wünschte ich, sie hätten es getan. Der Weltuntergang hätte mehr Spaß gemacht als das, was mir bevorstand.

»Mist«, stöhnte ich. »Pfähle mich einfach. Ich schreibe dir einen Zettel, auf dem steht, dass ich darum gebeten habe.«

»Kopf hoch, Bruder.« Seine Augen funkelten, was mir nur noch mehr Angst vor dem machte, was er zu sagen hatte. »Das ist nicht irgendein Treffen. Die Riten werden wieder abgehalten. Du weißt, was das bedeutet.«

Jetzt verstand ich die Selbstgefälligkeit meines Bruders. Sowieso trafen Vampire sich alle fünfzig Jahre, um voreinander aufzutrumpfen und den Reichtum und die Trophäen zu präsentieren, die sie seit der letzten Versammlung zusammengerafft hatten. Aber die Riten waren eine Art archaisches Paarungsritual. Traditionell wurden sie alle paar Jahrhunderte abgehalten. Während der Riten speisten die Vampire mit – und von – ihren Familienangehörigen, den Nachkommen einst mächtiger Hexen. Beide Gruppen suchten nach Partnern, einem passenden Brut-Consort, die neue, reinblütige Vampire hervorbringen, um Allianzen zu fördern und die ohnehin schon aufgeblähten Egos weiter zu stärken. Im zwanzigsten Jahrhundert war der Quatsch aus der Mode gekommen. Aber nun war ich wohl fällig.

»Du brauchst gar nicht so selbstzufrieden zu glotzen«, warnte ich ihn. »Eines Tages bist du auch an der Reihe.«

»Ich schätze, ich habe noch ein paar Jahrhunderte Zeit, falls du es nicht vermasselst.«

Die Einladung unserer Mutter zu ignorieren war ausgeschlossen. Das wussten wir beide.

»Ein Rousseaux tritt an, wenn die Pflicht ruft«, sagte ich seufzend und langte nach der Blondine, weil mir plötzlich nach einer Ablenkung zumute war.

»Besser du als ich. Ich lasse euch beide dann mal allein.« Sebastian stand auf und ging auf die offene Tür zu. Kurz davor blieb er stehen. »Aber sauge sie möglichst nicht völlig aus. Ich habe ihr versprochen, sie nicht umzubringen. Wir sehen uns zu Hause.«

Er ging, als sie auf meinen Schritt kletterte. Ich wusste nicht, ob ich sie beißen oder ficken sollte. Nach der Art zu urteilen, wie die Frau den Kopf neigte, war sie zu allem bereit. Sie war hübsch, auf eine etwas künstliche Art. Wie auch immer, sie war willig, und ihr Blut war warm.

Ich kriegte kaum mit, als sie auf mich sank und zu stöhnen begann. Ich hatte Probleme, um die ich mich kümmern musste, und selbst eine hübsche Blondine, die auf meinem Schwanz ritt, konnte mich davon nicht ablenken. Sie hatten die Riten ausgerufen. Das würde schlimmer werden als die übliche langweilige Party mit Schwanzvergleich. Es hatte konkrete Auswirkungen auf mein Leben.

Seit dem letzten Mal waren mindestens zweihundert Jahre vergangen. Damals hatte unsere ältere Schwester noch gelebt, und ihr war die Pflicht zugefallen, an den Bällen und Orgien und all dem Tamtam teilzunehmen, das die Elite der Vampirgesellschaft im Rahmen dieser besonderen Partnervermittlung veranstaltete. Jetzt musste ich in den sauren Apfel beißen.

Ich, Julian Rousseaux, musste mir eine Frau nehmen.

2

THEA

Eines Tages würde ich pünktlich sein.

Aber nicht heute.

Die Sonne war bereits untergegangen, als ich durch den Hintereingang des Herbst Theatre stürmte. Ich hatte es so eilig, dass ich mit meinem Cellokoffer versehentlich gegen ein Servierwägelchen prallte. Ich schrie auf und blieb stehen, um mich zu vergewissern, dass ich nichts zerstört hatte. Zum Glück sahen die Schokoladentörtchen immer noch sündhaft gut aus. Ein vertrautes Paar brauner Augen lugte um die dreistöckige Gebäck-Etagere herum, und ich hörte einen Seufzer.

»Tut mir leid, Ben!« Ich lächelte den Chefkonditor entschuldigend an. »Bist wieder auf den letzten Drücker rein, was?«, fragte er, während er den Wagen rasch vor mir in Sicherheit brachte.

»Du bist aber auch nicht im Zeitplan«, gab ich zurück. Der Grüne Saal sollte für den Empfang bereits so gut wie vorbereitet sein.

Ben schüttelte den Kopf, und sein Mund verzog sich zu einem Grinsen. »Ich werde doch in eurer Nähe keine Schokolade allzu lange unbewacht lassen.«

»Das ist allerdings verständlich«, stimmte ich ihm zu. Fast

jeder, der lange genug im Veranstaltungsbusiness arbeitete, hatte die Fähigkeit perfektioniert, Serviertabletts zu plündern und dann alles kunstvoll neu zu arrangieren, um die Beweise zu vertuschen. In der Nähe dieser Crew war keine Schokoladentorte sicher.

Ben arbeitete für das Catering-Unternehmen, das für das *San Francisco War Memorial and Performing Arts Center* zuständig war. Der Gebäudekomplex beherbergte das Ballett, das Sinfonieorchester und die städtische Oper sowie eine Gedenkstätte. Es gab hier einige der größten und schönsten Gebäude in der Bay Area. Heutzutage deckten Hochzeitsfeiern und Galas die laufenden Kosten des Centers, Aufführungen von *Schwanensee* oder klassische Konzerte waren Luxus. Ich war für Luxus hier, arbeitete nicht in der Gastronomie, sondern sprang ein, weil das Streichquartett kurzfristig eine Cellistin brauchte.

Ich ging weiter in Richtung Küche anstatt zur Künstlergarderobe. Das Einzige, was ich noch dringender brauchte als fünf Extra-Minuten, war eine Tasse Kaffee. Nur so konnte ich verhindern, dass ich mitten im Konzert einnickte. Ich lehnte meinen Koffer vor der Küche an die Wand und schlich mich hinein, wobei ich mich bemühte, nicht im Weg zu stehen. Ich kam immerhin bis zur Kaffeemaschine, bevor ich erwischt wurde.

»Vergiss es.« Ein Küchenhandtuch klatschte neben meiner Hand auf den Tresen. »Daraus wird nichts.«

Ich erstarrte, den Arm noch immer nach der Kanne ausgestreckt, als Molly, die Küchenchefin, Leiterin des Caterings und Zerberus des Kaffees, sich zwischen mich und mein ersehntes Getränk stellte.

»Ich habe heute noch keinen Kaffee getrunken«, log ich

und blinzelte unschuldig, als hätte ich nicht gerade versucht, Mundraub zu begehen.

»Ach ja?« Molly verschränkte die Arme und starrte mich böse an. Ihre Korkenzieherlocken waren mit einem Tuch zu einem engen Zopf gebunden, damit keine Haare ins Essen fielen. Sie trug ihr Haar immer so, dazu Kochjacke und karierte Hose. Ihr Tuch war das Einzige, was sich ständig änderte. Heute war es ein karmesinrotes Paisleymuster. »Du vibrierst ja geradezu. Wie viel Koffein hast du schon intus?«

»Okay, ich hatte unterwegs einen Latte.« Ich hielt inne und hoffte, sie würde sich vom Automaten wegbewegen. Aber sie rührte sich nicht. »Und eine Tasse, bevor ich losgegangen bin.« Die zwei, die ich nach meiner Schicht im Diner getrunken hatte, zählten nicht. Denn das war streng genommen noch gestern Abend gewesen.

»Zwei, hm?« Sie warf einen weiteren misstrauischen Blick auf mich, als ob sie ein unsichtbares Messgerät auf meiner Stirn checken würde. »Du hast mehr Koffein als Wasser in deinem Blutkreislauf. Ich gebe dir einen koffeinfreien Kaffee.«

»Nein! Lieber tot als koffeinfrei! Hab Erbarmen«, flehte ich. »Ich hatte gestern Abend eine Doppelschicht.«

Molly knurrte, bevor sie den Weg freigab. Ich verschwendete keine Sekunde, nahm die Kanne und schenkte mir einen Becher ein. Als ich das kräftige Aroma einatmete, spürte ich, wie mein Energielevel augenblicklich anstieg.

»Du musst den Job als Kellnerin aufgeben«, stellte Molly fest und drehte sich um, um einen Teller zu kontrollieren. Sie ordnete die Garnierung neu und nickte. Die Kellnerin verschwand in Richtung des Festsaals.

»Und mich mit meinem Treuhandfonds auf meiner Jacht zur Ruhe setzen?«, fragte ich lachend. »Ich denk drüber nach.«

Mollys Lippen formten eine gerade Linie – wie immer, wenn sie eine echte Erkenntnis heraushauen wollte – praktische Ratschläge zumeist, die durch Fakten und Logik untermauert waren. Wir wussten beide, dass es reine Glückssache war, ob man seinen Lebensunterhalt als Musiker verdienen konnte. Wie sollte ich ihr klarmachen, dass ich die Musik so liebte wie sie das Essen? Es war nicht meine Schuld, dass Cellisten nicht annähernd so gefragt waren wie preisgekrönte Köche. »Du kannst so nicht weitermachen, Thea.«

»Ich muss aber meine Rechnungen bezahlen«, erinnerte ich sie. Das war etwas, was ich ihr – und mir selbst – schon oft gesagt hatte.

»Gut, dann lass dir aber wenigstens eine Quittung geben.« Molly verdrehte die Augen und begann, auf einem Silbertablett Austern auf Eis zu arrangieren.

Zwischen der gestrigen Doppelschicht, zwei Stunden Schlaf, dem Unterricht und zu wenig Kaffee hatte ich es versäumt, mir die Textnachricht anzusehen, die ich wegen der Veranstaltung heute Abend bekommen hatte.

»Ist das eine Firmenfeier?«, vermutete ich und hoffte, dass es kein ruhiger Abend werden würde, an dessen Ende ich mit meinem Cello zwischen den Beinen einschlief.

»Ich glaube schon. Derek ist lächerlich vage. Du hättest die Menüwünsche sehen sollen, die ich bekommen habe.«

»Glutenfrei?«, riet ich. Molly hasste es, wenn man ihre Kunst einschränkte – wie sie es ausdrückte –, und misstraute Menschen mit speziellen Diäten.

Sie schüttelte den Kopf und schnitt eine Grimasse.

Ich rechnete mit dem Schlimmsten. »Veganer?«

»Schlimmer«, sagte sie mit gesenkter Stimme. Ich konnte mir nicht vorstellen, welche Gruppe ihre Kochkünste mehr einschränken könnte als Veganer, es sei denn, es handelte sich um eine fiese Mischung aus glutenfreien Veganern und Allergikern. »Sie wollten eigentlich ganz auf das Catering verzichten.«

Wegen der großen Nachfrage für Veranstaltungen verlangte das Zentrum eine saftige Saalmiete und eine Mindestbestellmenge für das Catering. Aber ich wusste, dass es hier nicht um Geld ging. Nicht für Molly. »Wissen die denn nicht, dass du ein Genie bist?«

»Derek hat es ihnen gesagt.« Sie schien erleichtert zu sein, dass ich das auch so sah, aber dann schüttelte sie den Kopf. »Am Ende wollten sie Kaviar, Austern, Gänsestopfleber, Steak Tartar und einen Haufen Gebäck, von dem sogar Ben noch nie gehört hatte.«

»Was für unzivilisierte Banausen«, stichelte ich, während ich an meinem Kaffee nippte. »Was ist falsch daran?«

»Für mich gibt es da kaum etwas zu kochen. Klar, Ben darf backen, aber was soll ich mit einem Rohkost-Menü anfangen, denn darauf läuft es doch hinaus. Ich meine, wenn sie das wollen, sollen sie doch einfach eine Tüte Chips aufreißen und in eine Schüssel schütten!«

»Sie haben eindeutig keinen Geschmack.«

»Das ist einfach merkwürdig. Wer veranstaltet schon eine Cocktailparty ohne Häppchen?« Sie lächelte. »Zumindest haben sie einen ziemlich erlesenen Nicht-Geschmack. Obwohl sie erst gar nichts wollten, haben sie es nun geschafft, dass ich eine sechsstellige Summe aufschlagen musste. Wie auch immer: Ich an deiner Stelle würde mich auf ein sehr anspruchsvolles Publikum einstellen.«

»Cellistinnen wird selten viel abverlangt«, beruhigte ich sie. Molly nickte, abgelenkt von einem Küchenhelfer, der ein Tablett mit getoasteten Baguettescheiben, die mit schwarzem

Kaviar belegt waren, vorbeitrug. Ich nutzte die Gelegenheit, meinen Becher noch einmal aufzufüllen. Dann sah ich auf die Uhr. »Ich mache mich jetzt besser fertig.«

»Du solltest dich beeilen«, sagte sie abwesend, »und auf koffeinfreien Kaffee umsteigen. Sonst beeinträchtigst du dein Wachstum!«

Ich lachte, als ich meinen Cellokoffer aufhob. Sie hatte sich schon abgewandt, um sich um ein anderes Tablett zu kümmern. Molly ritt zu gern darauf herum, aber ich bezweifelte, dass ich mit meinen zweiundzwanzig Jahren noch wachsen konnte. Ich war genau einen halben Zentimeter größer als einen Meter fünfzig, Kaffee hin oder her. Meistens hielten mich die Leute für ein Kind. Selbst Leute, die mich kannten, schienen sich nur schwer darauf einstellen zu können, dass ich eine Erwachsene war, die ihr letztes Semester an der Lassiter University absolvierte. Das war ärgerlich, auch wenn es nicht böse gemeint war. Außerdem bedeutete meine Größe, dass ich hohe Schuhe tragen konnte, ohne jemals größer als mein Date zu sein. Nicht, dass ich zwischen meinem Job im Diner, meinen Auftritten und den Übungsstunden überhaupt Zeit für ein Liebesleben gehabt hätte. Zur Sache ging es nur in meinen Träumen. Zumindest, wenn ich Zeit zum Schlafen fand.

Mit meinem Instrument verließ ich vorsichtig die Küche, um nur ja keine Servierwagen umzustoßen oder so, und ging in den kleinen Raum, der uns Musikern zur Vorbereitung auf die Veranstaltung diente. Die zusammengewürfelten Möbel waren in eine Ecke geschoben worden, damit wir vier zumindest genug Platz hatten, uns bewegen zu können. Normalerweise war dieser Raum für die Bräute reserviert und mit Tüll und Spitze geschmückt. Im Moment wirkte es eher, als hätte jemand vier Leute in einen Schrank gesperrt.

Ich trank einen letzten Schluck Kaffee und machte mich auf eine lange Nacht gefasst. »Ich bin da!« Ich schaute auf die Uhr und sah, dass uns noch fünf Minuten blieben, bis wir im Ballsaal zu erscheinen hatten. Sam und Jason nickten mir ausdruckslos zu, waren auf ihre Geigen konzentriert. Sam war vor Jahren aus dem Sinfonieorchester ausgeschieden und spielte nur noch zum Spaß. Jason hoffte wie ich, dass bald eine Vollzeitstelle im Orchester frei würde. Da wir nicht dasselbe Instrument spielten, blieb es uns erspart, miteinander zu konkurrieren. Meistens jedenfalls. Das konnte ich von dem vierten Mitglied unseres Ensembles nicht behaupten. Sie betrachtete unabhängig vom Instrument jede andere Musikerin als Konkurrenz.

Unsere Vierte im Bunde, Carmen D'Alba, hatte den kleinen Schminktisch und den Spiegel mit Beschlag belegt und war mehr auf ihr Äußeres als auf ihre Bratsche bedacht. Gerade versuchte sie angestrengt, im Schummerlicht des Zimmers ihr Make-up zu inspizieren. Sie wirkte immer wie ein Gast, nicht wie jemand, der zum Unterhaltungsprogramm beitrug. Und auch heute war das nicht anders. Sie trug ein trägerloses, schwarzes Kleid, das bis zum Boden reichte, und hatte ihr dichtes, schwarzes Haar elegant hochgesteckt. Sie strahlte eine animalische, unverhohlene Sinnlichkeit aus. Ihre weiche, kurvige Figur passte zu ihren vollen Lippen, die in einem kräftigen Rot geschminkt waren und einen Kontrast zu ihrer hellbraunen Haut bildeten. Carmen gehörte zur Zweitbesetzung des städtischen Sinfonieorchesters. Ich hatte mich nie getraut, sie zu fragen, warum sie bei Veranstaltungen mit unserem Quartett auftrat, und sie hatte mir auch nie ihre Beweggründe erläutert.

»Es ist unprofessionell, schon gestylt aufzutauchen«, belehrte mich Carmen. Sie stand auf und holte endlich ihr Instrument heraus. Ihr Blick glitt mit Abscheu über mein abgetragenes, schwarzes Kleid, während sie ihre Bratsche stimmte. »Hattest du das nicht auch schon am Dienstag an?«

»Ja, aber ich hab es gewaschen. Ich hatte eine Nachmittagssitzung, die etwas länger dauerte.« Ich zwang mich zu einem strahlenden Lächeln. Es war nicht leicht, Carmen zu mögen, aber ich hatte mir vorgenommen, sie mit Freundlichkeit zu schlagen. Allerdings schien sie das nur noch mehr zu verärgern. Andererseits war totaler Frust bei Carmen Normalzustand.

»Du solltest dir etwas Neues leisten, vor allem, wenn du für das Reed-Stipendium vorspielst. Ich habe mir schon ein Kleid gekauft«, fuhr sie fort und legte sich vielsagend den Finger ans Kinn.

Das Reed-Stipendium war ein heikles Thema zwischen uns beiden, seit wir über das Center davon erfahren hatten. Ein reicher, anonymer Spender finanzierte ein Jahr lang die Lebenshaltungskosten für eine eine junge Musikerin oder einen jungen Musiker. Niemand wusste, wer das Programm ins Leben gerufen hatte, doch die Gewinnerin oder der Gewinner sollte dafür während der Laufzeit der Vereinbarung Privatkonzerte geben. Da das Center das Stipendium öffentlich bewarb, musste alles mit rechten Dingen zugehen. Die meisten von uns vermuteten, es handele sich um einen exzentrischen Milliardär, der Freude daran hatte, als Mäzen zu wirken. An solchen Leuten mangelte es in San Francisco nicht.

»Das hättest du lassen können«, unterbrach Jason, »denn ich werde das Stipendium gewinnen.«

»Wir werden sehen.« Carmens süffisantes Lächeln verriet sehr deutlich, wie sie seine Chancen einschätzte. An mein Vorspiel schien keiner von ihnen einen Gedanken zu verschwenden, was ich nicht persönlich zu nehmen versuchte. Aber wenn

Carmen abfällige Bemerkungen über meine Kleidung machte, fragte ich mich unwillkürlich, ob sie sich einbildete, mir damit einen Gefallen zu tun, ob sie mir einen Dämpfer verpassen wollte oder ob es ihrer verqueren Auffassung von Freundschaft entsprach.

Jason und Carmen waren zu sehr damit beschäftigt, sich zu streiten, um zu bemerken, wie ich mich zu dem freigewordenen Spiegel schlich. Ich war zu gehetzt gewesen, um mir Gedanken über mein Aussehen zu machen. Als ich mich jetzt im Spiegel sah, stöhnte ich auf. Der Nieselregen, der heute Nachmittag über die Stadt hinweggezogen war, hatte meinem Haar übel mitgespielt, obwohl ich es mir heute Morgen sorgfältig zu einem Dutt frisiert hatte. Wenn man bedachte, dass ich mein Cello vom Bahnhof aus fast eine Meile durch die Gegend geschleppt hatte, hätte es allerdings schlimmer sein können. Das größte Problem war mein Haar. Egal, welche Gels und Schaumfestiger ich ausprobierte und welche Wunder sie auch versprachen – innerhalb weniger Augenblicke lösten sich die Haarsträhnchen und kräuselten sich in meinem Nacken. Ich blies eine besonders ungehorsame Strähne aus den Augen und steckte sie mir hinters Ohr. Ich betrachtete die Mittel, die mir zur Verfügung standen, und überlegte kurz, es offen zu tragen. Aber es war noch etwas feucht, was bedeutete, dass ich nicht wusste, wie es trocknen würde. Dann erinnerte ich mich an Carmens glänzenden Dutt. Ich würde nie so gut aussehen wie sie, aber ich konnte es versuchen. Ich hatte nur ein paar Minuten Zeit, und ich brauchte jede einzelne davon sowie zwei Dutzend Haarklemmen, um mein Haar zu bändigen. Wenn ich es hochsteckte, sah es auch weniger kupferfarben und mehr kastanienbraun aus. Ich nahm Carmens Flasche mit Haarspray vom Tresen und sprühte es großzügig auf. Ich befahl meinem

Haar, mir gefälligst zu gehorchen, aber mir war klar, dass es das nicht tun würde.

Für mehr als Lipgloss reichte die verbliebene Zeit nicht aus. Mir kam unwillkürlich der Gedanke, dass Carmen mit meiner Kleidung recht haben könnte. Das lange, schwarze Kleid, das ich zur Aufführung trug, war sauber und knitterfrei, aber die Farbe war zu einem dunklen Grau verblasst. Das war nicht verwunderlich, denn meine Mutter hatte es vor ein paar Jahren aus ihrem Kleiderschrank spendiert. Das Etikett war nicht lesbar, aber sie schwor, dass es ein Designerstück war. Ich war mir ziemlich sicher, dass sie es für eine Beerdigung gekauft hatte. Ich tat mein Bestes, um nicht daran zu denken. Tod und Partys – auch wenn ich auf den Partys arbeitete – waren keine gute Kombination.

Und ein neues Kleid fürs Vorspielen? Keine Chance. San Francisco war eine der teuersten Städte der Welt, und obwohl ich zwei Mitbewohner hatte, war es schwierig für mich, jeden Monat die Miete zu bezahlen. Mein fragwürdiges Designerkleid musste also genügen.

»Die Gäste treffen ein. Es geht los«, verkündete Sam.

Ich beeilte mich, mein Cello aus dem Koffer zu nehmen, als die anderen schon den Raum verließen. Ich ging schnell den Flur hinunter in den Grünen Saal, der, wie ich fand, eher palladiumblau als grün aussah. Vielleicht ließen die vergoldeten Details und die fünf riesigen Kronleuchter die Farbe für andere grün wirken.

Als ich eintrat, stieß ich fast mit den anderen zusammen. Sie waren alle abrupt stehen geblieben und starrten, die Instruktionszettel in der Hand, in eine Richtung.

»Was ist?« Ich versuchte, an ihnen vorbei zu spähen. Ich war zu klein, um ihnen über die Schultern zu sehen.

»Ich glaube, das ist ein Model-Treffen«, murmelte Jason.

Ich knuffte ihn mit dem Ellbogen, und er trat schließlich so weit zur Seite, dass ich sehen konnte, wovon er sprach.

Die atemberaubendsten Menschen, die ich je gesehen hatte, waren unter den hohen Decken des Raumes versammelt. Jede Person, auf die mein Blick fiel, war gutaussehend bis umwerfend schön. Absolut jede, ohne Ausnahme. Eine stattliche Brünette war in einen schimmernden Stoff gehüllt, der ihre makellose Figur wie flüssiges Gold umspielte. Ein attraktiver Mann mit tiefschwarzer, schimmernder Haut unterhielt sich in der Ecke mit einer zierlichen Blondine. Es kostete mich Mühe, meinen Blick von der Gruppe loszureißen. Jason wirkte genauso fassungslos wie ich.

»Mach den Mund zu. Du sabberst«, murmelte ich. Dabei konnte ich es ihm nicht verübeln. Wir waren Sterbliche in der Gegenwart von Göttern.

»Wahrscheinlich ist es eine Tagung für plastische Chirurgie.« Sam zuckte unbeeindruckt mit den Schultern. »Wir sollten wohl besser loslegen.«

Wir entdeckten unsere Notenständer und Stühle in der Nähe der Bar. Ich nahm meinen Platz ein und zwang mich dazu, mich aufs Cello zu konzentrieren, anstatt die Gäste weiter anzustarren. Ich nahm Haltung an und kippte mein Cello so, dass ich den besten Winkel für meinen Bogen hatte. Dann checkte ich meine Noten.

Sam gab uns den Auftakt zum ersten Stück, und ich entspannte mich beim Spiel. Das unbestimmte Lampenfieber, das ich immer zu Beginn eines Auftritts verspürte, ließ nach und wurde durch die Freude an der Musik ersetzt. Wenn ich spielte, war die restliche Welt vergessen. Meine Studienkredite spielten keine Rolle mehr. Moms Krankenhausrechnungen existierten nicht. Alles war richtig. Alles war in Harmonie.

Eine Melodie ging in eine andere über. Ich verlor das Zeitgefühl und tauchte völlig in die Musik ein. Meine Augen schlossen sich, als ich die letzten Noten des *Andante con moto* aus Schuberts *Der Tod und das Mädchen* spielte. Ich hörte wie aus weiter Ferne Sams Ankündigung, dass wir eine zwanzigminütige Pause einlegen würden. Innerlich war ich noch beim letzten traurigen Crescendo. Wenn wir dieses Stück beendet hatten, blieb immer ein Gefühl der Sehnsucht in mir zurück.

Als ich schließlich aus meiner Trance erwachte, waren die anderen bereits gegangen. Allmählich nahm ich das Gemurmel um mich herum wahr. Ich holte tief Luft und senkte den Bogen. Ein Gewahrwerden breitete sich in meinem Körper aus, huschte wie auf Spinnenbeinen meinen Nacken hoch, und als ich den Kopf hob, blickte ich in das schönste Gesicht, das ich je gesehen hatte. Ich schnappte nach Luft, aber es war nicht die unglaubliche Attraktivität des Mannes, die mich so überraschte. Sondern der mörderische Blick in seinen stechenden blauen Augen.

3

JULIAN

Dreißig Jahre waren vergangen, und ich hatte nichts verpasst. Ich war daran gewöhnt, dass meine Mutter das Normale einfach ignorierte und direkt ins Extreme ging. Aber sie schien darauf bedacht zu sein, meine Erwartungen noch zu übertreffen. Sie war so mit den Planungen beschäftigt, dass sie mich bei meiner Ankunft in Kalifornien nicht mal begrüßen konnte. Sie behauptete, es sei ihre Pflicht als Oberhaupt einer der großen Familien der Bay Area, zum Saisonauftakt eine Veranstaltung auszurichten. Aber ich wusste, worum es bei dieser Party wirklich ging: Man würde mir aus allen Richtungen potenzielle Partnerinnen zuschieben.

Sebastian hatte sein selbstgefälliges Gesicht nicht mehr sehen lassen, seit wir uns auf der Insel getrennt hatten, aber ich wusste, dass er irgendwann hier aufkreuzen würde. Schon die Ballsaison war ein Höhepunkt, aber die Riten ließ wirklich niemand aus. Nicht mal ich. Ich kannte die meisten Vampire in diesem Raum, was ebenfalls keine große Überraschung war. Ich ließ den Bourbon in dem Glas in meiner Hand kreisen und machte mich auf die unerbittliche Brautschau gefasst, die nun beginnen sollte. Während der normalen Ballsaison gab es immer ein paar Romanzen, von denen einige sogar ohne

Blutvergießen endeten. Der Vollzug der Riten jedoch bedeutete etwas viel Schlimmeres als Flirts, Paarungen oder Gewalt. Sie brachten ein Schicksal mit sich, dem ich mich unbedingt entziehen wollte, ungeachtet der Traditionen oder der Einmischung meiner Mutter.

Aber die Pflicht rief, und so fand ich mich im Herbst Theatre ein, dem intimsten Gebäude des Performing Arts Center von San Francisco. Der Ballsaal war nicht der größte Veranstaltungsraum des Komplexes, aber er war prachtvoll genug für den erlesenen Geschmack von Vampiren. Die Fensterbögen und die gewölbten Decken waren mit vergoldeten Ornamenten verziert, die mit den antiken Kristalllüstern harmonierten. Da sich jedoch die Hälfte aller reinblütigen Vampire des Landes hier eingefunden hatte, wurde es eng. Deshalb suchte ich mir einen Platz an der Bar. Sie lag etwas abseits, versteckt im hinteren Teil des Saals. Die anderen waren hier, um sich unter die Leute zu mischen und zu prahlen, zu flirten und zu flanieren. Ich dagegen wollte in Ruhe gelassen werden. Hinter den hohen Fenstern erhellten die Lichter der Stadt die Dunkelheit. Die Nacht rief nach mir, lockte mich, in sie einzutauchen, und ich saß auf einer Cocktailparty fest.

»Deine Zeit ist um, mein Freund!« Zwei blaue Samthandschuhe landeten mit einem dumpfen Schlag auf der hölzernen Theke neben mir und verkündeten dramatisch die Ankunft ihres Besitzers. Die Worte kamen aus dem Mund eines schlanken, dunkelhäutigen Mannes mit Hakennase und grausamen, schwarzen Augen. Er war der untote Beweis dafür, dass nicht alle Vampire so schöne, elegante Geschöpfe waren wie die meisten anderen im Raum.

Manchmal fragte ich mich, wer ihn verwandelt hatte und warum. »Boucher«, begrüßte ich ihn und gab mir keine Mühe, meine Stimme über ein Flüstern zu erheben. »Trinken Sie etwas mit mir.«

»Vielleicht ein Glas.« Bouchers Stimme wurde so leise wie meine, als er einen Finger hob. Die Geste wirkte wie die eines wichtigen Mannes, der sich nie dazu herablassen würde, es eilig zu haben. Sie war sehr französisch, und Boucher war ganz und gar Pariser, bis hin zu seinen sauber geputzten Schuhen und dem Wollschal, den er elegant um seinen Hals geknotet hatte.

»Für das hier sind Sie extra aus Paris gekommen?«, fragte ich. Der Boucher, den ich kannte, hasste es, seine geliebte Stadt zu verlassen.

»Ich hatte eine Meinungsverschiedenheit mit dem neuen Chef der Oper.« Er zuckte mit den Schultern. Der Barkeeper stellte ein Glas vor ihm ab, und Boucher steckte einen nagelneuen Hundertdollarschein in seinen Trinkgeldbecher.

»Wer hat gewonnen?«

»Na wer wohl? Ich.« Er lächelte und zeigte dabei scharfe, weiße Zahnreihen. Ich machte mir nicht die Mühe zu fragen, wie. Wenn er deswegen Paris verlassen hatte, war Gewalt im Spiel gewesen. Wahrscheinlich hatte man ihn verbannt, bis das Verbrechen, das er begangen hatte, aus dem Gedächtnis der Öffentlichkeit getilgt war.

»Ich helfe momentan dem Orchester hier mit meinem Fachwissen.«

»Das können sie bestimmt gebrauchen.«

»Sie ahnen ja nicht ...« Er seufzte schwer. »Wann sind Sie angekommen?«

»Vor ein paar Tagen«, antwortete ich knapp. Wir hatten ein wohlwollendes Verhältnis, aber ich hätte ihn kaum als Freund bezeichnet. Vampiren aus anderen Blutlinien zu vertrauen war undenkbar, aber Boucher und ich liebten beide die Musik, deshalb kam ich mit ihm besser aus als mit den meisten anderen.

»Irgendwelche Favoriten?« Er musterte die Menge um uns herum und ließ den Blick über die sterblichen Frauen im Raum schweifen. »Ich beneide Sie nicht. Ich könnte mich nie entscheiden. Sie duften alle berauschend.«

Ich verzog die Lippen bei dieser Anspielung. Ich hatte mein Bestes gegeben, um das Aroma von Blut zu ignorieren, das in der Luft waberte. Die anwesenden sterblichen Männer und Frauen entstammten samt und sonders Familien, die fast so alt waren wie die der Vampire hier. Wie ihre Vorfahren waren sie zu idealen Gefährten herangezogen worden, weil man hoffte, sie mit einer vampirischen Blutlinie zu paaren. Für Menschen waren sie bemerkenswert attraktiv. Die Familien dieser Vertrauten verbrachten Jahre damit, ihre bestaussehenden und talentiertesten Kinder auszubilden, um unsere Aufmerksamkeit zu erregen. Die meisten Ehen zwischen Vampiren und Vertrauten waren zeitlich befristete Vereinbarungen, die Jahre, manchmal Jahrzehnte dauern konnten. Doch die Riten machten die Sache etwas interessanter. Denn diese Menschen hier bemühten sich um eine Heirat und die Chance, einen Erben hervorzubringen.

Als ob die Welt mehr Vampire bräuchte.

»Warum in aller Welt nehmen wir immer noch an diesem Fleischmarkt teil?«, fragte ich ihn.

Bouchers dunkle Augenbrauen zogen sich vor Überraschung zusammen. »Hat Ihnen Ihre Mutter nichts gesagt?«

»Sie geht mir aus dem Weg«, sagte ich ihm. Ich hatte sie seit meiner Ankunft nicht gesehen. Über die heutige Veranstaltung war ich durch eine geprägte Einladungskarte und einen Smoking, die in meiner Wohnung in der Innenstadt auf mich gewartet hatten, informiert worden.

»Sabine liebt wirklich ihre Spielchen.« Er kippte den Rest seines Drinks hinunter. »Eine Party ist nicht der richtige Ort, um über ernste Angelegenheiten zu sprechen, aber der Convent hat befunden, eine Blutauffrischung wäre angebracht.«

»Meinen Sie damit etwa Babys?«, fragte ich säuerlich.

»Was denn?«, fragte er zurück. »Sie klingen, als ob Sie keine mögen.«

»Was gibt es da zu mögen? Windeln? Geschrei?« Reinblütige Vampirbabys unterschieden sich von sterblichen Säuglingen nur durch ihre Ernährung und Lebenserwartung. Der Rest war grotesk ähnlich.

»Ihre Mutter hat sehr viel zu tun. Ich glaube nicht, dass sie Ihnen vorsätzlich aus dem Weg geht«, erklärte Boucher lachend.

»Ich glaube, sie hat einen Schlachtplan.«

Unser Gespräch wurde von einer Gruppe von Musikern unterbrochen, die ein paar Meter hinter dem Eingang stehen geblieben waren, um zu glotzen. Ich sah Boucher an und verdrehte die Augen, aber der lachte nur, als wir sie in dem beleuchteten Barspiegel unauffällig beobachteten. Eine Flaschenbatterie, aufgereiht wie ein Trupp Soldaten, versperrte mir die Sicht auf alle. Warum brauchten diese prätentiösen Bars einen Spiegel? Aber diese Menschen fesselten unsere Aufmerksamkeit nicht auf Dauer. Bouchers dunkle Augen folgten im Spiegel den interessanteren Vampiren und Vertrauten.

»Sollten sie nicht gebannt werden?«, fragte ich ihn. Meine Gedanken waren noch bei den Menschen. Es war üblich, vor großen Veranstaltungen alle menschlichen Teilnehmer mental vorzubereiten. Eine so große Gruppe von Vampiren war viel zu übernatürlich, um übersehen zu werden.

»Der Convent wird immer fortschrittlicher«, antwortete er. Was Boucher davon hielt, konnte ich an der Missbilligung erkennen, die in seinen Worten mitschwang. »Zwang soll nur in extremen Fällen angewendet werden.«

Ich verzog das Gesicht. »Als Nächstes werden sie uns noch die Eier abschneiden.«

»So weit lässt es niemand kommen«, erwiderte er düster. Doch bevor ich ihn weiter über die Riten oder die neue Menschenfreundlichkeit des Convents ausfragen konnte, nahm er seine Handschuhe. »Ich fürchte, ich muss die Runde machen. Sie werden sich doch nicht den ganzen Abend hier verstecken, oder?«

»Irgendwann werde ich mich wohl ebenfalls unter sie mischen«, erwiderte ich, während er sich die Handschuhe wieder über die Finger streifte. Ich zog meine eigenen Lederhandschuhe aus der Innentasche meiner Jacke, eine notwendige Vorsichtsmaßnahme in gemischter Gesellschaft, und ich hasste es, sie tragen zu müssen.

»Es würde Sie nicht umbringen, sich zu amüsieren«, ermahnte mich Boucher, und zupfte seine Manschetten zurecht.

Es würde mich nicht umbringen. Das war das Problem. Es war lediglich eine Folter, deren Ende nicht absehbar war. Aber Boucher hatte recht. Ich könnte mich in San Francisco amüsieren – sobald ich diese langweilige Party verlassen hatte. Ich beschloss, meine Mutter zu suchen und ihren Vortrag über familiäre Pflichten und Verbindlichkeiten über mich ergehen zu lassen, damit ich verschwinden konnte. Ich drehte mich um, stellte mein Glas auf den Tresen und legte die Handschuhe daneben, um nach meiner Brieftasche zu greifen. Der Barkeeper starrte mich an, als ein weiterer großer Geldschein seinen Weg in den Eimer fand. Man vergaß allzu leicht, dass kleine Geldbeträge den Sterblichen viel mehr bedeuteten. In der Vergangenheit hatte der Bann jegliche diesbezügliche Neugierde der Menschen ausgelöscht. Aber jetzt gab es neue beschissene Regeln, die keinen Sinn ergaben. Es war so typisch für Vampire, auf der richtigen Seite der Geschichte stehen zu wollen.

Doch bevor ich mich umdrehen konnte, wehte ein Duft wie eine Warnung durch die Luft.

Blut. Aber nicht irgendein Blut.

Ich roch sie, bevor ich sie sah.

Zerstoßene Rosenblütenblätter, die über Marie-Antoinettes Dinnerparty schweben. Gebrannter Zucker und Veilchensamt, die auf einen porzellanweißen Hals getupft waren. Die Wärme eines Feuers, das in einem venezianischen Kamin loderte. Der süße Mandelduft eines Frauenschenkels, der sich um meinen Hals legte. Es war, als wäre mein Leben durch ihre Abwesenheit ebenso geprägt gewesen wie dieser Moment durch ihre Anwesenheit. Es kostete mich viel Kraft – mehr als ich in den letzten Jahrhunderten je hatte aufbringen müssen –, mich nicht umzudrehen und den Weg zurückzuverfolgen, den der Duft durch den Raum genommen hatte. Geduld gehörte nicht gerade zu meinen charakteristischen Wesensmerkmalen. Aber dem Aroma zu folgen würde Interesse bekunden, und das durfte ich mir nicht erlauben.

Doch ihr Duft wurde stärker, und ich verfluchte mich selbst dafür, dass ich mir Zeit für einen Drink genommen hatte. Ich hätte schon früher von hier weggehen sollen, um das alles zu vermeiden. Hatte meine Mutter das eingefädelt? War es Sabine Rousseaux endlich gelungen, eine Vertraute zu gewinnen, der ich unmöglich widerstehen konnte?

Meine Finger gruben sich in die polierte Holzplatte, als wäre sie aus Butter geschnitzt, und meine Handschuhe lagen vergessen auf dem Tresen. Die Augen des Barkeepers weiteten sich noch mehr als bei meinem Trinkgeld, und ich stöhnte.

Ich nahm mir vor, Celia später zu fragen, in welcher Extremsituation ein Bann gerechtfertigt war. Im Moment war ich mir ziemlich sicher, dass das Durchbohren von massivem Holz mit bloßen Fingern die Kriterien erfüllte.

»Du holst mir jetzt noch einen Drink«, sagte ich ihm also, und er wurde ruhig, als sich unsere Blicke trafen. »Du hast diese Macken am Tresen entdeckt, aber du hast dir keine Gedanken darüber gemacht. Du warst zu sehr mit dem großen Trinkgeld beschäftigt, das du heute Abend einstreichst.«

Er nickte und drehte sich weg, um einen weiteren Scotch in mein Glas zu gießen. Hinter mir begann die Musik zu spielen, und ich entspannte mich. Ich zog meine Finger aus dem Holz und betrachtete die Kerben darin. Ich nahm mir vor, am nächsten Morgen eine größere Spende an das Kunstzentrum zu veranlassen.

Bevor ich aus Versehen noch mehr beschädigte, zog ich schnell meine Handschuhe an und nahm meinen Drink entgegen. Eine weitere Runde würde den Impuls lindern. Der Geruch, der meine Aufmerksamkeit erregt hatte, würde verschwunden sein, wenn ich den Drink geleert hatte, zusammen mit der Vertrauten selbst – verloren unter den vielen Düften, die sich im Raum vermischten.

Doch als ich mich umdrehte, schlug mir das Aroma wieder entgegen. Ein dunkles Verlangen regte sich in mir, und ich begann, den Raum nach dem Ursprung des Geruchs abzusuchen. Ich trat einen Schritt auf die Menge zu, aber die schiere Masse der Partygäste machte es unmöglich, den Duft zu orten. Instinktiv drehte ich mich um, und mein Blick blieb auf dem Streichquartett haften. Irgendwelche männlichen Geiger. Eine kurvige Brünette, die Bratsche spielte. Und dann entdeckte ich die Quelle meines plötzlichen, raubtierhaften Verlangens versteckt im hinteren Teil der Gruppe. Sie saß schief da, das Cello zwischen die Beine geklemmt. Ihr Kleid war abgenutzt und schäbig, und ihr fehlte der Glamour der anderen Frau des Quartetts. Ihr Kopf war konzentriert geneigt und verhinderte, dass ich ihr Gesicht richtig erkennen konnte. Aber eine einzelne Strähne hatte sich aus dem engen Knoten auf ihrem Kopf gelöst. Sie wirkte auf mich ebenso unbeherrschbar wie ihr Haar. Historisch betrachtet war das bei einer Frau ein Warnsignal.

Alles in allem gab es nur ein Wort, um sie zu beschreiben: menschlich.

Sie war ganz sicher kein Objekt der Verkupplungsversuche meiner Mutter. Aber ihr Blut war mächtig. Andere würden es ebenfalls wittern. Sie konnte von Glück reden, wenn sie hier nur ein paar Gläser Blut verlor und mit einem kurzfristigen Gedächtnisverlust davonkam. Normalerweise töteten Vampire keine Menschen, aber während der Ballsaison neigten sie dazu, über die Stränge zu schlagen.

Ich wusste nicht mehr, wie lange ich dastand und überlegte, was ich mit dieser zerbrechlichen Kreatur anfangen sollte. Je länger es dauerte, desto mehr wurde mir etwas anderes bewusst. Ihr Talent. Im Gegensatz zu den anderen spielte sie mit ihrem ganzen Wesen, und diese Fähigkeit würde verloren gehen, falls heute Nacht der falsche Vampir sie in die Finger bekäme.

Ich hasse meine ganze verdammte Spezies. Ich hasse das Getue um mich herum. Ich hasse es, dass man mich aus meinem selbst auferlegten Exil gezerrt hatte, damit ich daran teilnahm.

Und am meisten hasste ich sie – weil sie mich dazu zwang, auf dieser Party zu bleiben. Denn ich konnte sie jetzt unmöglich aus den Augen lassen.

Ich beobachtete sie immer noch, als die Gruppe ankündigte, eine Pause zu machen. Niemand im Raum schien es auch nur zu bemerken. Die anderen drei Musiker verließen rasch den Saal, aber sie verweilte, als wäre sie in ihren Melodien verhaftet. Sollten Menschen nicht einen gewissen Selbsterhaltungssinn aufweisen? Wie konnte sie unbewacht wie ein Snack in einem Raum voller Vampire sitzen? Spürte sie die Gefahr denn nicht?

Plötzlich riss sie die Augen auf und blickte direkt in meine. Ihr Mund formte ein O, und ich hörte ein Keuchen, das nur für meine übernatürlichen Ohren hörbar war. Es war nicht das erste Mal, dass ein Mensch so reagierte, wenn er unvermittelt unserer Art begegnete. Ich kniff die Augen zusammen, fest entschlossen, sie zu verscheuchen. Sie hatte hier nichts zu suchen. Ich starrte sie an, bis ihre Wangen blutrot anliefen, und hielt mich am Tresen fest, damit ich nicht auf sie zuging. Sie wandte sich ab, um ihre Sachen zu holen, und entblößte dabei ihren schlanken, nackten Hals.

Mein Körper interpretierte die Bewegung als eine Einladung – eine Einladung, die anzunehmen ich mich bereits in Bewegung gesetzt hatte.

Wer auch immer sie sein mochte – jetzt war es für sie zu spät.

4

JULIAN

Ich hatte seit vierzig Jahren keinen Menschen mehr getötet. Das würde heute Abend enden. Dabei ging es mir gar nicht darum, sie zu töten. Aber mir war klar, dass mich eine kleine Kostprobe von ihr niemals befriedigen würde. Ihr Blut sang zu mir durch den Raum. Das berauschende Lied lockte mich. Sie war jung. Aber das war mir egal. Sie war begabt. Auch das war mir egal. Ein kleiner Wortwechsel mit ihr, und ich würde sie leicht bannen können, damit sie mit mir ging. Denn wenn ich hier die Kontrolle verlor, konnte es sehr unschön werden.

Die Aktivitäten, die ich plante, waren in der Regel für die After-Partys reserviert, die in privaten Herrenhäusern und Villen stattfanden, wo das Tor unüberwindlich war und die Gästeliste exklusiv. Ein Ortswechsel würde zu lange dauern. Aber das Theater war voller dunkler Ecken und versteckter Winkel, wo ich meine Zähne in diesen Alabasterhals versenken konnte.

Sie rutschte auf ihrem Stuhl herum, als ich mich näherte, und ihr Cello versperrte mir vorübergehend die Sicht auf sie. Es hatte die Wirkung eines Talismans, der sie vor dem Bösen bewahrte.

Ich riss mich von ihr los und ging steifbeinig aus dem Ballsaal. Mit jedem Schritt, den ich mich von ihr entfernte, wurde mein Kopf klarer. Doch jetzt erwuchs in mir ein neues, verstörendes Verlangen. Ich wollte sie beschützen.

Sie beschützen? Wie?

Ich hatte keine Ahnung, wie ich das anstellen sollte, da ich derjenige war, vor dem sie geschützt werden musste.

Ein sicherer Abstand war unerlässlich. Ich würde nahe genug bei ihr bleiben, um zu verhindern, dass sie einem meiner Artgenossen zum Opfer fiel, aber weit genug entfernt, um nicht vor Hunger den Verstand zu verlieren. Ich hatte Jahre gebraucht, um meinen Blutdurst in den Griff zu bekommen. Warum also fühlte es sich an, als würde mir meine Entschlossenheit wie Sand zwischen den Fingern zerrinnen?

Der Korridor vor dem Grünen Saal war dankenswerterweise leer. Ich hätte für nichts garantieren können, wenn mir jetzt ein Mensch über den Weg gelaufen wäre. Es gab nur einen sicheren Weg, meinen Durst zu stillen. Ich wollte gerade einen Handschuh ausziehen, als eine zierliche Gestalt in mein Blickfeld trat. Ihr Duft traf mich als Nächstes. So viel zu meiner Strategie.

Es war schwieriger, Abstand zu halten, wenn nur eine Partei von dem Plan wusste. Ich beschleunigte das Tempo und verzog mich in eine dunkle Ecke, um sie vorbeigehen zu lassen. Sie schaffte nur ein paar Schritte, bevor sich ihr eine ziemlich auffällige Person in den Weg stellte.

»Mist«, sagte ich leise, als ich Giovanni Valente erkannte. Der Vampir war nur ein Jahrhundert jünger als ich, aber er stand in dem Ruf, ein Frauenheld zu sein. Das Problem war, dass er dazu neigte, es so mit den Damen zu treiben, dass ihnen Hören und Sehen verging. Auf Dauer und im wahrsten Sinne des Wortes.

Aber das war keine Überraschung. Mit seinem Aussehen schaffte er es in jeder Epoche, Frauen hinter verschlossene Türen zu locken und zu erobern. Sein schwarzes Haar fiel ihm bis auf die Schultern. Wir waren uns zum letzten Mal in irgendeinem Krieg begegnet. Seit unserer Niederlage hatte ich nichts mehr von ihm gesehen oder gehört. Zeit war eine heikle Sache. Minuten konnten eine Ewigkeit dauern, während Jahre im Handumdrehen verstrichen. Giovanni hatte immer noch die Statur eines Kriegers. Sein maßgeschneiderter Smoking gab sich keine Mühe, es zu verbergen.

Das Mädchen wich zurück und legte den Kopf in den Nacken, um ihn zu betrachten, denn er war bestimmt mehr als dreißig Zentimeter größer als sie. Ich lauschte und wartete auf eine Reaktion, aber sie gab keinen Laut von sich. Ich kannte sie nicht, aber sie machte mich jetzt schon wahnsinnig.

»Verzeihen Sie«, sagte Giovanni und lächelte sie charmant an, »aber ich wollte Ihnen für die schöne Musik danken.«

Ein Mensch hätte – besonders in dem schwach beleuchteten Korridor – vielleicht nicht bemerkt, dass ihre Finger den Hals ihres Cellos fester packten. Aber mir fiel das sofort auf. Da war er, der Überlebensinstinkt, der ihr im Ballsaal gefehlt zu haben schien. Es ließ darauf hoffen, dass sie nicht dumm war. Aber sie ging nicht auf Abstand von ihm. Stattdessen lachte sie nervös. »Das ist mein Job«, scherzte sie. »Und es geht auch bald weiter, aber jetzt muss ich erst mal für kleine Mädchen ...«

»Kleine Mädchen?« Er schnalzte leise. »Sie sollten Ihr Licht nicht unter den Scheffel stellen. Sie sind eine sehr schöne Frau.«

»Wirklich?« Sie klang, als könnte sie nicht entscheiden, ob sie lachen oder genervt sein sollte.

»Lassen Sie uns spazieren gehen«, schlug er beiläufig vor.

»Aber mein Cello ...«

»Nehmen Sie es mit. Sie können mir etwas vorspielen«, sagte er.

Ich hörte den musikalischen Rhythmus, den seine Stimme beim Sprechen bekam. So viel dazu, den hypnotischen Bann nur in Extremsituationen anzuwenden.

Giovanni führte sie von der Party weg in Richtung Theater und ließ keinen Zweifel daran, was er vorhatte. Ich sollte sie ihm einfach überlassen. Sobald sie aus meinem Blickfeld verschwunden war, würde die Faszination nachlassen, die sie ausübte. Ich könnte einfach weggehen. Aber die Frau? Vielleicht war er ja in den letzten Jahren zurückhaltender geworden. Dann ertappte ich mich dabei, dass ich ihnen schnell hinterherlief. Dabei wusste ich gar nicht, was mich das alles überhaupt anging.

Sie verschwanden in der Dunkelheit, und ich spürte, wie etwas in mir Klick machte. Ich eilte ihnen nach, umrundete sie und blieb so abrupt vor ihnen stehen, dass die junge Frau erschrak, sich dabei mit dem Absatz in ihrem langen Rock verfing und nach vorne in meine Arme stürzte. Ihr Cello landete krachend neben uns auf dem Boden, und sie schrie auf.

»Da bist du ja«, sagte ich sanft. »Du warst plötzlich verschwunden.«

Sie stammelte verwirrt und versuchte, sich aus meinen Armen zu befreien.

»Wa …?«

»Giovanni«, unterbrach ich sie. »Entschuldige uns einen Moment. Meine Lady hat eine kleine Neigung zu Pannen und Unfällen.«

Ich bückte mich, löste ihren Schuh von ihrem Kleid und hielt ihn ihr hin. Sie schob den Fuß hinein und drehte sich sofort zu ihrem Cello am Boden um.

»Julian. Ich wusste nicht, dass du wieder in San Francisco bist. Oder dass diese Sterbliche vergeben ist.« Er trat einen Schritt von uns weg. Er hatte lange genug gelebt, um zu wissen, wie sehr Vampire an ihren Gespielinnen hingen.

»Aber ich …«, versuchte die junge Frau uns wieder zu unterbrechen. Ich drehte mich um und warf ihr einen scharfen Blick zu. »Still, Kleines!«

Sie versteinerte, und trotz des hypnotischen Banns, der ihren freien Willen unterdrückte, starrte sie mich an. Es war der erste richtige Blick, den ich auf ihr Gesicht werfen konnte. Ihre Nase lief spitz zu und war von Sommersprossen getüpfelt. In der Dunkelheit war nur ein grüner Ring um ihre geweiteten Pupillen zu erkennen. Ein Mensch hätte ihn gar nicht bemerkt, aber für meine Vampiraugen war er deutlich zu sehen.

»Ja«, sagte ich zu Giovanni, als hätte sie nichts gesagt. »Es ist noch ganz frisch.«

»So sieht es auch aus«, sagte er mit einem gefährlichen Unterton und blickte in ihre Richtung. »Ich habe keine Duftmarke von dir an ihr wahrgenommen. Sonst hätte ich …«

»Ein harmloses Versehen.« Ich schob mich zwischen sie und ihn, um meine Botschaft deutlich rüberzubringen.

»Kann sein. Sie ist ganz hübsch für einen Menschen«, kommentierte er.

»Findest du?« Ich zuckte die Schultern. »Mich interessiert sie eher als Cellistin.«

Giovanni lachte und klopfte mir auf den Rücken. »Ich habe ganz vergessen, was für ein Romantiker du bist.« Er wollte schon weggehen, hielt dann aber kurz inne. »Sagst du mir Bescheid, wenn du sie satthast?«

Ich zwang mich zu einem knappen Lächeln und bewegte

mich erst von ihr weg, als er außer Sichtweite war. Die Frau war hier nicht sicher. Je schneller sie das Theater verließ, desto besser. Ich würde sie wieder in Trance versetzen müssen. Aber diesmal würde ich sie zwingen, nach Hause zu gehen. Dann musste ich sehen, ob er das Interesse verloren hatte. Falls ja, war sie in Sicherheit.

Falls nicht ...

»Mein Cello!«, kreischte sie plötzlich, und ich wirbelte überrascht herum. Sie hatte sich hingehockt, es aufgehoben und starrte jetzt auf den Riss im Korpus, ließ das Instrument mit düsterer Miene sinken. Was sie dann tat, hatte ich am wenigsten erwartet. Sie sprang auf und stieß mich vor die Brust.

»Was sollte das?« Ich wich aus, bevor sie einen weiteren Schlag landen konnte.

»Sie haben mich zu Tode erschreckt, und ich habe es fallen lassen, und nun ...«

»Das spielt doch jetzt keine Rolle«, sagte ich. Sie sah mich wütend an, und mir wurde klar, dass Valente unrecht hatte. Sie war nicht nur hübsch. Sie war umwerfend, selbst wenn sie wütend war.

Ganz besonders, wenn sie wütend war.

»Wie können Sie es wagen ...?«

»Hören Sie mir gut zu«, unterbrach ich sie. »Dieser Mann ist nicht das, was er zu sein scheint. Sie müssen hier weg. Schleunigst!«

Ich wartete, aber sie rührte sich nicht vom Fleck.

»Im Laufschritt«, wiederholte ich und verstärkte meinen hypnotischen Bann.

Sie starrte mich an, als ob ich verrückt wäre.

»Warum laufen Sie nicht?«

»Warum sollte ich laufen?«, fragte sie.

»Weil ich es Ihnen befohlen habe.« Meine Macht hatte versagt, und ich wusste nicht, warum. Es war geradezu, als wäre sie gegen mich immun.

Sie stemmte eine Hand in die Hüfte, als ob sie meine Befürchtung bestätigen wollte. »Und?«

»Normalerweise reicht das aus.« Ich hatte keine Zeit, ihr den Trancebann zu erklären. Oder Vampire. Oder warum sie verschwinden musste. Je länger sie blieb, desto unwahrscheinlicher wurde es, dass ich alles wieder hinbiegen konnte.

»Wenn das alles ist ...«

Ich hatte nur noch einen Trick auf Lager, den ich versuchen konnte – einen menschlichen Trick. »Okay, würden Sie bitte weglaufen?«

Sie lachte. »Ich wiederhole meine Frage gern noch einmal, denn Sie scheinen ja schwerhörig zu sein. Warum?«

»Gut.« Ich hob meine Hände. Ich hatte versucht, sanft zu sein. Ich hatte versucht, sie zu warnen. Ich hatte sogar versucht, sie in Trance zu versetzen. »Weil dieser Mann Sie umbringen und Ihnen sämtliches Blut aussaugen wird.«

Sie zögerte, aber bevor ich mich erleichtert fühlen konnte, stellte sie mir eine weitere Frage. »Warum sollte er das tun?«

»Warum zum Teufel er das tun sollte?«, platzte es aus mir heraus. »Reicht es nicht, dass er es tun könnte? Jeder vernünftige Mensch würde vor ihm weglaufen.«

»Hören Sie, ich weiß nicht, wie ich es Ihnen beibringen soll«, sagte sie langsam und wie zu einem Kind, »aber ich glaube nicht, dass es *meine* geistige Gesundheit ist, die Ihnen Sorgen machen sollte.«

»Ich bin nicht verrückt«, stieß ich zwischen den Zähnen hindurch. Ich sollte sie einfach ihrem Schicksal überlassen. Es kümmerte sie anscheinend nicht, ob sie als Giovannis Abendimbiss endete. Warum also sollte es mich kümmern?

»Das ist die richtige Einstellung«, sagte sie nur. »Und wenn Sie mich jetzt bitte entschuldigen würden?«

Ich traute mir selbst nicht genug, sie zu berühren, aber ich musste sie davon abhalten, in diesen Saal zurückzukehren. Wenn Giovanni sie ohne mich an ihrer Seite sah, würde sein Interesse wieder erwachen. Also platzte ich mit dem einzigen Satz heraus, der mir einfiel. »Weil er ein Vampir ist.«

»Vampir?« Es folgte eine Pause, in der sie mich wieder musterte. »Bis jetzt dachte ich, Sie wären nur ein Arschloch, aber Sie sind ja ein verrückter Spinner.«

Ich hätte es kommen sehen müssen, trotzdem versuchte ich es ein zweites Mal.

»Sie müssen mir vertrauen.«

»Ähm, ja ... also nein.«

Charme. Hypnose. Sogar die Wahrheit. Nichts davon hatte funktioniert. Und ich wurde von Minute zu Minute genervter. Und wenn sich dieser kleine Mensch unbedingt in Gefahr bringen wollte? War es meine Aufgabe, sie zu retten? Ich starrte sie an und begriff, dass sie sich nicht rühren würde.

»Ich muss zurück. Sie können nicht ohne mich anfangen.« Sie sah zu ihrem zerbrochenen Cello hinüber. Schmerz huschte über ihr Gesicht. »Wenn ich es mir recht überlege, kann ich mit dem Ding gar nicht spielen. Aber Sie können mich gern begleiten und es erklären.«

Sollten wir uns jetzt wegen eines verdammten Cellos streiten? Ich hatte genug. »Nein, Sie müssen mit mir kommen. Sie können nicht zurück zu dieser Party.«

»Weil Sie mich vor einem Vampir retten werden?«, fragte sie, und mir wurde klar, dass sie nicht nur meine Warnung ignorierte, sondern auch kein bisschen Angst vor mir hatte. Was zum Teufel war hier los? »Woher soll ich wissen, dass Sie mich nicht an einen einsamen Ort führen und umbringen?«

»Ich fange an, den Gedanken zu erwägen«, knurrte ich und spürte, wie sich die Spitzen meiner Reißzähne verlängerten. »Sind Sie immer so stur?«

Sie verschränkte die Arme und zuckte mit der Schulter. »Sind Sie immer so sonderbar?«

»Ich versuche, Ihr Leben zu retten«, erinnerte ich sie. »Manche Leute würden das eher Ritterlichkeit nennen.«

»Die Ritterlichkeit ist tot«, sagte sie, ohne mit der Wimper zu zucken.

Es war klar, dass ich diesen Streit nicht gewinnen würde. »Gut, aber dieses Schicksal wollen wir uns doch ersparen. Sie werden nicht weglaufen, oder?«

Sie rührte sich nicht von der Stelle. Das ließ mir keine Wahl. Ich packte sie, warf sie mir über die Schulter und trug sie weg, bevor sie auch nur blinzeln konnte.

5

THEA

Ich hing über der starken Schulter des Mannes, bevor ich reagieren konnte. Es ging so schnell, dass mir schwindlig wurde. Er entfernte sich von der Party, die weißen Wände des Korridors flogen vorbei, als er sich so schnell bewegte, dass ich kaum Atem schöpfen konnte. Mein Blick blieb an meinem Cello haften, als er mich wegschleppte.

Mein Cello.

Ich hatte einen Riss im Cello.

Und dann war da noch dieser unglaublich starke, unglaublich attraktive schöne Kerl, der mich über seine Schulter geworfen hatte und der direkt auf den Ausgang zuzulaufen schien.

Wurde ich gerade entführt? Von einem Typen, der an Vampire glaubte?

Oh, verdammt, nein! Ich wollte nicht zulassen, dass mich dieser durchgeknallte Typ in seine Wahnvorstellungen verwickelte, selbst wenn er der heißeste Mann war, den ich je gesehen hatte. Wenn er sich einbildete, mich zu retten, würde er mich vielleicht gehen lassen. Dann erinnerte ich mich an seinen Gesichtsausdruck im Grünen Saal – ein Blick, der ahnen ließ, dass er mich wohl doch eher in Stücke reißen würde. Ich musste von ihm weg. Und zwar sofort.

Er verlangsamte sein Tempo, ich erkannte die Tür vom Putzraum – die letzte Tür im Flur vorm Ausgang. Ich wusste nicht, was mich da draußen erwartete, aber ich wollte meine Chance nutzen, bevor ich mich auf der Ladefläche irgendeines Vans wiederfinden würde.

»Lassen Sie mich runter«, sagte ich so bestimmt wie möglich und ärgerte mich, dass meine Stimme dabei zitterte. Er ignorierte mich. Ich ballte meine Hände zu Fäusten und schlug auf seinen Rücken ein. Leider war das genauso effektiv, wie gegen eine Ziegelwand zu schlagen, und tat genauso weh. Ich zappelte in seinem Griff und versuchte, einen Fuß in Richtung seiner Leiste zu schwingen.

»Aufhören!«, knurrte er.

Ich hämmerte weiter auf seinen Rücken ein, aber verzichtete darauf, ihm in die Eier zu treten. »Erst ... wenn ... Sie ... mich ... runter ... lassen.«

»Sobald Sie in Sicherheit sind.«

Gegen ihn anzukämpfen brachte mich nicht weiter. Mit ihm zu streiten konnte ich mir wohl auch schenken. Es blieb nur eine Möglichkeit. Ich ließ all die Angst und Panik raus, die ich in mir aufgestaut hatte, seit ich seinem mörderischen Blick begegnet war. »Bitte«, flehte ich. »Bitte lassen Sie mich gehen.«

Er blieb im Schein des Mondlichts stehen, das durch die Glastür des Ausgangs fiel. Mein Herz schlug schneller, Adrenalin pumpte durch meine Adern. Ich drehte mich um seine breite Schulter und sah, dass mich ein weiterer seiner riesigen Schritte nach draußen in den dunklen Skulpturengarten tragen würde. Ich durfte nicht zulassen, dass er mich nach draußen schleppte. Aber was sollte ich machen, ich hing über seiner Schulter, und er hielt mich unerbittlich fest.

»Ich will Ihnen nichts tun«, sagte er gepresst.

Ich hörte auf zu zappeln, überrascht von der offenkundigen Anspannung in seiner Stimme. Meine panische Angst ließ nach, aber ich versuchte, daran festzuhalten. Denn aus irgendeinem unverständlichen Grund wollte ich gar nicht mehr, dass er mich absetzte.

»Glauben Sie mir?«, drängte er.

Ich wusste nicht, was ich antworten sollte. Irgendwie hatte er etwas Gefährliches. Ich konnte es spüren: ein Hauch von Gewalt, der sich dunkel mit der unbändigen Kraft mischte, die er ausstrahlte. Das konnte nicht real sein. Das konnte nicht wirklich passieren. Ich musste träumen oder so. Aber vielleicht ... vielleicht hatte ich mir diesen hasserfüllten Blick auch nur eingebildet. Vielleicht war diese Vampirsache nur ein seltsamer Scherz. Vielleicht war es zu lange her, dass ein Mann mit mir geflirtet hatte, und ich brauchte eine Therapie.

»Sie entführen mich also.« Ich tat mein Bestes, um lässig zu klingen, aber in mir brodelten die Emotionen. Vielleicht war er ja auf eine gute Art verrückt – so wie jemand, der Millionen von Dollar aus einem Flugzeug wirft.

Oder vielleicht färbte sein Wahnsinn schon auf mich ab.

Irgendetwas war auf jeden Fall mit mir los. Ich sollte um Hilfe schreien. Ich sollte völlig verängstigt sein, aber seit er gesagt hatte, dass er mir nichts tun wollte, war meine Angst verflogen.

Ich glaubte ihm.

Zumindest glaubte ich den Teil, dass er mir nichts tun wollte, nicht jedoch den Vampirquatsch.

Die Sekunden verstrichen, und ich wartete auf seine Antwort. Schließlich setzte er mich auf dem Boden ab. Meine Absätze klackten auf den Fliesen, und ich starrte den langen, dunklen Flur hinunter zu einer offenen Tür. Ich wusste, dass ich zu dieser Tür und zu den Gästen laufen sollte, die sich dort drinnen amüsierten. Aber würde ich es schaffen? Ich warf einen Blick auf die gesprungenen Fliesen unter meinen Füßen. Ich würde aus meinen Schuhen schlüpfen müssen, um auch nur eine Chance zu haben, den Grünen Saal zu erreichen. Er dachte offenbar das Gleiche, denn er nahm seine Hände nicht von meinen Hüften.

»Laufen Sie nicht weg.« Diesmal klang es eher wie eine Bitte, nicht wie ein Befehl.

Ich hob eine Braue und merkte, dass er mich immer noch berührte. Ich spürte, wie sich seine kräftigen Hände in meine Hüften gruben und sein massiver Körper sich leicht krümmte, als er mich festhielt.

»Bitte«, fügte er schüchtern hinzu. Seine Mundwinkel zuckten, als ob er ein Lächeln unterdrückte. Es war diese kleine, normale Reaktion, die mich schließlich überzeugte.

»Okay«, stimmte ich zögernd zu, »aber ich muss zurück und es den anderen sagen. Die fragen sich bestimmt schon, wo ich bin.«

Er krümmte die Schultern und verzog das Gesicht in einem lautlosen Kampf. Ich betrachtete ihn, während er mit sich rang. Im Schein des Mondlichts blieb sein Gesicht im Halbschatten und betonte seine markante Kieferpartie und den leicht gebogenen Nasenrücken. Seine Augen beobachteten mich mit einer wachsamen Intensität, die tief in mir etwas aufwühlte. Ich konnte den Blick einfach nicht von ihm abwenden. Er zog mich völlig in seinen Bann.

Also ... falls er ein Serienmörder war, steckte ich in ernsten Schwierigkeiten.

Er räusperte sich und löste den Blick von mir. »Ich werde Sie begleiten.«

»Das müssen Sie nicht«, sagte ich schnell und erntete einen scharfen Blick, der mich von weiteren Protesten abhielt. Vielleicht sollte ich ihn besser nicht provozieren. »Wenn ich es mir recht überlege, fände ich es doch ganz gut.«

»Ich gehe mit«, sagte er etwas verwirrt. »Apropos, ich habe mich noch gar nicht vorgestellt. Mein Name ist Julian Rousseaux, und ich entschuldige mich für diese seltsame Vorstellung.«

Julian. Das war der Name, den der andere Mann benutzt hatte. Ich brauchte eine Sekunde, um zu erkennen, dass er auf meine Erwiderung wartete.

»Oh«, rief ich und streckte meine Hand aus. »Thea. Thea Melbourne, und das mit der seltsamen Vorstellung ist okay, solange Sie mich nicht entführen.«

Ich musste wirklich dringend an meinem Überlebensinstinkt arbeiten. Normalerweise konnte ich auf mich selbst aufpassen. Ich lebte schließlich in einer Großstadt. Ich wusste, wie man Gefahr erkennen konnte. Aber jetzt tat ich so, als wäre nichts passiert.

»Schön, Sie kennenzulernen, Thea.« Mein Name klang berauschend aus seinem Mund. Ich war drauf und dran, in seinen Bann zu sinken und mich von ihm überwältigen zu lassen. Kühles Leder berührte meine Handfläche und brach den Zauber. Als ich hinabsah, stellte ich fest, dass er Handschuhe trug. Doch bevor ich nach dem Grund für dieses seltsame Accessoire fragen konnte, hob Julian meine Hand und drückte einen Kuss auf den Handrücken. Er hielt einen Moment inne, und mir wurde schon wieder schwindlig. Dann ließ er meine Hand los, und das Gefühl verflog.

Er machte das. Er drückte alle Knöpfe bei mir, auch solche, von denen ich nicht gewusst hatte, dass ich sie besaß.

Er trat zur Seite und winkelte den Arm an. »Danke, dass ich Sie begleiten darf.«

Mir blieb der Mund offen stehen. Nach einer verwirrten Pause hakte ich mich bei ihm unter und ging neben ihm in seinem Rhythmus. Ich entspannte mich, als wir uns vom Ausgang entfernten und Kurs zurück auf die Party nahmen. Das hier entwickelte sich zum seltsamsten Abend aller Zeiten. *Vielleicht ist die Ritterlichkeit doch nicht tot,* dachte ich, als wir an einer Reihe gerahmter Porträts vorbeikamen. Allerdings fiel es mir noch schwer, die letzten fünfzehn Minuten zu verarbeiten.

»Ich kümmere mich um Ihr Cello«, versprach er.

Ich warf einen Blick auf das Instrument, das ein paar Dutzend Meter weiter unten im dunklen Flur lag. »Sie müssen nicht ...«, setzte ich an.

»Natürlich muss ich das«, unterbrach er mich. »Ich bin schließlich für den Schaden verantwortlich.«

»Das lässt sich bestimmt reparieren«, log ich. Ich hatte den Riss gesehen und bezweifelte, dass selbst der fähigste Geigenbauer das wieder hinkriegen würde. Ich hatte vor dem Studienbeginn den ganzen Sommer lang gekellnert, um das Instrument zu kaufen. Es war der teuerste Gegenstand, den ich besaß. Ohne ein vollwertiges, professionelles Cello hatte ich keine Chance, einen Platz im Orchester zu bekommen oder gar das Reed-Stipendium. Diese Erkenntnis zerriss mir das Herz. Alles, wofür ich gearbeitet hatte, löste sich gerade in Luft auf.

Ich schaute zu ihm auf, wobei ich mir fast den Hals verrenkte, und sah seine schmalen und wachsamen Augen. Im selben Moment kamen wir an einer Wandlampe vorbei, und ich sah zum zweiten Mal das helle Blau der Augen. Mein Herz machte einen Salto wie schon beim ersten Mal, als er mich angesehen hatte. »In dem Fall werde ich das veranlassen. Falls nicht, kümmere ich mich um einen Ersatz.« Sein Ton ließ keinen Raum für Widerspruch.

Dieses Mal wollte ich nicht höflich sein. Er hatte recht. Er hatte mich unvermutet erschreckt, und deshalb hatte ich das Cello fallen lassen. Mir die Reparatur zu finanzieren war das Mindeste, was er tun konnte.

»Ihr Freund ...«, sagte ich und versuchte immer noch, seinem Blick standzuhalten, was eine ziemliche Leistung war, wenn man bedenkt, dass er deutlich über einen Meter achtzig groß sein musste, »war ein bisschen seltsam.«

»Giovanni Valente ist nicht mein Freund«, ermahnte er mich, »und Sie sollten sich tunlichst von ihm fernhalten.«

»Ich war nur höflich«, sagte ich abwehrend. Eigentlich hatte ich sowieso nicht mit dem Mann mitgehen wollen, von dem er behauptete, dass er ein Vampir sei. Aber ich hatte das Gefühl gehabt, es tun zu müssen.

»Höflich sein ist eine hervorragende Methode, sich umbringen zu lassen«, sagte er, als hätte er meine Gedanken gelesen.

»Sie klingen wie ein Reale-Verbrechen-Podcast.« Ich verdrehte die Augen. »Es war ja nicht so, dass ich hinten in seinen Van steigen wollte oder so.« Das nicht, aber dafür hatte ich mich von Julian wegtragen lassen! Dieser Valente-Typ war geradezu unheimlich charmant gewesen. Julian hingegen hatte nur so getan, als wäre ich ein verlorenes Gepäckstück, das er zufällig gefunden hatte. Was war denn heute Abend mit mir los?

»Ein Reale-Verbrechen-was?«, fragte er und warf mir einen neugierigen Blick zu.

»Echt jetzt?« Das konnte nicht sein Ernst sein, aber als ich ihn musterte, war da immer noch die Neugierde in seinem Blick. »Ein Podcast, in dem sie alte Morde schildern.«

Er blinzelte, bevor er wieder eine uninteressierte Miene aufsetzte. »Ich war ... weg auf ... Geschäftsreise. Ich habe ein paar Dinge verpasst.«

»Seit 1999?« Alles an ihm war seltsam. Er hatte ein paar Schrauben locker, und sein Verhalten wechselte ständig zwischen verrückter Höhlenmensch und perfekter Gentleman. Aber wieso hatte er noch nie von Podcasts gehört?

»Ist das auf diesen ... Geräten?« Er zog ein Handy aus seiner Tasche.

»Ähm ...« Was hätte ich darauf antworten sollen? »Ja. Sie brauchen allerdings eine App dafür.«

»Eine ... App«, wiederholte er. Er sah das Telefon verkniffen an, als würde er ihm nicht trauen. »Würden Sie diese Dinge als lebensverändernd bezeichnen?«

»Smartphones?« Ich konnte mir ein Kichern nicht verkneifen. »Versuchen Sie mal, einen Tag ohne zu leben.«

»Das mache ich vielleicht.« Er antwortete mit einem freundlichen Lächeln. »Ich glaube, Sie wollten die Damenwaschräume aufsuchen.«

Als ich mich umsah, erkannte ich, dass er mich dorthin geführt hatte. »Das wollte ich«, gab ich verwirrt zu. Ich hatte ihm nichts davon gesagt. Also war er mir gefolgt.

»Ich warte hier draußen und bringe Sie dann zu Ihren Leuten zurück.« Er nahm neben der Tür eine starre Haltung ein und sah aus wie ein wirklich schönes Standbild eines antiken Kriegers. Nur dass er einen Smoking trug und lebendig war.

Ich griff nach dem Türknauf und warf noch einen Blick über die Schulter auf ihn. Er tat weiterhin so, als wäre er mein Leibwächter. Ich ging in die Toilette, wartete, bis sich die Tür hinter mir geschlossen hatte, drückte mich mit dem Rücken dagegen und atmete tief durch. Mein Leben war durchorganisiert. Hektisch sogar. Aber aufregend? Nein. Ich war mir auch gar nicht sicher, ob Aufregung das richtige Wort für das war, was da gerade in mir pulsierte.

Ich musste eigentlich gar nicht auf die Toilette. Das war nur eine Ausrede gewesen, um von Giovanni wegzukommen. Aber jetzt kam es mir wie eine gute Idee vor, mich kurz hinzusetzen. Ich machte ein paar Schritte in die Richtung der Kabinen. Als ich die Tür zur ersten Kabine aufstieß, entfuhr mir ein Schrei, als ich einen Mann und eine Frau sah, die sich an die Wand der Kabine drückten.

»Entschuldigung!«, platzte ich heraus und drehte mich weg, als mir plötzlich etwas auffiel. Unwillkürlich drehte ich den Kopf zurück, weil ich das trägerlose, schwarze Kleid kannte, das um die Füße der Frau lag. »Carmen?«

Konnte der heutige Abend noch merkwürdiger werden? Vielleicht sollte ich mir ein paar Tage freinehmen. Aber sie reagierte nicht. Auch der Mann, mit dem sie zusammen war, rührte sich nicht.

Ich machte einen Schritt weg und wandte meinen Blick von dem küssenden Paar ab. »Sorry. Ich lasse euch beide dann mal allein, damit ihr …«

Ich wollte den Satz nicht beenden. Doch bevor ich den Raum wieder verlassen konnte, hob der Mann den Kopf, und ich blickte in zwei völlig schwarze Augen. Nicht einmal eine Spur von weißen Augäpfeln war zu sehen. Ein dicker roter Tropfen sickerte seitlich aus seinem Mund. Carmen sackte in seine Arme, als wäre sie betrunken.

Ich öffnete den Mund, um zu schreien, aber er murmelte: »Schweig. Warte da, bis ich mit der hier fertig bin.«

Mein Schrei blieb mir in der Kehle stecken, und mein Körper verharrte an Ort und Stelle, als wäre die Schwerkraft auf die höchste Stufe gestellt worden. Ich konnte meine Füße nicht bewegen. Ich konnte meine Arme nicht heben. Es war, als wäre ich eingefroren worden. Ich konnte nicht um Hilfe rufen. Ich konnte nur zusehen, wie er seine Lippen wieder auf Carmens Hals senkte.

Der einzige Teil von mir, über den ich Kontrolle hatte, war mein Gehirn, aber ich konnte nur ein Wort denken.

Vampir.

6

JULIAN

Ich hatte Jahrhunderte gelebt, aber jetzt lehnte ich an einer vergilbten Gipswand und wartete auf eine Frau, die ich kaum kannte – eine *menschliche* Frau zu allem Überfluss. Ich spürte die raue Struktur des Putzes durch meine Smokingjacke und mein Hemd hindurch. Meine geschärften Sinne arbeiteten immer noch auf Hochtouren. Ich klopfte rhythmisch an die Wand, um meine Energie abzuleiten, und war überrascht, wie gut sie den Schall absorbierte. Andererseits waren Theater für ihre gute Akustik bekannt. Keiner wollte eine Vorstellung mit Toilettenrauschen haben. Ich warf einen Blick auf die Tür der Damentoilette, fragte mich, wie lange sie wohl brauchen würde, und begann, einen Dreistufenplan zu entwerfen, um mein kolossales Versagen zu kompensieren.

Stufe eins: Bring Thea von den Vampiren hier weg.

Stufe zwei: Lass sie alles vergessen, was heute Abend geschehen ist.

Stufe drei: Wenn ich das nur wüsste.

Das Problem war, dass ich bereits versucht hatte, sie in eine Trance fallen zu lassen. Sie hatte sich mir widersetzt. Wenn es bei dem Barkeeper auch nicht geglückt wäre, hätte ich mir vielleicht Sorgen gemacht, dass mit mir etwas nicht stimmte.

Das letzte Mal, dass meine Macht versagt hatte, war ... das war noch nie passiert.

Nicht ein einziges Mal in all meinen Jahrhunderten. Und die Tatsache, dass Thea mir widerstehen konnte, machte es noch schwieriger, sie loszuwerden. Ich wollte wissen, warum. Was war so besonders an diesem zierlichen Menschen? Ja, sie war atemberaubend und spielte das Cello mit einer Leidenschaft, die ich schon seit Ewigkeiten nicht mehr erlebt hatte. Aber sie war auch ungefähr so groß wie eine Teekanne und ebenso zerbrechlich.

Ich konnte meine Neugier nicht befriedigen, ohne sie in Gefahr zu bringen, und das war ein Risiko, das ich nicht eingehen wollte.

»Du weißt genau, was Stufe drei ist«, murmelte ich vor mich hin. »Vergiss sie.« Wenn ich sie erfolgreich bannen konnte, musste ich danach verschwinden. Ich würde ihr ein neues Cello beschaffen und dafür sorgen, dass sie nie wieder für eine Vampirveranstaltung engagiert wurde.

Ich schaute auf meine Rolex und war erleichtert, dass die Cocktailparty bald zu Ende sein würde. Die Minuten verstrichen, und Thea tauchte nicht auf. Nachdem ich so lange gelebt hatte, nahm ich die Zeit kaum noch wahr. Aber hier draußen auf sie zu warten strapazierte meine Geduld. Ich ging näher an die Tür heran. Normalerweise wäre ich nicht in ihre Privatsphäre eingedrungen, aber der heutige Abend war alles andere als normal. Immerhin hatte ich gerade einer Sterblichen die Existenz von Vampiren offenbart. Das war eine brauchbare Rechtfertigung dafür, die Grenze zu überschreiten. Wie ich vermutet hatte, kam kein Geräusch von drinnen. Es war totenstill.

Vielleicht hatte sie recht. Vielleicht war ich während meiner ausgedehnten Pause von der Welt verrückt geworden. Vielleicht brach ich zu viele Regeln, aber ich konnte die Furcht nicht ignorieren, die meine Hand zur Tür zog. Beinahe hätte ich meiner Schwäche nachgegeben, aber dann gelang es mir doch, mich zu beherrschen.

Ich hatte nicht vor, eine Dame auf der Toilette zu stören.

Doch bevor ich mich entfernen konnte, hörte ich ein leises Schlürfen. Meine Instinkte erwachten, ich atmete tief ein und nahm einen anderen Duft wahr, der in der Luft schwebte. Ich hatte ihn – berauscht von Theas Anwesenheit – zuvor nicht beachtet und nicht bemerkt, dass ich sie zu einem anderen Vampir geführt hatte. Ich hatte keine Zeit, an mir zu zweifeln. Meine Reißzähne fuhren augenblicklich aus, als ich durch die Tür stürmte.

Thea stand starr in der Mitte des Raumes zwischen der Tür und den Kabinen. Erleichtert registrierte ich, dass sie allein war, aber das währte nicht lange. Ihre Augen weiteten sich, als sie mich sah, aber sie bewegte sich nicht und sagte nichts. Verzweiflung strömte nur so aus ihr heraus, und mein Instinkt übernahm die Kontrolle. Ich sprang auf sie zu, um in ihre Reichweite zu gelangen. Doch als ich näher kam, dröhnte eine Stimme aus einer offenen Toilettenkabine. »Die hier sind vergeben.«

Ich drehte mich zu dem Vampir um und stellte mich zwischen ihn und sie. »Das sehe ich anders.«

»Hör zu, das sind keine Vertrauten, und die Hors d'œuvres sind hier wirklich mangelhaft. Ich dachte schon, ich sterbe vor Langeweile.« Er ließ die Frau in seinen Armen los, und sie sackte bewusstlos auf den Boden. Ihr Kopf schlug krachend auf den Rand der Toilettenschüssel. »Wenn es dir nichts ausmacht, mein Freund.«

Er trat an mich heran, offenbar wollte er jetzt Thea.

»Es macht mir aber was aus, und ich bin nicht dein Freund«, knurrte ich.

Er grinste mich an. Ich widerstand dem Drang, ihm den Kopf abzureißen. Jeder Muskel in meinem Körper war angespannt. Ein leises Grollen ertönte in meiner Brust, als ich mich zum Angriff bereit machte.

»He!« Er blieb abrupt stehen und hob die Hände. »Ich wusste es nicht.«

»Was wusstest du nicht?« Ich spie ihm die Worte entgegen, wartete aber nicht auf seine Antwort. »Dass es schlechtes Benehmen ist, auf einer Party einen Sterblichen zu verzehren? Oder dass es illegal ist, jemanden in der Öffentlichkeit auszusaugen?«

»Das hier ist ja wohl kaum öffentlich ...«

Ich unterbrach die erbärmliche Ausrede. »Oder vielleicht hast du einfach nicht gemerkt, mit wem du redest.«

Der Vampir schluckte, als er mich musterte. An seinem Äußeren konnte man erkennen, dass er jung war. Und er war nicht als Vampir geboren worden. Zwar setzten sich auch viele Reinblütige über die Regeln hinweg, aber er trug auf einer Party voller Hexen keine Handschuhe. Das bedeutete entweder, dass er verwandelt oder dumm war. Kein Reinblütiger würde sich ohne Handschuhe auf so einer Veranstaltung erwischen lassen. Keiner von uns würde ein solches Risiko eingehen. Vielleicht sollte ich ihn fragen, wer sein Schöpfer war. Eigentlich sollte der sich um dieses Fehlverhalten kümmern.

Anstatt sich zu fügen, verengte er jedoch die Augen. »Du bist auch einer von ihnen«, sagte er. »Ein mieser Reinblütiger. Glaubst du etwa, du kannst mich einfach herumkommandieren?«

»Ich *weiß*, dass ich es kann«, brüllte ich.

»Mir ist scheißegal, wer du bist, Opa.« Er kam auf mich zu, und wieder umspielte ein Grinsen seine Lippen.

Er mochte ein Problem mit Reinblütigen haben, aber wir waren einfach älter und schneller. Ich hatte die Handschuhe abgestreift, bevor er auch nur blinzeln konnte, und schloss meine Finger um seinen Hals. Im nächsten Moment hielt ich seinen Kopf in meinen Händen. Sein Körper schwankte noch einen Moment, bevor er auf den Boden krachte und Blut auf die Fliesen tropfte. Ich ließ den Kopf neben seinen Kadaver fallen.

Aber er war mir egal, und ebenso der Ärger, den das Töten eines anderen Vampirs – selbst eines so unerfahrenen Trottels – nach sich ziehen würde. Ich drehte mich um und griff nach Theas Hand.

»Sind Sie okay?«, fragte ich, weil sie gerade haltlos zu zittern begann. Das Zittern erfasste bald ihren ganzen Körper. Sie hob den Kopf, um mir zu antworten, aber als sie den Mund öffnete, kam nur ein ohrenbetäubender Schrei heraus. Ich wich vor dem durchdringenden Lärm zurück. »Gut, Ihre Lungen scheinen zu funktionieren.«

Der Schrei erstarb schließlich auf ihren Lippen. Sie starrte mich an, dann sah sie auf die blutigen Überreste des Mannes, der sie hatte angreifen wollen. »Sie haben ihn getötet.«

»Das habe ich«, sagte ich sanft. Sie hatte gesehen, wie ich es getan hatte, also gab es keinen Grund, es abzustreiten.

»Warum?« Sie sprach so leise, dass ich mir nicht sicher war, ob sie überhaupt eine Antwort wollte.

Sie stand eindeutig unter Schock, also versuchte ich, sanft zu sein. Leider war ich aus der Übung. »Weil er es verdient hatte«, sagte ich schroff. »Haben Sie ein Problem damit?«

Sie überlegte einen Moment lang, bevor sie langsam den Kopf schüttelte.

Ich blinzelte überrascht. Diese Reaktion überraschte mich nach ihrem Geschrei.

»Reißen Sie oft Köpfe ab?« Sie legte den Kopf schief, als ob sie mich zum ersten Mal wirklich ansähe.

»Nur wenn …«

»… sie es verdient haben«, beendete sie den Satz für mich.

Sie nahm es erstaunlich gut auf, aber ich ahnte, dass sie nicht mehr so ruhig sein würde, wenn das Adrenalin in ihrem Kreislauf sich abbaute.

»Lassen Sie sich jetzt endlich von mir nach Hause bringen?« Ich bemühte mich, es so klingen zu lassen, als ob sie eine Wahl hätte. Wenn ich sie wieder über meine Schulter werfen und bei mir einsperren müsste, würde ich es tun.

»Er ist tot.« Sie leckte sich über die Unterlippe. Sie glänzte einladend, und ich sah weg. »Warum muss ich jetzt gehen?«

Ich hob die Hand, massierte meinen Nasenrücken und fragte mich, ob ihr jemals die Fragen ausgehen würden. »Weil ich ein Vampir bin.«

»Das habe ich mir irgendwie schon gedacht, als Sie ihm den Kopf abgerissen haben.« Sie verlagerte ihr Gewicht, aber obwohl sie gesehen hatte, wozu ich fähig war, war da keine Spur von Angst in ihrem Gesicht.

»Und das stört Sie nicht? Denn das sollte es – auch wenn mir klar ist, dass das vielleicht kontraproduktiv für meine Pläne wäre.«

Sie hob ihr Kinn leicht an. Dieser kleine Akt der Entschlossenheit rührte mich. Thea war mutig. »Sie haben gesagt, Sie tun mir nichts.«

Okay. Sie besaß eindeutig keinerlei Überlebensinstinkt.

»Aber die anderen sehen das vielleicht anders«, erinnerte ich sie.

»Andere?«, wiederholte sie.

»Die von der Party.« Ich deutete mit einem Nicken zur Tür, um sie an das zu erinnern, was ihr offenbar entgangen war. »Wir sind alle Vampire.«

»Oh. Das erklärt es!« Es klang, als wollte sie kichern. Das war bei einem Schock normal. Aber bei ihr war kein Nervenzusammenbruch im Anzug, das spürte ich. Sie biss sich auf die Lippe, als ob sie ein Grinsen unterdrücken wollte.

Mir wäre es lieber gewesen, sie hätte aufgehört, interessante Dinge mit ihrem Mund zu machen. Das brachte mich nur auf Ideen. Schlechte Ideen. Sehr, sehr schlechte Ideen. Ideen, die wir beide sehr genießen würden.

»Das erklärt was?« Ich musste mich zu der Frage zwingen.

»Nichts!«

Ich zog eine Augenbraue hoch. »Ich habe Ihnen mein Geheimnis verraten.«

»Sie sehen alle so gut aus«, platzte sie heraus.

»Das ist Ihnen aufgefallen?« Die Menschheit war dem Untergang geweiht. Trotzdem spürte ich ein ungewohntes Ziehen in meiner Brust. Wen hatte sie noch angesehen? Wer hatte ihr gefallen?

Bevor ich sie danach fragen konnte, unterbrach uns ein leises Stöhnen. Ich drehte mich überrascht um, und Thea machte einen unsicheren Schritt auf mich zu. Aber sie fiel mir nicht in die Arme. Sie schob sich an mir vorbei und eilte direkt zu der Frau in der Toilettenkabine.

»Carmen?«, rief sie in Panik. Sie drehte sich mit suchenden Augen zu mir um. »Ist sie tot?«

Ich hielt inne, um nach einem Herzschlag zu lauschen. Ich

war zu sehr von Thea abgelenkt gewesen, um mich um das Opfer des jungen Vampirs zu kümmern. Ich konnte Theas rasenden Herzschlag hören, das Organ pumpte so laut, dass ich einen Moment brauchte, bis ich das viel schwächere Herz im Raum ausmachen konnte.

»Sie lebt«, sagte ich grimmig.

»Ich dachte, er hätte sie getötet«, flüsterte Thea. Schuldgefühle zogen über ihr hübsches Gesicht, aber sie blieben nicht haften. Als sie fortfuhr, verstand ich, warum. »Ich habe nicht einmal daran gedacht, ihr zu helfen. Ich stand einfach nur da. Ich konnte mich nicht bewegen.«

Jetzt war nicht die Zeit, ihr den Bann zu erklären. Der Herzschlag ihrer Freundin wurde immer schwächer. Sie war dem Tod nahe. Jeden Moment würde sie in das nächste Leben übergehen. Theas betroffenes Gesicht zeigte, dass sie sich selbst die Schuld gab. Das brauchte sie nicht, aber Menschen waren selten rationale Geschöpfe.

»Ich kann sie heilen«, sagte ich leise und ignorierte den Umstand, dass ich es nicht tun sollte. Denn es war ganz sicher nicht meine Absicht, mich noch tiefer in den Schlamassel zu reiten. »Aber ich kann nicht zulassen, dass sie sich an all das erinnert.«

Theas Zunge fuhr über ihre Lippen, und ihre Schultern strafften sich vor Entschlossenheit, als sie nickte. Sie rückte zur Seite, damit ich genug Platz hatte, um das Opfer zu erreichen.

»Wie …«, begann sie, brach aber ab, als ich mit einem manikürten Fingernagel eine Vene an meinem Handgelenk aufritzte. Ich führte die Hand an die Lippen der anderen Frau und ließ sie trinken. Ich spürte, wie Theas Blicke auf mir ruhten, als ich ihrer Freundin mein Blut zu trinken gab.

Nach ein paar Schlucken wirkten ihre dunklen Augen schläfrig. Ich zog mein Handgelenk weg und nahm ein Taschentuch aus meiner Tasche. Carmen versuchte ruckartig, sich aufzurichten, aber es gelang ihr nicht. Thea kniete sich neben sie, um sie zu beruhigen.

»Was ist passiert?«, fragte Carmen blinzelnd. Verwirrung war danach normal. Sie hatte viel Blut verloren, und wenn man Vampirblut zu sich nahm, gab es auch Nachwirkungen.

»Was mache ich hier?«

Thea biss sich auf die Unterlippe und überlegte, was sie sagen sollte. Ich versuchte, die Aufmerksamkeit, die sie mit ihren Gesten auf ihren Mund lenkte, zu ignorieren, was mir nicht gelang. Also kümmerte ich mich wieder um das Chaos, das der rücksichtslose Vampir hinterlassen hatte.

»Sie sind gestürzt«, sagte ich. Carmen erschrak beim Klang meiner Stimme, aber sobald sie mich ansah, entspannte sie sich.

»Wirklich?«

»Ja.« Anders als Thea zeigte sie keinen Widerstand gegen meine Manipulationen. »Sie sind über Ihr Kleid gestolpert und haben sich den Kopf an der Toilette angeschlagen. Thea hat Sie gefunden.«

Ihre Augen weiteten sich vor Entsetzen, und sie starrte Thea an. »Ich bin auf die Toilette gefallen«, schrie sie, und ihre Stimme erreichte eine Tonlage, die ich bis zu diesem Moment nicht für möglich gehalten hätte, »und du hast ausgerechnet einen Mann mitgebracht, um mir zu helfen?«

»Wie ich sehe, bist du schon wieder ganz die Alte«, sagte Thea und seufzte. Sie schaute mich an. »Sie können gehen. Ich kümmere mich um sie.«

»Das sehe ich anders«, knurrte ich. Nach meiner Zählung hatte ich ihr heute Abend zweimal das Leben gerettet. Ich würde sie nicht aus den Augen lassen.

Thea straffte ihre zierlichen Schultern und starrte mich an. »Dann warten Sie draußen.«

Ich rührte mich nicht. »Bitte«, fügte sie hinzu.

»Ich werde jemanden suchen, der sich um diesen Saustall kümmert.« Ich wandte mich wieder an die andere Frau. »Es geht Ihnen gut. Sie werden hier rausgehen, ohne die Leiche zu bemerken. Sie werden sich nicht an den Angriff erinnern. Sie wissen nur noch, dass Sie mit dem Kopf auf die Toilette geknallt sind.«

»Danke. Ich übernehme ab hier«, Theas Stimme zitterte ein wenig.

Ich kniff die Augen zusammen, aber ging zur Tür. Diese kleine Sterbliche hatte nicht nur keine Angst vor mir, sie erteilte mir auch noch Befehle. Ich schlug die Tür hinter mir zu und stellte mich zum Warten in eine dunkle Ecke. Diesmal beeilte sie sich. Mein Blut hat seine Arbeit getan. Als sie die Toilette verließen, wies nichts mehr darauf hin, dass Carmen etwas passiert war. Ich konnte nur hoffen, dass Thea ihr nicht den wirklichen Ablauf verraten hatte.

Ich sollte meinen Bruder suchen. Sebastian müsste inzwischen hier sein. Er konnte Theas Erinnerungen an die Nacht löschen. Sie würde ihr normales Leben weiterführen. Was mich anbetraf, würde ich meine Pflicht erfüllen. Ich würde mich für eine vollkommen adäquate Vertraute entscheiden und mich um die Familienangelegenheiten kümmern, indem ich sie heiratete. Irgendwie erschien mir dieser Plan noch reizloser als zuvor, dabei hätte ich mich auch zuvor schon lieber pfählen lassen.

»Ich danke Ihnen für Ihre Hilfe«, sagte Carmen und wich meinem Blick immer noch aus. So wie sie die Ereignisse des heutigen Abends interpretierte, hatte sie allen Grund, peinlich berührt zu sein. »Ich habe mich wieder voll im Griff.«

Sie blickte zu Thea hinüber und lächelte angestrengt.

»Natürlich«, sagte ich und ließ sie passieren. Sie ging selbstsicher, wenn auch recht zügig den dunklen Flur hinunter und zurück zur Party. Sobald sie in der Dunkelheit verschwunden war, drehte ich mich um und reichte Thea meinen Arm.

Sie starrte mich nur an und bewegte sich keinen Zentimeter. »Warten Sie mal, einen Moment. Warum kann sie einfach so ohne Aufpasser herumlaufen, ich aber nicht?«

»Sie ist nicht in Gefahr.«

»Ein Vampir hat sie vor fünf Minuten wie einen Milchshake getrunken.« Sie verschränkte die Arme und weigerte sich immer noch, sich zu rühren.

»Sie hat mein Blut getrunken, und jetzt trägt sie meinen Geruch an sich. Kein anderer Vampir wird Hand an sie legen«, sagte ich und wurde langsam ungehalten. Warum konnte sie nicht einfach gehorchen?

»Es sind nicht Ihre Hände, die mir zu denken geben«, murmelte sie. »Okay, dann verpassen Sie mir Ihren Duft, damit ich mein Cello suchen und erklären kann, wo ich gesteckt habe.«

Ein Lächeln drängte sich auf meine Lippen, aber ich unterdrückte es. »So einfach ist das nicht.«

»Warum nicht?«, wollte sie wissen.

»Möchten Sie mein Blut trinken?«, fragte ich sie. Thea schluckte und schüttelte den Kopf.

»Möchten Sie, dass ich Ihr Blut trinke?« Ich konnte mir denken, dass das eine noch weniger verlockende Option war.

»Können Sie sich nicht einfach an mir reiben oder so?« Sie hielt sich die Hand vor den Mund, als ihr klar wurde, was sie gesagt hatte.

»Es gibt noch eine andere Methode, aber dazu muss man sich nicht nur reiben, Schätzchen«, säuselte ich und trat einen

Schritt näher an sie heran. Ihre Bemerkung war unschuldig gewesen, aber meine Gedanken waren alles andere als das. Vielleicht musste ich diesen ungewöhnlichen Menschen einfach nur aus meinem System herausbekommen.

Aber ich wusste, dass ich mir was vormachte.

»Wie würde das ablaufen?«, fragte sie atemlos.

Ich beugte mich hinunter und senkte meine Stimme zu einem Murmeln, das nur sie hören konnte. Da es überall Vampire gab, musste ich vorsichtig sein. Mit Menschen ins Bett zu gehen war verpönt, aber während der Ballsaison verstieß es gegen alle Anstandsregeln, eine neue Bindung zu einem Sterblichen einzugehen. »Ich könnte mit dir ins Bett gehen. Danach würde niemand mehr daran zweifeln, dass du mir gehörst.«

Sie schluckte, ich sah den Zwiespalt in ihren Augen. »Ich habe noch nie ...«

»Da bist du ja!« Eine schneidende, gebieterische Stimme unterbrach sie, bevor sie ihren Satz zu Ende bringen konnte. Ich richtete mich auf und warf Thea einen warnenden Blick zu, als auch schon eine wunderschöne Frau in einem roten Seidenkleid auf uns zu schlenderte. Neben mir bekam Thea große Augen und starrte sie nur an. So reagierten Menschen, wenn sie Sabine sahen. Ich hatte fast ein Jahrtausend lang unter ihrem Ego gelitten.

»Du bist nicht zum Haus gekommen«, tadelte sie und legte besitzergreifend eine Hand auf meinen Bizeps. Thea blieb steif neben mir stehen. Ich sah sie an und entdeckte, dass ihre Lippen zu einem säuerlichen Ausdruck verzogen waren.

»Weil du mir aus dem Weg gehst«, erinnerte ich sie.

»Ich hatte viel zu tun.« Sie tat meinen Einwand mit einem Schulterzucken ab. »Neue Verbindungen planen sich nicht von selbst.«

»Ich hoffe, mit Verbindungen meinst du Partys.«

»Natürlich.« Sie blinzelte zweimal – ein sicheres Zeichen dafür, dass sie log. Ich hatte gelernt, ihre Körpersprache zu lesen. Das war der Grund, warum sie bei Pokerspielen immer gegen mich verlor. »Partys, was sonst?«

Thea räusperte sich. »Ich sollte jetzt gehen. Ich danke Ihnen für Ihre Hilfe.«

»Hilfe?«, wiederholte Sabine neugierig.

»Es ist nichts«, sagte ich, bevor Thea in eine neue Katastrophe schlittern konnte.

»Blödsinn.« Leider war Sabine nicht der Typ Vampirin, der sich abwimmeln ließ. »Womit hat Ihnen mein Sohn geholfen?«

»Sohn?«, fragte Thea tonlos.

Hatte ich wirklich geglaubt, dass die Dinge nicht noch komplizierter werden könnten? Offensichtlich hatte ich vergessen, wie die Welt funktionierte, während ich allein auf den Keys vor mich hin schlief.

Sabine wartete auf meine Antwort, und ich wusste, dass mir nichts anderes übrigblieb, als mich an Thea zu wenden. »Darf ich dir meine Mutter vorstellen.«

7

THEA

»Sie ist deine Mutter?« Die Worte rutschten mir heraus, bevor ich mir auf die Zunge beißen konnte.

»Julian.« Der Blick, mit dem sie ihn bedachte, war auf jeden Fall der einer Mutter, einer unnachgiebigen. »Kann ich dich kurz sprechen?«

»Entschuldige uns einen Moment.« Das galt mir.

Ich nickte und fühlte mich etwas benommen, als die beiden ein paar Schritte den Flur hinunter zu einer dunklen Nische gingen. Seine Mutter war unglaublich schön, ihr Haar hatte die gleiche glänzende, dunkle Farbe wie seins und ihre Gesichtszüge waren genauso markant wie seine, nur weicher. Wahrscheinlich war sie nicht seine richtige Mutter. Vampire wurden erschaffen, soweit ich wusste. So funktionierte das jedenfalls in Geschichten.

Eigentlich hielt ich mich für einen recht anpassungsfähigen Menschen. Warum sollte man sich gegen Veränderungen und neue Erkenntnisse wehren, wenn man sich damit arrangieren konnte? Aber als ich sie in der Dunkelheit flüstern sah, brannte irgendeine Sicherung in meinem Gehirn durch. Es geschah zu viel und zu schnell. Das musste ein Traum sein. Einer dieser verrückten, wilden Träume, die sich so real anfühlten, dass man fast glaubte, es geschähe wirklich.

Ich schloss die Augen. »Wach auf, Thea. Du träumst.« Normalerweise half das, vor allem, wenn ich in einem Albtraum feststeckte. Und dies war ein Albtraum – oder etwa nicht? Als ich die Augen wieder öffnete, stand ich immer noch im Korridor. Ganz in der Nähe tuschelten Julian und seine Mutter. Ich kniff mir für alle Fälle in den Arm.

»Autsch.«

All das geschah wirklich. Alles davon. Vampire waren real. Der heißeste Mann aller Zeiten war einer von ihnen – und hatte er etwa mit mir geflirtet?

Dabei sah seine Mutter sowohl jünger als auch heißer aus als ich.

Ich brauchte einen Drink. Bei dem Gedanken stieg die Erinnerung an das Blut in mir auf, wie es von Carmens Hals tropfte, und mir drehte sich der Magen um. Vielleicht war ein Drink doch keine so gute Idee. Der heutige Abend hatte eine surreale Wendung genommen, und vor lauter Schlafmangel, Arbeit und Studium war ich zu müde, um das alles zu verdauen. Julian war unglaublich attraktiv – na und? Er war schlecht gelaunt und ein echter Macho. Wahrscheinlich hatte er sich das im Mittelalter oder so angewöhnt. Gott, konnte er wirklich so alt sein?

Es spielte keine Rolle. Ich wollte jetzt nur noch nach Hause, eine Jogginghose anziehen und mich unter die Bettdecke kuscheln.

Bett.

Ich hörte seine Stimme das Wort sagen, mein Magen verkrampfte sich und jeder Muskel in mir spannte sich an. In den letzten Jahren hatte ich mir Männer vom Leib gehalten. Die Pflege meiner Mutter, das Studium und meine Arbeit hatten mich so mit Beschlag belegt, dass mir keine Zeit geblieben war, über eine Beziehung auch nur nachzudenken. Ein paar Jungs hatten mich nach einem Date gefragt, doch es war mir leichtgefallen, sie abzuweisen. Aber Julian hatte nichts von einem Date gesagt. Wie war es wohl, mit einem Mann wie ihm ins Bett zu gehen? Ich stellte mir sein Bett mit Seidenlaken und Rosenblättern vor. Filmvampire waren immer ein wenig theatralisch. Ich konnte mir nur nicht genau vorstellen, wie es sich anfühlen würde. Ich hatte nicht viel Erfahrung in diesem Metier. Ich hatte noch nie lange genug gedatet, um mit jemandem ins Bett zu gehen. Ich hatte das noch nie wirklich in Betracht gezogen. Aber jetzt fragte ich mich unwillkürlich, was sich unter Julians Smoking verbarg. Ich hatte gesehen, wie stark er war. Was könnte er mit seiner Kraft anstellen? Ich hatte keine Ahnung, wie lange er schon lebte, aber irgendetwas sagte mir, dass seine Schlafzimmer-Erfahrungen am entgegengesetzten Ende des Spektrums lagen. Ich war noch nie bereit gewesen, mit einem stinknormalen Kerl zu schlafen. Und ich hatte ganz bestimmt keine Lust, meine Jungfräulichkeit an einen Vampir zu verlieren.

Warum ließ mich die Vorstellung dann nicht mehr los?

Wahrscheinlich, weil ich nicht klar denken konnte, wenn er in meiner Nähe war. Ein weiterer guter Grund für mich, mich bis zur Arbeit morgen im Bett zu verstecken. Ich entschied mich, meine Sachen zu holen, nach Carmen zu sehen und zu gehen.

»Ich muss mich für meinen Sohn entschuldigen«, sagte die Frau und rauschte anmutig auf mich zu, bevor ich verschwinden konnte. Ihre Stimme war warm und melodisch wie die seine. Ich hätte ihr den ganzen Tag zuhören können. Aber als ich ihrem Blick begegnete, fröstelte es mich. Ihre Augen waren kalt und hart, als würde sie mich begutachten. »Er hat mir erzählt, dass er unter anderem für die Zerstörung Ihres Cellos verantwortlich war.«

Ich blickte zu ihm hinüber und fragte mich, was er ihr noch gestanden hatte.

»Sie weiß alles«, bestätigte Julian in einem leisen, gereizten Ton.

»Jemand muss ja hinter dieser Familie herräumen.« Sie wirkte nicht sehr erfreut darüber, dass ihr diese Aufgabe zugefallen war. »Ich habe Ihr Quartett bereits nach Hause geschickt. Als sie mit einem Mitglied weniger zurückkamen, klangen sie etwas kümmerlich.«

»Es tut mir so leid«, stieß ich hervor. Schuldgefühle stiegen in mir auf. Es reichte nicht, dass ich alle anderen im Stich gelassen hatte, jetzt mussten sie auch noch die Konsequenzen ohne mich tragen.

»Das ist im Grunde nicht von Bedeutung. Es hat sowieso niemand zugehört.« Sie winkte ab. »Sie können jetzt auch gehen, Mademoiselle ...«

»Melbourne. Thea Melbourne«, ergänzte Julian und stellte sich mir in den Weg, bevor ich ihrem Vorschlag folgen konnte. »Ich hätte dich vorstellen müssen. Thea, das ist Sabine Rousseaux.«

»Freut mich, Sie kennenzulernen, Mrs ...«

»Madame«, korrigierte sie mich.

Ich nickte.

»Julian besteht darauf, Sie nach Hause zu bringen«, fuhr sie mit zusammengebissenen Zähnen fort.

»Das ist nicht nötig«, begann ich.

»Er ist ziemlich dickköpfig.« Sie warf ihrem Sohn einen Blick zu, der so schneidend war, wie ich ihre weißen Zähne einschätzte. »Ich bedaure, dass Sie in das hier hineingezogen wurden. Wenn Sie mich jetzt entschuldigen würden ...«

Ich widerstand dem Impuls, einen Knicks zu machen. Sie machte den Eindruck, als ob sie Unterwürfigkeit erwartete. Sie schob sich an mir vorbei und blieb dann stehen.

»Und Julian, sorge dafür, dass man sich um sie kümmert«, befahl sie vielsagend, bevor sie wieder wie die Königin, die sie offensichtlich war, zur Party zurück rauschte.

»Lass uns gehen«, sagte Julian. Diesmal reichte er mir nicht seinen Arm. Er schaute mich nicht einmal an. Stattdessen ging er geradewegs auf den Vordereingang zu.

»Mein Koffer und meine Tasche«, erinnerte ich ihn. Er blieb stehen, drehte sich langsam um und sah aus, als wäre es die reinste Folter für ihn, sich noch eine Sekunde länger mit mir zu beschäftigen.

Ein Kloß bildete sich in meinem Hals, als wir ohne jedes weitere Wort zu meinen Sachen gingen. Ich schluckte und kämpfte gegen Tränen an, deren Ursache ich nicht ganz verstand. Ich konnte es mir nur so erklären, dass ich müde war und den heutigen Abend und diese ganzen Verrücktheiten hinter mir lassen wollte.

Ich hob meinen Cellokasten auf, dessen Leichtigkeit mich an das erinnerte, was ich verloren hatte, und spürte, wie sich eine Träne löste. Ich wischte sie schnell weg und hoffte, dass er es nicht gesehen hatte. Julian streckte den Arm aus und nahm mir den Koffer ab, blieb aber stumm. Ich folgte ihm und kramte meine Monatskarte aus der Tasche.

Er lief mir voraus nach draußen, und als ich ihn erreichte, sprach er bereits mit dem Parkplatzservice. Der Valet sputete sich so beflissen wie jemand, der wusste, dass ein großes Trinkgeld winkte.

Ich hielt meinen Ausweis hoch. »Ich kann von hier aus nach Hause kommen. Wenn ich meinen Koffer haben dürfte, könnte ich ...«

»Mach dich nicht lächerlich«, unterbrach er mich. »Ich bringe dich selbstverständlich nach Hause.«

»Ich kann auf mich selbst aufpassen. Ich mache das schon seit zweiundzwanzig Jahren.« Es war wie eine Beschwörung, diese Worte auszusprechen. Nach all den verrückten Ereignissen des heutigen Abends hatte ich angefangen, an mir zu zweifeln. Warum nur? Ich stand trotz einer kranken Mutter und zwei Jobs kurz vor dem Examen. Und was änderte es, wenn es tatsächlich Vampire gab? Ich hatte heute Nacht mehr als einen überlebt. Zumindest war ich jetzt besser vorbereitet, falls ich noch mal über einen stolpern sollte.

»Thea«, sagte er leise, »ich entschuldige mich für die anzügliche Bemerkung von vorhin. Ich verspreche, dass ich dich niemals anfassen werde.«

Ich war tatsächlich enttäuscht, aber ich hob trotzig den Kopf. »Und ich verspreche dir, dass ich allein nach Hause finde.«

»Nein«, knurrte er, und seine aufgesetzte höfliche Distanziertheit verließ ihn kurz und offenbarte die Bestie, die sich dahinter verbarg. Ich hielt ihm stand und schrak nicht zurück.

»Was willst du denn machen? Mich wieder über deine Schulter werfen wie ein Neandertaler?«

Die Muskeln in seinem Kiefer zuckten, als er mir direkt in die Augen sah. »Führe mich nicht in Versuchung.«

»Versuche es gar nicht erst«, schoss ich zurück.

Wir weigerten uns beide nachzugeben, und so starrten wir uns an, bis ein Auto vor uns an den Bordstein fuhr. Julian packte mich am Ellbogen und zog mich hin, in der anderen

Hand meinen Cellokoffer. Der Valet stieg aus, ließ den Motor laufen und schaute uns nervös an. Ich verstand nichts von Autos, aber dass dieses Auto teuer war, sah selbst ich. Wahrscheinlich war es das teuerste Auto, in dem ich jemals fahren würde. Julian stellte meinen Cellokoffer auf den Boden, als der Valet kam, um mir die Tür zu öffnen.

»Danke«, unterbrach ihn Julian und reichte ihm einen nagelneuen Hundertdollarschein. »Von hier an übernehme ich.«

»Danke.« Der Mann starrte den Schein an, bevor er ihn in seine Tasche steckte.

Julian streckte den Arm aus und löste endlich seinen Griff. Er öffnete die Tür und machte einen Schritt zur Seite. Ich verschränkte die Arme und blieb stehen.

»Steig ins Auto, Thea«, sagte er. Ich schüttelte den Kopf.

»Sofort«, fügte er hinzu.

Ich hob eine Augenbraue und bewegte mich nicht. Wir waren in einem Vampir-Mensch-Duell gefangen.

»Bitte«, presste er durch zusammengebissene Zähne.

Ich wartete eine Sekunde, dann seufzte ich und zwängte mich auf den Beifahrersitz, was aufgrund der niedrigen Höhe des Wagens und meines langen Kleides nicht ganz einfach war. Er schloss die Tür und murmelte eine Reihe frustrierter Flüche, sah aber erleichtert aus, weil ich nachgegeben hatte. Er hielt sich anscheinend für den Sieger, aber ich hatte noch ein paar Fragen an Julian Rousseaux, und die würde er mir alle beantworten.

Julian umrundete das Auto und stoppte, um meinen Cellokoffer in den Kofferraum zu legen, bevor er sich hinter das Lenkrad setzte und ich seinen muskulösen Körper betrachten konnte. Ich bemühte mich mehr schlecht als recht, das Kribbeln zwischen meinen Beinen zu ignorieren. Er griff in seine

Tasche, holte aber nichts heraus. Stattdessen runzelte er die Stirn und studierte das Armaturenbrett.

»Verdammter elektronischer Scheiß«, fluchte er.

»Hm?« Ich reckte den Hals, um zu sehen, warum er so frustriert war.

»Mein Bruder hat mir gesagt, dass ich hier drin eine Wegbeschreibung bekommen kann«, sagte er und drückte dabei auf allen möglichen Knöpfen herum. Das Display im Auto wechselte zwischen den Einstellungen, während er nach etwas suchte.

»Ein Navi?«

Er zuckte mit einer seiner breiten Schultern. »Heißt das so?«

»Du weißt nicht, was ein Navi ist?«

»Ich habe mir eine kleine Auszeit von der Welt genommen.«

»Urlaub?«

»Ein Nickerchen«, sagte er.

»Für wie lange?«, fragte ich zögerlich.

»Etwa fünfunddreißig Jahre.«

Ein paar Dutzend weitere Fragen kamen auf meine Liste. Doch momentan bereitete mir vor allem das hektisch blinkende Display Kopfschmerzen. Ich beugte mich zu ihm. »Lass mich mal ran.«

Er sah zu, wie ich meine Adresse in das Navigationssystem des Autos eingab. Als es die erste Richtung ansagte, verzog er das Gesicht. »Das erklärt so einiges.«

»Was denn?«, fragte ich neugierig.

»Nichts«, sagte er, als er mit einer Vorsicht auf die Straße fuhr, die nicht zu dem protzigen Auto passte. Wir verstummten, als er sich seinen Weg durch die Straßen von San Francisco bahnte. Beim Fahren zischten immer wieder Autos an uns vorbei.

»Fährst du immer wie eine alte Frau?«, platzte ich schließlich heraus.

»Nur wenn ich zerbrechliche Fracht habe.« Er machte sich nicht die Mühe, mich anzuschauen.

»Zerbrechlich? Was ...« Mir dämmerte, dass er mich damit meinte. Ich war zerbrechlich – ein jämmerliches Menschlein – und er musste auf mich aufpassen. Ich lehnte mich in den Sitz zurück und wollte ihn überhaupt nichts mehr fragen. Aber eine Frage tauchte hartnäckig wieder auf, obwohl ich mich bemühte, sie zu ignorieren.

»Was hat deine Mutter gemeint?«, fragte ich. »Als sie sagte, du sollst dich um mich kümmern?«

»Das willst du nicht wissen«, murmelte er, wobei er den Blick nicht von der mondbeschienenen Straße abwandte. Es hatte zu nieseln begonnen, und der für diese Stadt so typische Nebel zog auf.

»Doch, das will ich«, sagte ich. Zu viele Dinge ergaben keinen Sinn. Zum einen schien Sabine Rousseaux überhaupt kein Interesse daran zu haben, dass ich Zeit mit ihrem Sohn verbrachte. Warum befahl sie ihm dann, sich um mich zu kümmern?

»Sie will, dass ich dich banne«, antwortete er schließlich nach einigen Augenblicken des Schweigens.

»Bannen?«, wiederholte ich, als die Ampel auf Rot umschaltete. »Wie das, was du mit Carmen gemacht hast?«

»Ja.« Julian verlangsamte das Tempo, stoppte und wandte sich mir zu. »Ich soll dafür sorgen, dass du alles vergisst, was du gesehen hast und was du über Vampire weißt.«

Eigentlich sollte ich das auch wollen, aber warum war das dann nicht so? Ich ließ den Kopf sinken. »Oh«, murmelte ich. »Ich werde es aber nicht tun.«

Ich hob den Kopf wieder und starrte ihn an. Er wollte nicht, dass ich vergaß. Hoffnung keimte in mir auf. Vielleicht fand mich Julian ja gar nicht so furchtbar.

Bevor ich mich fragen konnte, warum mich überhaupt interessierte, was dieser unhöfliche, altmodische Vampir für mich empfand, fuhr er fort. »Weil ich eine bessere Idee habe.«

8

JULIAN

Der BMW war eine schreckliche Idee gewesen. Nicht der Wagen selbst. Den mochte ich, abgesehen von dem elektronischen Schnickschnack. Nein, es war die räumliche Enge, die ich bereute. Es war unmöglich, ihren Duft zu ignorieren, vor allem, wenn die Heizung an war. Ich konnte sie schließlich nicht erfrieren lassen. Der Hunger brannte in meiner Kehle, aber ich dachte nicht an Theas zarten Hals. Es war etwas anderes – etwas Verbotenes.

Zumindest war es das für mich.

Ich wollte nicht Theas Blut schmecken. Ich wollte jeden Zentimeter von ihr schmecken, angefangen bei ihrem frechen Mund und ihren vollen Lippen. Ich wollte meine Reißzähne über ihre Zunge ziehen, bis sie keine widerspenstigen Antworten mehr geben konnte. Dann würde ich sie belohnen und mich befriedigen. Ich würde mit ihren Brüsten beginnen. Dann würde ich tiefer gehen und ihr zeigen, was ich in Jahrhunderten der Befriedigung weiblicher Wesen – Vampire und Sterbliche gleichermaßen – gelernt hatte.

Ich rutschte auf meinem Sitz hin und her und hoffte, dass sie meine Erektion im schummrigen Innenraum des Wagens nicht sehen konnte. Als ich mich ihr zuwandte, sah ich, wie sie mich mit zusammengekniffenen Lippen anstarrte. Zum Glück blickte sie mir ins Gesicht.

»Was ist?«, fragte ich, als sie sich nicht abwandte.

»Du sagtest, du hättest eine bessere Idee«, sagte sie und fing an, an ihrem Sicherheitsgurt herumzuspielen.

»Mach das nicht!«, fuhr ich sie an.

Sie erstarrte und blickte verwirrt auf. »Was soll ich nicht tun?«

»Der soll dich beschützen.«

»Mein Sicherheitsgurt?«, fragte sie. Sie strich ihn pflichtbewusst auf ihrer Schulter glatt, aber als ich meine Aufmerksamkeit wieder auf die Straße richtete, sah ich, wie sie die Augen verdrehte.

Es war ein Wunder, dass die Menschen lange genug lebten, um das Laufen zu lernen. Selbst nach ein paar Jahrzehnten auf diesem Planeten schien die Zerbrechlichkeit ihres Körpers sie immer noch zu überraschen. Und jeder Moment, den ich mit Thea verbrachte, ließ vermuten, dass sie den Überlebensinstinkt einer Mücke hatte.

»Und?«, drängte sie. »Woran dachtest du so?«

»Ich arbeite noch daran.« Dieses Mal hatte ich tatsächlich eine Idee, aber selbst ich wusste, dass sie verrückt war. Reagierte ich einfach auf ihre Nähe? Das musste es sein. Es wäre voreilig, eine Entscheidung zu treffen, ohne sie vorher kennenzulernen.

Thea hüstelte, und ihr Atem ließ das Fenster beschlagen. Sie starrte ein paar Minuten lang schweigend auf die Lichter der Stadt und wandte sich mir zu. »Willst du mich bannen, damit ich vergesse?«

»Ich weiß es nicht«, gab ich zu.

»Warum nicht?«, fragte sie.

»Ich bin mir noch nicht ganz sicher.« Ich setzte den Blinker, als der Kartenausschnitt auf dem Display mir sagte, dass ich abbiegen sollte.

»Weshalb hat dich deine Mutter darum gebeten?«, bohrte sie nach.

Ich schaute sie an und hatte das Gefühl, dass sie mir bei der Entscheidung helfen wollte. Sie war eine seltsame kleine Kreatur. »Vampire sind sehr wählerisch, mit wem sie persönliche Dinge teilen. Normalerweise kennen wir einen Menschen jahrelang, bevor wir in Erwägung ziehen, ihm die Wahrheit zu sagen.«

»Persönliche Dinge?«, kicherte sie. »Willst du ernsthaft behaupten, dass Vampire nicht über ihr Privatleben reden?«

»Nein, ich will damit sagen, dass ein Mensch normalerweise erst von uns erfährt, wenn wir ihn zu unserem Snack machen«, knurrte ich.

»Oh.«

Ein leises Rumoren erregte meine Aufmerksamkeit, und ich brauchte einen Moment, um zu erkennen, dass das Geräusch von der zierlichen Frau kam, die im Sitz neben mir saß. Eine Sekunde später veränderte sich ihr betörender, blumiger Duft und wurde etwas süßer. Ich musterte sie einen Moment, dann begriff ich, was es war. »Hast du ... Hunger?«

»Nein«, antwortete sie viel zu schnell.

»Dein Magen knurrt«, sagte ich, »und dein Blutzucker ist niedrig.«

»Wie um alles in der Welt ...?« Sie starrte mich an, als wäre es das Seltsamste, was sie heute Abend gehört hatte.

»Ich kann es riechen«, erklärte ich.

»Meinen Hunger?« Sie rückte näher an mich heran. Das kam mir zuerst äußerst seltsam vor, aber dann merkte ich, dass sie absolut fasziniert war.

»So kann man es auch ausdrücken.« Mein Kopf pochte ein wenig, als ich versuchte, ihren veränderten Duft auszublenden. »Du bist hungrig, also hat dein Körper Glukose freigesetzt. Dadurch riecht dein Blut süßer.«

»Du kannst mein Blut riechen?«

Endlich! Das wenigstens erschreckte sie ...

»Das ist erstaunlich«, sagte sie nach einem Moment des Nachdenkens.

... vielleicht erschreckte es sie aber auch nicht.

»Der Punkt ist«, erwiderte ich durch zusammengebissene Zähne, »dass du etwas essen musst.«

Sie zuckte mit den Schultern, als ob es ihr nichts ausmachte. »Ich könnte einen Kaffee gebrauchen.«

»Du könntest etwas zu essen gebrauchen.«

»Bist du denn sicher, dass du nicht auch was essen musst?«, fragte sie spitz, »denn du wirkst auch etwas hangry.«

»Hangry?«

»Eine Mischung aus hungry und angry. Ein Modewort«, erklärte sie. »Du hast wirklich eine Menge nachzuholen.«

»Ich kann es kaum erwarten.« Ich parkte vor einem Diner. Er war schäbig, die Fassade vom Smog verfärbt, aber gut ausgeleuchtet. Drinnen eilte eine Kellnerin mit einem freundlichen Lächeln zwischen den mit blauem Kunstleder bezogenen Sitznischen hin und her. Es sah aus wie ein Lokal, das einem Menschen gefallen könnte. »Ist das in Ordnung?«

»Sie haben jedenfalls Kaffee.« Sie griff nach dem Türgriff.

Ich war schneller. Eine Sekunde später öffnete ich die Tür und reichte ihr meine Hand. Ihr klappte die Kinnlade herunter, aber sie fing sich schnell wieder. »Wie machst du das?«

»Ich bin ein Raubtier.« Ich half ihr aus dem Auto. »Ich bin zum Jagen geboren.«

Sie schluckte und lenkte damit meine Aufmerksamkeit auf ihren alabasterfarbenen Hals. Ihre Haut war so blass, dass sie fast durchsichtig war, weshalb man die blauen Adern, die sie durchzogen, viel zu leicht erkennen konnte. Ich hatte seit Jahrzehnten keine Frau mehr in den Hals gebissen. Einen Menschen dort zu markieren vermittelte in Vampirkreisen genau zwei Botschaften. Und keine davon lag in meinem Interesse.

»Willst du mich beißen?«, flüsterte sie, und ich merkte, dass ich sie viel zu lange angestarrt hatte.

Ich schnitt eine Grimasse und wünschte, ihre Frage wäre nicht so direkt gewesen. Ich schüttelte den Kopf. »Nein. Ich will dich nicht beißen.«

»Du bist also nicht hangry?«, fragte sie.

Verdammt noch mal, wollte sie etwa gebissen werden? Schlimm genug, dass sich meine Reißzähne noch nicht vollständig zurückgezogen hatten. Sie veränderten meinen Mund deutlich. »Nein, ich bin nicht ... hangry«, erwiderte ich barsch.

»Hör mal, falls du ... also ...« Sie richtete den Blick zu Boden, und ihre Wangen röteten sich.

»Falls ich was?«, fragte ich.

»Falls du trinken musst«, platzte sie heraus. »Ich meine, ich schulde dir was, und ich dachte ...«

»Biete nie wieder einem Vampir dein Blut an«, zischte ich. Schon der Gedanke, dass ein Vampir – irgendein Vampir – Theas Blut trinken könnte, reichte aus, um meine Reißzähne auszufahren.

Ihre Augen weiteten sich, als sie einen Blick darauf warf. »Du hast also doch Hunger ...«

Ich musste meine ganze Selbstbeherrschung aufbringen, um sie nicht in den Wagen zu drücken und ihr Angebot anzunehmen. Sie würde sich nicht wehren, nicht sobald ich in sie eingedrungen war. Das einzige Problem war, dass ich mich nicht entscheiden konnte, was ich lieber wollte: meine Zähne in sie versenken oder meinen Schwanz.

»Niemals«, brüllte ich wieder und ging in Richtung Eingang. »Lass uns was essen.«

Eine Glocke bimmelte, als ich die Tür öffnete. Ich hielt sie für sie auf. Dann folgte ich ihr hinein und blieb an dem unbesetzten Empfangstresen stehen. In der Durchreiche erschien ein runzeliges Gesicht. Der Mann wedelte mit einem Pfannenwender durch die Luft. »Setzen Sie sich, wohin Sie wollen.«

Das Restaurant war zu dieser Stunde ziemlich leer – es war zu spät fürs Abendessen und zu früh für die Nachtschwärmer. Die wenigen Gäste gehörten nicht zu dem Typus, der in fremder Leute Angelegenheiten herumschnüffelte – wahrscheinlich, weil sie nicht wollten, dass jemand in ihren eigenen herumschnüffelte. Es gab keinen einzigen Schmutzfleck auf dem karierten Boden und keinen einzigen Riss in den blauen Kunstledersitzen, obwohl sie schon alt waren. Thea wartete nicht, dass ich für uns die Entscheidung fällte, wie sich das gehört hätte, sondern ging einfach auf einen Tisch in der hintersten Ecke zu, weit weg von den Fenstern und den anderen Gästen.

Thea war still, als sie sich in ihren Sitz schob. Bevor ich mich für meinen Wutausbruch entschuldigen konnte, brachte uns die Kellnerin die Speisekarten.

»Kann ich Ihnen etwas zu trinken bringen?«, fragte sie mit einem zuckersüßen Lächeln.

»Kaffee«, murmelte Thea.

»Ich nehme auch einen«, sagte ich. Als die Kellnerin ging, schob ich Thea die Speisekarte zu.

»Ich habe eigentlich keinen Hunger«, sagte sie leise. Ich hob eine Braue, und sie seufzte.

»Das ist nicht fair.« Sie nahm die Speisekarte in die Hand und schlug sie auf. »Warum kümmerst du dich darum, dass ich satt werde, aber selber ...«

»Ich werde etwas essen«, sagte ich und griff nach meiner eigenen Speisekarte.

»Warte – du isst?«, fragte sie und schaute über ihre Karte hinweg zu mir. »Richtiges Essen?«

»Natürlich.« Obwohl es hier nicht eben viele verlockende Möglichkeiten gab. Fast alles war gebraten, oder mit Soße.

»Warum gibt es hier zu jedem Gericht Kroketten?«

Sie ignorierte die Frage. Sie senkte ihre Stimme zu einem Flüstern. »Ich dachte, Vampire trinken nur Blut.«

»Das wäre keine sehr ausgewogene Ernährung.« Ich faltete die Speisekarte zusammen und legte sie vor mich hin. »Du musst noch eine Menge über Vampire lernen.«

»Apropos ...«, unterbrach sie sich, als unsere Kellnerin wieder auftauchte. »Was darf ich bringen?«, fragte die Kellnerin.

»Zwei Eier«, sagte ich. »Pochiert.«

Die Kellnerin blinzelte mich an, ihr Bleistift schwebte über ihrem Bestellblock. »Da muss ich mal in der Küche fragen.«

»Schon gut«, sagte ich seufzend. »Was am einfachsten ist.«

»Rührei?«, fragte sie.

Ich warf einen Blick auf den Beikoch am Grill und kam zu dem Schluss, dass dies die sicherste Lösung war. »Ja.«

»Käse?«

»Nein.« Ich reichte ihr die Speisekarte.

»Und Sie?« Sie wandte sich an Thea.

»Das Gleiche.«

Ich warf ihr einen warnenden Blick zu. Nach dem Schock, den sie erlebt hatte, brauchte sie mehr als nur ein paar Eier. »Sie möchte außerdem Pancakes. Die große Portion, bitte.«

Thea schürzte die Lippen, als ob sie sich ärgerte, aber sie widersprach nicht. »Mit Schokoladenstückchen«, fügte ich hinzu.

»Du hast Fragen?«, erinnerte ich sie, als wir wieder allein waren.

»Und du wirst sie beantworten?«, fragte sie.

»Einige.« Ich nahm einen Schluck aus meinem Becher und hätte die Brühe fast ausgespuckt. Thea nahm einen langen Schluck aus ihrem Becher, ohne sich zu beschweren.

»Weil du mich bannen kannst, damit ich alles vergesse?«, fragte sie.

»Könnte ich, aber die Entscheidung überlasse ich dir.«

»Du überlässt sie mir?« Sie hob vor Überraschung die Stimme.

»Du hattest heute Abend keine andere Wahl. Es ist nur fair, dich entscheiden zu lassen, ob du lieber vergessen willst, was du erlebt hast.«

Thea schwieg, und ich wartete darauf, dass sie etwas sagte. Schließlich hob sie den Blick und sah mir in die Augen. »Ich bin mir nicht sicher.«

»Weil du Fragen hast?«, vermutete ich, und sie nickte. »Frag mich alles.«

Sie brauchte nicht zu erfahren, dass ich sie nicht bannen konnte. Das brauchte niemand zu wissen. Aber ich wollte herausfinden, woran das lag. Es gab nur eine Methode, diesem Geheimnis auf den Grund zu gehen. Ich musste in Erfahrung bringen, wie Thea tickte, und es gab nur einen Weg, das herauszufinden. Im Laufe der Jahrhunderte hatte ich das ein oder andere über Menschen gelernt. Vor allem eine Sache hat sich immer bewahrheitet. Aus den Fragen, die ein Sterblicher stellte, konnte ich mehr über ihn erfahren als aus den Antworten, die er auf meine Fragen gab. Vielleicht schien es ihnen sicherer zu sein, ihre Deckung fallen zu lassen, wenn sie fragten.

»Unter einer Bedingung«, sagte sie.

Ich hatte nicht erwartet, dass sie Bedingungen stellen würde. Schließlich konnte sie ihre Neugierde kaum verbergen.

»Du beantwortest jede Frage, die ich stelle«, sagte sie und faltete triumphierend die Hände vor sich.

»Es gibt Regeln ...«, begann ich zu erklären.

»Du hast gesagt, du könntest mich alles vergessen lassen, richtig?«

Hatte sie meinen Bluff durchschaut? Ich nickte langsam und fragte mich, worauf sie hinauswollte.

»Dann gibt es keinen Grund, warum du mir nicht alles erzählen kannst«, lächelte sie süß.

Thea Melbourne war nicht so naiv, wie ich dachte. Doch bevor ich beurteilen konnte, was das für mich bedeutete, blickte sie mir geradewegs in die Augen und stellte die Frage, die ich am allerwenigsten von ihr erwartet hatte. »Warum hasst du mich?«

9

THEA

»Hassen?« Er wiederholte das Wort, und es gelang mir wieder, einen Blick auf seine Reißzähne zu erhaschen. Sie waren nicht so lang wie vorhin, als ich ihn geärgert hatte, aber sie waren noch da. Ich fügte der wachsenden Liste von Themen, die ich ansprechen wollte, Reißzähne hinzu. Julian hob seine breiten Schultern, und seine Miene wirkte vollkommen unbeteiligt. »Ich hasse dich nicht. Wie kommst du denn darauf?«

Er wollte es also leugnen. Ich wusste nicht, wo ich anfangen sollte. Vom ersten Moment an war er entweder heiß oder kalt gewesen, nichts dazwischen. Aber es waren nicht seine Stimmungsschwankungen, die mich glauben ließen, dass er mich nicht mochte. »Vorhin, als ich mit dem Quartett gespielt habe, habe ich gesehen, wie du mich beobachtet hast.«

»Ja«, sagte er ruhig, und seine langen, zierlichen Finger legten sich auf eine seltsam menschliche Weise um seine Kaffeetasse. »Die Leute beobachten oft Musiker – oder hat sich das auch geändert?«

»Beobachten ist der falsche Ausdruck«, sagte ich, ohne seine Frage zu beantworten.

»Was ist der richtige Ausdruck?«, fragte er.

Ich dachte einen Moment lang nach, bevor ich den passenden fand. »Du hast mich ... äh ... mit deinen Blicken getötet.«

Er starrte mich an, seine Mimik noch immer sorgfältig ausdruckslos, aber seine Augen verdunkelten sich. Sie wurden nicht völlig schwarz wie die des Vampirs, der Carmen gebissen hatte, aber seine Pupillen schienen ein Eigenleben zu führen. Ja, danach musste ich auch fragen. Aber einen Augenblick später schnaubte er, und die Dunkelheit verflüchtigte sich. »Ich habe mit einem alten Bekannten über einige private Angelegenheiten gesprochen. Ich entschuldige mich, falls du dachtest, ich würde dich – wie hast du es ausgedrückt? Mit meinen Blicken töten?«

»Oh, okay.« Ich griff nach meinem Kaffee, nahm einen langen Schluck davon und wurde ganz verlegen. Ich hatte es mir also nur eingebildet. Ich meine, warum sollte er mich ermorden wollen? Abgesehen von den offensichtlichen Gründen, aus denen ein Vampir einen Menschen töten will.

»Nächste Frage.«

»Wie alt bist du?« Ich entschied mich in dieser Runde für eine harmlosere Frage, um mich nicht wieder zu blamieren.

Bevor er antworten konnte, erschien die Kellnerin und stellte die Teller vor uns hin. »Der Sirup steht da drüben.« Sie zeigte auf die Flaschen, die am Ende des Tisches aufgereiht waren. »Darf ich Ihnen noch was bringen? Ketchup? Scharfe Soße?«

Mein Magen verkrampfte sich bei dem Gedanken an Ketchup, und ich schüttelte den Kopf. Nach all dem Blut, das ich heute Abend gesehen hatte, glaubte ich nicht, dass ich den Anblick irgendeiner roten Flüssigkeit ertragen könnte. Ich hoffte wirklich, dass mir die Lust auf Pommes frites nicht für immer von einem Vampir verdorben worden war.

»Dreißig«, antwortete er, als sie ging. »Mehr oder weniger.«

»Dreißig?« Ich blinzelte, als ich versuchte, diese Rechnung zu begreifen. »Du sagtest, du hast etwa dreißig Jahre lang geschlafen.«

»Fünfunddreißig«, korrigierte er mich. »Reinblütige Vampire werden nicht älter als dreißig.«

Ich kniff die Augen zusammen und fragte mich, ob er jede Frage, die ich stellte, verdrehen würde. Julian Rousseaux fand sich also charmant? Dann würde ich clever sein. »In welchem Jahr wurdest du denn geboren?«

»Etwa um die Schlacht von Hastings herum«, antwortete er.

»Und wann war die?«

Er murmelte etwas, das wie ein Fluch klang. »Um das Jahr 1066.«

Ich verschluckte mich fast an einem Bissen Pfannkuchen. »Sagtest du 1066?«

»Ich bin relativ jung«, sagte er. Er wartete einen Moment, während mein Gehirn zu verarbeiten versuchte, dass der Mann, dem ich gegenübersaß, fast tausend Jahre alt war.

»Du hast ›geboren‹ gesagt«, hakte ich nach, als ich endlich wieder die Kontrolle über mein Gehirn erlangt hatte. »Ich dachte, ein Vampir hat dich gebissen, und dann bist du gestorben und ein Vampir geworden.«

»Das ist eine ziemlich vulgäre Art, einen Vampir zu erschaffen.« Er verzog das Gesicht, als ob schon der Gedanke daran unappetitlich wäre, und schob ein Stückchen Ei mit der Gabel hin und her. Er hatte noch keinen einzigen Bissen genommen.

»Hattest du nicht gesagt, dass du Nahrung zu dir nimmst? Du hast dein Essen noch gar nicht angerührt«, stellte ich fest.

»Ich bin kein Fan von Rührei.«

Die Art und Weise, wie er das sagte – als hätte man ihm ein Sandwich angeboten, frecherweise ohne vorher die Rinde abgeschnitten zu haben –, stand in so starkem Widerspruch zu allem, was er mir vorher erzählt hatte, dass es mich einfach überkam. Ich brach in schallendes Gelächter aus. Julian legte den Kopf schief und betrachtete verwirrt diese Reaktion. »Tut mir leid«, sagte ich, immer noch unfähig, mein Kichern unter Kontrolle zu bringen. »Es ist nur so, dass du tausend Jahre alt ...«

»Fast«, warf er ein.

»... und ein wählerischer Esser bist«, beendete ich.

»Vielleicht kannst du mir später die Pointe erklären«, sagte er trocken.

»Entschuldigung.« Ich zwang mich aufzuhören. Ich hatte keine Ahnung, wie lange meine Verabredung mit diesem Vampir dauern würde. Ich musste mich darauf konzentrieren, möglichst viele Antworten zu bekommen. Wie sollte ich sonst entscheiden können, ob ich wollte, dass er mich bannte, damit ich alles vergaß? »Also, was ist daran vulgär, gebissen und ein Vampir zu werden? Moment mal!« Ein schrecklicher Gedanke schoss mir durch den Kopf. »Wird Carmen jetzt ein Vampir?«

»Nein, für die Verwandlung wären noch ein paar weitere Schritte nötig«, beruhigte er mich.

»Gott sei Dank«, sagte ich mit einem Stöhnen. »Ich kann mir kaum vorstellen, wie eingebildet sie erst wäre, wenn jemand sie unsterblich machen würde.«

»Du bist wohl nicht gerade ihr größter Fan.«

Ich schüttelte den Kopf. Jetzt war nicht die Zeit, um über Carmen oder mich oder irgendein belangloses Sinfonikerdrama zu diskutieren. »Welche Schritte fehlen denn noch?«

Julian seufzte, als wollte er lieber nicht über die Einzelheiten der Vampirwerdung reden. »Einem Menschen muss vollständig das Blut entzogen werden, und dann wird ihm zum Zeitpunkt des Todes Vampirblut zugeführt.«

»Warum funktioniert das?«

»Die meisten Vampire halten es für Magie.«

»Aber du nicht?«, mutmaßte ich.

»Wissenschaftler haben das erforscht. Es gibt eindeutige Beweise dafür, dass Vampirblut das menschliche Blut ... überschreibt.«

»Ich hätte im Biologieunterricht besser aufpassen sollen«, sagte ich seufzend. »Also, wenn du mir dein Blut gibst, verwandelt mich das in einen Vampir. Warum verwandelt sich Carmen dann nicht?«

»Wie ich schon sagte, ist es etwas komplizierter. Vampire sprechen eigentlich nicht über diesen Prozess.«

»Weil sie nicht wollen, dass die Menschen erfahren, wie man es macht?«, fragte ich.

»Weil es ziemlich privat ist«, sagte er. »Zumindest sollte es das sein. Einen anderen Vampir zu erschaffen ist eine höchst intime Entscheidung.«

»Hast du es schon mal gemacht?« Ich wusste nicht, ob ich die Antwort wirklich wissen wollte. Nicht bei der Art und Weise, wie er das Wort *intim* aussprach.

»Nicht auf diese Weise«, sagte er. »Es gibt andere Wege.«

»Oh.« Er hatte also andere Vampire erschaffen. Eifersucht überkam mich, und ich stach mit meiner Gabel auf ein Stück Pfannkuchen ein. Dabei wusste ich gar nicht genau, worauf ich eifersüchtig sein sollte. Vampirin zu werden war sicher nicht besonders angenehm. Es ging eher um die Vorstellung, dass Julian seine Zähne in einen anderen Hals schlagen könnte. Es war lächerlich, sich darüber aufzuregen. Er war über neunhundert Jahre alt und ein Vampir. Er hatte wahrscheinlich Hunderte, vielleicht Tausende von anderen Frauen gebissen. »Auf welche andere Weise?«

»Ein ritueller Austausch von Blut«, sagte er.

»Das ist alles?«, fragte ich.

»Glaub mir, du willst nichts von den anderen Möglichkeiten hören.«

Und ob ich das wollte. Ich hatte allerdings den Eindruck, dass Julian nicht darüber sprechen wollte.

»Was meinst du dann damit, dass du als Vampir geboren wurdest?«

»Genau das. Ich wurde als Sohn einer Vampirmutter und eines Vampirvaters geboren«, sagte er.

»Vampire können Babys bekommen?« Ich ließ meine Gabel sinken. Seltsamer konnte es gar nicht mehr werden.

»Ja, Thea«, antwortete er genervt, »Vampire können Babys bekommen.«

»Also warte mal, hast du Kinder?« Ich versuchte, mir Julian mit Kindern vorzustellen. Vor meinem inneren Auge erstand ein Bild von ihm, wie er mürrisch bei einem Fußballspiel auf der Tribüne saß und kleine Vampire übers Spielfeld flitzten.

»Ich habe keine reinblütigen Kinder«, sagte er.

»Vampire, die als solche geboren werden, sind also Reinblütige«, stellte ich fest. Ich hatte das Bedürfnis, mir Notizen zu machen, damit ich nichts vergaß. Aber Julian hätte wohl kaum akzeptiert, dass ein Notizbuch voller Vampirregeln in der Öffentlichkeit kursierte.

Julian nickte.

»Und du bist reinblütig?«

»Ja.«

»Und du hast noch andere reinblütige Geschwister?«

»Ich hatte eine Zwillingsschwester«, antwortete er. »Sie wurde ein paar Minuten vor mir geboren.«

»Hatte?« Ich wiederholte das Wort vorsichtig.

»Sie ist gestorben.« Er nannte keine weiteren Details.

Ich zügelte meine Neugierde. So gern ich mehr über seine Zwillingsschwester erfahren hätte, kannte ich die Trauer aus eigener Erfahrung. Jetzt zeichnete sie sich in seinem wunderschönen Gesicht ab. Offenbar war Trauer etwas, das Vampire und Menschen gemeinsam hatten.

Ich musste das Thema wechseln, und zwar schnell. Ich hatte weiterhin eine Million Fragen darüber, wie Vampire gemacht oder geboren wurden, aber es gab auch andere Dinge, die ich wissen wollte. Zum Beispiel: Wie war es dazu gekommen, dass ich auf einer Vampirparty Cello spielte? Mein Teller war fast leer. Ich hatte keine Ahnung, wie lange Julian noch bereit war, hier zu sitzen und sich von mir ausfragen zu lassen. »Also, was habt ihr heute Abend gefeiert?«

»Gefeiert?«

»Die Party«, erklärte ich. »Mir wurde gesagt, es sei eine Art Empfang.«

»Eine Party? Ja. Eine Feier? Nicht ganz. Etwa alle fünfzig Jahre versammeln wir uns für Partys – das ist die Ballsaison, wenn du so willst.«

»Eine Ballsaison?« Ich musste unweigerlich an Jane-Austen-Romane denken. »Ihr habt also Bälle und so etwas?«

»Und so etwas«, sagte er.

»Das … das klingt ein bisschen … altmodisch.«

»Ich nehme an, Vampire sind ein bisschen altmodisch, wie du es ausdrückst«, sagte er. »Wir halten an unseren Traditionen fest.«

Und bei einer Lebenserwartung von Hunderten von Jahren bedeutete das, dass sie wahrscheinlich einige uralte Traditionen hatten. »Weshalb nimmt man die Mühen einer Ballsaison auf sich?«

»Warum wohl?«, fragte er und neigte den Kopf, um mich zu mustern.

»Na ja, ich habe so ziemlich jeden Jane-Austen-Film gesehen, der je gedreht wurde, also vermute ich, sie tun es, um voreinander anzugeben.«

Julian legte den Kopf in den Nacken, und zu meiner Überraschung brach er in Gelächter aus. Als seine Erheiterung schließlich abklang, nickte er. »Damit hast du ganz bestimmt recht. Es gibt allerdings auch noch ein paar andere Gründe.«

»Zum Beispiel?«, drängte ich. Die Vorstellung, dass sich diese schönen Menschen in teuren Kleidern versammelten und von ihrem Leben erzählten, hatte etwas Romantisches an sich. Bei wie vielen historischen Ereignissen mussten sie Zeugen gewesen sein, welche Kunstwerke hatten sie wohl betrachtet, und erst die Musiker – dachte ich neidvoll – die sie im Laufe der Jahrhunderte gehört hatten!

»Partnersuche.« Seine Stimme nahm einen bitteren Ton an. Ich starrte ihn ausdruckslos an.

»Du sagtest, du hättest Jane-Austen-Filme gesehen«, fuhr er fort. »Ich nehme an, dass sie sich mit demselben Thema wie ihre Bücher beschäftigen.«

Warum war ich nicht überrascht, dass ein Vampir so tat, als wären Bücher die bessere Wahl? Ich ignorierte die subtile Kritik und nickte.

»Worüber machen sich die Mütter immer Sorgen?«

Ich dachte einen Moment lang nach. »Die Ehe?«

»Genau«, stöhnte er.

Eine seltsame Traurigkeit überkam mich, als ich all diese Informationen zusammenfügte. »Ihr trefft euch also, um jemanden zum Heiraten zu finden?«

»Es ist ein bisschen ...«

»… komplizierter«, brachte ich den Satz für ihn zu Ende. Er hatte sich in einigen Punkten über Vampire zwar nur vage ausgedrückt, aber er hatte deutlich gemacht, dass nichts in seiner Welt einfach war. »Und deine Mutter will, dass du …«

Seltsamerweise brachte ich es nicht über mich, das Wort auszusprechen.

»Sie will, dass ich heirate und kleine Vampire mache.« Er wirkte, als würde er sich lieber wieder schlafen legen.

»Du suchst also eine Frau.« Es klang seltsam, das zu sagen. Das hier war das einundzwanzigste Jahrhundert. Die Leute gingen nicht mehr auf Bälle, um Ehen zu stiften.

Aber Vampire offenbar schon.

»Ich bin nicht …« Er hielt inne, als die Kellnerin die Rechnung brachte.

Ich griff danach, aber er war schneller.

»Sag bloß nicht, dass Männer nicht mehr für eine Mahlzeit bezahlen«, sagte er und zog eine edle Ledergeldbörse aus der Brusttasche seines Jacketts.

»Bei Dates schon«, sagte ich und kramte in meiner Handtasche. »Thea, was machst du da?«, fragte er.

Ich holte ein paar zerknitterte Scheine hervor, die ich unten in der Tasche gefunden hatte, und warf sie auf den Tisch. »Ich kann meinen Anteil bezahlen.«

»Mach dich nicht lächerlich.« Er schob sie zu mir zurück. »Ich zahle.«

Ich schüttelte den Kopf und weigerte mich, das Geld einzustecken.

»Warum lässt du mich nicht bezahlen?«, fragte er und schob die Rechnung und einen großen Geldschein an das Ende des Tisches. Mein Beitrag blieb zusammengeknüllt zwischen uns liegen.

Ich schluckte und beschloss, der seltsamen Verwirrung, die ich empfand, nicht nachzugeben. Ich hob mein Kinn und lächelte ihn an. »Weil das kein Date ist, Julian.«

Eine Sekunde verging, und er reagierte nicht. Die Kellnerin erschien und sammelte das Geld ein, aber unsere Augen blieben aufeinander fixiert.

»Ich hole Ihr Wechselgeld«, sagte sie.

»Das ist nicht nötig.« Julian starrte mich weiter an, ohne sie eines Blickes zu würdigen. »Behalten Sie den Rest.«

»Und hier noch ein kleines Extra.« Ich schob ihr die Scheine zu.

Ein Muskel zuckte an Julians Kiefer.

»Danke«, sagte sie und klang schockiert, als sie das zusätzliche Trinkgeld einsammelte. Wegen des großen Geldscheins, den Julian ihr gegeben hatte, musste das Trinkgeld höher als der Rechnungsbetrag gewesen sein. Sie verschwand in Richtung Küche und fragte sich wahrscheinlich, wann wir unseren Irrtum bemerken würden.

»Warum hast du das getan?«, fragte er, als sie weg war.

»Das habe ich dir doch gesagt«, erwiderte ich und hoffte, dass er das Zittern meiner Stimme nicht bemerkte. »Ich kann für mich selbst bezahlen. Es ist kein Date.«

Es gab eine weitere Pause, und für einen Moment war ich mir sicher, dass mich Julian total durchschaut hatte, einschließlich der Verwirrung, die in mir hochkochte. Warum machte er so ein Theater, weil ich zahlen wollte? Warum hatte ich mich so dagegen gewehrt?

»Thea.« Mein Name klang verlockend auf seinen Lippen, aber auf das, was dann folgte, war ich nicht gefasst. »Und wenn es ein Date wäre?«

10

JULIAN

Thea starrte mich an, als hätte ich ihr einen Heiratsantrag gemacht. Wahrscheinlich hielt sie mich für verrückt. Verdammt, ich hielt mich ja selbst für verrückt. Aber ich wusste etwas, was sie nicht wusste. Vor fünf Minuten war ein Mann ins Lokal gekommen und beobachtete uns seitdem. Thea saß mit dem Rücken zu ihm, doch ich konnte gut genug sehen, um zu wissen, dass er kein zufälliger Fremder war. Wenn er schon bei unserer Ankunft hier gewesen wäre, hätte ich es als Zufall abtun können. Aber er konnte nicht verbergen, wer er war und was er hier wollte. Jemand hatte den jungen Vampir losgeschickt, um uns zu beobachten. Nach allem, was heute Abend passiert war, überraschte mich das nicht. Ich hatte einem anderen Vampir das Leben genommen, und obwohl mir mein gesellschaftlicher Status dieses Recht zubilligte, konnte ich es mit einem verärgerten Schöpfer zu tun bekommen, falls das bekannt wurde.

Das Problem war nur, dass ich jetzt Thea in dieses Chaos hineingezogen hatte.

»Du willst mich daten?«, fragte sie mit verwirrter Stimme. »Aber du magst mich doch gar nicht.«

Das schon wieder. Offensichtlich hatte ich meinen Blutdurst nicht sehr gut verbergen können. Interessant, dass sie meine ungenügende Selbstkontrolle als Hass interpretierte. Ob sie mir noch gegenübersitzen würde, wenn sie wüsste, was es wirklich war?

»Das stimmt nicht, ich mag dich sehr«, korrigierte ich sie leise. Doch ich würde ihr nicht erzählen, was mir durch den Kopf ging, solange ein neugieriger Vampir in der Nähe war.

»Vielleicht könnten wir das in deiner Wohnung besprechen.«

»Jetzt willst du in meine Wohnung mitkommen?« Sie schüttelte den Kopf. »Ich weiß nicht, ob das eine gute Idee ist.«

»Dann lass mich dich nach Hause bringen.« Ich stand auf und deutete zur Tür.

Ausnahmsweise widersprach sie nicht. Ich lotste sie zum Ausgang und hielt mich dabei zwischen ihr und dem anderen Vampir. Er blickte genervt auf, weil er ertappt worden war. Die Blicke aus seinen dunklen Augen blieben an Thea hängen und verließen sie nicht mehr. Ich rückte näher an sie heran und streifte ihren Körper, als wir die Tür erreichten. Sie blickte erschrocken zu mir auf, und einen Moment lang verlor ich mich im Grau ihrer Augen, das von winzigen goldenen Funken durchsetzt war. Ihr Atem stockte, und auf ihren Wangen blühte Hitze auf, die die Luft um uns herum mit ihrem delikaten Duft erfüllte.

»Wir müssen gehen«, knurrte ich und stieß die Tür auf.

Thea zuckte zusammen und wich vor mir zurück, aber ich trieb sie nach draußen. Als wir das Auto erreichten, hatte sie den Griff schon in der Hand und die Tür geöffnet, bevor ich sie ihr öffnen konnte. Der Art und Weise nach zu urteilen, wie sie die Tür zuschlug, fand sie mein Verhalten unhöflich.

Das war mir egal. Sie war am Leben. Wenn ich sie dazu bringen musste, mich zu hassen, um sie zu beschützen, dann sollte es eben so sein.

Das hielt sie aber nicht davon ab, mich zu bestrafen.

Den Rest des Weges zu ihrer Wohnung, die ich nur dank des verdammten Navis gefunden hatte, fuhren wir schweigend. Thea weigerte sich, mich auch nur anzuschauen. Sobald ich das Auto verlangsamte, schnallte sie sich ab. Als ich geparkt hatte und zur Beifahrerseite hastete, stieg sie bereits aus dem Fahrzeug.

»Ab hier komme ich allein zurecht«, sagte sie kalt. »Und ich habe eine Entscheidung getroffen.«

»Wirklich?« Sie wollte mir keine Gelegenheit geben, ihr meinen Vorschlag zu unterbreiten.

Sie reckte das Kinn, ihre Unterlippe zitterte ein wenig. »Lass mich vergessen. Banne mich.«

Das hatte ich ganz vergessen. Ich hatte nicht erwartet, dass Thea von mir gebannt werden wollte. Sie schien sich viel zu sehr für die Welt der Vampire zu interessieren. Ich wartete auf ein Gefühl von Erleichterung. Trotz meiner Serie von glorreichen Fehlschlägen bot sie mir einen Ausweg. Es gab nur zwei Probleme: Ich konnte sie nicht bannen, und selbst wenn ich es gekonnt hätte, hätte ich es nicht gewollt.

»Ich habe dir doch gesagt, dass ich einen besseren Plan habe«, erinnerte ich sie, während ein Nieselregen einsetzte und die ohnehin schon kalte Nacht noch ungemütlicher wurde.

»Kein Interesse.« Sie schüttelte den Kopf und streckte den Arm aus, als wolle sie mir die Hand schütteln. Mir entging nicht, dass sie zitterte. »Es war schön, dich kennenzulernen. Jetzt lass mich vergessen, dass es je passiert ist.«

Ich ignorierte die Hand und zog meine Jacke aus.

»Was machst du da?«, fragte sie misstrauisch, als ich sie ihr um die Schultern legte.

»Dir ist kalt«, sagte ich. »Wir sollten dich ins Haus bringen.«

»*Wir* sollten gar nichts tun«, korrigierte sie mich, aber sie umklammerte die Smokingjacke fester. »Ich komme sehr gut alleine rein.«

Zum ersten Mal machte ich mir die Mühe, mich umzusehen. Ich hatte mich so sehr auf sie konzentriert, dass ich nicht bemerkt hatte, wo wir waren. Sie wohnte in einem heruntergekommenen, alten, viktorianischen Haus mit vergitterten Fenstern. Die Straßenlaterne flackerte über uns und warf etwas Licht auf eine Gruppe von Männern, die an der Ecke rumstanden.

»Mein Cello?«, fragte sie.

»Hier wohnst du also?«, fragte ich fassungslos. Die Liste meiner Bedenken wurde mit jedem Augenblick länger.

»Es ist eine teure Stadt.«

»Du musst umziehen. Das ist kein sicherer Ort für eine Frau.« Ich konnte sie nicht hierlassen. Nicht in diesem Teil der Stadt.

»Ich komme gut zurecht«, sagte sie, »und ich lebe nicht allein. Ich habe Mitbewohner.«

»Mitbewohner?«

»Olivia und Tanner«, erwiderte sie und ging auf den schwach beleuchteten Eingang zu.

Ich folgte ihr und betrachtete das kaputte Außenlicht. »Ist Tanner ein Mann?«

»Ja«, sagte sie knapp. »Spielt das eine Rolle?«

»Seid ihr ... beide ...«

»Monsieur Rousseaux!« Sie tat, als wäre sie schockiert. »Sind Sie etwa eifersüchtig?«

»Neugierig«, sagte ich und wusste, dass es eine verdammte Lüge war. Sie lebte mit einem Mann zusammen. Ganz abgesehen davon, dass ihre Wohnung in Sachen Komfort und Sicherheit knapp eine Stufe über einer Crackhöhle lag, lebte ein

Mann mit ihr zusammen. »Du hast meine Frage nicht beantwortet.«

»Du hast keine Frage gestellt. Du hast etwas unterstellt.« Sie lächelte mich an.

»Du weißt, was ich meinte.« Thea hatte unrecht. Ich hasste sie keineswegs. Aber sie konnte mir richtig auf die Nerven gehen.

»Tanner ist nur mein Mitbewohner«, sagte sie. »Ich bin nicht … ich habe keine … Dates.«

»Überhaupt keine?« Ich konnte meine Überraschung nicht verbergen. Thea war nach Vampir-Maßstäben hübsch, was sie nach menschlichen Maßstäben schön machte. Sicherlich musste sie von Männern bemerkt worden sein. Sie hatte immerhin bereits die Aufmerksamkeit von zwei Vampiren auf sich gezogen.

»Ich habe keine Zeit für Dates.« Sie kämpfte gegen ein Gähnen an.

Ich schaute auf die Uhr und sah, dass es fast Mitternacht war. Ich hatte mir Zeit gelassen, um zu entscheiden, was ich mit Thea machen sollte. Dass sie müde sein könnte, war mir gar nicht in den Sinn gekommen.

»Mein Cello?« Sie gähnte.

»Ich muss es reparieren«, sagte ich. »Ich bringe es dir morgen zurück.«

»Gut.« Sie ließ die Schultern hängen und kramte einen Schlüssel aus der Tasche. »Gut, du weißt ja, wo ich wohne.«

»Ja«, sagte ich und sah mit skeptischer Miene am Gebäude hinauf. Da musste auch etwas gemacht werden.

Sie schloss die Tür auf und drehte sich zu mir um. »Gute N…«

Aber ich war schon drinnen, ergriff ihre Hand und zog sie in den dunklen Flur.

»Ich bringe dich bis zur Tür«, sagte ich ihr.

Sie blickte mir einen Moment lang forschend ins Gesicht, ein heftiger innerer Zwiespalt blitzte in ihren müden Augen auf, aber dann führte sie mich die Treppe hinauf in den ersten Stock. Wenigstens wohnte sie nicht im Erdgeschoss, aber viel sicherer sah es auch nicht aus. Vor einer Tür mit dem metallenen Buchstaben C hielt sie an und drehte sich um.

»Du willst mich nichts vergessen lassen, oder?«, fragte sie, die Schlüssel immer noch in der Hand.

»Ich sollte dir zuerst dein Cello bringen. Meinst du nicht?«, sagte ich sanft.

Sie hob eine Augenbraue und kaufte mir meine Ausrede offensichtlich nicht ab, die ja selbst mir zu sehr an den Haaren herbeigezogen war.

»Und ich finde auch, du solltest mein Angebot in Betracht ziehen.« Ich trat näher an sie heran und drückte sie leicht gegen die Tür.

»Ein Date?«, wiederholte sie. »Ich weiß nicht, ob ich mit deinen Stimmungsschwankungen umgehen könnte.«

»Ach das.« Ich hielt inne. »Da war noch ein anderer Vampir im Restaurant. Er ist erst kurz bevor wir gingen aufgekreuzt.«

Ihre Augen weiteten sich, aber nach einer Sekunde hatte sie sich wieder gefangen.

»Es scheint viele Vampire in San Francisco zu geben.«

»Gar nicht so wenige«, stimmte ich zu. Je älter die Stadt, desto mehr Vampire gab es in der Regel. Und für amerikanische Verhältnisse war San Francisco sehr alt. Während des Goldrausches war eine ganze Reihe von ihnen in die Stadt gekommen, um ihre bereits prall gefüllten Bankkonten mit neuem Reichtum zu füllen. Außerdem hatte ihnen der ständige Nebel die Jagd sehr erleichtert.

»Dann war es ein Zufall.«

»Vielleicht.« Aber es fühlte sich nicht so an. Bis ich sicher war, ob der Vampir hinter ihr oder mir her war, musste ich Thea im Auge behalten.

»Warst du deshalb so seltsam?«, fragte sie. »Hast du deshalb nach einem Date gefragt?«

»Wenn du unter meinem Schutz stündest, bräuchtest du ...«

»Ich kann schon lange auf mich selbst aufpassen«, fiel sie mir ins Wort, aber ihre Worte hatten einen traurigen Unterton.

Ohne nachzudenken, legte ich meinen Arm um ihre Taille.

»Vielleicht solltest du das nicht nötig haben.«

Sie blickte mir in die Augen. Der Duft kandierter Veilchen lag in der Luft, ihr Körper forderte mich geradezu auf, sie zu nehmen. Was war es nur, das so unwiderstehlich an ihr war? Ich musste es herausfinden. Außerdem konnte ich sie hier nicht alleinlassen. Dieses Gebäude bot keinen Schutz vor Kleinkriminellen. Einem Vampir hätte es niemals standgehalten. Je länger ich erwog, Thea zu verlassen, desto weniger hatte ich das Gefühl, dass ich es tun sollte. Sie brauchte meinen Schutz, und ich musste mein Verlangen nach ihr auf die eine oder andere Weise stillen.

»Du solltest mich hereinbitten«, murmelte ich und senkte mein Gesicht zu ihrem.

»Ich weiß nicht, ob das ...«

Meine Lippen berührten ihre, bevor sie eine weitere Ausrede finden konnte. Es gab nur einen Weg, Thea dazu zu bringen, die Sache auf meine Art zu sehen. Ich musste es ihr zeigen.

Ihr Mund öffnete sich und lud mich ein, den Kuss zu vertiefen. Ich ließ meine Zunge in ihren Mund gleiten. Sie antwortete mit einem Stöhnen, das meinen Schwanz zum Leben erweckte. Ich zog mich zurück und kratzte mit einem

Reißzahn über ihre Unterlippe – gerade so viel, dass sie aufstöhnte.

»Bitte mich herein.«

Thea schluckte, ihre Hand tastete nach dem Türknauf hinter uns. Sie begann zu zittern, ihre Erregung überwältigte sie und überflutete die Luft um mich herum mit ihrem Duft. Ich war etwa drei Sekunden davon entfernt, die Tür aus den Angeln zu reißen und sie ins Bett zu tragen, als sie endlich aufschwang und den Zutritt in ein dunkles Wohnzimmer freigab.

Sie schaute mich schüchtern an. »Komm rein.«

Ich brauchte keine zweite Einladung. Ich hob sie in meine Arme, trug sie hinein und trat die Tür hinter uns zu. Thea klammerte sich an meine Schultern, sie zitterte jetzt am ganzen Leib.

»Wo lang?«, fragte ich.

Sie neigte ihren Kopf in Richtung Flur. »Die erste Tür links.«

Es gab eine Million Gründe, warum ich das nicht tun sollte. Ich sollte sofort wieder gehen, jemanden suchen, der sie bannen konnte, und vergessen, dass diese hübsche kleine Sterbliche existierte. Aber irgendwie wusste ich, dass ich keine Ruhe mehr finden würde, wenn ich jetzt ging. Ich suchte ihre Lippen, als ich sie zum Bett trug, und ignorierte die Tatsache, dass ich damit mehr als eine Regel brach. Ich konnte nur daran denken, sie aus ihrem schlecht sitzenden Kleid zu schälen und dann den Hunger zu stillen, der in mir wuchs.

Ihr Zimmer war eher ein begehbarer Kleiderschrank, und die Matratze in der Ecke kaum als Bett zu bezeichnen, aber für den Moment würde es reichen.

Ich stellte Thea auf die Füße, griff nach ihrem Reißverschluss und küsste sie.

Aber sie legte eine Hand auf meine Brust. »Warte, Julian«, murmelte sie, »es gibt etwas, das du wissen solltest.«

11

THEA

Mein Herz pochte so stark, dass er es bestimmt hören konnte. Offensichtlich war Lust gepaart mit Nervosität ein intensiver Gefühlscocktail.

Ich hatte noch nie einen Mann in mein Zimmer eingeladen. Ich hatte es nie gewollt, und ich konnte mir beim besten Willen nicht erklären, warum ich Julian als Ersten ausgewählt hatte.

Sicher, er war unnatürlich heiß, aber das hatte wahrscheinlich viel damit zu tun, dass er ein Vampir war. Abgesehen davon war er rechthaberisch und unhöflich, aber aus irgendeinem Grund konnte ich nicht aufhören, ihn zu küssen. Es war, als hätte der Kuss einen geheimen Hormonvorrat in mir freigesetzt, von dessen Existenz ich nichts gewusst hatte.

Er setzte mich sanft ab, seine Finger berührten meinen Reißverschluss. Oh mein Gott, was machte ich hier eigentlich?

Ich brauchte einen Moment, um mich zu besinnen. Mein Körper preschte so schnell voran, dass mein Verstand kaum schritthalten konnte. Julian beugte sich vor, um mich weiter zu küssen, doch ich hielt ihn auf.

»Warte, Julian, es gibt etwas, das du wissen solltest.«

Er reagierte sofort, trat einen Schritt zurück und wartete. Der Ausdruck in seinem Gesicht hätte als Verblüffung durchgehen können, wenn da nicht seine Augen gewesen wären. Das elektrische Blau, das ich vorhin quer durch den Raum bemerkt hatte, war verschwunden. Jetzt waren seine Augen schwarz. Ich zitterte, weil ich mich daran erinnerte, wie der andere Vampir beim Trinken ausgesehen hatte.

Es war klar, dass Julian mit mir schlafen wollte. Aber hatte er vor, mehr als nur meinen Körper zu nehmen?

Als hätte ich meine Zweifel laut ausgesprochen, richtete er sich auf und straffte die Schultern. Seine Augen nahmen wieder ihren atemberaubenden blauen Farbton an. »Vielleicht war es doch keine gute ...«

»Ich bin noch Jungfrau«, platzte ich heraus, bevor ich den Mut dazu verlor. Ich hätte es am liebsten sofort zurückgenommen. Mein Magen krampfte sich zusammen. Die Verlegenheit erstickte schließlich alle Lüsternheit.

»Du bist *was*?« Er blinzelte.

Wollte er mich etwa dazu bringen, den peinlichsten Moment meines Lebens zu wiederholen? Niemals. Ich stand dazu. Ich war nicht seit Millionen Jahren am Leben, an seine Erfahrung würde ich so oder so nie herankommen.

»Ich bin Jungfrau«, sagte ich mit Entschiedenheit. »Ist das ein Problem?«

Er starrte mich an.

»Ich dachte, das solltest du wissen, bevor ... ähm ... na ja, du weißt schon.«

Ja, ich hatte den Moment absolut zerstört.

»Ich verstehe das nicht«, sagte er langsam.

»Was soll ich tun? Dir ein Diagramm zeichnen?« Ich verschränkte die Arme und hoffte, dass er dachte, ich wäre vor

Wut errötet und nicht vor Verlegenheit. »Du weißt doch, was eine Jungfrau ist?«

Seine Augen verengten sich zu Schlitzen. »Ich weiß, was eine Jungfrau ist«, sagte er trocken. »Ich hatte nur nicht erwartet ...«

Ich zog eine Augenbraue hoch, als er einen Schritt zurück machte.

»Du schienst ...« Er hielt inne und schüttelte den Kopf. »Eigentlich ist es egal.«

Ich hatte ihn eindeutig verschreckt. »Das ist keine große Sache. Ich wollte nur nicht, dass du überrascht bist, falls ...«

»Thea«, unterbrach er mich und legte seine Hände auf meine Schultern. »Ich lebe seit fast tausend Jahren, und ich kann mit absoluter Sicherheit sagen, dass es immer eine große Sache ist.«

Ich interessierte mich plötzlich sehr für meine Schuhe. Julian hatte Ecken und Kanten, aber in seinen Worten lag eine unerwartete Sanftheit. »Ich will es trotzdem.«

»Was willst du?«, fragte er.

»Du weißt schon.«

»Thea.« Nun klang er richtig ärgerlich. »Wenn du es nicht *aussprechen* kannst, solltest du es nicht *tun*.«

Wies er mich ab? Ich spürte, wie meine Unterlippe bebte, und ich biss darauf, um es zu verhindern. Nichts hier verlief so, wie ich es erwartet hatte. Ich war immer davon ausgegangen, dass ich einen netten Kerl treffen und mich verlieben würde, oder mich wenigstens betrinken und es hinter mich bringen würde. Ich hätte nie erwartet, dass ich darüber diskutieren müsste, ob ich bereit war oder nicht. Die Zurückweisung tat weh.

»Ich hätte es dir nicht sagen dürfen«, murmelte ich leise.

»Ich bin froh, dass du es gesagt hast. Du hast uns beide davor bewahrt, einen Fehler zu begehen.« Seine Worte klangen für mich so nervtötend wie quietschende Kreide auf einer Wandtafel. So sah er das also? Mit mir zu schlafen wäre ein Fehler gewesen?

Mir schossen Tränen in die Augen, aber das waren Tränen der Wut. »Vielleicht solltest du jetzt gehen.«

»Ich habe dich verletzt.« Er musterte mich einen Moment wie eine Schlange, die einen Schmetterling betrachtet. Für diesen Gott konnte ich nicht mehr als ein zerbrechliches, dummes Geschöpf sein.

»Das spielt keine Rolle. Du hast recht«, sagte ich und schluckte den Schmerz herunter. »Es wäre ein Fehler gewesen.«

»Du verstehst mich falsch«, sagte er kalt.

»Oh, ich verstehe dich.« Ich stemmte meine Hände in die Hüften. Das war wahrscheinlich wenig einschüchternd, wenn man bedenkt, dass er fast einen halben Meter größer war als ich.

»Es ist komplizierter, als du denkst«, sagte er und sein Mund zuckte, als ob er lachen wollte.

Genau das, was ich brauchte – noch mehr Halbwahrheiten und mysteriöse Unterstellungen. Je länger wir dort standen, desto mehr verflog das Adrenalin aus meinem Körper, und ich fühlte mich nur noch bis ins Mark erschöpft. Es war ein sehr langer Tag gewesen. »Hör mal, ich habe morgen Unterricht.«

»Unterricht?«, fragte er.

»Ich stehe kurz vor meinem Abschluss an der Lassiter«, sagte ich. Warum erzählte ich ihm das? Es war ihm doch komplett egal. Und hatte ich wirklich beinahe Sex mit einem Vampir gehabt, der so gut wie nichts von mir wusste?

»Musik?«

Ich nickte, und ein Schmerz durchzuckte mich, als ich an mein Cello dachte. Dann kam mir eine schreckliche Erkenntnis. Mein Cello war unspielbar, was bedeutete, dass ich mein Vorspielen für das Reed-Stipendium verpassen würde. Ich stolperte ein paar Schritte und ließ mich auf mein Bett fallen. »Hör zu, geh einfach. Ich habe den ganzen Tag gearbeitet, und in ein paar Stunden muss ich aufstehen. Danke, dass du mich nach Hause gebracht und mich zum Essen eingeladen hast.«

»Das war das Mindeste, was ich tun konnte«, sagte er langsam. »Stimmt etwas nicht? Du wirkst so ruhig. Ich hoffe, ich habe dich nicht beleidigt.«

»Es ist nichts.« Ich winkte ab und hoffte, dass er bald ging. »Ich werde nur ein Vorspielen verpassen. Ich bin sicher, ich kann es verschieben.«

Das war eine Lüge. Das war kein Vorspielen, bei dem ich einfach den Termin verschieben konnte. Julian brauchte das nicht zu wissen. Er fühlte sich mir gegenüber bereits in der Pflicht, und wohin uns das geführt hatte, konnte man ja sehen.

»Thea, ich ...«

»Bitte«, unterbrach ich ihn. »Ich will nur noch schlafen.«

Er legte den Kopf schief, machte aber keine Anstalten zu gehen. »Geh morgen Abend mit mir essen.«

Ich seufzte. Mein Leben war nicht aufregend, aber es war ausgefüllt. Ich konnte nicht einfach alles stehen und liegen lassen, um diesen Vampir zu daten, zumal ich mir nicht sicher war, ob ich das noch wollte. »Ich arbeite bis spät.«

»Noch ein Job?«, fragte er und wirkte allmählich etwas ungehalten.

»Ja, nicht alle von uns hatten Jahrhunderte Zeit für Investitionen. Du sagtest bereits, dass dies ein Fehler war. Lassen wir es einfach dabei bewenden.«

»Ich habe Mist gebaut«, sagte er unvermittelt. »Schon den ganzen Abend. Das tut mir leid. Lass es mich wiedergutmachen.«

Seine Entschuldigung nahm mir den Wind aus den Segeln. Wer war Julian Rousseaux wirklich? War er der gutaussehende Fremde, der mich angestarrt hatte? Oder war er der Vampir, der jemandem vor meinen Augen den Kopf abgerissen hatte? Oder war er der Typ, der von mir verlangte, etwas zu essen, bevor er mich sicher zu Hause ablieferte?

Ich kam nicht mehr mit.

»Das musst du nicht«, sagte ich schließlich. »Ich habe sowieso erst um acht Uhr abends Feierabend.«

»Denk darüber nach.« Er holte sein Mobiltelefon aus der Tasche. »Ich nehme an, du besitzt auch so ein Gerät?«

Ich unterdrückte ein Kichern. Er hatte wirklich die letzten Jahrzehnte verschlafen. »Ja, ich habe so ein *Gerät*.«

»Wie rufe ich dich an?« Er wedelte mit dem Telefon wie mit einem Zauberstab, und das Display leuchtete auf.

»Hier.« Ich nahm sein Handy und öffnete seine Kontakte, um meinen Namen hinzuzufügen. Bei allen Möglichkeiten, die ich mir für den heutigen Abend vorgestellt hatte, stand das Hinzufügen meiner Nummer auf das Handy eines Vampirs nicht auf der Liste. Ehrlich gesagt, war ich mir gar nicht sicher, wer von uns beiden in dieser Stadt in größerer Gefahr war. Ich hatte zwar bis heute nicht gewusst, dass sich Vampire auf den Straßen herumtrieben, aber er schien genauso verloren zu sein, was gewisse Dinge anging.

»Ich weiß nicht, wie man auf die Idee kommen kann, überall ein Telefon dabeihaben zu wollen«, knurrte er.

Ich konnte mich nicht länger zurückhalten und kicherte los. Julian sah vielleicht wie ein umwerfend attraktiver Dreißigjähriger aus, aber er benahm sich definitiv wie ein Tausendjähriger.

»Was ist?«, fragte er misstrauisch.

»Nichts«, sagte ich achselzuckend. »Du klingst nur wie ein alter Mann.«

»Und das amüsiert dich?«, fragte er schroff. Dass er meinen Spaß an dieser Angelegenheit nicht teilte, war offensichtlich.

»Es ist einfach lustig, einen großen, starken Vampir zu sehen, der von einem Telefon überfordert ist.« Ich konterte seinen Blick mit einem Lächeln. »Willst du mich immer noch zum Essen ausführen?«

»Ja«, zischte er durch seine Zähne.

Ich konnte mir nicht vorstellen, warum. »Ich sag dir Bescheid.« Dann reichte ich ihm sein Handy zurück. »Ich habe meine Nummer per Textnachricht geschickt, also habe ich deine auch.«

»Wozu?«

»Damit ich dir eine Nachricht schicken kann, um dir mitzuteilen, wie ich mich entschieden habe.«

»Ich wollte dich anrufen«, erinnerte er mich.

»Ja, aber ich lasse mein Telefon in der Schule und bei der Arbeit ausgeschaltet. Es ist einfacher, wenn ich dir eine Nachricht schicke.« Er warf mir schon wieder einen missbilligenden Blick zu. »Entspann dich, wir sind im einundzwanzigsten Jahrhundert. Mädchen dürfen Jungs jetzt eine SMS schicken. In den Achtzigern kann das nicht so viel anders gewesen sein.«

Er grunzte mürrisch.

Wenigstens grinste er jetzt nicht mehr.

»Ich sollte dich ruhen lassen«, sagte er nach einer Weile.

Ich begleitete ihn zur Tür und war mir seiner körperlichen Nähe sehr bewusst. Zum Teil, weil ich immer noch nicht glauben konnte, dass er hier war, aber vor allem, weil er den beengten Raum noch kleiner erscheinen ließ. Als ich die Tür öffnete, trat ich zur Seite und drückte mich mit dem Rücken gegen die Wand. Der heutige Abend war ein Fehler gewesen. Darin waren wir uns beide einig. Aber was würde jetzt passieren? Würde er mich wieder küssen? Wollte er wirklich mit mir ausgehen?

Julian hielt inne, seine markante Gestalt füllte den Türrahmen aus. Das Licht aus dem Hausflur umgab ihn wie ein Heiligenschein. Er war wunderschön, und ich konnte meinen Blick nicht abwenden. Aber er war kein Engel. Er war tödlich. Warum zog mich das nur noch mehr zu ihm hin?

»Thea.« Er beugte sich herunter und brachte sein Gesicht näher an meins heran. Ich merkte, wie sich meine Augen erwartungsvoll schlossen.

Ich hielt den Atem an und wartete auf die elektrisierende Berührung seiner Lippen – aber sie blieb aus. Stattdessen lachte er leise vor sich hin. »Vergiss nicht, deine Türen abzuschließen, Kleines. Man weiß nie, wer sich draußen auf der Straße herumtreibt.«

Ich riss die Augen auf – verlegen, weil ich seine Absichten missverstanden hatte, und verärgert über den blöden Spitznamen. So sah er mich also? War ich nur ein hilfloses Mäuschen? »Wird gemacht, alter Mann.«

Er knurrte leise, aber ich wartete nicht auf seine schlagfertige Antwort. Ich tat genau das, was er mir sagte. Ich schloss die Tür vor seiner Nase, drehte den Riegel um und hakte die Kette ein. Ich bezweifelte, dass etwas davon standhalten würde, falls er sich darüber ärgerte, dass ihm die Tür vor seinem dummen, wunderschönen Vampirgesicht zugeschlagen wurde. Ich lehnte mich dagegen und hoffte halb, er würde sie aus den Angeln heben und mich zurück ins Schlafzimmer tragen. Aber nach ein paar Minuten gab ich es auf. Außerdem wäre das Letzte, was ich gebrauchen konnte, dass mir meine Mitbewohner die Polizei auf den Hals hetzten, während ein Vampir an eben diesem Hals lutschte. Ich kicherte bei der Vorstellung. Die Tatsache, dass ich es lustig fand, bedeutete, dass ich mich an der Grenze zwischen Müdigkeit und Delirium befand. Ich musste ins Bett gehen und schlafen, bis mein Kopf wieder klar wurde. Ich stieß mich von der Tür ab und machte zwei Schritte in die Dunkelheit, bevor jemand auf mich zustürmte.

12

JULIAN

Meine Hände hoben sich wie von selbst, um die Tür aufzubrechen, die sie mir gerade vor der Nase zugeschlagen hatte. Doch bevor sie das Holz berühren konnten, riss ich mich zusammen. Der heutige Abend war schon beschissen genug gewesen. Ich hielt es nicht für klug, meinem endlosen Strafregister noch Einbruch und Hausfriedensbruch hinzuzufügen. Stattdessen wartete ich einen Moment lang an ihrer Tür und lauschte – ich war mir nicht sicher, worauf. Drinnen hörte ich den langsamen, gleichmäßigen Rhythmus ihres Atems. Ihr Herzschlag, der schwächer wurde, blieb leicht beschleunigt. Sie hatte einen Adrenalinstoß bekommen, als sie mich hinausgeworfen hatte. Nach einer Minute normalisierte sich ihr Herzschlag wieder, und ich zwang mich wegzugehen. Sie hatte deutlich gemacht, dass ich nicht willkommen war, und ich wusste nicht, was ich tun würde, wenn sie mich jetzt wieder hereinließ.

Als ich jünger gewesen war, wurden mir einige Türen von Menschen vor der Nase zugeschlagen, die vor ihrem unvermeidlichen Tod flüchteten. Ich hatte noch nie erlebt, dass ein Mensch das tat, nachdem er mich beleidigt hatte. Diese zweifelhafte Ehre wurde nun Thea zuteil.

Alter Mann.

Für Vampirverhältnisse war ich im besten Alter. Miss Melbourne hatte vermutlich noch nie einen richtigen Mann getroffen. Die meisten menschlichen Männer lebten nicht lange genug, um über ihre eigene Dummheit hinauszuwachsen. Es war nicht meine Schuld, dass sie bemerkenswert naiv und enervierend zerbrechlich war.

Und Jungfrau.

Jungfrauen und Vampire vermischten sich aus vielen Gründen nicht. Nicht mehr. Die Risiken waren für alle Beteiligten zu groß. Selbst wohlerzogene menschliche Vertraute, die heiraten wollten, sparten sich nicht mehr für ihre vampirischen Ehepartner auf. Der Convent hatte zu diesem Thema im späten neunzehnten Jahrhundert mehrere offizielle Warnungen herausgegeben. Unsere Welt war von der ihren strikt zu trennen. Damals war dies eine natürliche Entwicklung gewesen, und da sich die Menschen langsam daranmachten, ihre Gesellschaft zu reformieren, mussten wir ihnen einen Schritt voraus sein.

Aber ich hatte nicht damit gerechnet, im einundzwanzigsten Jahrhundert eine Jungfrau kennenzulernen. Die Möglichkeit war mir nicht in den Sinn gekommen, als ich meinem Verlangen nach Thea nachgegeben hatte. Wer war heutzutage noch Jungfrau?

Offenbar hatte die schöne Cellistin eine Einstellung, die zu den kupferfarbenen Strähnchen in ihrem Haar passte. Fast hoffte ich, sie würde nicht anrufen oder eine SMS schicken – was auch immer das sein mochte.

Als ich aus der Haustür trat, fasste ich einen Entschluss. Die kühle Nachtluft strich über meine Haut. Morgen würde ich ein Cello liefern lassen. Was sie dazu zu sagen hatte, war mir egal. Ich würde vielleicht keine Zeit mehr mit Thea verbringen, aber ihrer Musik wollte ich sie nicht berauben. Sie war viel zu begabt, um jetzt aufzuhören. In der Zwischenzeit würde ich sie aus meinem System tilgen. Ich brauchte nur die nächste Gelegenheit abzupassen, die sich mir bot.

Ich ging zur Fahrerseite des BMW, drückte die Fernbedienung und hörte, wie die Türen entriegelt wurden. Ich mochte einige der neuen Annehmlichkeiten der modernen Welt hassen, aber ich musste zugeben, dass das cool war. Bevor ich öffnen konnte, schlenderte eine dunkle Gestalt auf mich zu. Für einen Menschen bewegte er sich schnell. In seiner Hand glitzerte etwas. Ein Messer.

»Her mit deinen Schlüsseln, Mann!«, zischte er. Sein Gesicht lag im Dunkeln der Kapuze seiner Jacke.

Ich starrte auf Theas Wohnhaus. Am liebsten wäre es mir gewesen, sie hierzuhaben, damit sie sah, dass ich recht hatte. Das war kein sicherer Ort für sie, nicht einmal mit ihrem verdammten männlichen Mitbewohner. Aber wenn sie hier gewesen wäre, hätte es mich vielleicht daran gehindert, die Situation angemessen zu handhaben.

Ich drehte mich um und betrachtete ihn einen Moment lang. Er trat noch näher. »Zwing mich nicht, dir wehzutun. Gib mir deine Schlüssel«, forderte er.

»Nein.« Er hielt eine Sekunde lang inne, überrascht von meiner Antwort, und ich kicherte. »Weißt du überhaupt, wie man das Ding da benutzt?«

»Willst du es wissen?«, schrie er und stürzte sich auf mich.

Ehrlich gesagt, war ich fast beeindruckt. Er war offenbar gewillt, seine Drohungen wahr zu machen. Aber er hatte keine Ahnung, mit wem er sich anlegte, und ich war mit meiner Geduld bereits am Ende. Meine Hände schlossen sich um sein Handgelenk, bevor das Messer in meine Nähe kam. Nach einer schnellen Drehung knackten seine Knochen, er schrie auf und ließ das Messer fallen.

»Ruhe«, sagte ich, und sein Schrei erstarb in seiner Kehle. Die Kapuze, die sein Gesicht bedeckte, fiel zurück und enthüllte sein Gesicht im Licht der Straßenlampen. Sein Mund stand offen, und sein Gesicht verzerrte sich vor Schmerz und Angst. Natürlich hätte ich ihn auch bannen können. Nur Thea war gegen meine Reize immun. Das vergrößerte für sie noch die Gefahr durch meinesgleichen, und sie hatte schon genug Probleme mit Abschaum wie diesem Kerl, der sich dort herumtrieb, wo sie lebte.

Das Mindeste, was ich tun konnte, war, mich um diesen Kerl zu kümmern.

»Man stiehlt keine Autos«, sagte ich ihm und verstärkte meinen Griff um sein Handgelenk. Seine Knie knickten ein, und er krachte auf die Straße. »Aber wenn du es schon tust, dann mach es gefälligst richtig. Bleib liegen.«

Er hatte keine Wahl. Ich hatte sie ihm genommen. Er konnte nicht um Hilfe rufen – obwohl in dieser Nachbarschaft kaum jemand kommen würde – oder weglaufen. Heute Abend hatte er seine Beute schlecht gewählt, und er würde den Preis dafür zahlen. Ich beugte mich hinunter, hob sein Messer auf und hielt es dicht an sein angstverzerrtes Gesicht. »Wenn man mit einem Messer herumfuchtelt, sollte man wissen, was man tut«, erklärte ich. »Man kann nicht einfach zustoßen und hoffen, dass das reicht, um einen Mann zu verletzen. Man muss es ihm unter die Rippen rammen – jedenfalls, wenn man ihn töten will.«

Ich schleuderte das Messer in die Luft und führte es ihm vor. Er machte große Augen und bestätigte mir so, was ich längst wusste. Er war ein mieser Kleinkrimineller. Er hatte gar nicht vorgehabt, mich zu töten. Wenn ich ein Mensch gewesen wäre und er es tatsächlich geschafft hätte, mich tödlich zu verletzen, dann wäre es Glück gewesen, nicht Geschick oder Absicht. Blanke Verzweiflung trieb ihn an.

Ich hatte Mitleid mit ihm, aber das bedeutete nicht, dass ich ihn ungeschoren davonkommen ließ. Er mochte ein Dieb sein, aber er war gefährlich. Jetzt würde er sich wenigstens nützlich machen.

Ich packte seine Jacke, zerrte ihn auf die Beine und riss ihm die Kehle auf. Sein Blut schmeckte bitter auf meiner Zunge, aber es war heiß und reichlich. Das war genug. Er wehrte sich schwach gegen mich, bevor mein Gift ihn übermannte und er verstummte. Blut durchströmte mich, und die Dunkelheit veränderte sich. Neon leuchtete an den Rändern der dunklen Nacht, Sterne funkelten durch den am Himmel hängenden Nebel, und eine Kakofonie von Stadtgeräuschen prasselte auf mich ein. Nach ein paar Schlucken ließ ich ihn auf den Boden fallen. Als Häufchen Elend lag er da und starrte mich aus benommenen Augen an. Mein Hunger hatte sich zwar gelegt, aber er war immer noch vorhanden. Ich ahnte, dass ich noch mehr wollen würde, selbst wenn ich ihm jeden Tropfen abgezapft hätte. Denn es war nicht sein Blut, nach dem ich mich sehnte.

»Und was mache ich jetzt mit dir, hm?«, fragte ich ihn. Er konnte nicht antworten, da er immer noch unter meinem Bann stand, aber er blinzelte schnell, eine Hand an seine Kehle gepresst. »Ich kann dich nicht auf diesen Straßen dulden, aber ich würde es wirklich vorziehen, dich nicht zu töten. Ich will die Wette mit meinem Bruder nicht verlieren.«

Er kroch auf allen vieren auf der nassen Straße von mir weg. Jetzt hatte er Angst. Damit konnte ich arbeiten.

»Du wirst dich nicht an das erinnern, was passiert ist«, sagte ich ihm, holte meine Brieftasche hervor und zog ein paar Scheine und eine Visitenkarte heraus. »Du wirst das nächste Hotel aufsuchen, dich waschen und schlafen. Morgen früh wirst du dich in der Fremont Free Clinic melden und den Namen Rousseaux angeben. Dort bleibst du, bis du clean bist. Dann rufst du diese Nummer an und nimmst den Job an, den der Mann am anderen Ende der Leitung dir anbietet. Und zwar ohne Fragen zu stellen. Als Dank für meine Barmherzigkeit wirst du nie wieder in deinem Leben Drogen nehmen.«

Er hatte sowieso keine Wahl. Ich warf ihm das Geld zusammen mit der Karte hin.

»Verschwinde«, befahl ich. »Du kannst sprechen, aber du darfst niemals deine Stimme gegen mich erheben.«

Mit einem erschrockenen Blick nahm er Karte und Geld und rappelte sich auf. »D-d-anke.«

Ich stieg bereits in den BMW. Ich wurde wohl langsam weich. Es gab eine Zeit, da hätte ich mich damit zufriedengegeben, ihn auszusaugen und die Welt von einer weiteren verlorenen Seele zu befreien. Vielleicht hatte Thea recht. Vielleicht war ich alt.

Im Inneren des BMW roch ich überall Thea. In meinem Mund sammelte sich das Gift, meine Reißzähne waren noch von meinem schnellen Imbiss ausgefahren, und ich spürte eine magnetische Anziehungskraft auf mich wirken. Jeder Zentimeter von mir wollte wieder aus dem Auto steigen, zurück in ihr Gebäude rennen und ihre Tür einschlagen. So viel zum Thema Ablenkung. Stattdessen schien ich es noch schlimmer gemacht zu haben. Seit ich ein Teenager war, hatte ich nicht mehr so viel Blutdurst verspürt.

Ich drückte so fest auf den Startknopf, dass der Kunststoff

splitterte. Eine Sekunde später scherte ich auf die regenglatte Straße aus. Das hintere Ende des Wagens brach hinter mir aus, als ich auf die Straßen von San Francisco raste. Die Stadt huschte in einem spektakulären Regenbogen vorbei. Auf einer Erhebung hob der BMW kurz vom Asphalt ab. Ich fuhr immer weiter, um so viel Abstand wie möglich zwischen mich und die Frau zu bringen, die ich zurückgelassen hatte. Ich hatte die Stadt bereits zur Hälfte durchquert, als ein Anruf über die Autolautsprecher kam. Ein Name erschien auf dem Display des Navis, und ich stöhnte auf. Es gab für mich kein Entkommen. Nicht heute Nacht. Nicht, da jetzt die Riten abgehalten wurden. Nicht mit Theas Duft, der um mich herum in der Luft lag.

»Was?«, antwortete ich.

»Ich muss sofort mit dir reden.«

»Nicht einmal ein *bitte*?«, fragte ich schroff, aber da hatte sie schon aufgelegt.

13

THEA

Einfach ins Bett zu gehen war mir nicht vergönnt – jedenfalls nicht, wenn es nach meinen Mitbewohnern ging.

»Wer war das?«, fragte Tanner und zerrte mich ins Wohnzimmer. Ich versuchte gar nicht erst, ihrer Neugier zu entkommen.

Olivia holte einen Becher Schoko-Erdnussbutter-Eis aus der Küche und ließ sich auf das eine Ende der Couch plumpsen. Sie klopfte auf das Polster neben sich und hielt mir einen Löffel hin. Sobald ich mich gesetzt hatte, hockte Tanner sich an meine andere Seite. Ich war die Wurstscheibe in einem unbehaglichen Sandwich.

»Ist das aus dem Notvorrat?«, fragte ich. Eis galt in unserer WG als Luxus. Glücklicherweise hatten wir alle dieselbe Lieblingssorte, und so teilten wir uns jeden Monat die Kosten für zwei Halbliterbecher, die wir für Notfälle im Gefrierschrank aufbewahrten.

»Ich würde doch mal sagen, das ist ein Notfall.« Olivia riss den Deckel ab und nahm einen Löffel voll Eis, dann reichte sie es weiter. Sie musste geschlafen haben, als ich mit Julian nach Hause kam, denn ihr Haar war zu einem wild verwuschelten Dutt hochgesteckt, und sie hatte noch einen Schaumstoffstöpsel im Ohr.

»Ist es nicht. Ich wurde nur gerade nach Hause gefahren.« Ich reichte Tanner den Becher weiter, ohne einen Happs zu nehmen. Mir war nicht nach Eis zumute. Der Geschmack von Julians Kuss lag mir noch auf der Zunge, und aus Gründen, über die ich mir lieber keine Gedanken machen wollte, war ich nicht bereit, ihn mit Eis wegzuspülen.

Tanner warf mir einen Seitenblick zu und schüttelte den Kopf. Er war vollständig angezogen. Wahrscheinlich hatte er online gespielt und mich reinkommen hören. »Eine Mitfahrgelegenheit, die dich bis in dein Schlafzimmer gebracht und deine Tür geschlossen hat und dann geschlagene zwanzig Minuten drin geblieben ist?«

»Du hast die Zeit gestoppt?«, fragte ich. »Echt weird. Das ist doch keine große Sache.«

»Äh ... eine Frage hätte ich in dem Zusammenhang.« Olivia drehte ihren Körper, faltete ihre Beine anmutig unter sich und wedelte dabei anklagend mit ausgestrecktem Zeigefinger in meine Richtung. »Wann hattest du das letzte Mal einen Mann in deinem Zimmer?«

Ich zuckte gespielt lässig mit den Schultern, merkte aber leider, dass ich rot wurde.

»Ich glaube, es war ...« Tanner hielt inne, damit Olivia einstimmen konnte. »Noch nie«, krähten sie gleichzeitig.

Jetzt hatten sie mich so weit. Die einzige Möglichkeit, sie loszuwerden, bestand darin, ihnen ein paar saftige Brocken hinzuwerfen, auf denen sie herumkauen konnten. Aber das war unter den gegebenen Umständen ein wenig kompliziert. Mir fielen nur die Dinge ein, die ich ihnen nicht sagen konnte. Auf keinen Fall wollte ich gestehen, dass Julian ein Vampir war. Sie würden denken, ich hätte den Verstand verloren. Und das zu verschweigen bedeutete leider auch, dass ich ihnen nichts über Carmen oder den Vampir, der sie angegriffen hatte, oder den abgebrochenen Auftritt erzählen konnte. Aber das größte Problem war, dass ich ganz schlecht lügen konnte. Jeder, der mich länger als ein paar Stunden kannte, wusste das.

»Er hat mich nach Hause gebracht, weil er ein schlechtes Gewissen hatte.« Ich wollte mich an der Wahrheit orientieren, aber darauf achten, dass ich nur Scheibchen davon preisgab. »Es hat einen Unfall gegeben.«

»Oh mein Gott.« Tanner ließ fast seinen Löffel fallen und musterte mich auf Prellungen oder Verletzungen hin. »Geht es dir gut?«

»Ich bin okay.« Ich zwang mich zu einem Lächeln. »Aber mein Cello nicht.«

»Oh, Thea.« Olivia schnappte sich das Eis von Tanner und drückte es mir in die Hand. »Ich wusste doch, dass es ein Notfall ist.«

Wenn sie es so formulierte, musste ich ihr sogar recht geben. Ich grub in dem Becher, bis ich auf ein Klümpchen gefrorener Erdnussbutter stieß, und schaufelte mir dann den Löffel voller Eis in den Mund. Ich hatte die beiden in meinem ersten Jahr an der Lassiter kennengelernt. Tanner war Olivia und mir ein Jahr voraus gewesen, aber wir waren alle im selben höllischen Geschichtskurs gelandet. Aus der gemeinsamen Erfahrung war eine Freundschaft entstanden, und als sie vorschlugen, zusammen eine Wohnung zu mieten, um die Kosten für das Wohnheim auf dem Campus zu sparen, hatte ich Ja gesagt. Tanner war nach seinem Examen geblieben. Ich hatte nicht vor, ihm nachzueifern, und beide wussten das. Ich sah mein Cello als Eintrittskarte in ein besseres Leben – irgendwo weit weg von San Francisco oder der Kleinstadt, in der ich aufgewachsen war.

»Das erklärt aber nicht, warum er dich den ganzen Weg bis zu deinem Bett begleitet hat«, stellte Tanner trocken fest.

»Sei kein Arschloch.« Olivia warf ein Kissen nach ihm. »Sie ist in Trauer.«

»Mir geht's gut. Ich bin mit ihm zusammengestoßen und habe das Cello fallen lassen. Er möchte für die Reparatur aufkommen.«

»Gut.« Olivia klang erleichtert über diese Nachricht.

»Und du hast ihm für seine Hilfe gedankt, indem du ...« Tanner wackelte vielsagend mit seinen dichten, schwarzen Augenbrauen.

»Es ist nichts passiert.« Aber meine Stimme brach und verriet, dass ich flunkerte.

»Was?!?! Oh mein Gott!« Olivia kreischte und griff nach meiner Hand, wobei sie mir fast das Eis aus der anderen Hand stieß. Ich drückte den Becher schützend an meine Brust.

»Im Ernst, es ist nichts passiert. Nicht wirklich«, fügte ich hinzu.

»Das klingt verklausuliert so, als wäre wenigstens etwas passiert, aber du dir wünschst, es wäre mehr passiert«, verkündete sie an Tanner gewandt, als würde sie Mädchentalk für ihn übersetzen.

»Ja, das habe ich kapiert. Also, was bedeutet *nicht wirklich*?«, fragte er. »Habt ihr euch ausgezogen?«

»Tanner«, stöhnte Olivia.

»Wir haben uns nicht ausgezogen«, unterbrach ich, bevor die beiden noch zu streiten begannen. »Wir haben uns nur geküsst, und dann ist er ausgeflippt.«

Olivia legte den Kopf schief und versuchte, den Richtungswechsel meiner Geschichte zu verstehen. »Inwiefern ausgeflippt?«

»Ich habe es ihm gesagt«, sagte ich kläglich und nahm den nächsten Löffel Eiscreme. Jetzt, wo ich über Julian sprach, wollte ich am liebsten alle Erinnerungen an ihn abschütteln. Nicht weil ich den heutigen Abend bedauerte, sondern weil ich wusste, dass sich nichts davon wiederholen würde. Seine Reaktion auf mein Geständnis hatte das deutlich gemacht.

»Ihm *was* gesagt?«, fragte Tanner.

»Du weißt schon, Doofi«, zischte Olivia durch ihre Zähne.

»Weiß ich nicht. Was?«

»Dass sie noch ...« Olivia sah ihn mit aufgerissenen Augen warnend an. »Du weißt schon.«

»Ich wüsste nicht, was daran so schlimm sein sollte, wenn sie ...«

»Ich habe ihm gesagt, dass ich noch Jungfrau bin«, platzte ich heraus.

Tanners Mund formte sich zu einem O, aber er blieb stumm.

»Ja, das K.-o.-Kriterium, ich weiß.« Ich seufzte und gab das Eis auf und stellte es auf unseren abgerockten Couchtisch. »Ich dachte nur, er sollte es wissen, falls ...« Ich biss mir auf die Zunge, aber es war schon zu spät.

»Du wolltest mit ihm schlafen?« Olivia schlug eine Hand vor den Mund und machte einen kleinen Freudentanz in ihrem Pyjama.

»Das wurde aber auch Zeit«, sagte Tanner und legte zum Glück keinen Freudentanz hin.

»Ihr tut so, als wäre ich nicht normal.« Ich ließ mich zurück in die Kissen fallen und starrte die beiden an. »Ich hatte einfach keine Zeit, jemanden kennenzulernen.«

»Aber jetzt ist es passiert!« Olivia konnte jeder Situation etwas Positives abgewinnen. Normalerweise konnte ich das auch, aber heute Abend fiel es mir schwer, den Silberstreif zu sehen. »Ich kann es einfach nicht glauben. Wirst du diesen geheimnisvollen Mann wiedersehen?«

»Er heißt Julian, und nein«, erwiderte ich knapp. Dann erinnerte ich mich an seine Einladung zum Abendessen und runzelte die Stirn. Ich hatte nicht vor, darauf zurückzukommen. Das ging ja wohl schlecht, nachdem ich ihm die Tür vor der Nase zugeknallt hatte. Oder? »Es war ein vorübergehender Anfall von Unzurechnungsfähigkeit.«

»Bist du dir da sicher?« Tanner hatte die nervige Angewohnheit, genau zu wissen, was ich dachte.

Ich verdrehte die Augen und griff wieder nach dem Eis. Mittlerweile konnte ich das ganze Ding auslöffeln. So ein Abend war das. »Ich meine, ich muss mein Cello zurückbekommen.«

»Wenn du ihn nicht mehr sehen willst, könntest du ihn einfach bitten, es dir anliefern zu lassen«, sagte Olivia beschwichtigend.

Ich stöhnte auf, weil ich wusste, dass sie recht hatte – trotzdem fühlte es sich falsch an. »Ich weiß nicht, was ich machen soll. Es war genauso sehr meine Schuld wie seine. Ich kann doch nicht erwarten, dass er dafür bezahlt, und mich dann nicht einmal bedanken.«

Olivia grinste triumphierend, und mir wurde klar, dass ich in ihre Falle getappt war. »Du willst ihn also doch wiedersehen!«

»Sie hat ihn in ihr Schlafzimmer gelassen«, sagte Tanner lachend. »Das ist der erste Anwärter, den sie hatte, seit wir hier eingezogen sind. Natürlich will sie ihn wiedersehen.«

»Anwärter?«, wiederholte ich.

»Ja, bei dir klingt es so, als wäre er von 1892«, scherzte Olivia.

Ich verschluckte mich fast am Eis. Wenn sie die Wahrheit wüsste! Tanner klopfte mir hilfsbereit auf den Rücken.

»Vorsichtig«, mahnte er. »Bist du sicher, dass es dir gut geht?« Er musterte mich jetzt mit seinen intensiven, dunklen Augen. Es war typisch für Tanner, dass er durch meine sorgfältig konstruierte Fassade hindurch spürte, dass ich ihnen etwas verschwiegen hatte.

Ich wusste nicht, wie gefährlich Julians Welt wirklich war, aber ich wollte meine Freunde nicht in dieses Chaos hineinziehen. »Das wird schon. Es ist mir nur peinlich.«

»Er ist also gegangen, weil du noch Jungfrau bist?«, drängte Olivia und brachte das Thema auf seine schmerzhafte Zurückweisung zurück.

»Ich glaube schon.« Ich gab Tanner das Eis. »Er hat so getan, als wäre es eine Riesensache.«

Die Blicke meiner Mitbewohner trafen sich über meinem Kopf.

»Was?«, fragte ich, als sie schwiegen.

»Thea, es *ist* eine große Sache«, sagte Olivia. »Du hast so lange darauf gewartet.«

»Das klingt, als wäre ich eine alte Jungfer.«

»Das hat niemand behauptet«, konterte sie schnell. »Aber warum erst warten und sich dann einfach von einem beliebigen Kerl bespringen lassen?«

Aber an Julian war nichts beliebig. Er war nicht einfach irgendein Typ. Er war anders als alle Männer, die ich je getroffen hatte. Eben weil er kein einfacher Mann war. Er war so viel mehr als das. Allein der Gedanke an ihn weckte die Erinnerung an seinen brennenden Kuss auf meinen Lippen. Meine Finger wanderten zu meinem Mund, als ich mich erinnerte.

»Du magst ihn wirklich«, sagte Olivia leise.

Ich wurde aus meiner Trance gerissen. »Was? Nein. Er ist nervig und machohaft ...«

»Und?«, drängte Tanner.
»Wunderschön und reich«, fügte ich seufzend hinzu.
»Reich?« Olivia setzte sich aufrechter hin.
»Wunderschön?«, sagte Tanner. »Vielleicht solltest du ihn doch wiedersehen.«
»Das muss ich doch, oder? Ich muss mein Cello wiederhaben.«
»Klar, dein Cello.« Olivia zwinkerte mir zu.
»Er hat mich zum Essen eingeladen.« Ich bereute sofort, es erwähnt zu haben, denn darauf stiegen die beiden voll ein.
»Was wirst du anziehen?«, fragte Olivia.
»Wen interessiert das? Wir müssen uns um die Sache mit der Jungfräulichkeit kümmern. Das ist doch das Problem, oder?« Tanner stichelte. »Wenn du dabei Hilfe brauchst, ich kenne da ein paar Jungs ...«
»Igitt, Tanner!« Olivia unterbrach ihn. »Vielleicht will Julian sie nur an einen besonderen Ort bringen, bevor er sie selbst von diesem unerfreulichen ... Zustand befreit.«

In den Augen meiner Freunde war das Schicksal meiner Jungfräulichkeit bereits besiegelt. Bei diesem Tempo würde ich die ganze Nacht aufbleiben, während sie detailliert beratschlagten, wie ich sie am besten verschenken sollte.

»So sehr ich eure Mithilfe auch genieße, ich bin erschöpft.« Zum Beweis gähnte ich und stand auf.

»Wir haben das noch lange nicht ausdiskutiert«, warnte sie mich, als ich den leeren Eisbecher in die Küche trug und in den Müll warf.

»Ja, darüber unterhalten wir uns morgen weiter, Mistress«, ahmte Tanner Olivias belehrenden Tonfall nach.

Sie gab ihm eine spielerische Ohrfeige und folgte mir danach in den Flur. »Hör nicht auf ihn«, flüsterte sie, sodass nur ich es hören konnte. »Und wenn du reden willst oder Fragen hast, ich bin da.«

»Fragen?«, wiederholte ich ausdruckslos.

»Darüber, worauf du dich einstellen musst, falls ... du weißt schon.«

Wenn du es nicht aussprechen kannst, solltest du es auch nicht tun. Ich kniff die Augen zusammen, als ich mich an Julians Worte erinnerte. Vielleicht war er derjenige, der lockerer werden musste. Ich meine, was konnte ich schon von einem neunhundert Jahre alten Vampir erwarten?

»Danke«, sagte ich. »Mach ich.«

Ich sagte gute Nacht und schloss dankbar die Tür. Olivias Angebot war lieb. Aber ich würde es nicht annehmen müssen, weil Julian mir deutlich zu verstehen gegeben hatte, dass er nicht daran interessiert war, mit mir ins Bett zu gehen. Nicht nach meinem Geständnis. Andererseits hatte er mich zum Abendessen eingeladen. Ich wusste nicht recht, was ich von ihm halten sollte, außer, dass alles an ihm auf den ersten Blick dubios wirkte. Aber warum fühlte es sich so richtig an, in seinen Armen zu liegen?

Ich schlüpfte aus dem Kleid und kletterte in meiner Unterwäsche ins Bett. Es fühlte sich klein und kalt an. Ich wickelte mich in die Decke, aber das half nicht. Kaum zu glauben, dass er vor einer Stunde noch hier bei mir gewesen war. Es ihm zu sagen war richtig gewesen, aber ich bereute es trotzdem. Wenn ich es nicht getan hätte, wäre er dann jetzt hier? Es war unmöglich, ihn sich in meinem winzigen Einzelbett vorzustellen, aber ich versuchte es trotzdem.

Ich schob meine Hand durch den Bund meines Höschens, um mir Erleichterung zu verschaffen. Aber bevor ich so weit kam, leuchtete das Handy auf meinem Nachttisch auf. Ich griff danach und erwartete eine anzügliche SMS von Tanner oder Olivia, aber die Nummer war mir neu. Ich hatte zwei Nachrichten.

Mein Finger glitt über den Bildschirm. Ich erkannte die SMS, die ich von seinem Handy an meins geschickt hatte. Er war es also. Ich hielt den Atem an, als ich zur zweiten Nachricht scrollte.

Liebe Thea, begann sie. Ich kicherte über die Förmlichkeit der Nachricht. Es klang, als ob er einen Brief schreiben würde. Über Textnachrichten musste ich ihm wohl noch einiges beibringen.

Ich hole dich um 21 Uhr ab.
Mit freundlichen Grüßen,
Julian

So viel zum Thema auf meine Entscheidung warten. Anscheinend hatte er für mich entschieden. Arroganter, mürrischer Vampir. Ich starrte eine Weile auf die Nachricht und überlegte, wie ich reagieren sollte.

14

JULIAN

Es gab Villen. Es gab Paläste. Und dann gab es Häuser, die so monströs prunkvoll waren, dass man sie nur obszön nennen konnte.

Meine Mutter hatte eine Vorliebe für die dritte Sorte. Das Anwesen von Sabine Rousseaux in den Pacific Heights nahm fast einen ganzen Straßenzug ein. Seine Größe wurde nur noch von der benachbarten Residenz einer Liebesromanautorin übertroffen. Meine Mutter sagte, dass sie die Aussicht von ihrem Balkon – ein Panoramablick über die Bucht von San Francisco und die Golden Gate Bridge – der größeren Quadratmeterzahl vorzog.

Der Motor des BMW schaltete in den dritten Gang runter, als ich den steilen Hügel hinauffuhr, auf dem mein Elternhaus stand. Das Haus selbst war ein prächtiger Design-Mischmasch, den meine Eltern im Laufe eines Jahrhunderts ausgeheckt hatten. Ein Portikus im Stil des Historismus mischte sich mit französischen Applikationen an der Fassade. In den Kalksteinwänden saßen Bogenfenster. An der Nordseite bemerkte ich ein kleines Baugerüst. Zweifellos versuchte meine Mutter immer noch, den Originalstein mit dem abzugleichen, was nach dem Erdbeben von 1906 ersetzt werden musste. Ein sieben Meter hoher schmiedeeiserner Zaun umgab das Grundstück, um neugierige Touristen davon abzuhalten, sich in unser Haus zu verirren – mehr zu ihrem als zu unserem Schutz. Ich senkte am Tor mein Fenster herunter und lächelte grimmig in die Überwachungskamera. Einen Moment später öffnete es sich quietschend, und ich fuhr in die Tiefgarage. Obwohl sich meine Familie durch ein leicht übersteigertes Faible für Autos auszeichnete, war klar, dass sie Gäste hatte.

Brauchte sie mich deshalb so verdammt dringend? Hatte sie eine Parade potenzieller Vertrauter aufgereiht, damit ich eine auswählen konnte? Ich nahm mein Telefon vom Beifahrersitz. Ich hatte nicht vor, jede Sekunde, die ich in dieser Stadt hatte, mit Small Talk mit anderen reichen Vampiren, ihren Blagen und einem Haufen trostloser Hexen zu verbringen. Ich navigierte zu den Textnachrichten und fand die letzte, die ich geschickt hatte.

Das ist die Nummer für Julian.

Das musste sie sein. Die übrigen Nachrichten waren namentlich gekennzeichnet, bis auf eine über meiner Telefonrechnung. Sie war ungelesen. Musste das die Nachricht sein, die sie geschickt hatte? Mir war immer noch nicht klar, wie das genau funktionierte. Sollte ich – was das morgige Abendessen anbetraf – warten, bis sie mir zu- oder absagte? Sollte ich mit dieser Teufelsmaschine noch einmal nachfragen? War es denn so schwer, mir einfach persönlich zu antworten? Ich beschloss, es für sie zu tun. Ich brauchte einen Moment, um meine Nachricht auf der winzigen digitalen Tastatur einzugeben. Als ich fertig war, hatte ich mehr Fragen als Antworten, warum die Menschen von heute diese beschissenen Geräte mochten. Es musste doch einen besseren Weg zur Kommunikation geben. Nach ein paar Sekunden blinkten mich drei Punkte an.

Was zum Teufel hatte das zu bedeuten?

Dann verschwanden sie wieder.

Ich wartete und registrierte nebenbei, dass der Aufzug im Parkhaus angekommen war. Die drei Punkte erschienen wieder, und ich ignorierte denjenigen, der sich zu mir in die Tiefgarage gesellt hatte. Es vergingen noch ein paar Sekunden, bis ich eine Antwort erhielt.

Okay.

Immerhin ein Anfang. Ich wusste allerdings nicht recht, wovon. Als ich aus dem Auto stieg, steckte ich das Telefon in meine Tasche und drehte mich zu meiner Assistentin um, die auf der anderen Seite der Garage auf mich wartete.

Celia begrüßte mich am Aufzug. »Sebastian veranstaltet eine Party in der Opiumhöhle, aber deine Mutter bittet um ein Gespräch in ihrem Wohnzimmer, bevor du völlig zugedröhnt bist.«

Ich hob eine Augenbraue, und sie hob entschuldigend die Hände. »Ihre Wortwahl, nicht meine.«

Ich folgte ihr in den Aufzug und drückte den Knopf für die erste Etage. Ich hatte kein Interesse an Sebastians sogenannter Party. Orgie wäre zweifellos ein besserer Ausdruck dafür gewesen. Aber ich musste mit meinem Bruder sprechen.

»Gibt es etwas, worum ich mich kümmern kann?«, fragte Celia, als wir mit dem Aufzug nach oben fuhren.

Ich wollte gerade Nein sagen, als mir einfiel, dass ich Thea noch etwas schuldete. »Ja, rufen Sie Ferdinand an und fragen Sie ihn, welche Celli er mir bis morgen bringen kann, und dann finden Sie heraus, wo das Stradivari aufbewahrt wird.«

»Hast du ein neues Hobby?« Sie runzelte die Stirn, als überlegte sie, ob mit mir alles in Ordnung sei.

»Ich schulde jemandem ein Cello«, sagte ich achselzuckend. Es war nicht nötig, Celia von Thea zu erzählen. Zumal ich vermutete, dass Thea mir weiterhin die Türen vor der Nase zuschlagen würde.

Ein Lächeln umspielte die Lippen meiner Assistentin. »Sie muss sehr schön sein.«

»Sie ist nervtötend«, korrigierte ich sie, »und wie ich schon sagte, schulde ich ihr ein Cello. Ihrem ist etwas ... zugestoßen.«

»Warst du das?«, vermutete sie.

»Ja und nein«, sagte ich und spannte mich an, als die Taste für den ersten Stock aufleuchtete.

»Julian ...« Celia untermalte meinen Namen mit einem lang gezogenen Seufzer, »wer auch immer sie ist – deine Mutter wird nicht glücklich sein, wenn du ihr ein zwanzig Millionen Dollar teures Cello schenkst!«

»Das ist mein Cello.« Ich rückte meine Manschettenknöpfe zurecht, als die Türen aufglitten. Ich hielt meinen Arm über die Schwelle des Aufzugs und wartete, bis Celia auf den Absatz der Galerie getreten war, bevor ich mich ihr anschloss. »Und ich werde es ihr auch nicht schenken. Ich wüsste allerdings nicht, dass das jemanden was anginge. Keiner von uns spielt. Wem ist geholfen, wenn es Staub ansetzt?«

»Ich glaube, es ist das, was die Sterblichen eine Kapitalanlage nennen«, sagte sie trocken. »Gibt es eine Preisvorstellung für die Instrumente, die Ferdinand mitbringen soll?«

Ich schüttelte den Kopf. »Aber ich bevorzuge etwas Italienisches.«

»Das hast du schon immer getan.« Celia ging mit mir in Richtung von Sabines Gemächern. Ihre Augen wanderten über die Gemälde an den Wänden und weiteten sich hin und wieder, wenn sie einen Cézanne oder einen Van Gogh entdeckte. Manchmal vergaß ich, wie viel jünger sie war. Vor allem, weil sie so viel Zeit damit verbrachte, mich zu bemuttern.

»Möchtest du uns Gesellschaft leisten?«, fragte ich, als wir die Doppeltür aus Eichenholz erreichten, die in den privaten Flügel meiner Mutter führte.

Sie verdrehte die Augen. »Ich glaube, ich setze dieses Mal lieber aus.«

Sie war zu klug, um sich in einen Familienstreit einzumischen, besonders wenn er zwischen mir und meiner Mutter tobte.

»Ich sage Bescheid, wenn ich was gefunden habe.« Sie hielt inne. »Soll ich das, was Ferdinand bringt, liefern lassen und dir die Mühe ersparen? Ich brauche nur den Namen der Musikerin.«

»Ich kümmere mich selbst darum.«

Sie nickte und wollte gehen. Als sie sich wegdrehte, sah ich den unverkennbaren Ausdruck von Genugtuung in ihrem Gesicht. Ich öffnete den Mund, um noch einmal klarzustellen, dass es sich lediglich um eine Frage der Höflichkeit handelte, aber sie eilte den Flur hinunter, bevor ich dazu kam.

Ich sah ihr nach, wie sie im Dienstbotengang verschwand. Sollte sie doch denken, was sie wollte. Ich klopfte leise an und wartete, bis ich von der anderen Seite ein gebieterisches »Herein« hörte.

Als ich das Wohnzimmer betrat, entdeckte ich meine Mutter im Sessel, gekleidet in einen seidenen Morgenmantel, der mit großen, fuchsienfarbenen Blüten bestickt war. Flammen tanzten über die Oberfläche des Kelchs in ihrer Hand und spiegelten sich im Glas. Ein zweites gefülltes Glas stand auf dem Beistelltisch aus dem achtzehnten Jahrhundert. Sie drehte einen Finger träge in ihrem eigenen Getränk, bevor sie den blutgetränkten Finger zum Mund hob und ihn genüsslich ablutschte.

Es war eine alte Angewohnheit von ihr, bei einer aufgewärmten Portion O-Negativ nachzudenken. In meinen jüngeren Jahrzehnten war ich oft nach Hause gekommen und hatte sie in einem ähnlichen Zustand vorgefunden – meistens, weil einer meiner Brüder Unfug angestellt hatte. Es war Jahre her, dass ich sie so besorgt gesehen hatte, zum letzten Mal, als ...

»Tut mir leid wegen heute Abend«, sagte ich förmlich.

Sie hatte mich einbestellt, um mir zu sagen, dass ich vor einem Menschen nicht so offen sprechen durfte. Eine Entschuldigung würde ihre Bedenken verringern.

Mit ihren blauen Augen starrte sie mich an und musterte mich vorwurfsvoll, bevor sie auf ein Plüschsofa ihr gegenüber zeigte.

Ich mochte zwar der Stammhalter des Namens und der Erbe des Vermögens der Rousseaux' sein, aber meine Mutter hatte mich und den Rest unserer Familie fest im Griff. Das war nur natürlich, da Vampire von Natur aus matriarchalisch organisiert sind. Die Aufgabe eines männlichen Vampirs bestand darin zu heiraten, Nachkommen zu zeugen und in Friedenszeiten zur Verbesserung der Gesellschaft beizutragen. Gab es Krieg, waren wir bestens dazu ausgebildet, unsere Mütter, Schwestern und Ehefrauen zu beschützen. Diese Fähigkeit lernten wir bei freundschaftlichen Scharmützeln zu Hause und verfeinerten sie auf echten Schlachtfeldern. Ein männlicher Vampir war immer bereit, die Frauen, denen er diente, zu beschützen, auch wenn die meisten gar keinen Schutz brauchten. Zumindest war ich mit diesen traditionellen Werten aufgewachsen. Selbst die wildesten meiner Geschwister fügten sich, wenn es um unsere Mutter ging. Im Großen und Ganzen respektierte sie die Entscheidungen ihrer erwachsenen Kinder, aber hin und wieder wurde sie von einem von uns enttäuscht.

Vor heute Abend hatte ich diese zweifelhafte Ehre noch nie für mich in Anspruch nehmen müssen.

Ich nahm den Platz ihr gegenüber ein und wartete auf den Vortrag, der zweifellos auf mich herunterprasseln würde.

»Du wusstest, dass das kommt«, sagte sie leise. Sie brauchte die Stimme nicht zu erheben. Das war die Macht einer Vampirkönigin. Sie wusste genau, wie stark sie war und wo sie als Anführerin der Familie stand. »Als Camila starb ...«

Sie verlor sich für einen Moment in Gedanken, und das leichte Beben ihrer Nasenflügel verriet den Kummer, den sie normalerweise wie eine alte Narbe verbarg.

»Ich verstehe«, sagte ich und hätte ihr gern den Schmerz erspart, den sie immer noch über den frühen Tod meiner Zwillingsschwester empfand.

Sabine sah mir in die Augen, und ich merkte zu spät, dass ich das Falsche gesagt hatte. »Du kannst den Tod eines Kindes nicht verstehen«, fauchte sie, »bis du selbst eines hast – und so wie du dich verhältst, nehme ich an, dass das nie passiert!«

»Es gibt ein ganzes Jahr für ...«

»Wer war diese Sterbliche?«, unterbrach sie mich. »Diese hübsche, kleine Person in dem billigen Kleid?«

»Niemand von Bedeutung.«

»Ach?« Sie griff nach dem Telefon in ihrem Schoß, wo es zwischen Lagen aus bestickter Seide verborgen lag. »Aber du hattest das Bedürfnis, mit ihr zu Abend zu essen?« Sie hielt es hoch, um ein Foto von mir und Thea im Diner zu zeigen.

»Das war dein Spion?« Ich musste gegen die Wut ankämpfen, die bei dieser Enthüllung in mir hochkochte.

»Allerdings«, sagte sie schroff. »Wer weiß, wer euch noch gesehen hat.«

»Und wen interessiert das?«, forderte ich sie heraus. »Also gut, ich habe sie gefüttert. Sie hatte einen anstrengenden Abend.«

»Ich erwarte nicht, dass du das verstehst«, zischte sie und knallte ihr Glas so hart auf die Marmorplatte des Couchtischs, dass der Stiel zerbarst. Sie knurrte und fing die Schale mit ihrer Hand auf, bevor ein Tropfen verschüttet wurde. Eine Sekunde später rann ihr eigenes Blut von dem zerbrochenen Glas an ihrem Handgelenk herunter. Sie ließ sich nicht anmerken, ob es wehtat. »Dies ist nicht irgendeine Saison ...«

»Die Riten wurden ausgerufen«, unterbrach ich sie. »Ich weiß.«

»Wer sich während der Riten mit einem weiblichen Wesen blicken lässt, signalisiert, dass er nicht verfügbar ist. Das weißt du!«

»Ja«, sagte ich kühl.

»Ich verstehe dich nicht.« Sie trank den Rest des Blutes in einem Zug aus und warf das zerbrochene Glas in den Kamin. »Womit habe ich das verdient? Ich habe einige der besten Jahre meines Lebens damit zugebracht, meine Kinder großzuziehen, und jetzt? Wenn dein Vater hier wäre ...«

»Es ist schön zu sehen, dass du deine theatralische Ader noch hast«, erwiderte ich lächelnd, »und da wir gerade beim Thema sind: Wo ist mein Vater?«

»Wien. Oder Venedig? Spielt keine Rolle. Wir brauchten etwas Abstand.«

Bei meinen Eltern war es oft so, dass sie nach einem Streit

ein oder zwei Ozeane zwischen sich wissen mussten. Ich wollte sie lieber nicht nach Details fragen. Das würde sie entweder ablenken oder noch wütender machen. Schwer zu sagen.

Sie kniff sich in den Nasenrücken, bevor sie ruhiger fortfuhr. »Du musst vorsichtiger sein. Was würde passieren, wenn man dich jetzt mit jemandem in Verbindung bringen könnte? Das könnte deine Eheaussichten verringern. Ich werde nicht ewig leben.«

»Versprochen?«, knurrte ich.

»Es ist schrecklich, so etwas zu seiner Mutter zu sagen!« Sie fasste sich an die Brust, als hätte ich sie körperlich verletzt, und ich murmelte eine leise Entschuldigung. »Der Punkt ist, dass jemand bereit sein muss, meinen Platz einzunehmen.«

»Wann?« Ich unterbrach sie. »In ein paar Hundert Jahren? Ein Jahrtausend? Wir haben es nicht gerade eilig.«

»Julian, wir müssen unsere Lebensweise und den guten Namen der Familie schützen. Ich will nicht, dass die Leute einen falschen Eindruck von dir bekommen. Nicht jetzt.«

»Und was wäre das für ein Eindruck?« Ich schlang einen Arm über die Rückenlehne des Sofas. »Ich habe nie einen Hehl daraus gemacht, dass ich kein Interesse an der Ehe und dem ganzen anderen Mist habe.«

»Der ganze andere Mist«, wiederholte sie, wobei ihre Reißzähne glitzerten, »ist Tradition, und du kannst darüber schimpfen, so viel du willst, aber ein Mädchen wie sie kann niemals zu unserer Welt gehören.«

»Das glaubst du also?«, fragte ich leise. Ich dachte an Theas Gesicht, nachdem ich unseren hemmungslosen Kuss beendet hatte. Sie war nicht nur enttäuscht gewesen. Sie hatte sich zurückgewiesen gefühlt.

»Es gibt reizende, angesehene Vertraute, die darauf warteten, dir heute Abend vorgestellt zu werden, aber du warst zu beschäftigt mit ...«

»Thea«, half ich ihr aus.

»Wie auch immer. Der Punkt ist, dass du keine weiteren Gelegenheiten mehr verpassen darfst. Und du kannst nicht riskieren, mit ihr gesehen zu werden.«

Ich stand auf. Ich hatte genug von diesem Gespräch. »Ich hatte keine Ahnung, dass du so voreingenommen bist, besonders nach all den Liebhabern, die du dir im Laufe der Jahre genommen hast.«

»Ein Liebhaber ist etwas anderes. Nimm dir so viele, wie du willst, wenn du erst verheiratet bist und einen Erben gezeugt hast.«

»Wie romantisch«, murmelte ich. »Ist Papa deshalb im Ausland? Hat er dich mit deinem neuesten Lustknaben erwischt?«

»Dein Vater und ich sind sehr glücklich mit unserer Vereinbarung, und wenn du nur offen dafür wärst, jemanden kennenzulernen, könntest du das eines Tages auch sein!«

So war es bei den Vampiren Sitte. Man suchte eine Partie, die das Ego, die Allianzen oder das Bankkonto streichelte, produzierte ein oder zwei Kinder und machte dann mit seinem Leben weiter. Man erzeugte ein paar mehr Vampire, nahm sich ein paar Lover. Wurde noch ein bisschen reicher und versnobter. Ich war lange genug in diesem Hamsterrad der Privilegien gefangen gewesen.

Sabine verwechselte mein Schweigen mit Zustimmung. Ein selbstgefälliges Lächeln legte sich auf ihr Gesicht. »Ich wusste, du würdest es so sehen wie ich. Du solltest jetzt zu Sebastian in die Höhle gehen. Er hat die Bennett-Schwestern und die Fairfields eingeladen. Hübsche Mädchen. Sarah hat gerade ihren Abschluss in Yale gemacht. Ich bin mir sicher, dass dich eine von ihnen diese Wie-auch-immer-sie-hieß vergessen lassen kann.«

Thea. Ich wollte laut ihren Namen rufen, aber ich biss mir auf die Zunge.

Ich gab den Plan auf, Thea vorzuschlagen, die Rolle meiner Freundin zu spielen. Sie war zu unschuldig, zu naiv, *zu menschlich.* Aber sie war mehr, als meine Mutter in ihr sah. Sie war eine begabte Musikerin. Sie war mutig. Sie war neugierig. Die Vertrauten da unten waren nur hinter einer Sache her, das würde selbst Sabine nicht abstreiten. Und warum sollte sie auch? Für sie war es ganz natürlich zu heiraten, um die Beziehungen zwischen den sterblichen Hexen und uns zu stärken. Aber ich hatte kein Interesse an einem Leben in der Pflicht. Ich wollte nicht nach unten gehen und irgendeine sich anbiedernde Vertraute ficken. Selbst wenn ich es täte, würde ich damit Thea nicht aus meinem Gedächtnis auslöschen können. Wahrscheinlich gab es nichts, was das geschafft hätte. Nicht bevor ich sie genossen hatte, und unter den gegebenen Umständen war das unmöglich.

»Julian.« Die Stimme meiner Mutter riss mich aus meinen Gedanken. »Pass einfach besser auf, mit wem du gesehen wirst. Wir wollen doch nicht, dass die Leute einen falschen Eindruck bekommen.«

Ich starrte sie wütend an und begriff, dass ich außer einem Platz bei der diesjährigen Viehversteigerung nichts zu verlieren hatte. »Das könnte schwierig werden«, murmelte ich und genoss es, wie sich ihre Schultern verspannten, »denn Thea ist meine Freundin.«

15

THEA

Julians Hände glitten über meine Schultern und meine Arme entlang. Ich sank gegen ihn und versuchte, den Kopf zu drehen, um ihm ins Gesicht zu sehen, aber er senkte sein Gesicht auf die Kurve meines Halses. Warme Lippen streiften meine Haut, gefolgt vom sanften Kratzen eines Reißzahns. Ich schmiegte mich in ihn hinein. Ein dünner Schweißfilm bedeckte meinen Körper. So nah bei ihm fühlte ich mich in meinen Kleidern gefangen. Ich wollte sie mir vom Leib reißen. Oder besser, er sollte sie mir vom Leib reißen. Seine Hand glitt zu meiner Hüfte und umfasste die zarte Wölbung meines Schoßes so fest, dass es ein wenig schmerzte. Ein Stöhnen entrang sich meinen Lippen, und er lachte finster. Ich blinzelte in die Dunkelheit und versuchte, sein Gesicht zu erkennen. Er nahm mich nicht ernst und fand mich zerbrechlich, aber das war mir egal. Solange ich nur in seinen Armen lag. Aber es war zu dunkel, um etwas anderes zu erkennen als die geschwungenen Linien seiner Lippen. Sie öffneten sich, und ich schmolz willig dahin. Ich wartete darauf, dass er mich küsste. Mein Atem stockte, ich hing an diesem Moment, aber dann entzog er sich mir und verschwand wieder in der Dunkelheit.

»Nicht!«, rief ich ihm nach. Es war dasselbe wie vorher. Verführung. Provokation. Und dann schlug eine Tür zwischen uns zu.

Aber er lauerte in der Dunkelheit. Ich spürte ihn mehr, als dass ich ihn sah. Ich streckte meine Hand aus. Er kam einen Schritt näher, und das Herz hüpfte mir in der Brust. Ich wagte nicht zu sprechen. Dabei hatte ich keine Angst, ihn zu verschrecken. Ich ahnte sehr deutlich, dass seine Zurückhaltung nur zu meinem Besten war.

Julian kam einen Schritt näher, bis er zur Hälfte im Mondlicht stand, hielt wieder inne.

Als Kind war ich mal mit meiner Mutter in der Wüste campen und bin über eine Mojave-Klapperschlange gestolpert. Die trockene, felsige Erde hatte sie verborgen, bis sie sich aufbäumte und plötzlich zu rasseln begann. Ich war erstarrt, unfähig, mich zu bewegen, aber sie hatte gezögert, mich anzugreifen. Julian erinnerte mich an die Schlange. Er hatte keine Angst vor mir, sondern überlegte, was er mit mir machen sollte.

Er trat einen Schritt näher. »Thea!«

Ich wandte mich ab, als ich meinen Namen hörte. Nicht jetzt. Julian streckte mir eine behandschuhte Hand hin. Warum trug er diese Handschuhe?

»Thea!«

»Nein!«, stöhnte ich und erntete ein leises Auflachen von Julian.

Dieses durchtriebene Lachen machte mich heiß.

Ein Licht ging an, erhellte die Nacht, und er löste sich wie von Zauberhand in Luft auf. Ich drehte mich um und vergrub meinen Kopf im Kissen.

»Das war's!« Olivias Stimme wurde vom Kissen gedämpft. »Gib mir nicht die Schuld, wenn du im letzten Semester durchfällst.«

Durchfallen.
Ihre Wortwahl hatte die beabsichtigte Wirkung. Ich sprang auf, warf die Decke zurück und ächzte: »Ich bin wach.«

»Das kann ich sehen«, sagte sie trocken. »Außerdem versucht deine Mutter, dich zu erreichen, Schlafmütze. Sie hat vorhin angerufen. Ich muss jetzt los. Ruf deine Mutter an!«

»Verdammt!« Ich suchte nach meinem Telefon, riss es geradezu vom Ladekabel und stellte fest, dass ich drei Anrufe verpasst hatte. Ich drückte auf die Wahlwiederholungstaste, während sich meine Gedanken überschlugen. Es war nicht ihre Art, mich in der Woche zu stören. Wegen meines übervollen Terminkalenders hatten wir vereinbart, jeden Montag einen Videochat abzuhalten.

»Hat Olivia dich geweckt?«, fragte sie.

»Geht es dir gut?« Ich ignorierte ihre Frage. »Brauchst du mich?«

Seit meine Mutter vor ein paar Jahren ihre Diagnose bekommen hatte, fürchtete ich mich vor unangekündigten Anrufen von ihr. Jedes Mal war ich sicher, dass sie schlechte Nachrichten hatte. Nach ihrer letzten Bestrahlung atmete ich auf. Aber wenn ich ehrlich war, rechnete ich die ganze Zeit mit der nächsten Hiobsbotschaft.

»Beruhige dich, mein Schatz. Ich wollte dich nicht erschrecken. Ich wollte nur hören, ob alles in Ordnung ist«, beschwichtigte sie mich.

Ich ließ mich auf das Bett fallen und atmete erleichtert auf. »Mir geht's gut.«

»Du klingst müde«, sagte sie mit der unheimlichen Gabe von Müttern, alles zu erkennen, was man zu verbergen versuchte.

»Es war eine lange Nacht«, krächzte ich und wünschte, ich

hätte etwas zu trinken. Ich klemmte mir das Handy zwischen Ohr und Schulter und stieg aus dem Bett, um mir ein Glas Wasser zu holen. »Ich hatte einen Auftritt.«

»Oh, ist das alles?«

»Und ich habe gearbeitet.« Ich gähnte und stolperte in unsere schmale Pantryküche, wo eine Kanne Kaffee und ein Zettel auf mich warteten.

Ich dachte, du brauchst etwas Treibstoff.
XO, Olivia

Sie kannte mich zu gut. Ich verzichtete auf das Wasser und goss mir Kaffee ein. Ich legte die Hände um die Tasse und genoss, wie sich die Wärme in mir ausbreitete.

»Okay, aber sonst ist nichts?«, drängte Mama.

»Eigentlich nicht.« Kaum hatte ich es gesagt, stürmten Einzelheiten des Vorabends in mein Bewusstsein. Mein Cello. Vampire. Julian. War ich okay? Ich meine, im Großen und Ganzen. Seltsamer war, dass sie sich erkundigte. »Geht es dir gut?«

»Es ist nichts.« Am anderen Ende der Leitung gab es eine Pause. »Ein Albtraum, glaube ich.«

»Okay, ich bin jedenfalls noch in einem Stück.« Ich brachte es nicht übers Herz, ihr von dem Cello zu erzählen. Das hätte sie nur aufgeregt, und wir hatten schon genug Krankenhausrechnungen, um die wir uns kümmern mussten. Ich musste darauf vertrauen, dass Julian sein Wort halten und es reparieren lassen würde. Es hatte keinen Sinn, meine Mutter zu beunruhigen. »Was ist mit dir? Das muss ein schlimmer Albtraum gewesen sein.«

»Ich glaube, es ist die Bestrahlung«, räumte sie ein. »Ich

schwöre, ich habe dadurch die seltsamsten Träume. Hör zu, Thea, ich weiß, das ist albern, aber ...«

Plötzlich klopfte es.

»Warte mal kurz«, sagte ich.

Ich hielt meinen Kaffeebecher in einer Hand und schloss die Tür auf. Da stand ein Bote mit einem Karton.

»Was ist los?«, fragte Mama und klang dabei fast panisch. Sie war wirklich nervös.

»Nur ein Päckchen«, sagte ich ihr und lächelte den Zusteller an.

»Thea Melbourne?«, fragte er, und ich nickte. »Gut, unterschreiben Sie hier.«

Ich krickelte meine Unterschrift auf sein Pad, und er reichte mir den Karton. Es war kein typisches Paket. Statt einer Pappschachtel mit gedruckten Aufklebern war es eine große, goldene Geschenkverpackung, umwickelt mit einem weißen Satinband. Ich suchte darin nach Hinweisen auf den Absender, aber ich hatte keine Ahnung, von wem es war. »Danke«, sagte ich und wollte schon die Tür schließen.

»Warten Sie!«, unterbrach er mich. »Da ist noch was Großes. Ich wollte sicher sein, dass Sie zu Hause sind, bevor ich es hochschleppe.«

»Okay«, sagte ich gedehnt.

»Bin gleich wieder da«, rief er und polterte die Treppe hinunter.

»Das ist seltsam«, murmelte ich und vergaß, dass ich immer noch meine Mutter am Telefon hatte.

»Was?«, fragte sie.

»Zwei Pakete«, sagte ich und gähnte wieder.

»Hast du etwas erwartet?«

Ich liebte meine Mutter, aber bei ihrer Frage verdrehte ich

unwillkürlich die Augen. Hätte ich es wohl seltsam gefunden, ein Päckchen zu bekommen, wenn ich eins erwartet hätte?
»Nein.«
»Dann mach doch mal das erste auf!«
»Okay, warte. Ich stelle erst den Kaffee weg.«
»Wo sind deine Mitbewohner?«, fragte sie.
Ich schob meinen Kaffee auf den Küchentisch, vorbei an einem Stapel Geschirr und einem alten Pizzakarton. »Olivia hat Unterricht. Tanner schläft wahrscheinlich noch.«
»Hat er schon einen Job gefunden?« Sie wartete nicht auf meine Antwort, bevor sie ihre Befürchtungen aussprach, dass er sich noch die Gesundheit ruinieren würde, wenn er Tag und Nacht spielte. Ich löste die Satinschleife, zog das Band aus dem Päckchen und murmelte halbherzig »Ah« und »Oh«, um ihr einen Gefallen zu tun. Als ich den Deckel öffnete, fand ich einen Umschlag, der auf ordentlich gefaltetem Seidenpapier ruhte.

Meine Hände zitterten ein wenig, als ich eine Karte aus dickem, getöntem Papier herauszog und die Worte las, die darauf gekritzelt waren.

Ich konnte es nicht texten. Tut mir leid.
Ich hole dich um 21 Uhr ab.
J

Mein Mund wurde trocken, und ich hätte beinahe das Telefon fallen lassen. Er erwartete tatsächlich, dass ich heute Abend mit ihm ausging. Ich schluckte und öffnete das Seidenpapier. Darunter kam smaragdgrüner Samt zum Vorschein. Ich hob das Kleid behutsam heraus, und der Rock floss herab und bildete eine Pfütze auf dem Boden.

»Thea, Schatz«, sagte meine Mutter am anderen Ende der Leitung. »Bist du noch dran?«

»Ja, tut mir leid, ich glaube … ich bin noch im Halbschlaf.« Ich hasste es, meine Mutter anzulügen, aber ihr zu sagen, dass ich ein Date mit einem Vampir hatte, würde sie wahrscheinlich nicht gerade beruhigen.

»Vielleicht solltest du wieder ins Bett gehen«, schlug sie vor.

»Geht nicht.« Ich schaute auf die Uhr an der Mikrowelle und bekam den nächsten großen Schreck. »Ich muss zum Seminar.«

»Du überforderst dich.«

»Nicht mehr lange, das verspreche ich.« Ich hatte den Überblick verloren, wie oft ich das zu ihr gesagt hatte, seit ich an der Lassiter angefangen hatte. Es musste ziemlich oft gewesen sein. »Oh, warte mal, der Kurier ist wieder da.«

»Noch ein Paket?«, fragte sie, als ich die Tür öffnete.

»Es ist für Olivia.« Warum log ich so viel? Weil ich meine Mutter nicht belasten wollte, zumal sie sich gerade so gut erholte.

Aber als ich sah, was der Lieferant in den Händen hielt, ließ ich mein Telefon auf den Boden fallen. Schnell hob ich es auf und entschuldigte mich bei Mama.

Julian hatte mir nicht nur ein Kleid für unser Date heute Abend geschickt. Er hatte auch sein Versprechen gehalten, was das Cello anging. Es war allerdings nicht mein schrammeliger Cellokasten, den der Mann jetzt in den Händen hielt. Der Koffer, den er in der Hand hielt, war ein Bam L'étoile in einem herrlichen Violett. Er allein musste ein paar Tausend Dollar gekostet haben.

»Mama«, sagte ich leise, »ich muss Schluss machen.« Ich bekam noch irgendwie mit, dass sie sich verabschiedete, aber da beendete ich schon das Gespräch.

»Sieht gut aus«, sagte der Mann, als er mir den Koffer reichte.

Sobald ich es in den Händen hielt, wusste ich, dass mein Cello nicht drin war. Julian hatte mein kaputtes Instrument nicht repariert. Er hatte mir ein neues gekauft. »Danke.« Ich schloss die Tür, nahm den Koffer und legte ihn vorsichtig auf den Küchentresen. Ich schloss die Augen, als ich die Verschlussklammern löste. Als ich endlich hinschaute, wurde ich fast ohnmächtig.

*

Zwei Stunden später war ich nicht im Seminar. Ich saß auf einem Hocker, das Samtkleid im Schoß, und starrte auf das Cello, das Julian mir geschickt hatte. Tanner schlenderte ins Wohnzimmer, rieb sich den Schlaf aus den Augen und blieb stehen, als er mich sah.

»Solltest du nicht weg sein?«, fragte er gähnend.

Ich sah ihn an und blinzelte, als seine Frage bei mir ankam. »Oh, ja. Wahrscheinlich.«

»Erde an Thea.« Er schnippte mit den Fingern. »Was ist hier los?«

Er trat näher und schaute in den geöffneten Koffer. »Ist das ein neues Cello?«

»Ja«, sagte ich wie betäubt, fügte aber schnell hinzu: »Das heißt, nein. Eigentlich nicht.«

»Brauchst du einen Kaffee?«, fragte er. »Du klingst etwas verwirrt.«

»Es ist ein Grancino.« Ich seufzte, als er mir einen verständnislosen Blick zuwarf. »Es stammt aus dem siebzehnten Jahrhundert.«

»Eine Antiquität.« Er wollte es anfassen, aber als ich kreischte, riss er die Hand wieder zurück. »Wow! Entschuldigung, aber ist es viel wert?«

Ich schluckte und wiederholte den Wert, den ich vorher gegoogelt hatte. »Eine halbe Million – Pi mal Daumen.«

Tanner machte einen Schritt zurück, als wäre er im Museum gegen eine Samtkordel gelaufen. Dann ließ er sich auf den Hocker neben mir sinken und starrte es mit mir zusammen an. Nach einer Weile stammelte er schließlich: »Also ... als du gesagt hast, dass er reich ist ...«

Ehrlich gesagt hatte ich nur vermutet, dass er Geld haben musste, aber das hier war bestimmt ein guter Indikator für seinen Kontostand.

»Und er ist in dich verliebt«, fügte Tanner hinzu.

Das riss mich aus meiner Benommenheit. »Was? Nein! Ich habe ihn gerade erst kennengelernt.«

»Es ist völlig egal, wie viel Geld man hat, aber man schickt jemandem nicht einfach so ein Geschenk im Wert von einer halben Million Dollar.«

»Meins ist kaputt«, erinnerte ich ihn, wusste aber selbst, dass das ein verdammt schwaches Argument war.

Tanner fasste nach dem Kleid auf meinem Schoß, und ich reichte es ihm.

Er hielt es hoch und stieß einen Pfiff aus. »Und das hier?«

»Für unser Date heute Abend«, sagte ich schwach.

»Du gehst also.« Das war keine Frage. Wir sahen beide auf das Cello und dann auf das Kleid. Ich würde gehen.

Julian ließ mir keine Wahl.

16

JULIAN

Ich kam kurz vor neun bei Thea an. Obwohl der Zustelldienst die Auslieferung bestätigt hatte, hatte ich von ihr keine Nachricht wegen der Pakete erhalten. Anscheinend war sie zufrieden. Andererseits hatte sie die Tendenz, mich zu überraschen. Ich war mir nicht sicher, ob sie dankbar oder wütend sein würde. Da ich sie erst seit vierundzwanzig Stunden kannte, hätte mich das nicht so sehr beschäftigen sollen, wie das der Fall war. Aber ohne dass ich genau benennen konnte, was es war, fesselte irgendetwas an Thea mich. In meinen neunhundert Jahren auf dieser Erde hatte ich noch nie eine Frau wie sie getroffen.

»Warten Sie hier«, wies ich den Chauffeur an, als er an den Bordstein fuhr und hielt. »Ich brauche nur eine Minute.«

»Ja, Sir.«

Als ich sie zum Abendessen eingeladen hatte, hatte ich nicht erwähnt, dass das Dinner inmitten von Vampiren stattfinden würde. Zwischen dem heutigen Tag und demselben Datum im nächsten Jahr gab es so gut wie keinen Tag, an dem keine verdammten Termine in meinem Kalender eingetragen waren.

Ich glättete beim Hineingehen meine Smokingjacke und fragte mich, warum es keinen Summer oder eine zusätzliche

Sicherheitskontrolle für ihr Wohnhaus gab. Nur ein weiteres Argument dafür, dass sie hier nicht sicher war.

Der Dieb, den ich letzte Nacht fast zu Tode geleert hatte, hätte leicht einbrechen können, während sie schlief.

Schon beim Gedanken daran wurde ich aggressiv und fing unweigerlich an, darüber nachzudenken, wie mit der unhaltbaren Situation umzugehen war.

Ich klopfte, und die Tür öffnete sich fast sofort. Aber nicht Thea stand vor mir. Eine andere Frau starrte mich an.

Für einen Menschen war sie attraktiv, mit einer schönen, hellbraunen Haut und einer Menge schwarzer, glänzender Haare, die sie hochgesteckt trug.

»Ich bin hier, um Thea abzuholen«, sagte ich, als sie keine Begrüßung zustande brachte.

Sie blinzelte verträumt und schüttelte dann den Kopf, als ob sie sich aus einer Benommenheit befreien würde. »Du musst Julian sein«, sagte sie und betonte meinen Namen auf eine Weise, die mir sagte, dass sie von mir gehört hatte. »Ich bin Olivia, ihre Mitbewohnerin.«

»Sehr erfreut.«

Olivia warf mir einen letzten Blick zu, seufzte und winkte mich in die Wohnung. »Ich hole sie.«

Ich ging ein paar Schritte in das vollgestopfte Wohnzimmer, während Olivia zu ihrer Freundin hüpfte. Erstaunlich, dass hier drei Lebewesen hausten. Nicht dass die Beweise dafür nicht überall im Zimmer verstreut gewesen wären – Bücher, Kleidung, schmutziges Geschirr –, sondern es war schwer vorstellbar, dass sie genug Platz hatten. Menschliche Wohnungen fühlten sich für mich immer ein wenig wie Käfige an. Aber das hier war noch schlimmer als sonst. Fühlte sich Thea in dieser Welt eingesperrt, oder kannte sie nichts anderes?

Als ich mich einmal um meine Achse drehte, um alles in Ruhe zu betrachten, entdeckte ich einen violetten Cellokasten auf dem Küchentisch. Ich ging hinüber, um ihn mir anzusehen, und fand ihn offen vor. Das Grancino war die einzige akzeptable Option, die ich so schnell in San Francisco hatte bekommen können. Ich hatte das Instrument nicht gesehen, nur die Rechnung, als ich die Überweisung unterschrieb. Es war wunderschön – nicht so schön wie das Stradivari, nach der ich Celia suchen ließ, aber ein wahres Kunstwerk. Als ich in der winzigen Wohnung in dem schlecht gesicherten Gebäude stand, kam mir der Gedanke, dass Thea nicht sicher sein würde, wenn einer der Drogensüchtigen, die draußen auf der Straße herumstreiften, wüsste, was hier lag. Warum war mir das nicht vorher eingefallen?

Es war nicht genug, Thea das Cello zu beschaffen. Ich musste ihr auch eine neue Wohnung besorgen. Oder zumindest ein paar Überwachungskameras, ein Sicherheitssystem und ein paar Gitter für ihre Fenster.

Ein leises Husten unterbrach meine Gedanken. Ich drehte mich um, und Olivia war zurück. »Sie kommt in einer Minute.«

Ich war zu meiner Zeit auf genug königlichen Bällen, Höfen und Galas gewesen, um damit vertraut zu sein, wie eine Dame angekündigt wurde. Diesmal war es allerdings ein wenig anders. Normalerweise verlas der Zeremonienmeister den offiziellen Titel und nicht eine zerstreute, schlecht angezogene Frau.

Doch sobald Thea neben ihr auftauchte, wurde mir klar, dass es keine Rolle spielte, wo ich stand oder wer mich über ihre Ankunft informiert hatte. Sie war schöner als jede andere Frau – ob Mensch, Vertraute oder Vampirin – die jemals zuvor einen Raum betreten hatte.

Ihr kastanienbraunes Haar hing locker über ihre Schultern und lockte sich in weiten Schwüngen. Als sie das Wohnzimmer betrat, fiel das Licht auf ihre roten Strähnen, die von dem tiefen Smaragdgrün ihres Kleides kontrastiert wurden. Der Stoff schmiegte sich an ihre Kurven und brachte ihre vollen, wohlgeformten Hüften und die verlockende Wölbung ihrer Brüste zur Geltung. Ein langer Schlitz, der an ihrer Hüfte endete, offenbarte ein elfenbeinfarbenes Bein. Ich hatte eine Ladenbesitzerin am Union Square gebannt, damit sie ihren Laden früher öffnete, als ich das Kleid im Schaufenster sah, und dann einen Schneider in der Nähe in den Bann genommen, um es angemessen zu kürzen – und das alles, als der Großteil der Stadt noch im Schlaf lag. Es sah aus, als wäre es für sie gemacht worden, und ich konnte einfach nicht wegsehen.

Thea knetete ihre Hände und blickte zwischen mir und dem Cello hin und her. »Ich hoffe ...«, sie hielt inne, als wüsste sie nicht, was sie sagen sollte. Sie drehte sich zu Olivia um, die ihr einen warnenden Blick zuwarf. »Ich meine, danke.«

»Gern geschehen.« Ich schluckte. Was hatte ich getan? Die Lüge, die ich meiner Mutter erzählt hatte, geriet außer Kontrolle. Wie sollte ich Thea als meine Freundin ausgeben, ohne der Versuchung zu erliegen? Ich konnte sie nicht anfassen, aber wenn ich sie so sah, wie zum Teufel sollte ich widerstehen?

»Können wir?«

Ihr Blick schweifte über meinen Smoking – einen Armani, den ich zusammen mit ihrem Kleid gekauft hatte. Theas Zähne bohrten sich in ihre Unterlippe, was mir einen Testosteronschub bescherte, der genau auf meinen Schwanz zielte. Ich saß in der Klemme. »Ich denke schon.«

Ich spürte ihr Zögern, auch wenn ich es nicht ganz verstand. Sie hatte eingewilligt, diesen Abend mit mir zu verbringen. »Es sei denn, du hast es dir anders überlegt«, sagte ich und klang dabei so steif, wie es sich in meiner Hose anfühlte. »Wenn ich lieber gehen soll ...«

»Nein«, sagte sie schnell. »Ich wollte nur ... Wohin gehen wir?« Sie rückte nervös den Träger ihres Kleides zurecht.

Ich streckte eine Hand aus und bemerkte den neugierigen Blick von Olivia, als sie den schwarzen Seidenhandschuh sah, den ich trug. »Das sage ich dir im Auto.«

Thea nickte, aber sie nahm meine Hand nicht. Stattdessen drehte sie sich um und umarmte ihre Mitbewohnerin, wobei sie etwas flüsterte, von dem sie dachte, dass ich es nicht hören könnte. Eines Tages würde ich ihr sagen, dass Vampire ein ausgezeichnetes Gehör haben. Heute Abend fragte ich mich, was sie mit ihren Worten meinte.

Sie drehte sich um, nahm meine Hand und wir gingen zur Tür. »Viel Spaß!«, rief uns Olivia hinterher. »Soll ich aufbleiben ...?«

Ich verkniff mir, über Theas entsetzte Reaktion zu lachen.

»Es wird sehr spät«, antwortete ich für sie. Ihre Mitbewohnerin konnte selbst entscheiden, was das bedeutete.

Thea kaute weiter auf ihrer Lippe, als ich sie die Treppe hinunterführte, und meine Erektion wurde von Sekunde zu Sekunde härter. Wenn sie nicht aufpasste, würde ich etwas tun, das wir beide bereuen würden.

Aber erst würden wir es unendlich genießen.

Als wir aus dem Gebäude kamen, blieb sie stehen und schnappte nach Luft. Ich drehte mich um, um zu sehen, was sie hatte. Ein dichter Nebel hüllte die Straße ein, sodass es schwierig war, mehr als ein paar Meter vor uns zu sehen. Sie starrte unverwandt die Limousine an.

Eine weitere Erinnerung daran, dass sie nicht zu meiner Welt gehörte.

Weshalb zog ich sie da mit hinein? »Wohin gehen wir?«, wiederholte sie.

»Eine Party«, sagte ich schlicht. »Ich hatte vergessen, dass ich schon eine andere Verabredung hatte.« Das entsprach nicht ganz der Wahrheit. Ich hatte absichtlich den Ballkalender ignoriert, den Celia mir unterbreiten wollte. Aber die Riten zu meiden schaffte das Problem nicht aus der Welt. Ich brauchte Thea.

Bis meine Familie begriffen hatte, dass ich Thea nicht heiraten wollte, war die Ballsaison vorbei, und ich hätte mir Dutzende von hoffnungsvollen Vertrauten-Möchtegern-Consorts erspart.

Zuerst hatte ich Theas Jungfräulichkeit als Problem gesehen. Dann wurde mir klar, dass ich so niemals riskieren würde, sie zu meiner Sklavin zu machen. Das war eine Grenze, die ich nicht überschreiten wollte. Gut so. Vielleicht könnte ich es mir aber künftig über eine geschicktere Auswahl ihrer Kleider leichter machen, der Versuchung zu widerstehen.

»Was?« Sie wirbelte auf mich zu, blieb mit dem Rocksaum an ihrem Absatz hängen und fiel mir in die Arme.

Ich fing sie lässig auf. Ich beschwichtigte sie und ließ eine Hand auf ihrer Taille verweilen. Sogar durch den Stoff ihres Kleides und meine Handschuhe hindurch knisterte die Elektrizität in meinen Fingerspitzen. Ich hätte sie loslassen sollen, aber ich tat es nicht.

»Du musst mich nicht mitnehmen.« Sie schaute mich mit großen Rehaugen an. »Wir können uns ein andermal treffen.«

»Aber ich will dich«, murmelte ich. In mehr als einer Hinsicht.

Sie blinzelte. Ihre Wimpern flatterten. »Aber warum?«

»Hast du eine Ahnung, wie schön du bist?« Ich strich mit dem Finger ihren Arm hinunter und suchte in ihren Augen nach der Antwort auf meine Frage – und die Dutzenden anderen Fragen, die mir im Kopf herumschwirrten. Sie sagte nichts, und bevor ichs mich versah, beugte ich mich vor, um die Antwort auf ihren Lippen zu suchen.

Ihr Mund öffnete sich, und sie erwiderte den Kuss begierig. Der blumige Duft, der wie ein zarter Mantel auf ihrer Haut hing, vertiefte sich zu etwas Erdigem und Berauschendem. Ich ließ meine Zunge über ihre Zähne gleiten, und sie ließ ihre eigene zaghaft über meine streichen. Sie keuchte auf, als sie sich am scharfen Ende eines Reißzahns verfing, und ich wich schnell zurück. Ich war mir nicht sicher, ob ich mich zurückhalten könnte, wenn Blut floss. Wahrscheinlich würde ich sie auf den Boden werfen und sie hier und jetzt von ihrer lästigen Jungfräulichkeit befreien.

»Vorsichtig, Kleines.« Ich kämpfte gegen die in mir aufsteigende Düsternis an. »Ich könnte die Kontrolle verlieren.«

Sie presste die Lippen zusammen und schluckte, wobei sich der würzige Duft von Eisen mit dem Parfüm um sie herum verband. Ich drehte den Kopf und versuchte, meine Nase freizubekommen, nicht dass ich mich doch vergaß.

Wie war ich nur auf die Idee gekommen, dass dies der perfekte Plan war?

»Was ist, wenn ich will, dass du die Kontrolle verlierst?« Theas gehauchte Antwort stachelte von Neuem die Lust in mir an. Himmel, sie benahm sich, als hätte ich ihr mein Gift eingeträufelt. Ich musste diese Situation in den Griff bekommen. Schnellstens.

Ich sah, wie ihre Unterlippe zitterte, und hasste mich dafür. »Thea, ich ...«

»Es ist nichts«, unterbrach sie mich. Zitternd schlang sie sich ihre Arme um die Schultern. »Wenn wir erst einmal im Auto sind ...«

Ich hatte mich schon viel zu lange von der Menschheit ferngehalten. Sie war nicht verärgert. Ihr war kalt. Mir war gar nicht eingefallen, dass sie frieren musste. Ich nahm meine Jacke, legte sie ihr um die Schultern und genoss es, wie sie sie fest an sich drückte.

»Lass uns in den Wagen steigen«, schlug ich vor. »Ich werde dir von der Party erzählen.«

Thea nickte, aber anstatt zur Limousine zu gehen, holte sie tief Luft. »Und wir müssen über das Cello reden.«

»Was ist mit dem Cello?«, fragte ich.

»Ich kann es nicht behalten«, platzte sie heraus.

Wir schwiegen, fochten einen stummen Kampf aus, bevor ich mich zu einer Antwort zwang. »Das können wir auch im Wagen besprechen.«

»Julian, ich ...«, begann sie, aber da war ich schon herumgegangen, um ihr die Tür zu öffnen. Theas Schultern sackten herab, als sie zu mir kam. Sie blieb stehen, hielt mit einer Hand immer noch meine Jacke, und wandte sich mir zu. »Vielleicht ist das keine gute Idee.«

Bevor ich mich zurückhalten konnte, lachte ich so laut, dass es in der Nacht, die uns umgab, widerhallte. »Nein, Thea«, sagte ich sanft und schaute ihr in die Augen, »das ist wirklich eine schreckliche Idee.«

17

THEA

Seine Worte trafen mich wie ein Schlag ins Gesicht. Sollte ein Mann deine Ängste vor solchen Dingen nicht beschwichtigen? Ich nahm mir vor, ihn niemals zu fragen, wie mein Hintern in dieser oder jener Jeans aussah.

»Komm.« Er drängte mich in Richtung der Limousine.

Eine Stretchlimo! Wo ich herkam, waren solche Limousinen Hochzeiten und Beerdigungen vorbehalten. Aber das hier war ein Date! Worauf hatte ich mich da bloß eingelassen? Julian hielt es auch für eine schreckliche Idee, ich war im Begriff, mich mitten unter Vampire zu mischen, und ich hatte ihm noch nicht einmal die schlechte Nachricht überbracht.

Ich wollte das Cello nicht behalten. Ich konnte nicht. Es fühlte sich einfach ... falsch an. Ich kuschelte mich in seine Jacke, als er mich zur Wagentür führte. Ein Hauch von exotischem, würzigem Eau de Cologne lag in der Luft und verband sich mit etwas, das man nur als Julian beschreiben konnte. Es waren die jahrhundertealten Erfahrungen, die er gemacht, die Orte, die er gesehen und über die ich nur gelesen, die Menschen, die er getroffen hatte, und schließlich, seltsamerweise, Musik. Da war etwas, das ihn umgab, das ich sonst eigentlich nur spürte, wenn ich mein Cello spielte oder Musik hörte.

Ich hatte es aber auch in seinem Kuss geschmeckt. Ich wollte mehr davon schmecken. Ich wollte sein ganzes Leben spüren, einen ausgedehnten Kuss nach dem anderen. Es würde schwer werden, in seiner Nähe einen klaren Kopf zu bewahren. Dass seine Hand auf meinem Rücken lag, machte es auch nicht besser. Von dieser subtilen Berührung, der Erinnerung an seine Lippen auf meinen und dem Duft seiner Jacke schwirrte mir der Kopf.

Der Chauffeur sprang aus dem Wagen, um mir hineinzuhelfen, aber Julian stellte sich zwischen uns. Der Fahrer stoppte, und mir stand der Mund offen, als Julian sich zu seiner vollen Größe aufrichtete und ... knurrte.

Es war ein leises, tiefes Grollen – eine Warnung.

Und sie hatte die beabsichtigte Wirkung auf den Mann. Ich war fassungslos.

»Hast du gerade geknurrt?«, fragte ich ihn.

Er ignorierte die Frage. Wollte er mir nicht antworten, oder glaubte er, den Fahrer im Auge behalten zu müssen? Sein Kiefer spannte sich an, aber er wandte den Blick nicht von dem anderen Mann ab. Julian öffnete weit die Tür für mich. »Steig ins Auto, Kleines.«

»Nur wenn du aufhörst, dich wie ein Neandertaler zu benehmen«, brummte ich.

Es stellte sich heraus, dass es gar nicht so einfach war, in eine Limousine einzusteigen, wenn man ein Kleid trug. Oder vielleicht kannte ich als Limousinen-Jungfrau nur einfach den Trick nicht. Auf jeden Fall war ich erleichtert, dass Julian zu sehr mit seinem Alphatier-Spielchen beschäftigt war, um zu beobachten, wie ich nicht gerade anmutig über den Rücksitz der Limousine krabbelte und mir dabei den Kopf stieß. Der Sitz war etwas tief, deshalb brauchte ich einen Moment, um meinen Rock zu sortieren. Ich war gerade damit fertig, als Julian einstieg, und ich tat mein Bestes, um lässig zu wirken. Was mir nicht leichtfiel, denn das hier war schlimmer, als mit ihm im BMW zu fahren. Dort war es zwar eng gewesen, aber uns hatte eine Mittelkonsole getrennt. Jetzt war ich allein auf einer riesigen Rückbank mit einem Mann, der wie ein Sexgott küsste, beiläufig Geschenke für eine halbe Million Dollar verteilte und knurrte, wenn ein anderer Mann sich mir auch nur auf Armlänge näherte. Letzteres wollte ich im Auge behalten. Gewiss, er war im Mittelalter geboren worden – aber doch hoffentlich nicht in einer Höhle. Trotzdem tickte die Erregung in mir wie eine Zeitbombe – ich presste die Schenkel zusammen, damit ich nicht explodierte.

Ich hatte keine Ahnung, was Julian in mir sah. Er musste in seinem Leben viel interessantere Frauen getroffen haben. Umso mehr war ich verwirrt, weil er deutlich gemacht hatte, dass eine Beziehung mit mir nicht infrage kam. Warum benahm er sich dann, als gehöre ich ihm?

Und noch entscheidender war: Warum gefiel mir das so verdammt gut?

Julian blieb stumm, als die Limousine sich in Bewegung setzte. Auch ihn beschäftigte etwas. Er starrte aus dem Fenster. Wie konnte er so nah sein, dass mein ganzer Körper in Aufruhr war, und gleichzeitig so weit weg? Wenigstens machte der Abstand zwischen uns es ein wenig einfacher, das Cello zur Sprache zu bringen.

Ich brauchte eine Minute, bis ich den Mut zusammenhatte und zu der Rede ansetzte, die ich mit Olivias Hilfe den ganzen Nachmittag geübt hatte. »Ich wollte dir für das Cello danken.«

Er drehte den Kopf zu mir und musterte mich einen Moment lang. »Gefällt es dir?«

»Auf jeden Fall«, sagte ich schnell. Er hörte mir zu. Das war der erste Schritt. »Unfassbar, dass ich etwas so Schönes wie dieses Grancino berühren durfte. Ich habe mich kaum getraut, es in die Hand zu nehmen.«

Ein Lächeln breitete sich auf seinem Gesicht aus. »Kleines, man muss es anfassen, wenn man es spielen will. Warst du mit dem Klang zufrieden?«

»Na ja, eigentlich habe ich es nicht gespielt.« Ich fühlte mich, als würde ich einen Mord gestehen, aber er hob nur eine dunkle Augenbraue.

»Warum nicht?«

»Das ist zu ... groß!«, stieß ich hervor. Jetzt war es heraus – nichts von wegen ruhig und gelassen meine Entscheidung verkünden. »Es war zu großzügig. Du hättest das nicht tun sollen.«

»Ich will dich aber verwöhnen«, murmelte er.

Seine Worte klangen so, wie ich mir Sex vorstellte. Ich ertappte mich bei dem Wunsch, für ihn zu spielen. Ich sah mich nackt, mit dem Cello genau zwischen meinen Beinen. Mein Mund wurde trocken, als er sich in meiner Fantasie dazugesellte. Seine nackten Hände berührten meine Schultern, während ich spielte. Ein Finger tanzte meinen Nacken hinauf und löste mein Haar. Julian legte einen langen Arm um meinen Hals und begann, mit meinen Nippeln zu spielen. Ich keuchte hörbar, und das Bild verschwand. Neben mir richtete sich Julian instinktiv auf, sein Beschützerinstinkt, der kurz Pause gemacht hatte, erwachte wieder.

»Geht es dir gut?«, fragte er alarmiert.

»Alles gut«, log ich. Jetzt war nicht mehr nur mein Kopf in Aufruhr. »Ich habe mir nur gerade vorgestellt, für dich darauf zu spielen.«

Er legte den Kopf schief und musterte mich. »Interessant.«

»Was?« Die Kontrolle über die Situation zu übernehmen hätte vermutlich anders ausgesehen.

»Nichts.« Er winkte ab. »Das wäre wirklich etwas«, fügte er dann hinzu. »Es würde mir gefallen.«

»Was?«, fragte ich, inzwischen völlig verwirrt.

»Dass du für mich spielst.«

Ich schluckte, dann nickte ich. »Das kann ich gern tun, Julian, aber ich kann das Instrument nicht behalten.«

»Ich habe deins kaputtgemacht.« Er faltete die Hände im Schoß.

»Ich brauchte keinen so luxuriösen Ersatz. Ich hätte Angst, es überhaupt anzufassen. Was ist, wenn es mir auch kaputt geht – so wie das andere?«

»Dann müsstest du dich wahrscheinlich mit etwas anderem als einem Grancino begnügen. Es gibt nicht mehr viele davon auf der Welt.«

Es war eine unglaublich pragmatische Antwort auf meine hypothetische Frage. Die verdeutlichte, dass uns Welten trennten. »Es gehört in ein Museum«, fuhr ich fort. »Oder in eine Privatsammlung. Es ist nicht dazu gedacht, gespielt zu werden.« Julian lehnte sich näher und nahm mein Kinn zwischen zwei behandschuhte Finger. »Sei nicht albern, Kleines. Es wurde nicht gebaut, um in einer Vitrine zu liegen. Giovanni würde wollen, dass du es besitzt, und er würde wollen, dass du es spielst.«

Klar! Natürlich hatte er ihn gekannt. Wen hatte er in seinem langen Leben wohl sonst noch kennengelernt?

Er hielt mein Schweigen fälschlicherweise für Verärgerung und ließ mit einem Seufzer mein Kinn los. »Ich kann dir natürlich ein anderes besorgen. Bestimmt gibt es auch was unter hundert.«

»Du meinst hundert Dollar, richtig?«, fragte ich schwach.

Er verengte die Augen. »Geht es um das Instrument oder um Geld?«

»Kann es nicht um beides gehen?« Der finanzielle Wert allein war schon schlimm genug, aber die Vorstellung, auf einem so alten und wertvollen Instrument zu spielen, fühlte sich falsch an. »Ich verdiene dieses Cello nicht.«

»Ich habe dich spielen hören und bin anderer Meinung«, sagte er leise. »Aber wir könnten uns auch auf etwas anderes verständigen, wenn dir der Preis Kopfzerbrechen bereitet.«

O Gott, hoffentlich wollte er, dass ich ihm vorspielte. Nackt.

»Betrachte es als Honorar.«

»Bietest du mir einen Job an?« Ich sah an mir hinunter auf das Kleid. Mein Blick blieb an meinem freizügigen Dekolleté hängen. Hatte er mir deshalb etwas so Aufreizendes zum Anziehen geschickt? Wollte er mich als Escort-Lady – im fragwürdigen Sinne des Wortes?

»So ungefähr. Und glaub mir, schon nach dem heutigen Abend wirst du es dir verdient haben.«

Er ließ die Aussage mit einer Beiläufigkeit fallen, die nicht zu dem Knaller passte, die seiner Antwort auf meine Frage »Wie kommst du darauf?« folgte.

»Weil meine Mutter auf dieser Party sein wird«, sagte er nur.

Ich sackte in meinem Sitz in mich zusammen und stöhnte. Draußen ging die Skyline der Stadt in Reihen von kleinen Häusern über, davor jeweils sorgfältig gestutzte Sträucher. Als die Limousine weiterfuhr, wurden die Häuser größer und nahmen Grundstücke ein, die so groß waren wie zwei oder drei der hübschen kleinen Häuser. Dann wuchsen sie zu Villen heran, die durch Sicherheitstore die Welt in ihrem Inneren vom Rest von uns trennten. Ich konnte mir nicht vorstellen, wo ich heute Abend landen würde. Ob es eines dieser Anwesen war? Wenn uns seine Mutter dort erwartete, musste es so sein. Diese Verabredung – wie er es nannte – war nicht das, was ich erwartet hatte. Seine Mutter war nicht besonders nett gewesen, und ich bezweifelte, dass sie sich freuen würde, mich wiederzusehen. Aufgefordert zu werden, das Callgirl zu spielen, hörte sich im Vergleich dazu ganz gut an. »Warum?«

»Weil die Party heute Abend in ihrem Haus stattfindet«, erklärte er. Konnte der heutige Abend überhaupt noch schlimmer werden?

»Ist das eine gute Idee? Deine Mutter schien mich nicht sonderlich zu mögen. Sie will mich doch bestimmt nicht auf ihrer Party haben.«

»Ich habe sie vorgewarnt, dass sie sich gut benehmen soll.« Die Art und Weise, wie er dabei das Gesicht verzog, verriet mir, dass das kaum eine Rolle spielen würde. »Und sie ist auf dich gespannt.«

»Wieso das denn?«

Er hielt inne und legte sich sorgfältig die Worte zurecht. »Weil ich ihr gesagt habe, dass du meine Freundin bist.«

Mir klappte die Kinnlade herunter. Ich starrte ihn an und wartete, dass er lächelte und mir sagte, dass er nur einen Scherz machte. Julian bewegte sich nicht. Er musterte mich nur, als wollte er herausfinden, was ich von dieser Enthüllung hielt. »Es tut mir leid«, sagte er schließlich, »ich wollte dich nicht verärgern.«

Seine Entschuldigung riss mich aus meiner Benommenheit. »Verärgern ist gar kein Ausdruck. Wie kommst du denn auf die verrückte Idee?«

»Weil ich eine Freundin brauche, damit ich mich nicht jedes

Mal selbst pfählen muss, um einen Grund dafür zu haben, diesen verdammten Partys fernzubleiben«, begann er.

»Wie romantisch«, grummelte ich. »Jetzt wird mir alles klar.« Er schien einen Moment lang nachzudenken. »Ich wollte dich nicht verletzen. Ich hatte gehofft, das Cello könnte dir vor Augen führen, was ich dir zu bieten habe.«

»Und was wäre das?« Ich legte all meine Wut in den Blick, mit dem ich ihn anstarrte. Sonst hätte ich vielleicht geweint, und davor hatte ich Angst. Wie konnte ich nur glauben, dass dies ein richtiges Date war? Er hatte gestern Abend deutlich gemacht, dass er nicht interessiert war. Heute, als das Cello und das Kleid ankamen, dachte ich, er hätte seine Meinung geändert. Aber er war tatsächlich nicht an mir interessiert. Er sah sein Geschenk als Entlohnung dafür an, dass ich mich auf Partys bei ihm unterhakte.

Aber ich hatte nicht mit seiner Antwort gerechnet. »Die Welt«, sagte er leise. »Ich kann dir die Welt zu Füßen legen.«

»Als Geschenk verpackt?«, fragte ich ausdruckslos. Ich hatte keine Ahnung, was genau er damit meinte oder warum er ausgerechnet mich – eine Frau, mit der er nicht einmal schlafen wollte – an seiner Seite wollte.

»Wenn du möchtest.« Seine Lippen verzogen sich zu einem Grinsen.

Das Herz schlug mir bei diesem Anblick bis zum Hals, aber ich weigerte mich, bei Julian oder seinen Lippen auch nur noch ein einziges Mal auf dumme Gedanken zu kommen.

»Du kannst dir nicht einfach eine Freundin kaufen!« Wann hatte er sein Nickerchen begonnen? In den Achtzigerjahren des achtzehnten Jahrhunderts?

»In meiner Welt geht das«, widersprach er. Als er mein Gesicht sah, fügte er schnell hinzu: »Aber das ist nicht der Punkt.«

Bevor er mich aufklären konnte, was der Punkt war, hielt die Limousine vor einem schmiedeeisernen Tor. Julian stöhnte, als er aus dem Fenster sah. »Ich erkläre dir das später«, versprach er. »Aber wir sind da. Ich möchte sehr gern, dass du mich begleitest, aber falls du lieber nach Hause gebracht werden willst, lässt sich das arrangieren.«

»Vielleicht sollten wir unser Gespräch zu Ende führen.« Mir war mulmig. Ich war nicht darauf vorbereitet, seiner Mutter oder Horden von schönen Vampiren gegenüberzutreten.

»Ich würde sehr viel lieber hier mit dir sitzen und darüber sprechen, aber ich werde drinnen erwartet.« Seine Worte hatten plötzlich einen aggressiven Unterton, der mich schockierte. Ich wand mich auf meinem Sitz, und seine Miene wurde weicher. »Bitte begleite mich.«

»Im Tausch gegen ein Cello?«, fragte ich bitter.

»Das Cello gehört dir so oder so.« Er sagte es mit größter Entschiedenheit. »Du kannst damit machen, was du willst.«

»Ich möchte es zurückgeben.«

»Nur das nicht«, sagte er mit zusammengepresstem Kiefer. »Spiel darauf, verbrenne es, verkaufe es. Du machst gerade deinen Abschluss, richtig? Zahle deine Studentenkredite ab, kaufe ein billiges Instrument und gehe auf Reisen.«

Ich starrte ihn an. Mit einer halben Million Dollar ließe sich mehr als nur mein Studentenkredit abbezahlen. Damit könnte ich die aufgelaufenen Behandlungskosten meiner Mutter bezahlen.

Julian grinste. Er wusste, dass er mich da hatte, wo er mich haben wollte. »Was sagst du dazu?«

18

THEA

Die Frage klingelte in meinen Ohren. Er hatte meinen wunden Punkt gefunden – dieses Geld haben zu können, das ich so dringend brauchte, war die einzige Versuchung, der ich unmöglich widerstehen konnte. »Das meinst du doch nicht ernst.«

»Doch, allerdings. Das Cello ist ein Geschenk.«

»Ich dachte, es wäre ein Honorar«, erinnerte ich ihn.

»Das war nur eine billige Taktik. Ich versuche nicht, dich zu kaufen, Thea.« Trotz unseres heftigen Wortwechsels spürte ich, wie sich etwas Neues in seine Stimme schlich: Aufrichtigkeit.

»Warum willst du, dass ich mit dir auf diese Partys gehe?« Er hatte bereits festgestellt, dass ich nicht in seine Welt gehörte, warum lotste er mich jetzt buchstäblich bis vor ihre Tore?

»Weil du interessant bist.«

Damit hatte ich nicht gerechnet. Ich kniff die Augen zusammen. »Interessant? Das klingt wie ein Trostpreis.«

»Lass mich ausreden«, sagte er scharf. »Du reagierst nie so, wie ich es von dir erwarte.«

»Bin ich etwa nicht wie all die anderen Mädchen?«, fragte ich und verdrehte die Augen.

»Welcher Mensch ist wie ein anderer?«, fragte er und verstand mich völlig falsch. Fairerweise muss man sagen, dass er die Geschlechterpolitik der letzten Jahrzehnte nicht mitbekommen hatte. »Du spielst Cello mit einer Leidenschaft, die ich seit Jahrhunderten nicht mehr gesehen habe. Ich möchte, dass du wieder für mich spielst. Du bist jung und unschuldig ...«

Hatte er etwa vor, mich zu verderben? Ich kämpfte gegen die Erregung an, die ich bei diesem Gedanken empfand. Ich hatte seine spitzen Reißzähne und das, was sie versprachen, nicht vergessen.

»... und ich kann dir die Welt zeigen«, fuhr er fort. Seine Wortwahl erinnerte mich an das, was er schon gesagt hatte, aber dieses Mal hörte ich zu. »Nächste Woche muss ich nach Paris reisen. Es wird Veranstaltungen in Venedig, London, Hongkong und einem Dutzend anderer Städte auf der ganzen Welt geben.«

»Du meinst, ich soll für dich San Francisco verlassen?« Meine Kehle wurde trocken, als ich darüber nachdachte. »Ich kann nicht weg. Wegen der Schule. Meiner Mutter. Dem Vorspieltermin.«

»Das alles kann ein Jahr warten«, beschwichtigte er mich. »Ich biete dir etwas, wovon die meisten nur träumen können, und deine laufenden Kosten hier werden beglichen.«

»Warte, willst du damit sagen, dass du meine Rechnungen bezahlst?« Es fühlte sich an, als würde er mich mit kaltem Wasser überschütten, nachdem er mir zuerst alles in glühenden Farben geschildert hatte. »Ich kann meine Mutter nicht allein lassen. Sie hat gerade erst ihre Bestrahlungen hinter sich und ...«

»Thea«, unterbrach er mich. »Wir werden mit einem der Jets der Familie reisen. Wann immer du nach Hause zurückkehren musst, um dich um sie zu kümmern, kann das sofort arrangiert werden.«

»Meine Mitbewohner und das Quartett.« Ich suchte verzweifelt nach Gründen, um mich davon abzuhalten, Ja zu sagen, denn mit jedem Hindernis, das er aus dem Weg räumte, wurde es einfacher, mir vorzustellen, was er da anbot.

»Die Miete wird bezahlt, und ich bin sicher, dass das Quartett eine andere finanzschwache Cellistin finden kann«, sagte er trocken. »Du suchst nach Ausreden. Was *willst* du?«

Ich wollte den Duft der großen, weiten Welt, und ich wusste, das alles mit Julian zu erleben würde meine kühnsten Fantasien übertreffen. Er war nicht nur schon einmal an diesen Orten gewesen, er hatte dort gewohnt. Er hatte sich die Geschichte nicht angelesen, er hatte sie gelebt. Ich würde auf die Reise meines Lebens gehen und Zugang zu Teilen der Welt bekommen, von denen die meisten Menschen nicht einmal etwas wussten. Da war nur ein Problem.

»Und für das alles brauche ich nur so zu tun, als wäre ich deine Freundin?«

Seine blauen Augen funkelten im schummrigen Licht der Limousine, als er mich nun ansah. Mit Sicherheit war ihm klar, dass ich mich zu ihm hingezogen fühlte.

»Was ist mit eurem Heiratsmarkt?«

»Die Riten?« Sein amüsiertes Lächeln wich einem Stirnrunzeln. »Die Riten sind der Grund, warum du bei mir sein sollst. Wenn ich schon vergeben bin ...«

»Wird keine versuchen, dich einzufangen.« Ich war in einen richtig verkorksten Jane-Austen-Roman verstrickt.

»Genau.«

»Solltest du nicht lieber jemanden fragen, zu dem du dich auch hingezogen fühlst?« Ich zupfte an einem Fussel auf meinem Samtrock.

»Wie kommst du darauf, dass ich mich nicht zu dir hingezogen fühle?«, fragte er gedehnt. »Oder habe ich den Kuss missverstanden?«

Ich errötete so sehr, dass ich am liebsten quer durch die Limousine gekrochen wäre, um mich auf der anderen Seite zu verkriechen. Warum musste er so direkt sein? Ich nahm all meinen Mut zusammen und schaute ihm direkt in die schönen Augen. »Du willst nicht mit mir schlafen.«

»Das ist kompliziert«, murmelte er. »Du bist noch Jungfrau.«

»Aber keine Aussätzige.« Trotz allem fasste ich Mut. Er fand mich attraktiv. Er wollte mich küssen. Er wollte mich in einen Privatjet setzen und mit mir um die Welt fliegen. Falls das ein Traum war, betete ich, dass Olivia mich nicht aufweckte.

»Du hattest Gründe …«, er hielt einen Finger hoch, um mich am Weiterreden zu hindern, »… damit zu warten. Das ist ein Geschenk, das du dir für einen Mann aufheben solltest, der es verdient.«

»Oh.« Ich wusste nicht, wie ich darauf reagieren sollte. Julian fand, ich hätte etwas Besseres als ihn verdient. Er musste dringend an seinem Selbstwertgefühl arbeiten. »Also ich begleite dich zu den Partys, und dann sagen wir uns gute Nacht?«

Julian bewegte sich auf seinem Sitz und presste die Lippen zusammen. »Ich habe nie gesagt, dass ich die Finger von dir lassen würde.«

»Aber du willst mich nicht entjungfern?«

Er musterte mich, wobei mit jeder Sekunde, die verstrich, seine Augen dunkler wurden. Erwachte die Bestie in ihm? Oder hoffte ich nur darauf? »Wie weit bist du schon mit einem Mann gegangen?«

»Wie kommst du auf die Idee …« Ich stotterte herum und versuchte, mir eine Antwort einfallen zu lassen, die die Wahrheit verschleierte.

»Oder mit einer Frau?«, fügte er entschuldigend hinzu, da er meine Reaktion falsch einschätzte.

»Ich bin nicht ... unerfahren«, versicherte ich ihm.

Julians Zunge leckte über seine Lippen, als ob er meine Lüge schmecken könnte. Oh Gott, hoffentlich konnten Vampire das nicht. Er kam näher und neigte seinen Kopf so, dass sein Mund in der Nähe meines Ohrs war. »Das ist jetzt sehr wichtig, Kleines«, flüsterte er. »Ich spüre, dass du verlegen bist. Das ist unnötig. Ich bitte dich nur, mir eine Frage zu beantworten. Hat dich schon mal jemand zum Höhepunkt gebracht?«

Ich schluckte und war plötzlich dankbar, dass der Winkel, in dem er den Kopf hielt, verhinderte, dass er mein Gesicht sehen konnte. Schließlich presste ich ein leises »Nein« hervor.

»Ich verstehe.« Er legte eine behandschuhte Hand auf mein Knie und streichelte es mit langen, beruhigenden Bewegungen. »Und hast du es dir schon einmal selbst gemacht?«

Mein Körper spannte sich an und stellte auf Abwehr. Auf keinen Fall wollte ich diese Frage beantworten. Andererseits war das Nichtbeantworten der Frage wahrscheinlich Antwort genug. Julian setzte seine sanften Berührungen fort, während ich mit mir haderte. Das ging ihn wirklich nichts an. Ich holte tief Luft und versuchte, mit den Schultern zu zucken. »Natürlich«, sagte ich und lachte nervös.

Er harrte schweigend aus, bis ich meinen Stolz heruntergeschluckt hatte.

»Ich ... ich weiß es nicht«, gab ich dann leise zu.

»Wenn du es nicht weißt, dann hast du nicht.« Er machte sich keineswegs über mich lustig, obwohl das ein Leichtes gewesen wäre. Die Hand, die mein Knie gestreichelt hatte, glitt meinen Oberschenkel hinauf, und ich hielt den Atem an. »Heute Abend möchte ich das ändern.«

Oh Himmel, ja ...

»Aber zuerst müssen wir auf diese Party gehen«, flüsterte er. Er bewegte sich leicht und drückte mir einen Kuss auf die Lippen. »Und wir müssen so tun, als ob wir verliebt wären. Kriegst du das hin?«

Konnte ich mich an ihn klammern, als lebte ich nur für seine Berührung? Irgendetwas sagte mir, dass ich das konnte. »Und du? Du bist derjenige, der keine Beziehungen, keine Liebe und den ganzen Kram will.«

»Ja«, stimmte er zu, und ich ignorierte das Stechen in meiner Brust. »Aber ich werde über alle Wege nachdenken, wie ich dir Lust schenken kann«, fuhr er fort. »Da drinnen wird kein einziger Vampir infrage stellen, dass du zu mir gehörst. Schließlich bist du mit meinem Duft bedeckt.« Er strich über die Smokingjacke, die ich immer noch trug. »Und ich habe das Gefühl, ich werde meine Hände nicht von dir lassen können.«

Ich biss mir auf die Unterlippe, und Julian fluchte leise vor sich hin. »Ich weiß nicht, ob ich bis später warten kann«, knurrte er.

Ich hielt den Atem an, als er meinen Rock hochschieben wollte, aber ein Klopfen am Seitenfenster des Wagens kam dazwischen.

»Wenn das der verdammte Fahrer ist, reiße ich ihm den Kopf ab«, grollte Julian. Es klopfte erneut. Er drückte auf einen Knopf, und die getönte Scheibe senkte sich. Einen Augenblick später schob sich ein grinsender Blondschopf herein.

»Mutter will wissen, warum du seit einer Stunde vor ihrem Haus parkst. Sie sagte, wenn du nicht zur Party kommst, soll ich dich reinzerren – und das hier sieht doch tatsächlich nach einem neuen Anzug aus.« Der Vampir blickte auf und entdeckte mich. Sein Grinsen verstärkte sich zu einem entwaffnenden Lächeln. »Ah, jetzt verstehe ich.«

»Thea, das ist mein Bruder Sebastian«, presste Julian zwischen den Zähnen hervor. »Und er spielt gerade mit seinem Leben.«

»Das ist unfair.« Sebastian schürzte die Lippen und versuchte vergeblich, beleidigt auszusehen. »Ich wusste nicht, dass du ein Date hier drin hast.«

»Wir kommen.« Julian drückte den Knopf und zwang Sebastian, von dem sich schließenden Fenster wegzutreten.

»Das ist dein Bruder?«, fragte ich. Die beiden waren so verschieden wie Tag und Nacht.

»Halbbruder.« Offenbar legte er Wert auf den Unterschied.

»Darf ich?« Er deutete auf seine Jacke. »Wir sind nur einen Moment draußen. Nächstes Mal bekommst du einen Mantel, dafür sorge ich.«

»Oh, ja.« Ich schälte mich aus der Jacke und reichte sie ihm. Seine Worte hatten mich in geschmolzene Lava verwandelt. Ich brauchte die Jacke nicht, um mich zu wärmen, aber ich vermisste bereits seinen Duft.

Julian griff zwischen seine Beine und richtete etwas. Er sah auf, bemerkte meinen Blick und hob eine Augenbraue.

»Was war das?«, fragte ich neugierig.

Er lachte auf. »Verdammt, du bist wirklich unschuldig, Kleines.«

Ich runzelte die Stirn. Was war daran so lustig? Dann dämmerte es mir plötzlich. »Moment, warst du …?«

»Hart«, beendete er den Satz für mich, und ich versuchte mich wegzudrehen und kam mir dumm vor. »Nein, tu das nicht. Ich habe nicht über dich gelacht. Es war süß.« Er nahm meine Hand und führte sie zu der harten Beule in seiner Hose.

»Glaubst du immer noch, dass ich mich nicht zu dir hingezogen fühle?«

Ich legte meine Hand auf seine Erektion und streichelte sie.

»Herrje, wenn du so weitermachst, kommen wir nie aus diesem Wagen raus«, zischte er durch die Zähne.

»Und wenn ich dir Lust schenken will?«, fragte ich leise. Julian schloss die Augen und stöhnte.

»Ich weiß nicht wirklich, wie ...«, gab ich zu.

Er ergriff mein Handgelenk und hob meine Hand von seinem Schritt. »Auch das werde ich dir gerne zeigen. Aber wir sollten jetzt reingehen.«

Julian stieg aus der Limousine und verharrte kurz, um seine Smokingjacke anzuziehen, bevor er mir eine Hand hinstreckte. Der Gedanke an das, was mich heute Abend erwartete, machte es mir leicht, sie zu nehmen. Aber als ich mich aufrichtete, sah ich, worauf er vorhin reagiert hatte. Ein Plüschteppich war ab dem Tor bis zu einer Freitreppe ausgerollt worden, die beidseitig in ein opulentes, mit violetten Glyzinienblüten geschmücktes Säulenportal hinaufführte.

»Das ist ...«

»Extravagant«, ergänzte er für mich.

»Ich wollte eigentlich *ganz hübsch* sagen.«

Er blickte auf mich herab und bot mir den Arm. »Bleib dicht bei mir, Kleines. Du bist zu süß. Sie würden dich bei lebendigem Leibe auffressen.«

Ich schluckte bei seinen Worten, weil ich wusste, dass er sie nicht metaphorisch meinte.

Julian stieg vorsichtig die Treppe hinauf, als ob er fürchtete, ich könnte stolpern und von den flachen Stufen in den Tod stürzen. Am Eingang erwarteten uns zwei Bedienstete mit einem großen silbernen Tablett, auf dem eine Auswahl von Masken lag.

»Die Vertrauten werden durch den Salon eintreten.« Die Frau hielt uns ein Tablett mit Masken aus Gips, Spitze und vergoldeten Akzenten hin. »Und Vampire werden durch die Opiumhöhle eintreten.«

Opiumhöhle?, fragte ich Julian tonlos. Aber er war damit beschäftigt, die Frau böse anzustarren.

»Sie bleibt bei mir«, teilte Julian ihr mit. Die Frau mit den Masken wich nervös zurück. Aber der ältere männliche Bedienstete schüttelte den Kopf. Seinem Alter nach zu urteilen, musste er schon seit Jahren bei der Familie sein. War er ein Vampir? In Anbetracht der Falten schien das unwahrscheinlich zu sein. Ein Mensch? Hatte er sich seinen Job aussuchen können? Oder hatten sie ihn gebannt, damit er ihnen diente?

»Lord Rousseaux«, sagte er, und mir blieb der Mund offen stehen, als er Julian so ansprach, »die Riten wurden ausgerufen.«

»Als ob ich das nicht wüsste. Ist es nicht ein bisschen früh in der Ballsaison für diesen Scheiß?«

Der Mann fuhr fort, als ob Julian nichts gesagt hätte. Vielleicht stand er unter einem Bann. Wie sonst konnte er von dem wütenden Vampir an meiner Seite so unbeeindruckt sein? »Madame Rousseaux besteht darauf, dass die Parteien getrennt werden.«

»Ich bin keine Vertraute«, warf ich ein und hoffte, sie damit zu einer Ausnahme bewegen zu können.

»Die Riten müssen respektiert werden ...«

»Ach, halt die Klappe«, brummte Julian und nahm eine Maske vom Tablett. Er drehte mich zu sich und schaute mir tief in die Augen. »Ich bin gleich wieder bei dir. Versuch, dich nicht ... überwältigen zu lassen.«

»Julian, was ist das für eine Party?« Ich versuchte, ruhig zu klingen, aber in meiner Stimme schwang ein eindeutig hysterischer Unterton mit.

Er warf den Bediensteten einen strengen Blick zu, als ob sie an all dem schuld wären, und holte dann tief Luft. »Willkommen zur *Blutorgie*.«

19

JULIAN

Ich hätte meine Mutter umbringen können, weil sie nicht erwähnt hatte, was für eine »Party« sie veranstaltete. Thea in die Vampirgemeinde einzuführen war ohnehin schon gefährlich – für uns beide –, aber das hier war schlimmer, als sie ins kalte Wasser zu werfen. Es war, als würde man sie im offenen Meer aussetzen. Ich hätte Sabine nicht sagen sollen, dass sie meine Freundin war. Offenbar wollte sie mich zwingen, es zu beweisen.

»Julian?« Thea hielt ihre Maske hoch. »Kannst du mir helfen?«

Ich nahm sie mit einem grimmigen Lächeln entgegen. »Natürlich.«

Thea wandte sich von mir ab, und ich legte ihr die Maske auf die Augen. Sie rückte sie vorsichtig zurecht. Ich hatte nicht bedacht, welche Wirkung es auf mich haben könnte, sie bei einer Blutorgie zu sehen. Eine solche Prüfung hatte ich frühestens in ein paar Wochen erwartet – nachdem ich sie sexuelle Lust gelehrt und mein Verlangen nach ihr gestillt hatte. Unter normalen Umständen hätte ich es mir verkneifen können, ihr die Jungfräulichkeit zu nehmen – vor allem, wenn ich sie auf andere Weise haben konnte. Aber Blutorgien waren dafür gedacht zu erregen, jedes Element war ein Aphrodisiakum, das die Blutgier fördern sollte.

In der Regel waren die wilderen Partys kleineren Gruppen vorbehalten oder fanden viel später in der Saison statt, nachdem mehr Paare sich gefunden hatten. Eine Orgie zu diesem frühen Zeitpunkt zu veranstalten bedeutete, dass die Veranstaltung ihrem Namen wahrhaft gerecht werden würde. Normalerweise suchten sich Pärchen dunkle Ecken, um bei ihren Paarungsritualen allein zu sein. So viel Entgegenkommen würde es heute Abend nicht geben.

Ich verknotete ihre Maske an ihrem Hinterkopf. Die Enden der Bänder glitten ebenso leicht durch meine Finger wie die Chance, Thea etwas beizubringen, was ihren Körper anbetraf. Sie drehte sich zu mir um, und ihre grünen Augen fingen das Licht ein, das die goldenen Ornamente der Maske reflektierten. Sie sah nicht menschlich aus. Mit ihrer umwerfenden Schönheit und grazilen Anmut könnte sie mühelos als Vertraute durchgehen. Aber das war ein ganz anderes Problem. Ein Mensch könnte sich dazu verleiten lassen, sich als Imbiss anzubieten. Ich war bereit, dieser Gefahr zu begegnen. Aber falls andere Vampire glaubten, dass sie eine Vertraute wäre, würden sie auch annehmen, dass sie zur allgemeinen Verfügung stand.

Ich strich mit einem behandschuhten Finger über ihre Lippen und überlegte, was ich tun sollte. Ich konnte sie dort nicht allein hineingehen lassen, nicht einmal für ein paar Minuten. Hoffentlich würde der Geruch, den meine Jacke an ihr hinterlassen hatte, ausreichen, um übereifrige Gäste fernzuhalten. Aber es gab nur eine Möglichkeit, einen Menschen oder einen Vertrauten als besetzt zu markieren, und ich hatte mir geschworen, es nicht zu tun.

Also musste ich improvisieren.

Ich fuhr mit der Zunge über meine Zähne, während sich meine Reißzähne verlängerten. Ich hatte keine Zeit, ihr zu erklären, was auf dem Spiel stand, also hoffte ich, dass sie mir verzeihen würde. Und wenn sie es nicht tat? Vielleicht wäre es so am besten. Wenn der Beginn der Riten bedeutete, schon ein paar Tage nach Saisonbeginn Orgien zu veranstalten, war ich mir nicht sicher, ob sie die nächsten elf Monate überleben würde.

»Es tut mir leid«, sagte ich leise und hoffte, dass die Vampire an der Tür diskret waren. Wenn sie diese Position bekleideten, mussten sie es wohl sein. Ich trat näher an Thea heran und beugte mein Gesicht über ihres. Je dichter ich ihr kam, desto mehr Gift sammelte sich in meinem Mund.

Thea schaute zu mir hoch und missverstand meine Absichten. »Ist schon gut. Ich komme klar. Ich suche mir einfach eine Gruppe von Menschen und weiche nicht von ihrer Seite, richtig?«

Ich zögerte. Gewiss, ich musste unbedingt wieder bei ihr sein, sobald die Party losging und die Gruppen sich allmählich vermischten. Aber dass sie vorher in die Hände eines anderen Vampirs fiel, war eigentlich nicht zu befürchten. Obwohl Vertraute ebenso bösartig sein konnten wie meine Spezies.

»Trotzdem«, sagte ich eindringlich, »sei nicht zu freundlich.«

Ich konnte es absolut nicht gebrauchen, dass Thea irgendwelche pikanten Details ausplauderte. Fand jemand heraus, dass sie noch Jungfrau war, würden Köpfe rollen. Nicht ausgeschlossen, dass mein eigener dabei war. Und meine Mutter würde mir dann auf gar keinen Fall abkaufen, dass ich eine ernsthafte Beziehung mit ihr hatte.

Sie grinste mich schelmisch an.

»Was ist?«, fragte ich.

»Du bist überfürsorglich«, flüsterte sie. »Das ist irgendwie liebenswert.«

Liebenswert? Liebenswert war ein Wort, das in Bezug auf mich noch nie benutzt worden war. Offenbar musste ich noch ein paar Leute vor ihren Augen in Stücke reißen. Je eher sie sich alle romantischen Vorstellungen über mich abschminkte, desto besser.

»Kleines, ich bin ein gottverdammter Neandertaler, schon vergessen?« Ich knurrte. »Halt dich von Schwierigkeiten fern.«

»Bestrafst du mich sonst?« Entdeckte ich einen Hauch von Hoffnung in ihren Worten? In meiner Hose zuckte es.

»Das würde dir wohl gefallen«, murmelte ich und rückte in der Dunkelheit näher an sie heran. »Aber vergiss nicht: Falls du in Schwierigkeiten gerätst, werde ich wahrscheinlich jedem den Kopf abreißen, der zwischen uns steht.«

Sie schnappte nach Luft, und ihre Augen weiteten sich. Zweifellos sah sie, wie ernst es mir damit war.

»Ich werde mich benehmen«, murmelte sie pflichtbewusst. »Ich schwöre bei Gott, ich werde nicht mit anderen Vampiren flirten.«

In mir rumorte es, und ich konnte die Eifersucht kaum unterdrücken, die bei ihrer neckischen Andeutung in mir aufstieg.

Die Ankunft einer weiteren Gruppe unterbrach sie, und wir traten zur Seite. Die Neuankömmlinge wählten ihre Masken und eilten zur Party.

»Sir«, sagte der ältere Bedienstete, »die Gäste sollten jetzt drinnen sein.«

»Ich bin kein Gast«, knurrte ich ihn an.

»Ich bin mir dessen bewusst, deshalb wurden die Feierlichkeiten auch gestoppt.«

»Gestoppt?«, wiederholte Thea verwirrt.

»Sie können nicht ohne uns anfangen«, sagte ich ihr und biss die Zähne so fest zusammen, dass sich eine Spitze in meine Unterlippe bohrte. Meine Mutter feierte nicht nur eine Party. Sie wollte mich zur Schau stellen, damit mich jede in Frage kommende Vertraute anschmachten konnte. Je eher ich allen zeigte, dass ich vergeben war, desto besser. »Wir sollten reingehen.«

Ohne nachzudenken, beugte ich mich hinunter und küsste Thea. Es sollte ein sanfter Abschied sein und eine weitere Gelegenheit, meinen Duft auf ihr zu hinterlassen. Aber sie reagierte so heftig, dass ich mich fragte, ob sie mehr Angst hatte, als sie zugeben wollte. Ich presste meine Lippen grob auf ihren Mund, zwang meine Zunge an ihren Lippen vorbei und erinnerte sie an das, was ich ihr für heute Nacht versprochen hatte. Sie würde, so oft ich konnte, dafür belohnt werden, dass sie bei diesen albernen Vampirtraditionen mitspielte.

Als wir uns trennten, lächelte sie mich verträumt an und schwebte geradezu in Richtung des Eingangs, der für die Sterblichen reserviert war.

Der männliche Vampir an der Tür räusperte sich und trat zur Seite, um mir den Zugang zum anderen Flügel des Hauses zu ermöglichen.

Ich ärgerte mich von Sekunde zu Sekunde mehr über ihn.

»Genießen Sie den Ab…«

Er würgte, als ich ihn an der Kehle in die Luft hob und gegen die Stuckfassade krachen ließ. »Wenn du mir noch einmal etwas vorschreiben willst, reiße ich dir das Herz aus der Brust und stopfe es dir ins Maul.«

Ich ließ ihn aufstehen. Er fing sich schnell und setzte eine ausdruckslose Miene auf. »Selbstverständlich.«

Er wollte noch mehr sagen. Ich spürte es. Aber er hielt sich strikt an die Anweisungen meiner Mutter und würde es nicht wagen, mit mir von sich aus über etwas anderes zu sprechen. Was auch immer er von dem mitgehört hatte, was ich mit Thea sprach, hatte ihm gewiss zu denken gegeben. Aber seine Meinung interessierte mich nicht. Doch selbst gebannte Diener redeten, also hoffte ich, dass meine Drohung ihn davon abhalten würde, jemand anderem meine Privatangelegenheiten zu verraten.

Die Opiumhöhle war in dem Haus meiner Eltern in San Francisco Jahrhunderte, bevor Opium unter den Menschen in Mode kam, eingerichtet worden.

Vampire und Sumerer hatten die Droge etwa zur gleichen Zeit entdeckt und waren am häufigsten für die Errichtung solcher Höhlen verantwortlich, die in Städten auf der ganzen Welt aus dem Boden schossen. So eine Höhle war ein einfacher Weg, um an frisches Blut zu gelangen. Die Menschen kamen bereitwillig herbeigeströmt, und die Vampire genossen es, sich am schmackhaften, opiumgesättigten Blut zu laben. Natürlich war das bald schiefgegangen und hässlich geworden, als die Menschen die Droge und ihr starkes Suchtpotenzial benutzten, um Minderheiten und die Arbeiterklasse zu diffamieren. Wer hätte auch vermutet, dass die Höhlen eine Erfindung von Vampiren waren? Der Convent griff ein und verbot Menschen und Vertrauten den Zutritt. Jetzt war nur noch eine Handvoll Opiumhöhlen geöffnet, obwohl alle reichen Familien mindestens eine auf einem ihrer Anwesen hatte.

Unsere war von Venedig inspiriert. Als das Anwesen gebaut wurde, hatte mein Vater eine Reise dorthin unternommen.

Sie hatte nichts mit den Hinterhofspelunken zu tun, in die man Menschen einst gelockt hatte. Man hätte die Höhle eher als Opium-Salon bezeichnen können, denn sie nahm fast ein Viertel des ersten Stockwerks ein. Und heute Abend war sie fast voll. Vampirfamilien drängten sich in dem Raum, und man konnte sich kaum bewegen.

Niemand wollte eine von Sabine Rousseaux veranstaltete Orgie verpassen.

Von der sieben Meter hohen Decke hingen filigrane, zwei Meter hohe Kristalllüster. Sie waren von Mailänder Kunsthandwerkern mundgeblasen worden und sollten an Flammen erinnern, die über den Gästen loderten. Venezianische Seide umhüllte die Bodenkissen, die um antike Tische herum verstreut lagen, die jemand in Paris aufgetrieben hatte. Auf den meisten dieser Tische lagen Opiumpfeifen für die Gäste bereit – ein extravaganter Partygag. Den glasigen Augen der Vampire nach zu urteilen, an denen ich vorbeikam, hatten die meisten bereits genascht. Mein Vater hatte in einem Anflug von Nostalgie römische Speiseliegen aufgestellt, und etliche waren bereits belegt.

Die Party war offiziell noch gar nicht eröffnet worden, aber die Orgie war in vollem Gange. Es war üblich, dass sich die zur Verfügung stehenden Vertrauten und Vampire bei solchen Veranstaltungen mit Fressen und Ficken beschäftigten. Diejenigen, die bereits vergeben waren, sahen offensichtlich keinen Grund zu warten. Und ihre nicht auf dem Markt befindlichen Geschwister widmeten sich einander mit dem größten Vergnügen. Ich sah, wie einige meiner Standesgenossen die beginnenden Ausschweifungen um sie herum mit bösen Blicken bedachten, während sie darauf warteten, dass sich die Türen zum eigentlichen Ereignis öffneten. Eine Frau, die ich vor ein paar Jahrhunderten in London kennengelernt hatte, neigte den Kopf zur Begrüßung und beugte sich dann vor, um ihrer Freundin etwas zuzuflüstern. Die Frauen musterten mich mit Raubtierblicken.

Es kam zwar vor, dass reinblütige Vampire untereinander heirateten, aber solche Paarungen überlebten die Riten nur selten. Ich ignorierte sie, denn ich wusste, dass ihr Interesse an mir verflogen sein würde, sobald sie die verfügbaren männlichen Vertrauten zu Gesicht bekamen.

Ich kam an einem Trio von Gästen vorbei, die an die Wand gepresst und bereits halb entkleidet waren. Die Frau, die an einem der Männer hing, stöhnte laut, als die beiden abwechselnd in sie eindrangen. Ihr Kopf senkte sich, sie bemerkte meinen Blick und schenkte mir ein ermutigendes Lächeln. Offensichtlich waren zwei nicht genug, um sie zu befriedigen. Ein anderes Mal hätte ich mich gerne zu ihnen gesellt und das Bedürfnis gestillt, das sich seit dem Moment aufgestaut hatte, als ich Thea zum ersten Mal gesehen hatte.

»Rousseaux.« Eine Hand landete auf meiner Schulter, ich drehte mich um und sah Giovanni Valente. Er lächelte, aber das Lächeln erreichte seine Augen nicht. »Ich habe mich schon gefragt, ob ich dich hier treffen werde«, sagte er lauernd.

Ich nickte zur Begrüßung. »Ich hatte keine andere Wahl.«

»Und deine Lady?«, erkundigte er sich. »Ist sie heute Abend dabei?«

»Sie ist hier, aber sie wartet bei den Vertrauten«, erwiderte ich gelassen.

»Ich wusste nicht, dass sie magische Kräfte hat.« Jetzt köderte er mich. Er wollte Informationen über die Beziehung mit Thea, die ich gestern Abend behauptet hatte.

»Nur durch mich.« Ich lächelte. »Trotzdem durfte ich sie nicht hierherbringen.« Ich deutete auf die Opiumhöhle.

»Ah, ja. Ich hatte vergessen, dass die Familie Rousseaux noch die alten Regeln befolgt.«

»Ich wusste gar nicht, dass es neue gibt.« Meine Beziehung zu ihm war immer eine Beziehung zum gegenseitigen Nutzen. Er war nicht das, was ich einen Freund nennen würde. Man konnte sich auf ihn verlassen, wenn man auf der gleichen Seite kämpfte, aber die restliche Zeit über galt sein Interesse ausschließlich sich selbst. Das war nicht ungewöhnlich für einen Vampir, aber im Gegensatz zu den meisten anderen hielt er wenig von seiner eigenen Blutlinie. Deshalb fand er es auch seltsam, dass ich hier war. Hätte er nicht kommen wollen, hätte niemand genug Macht besessen, um ihn dazu zu zwingen.

»Wie heißt es doch? Regeln sind dazu da, gebrochen zu werden.« Er zuckte mit den Schultern. »Ist doch klar. Vielleicht darf sie hier auch eines Tages herein. Was sogar sehr wahrscheinlich ist. Das zwischen euch muss was Ernstes sein, wenn du sie in die Nähe deiner Familie lässt.«

»Du meinst meine Mutter?« Ich gab meiner Stimme einen gelangweilten Unterton. Je weniger Interesse ich zeigte, desto schneller würde er sich faszinierendere Gesprächspartner suchen.

»Sabine wird bestimmt nicht glücklich darüber sein, dass du mit einem Menschen zusammen bist.«

»Mütter sind selten glücklich, wenn der soziale Status auf dem Spiel steht.«

»Das stimmt«, lachte Giovanni. »Aber vielleicht verzaubert deine Auserwählte sie so, wie sie dich verzaubert hat – und mich.«

Ich erstarrte. Ich hatte keine andere Wahl. In mir toste die Düsternis und drängte mich, ihn anzugreifen. Seine Bemerkung klang harmlos, aber ich verstand die Andeutung dahinter. Menschen waren Freiwild, bis sie durch eine der vielen archaischen Methoden, die uns zur Verfügung standen, an einen anderen Vampir gebunden wurden. Seine Botschaft war klar. Er würde meinen Anspruch auf sie respektieren, bis es einen Grund gab, ihn infrage zu stellen.

Und dann konnte und würde er nach Gutdünken mit ihr verfahren.

Nachdem ich mich wieder einigermaßen unter Kontrolle hatte, lächelte ich matt. »Ich bin sicher, das wird sie.«

»Aber die Riten«, fuhr er fort. »Du bist der Erstgeborene, richtig?«

»Das ist meine Schwester«, korrigierte ich ihn. »Ein paar Minuten vor mir.« Ich setzte darauf, dass er sich nicht an sie erinnerte – und auch nicht daran, dass sie gestorben war.

Seine Augen verengten sich nur kurz, als ob er eine Art internes Personenregister durchsuchen würde. Schließlich grinste er. »Ja sicher. Du bist erst in der nächsten Saison an der Reihe.«

»Ich bezweifle, dass die Riten dann noch im Spiel sein werden.«

Er lehnte sich näher heran und senkte seine Stimme, als scherten die Vampire, die ringsumher ihren Lastern nachgingen, sich um das, was wir sagten. »Nicht, wenn die Gerüchte wahr sind.«

»Gerüchte?«, wiederholte ich.

»Mir scheint, du solltest dich etwas gründlicher über die Aktivitäten des Convents informieren«, riet er. »Oder dir schleunigst überlegen, was du mit diesem hübschen kleinen Stück Fleisch anstellen willst.«

»Wovon redest du?« Längst hatte ich die Geduld mit Giovanni und seiner Fragerei verloren, die nur zu weiteren Fragen führten. »Die Riten«, murmelte er und ließ sich von einem vorbeigehenden Diener eine Opiumpfeife geben. Er nahm einen langen Zug davon, seine Augen veränderten sich zu glasklarem Onyx. »Der Convent hat sie zum Dauerzustand ausgerufen.«

20

THEA

Nichts hätte mich auf das vorbereiten können, was mich auf der anderen Seite der Tür erwartete. Der Ballsaal sah aus wie einem Märchen entsprungen. Weiße Blumengirlanden hingen wie zarte Strahlen von Kristallleuchtern, die größer als meine ganze Wohnung waren. Ein paar Tische standen am Rand, aber sonst gab es keine Möbel. Stattdessen war das glänzende Eichenparkett dem Tanzen vorbehalten – oder anderen Aktivitäten, die für den Abend geplant waren. Überall um mich herum waren schöne Menschen mit Masken, die sich aufplusterten oder plauderten, während sie auf den Beginn der Orgie warteten.

Orgie. Das Wort schwirrte mir im Kopf herum. Das war bestimmt eine Art Scherz gewesen. Es konnte doch keine echte Orgie sein. Die Leute würden sich doch nicht einfach ausziehen und es miteinander treiben, oder?

Ich verzog mich in eine Ecke und tat mein Bestes, um keine Aufmerksamkeit zu erregen. Wenn sie, wie ich vermutete, auf Julians Ankunft gewartet hatten, würde es nur noch ein paar Minuten dauern, bis sie uns frei herumlaufen ließen und ich ihn suchen konnte. Ich stellte mir unwillkürlich vor, wie ein großes Tor geöffnet wurde und all die schönen Leute hier wie beim Stiertreiben in eine Arena stürmten.

»Was ist so lustig?« Eine dunkelhäutige Frau gesellte sich zu mir in die Ecke. Sie wartete und beobachtete mich mit neugierigen braunen Augen, die von einer Maske mit glitzernden Pfauenfedern umrahmt wurden. Obwohl die Maske ihr Gesicht verdeckte, konnte sie ihre atemberaubende Schönheit nicht verbergen. Hohe Wangenknochen hielten die Maske über einer breiten, wohlgeformten Nase an ihrem Platz. Ihr kurz geschnittenes Haar war in altmodische Wasserwellen gestylt. Sie lächelte, als ich nichts sagte. »Komm schon, ich beiße nicht.«

»*Du* vielleicht nicht«, sagte ich trocken und erntete ein Lachen von ihr.

»Wir sind anscheinend in gemischter Gesellschaft.« Sie streckte eine Hand aus, um sich vorzustellen. »Ich bin Quinn Porter.«

»Thea Melbourne.« Ich wollte ihre Hand nehmen, aber sie starrte meine nur an.

»Keine Handschuhe?«, fragte sie mit einer hochgezogenen Augenbraue.

»Oh.« Ich zog meine Hand schnell zurück und bemerkte, dass ihre eigenen Hände in ellenbogenlangen, pflaumenfarbenen Samthandschuhen steckten. »Ich wusste nicht, dass ich welche brauche.«

»Es tut mir leid.« Quinn schüttelte den Kopf und ergriff meine Hand. »Das war unhöflich. Ich war nur überrascht. Vorgeschrieben sind sie nicht, aber es ist Tradition, und ich habe gehört, dass Vampire es hassen, wenn wir mit nackten Händen unterwegs sind. Wie, sagtest du noch, lautet dein Familienname?«

»Melbourne«, sagte ich schwach. Sie wurde nachdenklich, und ich wusste, dass sie versuchte, den Namen mit einer Blutlinie zu verbinden. »Ich bin keine Vertraute.«

»Okay, das erklärt es.« Sie klang erleichtert. »Ich dachte schon, ich hätte eine ganze Familie vergessen – das würde meiner Großmutter gar nicht gefallen! Ich schwöre, ich habe Blutlinien von Vampiren und Vertrauten gepaukt, seit ich lesen kann.«

»Du hast niemanden vergessen«, beruhigte ich sie. »Ich bin niemand.«

Sie bog den Kopf ein Stück zurück. »Das ist lustig, weil ich dich gerade ansehe. Wie viele Niemande kannst du noch sehen?«

Ich lächelte zurückhaltend, froh, dass ich eine freundliche Seele getroffen hatte. Ich hatte mich auf eine Schlangengrube eingestellt.

»Dann bist du also ein Mensch?«, fragte sie im Plauderton.

»Ja, und ich habe keine Ahnung, was ich hier tue«, gestand ich. Je länger ich in dem Raum stand und wartete, desto schwindeliger wurde mir. Es mussten meine Nerven sein, die mir zu schaffen machten. Dank Hunderten von Cello-Auftritten fühlte ich mich auf Partys normalerweise ganz wohl. Nur war ich normalerweise das Unterhaltungsprogramm, kein Gast. Fühlte sich deshalb alles so seltsam an?

»Da steckt bestimmt eine interessante Geschichte dahinter.« Sie lehnte sich mit der Hüfte an die Wand und zeigte ihre beeindruckenden Kurven. »Lass mich raten, sie beginnt mit einem Jungen? Oder mit einem Vampir?«

»Ja. Mit einem Vampir, meine ich.« Ich konnte mir Julian nicht einmal als Jungen vorstellen.

»Es muss etwas Ernstes sein«, sagte sie. »Es ist ungewöhnlich für Vampire, menschliche Begleiter zu den Riten mitzubringen.«

»Wieso?«, fragte ich, bevor ich mir auf die Zunge beißen konnte. Es gab noch mehr Fragen, die ich stellen wollte, aber Julian hatte mich davor gewarnt, zu großzügig mit Details um mich zu werfen. Wenn wir seiner Familie vorgaukeln wollten, dass wir ein Paar waren, durfte ich nicht zugeben, dass ich ihn gerade erst kennengelernt hatte oder dass ich überhaupt nicht wusste, was hier vor sich ging, oder dass ich von Sekunde zu Sekunde immer mehr das Gefühl hatte, mir würde der Schädel platzen, weil ich seine verrückte Welt zu verstehen versuchte.

»Julian hat das gar nicht erwähnt.«

»Julian Rousseaux?« Ihre Stimme stieg eine Oktave höher. »Das erklärt es. Er ist kein großer Freund von diesen Veranstaltungen. Zumindest nach den *höchst ausführlichen* Aufzeichnungen meiner Großmutter.«

»Ja, den Eindruck habe ich auch.« Ich hätte einiges gegeben für ausführliche Notizen, die mir hätten helfen können, das hier durchzustehen. Was sie bei ihren Nachforschungen über meinen angeblichen Freund herausgefunden hatte, durfte ich nicht fragen. Oder vielleicht doch? »Ich wüsste zu gern, was die Leute über ihn sagen. Der Julian, den ich kenne, ist ganz anders als all das hier.« Ich deutete in den durchgestylten Saal.

Ihre Blicke folgten meiner Geste und streiften über die Samttapete, mit der die Wände bespannt waren. Alle paar Meter hing ein goldgerahmter, deckenhoher Spiegel, der den ohnehin schon riesigen Ballsaal noch größer erscheinen ließ. Eine ganze Reihe Vertrauter strich sich davor durchs Haar und übte flirtende Blicke oder Knickse.

»Das glaube ich«, bestätigte Quinn. »Er meidet Vampirgesellschaften, wenn er kann. Aber seit seine Schwester gestorben ist, bleibt ihm kaum was anderes übrig. Jetzt ist er an der Reihe.«

Mein Mund wurde trocken, aber ich schaffte es, mir nichts anmerken zu lassen. Julian hatte mir Hinweise gegeben, aber ich war weit davon entfernt, ein vollständiges Bild zu haben.

Das musste ich ändern, wenn ich weiterhin als seine Partnerin durchgehen wollte.

»Ich bin überrascht, dass er dich hierhergebracht hat, denn er weiß doch, dass er eine Vertraute heiraten soll.« Sie klang mitfühlend. So sehr ich mich auch bemühte, Julians Warnung zu beherzigen – ich fühlte mich in Quinns Nähe wohl.

»Es ist kompliziert«, stimmte ich zu. »Er schien wirklich überrascht zu sein, dass das hier …« Ich senkte meine Stimme, »eine Blutorgie ist.«

»Oh wow!« Ihre dunklen Augen weiteten sich hinter ihrer Maske. »Das wusstest du nicht? Du armes Ding! Hat er dir wenigstens gesagt, was dich erwartet?«

»Er war ziemlich sauer, als wir es an der Tür erfahren haben«, sagte ich beiläufig, um nicht preiszugeben, dass ich Julian erst seit gefühlt fünf Minuten kannte.

»Mist. Okay, warte mal.« Sie sah sich hektisch um. »Wir haben wahrscheinlich nur noch ein paar Minuten.«

Wie zur Bestätigung begannen die Vertrauten um uns herum, sich seltsam zu verhalten. In den Grüppchen breitete sich ein allgemeines Gemurmel aus, und dann begannen die Leute, ihre Kleidung auszuziehen.

»Das ist tatsächlich eine richtige Orgie, nicht wahr?«, fragte ich resigniert, als ich all die nackte Haut betrachtete. Die meisten trugen immerhin noch etwas. Ich hatte die Samt- und Seidengewänder, die viele trugen, für die Partykleidung gehalten. Doch darunter befand sich eine schwindelerregende Vielfalt an Spitze und Leder, Samt und Chiffon. Ein Mann gegenüber von uns entledigte sich seiner Robe und enthüllte eine goldbraune, muskulöse Brust. Sein schlanker Oberkörper verjüngte sich zu einem ausgeprägten V, das unter dem tief sitzenden Bund seiner Seidenhose verschwand. Er drehte sich um, und ich erhaschte einen Blick auf ... alles. Seide überließ der Fantasie keinen großen Spielraum, wie sich herausstellte. Einige Frauen hatten sich für Spitzenbustiers entschieden, die all ihre Vorzüge zur Geltung brachten, aber einige trugen nichts weiter als Chiffon-Slips, die sich zart an ihre nackten Formen schmiegten. Ich verkrampfte mich und wurde mit jedem sinnlichen Blick, den ich erhaschte, angespannter. Julian hatte mich in der Limousine angeheizt und mich dann in einem Saal voller sexy Menschen abgesetzt. Später musste ich unbedingt mit ihm darüber sprechen.

»Ja und nein«, sagte Quinn schnell. »Es ist eine Orgie, aber du bist vergeben. Ich meine, Julian hat dich mitgebracht, also wird er auch gleich zu dir kommen.«

Ich nickte und schluckte schwer, als eine Frau ihr paillettenbesetztes Gewand an eine Bedienstete weiterreichte. Sie trug nichts darunter, dafür waren mehrere Perlenschnüre kunstvoll über ihre straffen Brüste drapiert. Sie war atemberaubend. Ich konnte meinen Blick nicht von ihr losreißen. So wäre ich auch gern gewesen: furchtlos gegenüber all diesen Fremden.

Ich blickte zu Quinn auf. »Soll ich ... mich ausziehen?« Wenigstens das hätte Julian erwähnen sollen.

»Nein! Ich meine, es sei denn, du willst es. Wir präsentieren uns doch nicht alle wie Fleisch«, murmelte sie und klang genervt über die ganze Prozedur. »Ich meine, Orgie hin oder her, ich brauche erst einmal etwas Vorspiel. Oder zumindest etwas Elixier.«

»Elixier?«, flüsterte ich abwesend.

»Er hat dich noch nicht mit seinem Gift gefüttert?«, fragte sie neugierig. »Er muss ein Gentleman sein, aber ich rate dir, dich nicht allzu lange von ihm hinhalten zu lassen. Du wirst den besten Sex deines Lebens haben.«

Wenn das doch nur wahr wäre! Ich stand da, sah zu, wie sich die Vertrauten vorbereiteten, um sich mit den wartenden Vampiren zu vergnügen, und wünschte mir, ich hätte Julian nie erzählt, dass ich noch Jungfrau war. Hätte ich das nicht getan, wäre ich jetzt keine mehr. Wie sollte ich mit der Kriegstrommel fertigwerden, die da unten zwischen meinen Beinen schlug?

»Du hast vorhin gefragt, warum ich gelacht habe«, sagte ich. »Ich habe mir vorgestellt, wie alle hier rausrennen, um einen Vampir zu finden, als wäre es eine schlechte Spielshow oder so.«

»Damit liegst du gar nicht so weit daneben«, kicherte sie. »Bleib einfach zurück, wenn sie den Gong ertönen lassen, damit du nicht zertrampelt wirst. Lass die Eifrigen vor.«

»Danke.« Ich atmete tief durch und war dankbar, sie an meiner Seite zu haben, um mir den Weg zu weisen. »Aber du musst dich meinetwegen nicht zurückhalten.«

»Glaub mir, ich bin nicht daran interessiert, mich auf den erstbesten Vampirschwanz zu stürzen, dem ich begegne.« Ihr Tonfall ließ keinen Raum für Missverständnisse, wie ernst ihr das war.

»Tut mir leid, ich wollte nicht …«

»Schon gut. Obwohl ich so viel gelernt und mich vorbereitet habe, bin ich der fleischgewordene, schlimmste Albtraum meiner Familie.« Sie beugte sich näher und flüsterte: »Ich möchte mich verlieben. Ich weiß, dass es mir eigentlich gleichgültig sein sollte. Eine gute Partie ist eine gute Partie, aber …«

»Was nützt eine Partnerschaft ohne Liebe?«, sagte ich leise.

»Eben. Ich kenne die Vorzüge einer guten Partie. Ich meine, sieh dir diesen Ort an! Natürlich werden die meisten Vertrauten, die einen Erben zeugen, verwandelt.« Sie seufzte. »Aber ich will keine gute Partie. Ich will meinen Consort, ich will den, der mir bestimmt ist. Das ganze Paket.«

»Warum Kompromisse machen?«, gab ich ihr recht. Jeder wäre verlockt, auf den sagenhaften Reichtum und die Privilegien hereinzufallen, die hier zu besichtigen und greifbar nahe waren. Wenn dann noch die Chance auf Unsterblichkeit dazukam, würde das für die meisten Menschen schon reichen. An Quinn gefiel mir, dass sie mehr wollte als das.

»Wenn nur meine Familie mitspielen würde. Aber sie sind so besessen von diesem verdammten Vertrag ...« Das tiefe, vibrierende Dröhnen eines Gongs ertönte. Auf der anderen Seite des Raumes öffneten sich zwei Doppeltüren. Quinn streckte den Arm aus und schob mich an die Wand, während sich die Vertrauten zur Party drängten. Als die meisten an uns vorbei waren, richteten wir uns auf und strichen unsere Kleider glatt.

»Danke«, hauchte ich.

»Bist du bereit?«, fragte sie.

Ich warf einen Blick zu den Türen, die zur Blutorgie führten, verdrängte einen Anflug von Angst und nickte.

»Bleib dicht bei mir, bis du Julian siehst«, riet sie mir.

Ich folgte ihrer Anweisung und ging an ihrer Seite in ein atemberaubendes, mehrstöckiges Atrium. Um Samtsofas und -bänke waren üppige, exotische Pflanzen gruppiert. Mir blieb der Mund offen stehen, als ich beobachtete, wie sich eine der Frauen einem Vampir näherte, der an der Rückenlehne eines Diwans lehnte. Sie ließ sich gegen ihn sinken und hielt ihm einladend den Hals hin. Er lächelte sie an und ließ die Hand zwischen ihre Beine zu ihrem nackten Geschlecht gleiten, bevor sein Mund sich an ihrem Hals festsaugte und er zu trinken begann.

»Glaubst du, sie kennen sich?«, fragte ich wie betäubt, als

die Frau zu stöhnen begann. Ich war mir nicht sicher, ob sie auf die Hand reagierte, die sie intim erforschte, oder auf sein Saugen.

Quinn zuckte mit den Schultern. »Wer weiß? Es gibt schließlich noch eine andere Möglichkeit, sich einen Vampir einzufangen.«

»Und die wäre?«, murmelte ich.

»Lass dich schwängern. Der älteste Trick im Zauberbrevier«, stichelte sie. Dann verschwand das Lächeln aus ihrem Gesicht. »Entschuldige, das war unbedacht.«

»Warum?« Ich konnte den Blick nicht von dem Vampir und der Frau abwenden. Sie hatte sich jetzt auf ihn gesetzt und rieb ihren nackten Hintern an seiner Hose, bis er sich für sie entblößte. Ich wandte den Blick ab, weil es mir peinlich war, einen so intimen Akt zu beobachten. Das war albern, denn ihnen war es schließlich egal.

»Weil du Julian keinen Erben schenken kannst.« Sie tätschelte meinen Arm und kaute auf ihrer Lippe, als würde sie eine schlechte Nachricht überbringen. »Nur Vertraute können von einem Vampir schwanger werden.«

Mein Herz schnürte sich zusammen, aber ich verbarg den deutlichen, unerwarteten Schmerz hinter einem Lächeln. »Ach das«, sagte ich und zwang mich zu einem Lachen. »Tut mir leid, ich bin ein wenig abgelenkt.«

»Wirklich? Wovon denn?«, sagte sie und prustete.

Wir bahnten uns einen Weg durch die Menge und schafften es, in keine der kleinen Gruppen zu geraten, die sich überall im Atrium bildeten. Stöhnen erfüllte die Luft um uns herum, und mit jedem Schritt, den ich machte, fiel es mir schwerer, den Anblick und die Geräusche auszublenden. Das Seltsamste war, dass ich *nicht* peinlich berührt oder schockiert war. Ich war erregt. Es drohte, mich zu überwältigen, als Quinn mich mit dem Ellbogen anstieß und auf jemanden zeigte.

»Ist er das?«, fragte sie.

Julian stand auf halber Höhe der Treppe, als würde er zur Menge hinunterschauen. Unsere Blicke begegneten sich, und ich erkannte, dass er mich gesucht hatte. Er nickte – ein unausgesprochener Befehl, stehen zu bleiben – und kam dann auf mich zu. Die Menge teilte sich für ihn. Selbst Leute, die mitten im Liebesspiel begriffen waren, schienen beiseite zu rücken, damit er vorbei kam. Die Welt schien sich plötzlich um ihn zu drehen, als Julian mitten durch die Orgie zu mir kam.

»Das sieht für mich gar nicht kompliziert aus«, flüsterte Quinn, bevor er uns erreichte. »Ich glaube, er weiß genau, was er will.«

Damit waren wir schon zu zweit. Aber als Julian auf mich zukam und mich mit seinen blauen Augen nicht aus dem Blick ließ, fragte ich mich unwillkürlich:

Warum ich?

Bevor er mich erreichte, ertönte der Gong erneut. Sogar Julian blieb stehen. Die Menge verstummte, als Sabine Rousseaux ihren Auftritt hatte. Mit müheloser Anmut schritt sie die Treppe hinauf.

»Willkommen, meine Freunde.« Sie breitete ihre Arme mit einer eleganten Geste aus, die mich an einen Dirigenten vor seinem Orchester erinnerte. Natürlich waren wir für sie genau das: Instrumente, die sie dirigieren konnte, Darsteller, die unterhalten sollten. »Bevor Sie Ihren Abend genießen können, müssen wir uns leider um einen Hochstapler in unserer Mitte kümmern. Bitte lassen Sie uns einen Moment Zeit, damit wir den ungebetenen Gast entfernen können.«

Und plötzlich richteten sich alle Augen auf mich.

21

JULIAN

Es gehörte einiges dazu, einer Orgie Einhalt zu gebieten. Aber meine Mutter hatte es geschafft.

Nach ihrer schockierenden Ankündigung herrschte tiefstes Schweigen im Raum. Ich setzte meinen Weg durch die Menge fort, ignorierte ihre Ansage und achtete darauf, nicht zu viel Aufmerksamkeit auf mich zu lenken. Aber um mich herum war ein leises Raunen zu hören, als sich alle Anwesenden in meine Richtung drehten – oder genauer gesagt, in Theas Richtung.

»Verdammt«, murmelte ich. Ich hatte erwartet, dass meine Mutter kalt und herablassend sein würde. Dass sie so weit gehen würde, Thea aus dem Haus zu werfen, hätte ich nicht gedacht. Alle strömten herbei und versuchten, einen Blick auf das zu erhaschen, was die Gastgeberin der Party so in Aufruhr versetzt hatte. Die wimmelnde Menge schloss sich zwischen uns, und ich verlor Thea aus den Augen. Etwas pochte in meiner Brust und trieb mich vorwärts zu der Stelle, an der ich sie zuletzt gesehen hatte. Ich drängte mich zwischen den Leuten hindurch und erntete ein paar böse Worte und Blicke. Aber ich legte keinen Wert mehr darauf, höflich zu sein. Es ging mir nur noch darum, sie zu erreichen, bevor jemand anders es tat.

Ich entdeckte sie gerade in dem Moment, als das Sicherheitsteam eintraf. Ich schob ein paar Schaulustige beiseite und baute mich wie ein Schutzschild vor Thea auf.

»Julian«, flüsterte sie erleichtert. Ihre zarten Finger schlossen sich um meinen Bizeps. Sie hielt sich an mir fest, als wäre ich ihr Anker, während sich die Wachen an uns heranpirschten.

»Gentlemen«, sagte ich warnend. Ich kannte die meisten dieser Männer schon mein ganzes Leben lang. Drei von ihnen waren Vampire und zwei waren Menschen. Wir waren nicht gerade Freunde, aber sie fühlten sich wie Familienmitglieder an. All das spielte jetzt keine Rolle mehr. Ich würde alles tun, was ich tun musste, damit sie Thea nicht in die Finger bekamen.

»Sir.« Cassius, der Leiter des Teams, nickte mir knapp zu. »Keine Sorge, wir haben alles unter Kontrolle.«

Er ging an uns vorbei und blieb ein paar Meter weiter vor einem ganz in Schwarz gekleideten Vampir stehen. Im Gegensatz zu den Halbmasken, die die anderen trugen, bedeckte seine Maske das ganze Gesicht. Sie wies keine Verzierungen auf, bis auf einen einzigen roten Strich, der quer darüber verlief.

»Bitte kommen Sie mit uns«, sagte Cassius leise, aber bestimmt.

Der Vampir blieb stehen, als ob er die Aufforderung nicht gehört hätte. Die Leute wichen zurück, während die anderen Wachen ihn einkreisten. Ein muffiger, süßlicher Geruch lag in der Luft – der Geruch von Angst. Ich hatte ihn schon auf Schlachtfeldern und in Hinterhöfen gerochen, aber noch nie in einem Ballsaal voller Vampire und Hexen.

»Zwingen Sie uns nicht, Gewalt anzuwenden«, beschwor Cassius ihn, während zwei Wachen den ungebetenen Gast flankierten.

Er widersetzte sich ihnen nicht, aber sie waren erst ein paar Schritte zur Tür gegangen, als der Partycrasher »*Carpe noctem!*« in den schockstarren Saal rief.

Augenblicklich setzte Flüstern ein. Das Flüstern steigerte sich, und kurz darauf redeten alle laut durcheinander. Einige riefen ihm Schimpfwörter nach.

»Was ist hier los?«, fragte mich Thea.

Ich schüttelte den Kopf. Ich hatte keine Ahnung. Aber irgendetwas fühlte sich seltsam an. Ich hatte noch nie eine öffentliche Demonstration von Widerstand während der Ballsaison erlebt, aber das hier war definitiv eine. Cassius und seine Männer geleiteten den Fremden aus dem Raum, und als er vorbeigeführt wurde, applaudierten ein paar Leute um uns herum.

»Was hat er geschrien?«, flüsterte Thea.

»*Carpe noctem*«, wiederholte ich seufzend.

»Wie *carpe diem*«, sagte Thea leise und klammerte sich weiter an mich. »Aber *noctem* ...«

»... heißt Nacht«, sagte ich. »Nutze die Nacht.« Ich hatte keine Ahnung, was das bedeutete, aber es war bestimmt nichts Gutes.

»Wie kommt er darauf ...?« Thea stockte, als Sabine wieder auf der Treppe auftauchte.

»Was wäre eine Party ohne ein wenig Aufregung?«, rief sie der Menge zu. »Möge jeder von euch Partner finden, die die Bande und Blutlinien unserer Familien stärken. Geboren aus Blut!«

»Geboren aus Magie«, antwortete die Menge.

»Was ...?«

Ich brachte Thea mit einer Geste zum Schweigen, griff nach ihrer Hand und zog sie zu mir her, bis wir uns gegenüberstanden. »Lass uns irgendwohin gehen, wo wir ungestörter sind.«

Dort, wo ihre Maske auf ihren Wangen ruhte, lief sie rot an. Die Luft um uns herum war vom Geruch ihres Blutes erfüllt. Mein Blickfeld verengte sich, und in meinem Mund sammelte sich Gift. Über ihre Schulter sah ich, dass Valente uns beobachtete. Ich schlang einen Arm um Theas Taille, zog sie zu mir und küsste sie intensiv. Damit wollte ich ihn an meine Absichten erinnern. Egal, was die Sitten vorschrieben – ich hatte meinen Anspruch auf Thea erklärt und würde sie vor Raubtieren wie Giovanni beschützen.

Aber der Kuss wurde zu etwas anderem. Das lag in der Natur des Kusses begründet. Mehr als einmal hatte ich mich nach einem unschuldigen Gutenachtkuss mit einer Frau im Bett wiedergefunden. Und ich hatte den unausgesprochenen Abschied im letzten Kuss einer Geliebten gespürt. Vielleicht machte die Tatsache, dass ich Thea für mich beanspruchen wollte, diesen Kuss zu etwas viel Ernsterem als einer Warnung an Valente. Ihre Lippen öffneten sich für mich, und ich drang mit der Zunge in ihren Mund ein. Ich würde jeden Zentimeter von ihr schmecken und genau hier anfangen. Ich küsste sie, bis sich der pudrige Blumenduft in einen Garten um Mitternacht verwandelte. Jasmin, mit Spuren von Holzrauch. Rosenblüten mit Absinth vermischt. Jede lebhafte Farbe wurde von allen möglichen Schwarztönen umrissen. Sie blühte in meinen Armen auf, als ich sie in meine Dunkelheit einhüllte.

Wir wurden von einem ungeduldigen Hüsteln unterbrochen. Ich drehte mich um und entdeckte meine Mutter, die mich finster anschaute. »Spielst du wieder mit dem Essen? Das macht man doch nicht.«

Ich fletschte die Zähne, ein Reißzahn fuhr heraus, und ihre Augen weiteten sich minimal. Thea hätte ihre Reaktion nicht bemerkt, aber mir entging sie nicht. Meine Mutter war nicht nur besorgt. Sie hatte Angst. Es konnte unmöglich so wichtig sein, dass ich in dieser Saison heiratete. Viele Vampire ließen sich Zeit, bis sie sich eine Vertraute suchten, die ihre Brut-Consort werden sollte. Wozu die verdammte Eile? Ich erinnerte mich an das, was Giovanni vorhin gesagt hatte. Es musste einen Grund dafür geben, dass der Convent die Riten zum Dauerzustand erklärte. Ich musste nur lange genug einen klaren Kopf behalten, um diesen Grund herauszufinden. Aber solange Thea in meiner Nähe war, schien das unmöglich.

»Du erinnerst dich an meine Freundin«, sagte ich mit Nachdruck.

»Ich glaube nicht, dass sie mir als deine Freundin vorgestellt wurde.« Sabine kam näher, ihr Lächeln war eisig. Sie trug ein silbernes Abendkleid, das sie von einer Schulter bis zu den Füßen umfloss. »Willkommen in unserer Familienresidenz.«

Thea zitterte, als ob sie die Kälte in Sabines Begrüßung spürte. »Danke für die Einladung.«

Es war eine höfliche Antwort, aber Vampire nahmen es mit der Etikette nicht sonderlich genau. »Ich habe dich nicht eingeladen, Sterbliche. Aber trotzdem bist du *heute Abend* willkommen.«

Die subtile Setzung einer Frist in Sabines Willkommensgruß entging mir nicht. Thea offenbar ebenso wenig, denn ihre Hand glitt an meinem Arm herunter und drückte meine. Ich hielt sie beschützend fest.

»Thea wird in einem Haus der Rousseaux' immer willkommen sein«, sagte ich gefährlich leise.

»Pass gut auf, mein Sohn. Verteile keine Einladungen zu anderer Leute Partys«, warnte sie mich mit demselben kalten Lächeln im Gesicht. »Ich möchte dich allein sprechen.«

Thea zerrte an der Hand, die ich hielt, und versuchte, sich loszureißen, aber ich hielt sie fest.

»Sie geht dahin, wo ich hingehe.«

Sabine verdrehte die Augen. »Das ist eine interne Familienangelegenheit. Nur für die Blutsverwandten. Sebastian wartet schon, und dein Vater wird auch vorbeikommen.«

»Und die anderen?«, wollte ich wissen. »Wo sind sie? Oder wurden meine Brüder auf der Gästeliste vergessen?«

»Sie sind beschäftigt und kommen ohnehin nicht infrage, bis du eine Verbindung eingegangen bist. Außerdem ist es nicht nötig, deine Brüder einzubeziehen«, sagte sie.

»Warum?« Ich hatte schon erlebt, dass meine Mutter wegen der absurdesten Lappalien eine komplette Familiensitzung einberufen hatte. Dass sie meine jüngeren Brüder aus der hier auslassen wollte, war seltsam.

»Weil das aktuelle Problem etwas drängt und ich nicht darauf warten werde, dass sie vom anderen Ende der Welt zu uns stoßen«, sagte sie seufzend. »Sie wird schon zurechtkommen, davon bin ich überzeugt.«

»Ich bringe sie in meine Gemächer.« Mir war egal, was meine Mutter über die Situation dachte.

Aber sie war mir einen Schritt voraus. »Deine Gemächer sind in Benutzung.«

»Wofür?« Ich bereute die Frage sofort, als mein Blick auf eine Vertraute fiel, die sich in der Ecke auf dem Schritt eines Vampirs rekelte. »Schon gut. Dann werde ich sie an einen sicheren Ort bringen.«

»Willst du damit sagen, dass die Party nicht sicher ist?«, fragte Sabine schmallippig.

»Nicht für einen Menschen«, murmelte ich. Aber ihre Besorgnis interessierte mich nicht. Als ich zu Thea blickte, sah ich, dass sie uns beide verwirrt musterte. Sich mit meiner Mutter anzulegen war schon schlimm genug, aber eine Vampirparty zu besuchen musste sie geradezu überwältigen. Wir hatten das alles einfach übersprungen und waren direkt in einem verdammten Fiebertraum gelandet. »Kleines, lass uns irgendwo hingehen, wo du dich ein bisschen sammeln und erholen kannst, während ich mit meiner Familie rede.«

Thea blinzelte, dann nickte sie.

»Wir sehen uns im Arbeitszimmer«, sagte meine Mutter und warf Thea einen letzten verächtlichen Blick zu.

»Komm mit.« Ich führte Thea durch die Menge und hielt sie dicht an meiner Seite. Ab und zu warf ich ihr einen Blick zu und sah, wie sie das wilde Treiben um uns herum mit neugierigen, großen Augen beobachtete. Das hatte ich nicht gemeint, als ich versprach, sie die Lust zu lehren.

Wir schlichen uns in den ersten Stock, wo Han, einer der Wächter der Familie, verirrte Gäste in die Zimmer führte, die sie benutzen durften. Ich nickte ihm zu, als ich mich mit Thea im Schlepptau vorbeischlich. Han kanzelte ein paar murrende Gäste ab, woraufhin sie verstummten und uns hinterher starrten.

»Wohnst du hier?«, fragte Thea.

Ich schüttelte den Kopf und ertappte Han dabei, wie er die verirrten Gäste in den Flügel verwies, in dem sich meine Gemächer befanden. Meine Mutter hatte sie tatsächlich für eine Orgie geöffnet. Das war anscheinend ihre nicht besonders subtile Art, mich aus dem Nest zu stoßen. »Ich habe meine eigene Wohnung, aber nach Veranstaltungen bleibe ich normalerweise hier.«

»Werden ...« Thea schluckte und stellte eine andere Frage, als wir eine weitere Treppe hinaufgingen. »Wohin gehen wir?«

»An einen ruhigen Ort«, erwiderte ich. Ich wollte sie keinerlei vampirischen Annäherungsversuchen aussetzen, und nach ihrer krassen Einführung in die Vampirgesellschaft brauchte sie eine Verschnaufpause. Sie brauchte einen Ort, der nicht von Blut- und Sexdämpfen vernebelt war. Inzwischen betrachtete sie unsere Vereinbarung bestimmt längst mit anderen Augen. Als wir auf dem Dach ankamen, fiel mir ein Stein vom Herzen. Im beheizten Pool spiegelten sich die Sterne am Himmel und die Lichter der Stadt in der Ferne. Hier oben war es ruhig, bis auf das Geplätscher von zwei Springbrunnen am Ende des Pools. Die meisten Sommermöbel waren nach drinnen gebracht worden, aber ein paar Liegestühle standen noch um einen Gaskamin herum. Aber sie interessierte sich vor allem für die Aussicht. Sie trat ans Geländer, das am Rande des Daches verlief, und staunte.

Nebel wälzte sich wie Rauch über die Bucht, die sich weiter hinzog, als selbst ich sehen konnte. Die Brücke war abends beleuchtet, ihre Lichter funkelten wie Sterne auf dem diesigen Wasser unter ihr. Thea zitterte, schlang die Arme um ihren Leib und genoss sichtlich die Aussicht.

»Hier.« Ich führte sie zu einem der Liegestühle und holte eine Decke aus einem Korb in der Nähe. »Das sollte helfen.«

Ich ging zur Feuerstelle und schaltete sie ein. Nach ein paar Sekunden begann sich die Hitze um uns auszubreiten.

»Danke.« Thea kuschelte sich in die Decke, die um ihre Schultern lag. Sie sah vielleicht niedlich aus, aber sie biss sich auf die Lippe, was mich auf ganz andere Gedanken brachte.

»Gern geschehen«, säuselte ich und kniete mich vor sie. Alles in mir verlangte danach, hier bei ihr zu bleiben und sie all die Dinge, die sie unten gesehen hatte, mithilfe meiner Hände und Lippen und meiner Zunge vergessen zu lassen.

Mein Verlangen muss offensichtlich gewesen sein, denn Thea ließ die Decke so weit herunter, dass ein Arm frei wurde. Sie schlang ihn um meinen Hals, presste ihren Mund auf meinen und grub ihre Finger in mein Haar.

Vielleicht ging ihr dasselbe durch den Kopf.

Es kostete Mühe, mich von ihr zu lösen, aber in dem Augenblick, in dem es mir gelang, stürzte sie sich auf mich und raubte mir einen weiteren Kuss. Ich streckte die Arme aus und umarmte sie, dann manövrierte ich uns auf das Sofa. Ihr Rock öffnete sich, und Thea zog ihre Beine an und umklammerte mich.

»Kleines.« Ich leckte über die elegante Linie ihres Kiefers, während meine Hand zu ihrem Hintern glitt. »Ich muss gehen.«

»Nicht«, stöhnte sie und zog mich wieder an ihre Sirenenlippen.

»Wenn ich nicht gehe, schicken sie jemanden los, der mich sucht, und dann werden wir unterbrochen.« Ich fuhr fort und küsste mich ihren Hals hinunter. Über einer bläulichen Ader verweilte ich. Dort war ihr Duft so stark, dass ich fast das Blut auf meiner Zunge schmecken konnte. »Und es fällt mir schon schwer genug, mich zu beherrschen.«

»Scheiß auf Selbstbeherrschung.« Ihr Blick war eindeutig lüstern, und ich lachte leise.

»Glaub mir, ich will es auch«, grunzte ich und strich mit meinem Mund tiefer, bis er über die samtige Spitze ihres Busens strich. Thea keuchte, und die Luft war erfüllt von neuen erdigen Düften, die versprachen, dass ich sie zwischen ihren Beinen feucht vorfinden würde. Hätte sie es mir noch schwerer machen können? Oder mich noch härter? Aber da war ein Gedanke, der die dunkle Wollust durchdrang, die meinen Verstand vernebelte. »So will ich dich nicht zum ersten Mal genießen«, flüsterte ich an ihrer Haut. »Ich muss mir Zeit nehmen. Ich will mit dir allein sein, wo ich dich so verwöhnen kann, wie du es verdienst. Du warst geduldig, Thea. Nicht mehr lange, und ich werde dir genau das geben, was du verdienst, Kleines.«

Ihre Hüften hörten auf, sich an mir zu reiben, und sie blickte schwer atmend zu mir auf. Schließlich nickte sie. Der Arm um meinen Hals lockerte sich und rutschte an ihre Seite, und ich richtete mich rasch auf, bevor ich wieder die Kontrolle verlieren konnte. Ich wickelte die Decke um ihre Schultern und riskierte einen Kuss auf ihre Stirn, bevor ich eilig davonging.

Ich wagte es nicht, mich umzudrehen, bis ich die Tür erreicht hatte, die zur Treppe führte. Als ich es tat, sah ich, dass sie mich mit Augen beobachtete, die so hell wie die Lichter auf dem Wasser funkelten.

»Julian?« Ihre Stimme zitterte und zögerte nicht, als sie in die Nacht hineinrief. »Lass mich nicht zu lange warten.«

Ich verdrängte den Wunsch, jetzt zu ihr zurückzukehren und die Selbstbeherrschung in den Wind zu schlagen, wie sie es vorgeschlagen hatte. Stattdessen öffnete ich die Tür und sprintete die Treppe hinunter.

22

THEA

Obwohl Julian nicht mehr da war, wich die Hitze nicht von meiner Haut. Ich hatte sie gespürt, seit er mich im Atrium geküsst hatte. Ich hatte kaum ein Wort gehört, das Sabine unten gesagt hatte. Selbst jetzt konnte ich keinen einzigen klaren Gedanken fassen. Ich warf die Decke ab, die er mir gegeben hatte, und ließ mich von der nächtlichen Brise abkühlen.

Ich dachte nicht mehr, sondern schwelgte in Empfindungen. Wie es sich anfühlte, als seine Lippen über meine Wangen streiften, die bebende Lust, als sie über meine Brüste strichen, die Wärme seiner Handfläche, die auf meinem Hintern lag.

Ich wollte mehr. Nein, *ich brauchte mehr.*

Mit jeder Sekunde, die verging, spürte ich seine Abwesenheit deutlicher. Jeder Atemzug überflutete mich mit neuen Empfindungen, die an mir herunterwanderten, sich zwischen meinen Beinen einnisteten und stärker wurden. Und stärker.

Und stärker.

Ich stand mit zittrigen Beinen auf und versuchte, es abzuschütteln, aber das schwelende Verlangen wurde nur noch stärker. Ich verhakte meinen Fuß an einem Bein des Liegestuhls und wäre fast im Pool gelandet. Aber ich richtete mich auf und ging weiter. Ich musste Julian finden. Und zwar sofort. Mir war ganz egal, ob ich an tausend hungrigen Vampiren vorbeimusste. Ich konnte keine Sekunde länger warten.

Ich war nur noch ein paar Schritte von der Tür entfernt, die zurück ins Haus führte, als sie aufschwang und zwei Gestalten auf das Dach stürmten. Ich erstarrte und wartete darauf, entdeckt zu werden. Aber das Paar war nicht an mir interessiert. Mein Herz pochte in meiner Brust, als ich sah, wie der Mann die Frau hochhob. Seine Hände schoben ihr den Rock bis zu den Hüften, und er drückte sie heftig gegen die Tür, durch die sie gerade gekommen waren.

Ich konnte nirgendwohin. Ich wagte mich etwas näher an das Becken heran, wo in eine Steinplatte ein spektakulärer Springbrunnen hineingearbeitet war. Ich konnte mich nicht dahinter verstecken, weil ich sonst im Wasser gelandet wäre, aber aus diesem Winkel war es schwieriger, sie zu sehen. Das bedeutete, dass sie mich vielleicht auch nicht sahen. Aber es gab noch ein anderes Problem.

Es hatte seinen Ursprung in meinem Magen. Der Hunger übernahm die Kontrolle über meinen Körper. Ich fühlte mich ausgehöhlt. Leer. Jeder Zentimeter von mir sehnte sich nach Sättigung. Ohne nachzudenken, machte ich einen Schritt vom Brunnen weg auf das Paar zu. Dann noch einen. Bevor ich richtig merkte, was ich tat, war ich nur noch wenige Schritte von ihnen entfernt. Es gab jetzt nichts mehr, hinter dem ich mich verstecken konnte.

Aber sie waren zu beschäftigt, mich zu bemerken. Vorhin war es mir peinlich gewesen hinzusehen. Jetzt konnte ich mich nicht losreißen. Es war wie eine private Peepshow. Die Hände des Mannes glitten die nackten Oberschenkel der Frau hinauf, die ein langes, perfektes Bein um seine Taille schlang. Er war in sie eingedrungen, und sein Körper versperrte mir die Sicht auf das Geschehen. Es war zu dunkel, um zu erkennen, ob sie beide Vampire waren. Alle Vertrauten, die ich hatte warten sehen, waren so schön und vornehm, dass sie von ihren Gastgebern kaum zu unterscheiden waren. Diese beiden waren keine Ausnahme.

Das Ticken zwischen meinen Beinen verwandelte sich in ein Pochen, das sich nicht ignorieren ließ. In diesem Kleid konnte ich nichts dagegen tun. Ich war mir nicht einmal sicher, wo ich anfangen sollte. So ein Verlangen, wie es jetzt durch meine Adern loderte, hatte ich noch nie erlebt. Ich wollte nur noch die Spannung auflösen, die sich in mir aufbaute. Ich schloss die Augen und hoffte, so den Bann zu brechen, der mich ergriffen hatte. Irgendetwas stimmte nicht mit mir. Das war nicht normal. Ich hatte mich nicht mein ganzes Leben lang kaum für Sex interessiert, um mich plötzlich in ein animalisches Wesen zu verwandeln.

»Sieh an, sieh an«, rief die Frau, und ich riss die Augen auf, als sie mich direkt ansah. »Anscheinend haben wir Publikum.«

»Es tut mir leid«, quietschte ich, als der Mann den Kopf drehte und mich über seine Schulter ansah. Etwas Dunkles tropfte aus seinem Mundwinkel, und in seinen Augen war kein bisschen Weiß mehr zu sehen. Sie waren völlig schwarz geworden.

Ja, er war eindeutig ein Vampir, und ich hatte ihn beim Blutsaugen gestört.

Das sollte mir Angst machen. Irgendwo tief drinnen war auch Angst. Dessen war ich mir sicher. Das Problem war nur, dass ich nicht genug davon zusammenbekam, um meine Überlebensinstinkte auszulösen.

Seine Nasenlöcher blähten sich, als er die Luft schnupperte.

»Ein Mensch. Interessant. Bist du ein Gast oder ein Appetithappen?«

Ich schluckte. »Ein Gast.«

»Wie schade«, sagte er nachdenklich. »Sollen wir von der Tür weggehen? Oder willst du mitmachen?«

Ich starrte einen Moment vor mich hin und überlegte, wie ich höflich Nein sagen könnte. Aber mein Gehirn wollte nicht mitspielen. Es wollte, dass ich blieb und seine Einladung annahm.

»Ich glaube, sie will zu uns«, sagte die Frau mit einem gehauchten Kichern. Sie winkte mich mit einem Finger näher.

Ich versuchte, den Kopf zu schütteln, aber es ging nicht.

»Komm her«, forderte der Vampir. Seine Worte zogen mich magnetisch zu ihm hin. Ich konnte mich nicht wehren, und irgendwo in meinem hormongetränkten Hirn war ich mir nicht sicher, ob ich mich überhaupt wehren wollte. Aber als ich nur noch ein paar Schritte von ihnen entfernt war, hob er eine Hand.

»Warte. Du scheinst vergeben zu sein.« Er atmete tief ein, seine Nasenflügel blähten sich, er nahm meine Witterung auf. »Rousseaux sollte sein Spielzeug nicht so herumliegen lassen, und erst recht nicht, wenn er sie gefüttert hat.«

Mich füttern? Was hatte das zu bedeuten? Ich war zu verwirrt, um irgendetwas davon zu verstehen. Aber seine Anziehungskraft, die ich noch vor wenigen Augenblicken gespürt hatte, hatte sich in Luft aufgelöst. Das Verlangen blieb jedoch bestehen.

»Rousseaux?«, wiederholte die Frau. »Er hat doch sicher nichts dagegen, wenn ...«

Der Vampir kicherte düster. »Sie ist von seinem Duft durchtränkt, Schätzchen. Er hat klargemacht, dass man sich von ihr fernhalten soll.«

»Aber du hast doch gesagt, dass er gegangen ist«, argumentierte sie.

»Und du musst deine Hausaufgaben machen«, sagte er ihr und ließ sie auf die Füße fallen. Er knöpfte sich die Hose zu und begann, seinen Gürtel zuzuschnallen. »Ich dachte, heutzutage würde man Vertraute besser vorbereiten.«

»Ich bereite mich vor, seit ich sieben bin, du herablassender Wechselbalg!«, zischte sie.

Er versteifte kurz die Schultern, bevor er sich wieder entspannte. »Such dir einen anderen Vampir, der es dir besorgt. Ich riskiere doch nicht mein Leben, indem ich Julian Rousseaux ins Gehege komme.«

»Wenn ich gewusst hätte, dass du …«, begann sie.

»Pass auf, was du sagst«, unterbrach er sie. »Du hast mich einmal beleidigt, und ich habe es wie ein Gentleman hingenommen. Nennen wir es Entgegenkommen, weil ich dich gerade nach Strich und Faden gevögelt habe. Aber mein Vorrat an Geduld geht zur Neige.«

Sie sah aus, als wollte sie noch etwas sagen. Stattdessen schrie sie nur frustriert auf und begann, ihre Kleidung zu richten. Sie warf einen wütenden Blick über ihre Schulter, bevor sie die Tür aufriss und zurück zur Party ging.

Ihr Streit hatte genügt, um mich für ein paar Minuten abzulenken, aber jetzt kochten die überwältigenden Empfindungen wieder in mir hoch. Ich machte einen Schritt nach vorne, schwankte unsicher und begann zu kippen. Starke Arme fingen mich auf, bevor ich auf dem Boden aufschlug, und einen Augenblick später lag ich bequem auf der Chaiselongue neben der Toilette.

Mein vampirischer Retter beobachtete mich von der anderen Seite des Kaminfeuers aus.

»Wenn Julian mich an dir riecht, würdest du ihm dann bitte sagen, dass ich mich ritterlich verhalten habe?«

»Wie bitte?«, fragte ich. Das alles ergab keinen Sinn, und jetzt schwamm mir der Kopf. Ich versuchte, mich aufzurichten und auf die Beine zu kommen. »Ich sollte gehen und ihn suchen.«

»Wenn ich dich so gehen lasse, bringt er mich um.« Er verschwamm und stand plötzlich am Ende der Liege. Ich sank zurück.

»Das würde er nicht tun.« Obwohl, stimmte das? Ich hatte ihn schon einen anderen Vampir töten sehen. Was würde er tun, wenn er mich jetzt hier draußen allein mit einem finden würde?

»Du bist gerade nicht in der Lage, rational zu denken, also lasse ich dir das durchgehen.« Er blieb in der Nähe und beäugte mich wachsam. »Wo ist er überhaupt hingegangen?«

»Er wurde zu einem Familientreffen einbestellt.« Ich drückte einen Zeigefinger an meine Schläfe. Mein Kopf begann zu pochen, und trotz der Kühle der Nacht war ich so überhitzt, dass ich mir am liebsten die Kleider vom Leib gerissen hätte. Ich umschlang mich mit den Armen und hoffte, dass ich mich kontrollieren konnte, bis Julian zurückkam.

»Und er hat dich einfach hier oben gelassen?« Er schüttelte missbilligend den Kopf. »Er hätte wissen müssen, dass es keine gute Idee war, heute Nacht einen Menschen herzubringen. Ich kann mir vorstellen, dass er es in diesem Moment bereut.«

Ich konnte es nicht mehr aushalten. Ich sprang auf, aber mein neuer Vampirfreund stellte sich mir in den Weg.

»Warte einfach hier auf ihn.« Seine Augen hatten sich wieder normalisiert und zogen sich zu schmalen Schlitzen zusammen, als er sprach.

Der Zwang, Julian sehen zu müssen, verflog. Jetzt hatte ich nur noch stechende Kopfschmerzen und denselben nagenden Hunger, den ich verspürte, seit er mich hier zurückgelassen hatte. Ich brauchte etwas, um mich abzulenken, bis er zurückkam. »Wer sind Sie eigentlich?«

»Bellamy. Freut mich, dich kennenzulernen …?«

»Thea«, sagte ich leise. »Sind Sie ein Rousseaux?«

»Nein.« Er lachte, als ob die Idee absurd wäre. »Ich bin nicht verwandt. Nur ein armer, verlorener Wechselbalg.«

»Ein Wechselbalg? So hat die Frau Sie genannt«, sagte ich und erinnerte mich an die Art, wie verächtlich sie den Mund verzogen hatte, nachdem sie das Wort ausgesprochen hatte. »Was bedeutet das?«

»Nur dass ich ein armer Bastard bin. Ich habe keine Ahnung, wer mich verwandelt hat. Ihre Worte waren nur eine böse Art, darauf hinzuweisen, dass ich von jemandem geschaffen wurde, der mich nicht wollte.«

»Oh. Es tut mir leid.« Ich fühlte mich schlecht, weil ich so neugierig gewesen war, aber Bellamy zuckte nur mit den Schultern.

»Das muss es nicht. Das ist die Lotterie des Lebens. Ich hätte genauso gut in die Familie Rousseaux hineingeboren und wie ein Prinz behandelt werden können.«

»Ein Prinz?«

»Du hast es nicht bemerkt?« Bellamy grinste mich an. »Julian ist so etwas wie ein königlicher Vampir.«

»Was soll das bedeuten?«

»Du weißt doch, dass Könige und Königinnen jede Menge Geld und Land und Kronen und so weiter besitzen?«, fragte er, und ich nickte. »Sie sind nicht halb so reich wie die Familie Rousseaux und nicht annähernd so mächtig.«

Ich starrte ihn an und fragte mich, ob er mich verschaukeln wollte. »Das ist nicht Ihr Ernst.«

»So ernst wie ein Pflock durch das Herz«, sagte er und zeichnete zur Sicherheit ein X auf seine Brust. »Ich bin überrascht, dass du das nicht wusstest.«

»Was soll das heißen?« Ich kniff die Augen zusammen.

»Es muss wohl etwas Ernstes zwischen euch sein«, sagte er, umging meine Frage und beantwortete sie dann indirekt. »Ich kann mir nicht vorstellen, dass er dich sonst bitten würde, ein Treffen mit Sabine zu riskieren.«

Ich konnte nicht zugeben, dass Bellamy recht hatte, ohne meine Schwindelei mit Julian zuzugeben.

»Kennen Sie Julian schon lange?« Ich musste das Gespräch in eine andere Richtung lenken.

»Ein paar Jahrhunderte.«

Ob ich mich jemals an solche Antworten gewöhnen würde? Würde ich jemals in diese Welt passen? Ein plötzlicher Schwindelanfall antwortete für mich, und ich fiel fast von meinem Sitz.

»Geht es dir gut?« Bellamy war an meiner Seite und kniete sich hin, um nach mir zu sehen.

»Ich weiß nicht, was mit mir los ist«, murmelte ich.

»Ich schon«, sagte er grimmig. »Du solltest dich hinlegen.«

Ich hatte keine andere Wahl, denn ich konnte mich kaum aufrecht halten.

Bellamy blieb neben der Liege hocken. »Wenn Julian zurückkommt, wird er dafür sorgen, dass es dir besser geht.«

»Wie?« Ich stöhnte. Mir wurde zu eng in meiner Haut. Ich wollte sie mir am liebsten vom Leib reißen, so wie ich es vorhin fast mit meinen Kleidern getan hatte.

»Du weißt es wirklich nicht, oder?«

»Sind Sie eine Sphinx oder ein Vampir?«, fuhr ich ihn mürrisch an. »Sagen Sie mir einfach, was er mit mir gemacht hat.«

»Nun, wenn ein Mädchen und ein Vampir sich treffen ...«, begann er in einem neckischen Tonfall.

»Ich glaube, das mit den Vögeln und den Bienen haben Sie vorhin schon abgehakt, als Sie mit – wie hieß sie noch gleich? – Liebe gemacht haben.« Ich konnte mich nicht an ihren Namen erinnern.

Bellamy schnaubte. »Wenn ich das wüsste. Aber ich würde das wirklich nicht Liebe machen nennen.«

»Ich war nur höflich.«

»Höflichkeit gehört nicht wirklich auf eine Orgie, Prinzessin.«

»Belegen Sie jede Frau, die Sie kennenlernen, mit einem Kosenamen?«, murmelte ich.

»Nur die, die es hassen«, versicherte er mir.

Mein Körper begann zu zittern. Schauer durchliefen mich wie Wellen, die an eine Küste schlugen. Bellamy stand auf und zog seine Jacke aus. Er legte sie über mich. Irgendwie wirkte er besorgt. »Vielleicht sollte ich Julian suchen.«

Ich versuchte zuzustimmen, aber meine Zähne klapperten so sehr, dass ich kein Wort herausbekam.

»Ich könnte ihn umbringen«, sagte Bellamy seufzend.

»Sie könnten ...« Ein unmenschliches Knurren übertönte den Rest meiner Antwort. Ich setzte mich auf und ließ dabei Bellamys Jacke fallen. Er bemerkte es nicht, weil er sich ebenfalls zu der Stimme umgedreht hatte.

»Julian ...« Ich brach ab, als er näher kam und ich ihn richtig wahrnahm – ihn und seine tiefschwarzen Augen.

23

JULIAN

Blutrausch war nicht das, was die Menschen sich darunter vorstellten. Sie setzten den Begriff mit Gewalt gleich. Nicht dass Blutrausch und Gewalt nicht auch zusammengehörten. Sie gingen meist Hand in Hand. Aber der Blutrausch ging der Gewalt immer *voraus*. Gewalt löste nie die Raserei aus, die ich jetzt spürte. Am Anfang stand immer das Verlangen – ein unerfülltes Verlangen. Ich sehnte mich nicht nur nach Blut, ich sehnte mich nach Fleisch auf meinen Lippen, auf meiner Haut, unter meinen bloßen Fingerspitzen. Und wenn ich es nicht bekam – wenn mir etwas oder jemand in die Quere kam –, dann wurde ich brutal.

»Julian«, Bellamys tiefe Stimme klang wie ein elektrisches Hintergrundrauschen. »Reiß dich zusammen!«

Ich knurrte und schwang die Faust in einem rechten Haken nach ihm. Bellamy litt nicht unter einem Blutrausch, also wich er mir mühelos aus. Ein jüngerer Vampir wäre vielleicht erstarrt. Ein Fremder hätte vielleicht angegriffen. Ich kannte Bellamy seit Jahrhunderten, und wir waren in genug Kneipenschlägereien und Schlachten verwickelt gewesen, um zu wissen, wie wir miteinander umzugehen hatten.

»Warum riecht sie wie du?«, knurrte ich und stürmte auf

ihn zu. Thea versuchte, sich zwischen uns zu drängen, aber Bellamy drückte sie weg.

Thea versuchte, Bellamy beiseitezuschieben, als wüsste sie, dass sie das Mittel war, um meine Wut zu zerstreuen.

Bellamy wich nicht zurück und blieb unbeeindruckt. Ich hätte ihn in Stücke reißen können, weil er sich wie ein totaler Mistkerl aufführte. »Ihr war kalt.«

»Und du dachtest, du könntest sie für dich beanspruchen?« Ich stürzte mich auf ihn, aber Bellamy wich mir aus. Er drehte sich und nahm mich in den Würgegriff.

»Ich hatte vergessen, wie stur du sein kannst«, stöhnte er, als ich versuchte, mich aus seinem Griff zu befreien.

»Und ich habe vergessen, dass du sehr gut ringst.« Jedes Mal, wenn es mir gelang, mich zu befreien, bekam er mich von Neuem zu fassen. Das war die andere Sache mit dem Blutrausch. Er war normalerweise nur dann gefährlich, wenn alle Beteiligten davon befallen waren. Wenn ein Vampir einen klaren Kopf behielt, konnte er leicht mit einem Gegner fertigwerden, der von einem Ständer kontrolliert wurde.

»Sie ist total bereit«, zischte er leise, sodass Thea es nicht hören konnte. Sein Arm blieb um meinen Hals.

»Was hast du mit ihr gemacht?«, fragte ich mit japsenden Atemzügen.

»Ich habe gar nichts getan. Dein Geruch ist überall an ihr. Ein anderer Vampir hätte sich ihr nicht mal auf drei Meter genähert. Willst du mir etwa sagen, dass du sie nicht mit deinem Gift gefüttert hast?«

Das war genau das, was ich ihm sagen wollte – aber er machte mich nachdenklich. Meine blinde Wut legte sich etwas. Ich hatte Wert darauf gelegt, Thea als meinen Besitz zu markieren. Nur ein selbstmordgefährdeter Vampir hätte sich ihr genähert. Oder Bellamy. »Sie riecht jetzt wie du. Vielleicht hast du sie ja mit *deinem* Gift gefüttert.«

»Jetzt bist du einfach nur ein Arschloch.« Er ließ mich nicht los. »Denk mal drüber nach.«

Ich hatte Thea geküsst, das war alles. Ich hatte daran gedacht, mehr mit ihr zu machen. Ich hatte sogar davon geträumt, sie eines Tages dabei zu beobachten, wie sie den wahren Vorteil genoss, den es mit sich brachte, die Geliebte eines Vampirs zu sein. Ich hatte ihr mein Gift nicht absichtlich eingeflößt. Das hätte ich nie getan.

Aber ich war auch nicht ganz bei Sinnen gewesen.

Meine Reißzähne waren schon ausgefahren, seit wir angekommen waren. Das Gift war ein natürliches Nebenprodukt, und als ich sie geküsst hatte …

»Scheiße«, murmelte ich, als mir klar wurde, was ich getan hatte. »Lass mich los.«

»Bist du sicher?«, fragte er. »Ich habe keine Lust, mir den Kopf abreißen zu lassen. Es war eine lange Nacht.«

»Ja«, sagte ich grimmig.

Bellamys Griff lockerte sich. Bis ich wieder auf den Beinen war und mich abgeklopft hatte, war er schon auf der anderen Seite des Daches. So viel zum Thema Vertrauen. Aber ich konnte es ihm nicht verübeln. Ein Blutrausch war eine heikle Angelegenheit.

Er rief aus seiner Deckung herüber: »Sie braucht jetzt …«

»Ich weiß«, fuhr ich ihn an. Ich hatte nicht gewollt, dass es so ablief. Aber ich hatte mir selbst keine andere Wahl gelassen. Ich sollte wohl noch einmal darüber nachdenken, ob ich mich in ihrer Gegenwart tatsächlich beherrschen konnte.

Bellamy hielt sich im Hintergrund, während ich mich auf den Weg zu Thea machte. Er würde mir nicht in die Quere kommen, aber er sorgte sich genug, um sicherzustellen, dass ich das Richtige tat. Ich war ihm etwas schuldig. Sehr viel sogar.

Thea hatte sich zu einem Ball zusammengerollt, die Knie ans Kinn gezogen und den Rock um sich herum aufgefächert. Sie schaute mich mit großen Augen an. Ihre Stimme war so leise, dass sie von der Nacht fast verschluckt wurde, als sie fragte: »Was ist mit mir los?«

Ich hasste mich selbst, als ich versuchte, eine möglichst einfache Antwort zu formulieren. Ich hatte sie hier sich selbst überlassen, weil ich mich allein um alles kümmern wollte.

»Als ich dich geküsst habe, hast du eine Kostprobe meines Giftes abbekommen«, erklärte ich und setzte mich neben sie. Ich hielt einen Moment inne und fragte mich, ob ich überhaupt das Recht hatte, sie zu berühren. Dann beugte ich mich über ihren Körper. Diese Entscheidung blieb ihr überlassen.

Thea griff nach mir, und ich zögerte nicht. Ich nahm sie in meine Arme und drückte ihren zitternden Körper an mich. Wir blieben einen Moment lang so, bevor sie fragte: »Hast du mich vergiftet?«

»Nein«, sagte ich mit einem trockenen Lachen. »So funktioniert das Gift nicht. Ich erkläre es dir später, aber jetzt muss ich dir erst einmal helfen, es aus deinem Körper herauszubekommen.«

Ich drückte sie an mich, stand auf und ging mit ihr zur Tür. Bellamy eilte voraus und öffnete sie uns.

»Seit wann bist du so ein Gentleman?«, fragte ich, als ich an ihm vorbeiging, und hob Thea auf meine Arme.

»Die Jahrhunderte verändern einen.« Das war eine Erkenntnis, die wir beide miteinander teilten.

»Ich schulde dir einen Drink, Bellamy. Danke«, sagte ich und nickte anerkennend.

»Es war kein ...«

»Nein, wirklich«, unterbrach ich ihn. »Ich kümmere mich jetzt lieber um sie.«

Er lachte leise und warf mir einen vielsagenden Blick zu. »Viel Spaß.«

Ich zwang mich zu einem grimmigen Lächeln.

Ich machte mich auf den Weg in das Schlafzimmer, das mir meine Mutter zugewiesen hatte, und hoffte, dass ich keine ungebetenen Gäste aufscheuchen musste. Ich trug Thea den Flur hinunter, vorbei an Dutzenden von gerahmten Ölgemälden von Picasso, Rembrandt und Vermeer. Ich empfand die Bilder als eine Willkommensgeste, die mir das Gefühl geben sollte, zu Hause zu sein. Meine Mutter wusste, wie sehr ich die Kunst liebte. Aber als sie dieses Haus bauten, hatte ich bereits meine eigenen Wohnungen. Ich hatte nie hier gelebt. Ich konnte mich nicht einmal daran erinnern, eine Nacht hier verbracht zu haben, abgesehen von den wenigen Malen, an denen ich hier auf einer Party war, und normalerweise war ich dann zu sehr von irgendeiner Partydroge benebelt, um mich an viel zu erinnern. Seit dem Erdbeben hatte ich eine eigene Wohnung in der Stadt.

»Wohin gehen wir?«, murmelte Thea, als wir den abgedunkelten Raum betraten. Ich war erleichtert, ihn leer vorzufinden.

»Ich kümmere mich um dich«, sagte ich mit angestrengter Stimme. Ich schob die Tür mit dem Fuß zu und drehte mich um, um abzuschließen.

Als der Riegel einrastete, hob sie den Kopf und sah sich um. Ihre Augen weiteten sich, als sie bemerkte, dass ich sie in ein Schlafzimmer gebracht hatte. »Sind wir ... ich meine ...?«

»Entspann dich«, sagte ich sanft. Ich musste es ihr erklären, aber ich wollte nicht, dass sie sich noch mehr aufregte. Ich trug sie an eine Seite des Bettes und legte sie sanft darauf ab.

Thea krümmte sich auf dem Bett und streckte die Arme nach mir aus. Das Gift in ihrem Körper verursachte Fieber. Einzelne Locken klebten auf ihrer Stirn und an ihrem Nacken. Auf ihrem Hals und ihrem Schlüsselbein schimmerte ein feiner Schweißfilm.

Instinktiv wollte ich ihren Rock bis zur Taille hochziehen und sie nehmen. Aber da sprach der Blutrausch aus mir. Ich hätte schon in der Limousine wissen müssen, dass ich sie von diesem Ort fernhalten musste. Jetzt hatte ich sie in eine gefährliche Situation manövriert – ganz allein durch meine Schuld. Thea lag da wie ein Dessert auf einem Tablett. Ich schaute weg, aber das löschte mein Verlangen nicht. Ich schlüpfte aus meiner Jacke und warf sie auf die Bank am Fußende des Bettes. Mein Hemd folgte, und als ich mich umdrehte, um sie anzusehen, sah sie mich mit verschleierten Augen an.

»Du wolltest doch, dass ich dich berühre, Kleines«, murmelte ich und senkte meinen Körper über ihren. Ihre Beine schlangen sich instinktiv um meine Taille, während sie mir lustvoll die Hüften entgegenreckte. Sie griff nach meiner Gürtelschnalle. Ich nahm ihre Handgelenke und zog sie über ihren Kopf, aber sie rieb sich weiter an mir. Ich stemmte meine Hüften fest gegen ihre Bewegungen und presste ihren Körper auf die Matratze. »Nicht so schnell.«

»Julian.« Mein Name war wie Honig auf ihren Lippen, als sie verführerisch hauchte: »Ich will dich.«

Mist. Wie hätte ich da widerstehen sollen? Meine Lippen wanderten an ihrer Wange entlang. »Das ist das Gift. Es bringt dich dazu, mich zu wollen.«

Sie musste die Wahrheit erfahren.

»Ich wollte dich schon vorher«, flüsterte sie und drehte den Kopf, um ihre Lippen an meine zu bringen. »Jetzt *brauche* ich dich.«

Brauchen? Das war eindeutig das Gift, das aus ihr sprach. Aber es spielte keine Rolle. Keiner von uns hatte eine Wahl, und selbst wenn, war es klar, dass wir uns nicht anders entscheiden würden. Ich wünschte, wir wären so lange in der Limousine geblieben, dass ich ihr eine erste Kostprobe der Lust hätte geben können.

»Bitte?« Ihr leises Flehen besiegelte unser Schicksal.

Mein Mund bedeckte ihren, und ich ließ meine Lippen antworten. Thea schmolz bei dem Kuss dahin. Sie hörte auf zu zappeln, als ihre Zunge über meine Zähne leckte, um dort Reste vom Gift einzusammeln. Das machte meinen Fehler auch nicht besser. Ich zog mich zurück, unterbrach den Kuss, behielt aber die Kontrolle über ihren Körper.

»Ich werde dich jetzt ausziehen, Kleines«, erklärte ich, bevor ich sie losließ. »Vertraust du mir?«

Sie biss sich auf die Lippe, als sie zu mir aufblickte. Schließlich nickte sie.

Meine Finger fanden ihren Reißverschluss. Sie schloss die Augen, als ich ihn öffnete und Zentimeter für Zentimeter perfekte Haut enthüllte. Als das Kleid offen war, schob ich den einzigen Träger über ihre Schulter. Ich konnte nicht widerstehen, einen Kuss auf ihre nackte Schulter zu drücken. Thea stöhnte auf. Das Geräusch spornte mich an, und ich zog das Mieder des Kleides nach unten, um ihre Brüste freizulegen. Ihre Nippel wurden hart, als die Luft darüber strich.

»Du bist so verdammt schön«, knurrte ich. Ich schloss meinen Mund über der einen Brustwarze und drückte die andere mit meiner Hand. Thea keuchte und hielt sich an meinen

Haaren fest, als ich ihre Brüste liebkoste. Ihr Herz begann schneller zu schlagen, und ich sah die bläuliche Ader unter ihrer blassen Haut pulsieren. Meine Reißzähne wollten ausfahren, aber ich kämpfte dagegen an. Ich wollte nicht von Thea trinken. Nicht in diesem Zustand. Niemals. Aber die Anstrengung, die es mich kostete, war enorm. Ich glitt von ihrer Brust nach unten, weg vom verlockenden Puls ihres Blutes und hin zu der einzigen anderen Möglichkeit, meinen Blutdurst zu stillen.

Ich umkreiste ihren Nabel mit meiner Zunge und erntete ein Wimmern, das mir sagte, dass sie es genauso wollte wie ich. Aber bevor ich tiefer eindringen konnte, schlossen sich ihre Finger um mein Handgelenk.

Deine Handschuhe?, fragte mich ihr Blick.

Das war in diesem Moment zu kompliziert, um es zu erklären. Alles, was ich zustande brachte, war ein gegrunztes »Ich kann nicht.«

Ich küsste ihre Hüfte, um sie die Lederhandschuhe vergessen zu lassen, die ich trug. Es war für uns beide sicherer, wenn ich sie anbehielt. Schließlich hatten wir beide dasselbe Problem: schwindende Selbstbeherrschung.

»Ich will, dass du mich berührst«, drängte sie und versuchte, ihre Finger in den Saum meines linken Handschuhs zu schieben.

»Nein!«, donnerte ich und riss ihn weg. Mit einer schnellen Bewegung drückte ich meine Handflächen auf ihre Oberschenkel und spreizte sie für mich. Ich wollte ihr keine Zeit lassen, sich abgelehnt zu fühlen. Stattdessen sank ich zwischen ihre Beine und bot ihr eine Ablenkung an. Aber als ich einen sanften Kuss auf die Innenseite ihres Oberschenkels drückte, durchdrang ein Gedanke den Blutdurst, der in meinen Adern toste: Thea Melbourne würde mein Tod sein.

24

THEA

»Wenn du nicht deine Handsch…!«

Meine Einwände verflüchtigten sich, als seine Lippen die weiche innere Haut meiner Oberschenkel berührten. Er hielt inne, als wollte er mir die Chance geben, meinen Gedanken zu Ende zu bringen. Vielleicht wartete er auch darauf, dass ich ihn zurückwies. Vielleicht hätte ich es tun sollen.

Aber ich tat es nicht.

Ich würde später Erklärungen verlangen. Gift. Handschuhe. Meine Verwirrung brachte mich fast so durcheinander wie das, was er mir angetan hatte. Doch jedes Mal, wenn er mich berührte oder küsste, fühlte sich mein Kopf etwas klarer an, und das Feuer in meinem Schoß brannte heißer.

»Ja, Kleines?« Sein Atem strich über mein fiebriges Fleisch, und ich stöhnte. Er lachte leise, bewegte sich weiter nach unten und zog dabei eine Spur der Lust hinter sich her. Ich kniff die Augen zusammen und genoss jede köstliche Berührung. Ich wusste nicht, was mich erwartete. Es war mir auch egal. Ich wollte nur erfahren, was er als Nächstes mit mir machen würde.

Er hielt inne, und sein Mund schwebte über meinem Geschlecht, bis ich einen Blick auf ihn wagte. Für den Bruchteil einer Sekunde überkam mich die Schüchternheit. Niemand – weder Mann noch Vampir – war mir jemals so nahe gewesen, hatte mich jemals so intim berührt. Sein Gift hatte mich so vernebelt, dass ich nicht gemerkt hatte, wie entblößt ich war. Das Oberteil meines Kleides bauschte sich an meiner Taille, und dank des Rockschlitzes war meine untere Körperhälfte auch fast nackt. Alles, was uns noch trennte, war die dünne Spitze meines Höschens.

Julian sah mir unverwandt in die Augen, während seine Finger nach der Gummilitze griffen, die diese Barriere an Ort und Stelle hielt. Er senkte den Kopf und sah mich dabei an, bis er aus meinem Blickfeld verschwand. Ich stützte mich auf die Ellbogen, um zu sehen, was jetzt passieren würde.

»Hängst du daran?«, fragte er und zupfte herausfordernd an meinem Höschen.

Mein Mund wurde ganz trocken, als mir aufging, worauf das hier hinauslief, aber ich schaffte es immerhin, den Kopf zu schütteln. Er beugte seinen Kopf vor und versperrte mir die Sicht, dann hörte ich das Reißen von Stoff. Kühle Luft strömte gegen die warme Feuchtigkeit zwischen meinen Beinen, und ich unterdrückte ein Keuchen, als ich die ruinierte Spitze an meinem Oberschenkel spürte.

Er hatte mir das Höschen vom Leib gerissen – *mit den Zähnen.*

Ich dankte Gott, dass ich nicht von ihm schwanger werden konnte, denn ich war mir ziemlich sicher, dass meine Eierstöcke gerade explodiert waren.

»Ich kaufe dir neue«, sagte er, ohne sich im Geringsten zu entschuldigen.

»Okay«, quietschte ich und fragte mich, ob ich mir Hoffnungen darauf machen durfte, dass alle meine jetzigen und zukünftigen Unterwäschekäufe das gleiche Schicksal erleiden würden.

Julian lächelte, als er sich ein bisschen vorbeugte und unsere Blicke sich begegneten. Die Dunkelheit war aus seinen Augen verschwunden, aber stattdessen loderte nun ein Feuer in mir. Ich hielt den Atem an, als sich sein Mund über mir schloss und dann seine Zunge glatt durch meine Mitte fuhr.

»Ohh.« Es war absolut nicht so, wie ich erwartet hatte. Warme, verheißungsvolle Wellen brachen über mir herein, als seine Zunge an meiner Feuchtigkeit vorbeitauchte und ihr Ziel erreichte. Er begann, mich mit langsamen Kreisen zu verwöhnen, und mein Kopf sank zurück auf die Matratze. Aber jede Umkreisung seiner Zunge brachte mich näher an einen unbekannten Punkt. Jede Berührung steigerte meine Lust. Ein neues Zittern packte meine Glieder, überwältigte mich und löschte langsam das schmerzhafte Verlangen aus, das ich noch vor wenigen Augenblicken verspürt hatte. Er verschlang mich, bis sich schließlich meine Finger in die Laken krallten und er mich über den Rand führte. Ich explodierte unter ihm, zerfetzt in hundert Stücke, die nichts anderes mehr kannten als Lust.

Ich konnte mich nicht bewegen. Meine Arme und Beine schienen nicht richtig zu funktionieren. Tatsächlich fühlte es sich an, als wäre ich aus Gelee. Julian richtete sich zu seiner vollen Größe auf und leckte sich über die Lippen. Die Hitze war nicht aus seinen Augen gewichen. Er mochte zwar nicht unter dem Einfluss des Giftes stehen, aber etwas anderes hatte ihn in seinem Bann.

»Du schmeckst noch besser, als ich es mir vorgestellt habe«, sagte er leise, was mich wieder anheizte.

Er hatte sich vorgestellt, mich zu schmecken? Ich biss mir auf die Lippe und versuchte, wenigstens ein Fünkchen Widerstand gegen seine Schmeicheleien aufzubringen. Stattdessen drehte ich mich um und kroch an den Rand des Bettes. Ich konnte an nichts anderes denken als an mein Bedürfnis, ihm die Erleichterung zu verschaffen, die er mir gerade gewährt hatte. Julian machte keine Anstalten, mich aufzuhalten. Stattdessen sah er zu, wie ich vor ihm auf dem Bett kniete. Meine Finger zitterten heftig, als ich seinen Gürtel öffnete. Dann den Knopf seiner Hose. Ich schob sie hinunter, sodass seine Boxershorts zum Vorschein kamen. Ich holte tief Luft, um mir Mut zu machen, da sprang sein Schwanz auch schon heraus. Ich hielt einen Moment inne und starrte ihn an. Ich hatte nicht viel, womit ich ihn vergleichen konnte, außer ein paar versehentlichen Blicken auf Tanner, wenn er aus der Dusche kam. Das genügte mir, um zu wissen, dass Julian nicht nur größer als der Durchschnitt war. Er war nicht einmal auf der gleichen Skala wie der Durchschnitt. Vorher war ich zu heiß gewesen, um seinen Körper richtig zu würdigen. Jetzt konnte ich den Blick nicht mehr von ihm abwenden. Sein Oberkörper bestand aus puren Muskeln, die auf klar definierte Hüften zuliefen, aus deren Zentrum sich sein Schwanz erhob. Ich konnte mir nicht vorstellen, dass er irgendwo hineinpassen konnte …

Vielleicht war es gut, dass Julian sich weigerte, mich zu entjungfern. Jetzt, nachdem ich ihn nackt gesehen hatte, war ich noch eingeschüchterter als damals, als ich erfuhr, dass er ein Vampir war. Aber ich war entschlossen, mich bei ihm zu revanchieren. Nicht nur, weil es sich so gehörte, sondern weil ich ihm unbedingt ein bisschen von dem Vergnügen schenken wollte, das er mir bereitet hatte.

Das Problem war nur: Ich wusste nicht, wie ich es anstellen sollte. Ich legte meine Finger um seinen Schaft und versuchte herauszufinden, was ich als Nächstes tun sollte.

»Du musst das nicht tun«, sagte er leise.

Ich blickte zu ihm auf. »Das ist es nicht«, gab ich zu. »Ich weiß nur nicht ...« Mein Kopf sank herab, und meine Wangen glühten.

Eine Hand glitt unter mein Kinn und hob mein Gesicht zu seinem. »Du schämst dich.«

Ich nickte.

»Warum?« Er wartete auf meine Antwort, und in seinen blauen Augen funkelte die Neugierde.

»Weil ...« Ich holte tief Luft und fasste mir ein Herz. »Du bist ungefähr tausend Jahre alt und warst wahrscheinlich mit Tausenden von Frauen zusammen, die wussten, was sie taten – und was, wenn ich es vermassle und dir wehtue?«

Julians Gesicht verzerrte sich kurz, und ich machte mich auf etwas gefasst. Aber dann fing er an zu lachen. »Es tut mir leid«, sagte er schnell. »Ich glaube, ich sollte derjenige sein, der sich Sorgen macht, dich zu verletzen. Ich bin der mit den Reißzähnen, schon vergessen?«

»Ich habe auch Zähne«, erinnerte ich ihn.

»Zur Kenntnis genommen.« Er neigte den Kopf zur Seite und lächelte. »Und Thea, ich habe nicht die letzten neunhundert Jahre damit verbracht, mit jeder Frau ins Bett zu gehen, die ich getroffen habe.«

»Das geht mich nichts an«, sagte ich und fühlte mich dumm, weil ich einfach ausplapperte, was mir durch den Kopf ging.

»Du hältst meinen Schwanz in der Hand. Ich finde, wir müssen jetzt nicht mehr aufpassen, uns aus den Angelegenheiten des anderen herauszuhalten«, sagte er trocken.

Das beruhigte mich ein bisschen, aber nicht sehr. »Du warst also nicht mit Tausenden von Frauen zusammen?«

»Nein, war ich nicht.« Mehr sagte er nicht dazu, und ich

fragte mich, ob das bedeutete, dass er mit Hunderten oder wenigstens Dutzenden zusammen gewesen war.

»Und ich werde dir nicht wehtun?«

Es gab eine Pause, gefolgt von dem Anflug eines Lächelns. »Das möchte ich bezweifeln.«

»Aber ich weiß immer noch nicht, was ich tun soll«, flüsterte ich.

Julians Hand schloss sich um meine und führte sie auf und ab.

»So«, ermutigte er mich.

Das konnte es doch nicht gewesen sein. Es war zu einfach. »Was noch?«

Seine Augenbraue hob sich, als er zu mir heruntersah. »Du kannst deinen Mund benutzen.«

Zwischen meinen Beinen fing es wieder an zu pochen, als ich über diesen Rat nachdachte. Ich hatte mein Leben lang Eiswaffeln geleckt. Das musste doch zu etwas gut sein.

Ich fuhr mit der Zunge über meine Unterlippe und umschloss ihn dann mit meinem Mund. Julian holte hörbar Luft, und seine Hand schoss hervor, und krallte sich in mein Haar. Ich fuhr mit der flachen Zunge seinen harten Schaft hinauf, umkreiste seine Eichel und schaute zu ihm hoch. »Ich weiß nicht, ob ich das richtig mache.«

»Es fühlt sich ... gut an«, sagte er mit gepresster Stimme und blinzelte auf mich herab.

»Gut?«, wiederholte ich.

»Okay, es fühlt sich *verdammt gut* an, okay?«

Ich deutete das als ein Zeichen dafür, dass ich weitermachen sollte. Es war einfacher, als ich dachte, ihn in den Mund zu nehmen, solange ich mich auf das konzentrierte, was ich in diesem Moment am meisten wollte: ihm etwas Gutes zu tun. Ich wollte ihn so befriedigen, wie er mich gerade befriedigt hatte. Ich wollte die Glut abkühlen, die in unseren Adern loderte.

Er stöhnte, und das Geräusch kam direkt an der heißen Stelle zwischen meinen Beinen an. Hätte er sich doch bloß nicht geweigert, mit mir zu schlafen. Wie wäre es wohl, diesen kraftvollen Mann in mir zu spüren? Ich schluckte bei dem Gedanken, mein Mund schloss sich fest um seinen Schwanz, was mir ein weiteres ersticktes Stöhnen der Lust entlockte.

»Oh mein Gott, wie machst du das?«, fragte er. Seine Finger massierten meinen Kopf und ermutigten mich. »Ich werde in deinem süßen Mund kommen, wenn du nicht aufhörst.«

Ich wollte nicht aufhören.

Trotzdem wusste ich nur sehr wenig darüber, was mich erwartete. Als die erste Hitze seiner Entladung meine Kehle traf, reagierte ich mit einem würgenden, erstickten Schlucken. Ich hatte Mühe, mit ihm Schritt zu halten, als er sich in mir ergoss und seine Hüften mit seinem Höhepunkt leicht zuckten.

Als ich mich schließlich wieder aufsetzte, waren meine Augen tränennass. Julian sah auf mich herunter, seine Verzückung wechselte schnell zu Besorgnis.

»Geht es dir gut, Kleines?«

Ich war überrascht und berührt von seiner Sorge. Ich nickte und konnte mich kaum davon abhalten, wieder nach ihm zu greifen. Ich wollte plötzlich nicht mehr, dass sein Blut abkühlte. Ich wollte dieses Schlafzimmer und seinen Körper nie wieder verlassen.

Er kam auf die Knie, weil er mein Schweigen missverstand, und nahm mein Gesicht zwischen seine Hände.

»Es geht mir gut«, flüsterte ich, weil ich fürchtete, mehr zu sagen hätte meinen Aufruhr verraten. Unsere Vereinbarung galt nur vorübergehend. Egal, wie gut es sich anfühlte, hier mit ihm zusammen zu sein, ich wusste, dass unsere Beziehung ein Ablaufdatum hatte. »Ich bin müde.«

Seine Augenbrauen zogen sich zusammen, dann entspannte sich seine Miene. »Lass mich dir beim Einschlafen helfen.«

Er zog meinen Körper ins Bett, zerrte mein Kleid ganz weg und entblößte die Teile von mir, die er noch entdecken musste. Dann verbrachte er die Nacht mit Saugen und Küssen, als könnte er unser gegenseitiges Verlangen nicht stillen. Er achtete immer darauf, unsere Körper nicht zu vereinen, obwohl ich mich ihm immer wieder anbot, bis mich schließlich der Schlaf übermannte.

25

JULIAN

Ich beobachtete sie im Dunkeln und wartete, bis sich ihr Atem zu einem ruhigen Rhythmus verlangsamte. Ich blieb eine Weile – vielleicht auch für Stunden – neben ihr. Zeit interessierte mich nicht mehr. Heute Abend hatte ich eine Menge verbockt, und da war es beruhigend zu sehen, wie friedlich sie dalag. Aber ich traute mir nicht zu, sie schlafen zu lassen, wenn ich im Bett blieb. Die nackte Thea war viel zu verlockend, um ihr zu widerstehen. Zunächst blieb ich, weil ich nicht wollte, dass sie alleine aufwachte. Andererseits war es auch gruselig, wenn ein Vampir auf der Bettkante hockte und einen beim Schlafen beobachtete. Schließlich entschied ich mich, zu verschwinden und mich um meine Mutter zu kümmern.

Das Licht im Korridor war gedimmt worden, um den flackernden Schein von Kerzenlicht zu imitieren. Meine Mutter hatte ihre Vorliebe für Feuer niemals abgelegt. Trotz der modernen Heiz- und Kühlsysteme, die schon vor Jahrzehnten installiert worden waren, brannten die Feuerstellen Tag und Nacht, sommers wie winters. Es ging nicht um die Wärme, denn Vampire brauchten so etwas nicht. Es war eine Gewohnheit, eine Referenz an unser früheres Leben. Aber trotz der

Relikte der Vergangenheit hätte ich meine Mutter nicht als sentimental bezeichnet. Für so etwas hatte sie keine Zeit.

Tradition dagegen stand auf einem anderen Blatt, wie ich vorhin erfahren hatte. Ich hatte das Gespräch wütend abgebrochen, was im Nachhinein betrachtet meinen Blutdurst vielleicht noch ein bisschen heftiger als sonst gemacht hatte.

Wenn Sabine erfuhr, dass Thea hier übernachtet hatte, würde sie toben. Besser sie erfuhr es von mir als vom Hauspersonal. Auf meinem Weg zu den unteren Stockwerken sah ich immer noch Partygäste in verschiedenen Stadien der Nacktheit, die keine Minute verschwenden wollten oder konnten, bevor die Sonne aufging. Bei Sonnenaufgang würden dann alle weg sein. Es wäre sicherer gewesen, mit meiner Mutter zu sprechen, wenn das Haus leer war, aber so lange zu warten konnte ich nicht riskieren.

Ich entdeckte sie im kleinen Salon. Sie saß ruhig am Fenster und sah hinaus. Der Sonnenaufgang war noch in weiter Ferne, und der Himmel fühlte sich schwerer und dunkler an als vor ein paar Stunden, als ich Thea ins Bett gebracht hatte.

Sie blickte nicht auf. Sabine hatte ihr Partykleid gegen ein seidenes Loungeset getauscht und sich abgeschminkt. Auch ohne den zusätzlichen Glamour war sie wunderschön. Als wir Kinder gewesen waren, hatte sie meiner Schwester und mir immer erzählt, dass ihretwegen mindestens drei Kriege geführt worden waren – bevor mein Vater ihr Herz erobert hatte. Jetzt wusste ich es besser. Sie hatte nicht im Mittelpunkt dieser Kriege gestanden, weil Männer es so wollten. Sondern weil *sie* sie begonnen hatte.

»Guten Morgen«, sagte ich und blieb in der Nähe der Tür und außerhalb Sabines unmittelbarer Reichweite. Es war ratsam, bei Meinungsverschiedenheiten einen gewissen Abstand zwischen uns zu lassen – am besten ein oder zwei Länder. Ein Diener hatte mein Innehalten falsch gedeutet und eilte herbei, um mir eine Auswahl an Frühstücksartikeln anzubieten, die von Gebäck bis zu frischem Blut reichten. »Nein, danke.«

»Du solltest etwas essen«, verkündete Sabine, als der Mann verschwunden war. »Oder hast du etwas anderes gefunden, um deinen Durst zu stillen?«

»Thea ist meine Freundin«, erinnerte ich sie. »Ich bin mit ihr zusammen gekommen.«

»Freundin? *Cortigiana?* Flittchen? Das ist doch alles das Gleiche.« Solange Thea und ich in San Francisco waren, wollte ich höflich bleiben, auch wenn meine Mutter es nicht war. Ich ging dichter zum Feuer, stellte mich an den Kamin und zog meine Handschuhe aus. Ich legte sie auf den Kaminsims und wandte mich ihr mit bloßen Händen zu.

»Das war eine tolle Show. Hast du vor, mit mir zu kämpfen?«, fragte sie.

Wenigstens hatte sie meinen Hinweis verstanden. Es war eine subtile Warnung unter unseresgleichen. Sogar die Menschen wussten, was es bedeutete, wenn die Handschuhe ausgezogen wurden. Ich schüttelte den Kopf. »Jetzt nicht. Aber falls du sie weiterhin beleidigst ...«

»Julian.« Sie sagte meinen Namen mit einem Seufzer, in dem neunhundert Jahre mütterlicher Enttäuschung mitschwangen. »Sie ist nicht wie wir.«

»Sie ist ein Mensch. Das ist kaum revolutionär.«

»Vielleicht für einen Wechselbalg. Sie wissen es nicht besser.«

»Und was ist mit all den menschlichen Liebhabern, die Vampire im Laufe der Jahre hatten – die *du* im Laufe der Jahre hattest?«

»Ich habe bei gesellschaftlichen Anlässen nicht an ihren Armen gehangen«, zischte sie. »Ich habe sie nie präsentiert, und ich habe sie ganz sicher nie meine Freunde genannt!«

»Was sagt Sebastian doch gleich?«, fragte ich und gähnte. Es war eine lange Nacht gewesen, und so wollte ich nicht in den neuen Tag starten. »Willkommen im zwanzigsten Jahrhundert.«

Ihre Lippen verzogen sich zu einem grausamen Lächeln. »Wir schreiben das einundzwanzigste Jahrhundert.«

»Ganz genau. Die Dinge haben sich geändert.«

»So sehr haben sich die Dinge nicht verändert!«

»Ich bin gerade durch zwei Dutzend nackte, verschlungene Vampire und Vertraute gewatet – ich weiß.«

»Wie willst du eine angemessene Vertraute kennenlernen, wenn *sie* hier ist und dich ablenkt?« Sie machte Druck. »Die Riten darf man nicht ignorieren.«

»Das ist mir klar.«

»Wirklich? Denn du benimmst dich wie ein Teenager-Vampir. Jetzt ist nicht der richtige Zeitpunkt, um mit den Reißzähnen oder deinem Schwanz zu denken.«

Ich biss mir auf die Zunge, um sie nicht daran zu erinnern, dass sie gerade eine Party veranstaltet hatte, auf der ich genau das hätte tun sollen.

»Die Menschen sind zu ...«

»Halt! Sag es nicht«, unterbrach sie mich. »Du bist ein Rousseaux.«

»Das sagst du mir immer wieder, aber das ändert nichts an meiner Beziehung zu Thea.«

»Sie ist *la belle dame sans merci*.« Sabine spuckte den Begriff aus wie ein ungenießbares Stück Knorpel.

Ich stöhnte auf. Jetzt war sie nur noch exaltiert. Sie würde sich in einen Rausch hineinsteigern, wenn ich nicht aufpasste, und das war das Letzte, was ich gebrauchen konnte, solange Thea unter demselben Dach schlief. Sie hatte meinen Blutdurst überlebt. Ich wollte sie in denselben vierundzwanzig Stunden nicht auch noch mit einem blutrünstigen Gemetzel zwischen mir und meiner Mutter konfrontieren.

Aber es konnte nicht schaden, vorbereitet zu sein. Ich trat näher an den Kamin und die Schwertersammlung, die darüber hing.

Sabine richtete den Blick auf das Waffenlager hinter mir. »Das sind Antiquitäten und kein Mittel, um eine Diskussion zu beenden.«

Ich war mir nicht sicher, ob ich eine Diskussion mit ihr überhaupt gewinnen könnte. Jahrhunderte der Weisheit ließen mich jedoch auf diesen Kommentar verzichten. »Papa sagt, es ist das Beste, immer ein Schwert in Reichweite zu haben.«

Den Rest des Ratschlags ließ ich tunlichst weg: ... *wenn deine Mutter in der Nähe ist.*

Sabine war für ihr Temperament ebenso bekannt wie für ihre Schönheit. »Dein Vater klammert sich an die Vergangenheit.«

»Und du?« Meine Mutter betrachtete sich als die Fortschrittlichste unter den Rousseaux-Schöpfern. Nach menschlichen Maßstäben änderten sich ihre Überzeugungen mit der Geschwindigkeit eines Gletschers. Aber für einen Vampir ihres Jahrgangs war sie verdammt radikal. Das war der Unterschied zwischen den Ansichten der meisten Menschen und denen eines Vampirs. Wenn man tausend Jahre hinter sich und eine Ewigkeit vor sich hat, ist Veränderung nie dringend. Trotzdem änderte sie ihre Auffassung irgendwann. Normalerweise.

»Du hast eine sterbliche Gefährtin gewählt, die keine Verbindung zu magischen Blutlinien hat. Sie hing dir jetzt schon bei zwei gesellschaftlichen Anlässen am Arm! Die Riten sind nicht zu unserem Vergnügen da, Julian. Sie sind eine Frage des Überlebens. Sie kann niemals …« Sie wollte eigentlich noch mehr sagen, presste jedoch ihre Lippen zu einem Strich zusammen, was ihr half, ihren nächsten Gedanken vorsichtiger zu formulieren. »Sie kann niemals deine Frau sein.«

»Warum?«, provozierte ich sie. Es war lächerlich, noch weiter auf der Sache herumzureiten. Ich kannte Thea kaum und hatte sicher nicht vor, sie zu heiraten. Aber eine so aggressive Reaktion hatte ich von meiner Mutter nicht erwartet.

Sie massierte sich mit ihren nach wie vor behandschuhten Fingern die Schläfen. »Das kann doch wohl nicht dein Ernst sein.«

»Du weißt besser als die meisten anderen, dass wir das verteufeln, was wir nicht verstehen – oder was nicht so ist wie wir. Sie ist nur ein Mensch. Daran ist nichts Schlimmes.« Ich hatte gewusst, dass es mich viel Mühe kosten würde, sie zu überzeugen, aber mit solchen, geradezu brutalen Vorurteilen hatte ich dann doch nicht gerechnet. Nach fast tausend Jahren traute sie meinem Urteilsvermögen immer noch nicht. Vielleicht taten Mütter das nie.

»Du redest wie ein Mensch«, sagte sie. »Sie färbt schon auf dich ab.«

»Mensch? Vampir?« Ich zuckte mit den Schultern. »Wir haben mehr Gemeinsamkeiten als Unterschiede. Sie sind in der Überzahl, also verstecken wir uns. Wir klammern uns an die Vorstellung, dass sie uns hassen und fürchten würden, wenn sie von uns wüssten. Die Menschen halten uns für Monster. Alles nur Vorurteile.«

»Es ist ein Überlebensmechanismus – so alt wie die Sonne,

die uns Leben schenkt, und der Mond, der uns die Ruhe gibt. Dualitäten existieren, um uns zu vervollständigen, mein Sohn. Die Menschen fürchten uns, weil sie es sollten. Sie erinnern uns daran, dass in unserem Blut etwas ist, das ihnen fehlt – dass wir in der Nahrungskette über ihnen stehen.« Die Worte sprudelten nur so aus ihr heraus, obwohl sie so unbeweglich wie eine Elfenbeinstatue blieb. Außer Sabines Lippen hatte sich seit über einer Minute nichts mehr bewegt. Ganz anders als die Frau, die noch vor ein paar Stunden in meinen Armen gelegen hatte. Dies hier war eine unheimliche Erinnerung daran, dass es gewaltige Unterschiede zwischen den beiden Spezies gab.

»Warum dann die Blutbanken und die Regeln und der Convent?«, entgegnete ich. »Ich dachte, wir wären über diesen ganzen Schwachsinn hinweg.«

»Über die Tatsache, dass wir über ihnen stehen? Dass wir uns von ihnen ernähren?« Ihr dunkles Haar schwang um ihre Schultern, als sie den Kopf schüttelte. Endlich eine Bewegung. »Blutbanken und Etikette können grundlegende Tatsachen nicht auslöschen. Wir sind überlegene Geschöpfe. Es bedeutet lediglich, dass wir gelernt haben zu koexistieren. Wir haben uns über unsere niederen Instinkte erhoben, aber sie sind immer noch da. Vergiss das nie.«

»Vorsicht, Mutter, allmählich klingst du wie Freud.« Mein Blick fiel auf die astronomische Uhr – ein Prager Prototyp aus dem fünfzehnten Jahrhundert. Falls sie zerbrach, konnte sie nie wieder repariert werden. Der Uhrmacher war schon lange tot, aber sein Werk erinnerte mich daran, dass bald die Sonne aufgehen würde.

»Und du klingst wie ein Narr. Noch dazu ein liebeskranker.«

»Ich denke ...«

»Du denkst überhaupt nicht. Genau das ist das Problem.

Du denkst, dass ich eine Heuchlerin bin, aber du übersiehst das große Ganze.«

»Jetzt bin ich gespannt«, brummte ich. »Was verpasse ich?«

»Was steht in der Nahrungskette über uns?«

»Nichts.«

Sie schüttelte den Kopf. Ihre Stimme senkte sich zu einem Flüstern, aber dennoch durchdrangen ihre Worte mühelos den Raum, als sie rezitierte:

»*Sah Könige, Fürsten, Ritter stehn –*
So bleich, wie Tod nur bleich sein kann –
... Aus klaffend offnem Totenmund
Der schauerliche Warnruf drang.«

»Das wurde von einem Menschen geschrieben.« Darauf wollte ich hingewiesen haben.

»Ein ungewöhnlich scharfsinniger Mensch.« Sabine hatte den zerbrechlichen Keats gemocht und das Mädchen gehasst, das er heiraten sollte. Aber in Keats oder seinem Gedicht hatte sie sich nicht getäuscht. »Ihr Blut singt dir das *Canticum ad infinitum*. Weißt du, was das Problem ist? Es geht nicht darum, dass du einen hübschen kleinen Menschen vögelst. Sie ist etwas mehr als ein Mensch.«

Sabine schien den Göttern immer näherzustehen als die meisten Vampire, denen ich begegnet bin. Manche sagten, Hekate selbst habe ihr die Fähigkeit geschenkt, in die Zukunft zu schauen. Ich stellte mir vor, dass sie lange genug gelebt hatte, um diejenigen einschätzen zu können, die sie umgaben. Das war besser, als zu glauben, sie könne Gedanken lesen. Trotzdem war da etwas an Thea. Etwas, das selbst ich nicht verstand. Falls Sabine dachte, sie hätte etwas gehört ...

Ich hatte gehofft, dass der Vampir auf der Toilette ein Zufall gewesen war. Jetzt jedoch ahnte ich ...

Nein, ich riss mich zusammen. Dies war lediglich ein Schachzug, um mich von einer Gefährtin abzubringen, die meine Mutter für ungeeignet hielt. Fast wäre ich darauf hereingefallen. Ich hatte fast vergessen, dass meine Mutter so viele Schlachten mit ihrem Verstand gewonnen hatte wie mit ihren Waffen.

Thea war ein Mensch. Ich hatte sie in meinen Armen gehalten. Ich hatte sie berührt. Ich hatte zugesehen, wie die Lust ihren zerbrechlichen, *sterblichen* Körper überwältigte.

»Jeder Vampir glaubt von Zeit zu Zeit, den Blutgesang zu hören. Wahrscheinlich hast du Hunger«, murmelte ich und gab mich unbeeindruckt.

Ich blinzelte, als ich eine antike Klinge an der Kehle spürte.

Meine Mutter nahm die Dinge anscheinend selbst in die Hand.

26

THEA

Ein Albtraum weckte mich, ich wälzte mich auf den Rücken und fand mich in einem leeren Bett wieder. Draußen färbte rosafarbenes Licht die Skyline San Franciscos, weil die Sonne aufging. Drinnen knisterte ein Feuer in einem Marmorkamin. Ich spürte die Wärme von beidem wie ein lebendiges Wesen in mir. Aber was mir so wohltat, war weder die Sonne noch das Feuer – es war ein Funke, der vorher nicht da gewesen war. Julian hatte mir die Welt versprochen. Die letzte Nacht war mein erster Eindruck davon gewesen, und ich würde ihn nie mehr vergessen.

Der Raum, in dem ich mich nun umsah, war größer als meine gesamte Wohnung und mit Antiquitäten ausgestattet, die Sammlern wahrscheinlich die Tränen in die Augen getrieben hätten. Ich saugte alles in mich auf und stellte fest, dass ich gestern Abend zu berauscht gewesen war, um irgendetwas davon zu bemerken. Erinnerungen stiegen auf, und ich begann zu zittern, als mir wieder einfiel, wie oft Julian mich über den Rand geführt und dann zurückgeholt hatte. Die Erinnerungen schürten die verbliebene Glut zu einer verzehrenden Wollust in mir. Ich knüllte die Laken zusammen, drückte sie an meinen Körper und fragte mich, wie gefährlich es sein mochte, ein bisschen in der Rousseaux-Villa herumzulaufen. Die Party hatte spät begonnen. Weil es sich um eine Orgie handelte, nahm ich an, dass sie noch im Gange war.

Meine Beine glitten aus dem Bett, ich stand auf und ließ die Decke hinter mir fallen. Es dauerte ein paar Minuten, bis ich meine Sachen zusammengesucht und den Reißverschluss meines Kleides geschlossen hatte. Ich war schon fast an der Tür, als sie sich öffnete und eine völlig fremde Person hereinkam.

»Oh, pardon.« Die silberhaarige Frau starrte mich einen Moment lang an, als ob ich nach einem Blinzeln von ihr wieder verschwunden sein könnte. »Ich hatte nicht erwartet, hier drin jemanden anzutreffen.« Sie musterte mich von oben bis unten, dann überzog ein Lächeln ihr Gesicht. »Sie müssen Thea sein.«

Ich schluckte und nickte. Es war schon peinlich genug, allein in einem riesigen Bett aufzuwachen. Dabei erwischt zu werden, wie man sich klammheimlich verpisste, war noch schlimmer – zumal es das erste Mal war, dass mir so etwas passierte.

»Ich bin Celia, Julians Assistentin«, sagte sie und betrat den Raum. Sie trug ein Tablett auf die andere Seite des Bettes und balancierte es auf einer Hand, während sie nach der Klinke der Balkontür griff.

»Ich helfe Ihnen!« Ich eilte zu ihr, statt ihr weiter zuzusehen.

Ihre Nasenlöcher weiteten sich leicht, als ich näher kam, aber sie lächelte nur über mein Hilfsangebot.

»Julian hat morgens am liebsten Kaffee. Obwohl er ihn eigentlich nie trinkt«, sagte sie. Sie öffnete mit einer Hand zwei große Fenstertüren, die auf einen kleinen Balkon führten, und stellte das Tablett, das sie in der anderen Hand hielt, auf einen Steintisch. »Ich wusste nicht, dass Sie über Nacht geblieben sind. Möchten Sie etwas? Ein Frühstück?«

»Kaffee wäre toll«, sagte ich leise.

»Nehmen Sie seine Tasse. Ich hole eine andere.«

»Ich kann doch nicht ...«

»Unfug. Julian würde wollen, dass ich mich während seiner Abwesenheit um Ihre Wünsche kümmere.« Sie schnupperte wieder.

Ich hatte den Eindruck, dass sie mich roch. Oh mein Gott, roch ich etwa nach Sex? Als ob wir Sex gehabt hätten! Aber ich hatte den größten Teil der Nacht in einem Zustand schierer, schweißtreibender Glückseligkeit verbracht, als ich durch Julian kennenlernte, was ich verpasst hatte.

»Okay.« Ich biss mir auf die Lippe und fühlte mich irgendwie noch deplatzierter als gestern Abend, als ich in die Orgie geplatzt war. Ich ging zu ihr auf den Balkon und nahm die feine Porzellantasse, die sie ihm mitgebracht hatte.

Sie musterte mich. »Und vielleicht etwas anderes zum Anziehen?«

»Sie brauchen sich wirklich nicht so viel Mühe zu machen.«

Sie winkte ab. »Das ist kein Problem. In Camilas Zimmer wird sich etwas finden. Es könnte allerdings ein bisschen aus der Mode sein.«

»Camila?«

»Julians Schwester«, sagte sie.

»Seine Zwillingsschwester.« Mein Interesse an ihr wuchs. Sie bewahrten immer noch ihre Sachen auf. Wann war sie gestorben? Ich konnte Celia keine einzige dieser Fragen stellen. »Wird es ihn nicht aufregen, wenn er mich in ihren Sachen sieht?«

Celia neigte den Kopf und musterte mich einen Moment lang. »Menschen können so rücksichtsvoll sein. Okay, zumindest einige von euch. Andere dagegen ...« Sie zwang sich zu einem Lächeln. »Nein, das geht schon. Ich finde bestimmt ein Dutzend Kleidungsstücke, die sie nie getragen hat und an denen noch die Etiketten hängen.«

»Wenn es ...«

»Wenn ich Ihnen einen Rat geben darf«, unterbrach sie mich. »Sie werden diese Familie nicht überleben, wenn man sie für schwach hält. Wenn Ihnen einer von denen etwas anbietet, das Sie haben wollen, nehmen Sie es an, ohne sich dafür zu entschuldigen.«

Ich nickte. Bei der Vorstellung, dass von mir erwartet wurde anzunehmen, was sie mir gaben, machte ich unwillkürlich große Augen. »Es ist nur ...«

Celia schwieg abwartend.

Ich holte tief Luft. »Ich will nicht in ihrer Schuld stehen. Ich könnte es ihnen nie zurückzahlen.«

»Wer könnte das schon?«, sagte sie und schnaubte. »Sie sind Julians Gast, also sollten Sie darauf gefasst sein, was das bedeutet. Aber machen Sie sich deswegen keine Sorgen.« Sie deutete auf den Raum um uns herum. »Die Rousseaux' haben mehr Geld, als sie in einer Ewigkeit ausgeben könnten. Materielle Dinge bedeuten ihnen wenig.«

Mein Mund wurde trocken, als ich in das Zimmer zurückblickte, in dem ich die Nacht verbracht hatte. Mehr als ein leichtes Nicken brachte ich nicht zustande.

Celia tätschelte meine Hand. »Ich kümmere mich um die Kleidung und hole Julian eine Tasse, bevor er zurückkommt.«

Fast augenblicklich war sie an der Schlafzimmertür, und ich schaffte es gerade noch, sie zu fragen: »Wo ist er?«

»Er spricht gerade mit seiner Mutter. Er ist bestimmt bald wieder hier oben, da bin ich sicher.«

Ich war es nicht. Es hatte so gewirkt, als hätte seine Mutter viel mit ihm zu bereden. Und was noch schlimmer war: Als Celia im Flur verschwand und die Tür hinter sich schloss, wurde mir klar, dass sie wahrscheinlich über mich mit ihm reden wollte.

Schließlich sollte ich doch seine Ausrede dafür sein, warum er dieses verrückte Werbungsritual nicht mitmachte. Aber letzte Nacht? Die letzte Nacht hatte die Dinge verkompliziert.

Mein Körper kribbelte noch davon, wie oft wir die Dinge verkompliziert hatten.

Es war, als ob ich aufgewacht wäre und mich in einem surrealen Märchen wiedergefunden hätte. Ich war mit einem Vampir zusammen. Einem wahnsinnig reichen Vampir. Aber ich war auch irgendwie nicht mit ihm zusammen. Dieser Teil verwirrte mich immer noch, besonders nachdem er mir letzte Nacht einen markerschütternden Orgasmus nach dem anderen beschert hatte. Vielleicht sah er das als Teil des Honorars dafür, dass ich mich von ihm vorschieben ließ. Nach allem, was er mir angeboten hatte, wäre dieser Anreiz kaum nötig gewesen, aber das machte es auf jeden Fall leichter, ihn zu ertragen, wenn er mürrisch war.

Ich fröstelte an diesem nebligen Morgen, denn das Kleid vom Vorabend war dem Wetter nicht gewachsen. In San Francisco war überall ein Gewässer in der Nähe, und überall in Wassernähe war es kalt. Ich beschloss, Celia beim Wort zu nehmen und mir eine Tasse Kaffee einzuschenken. Ich goss ihn aus einer reich verzierten silbernen Kanne in eine zarte Tasse aus feinstem Porzellan. Neben der Kanne lag eine Auswahl gefalteter Zeitungen aus aller Welt. Ich warf einen Blick auf *Le Monde, Corriere della Sera, The Guardian, The New York Times* und einige andere, die in Sprachen gedruckt waren, die ich nicht kannte.

Wie viele Sprachen konnte er verdammt noch mal lesen? Er hatte die letzten neunhundert Jahre offenbar doch nicht mit Nichtstun verschwendet. Ich suchte das Kreuzworträtsel aus der Times heraus und tapste damit und mit meinem kostbaren Kaffee zurück in sein Schlafzimmer.

Am Vorabend war ich zu sehr abgelenkt gewesen, um den Raum zu würdigen. Jetzt fühlte ich mich überwältigt. Die Wände hingen voller Gemälde mit Signaturen, bei denen mir schwindelig wurde. Bücher türmten sich neben den Sesseln um mich herum und in den Regalen neben dem Kamin. In der Ecke stand ein großer Schreibtisch, der mit Papieren und Notizbüchern bedeckt war. Ich stellte meinen Kaffee auf den Beistelltisch und suchte nach etwas zum Schreiben. Ein Kreuzworträtsel würde meine zunehmende Nervosität ablenken.

Eine Ansammlung von Papieren und Briefen lag auf der Schreibtischplatte verstreut. Ich widerstand dem Impuls, in seinen Sachen herumzustöbern. Ich brauchte nicht noch mehr Beweise dafür, dass er nicht in meiner Liga spielte. Als ich nach einem Stift griff, der aus einer Lederbrieftasche ragte, erhaschte ich zufällig einen Blick auf etwas, das wie ein Kontostand aussah. Aber das konnte nicht sein, denn soweit ich wusste, gingen Zahlen nicht so hoch. Ohne lange zu überlegen, nahm ich das Scheckbuch in die Hand und vergewisserte mich, dass ich nicht fantasierte.

Das tat ich nicht. Ich warf es zurück, als wäre es eine Schlange, die beißen könnte.

Was hatte ich hier zu suchen? Ich passte nicht zu ihm, und das hatte nichts damit zu tun, dass er ein Vampir war, aber jede Menge mit dem Stand unserer Bankkonten. Auf meinem waren vielleicht zwanzig Mäuse. Auf seinem? Ich wusste nicht einmal, in welche Kategorie diese Zahl fiel. Es waren weder nur Millionen noch Milliarden. Ich meine, wozu sollte man solche Summen überhaupt im Auge behalten?

Ich nahm den Stift, natürlich ein Montblanc-Meisterstück, und wandte mich dem Kreuzworträtsel zu. Während ich an meinem dringend benötigten Kaffee nippte, versuchte ich mich zu konzentrieren, aber ich hatte erst ein paar Kästchen ausgefüllt, als Celia zurückkam.

»Die sollten passen, und sie sind nagelneu, Sie brauchen sich also keine Sorgen wegen Julian zu machen«, fügte sie hinzu und legte einen Pullover und eine Hose auf das Bett.

Ich stand auf und wollte mich umziehen. Dass ich ein Abendkleid trug, verstärkte nur noch das unwirkliche Gefühl, das ich hier empfand. Ich nahm den cremefarbenen Pullover, der sich flauschig anfühlte und aus jeder Masche Luxus verströmte. Der Preis auf dem daran baumelnden Etikett bewies es.

»Kaschmir«, murmelte ich. So etwas Dekadentes hatte ich noch nie in meinem Leben gefühlt. Kein Wunder, dass er ein kleines Vermögen gekostet hatte.

»Möchten Sie lieber etwas anderes?«, fragte Celia, die meine Reaktion falsch deutete.

»Nein«, sagte ich schnell und grinste sie verlegen an. »Ich habe noch nie Kaschmir getragen. Vielleicht sollte ich es lieber nicht tun. Wenn ich einen Fleck darauf mache?«

»Der Pullover liegt seit über dreißig Jahren im Schrank«, sagte sie. »Es ist besser, ihn zu tragen, als ihn verkommen zu lassen. Darf ich?« Sie deutete auf mein Kleid.

Es war ein Kampf gewesen, das Kleid zuzukriegen, also nickte ich. »Wie geht es Ihnen?«, fragte sie freundlich, während sie den Reißverschluss öffnete und mir heraushalf. Es fühlte sich etwas seltsam an, nackt vor ihr zu stehen. Aber da alles an dieser Situation seltsam war, versuchte ich, es zu verdrängen.

»Es ist etwas viel auf einmal«, gestand ich ihr.

Celia legte mein Kleid auf das Bett und nahm den Pullover in die Hand. Als sie das Etikett entfernte, wurde mir klar, dass sie mir beim Anziehen helfen wollte.

»Oh, Sie brauchen mir doch nicht ...« Ich unterbrach mich, um nicht denselben Fehler wie vorhin zu machen.

»Braves Mädchen«, murmelte sie anerkennend. »Sie lernen schnell dazu.« Sie half mir, den Pullover über meinen Kopf zu ziehen.

»Sie brauchen mir nicht beim Anziehen zu helfen«, sagte ich leise.

»Das macht mir nichts aus.« Sie rückte den Kragen des Pullovers so zurecht, dass er mir über die Schulter fiel. »Ich war mal Kammerzofe.«

»Bei Camila?«, riet ich.

»Nein.« Sie schüttelte den Kopf, ihre Augen wurden vor Traurigkeit wässerig. »Bevor ich eine Vampirin wurde. Seit Julian mich verwandelt hat, habe ich nur noch für ihn gearbeitet.«

»Oh.« In mir stieg Eifersucht auf, die ich nicht ganz nachvollziehen konnte. Ich gab mir Mühe, sie zu verdrängen, während ich an den Leggings zerrte, die sie mir besorgt hatte. »Es ist mir unangenehm, das zu fragen, aber wann ist Camila gestorben?« Die Kleidung, die sie mir mitgebracht hatte, war zwar schon älter, aber in einem bemerkenswert guten Zustand und nicht annähernd so altmodisch, wie ich erwartet hatte.

»Es ist noch nicht lange her«, gab sie leise zu. »Sie wurde uns Anfang der Achtzigerjahre genommen. Viel zu jung. Ich fürchte, die Familie trauert noch immer.«

Ich trug die Kleidung einer Frau, die gestorben war, bevor ich geboren wurde. Ich hätte erwartet, dass ich ausrasten würde, aber stattdessen war ich nur traurig.

»Julian hat sie erwähnt«, sagte ich.

»Tatsächlich?« Celia klang überrascht.

»Nur so nebenbei«, fügte ich schnell hinzu. »Ich wollte nicht neugierig sein.«

»Das ist klug. Die anderen hatten mehr Zeit, mit ihrem Tod fertigzuwerden, aber Julian ...« Sie hielt inne und schüttelte den Kopf. Die Botschaft kam bei mir an. Es stand ihr nicht zu, mir zu sagen, was der Tod seiner Zwillingsschwester für ihn bedeutete.

»Deshalb hat er sich schlafen gelegt«, sagte ich mehr zu mir selbst.

»Ich bin überrascht, dass er es Ihnen gesagt hat. Er kann ziemlich ... geheimniskrämerisch sein«, sagte sie und wählte das letzte Wort mit Bedacht. »Die meisten Vampire hüten sehr penibel ihr Privatleben.«

»Und Julian?«, fragte ich, obwohl ich glaubte, die Antwort schon zu kennen.

»Er hat hohe Mauern darum gebaut«, flüsterte sie und reichte mir ein Paar Socken. »Da kommt niemand durch.«

»Wie habe ich das geschafft?« Ich merkte zu spät, dass ich die Frage laut gestellt hatte.

»Ich sage es nur ungern, aber ich vermute, Sie stehen gerade vor dem Tor.« Sie machte ein beschwichtigendes Geräusch, als meine Miene sich verfinsterte. »Kein Grund zur Sorge. Das ist näher, als er die meisten Leute an sich herankommen lässt.«

Ich setzte mich hin und streifte die Socken über. Warum hatte er das mit mir geteilt? Kein Wunder, dass sie überrascht wirkte. Im Gegensatz zu den anderen musste Celia wissen, dass das alles abgesprochen war. Sie wusste, dass er und ich praktisch Fremde waren.

»Danke«, sagte ich.

»Wofür?«

»Dafür, dass Sie so nett sind«, sagte ich und seufzte. »Ich glaube nicht, dass ich hier willkommen bin.«

»Sebastian mag Sie. Nicht jeder in diesem Haus ist Ihr Feind.« Sie betrachtete mich mit einem Blick, den ich nicht recht einordnen konnte. Und dann bückte sie sich und nahm mein Kleid in ihre Arme. »Ich werde das für Sie reinigen lassen.«

Ich nickte. Sie ging wieder, und ich wollte mich wieder an mein Kreuzworträtsel machen, aber ich war viel zu nachdenklich, um es fortzusetzen. Ich starrte es schon seit fünf Minuten an, als ihre Worte endlich bei mir ankamen. Nicht jeder war mein Feind. Das bedeutete, dass einige es waren, und ich saß hier allein und ungeschützt. Ich zog meine Knie an die Brust und schlang meine Arme darum. Dann starrte ich auf die Tür und fragte mich, was wohl der nächste Vampir sein würde, der hereinkam: Freund oder Feind?

27

JULIAN

Ich hatte nicht gesehen, dass sie sich bewegte. Vielleicht, weil ich es nicht erwartet hatte. Meine Mutter war seit ihrer Zeit als Suffragette nicht mehr wütend gewesen. Ich blinzelte und versuchte, das silberne Glänzen an meinem Adamsapfel zu erspähen, dann richtete ich den Blick wieder auf sie. Im morgendlichen Zwielicht waren ihre geweiteten Pupillen völlig schwarz. Ja, ich hatte sie mächtig verärgert.

Wäre jemand ins Zimmer gekommen, hätte er die Situation missverstehen können. Obwohl Sabine dank ihrer Vampirgene viel größer war als die meisten Frauen der Antike, überragte ich sie mit meiner massigen Gestalt um eine Haupteslänge. Wenn sie eine menschliche Frau gewesen wäre, hätte ich sie einfach überwältigen und das Schwert an mich nehmen können. Aber sie war eine Vampirin, und eine wütende Vampirmutter konnte in einem Wimpernschlag eine ganze Stadt erheblich dezimieren. Körperlich war sie genauso stark wie ich, und sie hatte weit mehr Schlachten geschlagen. Im Laufe meines Lebens hatte mich so manche Vampirin in die Knie gezwungen, aber es war Jahrhunderte her, dass es meine eigene Mutter gewesen war.

Eine aufgeschlitzte Kehle würde mich nicht umbringen,

und zweifellos hätte sie mich gern lange genug außer Gefecht gesetzt, um sich selbst um Thea zu kümmern. Das durfte ich nicht zulassen. Ich öffnete vorsichtig den Mund, die Klinge an meiner Kehle war trotz ihres Alters immer noch ziemlich scharf.

Sabine zischte warnend. »Du wirst mir jetzt zuhören. Wenn dir mit Vernunft nicht beizukommen ist, werde ich dich anders überreden«, sagte sie. Trotz der Wut, die in ihr brodelte, bewegte sich das Schwert keinen Millimeter.

»Geize nicht mit der Rute, mein Schatz«, dröhnte eine amüsierte, aber vertraute Stimme aus der Türöffnung.

Ich wagte es nicht, den Hals zu recken, aber das war auch nicht nötig. Ich kannte die Stimme. Ich hoffte, der unerwartete Auftritt meines Vaters würde sie ablenken.

Doch ihr Blick und ihre Waffe blieben entschlossen auf ihren missratenen Sohn gerichtet. »Nichts, womit eine Mutter nicht umgehen könnte. Willkommen zu Hause, mein Schatz. Ich habe nicht mit dir gerechnet.«

Es konnte zwei Wochen oder zwei Jahre her sein, dass er hier gewesen war. Ich habe nie nach so privaten Dingen gefragt. Die Ehe meiner Eltern ließ sich am besten als vulkanisch beschreiben. Der eine schien immer zu wissen, wann der andere kurz vor dem Ausbruch stand, und ging, eh sich die Asche gelegt hatte. Da Vampirehen länger als die Ehen Sterblicher dauerten, war das eine Überlebensstrategie. Gewöhnlichere Ehen endeten in Blutvergießen und Enthauptungen. Aber als Schöpfer einer der ältesten und reichsten Vampir-Blutlinien waren meine Eltern entschlossen, es gemeinsam zu schaffen. Bisher hatten sie nur einmal gegeneinander Krieg geführt, vor ein paar Hundert Jahren. Der Großteil der Familie hatte überlebt. Viele Menschen allerdings nicht.

»Rieche ich da Frühstück?« Dominic Rousseaux kam in mein Blickfeld und warf eine abgewetzte Lederjacke auf das Sofa. Ich erinnerte mich lebhaft daran, wie er dasselbe nach einer Schlacht mit einem Umhang getan hatte, und dabei Blut auf die Polster gekommen war. Moms Augen verengten sich, als würde sie sich ebenfalls daran erinnern.

Ich war mir nicht ganz sicher, in welchem Jahr mein Vater geboren wurde. Er hatte nie besonders offen über das Leben gesprochen, das er geführt hatte, bevor er zum Vampir geworden war. Es war eine unausgesprochene Regel unter den ursprünglichen Vampiren, nicht über ihr Leben vor der Verwandlung zu sprechen. Manche glaubten, dass sie sich nicht an ihr menschliches Leben oder daran erinnerten, wie sie zu den Ersten unserer Art wurden. Das konnte ich nachvollziehen. Ich lebte erst seit neunhundert Jahren und konnte mich an die Hälfte dieser Zeit nicht mehr erinnern.

Dominic sah so aus, wie Hollywood barbarische und spartanische Krieger darstellte.

Niemand hätte seinen mächtigen, muskulösen Körper für den eines Menschen gehalten. Er sah aus wie aus Marmor gehauen – eine überlebensgroße Skulptur mit sagenhaften Proportionen.

»Hey, Dad«, sagte ich beklommen. »Könntest du mir vielleicht helfen?«

Aber er wusste, dass er sich besser nicht auf die Seite von jemandem stellen sollte, der Probleme mit seiner Frau hatte – nicht einmal dann, wenn es sein eigener Sohn war.

»Dein Sohn hat eine Frau mitgebracht«, sagte sie.

»Das war sehr aufmerksam«, sagte er und sah zwischen uns hin und her. »Ich bin am Verhungern.«

Ein Knurren grollte in meiner Brust und drang aus meiner Kehle, bevor ich es unterdrücken konnte. Wegen der Vibration berührte ich die Klinge und verletzte meine Haut, aber das war mir egal. Irgendetwas riss in mir, und mir wurde klar – sie mochte meine Mutter oder ein Vampir oder sonst etwas sein –, ich würde die Frau töten, die mich festhielt, bevor irgendjemand auch nur einen Blick auf Thea werfen konnte.

»Er steht unter Zwang«, fügte sie hinzu.

»Das sehe ich.« Dominic gesellte sich zu uns, ging an meine andere Seite und begutachtete die Situation.

»Ich stehe nicht unter Zwang«, sagte ich und fragte mich, ob es nicht einfacher wäre, sie beide zu töten, als dieses verrückte Gespräch fortzusetzen.

»Ich konnte ihren Blutgesang schon an der Einfahrt hören«, sagte mein Vater leise. »Ich könnte mich auch nicht von dieser *Cantatio* losreißen. Das ist keine Schande. Es passiert jedem von uns von Zeit zu Zeit. Manche Menschen sind einfach verlockender als andere. Vielleicht sollte sich deine Mutter um dein Problem kümmern.«

Es war, als hätten mir die Worte alle Luft aus den Lungen gesaugt und sie durch lodernde Wut ersetzt. Mein Instinkt ergriff von mir Besitz. Das Blut pochte in mir, und ich hörte nicht mehr, was sie weiter sagten. Etwas Primitives trieb mich an: der Wille zum Kampf. Beschützerinstinkt.

Ich riss meine Hand nach oben, griff nach der Klinge und riss Sabine das Schwert aus der Hand. Ich nahm es in meine unverletzte, rechte Hand und war nun selbst im Besitz des rostigen Schwerts. Der Wechsel geschah selbst für meine Verhältnisse blitzschnell. Es war, als ob mich ein neuer, tieferer Instinkt überkommen hätte.

»Wenn ihr so freundlich wäret.« Ich machte einen Schritt auf die Tür zu, die zur Treppe führte, und baute mich zwischen meinen Eltern und dem Schlafzimmer auf, in dem Thea schlief. Sofort fühlte ich mich besser. Keiner von ihnen konnte an mir vorbei, ohne einen Geschmack davon zu bekommen, wie weit ich gehen würde. Ich hoffte, dass keiner von ihnen es darauf anlegte. »Ich kann das erklären.«

»Da bin ich mal gespannt«, sagte Sabine trocken und starrte ein wenig erstaunt auf ihre leeren Hände.

Ich forderte sie auf, sich zu setzen. Mir entging nicht, dass sie auf gegenüberliegenden Seiten des Raumes Platz nahmen. Sie waren seit Tausenden von Jahren verheiratet und verstanden sich als Liebende auch ohne Worte, sodass ich vorsichtig sein musste. Der Himmel draußen begann sich bedrohlich aufzuhellen. Am Horizont sickerte Neonorange in den Himmel. Thea würde bald aufwachen, und dann mussten sie sich von ihrer besten Seite zeigen. Oder ich musste mir die Zeit verschaffen, um sie von hier wegzubringen. Aber es wäre viel einfacher, sie sicher nach Hause zu bringen, wenn meine Eltern nicht zu den Waffen greifen würden.

»Hört einfach zu.« Ich verbarg die Erschöpfung nicht, die ich spürte. Das Pochen meiner verletzten Hand spiegelte nun das meines Kopfes wider, was es noch schwieriger machte, den Drang zu ignorieren, dahin zurückzukehren, wo ich Thea zurückgelassen hatte. »Ich stehe nicht in ihrem Bann. Es ist viel schlimmer als das.«

Bevor ich fortfahren konnte, betrat Sebastian den Raum, kratzte sich am Kopf und blinzelte verschlafen. »Was zum Teufel ist hier los? Ihr habt meine Freunde erschreckt.«

»Die Party ist schon seit Stunden vorbei!«, schnauzte Sabine. Offensichtlich hatte sie heute keine Geduld mehr mit ihren Kindern, und dabei war gerade erst Morgengrauen.

»Tut mir leid.« Er hob ergeben die Hände und ließ sich in

einen Sessel am flackernden Kamin fallen. Er nickte unserem Vater zu. »Fahre bitte mit der Familiensitzung fort.«

»Das ist keine Sitzung.« Ich wurde von Minute zu Minute gereizter. Ich hatte nicht damit gerechnet, dass ich Thea so lange allein lassen würde. Ich hatte sie so lange wach gehalten, dass sie wahrscheinlich noch schlief, aber mit jeder Sekunde, die verging, verstärkte sich das ungute Gefühl in meiner Brust.

»Dein Bruder wollte gerade erklären, warum er die Riten ignoriert und stattdessen mit einer Sterblichen ins Bett geht.« Sabines Lächeln war böse.

Sebastian sah von ihr zu unserem Vater und dann zu mir. »Oh, verstehe, lasst euch nicht stören.«

Ich sah ihn vorwurfsvoll an. Hatte er nicht versprochen, auf meiner Seite zu stehen?

»Es ist der Blutdurst«, erklärte ich. Ich erzählte, was mit Bellamy auf der Party passiert war. »Ich habe fast die Kontrolle verloren. Ich kann mich überhaupt nicht erinnern, wann ich das letzte Mal so starken Blutdurst hatte.«

Sebastian kicherte, als amüsierte ihn die Vorstellung, dass sein älterer Bruder seinen sexuellen Appetit nicht kontrollieren konnte. Da er mit der Hälfte aller warmen Körper schlief, die er kennenlernte, konnte ich mir denken, dass ihm dieses Konzept fremd war.

»Ich dachte, sie ist deine Freundin«, sagte Sabine. Sie war blass.

»Das ist sie«, sagte ich. Das war die Abmachung. »Wir waren noch nicht miteinander im Bett.«

»Und da das jetzt erledigt ist«, sagte sie, »ist es an der Zeit, dass du an die Ehe denkst.«

Ich hatte damit gerechnet, dass sie das sagen würde. »Ich denke über eine Heirat nach.«

Sabine kam bis auf wenige Zentimeter an mich heran – ein neues Schwert war wie aus dem Nichts in ihrer Faust aufgetaucht –, bevor mein Vater sie bei der Taille nahm und zurückhielt.

»Du bist ein vollblütiger Rousseaux – der Erbfolger dieser Familie!« Sie bedrohte mich wieder mit ihrem Schwert. »Wenn du glaubst, dass du irgendeine beliebige Menschenfrau heiraten kannst, nur weil sie hübsch ist …«

»Liebling«, unterbrach Dominic sie sanft. »Vielleicht sollten wir das besprechen, wenn wir uns alle etwas beruhigt haben.«

»Ich bin ruhig!«, kreischte sie und trat ihm gegen das Schienbein.

»Du hältst ein Schwert in der Hand«, sagte Sebastian ebenfalls in beschwichtigendem Tonfall.

Sie sah ihn wütend an und richtete das Schwert in seine Richtung. »Du bist als Nächster dran.«

»Gut.« Er zuckte mit den Schultern. »Kein Ding. Und dann kommt Benedict an die Reihe und immer so weiter.«

In seiner Stimme klang eine Resignation mit, die ich noch nie gehört hatte, aber jetzt war nicht der geeignete Zeitpunkt, um darauf näher einzugehen.

»Warum schaust du nicht nach deiner Freundin?«, schlug mein Vater mir vor. »Sebastian, kümmere dich darum, dass keine Gäste mehr herumlungern.«

Wir verstanden unseren Marschbefehl. Keiner konnte Sabine besser beruhigen als unser Vater. Eine Fähigkeit, die er im Laufe der Jahrhunderte perfektioniert hatte, weil normalerweise er es war, der sie auf die Palme brachte. Er bändigte sie, bis wir aus der Tür waren.

»Du denkst doch nicht ernsthaft über eine Heirat nach?«,

fragte Sebastian, als wir den Korridor entlanggingen. »Du kennst sie doch erst seit ein paar Tagen.«

»Zwei«, sagte ich ihm. »Und nein, ich denke nicht daran, sie zu heiraten. Ich will nur nicht das kommende Jahr damit verbringen, eine neue Familienallianz zu sichern. Ich war in neunhundert Jahren nicht verheiratet. Warum sollte ich jetzt bereit sein, mir eine Frau zu nehmen, nur um dem Conclave einen Gefallen zu tun?«

»Vielleicht ist es an der Zeit«, sagte Sebastian zu meiner Überraschung. »Ich meine, neunhundert Jahre sind eine lange Zeit, um nicht zu heiraten.«

»Daran werde ich dich an deinem Geburtstag in fünfundsiebzig Jahren erinnern«, sagte ich trocken.

»Ich war schon mal verheiratet. Das eine Mal, damals in Vegas.«

»Ich glaube, ein vierundzwanzigstündiges Intermezzo mit jemandem, den man gerade erst kennengelernt hat, zählt nicht.«

»Der Conclave hat zugegebenermaßen höhere Erwartungen«, sagte er mit einem Grinsen, das ihm aber schnell wieder verging. »Aber das spielt auch keine Rolle.«

Es war das zweite Mal, dass er so etwas sagte. Diese düstere Stimmung passte nicht zu meinem Bruder, erst recht nicht nach einer Orgie. »Es ist nur eine politische Ehe«, sagte er. »Die interessiert doch keinen.«

Es gab Dinge, die er nicht über Camila und ihre arrangierte Ehe wusste.

Ich hatte geschworen, ihm diese Dinge niemals zu verraten. Selbst jetzt, Jahrzehnte nach ihrem Tod, hinderte mich mein Blutschwur daran, ihm die Wahrheit zu sagen. »Ich mag Thea.«

»Das verstehe ich. Sie riecht süß, aber wie schmeckt sie?«, fragte er.

Ich erstarrte, und die Dunkelheit kroch von den Rändern meiner Augen herauf. Sebastian wich schnell zurück. »Vergiss, dass ich gefragt habe, Bruder. Ich wusste nicht, dass ...«

»Es ist nur Blutdurst«, presste ich durch die Zähne hindurch und zwang mich, ihn zu unterdrücken. Mein Plan, Thea sofort nach Hause zu bringen, würde sich durch seine unbedachte Bemerkung um eine halbe Stunde verzögern. Jetzt musste ich mich erst mal selbst befriedigen. Alles wäre einfacher, wenn Thea keine Jungfrau wäre.

Sebastian lachte und ging bereits den Korridor hinunter. »Rede dir das nur weiter ein, Bruder.«

28

THEA

Ich bewegte mich nicht aus Julians Zimmer und kam mir mit jeder Sekunde, die verstrich, immer dümmer vor. Es gefiel mir überhaupt nicht, mich gefangen zu fühlen, aber in einem Haus voller Vampire herumzuspazieren war wohl keine gute Idee. Doch je länger Julian wegblieb, desto schwerer fiel es mir, hier auszuharren. Als ich aufwachte, hatte ich mich wie eine Sexgöttin gefühlt, auch wenn es noch nicht zum Äußersten gekommen war. Aber inzwischen kränkte mich seine Abwesenheit.

Wurde ich etwa geghostet? Von einem Vampir?

In dem Fall hätte er Celia sicherlich angewiesen, mich wegzuschicken.

Nach weiteren zwanzig Minuten verwandelte sich die Verletztheit in Empörung. Er mochte alle Zeit der Welt haben – schließlich war er neunhundert Jahre alt –, aber ich nicht. Falls er von mir bekommen hatte, was er wollte, konnte er Manns genug sein, mir das ins Gesicht zu sagen.

Ich stürmte zur Tür, öffnete sie und lief ihm direkt in die Arme. »Wohin willst du?«, fragte er barsch.

»Ich habe dich gesucht.« Ich verschränkte die Arme vor der Brust und hob das Kinn, um zu zeigen, wie unbeeindruckt ich davon war, dass man mich allein aufwachen ließ. Da er praktisch doppelt so groß war wie ich, bezweifelte ich, dass er es bemerkte.

»Gut. Du hast mich gefunden. Komm mit.« Er ging ins Zimmer zurück, ohne mich auch nur eines zweiten Blicks zu würdigen. Von drinnen rief er mir über die Schulter zu. »Kommst du?«

Julian Rousseaux war nicht nur ein Morgenmuffel, sondern ein totales Arschloch.

Na schön. Ich würde wieder in sein Zimmer gehen, aber nur, um ihn abzuschießen. Ich ging hinein und schlug die Tür hinter mir zu.

Julian drehte sich um, eine Augenbraue hochgezogen. »Beunruhigt dich etwas, Kleines?«

»Du!« Ich explodierte. »Zuerst wache ich alleine auf, was keine große Sache ist. Ich weiß ja nicht mal, ob Vampire schlafen. Oder vielleicht musstest du deinen Sarg suchen oder so. Aber dann lässt du mich einfach ohne Klamotten für eine Ewigkeit hier oben sitzen. Und nach all dem kommst du hier hoch und beorderst mich praktisch zurück in dein Zimmer. Wenn du glaubst, dass unsere Vereinbarung so funktioniert, dann erlaube mir bitte, ein paar Dinge klarzustellen.«

Julians Augenbraue senkte sich wieder in ihre übliche Position, aber er sagte nichts.

»Und?«, fragte ich, »willst du denn gar nichts sagen?«

»Ich habe gewartet, bis du zu Ende gesprochen hast«, sagte er und zuckte mit den Schultern. Erst da bemerkte ich, dass seine Augen dunkler waren als sonst. So ein Mist. War ich gerade einem Vampir in seinem Blutdurst auf den Nerven herumgetrampelt? Selbst in meinem umnebelten Zustand letzte Nacht hatte ich genug gesehen, um zu wissen, dass jeder Fehler, den ich beging, auch mein letzter sein konnte.

Er wartete weiter, und seine Augen wurden mit jeder Sekunde, die schweigend verging, dunkler. Ich hatte also zwei Probleme. Irgendetwas stimmte definitiv nicht mit Julian, und ich wusste nicht, wie ich die Dinge klären sollte. Ich wusste, worüber ich wütend war. Dieser Teil war verdammt klar. Ich war mir nur nicht sicher, ob es besonders geschickt war, gerade jetzt Forderungen an ihn zu stellen.

Ich beschloss, die Taktik zu ändern. »Wo warst du?«

»Ich nehme an, Celia hat dir gesagt, dass ich mit meinen Eltern gesprochen habe.« Er bewegte sich nicht. Überhaupt nicht. Es war, als hätte eine Statue gesprochen und wäre dann in ihre feste Form zurückgekehrt.

»Ja, ich meine, sie hat gesagt, du hast ein Gespräch mit deiner Mutter.«

»Mein Vater ist heute Morgen angekommen«, sagte er, fügte aber nichts weiter hinzu.

Allmählich kam ich mir ein bisschen albern vor, aber das änderte nichts an bestimmten Tatsachen.

»Worüber regst du dich wirklich auf?«, fragte er, als ich schwieg.

»Es ist nur …« Ich nahm meinen Mut zusammen und beschloss, alles auszusprechen. Wir hatten mit unserer Vereinbarung schon genug Geheimnisse vor anderen. Wir brauchten sie nicht auch noch voreinander zu haben. »Ich hatte nicht erwartet, allein aufzuwachen.«

Es gab eine Pause. Julian blieb gespenstisch still. Nie hatte er in meinen Augen mehr wie ein Vampir ausgesehen als jetzt, und ich hatte mehrfach beobachtet, wie er einen Vampir angegriffen hatte. Damals war er mir wie ein Krieger vorgekommen. Und jetzt? Er atmete nicht. Es gab keine Anzeichen von Bewegung, aber irgendwie strahlte er eine brutale Energie aus.

Schließlich blinzelte er, aber die Dunkelheit in seinen Augen blieb. »Ich entschuldige mich. Das war unbedacht. Ich hatte nicht erwartet, dass ich so lange weg sein würde.«

Ich schluckte seine Entschuldigung und nickte schließlich. »Ist alles in Ordnung? Mit deiner Familie?«

»Ich glaube, es ist das Beste, wenn du dich von meiner Mutter fernhältst«, sagte er mit einem Lachen, das alles andere als amüsiert klang.

Ich dachte daran, wie Celia vorhin gesagt hatte, dass nicht jeder im Haus mein Feind sei. Vielleicht war es an der Zeit, eine Liste zu erstellen, wen ich meiden sollte. »Und dein Vater?«

»Das weiß ich erst, wenn er dir begegnet.«

Mein Herz schlug mir bis zum Hals, aber ich zwang mich zu einem leisen »Okay«.

»Aber er wird dich heute nicht kennenlernen«, sagte er zu meiner Erleichterung. »Ich muss dich nach Hause bringen.« Er blieb stehen und musterte mich eine Minute lang. »Woher hast du diese Kleidung?«

»Celia«, sagte ich nervös.

»Natürlich.« Ihm gelang ein knappes Lächeln. »Sie schafft es besser als ich, achtsam zu sein.«

»Sie ist nett«, stimmte ich zu und erntete ein Kichern, das ich nicht ganz verstand. »Ich kann in einer Minute fertig sein.« Ich sah mich im Zimmer um und versuchte, mich zu erinnern, was ich mit der kleinen Clutch gemacht hatte, die ich gestern bei mir getragen hatte. Mein Mobiltelefon musste inzwischen tot sein. Panik machte sich in mir breit, als mir klar wurde, dass ich es versäumt hatte, Olivia eine SMS zu schreiben. Sie flippte wahrscheinlich aus vor Sorge, und wenn sie ausflippte, rief sie vielleicht meine Mutter an und …

»Warte«, unterbrach er die Gedankenflucht in meinem Kopf. »Ich möchte dir in aller Form einen guten Morgen wünschen.«

»Einen was?«, fragte ich verwirrt. Er warf mir einen vielsagenden Blick zu, der mein Innerstes augenblicklich in geschmolzene Lava verwandelte. Plötzlich rangen meine Erregung und meine Angst miteinander. Ich hatte keine Ahnung, was gewinnen würde. »Oh. Ich meine, das ist nicht … ich …«

»Das ist nicht *was*, Kleines?«

»Das musst du nicht. Ich bin nicht mehr sauer«, sagte ich schnell.

Sein Kiefer krampfte sich zusammen, und er wandte sich von mir ab. Als er mich schließlich wieder ansah, waren seine Augen so dunkel wie die Nacht. »Oh!« Ich wich einen Schritt zurück.

»Ich werde darauf bestehen müssen.« Seine Zähne blieben zusammengebissen, während er sprach, und mir blieb nicht verborgen, dass seine Reißzähne länger geworden waren.

Es war so wie das, was gestern Abend passiert war, aber diesmal hatte ich keine Ahnung, was es ausgelöst hatte. Deshalb war er auch so verärgert gewesen, als er ins Zimmer kam. Wollte er das jetzt jedes Mal tun, wenn ich ihn sah? Das würde schnell langweilig werden, wenn er dann nicht so weitermachte wie letzte Nacht.

Ich biss mir auf die Lippe, hin- und hergerissen zwischen dem Bedürfnis, mich bei meiner Freundin zu melden, und dem Wunsch, dass er alle Gedanken an irgendjemanden außer ihm aus meinem Kopf löschen möge.

»Es ist sehr schwer, dir zu widerstehen, wenn du das tust, Liebling«, zischte er.

»Hm?«, fragte ich, und er entspannte sich ein wenig, als ich meine Lippe freigab. *Oh, das.* Er kam einen Schritt näher, aber ich hielt eine Hand hoch, um ihn aufzuhalten. »Ist das ... normal? Der Blutdurst, meine ich?«

Er schüttelte den Kopf.

Irgendwie hatte ich das schon geahnt. »Gibt es etwas, das ich tun kann?« Es war schwer, überhaupt zu fragen, denn ein Teil von mir wollte ihn unbedingt in diesem animalischen Zustand halten, in dem es ihm nur darum ging, mich zu befriedigen. Aber unter dem Raubtier spürte ich Schmerz. Es war nicht nur etwas, das er nicht kontrollieren konnte. In diesem Zustand zu bleiben tat ihm regelrecht weh.

»Nur drei Dinge können Blutdurst stillen«, sagte er mit angestrengter Stimme.

Ich war gestern Abend gründlich in die erste Methode eingeführt worden, aber ich hätte nichts gegen eine Auffrischung. »Tu, was immer du tun musst.« Ich räusperte mich und versuchte, nicht allzu dramatisch zu klingen, wenn ich mich ihm ganz und gar auslieferte. »Ich gehöre dir.«

»Das ist eine gefährliche Einladung an einen Vampir«, knurrte er.

»Was könnte ich denn tun?«, fragte ich und rückte näher an ihn heran. »Damit es dir wieder besser geht?«

Er schüttelte den Kopf, aber sobald ich in Reichweite war, schoss seine Hand hervor und packte meinen Pullover. Er zog mich näher zu sich und drückte mich grob an sich. Mit einer raschen Bewegung hob mich Julian von den Füßen und trug mich zu einem Stuhl. Ich war fast etwas enttäuscht, weil er mich nicht zurück in sein Bett gebracht hatte, aber er setzte sich und ließ mich auf seine Erektion sinken. Eine starke Hand legte sich um meinen Hals und führte meine Lippen zu seinen.

Der Kuss war so voller Begehren, dass mir förmlich die Seele wehtat. Ich konnte ihn gar nicht hart oder leidenschaftlich genug küssen, um mein Verlangen zu stillen. War es das, was er suchte? Wollte er mich so sehr? Konnten auch Menschen Blutdurst empfinden?

Er fuhr fort, meinen Mund zu erforschen, während seine Hände unter den Kaschmir krochen, der meine Brüste bedeckte, und meine Nippel fanden. Ich stöhnte in seinen Mund, als er begann, sie zu massieren. Zuerst tat er es sanft. Dann wurden seine Berührungen rauer, bis ich vor Lust keuchte. Er drehte und spielte mit den empfindlichen Knospen, was mir Lustschauer über den Leib jagte, die noch viel mehr verhießen. Julian löste sich kurz von mir und riss mir den Pullover über den Kopf. Er warf ihn auf den Boden, beugte sich vor und nahm meine linke Brust in den Mund. Seine Zunge leckte besitzergreifend über die versteifte Spitze, und Schwindel befiel mich. Als er einen Reißzahn über meine geschundene Haut zog, presste ich mich gegen die harte Ausbeulung in seiner Hose.

»So ist es gut«, keuchte er. »Zeig mir, wie schön du bist, wenn du kommst, Kleines.«

Ein erstickter Schrei entfuhr meinen Lippen, aber ich hörte nicht wieder auf. Ich konnte nicht. Er liebkoste weiter meine Brüste, und ich spürte, wie meine Erregung zunahm. Wenn es bereits so war, wenn wir die meisten unserer Kleider noch anhatten, wie viel besser musste es dann sein, wenn ich ihn in mir spürte? Ich kannte alle Gründe, warum ich ihn nicht darum bitten sollte, aber ich konnte nicht leugnen, wie sehr ich es wollte – wie sehr ich ihn wollte.

»Hör nicht auf«, drängte ich ihn, als er sich der anderen Brust zuwandte. Er presste seinen Mund auf die Knospe und saugte so stark, dass ich spürte, wie seine Reißzähne meine Haut durchbohrten.

»Komm zu mir, Kleines«, befahl er, griff in mein Haar und riss meinen Kopf zurück. Seine Lippen bewegten sich über meinen Hals und schwebten über dem entblößten Fleisch.

Ohne nachzudenken, bat ich um das Einzige, was diesen Moment noch steigern konnte. Das Einzige, was ich mehr wollte als das hier. »Julian, bitte, beiß mich.«

29

JULIAN

»Julian, bitte, beiß mich.«

Ich überlegte nicht lange. Ich versenkte meine Reißzähne in ihrem Hals, um das Blut zu kosten, das mich rief, seit ich Thea zum ersten Mal gesehen hatte. Es floss heiß und schnell über meine Zunge, aber ich schmeckte nichts. Das Versprechen ihrer *Cantatio*, ihres Blutgesangs, blieb unerfüllt. Ich trank rücksichtsloser und verzweifelt, um den nagenden Hunger in mir zu stillen. Und dann erschlaffte sie in meinen Armen.

Nein! Ich riss mich gerade in dem Moment aus meiner Fantasie, als meine Reißzähne ausfuhren und beinahe die zarte Haut ihres Halses durchbohrt hätten. Es kostete mich das letzte Quäntchen Selbstbeherrschung, ihre Bitte nicht zu erfüllen. Stattdessen sprang ich auf und warf dabei Thea auf den Boden.

»Was zum …!« Sie starrte zu mir hoch und rieb sich den Hintern.

Ich hätte mich am liebsten hingekniet, um nach ihr zu sehen, aber ich widerstand dem Drang.

»Ich habe dich davor gewarnt, einem Vampir dein Blut anzubieten«, stieß ich gequält hervor.

»Ich hätte nicht gedacht, dass ich nach letzter Nacht …«,

sie brach ab. Sie klang, als ob sie weinte, und ich musste einfach nach unten schauen, um zu sehen, ob ich ihre Gefühle sehr verletzt hatte.

Doch ich sah keine Ablehnung in Theas Gesicht. Stattdessen Enttäuschung. Sie starrte mich an und hob das Kinn, als wollte sie beweisen, dass sie beleidigt, aber nicht verletzt war. Doch ich hatte den Schmerz in ihrer Stimme gehört. Ich kannte die Wahrheit. Sie war verletzt und wollte es nicht zeigen. Meine Kleine beeindruckte mich, das musste ich mir eingestehen. Trotzdem durfte ich sie nicht dafür belohnen, dass sie ihren Hals riskiert hatte. Buchstäblich.

»Ich werde dein Blut nicht trinken«, sagte ich freundlich.

Sie öffnete ihren Mund und schloss ihn schnell wieder. Schließlich sagte sie: »Aber es würde doch helfen, oder nicht? Du sagtest, es gäbe andere Möglichkeiten, deinen Blutdurst zu stillen.«

Ich ignorierte sie und ging quer durch den Raum zu dem blöden, winzigen Telefon, das Sebastian mir gegeben hatte. Es lag auf dem Nachttisch.

»Das stimmt doch, oder?«, wiederholte sie und ließ sich nicht so leicht abwimmeln.

Sie stand auf und ging zur anderen Seite des Bettes.

Ich brauchte einen Moment, bis mir wieder einfiel, wie man eine Nachricht verschickt. Ich schickte eine an Celia, bevor ich mich wieder ihr zuwandte. »Was willst du von mir hören, Kleines?«

»Die Wahrheit wäre für den Anfang nicht schlecht.« Sie verschränkte die Arme und sah so hinreißend sauer aus, dass ich mich spürbar zu beruhigen begann. »*Würde es helfen?*«

Ich schloss die Augen und suchte nach der richtigen Lüge, aber ich konnte mich nicht dazu durchringen, unehrlich zu ihr zu sein. War das wieder einer ihrer seltsamen Tricks? Zuerst ließ sie sich von mir nicht bannen, und jetzt fiel es mir schwer, ihre Fragen zu beantworten? »Ja«, murmelte ich, als mir keine Ausrede einfiel. »Es würde helfen.«

»Und ich bin willig«, sagte sie mit belegter Stimme. Sie räusperte sich und wiederholte ihr Angebot. »Du kannst dich an mir laben. Ich will es.«

Eine ehrliche Antwort würde die Sache beenden, aber sie würde Konsequenzen haben. Es war die einzige Antwort, die mir einfiel, die ihre Sicherheit gewährleistete. Anscheinend hatte ich keine andere Wahl. »Ist es dir schon mal in den Sinn gekommen«, zischte ich, »dass ich mich nicht von dir ernähren will?«

Theas Schultern sackten herunter, aber sie strengte sich an, nicht zu schnell aufzugeben. »Du willst mein Blut also nicht ...«

»Ich! Will! Es! Nicht!«, brüllte ich.

Sie wich zurück und fing an zu zittern. Diesmal konnte sie ihre Tränen nicht zurückhalten. Sie wischte sie sich aus dem Gesicht. »Das meinst du nicht ernst.«

Aber sie klang nicht mehr selbstsicher.

Ich hatte erreicht, was ich wollte, aber der Sieg war schal. Ich hatte Zweifel in ihr geweckt, wie sehr ich darauf brannte, von ihr zu trinken. Ich konnte nicht riskieren, ihr mehr zu erklären. Sonst hätte ich verraten, dass ich es mir versagte, weil ich wusste, dass ich niemals würde aufhören können. Eine Kostprobe würde nie genug sein. Ich hörte ihr Blut singen, und ich hatte zu lange gelebt, um mir einzubilden, ich könnte mich beherrschen, wenn ich erst einmal angefangen hatte. Es würde genauso enden, wie es sich in meiner Fantasie abgespielt hatte. Und ich würde mir nie verzeihen, wenn ich sie töten würde.

»Ich bin neunhundert Jahre alt«, fuhr ich kühl fort. »Glaubst du, eine Nacht mit einer Frau reicht aus, um sie für mich unwiderstehlich zu machen?«

Dies war eine Frage, die ich mir selbst stellte. Es ergab keinen Sinn. Aber Blutdurst ergab selten Sinn. Deshalb konnte ich ihr nicht nachgeben. Ich wollte kein Sklave des Vampirs in mir sein. Nicht jetzt. Nicht nach all dieser Zeit.

Ihre Unterlippe zitterte, aber Thea war stark. Sie würde darüber hinwegkommen. Meine Mutter hatte mir klargemacht, dass es mir nicht erspart blieb, in diesem Jahr eine Frau zu suchen und sie zu heiraten.

Durfte ich Thea dann so benutzen? Sie zu behalten wäre nicht nur selbstsüchtig. Es wäre töricht. Wie oft würde sie mir noch ihre Venen anbieten? Vielleicht war es das Beste, wenn ich die Sache jetzt beendete.

Thea kam mir zuvor. »Fick dich, Julian.«

Ich lief ihr nicht nach, als sie aus meiner Schlafzimmertür ging. Sie schlug sie hinter sich zu, und ich blieb am Nachttisch stehen und hielt mein Handy in der Hand. Es surrte von irgendeinem verdammten Alarm, aber ich wagte es nicht, darauf zu schauen. Ich wollte ihr nachgehen. Ich durfte nicht einmal die kleinste Bewegung riskieren. Erst wenn sie weg war.

Die Minuten vergingen, und schließlich fand Celia mich immer noch neben dem Bett stehend vor.

»Julian«, sagte sie vorsichtig meinen Namen. »Ich habe deine Textnachricht bekommen.«

Ich wagte nicht zu blinzeln, aber ich erlaubte mir, sie zu fragen: »Ist Thea weg?«

»Ich habe sie in ein Auto gesetzt, wie du es gewünscht hast«, sagte sie. »Der Fahrer wird sie nach Hause bringen.«

»Ist der Fahrer ein Vampir?«, fragte ich gepresst.

»Er ist ein Mensch. Einer von Sebastians Männern hat ihn in seinem Bann«, sagte sie. »Sie wird vollkommen sicher sein.«

Ich entspannte mich und spürte, wie die Last der Selbstbeherrschung von meinen Schultern abfiel. Doch trotz der körperlichen Entspannung blieb das Verlangen bestehen.

»Kann ich dir etwas bringen?«, fragte Celia. Wir waren lange genug zusammen, dass sie wusste, wann etwas nicht stimmte. Das war jetzt wohl offensichtlich.

»Blut«, stieß ich hervor, »aus der Ader.«

Sie hob eine platinblonde Augenbraue, gab aber keinen Kommentar ab. »Das dauert einen Moment.«

Celia verschwand, um eine der Vertrauten zu rufen. Wie die meisten älteren Vampirlinien hielten auch wir eine Sammlung von Menschen, die sich freiwillig als wandelnde Blutspender zur Verfügung stellten. Sie erhielten Zuwendungen oder Schutz, und wir hatten immer frisches Blut. Willige Menschen ließen sich immer finden. Ich war kein Fan dieser Praxis, aber manchmal erforderten die Umstände unliebsame Lösungen.

Eine halbe Stunde später bugsierte sie eine zierliche Brünette in den Raum. Die Frau war jung und nur ein paar Zentimeter größer als Thea. Auch ihre Gesichtszüge waren zart und blass. Sie war sogar hübsch, aber nicht so schön wie Thea. Mein Blick schnellte wütend zu Celia. Ich wusste, was meine Assistentin vorhatte.

»Ich dachte, du brauchst vielleicht auch die andere Art der Befriedigung.« Ihr Gesicht blieb ruhig, als wolle sie zeigen, dass sie – im Gegensatz zu mir – die Kontrolle hatte. »Sie ist bereit, sich um all deine Bedürfnisse zu kümmern.«

Die Frau beobachtete mich mit großen Augen vom anderen Ende des Raumes aus. Ihre Blicke wanderten über meinen Körper, als wollte sie herausfinden, ob sie einen Fehler gemacht hatte. Doch dann fuhr ihre Zunge über ihre Unterlippe. Sie verbeugte sich mit einem Knicks. »Ich stehe zu Euren Diensten, Lord Rousseaux.«

Ich stöhnte, rollte mit den Augen und warf Celia einen weiteren bösen Blick zu. »Hast du ihr gesagt, dass sie das sagen soll?«

»So möchte Lord Sebastian angesprochen werden, wenn wir ...« Sie stöhnte, und ihre Wangen färbten sich vielversprechend rot.

»Ich bin nicht Lord Rousseaux«, korrigierte ich sie. Ich gab ihr mit einer Geste zu verstehen, dass sie sich aufrichten sollte.

Sie tat es und blinzelte mich verwirrt an. »Aber Sie sind der älteste Sohn, und das bedeutet, dass Sie als Nächster in der Rangordnung stehen und Familienoberhaupt werden.«

All diese Dinge waren wahr. Ich war mir nur nicht sicher, warum ein Mitglied unserer Entourage so viel über die internen Abläufe wusste. Im Moment war es mir egal. »Du kannst gehen«, sagte ich zu Celia. Ich wollte später mit ihr über ihren Vorschlag sprechen.

Sie neigte den Kopf und ging ohne ein weiteres Wort.

Ich umkreiste die Brünette. Sie schluckte und nestelte an den Knöpfen ihrer Bluse herum.

»Was tun Sie da?«, fragte ich sie.

Sie hielt inne. »Ich ziehe mich aus.«

»Das ist unnötig«, sagte ich trocken. Auch ohne Fütterung war mein Blutdurst abgeklungen. Nur der Hunger war noch da. Ich winkte sie mit einem Finger heran, streifte einen meiner Handschuhe ab und hielt ihr die andere Hand hin. Sie legte ihre eigene in meine Handfläche, Handgelenk nach oben. Wenigstens war sie gut trainiert.

»Sie dürfen Ihre Reißzähne benutzen«, sagte sie, als ich mit meinem Zeigefinger über ihr Handgelenk strich. »Wo immer Sie wollen.«

Zu einem anderen Zeitpunkt hätte mich das Angebot vielleicht in Versuchung geführt, aber sie war nur ein Mittel zum Zweck.

»Ich bin nicht so pervers wie mein Bruder«, sagte ich leise. »Das wird genügen.« Ich zog meinen Finger über ihre Vene, und er schnitt sauber auf. Ich hob sie zum Mund und trank einen Moment lang. Ihr Blut schmeckte auf meiner Zunge wie Asche, und ich widerstand dem Drang, es auszuspucken. Ich schluckte – aber nur, um ihre Gefühle nicht zu verletzen. Ich wollte nicht zwei Frauen an einem Morgen den Tag verderben. Ich biss mir auf den nackten Finger, nahm einen Tropfen meines eigenen Blutes und wischte damit über ihre Wunde. Die Blutung hörte sofort auf, und sie seufzte vor Vergnügen, als das mit Gift versetzte Blut seinen Weg in ihren Körper fand.

Aber das Gift hatte Nebenwirkungen. Sie rückte näher an mich heran und klimperte mit den Wimpern. »Ich gehe auch gern mit dir ins Bett.«

»Nein, danke.«

Sie hatte Mühe, die Fassung zu wahren. »Ich weiß, was mich erwartet, und ich will ...«

»Nein«, sagte ich mit kalter Entschiedenheit. »Ich danke Ihnen. Sie können gehen.«

Sie huschte aus dem Zimmer, immer noch ihr geheiltes Handgelenk in der Hand. Was sie von mir hielt, war mir gleichgültig. Es gab einen Grund, warum ich praktisch nie auf die *Entourage* zurückgriff. Sie neigten dazu, bei wohlhabenderen Gästen übermäßig entgegenkommend zu sein. Aber ich war an nichts interessiert, was sie mir geben konnte. Selbst ihr Blut schmeckte mir nicht.

Aber ihr Blut hatte meinen Kopf so weit freigemacht, dass ich erkannte, was ich getan hatte. Warum hatte ich Thea gehen und sie denken lassen, ich hätte meine Meinung über sie geändert? Ich suchte meine Schlüssel und mein Handy und eilte zur Garage. Da unten musste noch einer meiner alten Wagen stehen. Wenn es sein musste, würde ich eines von meinem Bruder klauen. Nichts würde mich von dem abhalten, was jetzt getan werden musste. Es war meine einzige Chance. Etwas, was ich in meinen ganzen neunhundert Jahren auf diesem Planeten noch nicht getan hatte.

Ich musste Thea um Verzeihung bitten.

30

THEA

Der Fahrer der Familie Rousseaux brachte mich nach Hause. Wir wechselten ein paar höfliche Worte, aber ansonsten war er eher wortkarg. Wenn er mich nach meinem Befinden gefragt hätte, wäre ich bestimmt in Tränen ausgebrochen, deshalb war ich ihm für sein Schweigen dankbar.

Ich stieg die Treppe zu meiner Wohnung hinauf und stoppte vor der Tür. Ich konnte die Vorstellung nicht ertragen, meinen Mitbewohnern zu begegnen. Gestern hatte Olivia mich für mein erstes offizielles Date mit Julian zu einer Göttin gestylt und geschminkt. Da ich von diesem Date nicht nach Hause gekommen war, lauerte sie wahrscheinlich drinnen, um mich zu überfallen und mir Einzelheiten abzuverlangen. Noch vor einer Stunde hätte ich ihr fröhlich alles über den Abend erzählt, natürlich ohne die Vampire zu erwähnen. Aber jetzt? Jetzt wollte ich nur vergessen.

Ich wollte nie wieder an ihn denken.

Und am schlimmsten war, dass ich wahrscheinlich bloß ein weiteres gebrochenes Herz in einer Reihe von gebrochenen Herzen war, die fast ein Jahrtausend zurückreichte. All die Dinge, die Julian gesehen hatte, die historischen Ereignisse, deren Zeuge er geworden war, die Frauen, mit denen er ins

Bett gegangen war – ich war kaum mehr als ein Fleck auf seiner Zeitleiste. Er hatte mich wahrscheinlich schon vergessen.

Es fühlte sich an, als presste eine unsichtbare Hand mein Herz zusammen. Ich nahm meinen Hausschlüssel heraus und ließ ihn ins Schloss gleiten. Falls ich zusammenbrach, dann nicht im Flur. Ich hatte noch einen Funken Stolz.

Ich hielt den Atem an, als ich die Tür zu unserer Wohnung öffnete, aber es war still und dunkel. Meinem Handy war schon vor Stunden der Saft ausgegangen, also wusste ich nicht genau, wie spät es war. Olivia war offensichtlich bereits ins Studio oder zum Unterricht gegangen. Tanner schlief oder war unterwegs. Wenigstens hatte das Universum mir diese eine kleine Gnade gewährt. Ich musste nicht das letzte bisschen Würde aufgeben, das ich hatte, um zu erklären, wie himmelschreiend dumm ich gewesen war.

Natürlich wollte er mich nicht.

Wir kannten uns kaum, und ich hatte ihm nicht besonders viel zu bieten – ganz gleich wie sehr ihm mein Cellospiel gefiel.

Cello. Das Wort traf mich wie ein Blitz. Er hatte mir ein Cello geschenkt, das eine halbe Million Dollar wert war. Wie sollte ich das den Leuten erklären? Und was noch viel beunruhigender war: Was sollte ich damit machen?

Er hatte mich zurückgewiesen, also konnte ich mit ziemlicher Sicherheit davon ausgehen, dass ich es behalten konnte. Aber ich hatte meine Hälfte unserer Vereinbarung nicht erfüllt. Ich hatte das Jahr nicht an seiner Seite verbracht und so getan, als ob ich seine Freundin wäre. Ich konnte das Instrument nicht behalten. Ich würde es nicht behalten.

Ich stapfte ins Wohnzimmer, wo es in seinem Koffer auf mich wartete. Ich würde es verkaufen. Er hatte mein Cello zerstört, und ich brauchte ein neues, denn es sah so aus, als würde ich meinen ursprünglichen Fünfjahresplan doch noch brauchen. Ich würde ein anständiges Cello kaufen, um meins zu ersetzen, und den Rest des Geldes in einem riesigen Umschlag an seine steinreiche Familie zurückschicken. Einem Umschlag voller Glitter.

Die beste Rache.

Ich lächelte und dachte daran, was Sabine davon halten würde, eine Glitterbombe abzukriegen. Vielleicht war es nicht der ausgereifteste Plan – und ich würde wahrscheinlich kneifen –, aber vorerst reichte es, um den rauen Schmerz in meinem Hals zu lindern.

Als ich den Koffer in die Hand nahm und mich fragte, wie man einen Gegenstand von solchem Wert eigentlich verkaufen könnte, konnte ich dem Drang nicht widerstehen, mir das Instrument anzusehen. Ich nahm das Cello zusammen mit dem Bogen heraus und setzte mich auf einen Küchenhocker.

Es war exquisit. Ich war gestern zu ängstlich gewesen, um es zu berühren, aber jetzt, da ich wusste, dass mir nicht viel Zeit damit bleiben würde, berauschte ich mich an der Handwerkskunst. Es war das aufregendste Teil, das ich jemals zwischen den Schenkeln hatte, außer vielleicht ...

»Denk nicht an ihn«, befahl ich mir und wischte mir mit dem Handrücken eine entlaufene Träne von der Wange. »Spiel einfach.«

Musik war meine Flucht. Sie war es, als ich klein war und meine Mutter kaum genug zu essen auf den Tisch brachte. Sie war es gewesen, wenn ich mich während meiner Schulzeit als Außenseiterin fühlte. Sie war es auch, als meine Mutter so krank war, dass die Ärzte mir rieten, mich auf das Schlimmste gefasst zu machen.

Wenn ich spielte, war ich allem entrückt. Ich konnte die

Noten eines Genies aus dem siebzehnten Jahrhundert in meiner Wohnung aus dem einundzwanzigsten Jahrhundert spielen. Musik war zeitlos. Sie war grenzenlos. Wenn ich das Cello mit meinen Fingerspitzen berührte, war ich frei.

Ich ertappte mich dabei, dass ich wieder Schubert spielte. Das Stück hatte jetzt eine ganz neue Bedeutung für mich. Jede einzelne Note, die ich spielte, ließ mich erschauern, aber ich konnte nicht aufhören. Schubert hatte das Stück bestimmt nicht über einen Vampir geschrieben. Oder vielleicht doch. Die Musik fühlte sich an, als gehörte sie zu mir. Ich war die Jungfrau, und nun kannte ich die Dunkelheit des Todes. Ich versuchte, davor zu fliehen. Aber die Dunkelheit hatte mit mir gespielt, mich überredet, ihr zu vertrauen. Ich hatte mich von ihr berühren lassen.

Ich war mir nicht sicher, ob ich jemals wieder dieselbe sein würde. Ich wusste nicht, ob ich es sein wollte.

Ich merkte nicht, dass ich weinte, bis ich die letzten Noten erreichte. Anscheinend hatte ich endlich etwas gefunden, wovor die Musik mich nicht bewahren konnte.

Ihn.

Ich hielt das Grancino in den Händen. Ein egoistischer Teil von mir wollte das Cello behalten. Es war der einzige Beweis dafür, dass ich mir seine düstere Berührung nicht eingebildet hatte. Es war alles, was ich hatte, um zu beweisen, dass ich einen Moment lang zu Julian Rousseaux gehört hatte.

Dieser Gedanke war deprimierend genug, um mich aus der Melancholie zu reißen, die die Musik in mir ausgelöst hatte. Ich stand auf und legte das Cello mit Entschlossenheit wieder zurück in seinen schicken lila Koffer. Ich konnte sagen, dass ich es gespielt hatte. Das war genug.

Mit der festen Absicht, die Scherben der letzten zwei Tage

zusammenzukehren, suchte ich mein Ladegerät und schloss mein Handy an. Ein Batteriewarnsymbol leuchtete auf, und ich ließ es aufladen, während ich duschen ging. Unser Badezimmer war eng und ständig mit Olivias Strumpfhosen und Tanners Haarkram vollgestopft, aber es hatte eine spektakuläre Errungenschaft aufzuweisen. Einen guten Wasserdruck.

Ich streifte Camilas Kleidung ab und überlegte, ob ich sie einfach wegwerfen sollte. Am Ende ließ ich sie zusammengeknüllt in der Ecke liegen. Olivia hätte mir nie verziehen, wenn ich den alten Kaschmir wegwarf. Als ich in die Dusche stieg, drehte ich das Wasser so heiß, dass es mich praktisch versengte. Ich stellte mich darunter und wünschte mir, es möge all die verrückten Entscheidungen, die ich getroffen hatte, seit ich über Julian gestolpert war, wegspülen. Als das nicht funktionierte, suchte ich ein Stück Seife und einen Luffaschwamm und versuchte, ihn mir vom Leib zu schrubben. Am Ende war meine Haut rosa und zart. Aber er war noch nicht ganz weg. Ich drehte das Wasser ab und griff nach einem Handtuch. Da hörte ich es.

Jemand klopfte an die Tür. Nein, er hämmerte.

Es klang, als würde gleich die Tür aus den Angeln reißen. Dafür gab es nur zwei Erklärungen. Die erste war, dass jemand die Tür mit einem Rammbock aufbrach. Die andere ...

»Bitte nicht«, murmelte ich vor mich hin.

Ich wickelte das Handtuch fest um mich und riss die Badezimmertür auf, als Tanner den Kopf aus seinem Zimmer steckte. Er rieb sich die Augen und blinzelte mich durch den Dampf an, der um mich herum aufstieg.

»Was zum Teufel ist das?«, murmelte er. »Mein Freund«, murmelte ich.

»Schlafe ich noch?«, fragte Tanner und blinzelte schnell. »Hast du *Freund* gesagt?«

Jetzt war nicht der richtige Zeitpunkt, um meine verkorkste Beziehung zu Julian zu erklären. Ich griff nach Tanners Türknauf. »Geh wieder ins Bett. Ich mach das schon.«

»Bist du sicher?« Er schaute mit besorgter Miene zur Tür. »Er klingt ein bisschen durchgedreht. Ist das der Typ, der dir das Cello geschickt hat? Brauchst du mich, um ihn zu verscheuchen?«

»Er ist einfach nur reizbar«, versprach ich. Ich liebte Tanner dafür, dass er sich so um mich kümmerte, und deshalb fiel es mir so schwer, ihn jetzt anzulügen. Aber die Wahrheit konnte ich ihm nicht sagen. Wir hatten uns gestritten, weil er mein Blut nicht trinken wollte, und uns getrennt, nachdem wir uns gefühlte fünf Minuten kannten. Dies war eindeutig eine Situation, in der eine Notlüge das Beste war. »Mein Handy wird gerade aufgeladen. Er hat wahrscheinlich versucht, mich anzurufen. Er macht sich Sorgen, dass das Gebäude nicht sicher ist.«

»Das stimmt.« Tanner gähnte. »Er ist reich. Ich wette, er hält das hier für einen Slum.«

Ich zwang mich zu einem Lächeln und wandte mich ab, bevor er weitere Fragen stellen konnte.

Als ich zur Tür ging, bemerkte ich, dass die Türscharniere tatsächlich klapperten. Ich fing an aufzusperren, und das Klopfen hörte auf.

»Thea?«, ertönte Julians panische Stimme von der anderen Seite.

Wie alle cleveren Stadtbewohner hatten wir mehrere Schlösser. Ich entriegelte alle, ließ aber die Kette an ihrem Platz.

Julian atmete schwer aus, als ich durch den Spalt zu ihm hinauslinste. Seine blauen Augen loderten mit einer Intensität, die ich körperlich spürte. »Du hast mich zu Tode erschreckt«, sagte er. »Du bist nicht ans Telefon gegangen, und niemand ist an die Tür gekommen.«

»Ich war unter der Dusche«, sagte ich und gab mein Bestes, um kalt und wütend zu klingen. Das war ziemlich schwer, da mein Körper zu wissen schien, dass nur eine Tür und ein Handtuch zwischen mir und einem übermächtigen Vampir standen. Wie gut, dass ich die Kette an ihrem Platz gelassen hatte.

»Lass mich reinkommen und es erklären.«

»Ich halte das für keine gute Idee.« Nein, das war nicht nur keine gute Idee. Es war eine schreckliche Idee.

»Thea, es ist nicht so, wie du denkst.«

»Bist du sicher? Denn ich denke, du willst mich als Freundin, aber anscheinend bildest du dir ein, dass du willkürlich Regeln aufstellen kannst, wie das funktionieren soll«, zischte ich leise. »Und ich glaube, deine Familie hasst mich, aber du erwartest von mir, dass ich mich einfach bei dir unterhake und so tue, als wäre das eine echte Beziehung, um dich aus irgendeiner blöden arrangierten Ehe herauszuholen.«

»Vielleicht ist es doch so, wie du denkst«, gab er mit einem Stöhnen zu.

»Gut. Ich bin noch nicht fertig. Du denkst, ich bin für einen Blowjob gut genug, aber nicht dafür, dass du von mir trinkst!«

Er schloss die Augen und holte tief Luft. »Lass die Kette an der Tür.«

»Danke, das werde ich.«

»Bis ich das hier gesagt habe«, fuhr er in scharfem Ton fort. Er hielt einen Moment lang inne und sah mir in die Augen. »Ich habe das Bedürfnis, von dir zu trinken.«

»Aber ...«

»Ich *weigere* mich, von dir zu trinken, Thea«, unterbrach er mich. »Das ist nicht die Beziehung, die ich mit dir haben will.«

»Aber ich habe gestern Abend gesehen, wie Vampirbeziehungen aussehen. Es ist ziemlich normal, von der sterblichen Hälfte zu trinken.«

»Während der Riten ist es üblich, von den Vertrauten zu trinken«, sagte er mit angespannter Stimme. »Aber ich will nichts mit den Riten zu tun haben.«

Ich wusste nicht, was ich dazu sagen sollte. Er hatte sich, was das anbetraf, von Anfang an klar ausgedrückt.

»Dann brauchst du also gar kein Blut?«, fragte ich schließlich.

»Doch, ich brauche Blut.«

»Woher bekommst du das Blut?«

»Von Spendern, die unserer Familie dienen. Blutbanken, die wir in der Stadt eingerichtet haben. Manchmal jage ich.«

Ich schluckte, als ich das Wort Jagd verstand. »Was jagst du? Rehe?«

»Du hast zu viele Bücher gelesen, Kleines. Ich jage Menschen. Aber ich verspreche, dass ich nur von denen trinke, die es verdient haben«, fügte er hinzu.

Ich wusste nicht, was ich davon halten sollte. Die rationale, vernünftige Thea wusste, dass es barbarisch war. Aber diese seltsame, neue Thea hatte sich auf seine Logik eingelassen. Der Teil von mir, der Gefallen daran gefunden hatte – an seinen Armen, seinem Mund und seiner Zunge – war begeistert, dass er genauso gefährlich war, wie ich es mir vorgestellt hatte.

Ich durfte diesem Teil von mir nicht nachgeben. Egal, wie sehr ich es auch wollte. »Okay, gib mir nur einen guten Grund, warum du nicht von mir trinken willst.«

»Weil ich dich respektiere«, antwortete er, ohne zu zögern.

Verdammt! Das war eine wirklich gute Antwort. Nicht das, was ich erwartet hatte. Nicht mal ansatzweise. Und es bedeutete nicht, dass wir mit diesem Gespräch fertig waren, aber zumindest verstand ich es. Irgendwie.

Ich schloss die Tür zum zweiten Mal, seit wir uns kannten, vor seinen Augen, aber nur, um die Kette zu lösen. Ich löste sie und sah ihn im Türrahmen stehen. Seine starken Hände, von denen ich wusste, dass sie gleichermaßen Gewalt und Lust spenden konnten, umklammerten die beiden Seiten des Rahmens. Er hob den Kopf. »Heißt das, dass mir vergeben wird?«

»Ich habe mich noch nicht entschieden«, sagte ich leise.

Seine Augen wanderten an meinem Körper hinunter, und mir fiel wieder ein, dass ich nur mit einem Handtuch bekleidet war.

»Ich sollte mich umziehen ...« Ich war erst bei der Hälfte meines Plans angelangt, als er mich von den Füßen hob und mich über seine Schulter warf.

»Was machst du da?«, fragte ich hektisch, als er mich bereits hineintrug und die Tür hinter uns zuschlug.

»Ich helfe dir bei der Entscheidung, Kleines.« Dann trug er mich in mein Zimmer und warf mich auf das Bett.

31

JULIAN

In ihrem Zimmer konnte man sich kaum drehen und wenden. Aber ich brauchte nur das Bett. Ich ließ sie darauf fallen, und dabei öffnete sich ihr Handtuch und gewährte mir einen Blick auf den Körper, an den ich seit unserer ersten Begegnung unentwegt denken musste. Ein animalischer Instinkt erwachte und entlud sich in einem leisen Knurren.

Theas Augen weiteten sich, und sie schlug das Handtuch zurück, um sich zu verhüllen.

»Nicht«, sagte ich und fing an, mein Hemd aufzuknöpfen. »Ich will dich sehen, Kleines.«

Ihre Hände krallten sich ins Handtuch, aber sie knabberte an ihrer Unterlippe. »Ich habe dir noch nicht verziehen, schon vergessen?«

»Dann nimm endlich meine Entschuldigung an.« Ich schlüpfte aus meinem Hemd und ließ es zu Boden fallen. Ihr Blick glitt anerkennend an mir hinunter und löste eine Woge animalischer Lust in mir aus, die direkt auf meinen Schwanz wirkte. Theas Blicke verharrten an meinem Hosenschlitz. Je länger sie auf meine Erektion schaute, desto härter wurde ich. Das war genau der Grund, warum ich meine Hose anbehalten musste.

Sie schien zu wissen, was ich dachte. »Warum bin ich die Einzige, die sich ausziehen soll?«

»Weil«, sagte ich und sank am Rande ihres Bettes auf die Knie, »ich hier bin, um mich bei dir zu entschuldigen.«

»Dafür brauchst du mich nicht nackt.« Sie hatte nicht vor, es mir leicht zu machen.

Ich legte die Hände auf ihre Knie und spürte die Wärme ihrer Haut durch meine Kalbslederhandschuhe hindurch. »Es tut mir leid«, sagte ich leise, und sie erschauerte. »Ich wollte nicht, dass du dich nicht willkommen fühlst.«

Thea blieb einen Moment lang still und nickte dann. Ihre Augen glänzten nass, und ich erkannte, wie massiv ich es vorhin vermasselt hatte. Wir mussten reden, auch wenn das bedeutete, dass ich Vampirgeheimnisse preisgeben musste, von denen ich geschworen hatte, sie mit niemandem zu teilen. Ich wollte ihr nicht noch einmal wehtun – nur um irgendwelche überholten Gesetze zu befolgen.

»Es tut mir leid, dass ich dich gebeten habe, mich zu beißen«, flüsterte sie.

Ich nickte und hockte mich auf die Fersen, um etwas Abstand zwischen uns zu bringen.

»Du hast mich davor gewarnt, einem Vampir mein Blut anzubieten«, fuhr sie fort.

»Und du hast es trotzdem getan.«

»Ich wollte nur ...« Sie atmete tief ein. »Ich dachte wohl, es wäre etwas anderes, wenn wir bereits ... intim sind.«

»Lass mich etwas klarstellen. Ich weigere mich, dein Blut zu trinken, weil ich dich respektiere, aber auch, um dich zu schützen«, gab ich zu. »Ein Vampir im Blutrausch kann nicht immer aufhören. Du hast ein kostbares Talent. Das werde ich der Welt nicht wegnehmen.«

Ihr Mund formte ein »Oh«, aber ihre Blicke waren nicht zu deuten. Schließlich schaffte sie es, ein Grinsen aufzusetzen. »Ich werde versuchen, dir zu helfen, deine Reißzähne von mir fernzuhalten.«

»Dir zu widerstehen ist so schon schwer genug. Mich zu verführen ist verboten. Sind wir uns einig?«

»Was ist, wenn ich vergesse, wenn ... du weißt schon ...?« Ihr ganzer Körper errötete, und die Luft um mich herum duftete einladend nach Veilchen, gemischt mit Zucker und Mandeln. Und dann war da noch ein neues Aroma: Honig, der auf saftige, sonnengereifte Melonen geträufelt wurde. Ich wusste, dass ich von ihrem Geschmack niemals genug bekommen würde. Auch wenn ich ihr Blut noch nicht getrunken hatte.

»Wenn du es vergisst, werde ich dich daran erinnern«, erklärte ich vielsagend.

»Wie?« Sie klang misstrauisch. Gut, das bedeutete, dass sie aufmerksam war.

»Was passiert mit ungehorsamen Haustieren?« Ich drückte einen Kuss auf ihren weichen Oberschenkel, und sie erschauderte.

»Ich verstehe nicht«, sagte sie und klang leicht nervös. »Du meinst doch nicht etwa ...«

»Ich werde dir eine Lektion erteilen«, fuhr ich fort.

»Ich dachte, das hast du schon«, flüsterte sie mit erstickter Stimme. Noten von reifer Melone erfüllten die Luft. Ich spürte ihre wachsende Erregung – und hatte bald keinen Platz mehr in meiner Hose.

»Das war eine Lektion in Sachen Lust, die als Belohnung gedacht war«, erklärte ich. Ich richtete mich auf die Knie auf, um ihr ganzes Gesicht zu sehen, als ich den entscheidenden Teil vortrug. »Wenn du die Grenzen überschreitest, die ich zu deinem Schutz gesetzt habe, bin ich gezwungen, dir eine Lektion zu erteilen – eine Strafe.«

Ihre Augen, die sie in gieriger Erwartung halb geschlossen hatte, öffneten sich. »Das würdest du nicht tun!«, hauchte sie.

»Ich verspreche dir, dass ich alles tun werde, was nötig ist, um deine Sicherheit zu gewährleisten«, sagte ich bestimmt. »Schau nicht so ängstlich. Ich vermute, du wirst unsere Lektion genauso genießen wie die anderen, die ich dir gegeben habe.«

»Was soll das heißen? Dass du mir Hausarrest geben willst?«

»Nein, Thea.« Jetzt verstand ich ihre Reaktion. Sie stellte sich eine moderne Form der Bestrafung vor, wie sie von aufgeklärten Sterblichen erdacht worden war. »Ich werde dir den Hintern versohlen.«

Ihr Atem ging stoßweise, und der Duft der Honigmelone verdrängte die Veilchen völlig. Thea zuckte unter meinem Blick zusammen. Sie leckte sich über die Unterlippe. »Ich weiß nicht, was ich davon halten soll.«

Ihr Körper sagte etwas anderes. Vielleicht gefielen ihr die Strafen zu gut, als dass ich damit irgendetwas würde durchsetzen können. »Ist das so, weil dich der Gedanke an Bestrafung erregt?«

»Ich ... was ... nein ... Wie kommst du denn darauf?«

»Ich kann es riechen«, erklärte ich ihr. »Dein Geruch hat sich verändert, als ich vom Hinternversohlen sprach. Würde dir das gefallen, Kleines? Möchtest du, dass ich dich übers Knie lege und deinen Hintern so schön rot färbe, wie deine Wangen jetzt sind?«

Sie rang einen Moment lang mit sich, bevor sie schließlich murmelte: »Ich weiß es nicht.«

Aber ich wusste es. Das ergab Sinn. Thea hatte sich genauso

zu mir hingezogen gefühlt wie ich zu ihr. Sie sehnte sich nach der Dunkelheit in mir. Deshalb hatte sie mich gebeten, ihr Blut zu trinken. Ich hatte ihr in der Nacht zuvor Lust bereitet. Ich hatte ihr die Augen für eine neue Welt geöffnet, in der es sowohl Schönheit als auch Schatten gab. Jetzt wollte sie beides kosten.

Ich stand auf und setzte mich an den Rand ihres Bettes. Dann deutete ich auf meinen Schoß.

Sie setzte sich auf und sah mich einen Moment lang an, offensichtlich nervös, aber der Duft ihrer Erregung wurde so intensiv, dass es mir schwerfiel, meinen Blutdurst im Zaum zu halten.

»Ich bin gekommen, um mich zu entschuldigen, Kleines, aber anscheinend brauchst du noch mehr Lektionen von mir. Ich werde aufhören, wenn du mich darum bittest«, versprach ich ihr, »und ich werde nichts tun, was Spuren hinterlässt.«

Sie senkte den Kopf, und ich hob mit meinem Zeigefinger ihr Kinn an. Ihre Wangen waren jetzt so rot, dass ich das Blut unter der zarten Haut pulsieren hören konnte.

»Warum ist dir das peinlich?«, fragte ich sie sanft. »Es ist keine Schande, sich zu holen, was einem Spaß macht.«

»Du hast gesagt, ich soll mich gut benehmen«, gab sie schüchtern zu, »und ich wollte sehen, wie weit ich dich treiben kann, bis du mich bestrafst.«

»Warum?« Ich kannte die Antwort bereits, aber ich wollte, dass sie es verstand. Verständnis war der Schlüssel zur Akzeptanz, und ich musste Thea wissen lassen, dass mit ihr alles in Ordnung war.

»Weil ich will, dass du mir den Hintern versohlst.« Sie schluckte, und ich erinnerte mich an ihren Mund auf meinem Schwanz. »Ich weiß nicht einmal, warum. Ich habe noch nie ...«

»Es gibt viele Dinge, die du noch nie ausprobiert hast«, erinnerte ich sie. »Und es ist nicht ungewöhnlich, dass man sich ein wenig Schmerz gemischt mit Lust wünscht.«

»Wird es wehtun?«, fragte sie.

»Wenn du willst.«

»Und du hörst auf, wenn ...«

»Ja. Jederzeit.«

»Ich bin mir nicht sicher, ob du überhaupt weißt, was mit Strafe gemeint ist«, sagte sie und kniff vorwitzig die Augen zusammen.

Ich lachte laut auf. »Bei der Bestrafung ging es darum, dir Grenzen aufzuzeigen, Kleines.« Ich schnalzte mit der Zunge am Gaumen. Sie würde sich gleich dumm vorkommen. »Wie kann ich dir besser beibringen, meine Grenzen zu achten, als indem ich deine respektiere?«

Ihr blieb der Mund offen stehen, als sie begriff, was ich meinte.

»Es gibt Grenzen, die wir nicht überschreiten können«, sagte ich ihr leise. »Grenzen, die ich nicht überschreiten werde. Du fängst gerade erst an, deine eigenen Grenzen zu erkennen.«

»Und du wirst mir dabei helfen?«, fragte sie ironisch.

»Jemand muss es leider tun«, sagte ich und seufzte schwer.

Sie streckte mir die Zunge heraus.

»Vorsichtig, Kleines«, warnte ich sie. »Wenn du respektlos bist, lege ich dich übers Knie.«

Sie schluckte, dann hob sie das Kinn und fragte süffisant: »Versprochen?«

Ich deutete auf meinen Schritt. Es gab einen Moment des Zögerns, aber dann krabbelte Thea heran und legte ihren Bauch auf meine Knie.

»Du bist so schön, wenn du kommst«, sagte ich ihr. »So

lebendig.« Ich legte eine behandschuhte Hand auf ihren Hintern und rieb in kleinen Kreisen über ihr nacktes Fleisch. Thea stöhnte. Das Geräusch ließ meinen Schwanz zucken. Das war der Grund, warum sie mich so reizte. »Ich kann mir gut vorstellen, wie perfekt dein Hintern mit meinen Handabdrücken sein wird.«

»Julian«, sagte sie zögernd, »ziehst du deine Handschuhe aus?« Ihre Bitte schnürte mir die Brust ein.

Vielleicht würde ich mich eines Tages sicher genug fühlen, um ihr den Wunsch zu erfüllen, aber heute war nicht dieser Tag. »Ich kann nicht, Schatz.«

Ich weitete die kreisende Bewegung meiner Handfläche aus, um ihre Haut weiter zu erwärmen.

»Na gut«, sagte sie und klang etwas genervt.

»Du scheinst Schwierigkeiten damit zu haben, meine Grenzen zu respektieren«, murmelte ich, während ich ihr mit meiner freien Hand das Haar hinter das Ohr strich. Sie drehte ihr Gesicht zur Seite, legte es auf die Matratze und sah mir in die Augen.

»Klingt, als müsste man mir eine Lektion erteilen.« Sie wackelte mit ihrer unteren Hälfte, als ob ich eher geneigt wäre, ihr diese Lektion zu erteilen, wenn sie sie besser zur Geltung brachte.

»Wir können jederzeit aufhören«, sagte ich und sah ihr in die Augen. Sie nickte mir kurz zu.

Ich hob die Hand und verpasste ihr einen leichten, aber deutlichen Schlag. Thea keuchte, und ich hielt die Hand in der Luft an, um ihr Zeit zu geben, mich zu stoppen. Aber ihr Atem ging stattdessen in ein lüsternes Hecheln über. Ich ließ meine Hand wieder sinken und wartete, bevor ich ihr noch einen Schlag versetzte.

»Magst du es, versohlt zu werden?«, fragte ich, als ihr Hintern rosig glühte.

Ihre Augen schlossen sich, ihr Gesicht war von Verlangen gezeichnet. »Ja«, flüsterte sie, und mein Schwanz zuckte. »Ein paar Mal noch.«

Ich versohlte ihr den Hintern, bis sich die rosige Farbe zu einem tiefen, pochenden Rot verdichtete. Dann drehte ich sie auf den Rücken. Thea blinzelte mich an und bewegte sich kaum, als ich ihr zwischen die Beine griff und sie sanft auseinanderdrückte. »Hat dir die Lektion gefallen, Kleines?«, fragte ich, als ich mich zwischen ihre gespreizten Schenkel kniete.

Sie nickte und biss sich auf die Lippe. »Aber jetzt ...«

Ich zog eine Augenbraue hoch und wartete darauf, dass sie den Satz beendete. Es war für sie so hart wie für mich, denn ich konnte an nichts anderes denken, als daran ihr zu zeigen, wie sich Lust an der Schwelle zum Schmerz anfühlt.

»Ich fühle mich, als würde ich explodieren«, gab sie leise zu. »Ich brauche dich.«

»Sch, sch«, beruhigte ich sie. »Ich bin ja da.« Ich tauchte hinunter, stülpte meinen Mund über ihr pochendes Geschlecht und genoss die feuchte Hitze, die ich dort vorfand. Ich zog mich für einen Moment zurück und blickte zu ihrem Gesicht auf, spürte, wie sich meine Augen verdunkelten. »Ich werde niemals dein Blut brauchen, solange du mir das gibst.«

Thea packte mich an den Haaren, ihre Hüften bäumten sich auf, als versuchte sie, sich wieder meines Mundes zu bemächtigen. »Zeig es mir.«

Sie hätte mich kein zweites Mal zu bitten brauchen. Ich verschlang sie, bis sie zweimal kam: einmal zur Wiedergutmachung und ein weiteres Mal, nur weil ich mehr von ihr wollte. Ermattet ließ sie sich zurück auf die Matratze fallen, und ich nahm sie in die Arme. Trotz ihrer schlaffen Glieder griff sie nach meiner Gürtelschnalle.

»Nein, Kleines.« Ich stoppte sie. »Ich war doch dabei, mich zu entschuldigen, schon vergessen?«

»Ich dachte, du würdest unterrichten«, stichelte sie. »Und wenn ich zum Unterricht zurückkehren will?«

»Später«, versprach ich vielsagend. »Ruh dich aus. Ich habe dich gestern die halbe Nacht wach gehalten …«

»Ich beschwere mich nicht«, betonte sie.

»Und ich habe vor, dich heute noch länger wach zu halten. Wenn das erlaubt ist?«

»Es ist erlaubt.« Sie schmiegte sich an mich und seufzte glücklich.

Ich lächelte und spürte dem unstillbaren Appetit nach, den ich jetzt hatte. Manche Dinge änderten sich nicht, egal, wie viele Jahrhunderte vergingen. Einen Moment später war Thea eingeschlafen, und ich griff nach dem Handy in meiner Tasche. Es gab ein paar verpasste Anrufe von meiner Familie und eine Textnachricht von Celia. Meine Familie konnte warten. Ich hatte heute Abend nichts anderes vor, als das wunderbare Geschöpf neben mir zu genießen. Aber sobald ich Celias Nachricht gelesen hatte, bedauerte ich, dass ich die Außenwelt in mein Leben gelassen hatte. Meine Pläne würden warten müssen. Ich ließ Thea noch ein wenig länger schlafen, bevor ich sie auf die Stirn küsste und sie dazu brachte, die Augen zu öffnen.

»Kleines, ich fürchte, wir müssen verreisen, und bevor wir fahren, haben wir noch einiges zu erledigen«, sagte ich ihr sanft und war unsicher, wie sie diese Nachricht aufnehmen würde.

»Was? Wohin?«, murmelte sie schläfrig an meiner Brust.

Ich ahnte, dass meine Antwort sie aufwecken würde. »Nach Paris.«

32

THEA

»Du willst doch nicht etwa mitfahren!« Olivia setzte sich auf mein Bett und zog ihre Beine anmutig unter sich. Ich war ein bisschen neidisch auf die Geschmeidigkeit ihres Tänzerinnenkörpers.

Sie wirkte inmitten meiner schäbigen Billigeinrichtung deplatziert. Ihr eigenes Zimmer, das nicht viel größer war, war in Blassrosa gehalten. Sie hatte sogar gerahmte Bilder an den Wänden und Vorhänge am Fenster. Ich hatte mich nie um meinen eigenen Raum gekümmert. Mein Zimmer hatte keine Fenster. Es bestand nur aus vier langweiligen Wänden. Keine Bilder. Kein passendes rosa Bettwäscheset. Weil ich hier letztlich nur schlief, hatte ich darauf bestanden, dass die anderen die Zimmer mit Blick nach draußen bekamen. Aber jetzt wirkte mein Zimmer viel kleiner als vorher. Es fühlte sich an wie ein Käfig, in dem ich gefangen war, und ich stand kurz davor auszubrechen.

»Natürlich fahre ich.« Ich wühlte weiter in meinen Schubladen, auf der Suche nach einem Kleidungsstück, das auch nur im Entferntesten fein genug für eine Reise nach Paris war. Viel Glück hatte ich nicht.

»Was ist mit deiner Mutter? Der Schule? Dem Stipendium?«, wollte Olivia wissen. »Ich kann nicht fassen, dass ausgerechnet ich dir das sagen muss, aber du kannst für einen Typen nicht einfach dein ganzes Leben sausen lassen.«

Sie meinte damit, dass ich normalerweise die Aufgabe hatte, Olivia davon abzubringen, einem x-beliebigen Produzenten nach Los Angeles zu folgen, oder Tanner dazu zu bringen, die Wohnung tagsüber zu verlassen. Ich ging zum Unterricht. Ich probte ständig. Ich hatte keinen einzigen Chemo-Termin meiner Mutter verpasst. Bis heute Vormittag hatte ich sogar noch einen Job gehabt.

»Thea, was ist los mit dir?«, drängte sie, und ich merkte, dass ich in meinen eigenen Gedanken gefangen war. »Er kann nicht so gut im Bett sein. Vielleicht liegt es ja daran, dass er dein Erster ist ...«

Ich wirbelte herum, ein Bündel Höschen in den Händen, und starrte sie an. »Du denkst, ich habe mit ihm *geschlafen*?«

»Ich weiß es doch nicht!« Sie streckte die Hände in die Luft. »Du benimmst dich sehr seltsam, und neulich bist du nicht nach Hause gekommen.«

Beides waren gute Argumente. »Glaubst du wirklich, ich würde mit jemandem schlafen und es dir nicht sagen?«

»Ich weiß nicht, was mit dir los ist«, antwortete sie leise.

Ich hörte auf, Kleidung in meine alte Reisetasche zu stopfen, und seufzte. Aber bevor ich mir überlegen konnte, was ich Olivia sagen sollte, klingelte mein Handy. Ich schaute auf das Display und legte es wieder weg. Eine enttäuschte Person reichte mir momentan in meinem Leben.

»Was willst du wissen?«, fragte ich, unterbrach die elende Packerei und setzte mich zu ihr aufs Bett.

»Du hast also nicht mit ihm geschlafen, aber ...«, sagte sie mit einem durchtriebenen Grinsen.

»Wir haben uns geküsst.« Mir fehlten die Worte, um die

anderen Dinge zu beschreiben, die wir getan hatten. Zumindest wusste ich keine, die ich laut aussprechen wollte.

»Geküsst?«, wiederholte sie schmollend. »Erzähl mir nicht, dass du dein ganzes Leben für einen reichen Kerl auf den Kopf stellst, den du nur geküsst hast.«

»Und einige andere Dinge mehr«, sagte ich.

»Thea!« Olivia schnappte sich ein Kissen und schlug damit auf mich ein. »Lass dir nicht alles aus der Nase ziehen. Hat er dich geleckt?«

»Ja«, sagte ich und lief rot an. Das erinnerte mich unweigerlich an das letzte Mal, dass meine Wangen so heiß waren, und ich errötete noch stärker.

»Ohh! Und er muss gut gewesen sein, denn du folgst ihm bis nach Paris, um mehr von seiner Zunge zu bekommen«, stichelte sie. Sie wartete einen Moment, bevor sie ihre nächste Frage stellte. »Und was ist mit dir? Hast du ihm einen ...«

»Ja«, fiel ich ihr ins Wort.

»Beeindruckend.« Sie nickte wissend. »Du musst wirklich gut sein, wenn er dich nach Paris mitnimmt.«

»Es geht nicht nur um Sex«, sagte ich, atmete tief durch und sprach aus, was ich bis dahin geheim gehalten hatte – sogar vor mir selbst. »Ich mag ihn wirklich.«

»Das hoffe ich doch.« Sie rollte mit den Augen. »Es wäre sonst ein langer Flug mit jemandem, den du nicht magst.«

»Olivia«, sagte ich ihren Namen so eindringlich, dass sie verstummte, »ich mag ihn *wirklich*. Ich könnte ...« Aber obwohl mir das richtige Wort auf der Zunge lag, konnte ich es nicht aussprechen.

»Du bist *auf keinen Fall* in ihn verliebt!« Sie sprang vom Bett auf. »Realitätsprüfung! Du kennst ihn erst ein paar Tage. Ihr hattet nur ein einziges richtiges Date.«

»Du hast es selbst gesagt. Ich benehme mich seltsam«, murmelte ich und stand auf, um weiter zu packen.

Aber Olivia riss mir die Tasche aus der Hand und hielt sie als Geisel über ihren Kopf. »Du kannst nicht gehen. Ich werde dich nicht gehen lassen. Du hast viel zu hart gearbeitet, um alles für einen Kerl aufzugeben, egal, wie gut die Orgasmen sind, die er dir beschert.«

»Darum geht es hier nicht«, sagte ich energisch. Das Telefon klingelte wieder.

»Ist das deine Mutter?« Sie zeigte aufs Handy. »Weiß sie, was zum Teufel hier los ist?«

»Ich werde später mit ihr …«

Olivia ließ meine Tasche fallen und griff nach dem Telefon. »Geh nicht ran«, zischte ich, aber es war zu spät.

»Hallo?«, sagte sie. Nach einer Sekunde nickte sie. »Nein, sie ist da.« Olivia streckte mir das Telefon mit einem hochmütigen Stirnrunzeln entgegen. »Es ist für dich.«

Ich schloss die Augen und griff nach dem Telefon. »Hallo?«

»Thea?« Eine besorgte Stimme meldete sich. »Hier ist Professor MacLeod. Ich habe soeben die Nachricht erhalten, dass Sie in diesem Semester keine Lehrveranstaltungen mehr besuchen wollen. Ist alles in Ordnung? Ist Ihre Mutter …?«

»Alles in Ordnung«, sagte ich und schloss die Augen. Ich hätte wissen müssen, dass es nicht so einfach sein würde, wie zur Verwaltung zu gehen und mich für den Rest des Jahres abzumelden. »Es gibt da ein Angebot, das ich nicht ausschlagen kann. Im nächsten Herbst bin ich wieder da.«

Olivia blieb der Mund offen stehen. Ich war noch nicht dazu gekommen, ihr diesen Teil zu erzählen. Ich konnte es genauso gut jetzt tun. Wenn sie mich erwürgte, konnte Professor MacLeod im Mordprozess gegen sie aussagen.

»Ein ganzes Jahr? Aber Thea, ich möchte Ihnen sagen, dass Sie die aussichtsreichste Kandidatin der Fakultät für das Reed-Stipendium waren.«

Ein Kloß bildete sich in meinem Hals, Tränen stiegen mir in die Augen, und ich wandte mich ab, damit Olivia es nicht sehen konnte. Ich hatte nicht erwartet, dass er das sagen würde. MacLeod war auch an guten Tagen ein harter Knochen. Hart, aber fair. Dass er mir jetzt quasi die Hand reichte, war schwer zu verkraften. »Man hat mir einen Job angeboten«, sagte ich ihm leise. »Damit kann ich die Behandlungskosten meiner Mutter bezahlen.«

Schweigen breitete sich aus. Weder MacLeod noch Olivia schienen zu wissen, was sie sagen sollten. Nach einem Moment hörte ich, wie er sich räusperte. »Sind Sie sicher, dass Ihre Mutter damit einverstanden wäre? Sie würde bestimmt nicht wollen, dass Sie Ihre Musik aufgeben – nicht einmal dafür.«

Er hatte recht. Das war genau der Grund, weshalb ich noch nicht den Mut gefunden hatte, es ihr zu sagen.

»Was sie will, spielt in dem Fall keine Rolle«, sagte ich entschlossen. »Es geht darum, was ich will. Ich kann verstehen, wenn das bedeutet, dass ich nicht wieder in das Programm einsteigen darf.«

»Natürlich können Sie jederzeit zurückkehren«, sagte er grimmig. »Ich sehe nur äußerst ungern, wie Sie Zeit verschwenden.«

»Danke für Ihre Sorge«, sagte ich. »Aber ich muss jetzt gehen.«

»Falls sich etwas ändert ...«

»Sicher. Danke.« Ich legte auf und fühlte mich irgendwie besser und schlechter zugleich. Ich wusste, dass ich recht hatte. Es war mein Leben, und nur ich konnte entscheiden, wie ich meine Zeit verbringen wollte. Aber das bedeutete nicht, dass MacLeods Schock und Enttäuschung nicht wehtaten. Es meiner Mutter zu erzählen würde furchtbar sein.

Als ich mich umdrehe, stellte ich fest, dass Olivia sich wieder auf die Bettkante gesetzt hatte und mich schockiert anblickte.

»Was?«, fragte ich. »Leg los. Ich weiß, dass du dazu etwas sagen willst.«

Sie holte tief Luft und sah mich besorgt an. »Thea, bist du eine Escort-Lady?«

»Was?« Ich brach in Gelächter aus, bevor sie es wiederholen konnte. »Wie kommst du denn darauf?«

»Du hast gerade gesagt, du gehst weg, um einen Job zu machen, mit dem du die Rechnungen deiner Mutter bezahlen kannst – und ich weiß, wie hoch diese Rechnungen sind«, erinnerte sie mich.

Olivia hatte mir durch viele lange Nächte geholfen, als es nicht gut für meine Mutter aussah. Sie hatte die Rechnungen gesehen. Sie wusste, warum ich im Restaurant arbeitete und im Quartett spielte.

»Ich bin keine Escort-Lady. Ich schwöre.«

»Was ist es dann? Brennst du mit deinem Freund durch, oder wirst du dafür bezahlt, dass du mit ihm gehst und, du weißt schon ...«

»Julian ist mein Freund.« Ich schluckte bei dem komischen Geschmack, den das Wort auf meiner Zunge hinterließ. Ich hatte ihn wirklich noch nicht oft so genannt. »Aber als er mich gebeten hat, mit ihm auf Geschäftsreise zu gehen, habe ich ihm gesagt, dass ich nicht kann, weil ich das Studium beenden und einen besseren Job finden muss, um die Rechnungen bezahlen zu können. Er hat sich bereit erklärt, die

Rechnungen zu bezahlen, damit ich mir ein Jahr freinehmen kann.«

»Du lässt einen Kerl, den du weniger als eine Woche kennst, Hunderttausende Dollar an Arztkosten bezahlen?«, rief sie fassungslos aus.

»Er ist stinkreich«, erinnerte ich sie. »Solche Summen bedeuten ihm nichts, aber für mich ist das alles. Während ich meinen Abschluss mache, muss ich nicht mehr kellnern oder einen anderen Job annehmen. Ich kann mich einfach darauf konzentrieren, einen Platz in einem Sinfonieorchester zu ergattern!«

Olivia klappte den Mund zu, und ich machte mich auf einen weiteren Ausbruch gefasst. Stattdessen zuckte sie zu meiner Überraschung mit den Schultern. »Du hast recht.«

»Was?« Ich meinte, mich verhört zu haben.

»Du hast recht. Er ist Milliardär. Er könnte unsere Miete wahrscheinlich aus der Portokasse bezahlen.« Sie blieb stehen und schaute mich ernst an. »Aber hast du seinen Hintergrund überprüft? Bist du sicher, dass er seriös ist? Nicht dass ich irgendeinem Perversling in den Arsch treten muss, weil du entführt wurdest.«

Ich versuchte, mir ein Kichern zu verkneifen, als ich mir vorstellte, dass Olivia mich vor einem zwielichtigen Kartell rettete, aber es gelang mir nicht.

»Ich mache keine Witze.« Sie schob die Unterlippe vor und machte einen Schmollmund. »Und wenn du dich in ihm irrst?«

Es gab so vieles, was ich ihr gerne über Julian erzählen würde. Wenn sie nur wüsste, wie strikt seine Grenzen waren, hätte sie höchstpersönlich meine Tasche gepackt. Aber ich durfte sie nicht in diese Welt hineinziehen.

Ich setzte mich neben sie und legte meine Hand auf ihre.

»Ich mache keinen Fehler«, murmelte ich. »Ich wünschte, ich könnte es erklären. Ich weiß es einfach.«

»Dass er dich nicht in Paris sitzen lässt?«, fragte sie vorsichtig. »Dass er dir nicht wehtun wird?«

Ein Schauer strich mir über den Rücken wie eine eisige Fingerspitze, aber ich zwang mich zu einem Lächeln. »Du musst mir vertrauen. Ich weiß, was ich tue.« Ich stieß meine Schulter gegen ihre. »Ich bin immer noch dieselbe Thea, die alles durchdenkt, bevor sie es tut. Ich bin nur etwas ...«

»... versauter?«, rief sie und konnte ihr Grinsen nicht verbergen.

Ich kniff amüsiert den Mund zusammen. »Ich wollte eigentlich sagen *welterfahrener*.«

»Gut.« Sie stand auf und zeigte auf mein Handy. »Jetzt ruf deine Mutter an.«

»Das werde ich.«

Sie warf einen Blick in die Tasche auf dem Boden. »Du fährst doch nicht mit einem Milliardär nach Paris und trägst solche Klamotten, oder?«

Ich bückte mich und zog den Reißverschluss zu. »Danke für den Hinweis.«

»Na ja, du wirst wahrscheinlich sowieso die ganze Zeit nackt sein.« Sie fasste sich dramatisch an die Brust. »Wer braucht in Paris schon Kleider?«

Wenn es doch nur wahr wäre. Andererseits konnte sie recht haben, schließlich hatte ich schon einen Eindruck davon bekommen, wie Vampire Partys feierten. Ich nahm mir vor, Julian noch einmal zu fragen, was genau ich einpacken musste.

»Um wie viel Uhr fährst du?«

»Er holt mich morgen früh ab«, sagte ich ihr.

»Okay, dann lass dich noch mal drücken.« Sie schlang ihre

Arme so leidenschaftlich um mich, als würde sie sich für viel länger als eine oder zwei Wochen verabschieden. »Lass dich nicht entführen oder umbringen. Und was auch immer du tust, werde nicht schwanger!«

»Das werde ich nicht!«, sagte ich und lachte.

Sie sah mir tief in die Augen, als sie sich von mir löste. »Ich meine es ernst. Ohne Gummi ist nicht.«

»Versprochen«, sagte ich. Wenn Olivia nur die Wahrheit wüsste ...

Vielleicht war ich verrückt. Vielleicht war es eine schlechte Idee, alles stehen und liegen zu lassen und in ein Flugzeug nach Paris zu steigen. Aber wenigstens musste ich mir keine Sorgen machen, schwanger zu werden.

33

JULIAN

Achtundvierzig Stunden waren vergangen, seit ich Thea das letzte Mal gesehen hatte. Nicht, dass ich genau mitgezählt hätte. Ich hatte nicht mehr als neunhundert Jahre gelebt, um plötzlich anzufangen die Stunden zu zählen. Und doch war ich hier – was zum Teufel war los mit mir? Und, was noch schlimmer war, ich würde sie bald nicht mehr für mich allein haben, sondern mit ganz Paris teilen müssen.

Französische Vampire waren notorische Snobs, und ich war da keine Ausnahme. Im Gegensatz zu den meisten älteren französischen Linien hatte unsere Familie Außenposten in ganz Europa und später auch in Amerika und Asien errichtet. Für einige der französischen Vampirfamilien war das Grund genug, jede Erinnerung an unser gemeinsames französisches Blut auszulöschen. Aber die Türen von Paris standen für jemanden mit dem Namen Rousseaux immer offen. Nur war dieser Zugang auch mit sozialen Verpflichtungen verbunden. Von einem Rousseaux wurde erwartet, dass er jede formelle Einladung annahm.

Das war das Problem mit altem Blut. Es galt, um jeden Preis an der Tradition festzuhalten. Die Pariser Zirkel blieben lieber unter sich und weigerten sich, Europa zu verlassen. Obwohl sie dermaßen überheblich waren, kam die Ballsaison immer zu ihnen. Jeder fand Paris romantisch, sogar Vampire.

Vielleicht war das der Grund, warum es immer mondän zuging. In dieser Saison klangen die geplanten Events in Paris sogar noch exzessiver als sonst, worauf ich Thea auf dem Hinflug vorbereiten musste.

Ich war nur ein paar Blocks von ihrer Wohnung entfernt, als mein Handy über den Lautsprecher des BMWs klingelte.

»Na, großartig«, brummte ich, als der Name meines Vaters auf dem Display des Armaturenbretts aufleuchtete. Da es nicht meine Mutter war, beschloss ich, den Anruf anzunehmen.

»Ja?«

»Ich soll dich fragen, ob du auch nach Paris kommst«, sagte er und klang genervt darüber, dass er die Rolle des Boten spielen musste.

»Habe ich eine Wahl?«

»Und ob du diesen Menschen mitbringst«, fügte er hinzu.

»Warum fragt sie mich nicht selbst?« Bisher hatte meine Mutter mir Details über die zwei Wochen Paris über Celia, meinen Vater und sogar Sebastian zukommen lassen. »Und warum gibt es da so verdammt viele Partys?«

»San Francisco war inoffiziell«, gestand er mit gedämpfter Stimme, wahrscheinlich, damit meine Mutter nicht mithörte. »Das sind die ersten Events der Saison. Als heiratsfähiger Rousseaux bist du ex…«

»Ich weiß«, unterbrach ich ihn. Ich hatte diesen Vortrag schon einmal gehört und war außerdem Zeuge gewesen, als Camila damals an der Reihe gewesen war. »Ist das der Grund für deinen Anruf? Um ihre Nachrichten zu übermitteln?«

»Ich glaube, wir verstehen uns«, sagte er barsch, »oder willst du mir noch von deinem Tag erzählen?«

»Gut, das war's dann wohl«, sagte ich und wollte das Gespräch beenden.

»Da wäre tatsächlich noch etwas«, sagte er und schwieg lange, was bedeutete, dass er eine schlechte Nachricht zu überbringen hatte. »Es gibt da eine Veranstaltung, an der Thea ohne dich teilnehmen muss. Es ist eine private …«

»Hol sie ans Telefon«, unterbrach ich ihn.

Er zögerte, bevor er meinem Wunsch schließlich nachkam. »Einen Moment.«

Ich hörte, wie die Stimme meiner Mutter eine Oktave höher kletterte, sodass sie selbst in einem großen, hallenden Raum klar und deutlich zu hören war. »Ich bin vollkommen mit Packen beschäftigt. Kann das nicht warten?«

»Gib sie mir«, sagte ich, als mein Vater wieder am Telefon war.

Ich hörte, wie er ihr zuflüsterte, dass sie sich benehmen solle. Wollte er alles noch schlimmer machen?

»Du sprichst also wieder mit mir?«, fragte sie.

»Zu welcher Veranstaltung muss Thea ohne mich gehen?«, wollte ich wissen und schlug mit der Hand aufs Lenkrad. »Sie ist keine Vertraute.«

»Aber *du* erwägst doch, sie zu heiraten«, antwortete sie gefährlich sanft. »Oder hast du es dir anders überlegt?«

Ich durchschaute sie. Sie würde so lange alle Register ziehen, bis sie einen Weg gefunden hatte, meine gut durchdachten Pläne zu durchkreuzen. Das durfte ich nicht zulassen. »Nein, aber diese Veranstaltungen sind nur für Vertraute«, konterte ich.

»Sie sind für alle möglichen Gefährten«, korrigierte sie.

»Und das schließt auf einmal auch Menschen ein?«

»Wenn du dir Sorgen machst, solltest du sie vielleicht zu Hause lassen.«

»Ich verstehe nicht, warum sie an einer privaten Veranstaltung teilnehmen muss. Nichts ist entschieden«, sagte ich durch zusammengebissene Zähne. »Und ich werde Thea nicht auf einen Hexensabbat schicken.«

»Jetzt schimmert deine französische Seite durch«, gab sie verächtlich schnaubend zurück. »Du benimmst dich wie ein Snob.«

Ich verdrehte die Augen. Wenn überhaupt, verhielt ich mich wie sie.

»Außerdem habe ich sie bereits für den *Salon du Rouge* angemeldet.«

Ich hielt vor Theas Haus und fragte mich, warum ich mir überhaupt die Mühe machte, mit meiner Mutter zu reden. Von dem, was ich sagte, kam kein einziges Wort bei ihr an.

Ein paar fragwürdige Gestalten schlenderten draußen über den Bürgersteig. Thea nach Paris zu bringen bedeutete zumindest, sie aus dieser suboptimalen Umgebung herauszuholen.

»Hat sie angemessene Kleidung?«, fragte Sabine.

»Sie wird angezogen sein«, schnauzte ich.

»Danach habe ich nicht gefragt. Ich werde nicht zulassen, dass du in Paris eine Sterbliche in Kleidern aus einem Secondhandladen vorführst.«

»Ich muss jetzt los.« Ich beendete das Gespräch, bevor sie ihre Liste von Forderungen weiter aufstocken konnte.

Ich stieg aus und sah Thea auf dem Bürgersteig warten. Sie trug eine zerrissene Jeans, die hoch in der Taille saß und die Rundung ihrer Hüften zeigte, eine übergroße Strickjacke und ein schwarzes T-Shirt, auf dem zwei Worte über ihren prallen Brüsten aufgedruckt waren: Beiß mich.

Ich hob eine Augenbraue. »Ich weiß nicht, ob dieses Hemd meine Grenzen respektiert, Kleines.«

»Das besitze ich schon seit Jahren«, sagte sie mit einem Kichern. Sie hievte ihr kleines Handgepäck höher auf ihre Schulter. »Ich dachte, es wäre lustig. Unter den gegebenen Umständen.«

Unter den gegebenen Umständen würde sie meine Reißzähne tief in ihrem Nacken spüren, wenn sie mich weiter reizte. Ich hatte mehr Selbstbeherrschung als menschliche Männer, aber auch ich hatte meine Grenzen. Ich hob die Tasche von ihrer Schulter und sah mich um. »Wo sind die anderen Taschen?«

»Nur meine Handtasche.« Sie tätschelte die kleine Tasche. »Da ist alles Nötige drin.«

»Wir werden mindestens zwei Wochen lang weg sein.« Vielleicht hatte sie mich falsch verstanden.

Aber Thea zuckte mit ihren schmalen Schultern und wirkte unbekümmert. »Ich kann immer irgendwo Wäsche waschen.«

»Wäsche waschen?«, wiederholte ich fassungslos.

»Ja«, sagte sie langsam. »Man gibt die Wäsche in die Waschmaschine, fügt Waschpulver hinzu, und sie wird sauber.«

»Ich weiß, wie man Wäsche wäscht«, knurrte ich. »Aber warum packst du nicht einfach mehr Klamotten ein?«

»Das sind alle meine Sachen. Und als Celia mir die Informationen schickte, versprach sie mir das grüne Kleid. Das hab ich also auch noch.« Die nüchterne Unschuld ihrer Antwort war bezaubernd.

Es musste etwas unternommen werden. Am besten, bevor meine Mutter herausfand, dass sie mit ihrer Frage nach Theas Garderobe richtiggelegen hatte.

»Bereit?«, fragte ich, denn in diesem Moment konnte ich ja nichts tun.

»Oui«, sagte sie fröhlich und folgte mir zum Wagen.

Aber ihr Verhalten ließ etwas anderes vermuten, als wir

uns auf den Weg zum privaten Flugplatz machten, wo meine Familie ihre Jets parkte. Sie war ein Nervenbündel. Ihr Duft war süßer als sonst und erfüllte die Kabine. Wahrscheinlich pumpte ihr Körper Glukose als Reaktion auf den Stress. Sie zappelte auf dem Sitz neben mir herum, klopfte mit den Fingern auf die Mittelkonsole oder justierte immer wieder neu den Sicherheitsgurt.

Schließlich griff ich nach ihrer Hand, schlang meine behandschuhten Finger darum. Es war seltsam, die Hände einer Frau so intim zu berühren.

»Geht es dir gut?« Ich hielt ihre Hand in meiner.

»Oh.« Sie biss sich auf die Lippe. »Versprich mir, dass du nicht lachen wirst.«

»Das ist eine merkwürdige Antwort.«

»Versprich es einfach«, sagte sie eindringlicher.

»Ich werde nicht lachen«, sagte ich leise.

Sie holte tief Luft und platzte heraus: »Ich bin noch nie geflogen.«

»Du bist nie ... Warum hast du dann einen Reisepass?«

»Meine Mutter und ich haben vor ein paar Jahren ein paar Tage in der Wohnung ihres Chefs in Mexiko Urlaub gemacht.«

Ich musterte sie verstohlen und versuchte zu verstehen, wie ihr Leben ablief. Sie hatte noch nie in einem Flugzeug gesessen. Sie war noch nie mit einem Mann zusammen gewesen. Was genau hatte sie denn die ganze Zeit gemacht? Oder war das typisch für diese Phase im Leben eines Sterblichen? Es gab so viele Orte, die sie noch nicht kennengelernt hatte, Genüsse, die sie nicht gekostet hatte. Ihr ganzes Leben lag noch vor ihr, und ich hatte schon alles erlebt.

»Du bist so ruhig«, sagte sie nach einer Weile und drückte meine Hand. »Hast du Flugangst?«, fragte sie schelmisch.

»Ich habe gerade an all die Orte gedacht, an die ich dich mitnehmen werde«, murmelte ich.

»In Paris?«, fragte sie hoffnungsvoll.

Ich hob unsere verschlungenen Hände und küsste abwesend ihre Knöchel, als ich von der Autobahn abfuhr. »Überall auf der Welt.«

Ich blickte wieder zu ihr hinüber und stellte fest, dass sie errötet war.

»Bist du sicher, dass ich die beste Person bin, die du mitnehmen konntest?«, fragte sie zu meiner Überraschung. »Ich bin wohl kaum eine Vertraute, die für solche Partys ausgebildet ist. Ich werde dich bestimmt in Verlegenheit bringen.«

Ich wäre fast von der Straße abgekommen, konnte es mit einem heftigen Kurbeln am Lenkrad gerade noch vermeiden. Offenbar hatte sie nicht nur Angst vorm Fliegen. Ich antwortete ihr erst, als wir meinen privaten Hangar erreicht hatten. Ich hielt, wandte mich ihr zu und sah ihr in die Augen. »Du bist genau die Person, die ich an meiner Seite haben möchte. Du verdienst die Welt. Lass sie mich dir schenken.«

Theas schluckte und nickte.

»Dann ist das ja geklärt.« Ich löste sanft meinen Griff um ihre Hand. »Wollen wir?«

Doch Thea richtete ihre Aufmerksamkeit auf die Szenerie vor der Frontscheibe und starrte nach draußen. »Wo sind wir? Wo ist der Flughafen?«

»Wir reisen auf eine ... andere Art«, sagte ich ihr. Ich wollte nicht riskieren, das Wort »Privatflugzeug« zu benutzen, weil sie sich offenbar bereits jetzt wie eine Hochstaplerin vorkam.

»Bitte sag nicht, in Särgen«, flüsterte sie.

Ich konnte mir das Lachen nicht verkneifen. Die Tatsache,

dass sie so ernst war, machte es noch lustiger. »Das ist wirklich nur ein Mythos.«

»Gut«, sagte sie mit einem entschlossenen Nicken.

»Also, da du jetzt weißt, dass ich dich nicht in einer Kiste über den Ozean verfrachte: Bist du bereit?«

Sie nickte, und kaute jedoch immer noch nervös auf ihrer Unterlippe.

Ich stieg aus, ging zu ihr hinüber und half ihr heraus. Sobald sie auf den Beinen war, krallte sie sich in mein Hemd, stellte sich auf die Zehenspitzen und küsste mich. Der Kuss war heiß und schnell, und als wir uns voneinander lösten, lächelte sie unsicher.

»Wofür war das denn?«, fragte ich sie.

»Als Glücksbringer.« Sie holte tief Luft. »Bringen wir es hinter uns.«

Ich nahm ihre Hand und ging mit ihr auf die andere Seite des Hangars.

Als wir um die Ecke bogen, keuchte Thea auf.

»Was ist das?« Sie zeigte auf den Privatjet, der auf der Rollbahn wartete, als hätte sie eine Kakerlake entdeckt.

»Unser Transportmittel.«

Thea blieb wie erstarrt stehen und fixierte ihren Blick auf den großen Learjet. Ich hielt an und drehte mich zu ihr um.

»Komm, Kleines, ich zeige dir die Welt.«

34

THEA

Paris vibrierte von Leben. Ich sah wie gebannt aus dem Autofenster und beobachtete die Touristenmassen auf dem Bürgersteig.

Ich hatte den Flug verschlafen, in einen leichten Schlummer versetzt durch die wahnsinnig bequemen Sitze in Julians Privatjet. Ich war immer noch müde, aber die Aufregung und schiere Willenskraft hielten meine Augen offen. Ein Auto raste gefährlich nahe an unserem vorbei, und ich wich instinktiv zurück. Neben mir lachte Julian und machte sich nicht die Mühe, von seinem Telefon aufzublicken.

»Das hätte fast einen Unfall gegeben«, sagte ich und zeigte auf das getönte Fenster.

»Ich habe vergessen, dass du zum ersten Mal in Paris bist«, sagte er, immer noch in sein Telefon vertieft. »Keine Sorge, Philippe hat alles unter Kontrolle, Kleines.«

Ich warf einen Blick auf den livrierten Fahrer, der uns auf dem Privatflugplatz vor Versailles abgeholt hatte.

»Ich werde Sie beschützen, Mademoiselle«, sagte er mit einem starken Akzent und lächelte mich im Rückspiegel an.

Ein leises Knurren kam von Julian, und ich warf ihm einen Blick zu. »Benimm dich.«

Mein Freund hatte sich von absolut freundlich zu eiskalt gegenüber Philippe gewandelt, nachdem der Fahrer meine Hand genommen hatte, um mir auf den Rücksitz des Bentley zu helfen.

Ich nahm mir vor, Celia über Julians grausame Seite auszufragen, wenn wir das nächste Mal allein waren. Waren alle Vampire so besitzergreifend? Oder hatte ich nur das Glück, einen besonders dominanten erwischt zu haben?

»Ich werde es versuchen«, versprach Julian, nahm meine Hand und führte sie an seine Lippen. Kurz davor stoppte er und hielt sie fest. Seine Nasenlöcher blähten sich, bevor er schließlich sanft meinen Handrücken küsste. Er hob den Blick und suchte in meinen Augen nach einer Reaktion.

»Okay.« Ich tat mein Bestes, um abgebrüht rüberzukommen, aber ich versagte kläglich. Es war unmöglich, ihm böse zu sein, wenn er mich mit seinen stahlblauen Augen fixierte. Es gelang mir, meinen Blick aus seinem zu lösen, und ich holte tief Luft, um mich zu beruhigen. Ich hatte noch ein Jahr von dem hier vor mir, dann war die Brautwerbung der Vampire beendet, und ich wäre wieder allein. Ich nahm mir vor, jeden Moment zu genießen. Doch im Augenblick befanden wir uns in Gesellschaft. Ich riskierte einen Blick auf sein Handydisplay. »Was machst du mit diesem Ding? Bist du auch so süchtig nach *Wordle* wie alle anderen?«

»Ich habe keine Ahnung, wovon du sprichst«, sagte er trocken. »Aber ich habe kürzlich entdeckt, dass ich alle meine Zeitungen auf diesem Teufelsding lesen kann.«

Ich presste die Lippen zusammen, um nicht zu lachen. Jetzt klang er wirklich neunhundert Jahre alt. Ich behielt den Gedanken für mich. Natürlich würde er nicht so etwas Dummes wie Spiele machen. Ich hatte den Stapel Zeitungen gesehen, den seine Assistentin am Morgen nach unserer ersten gemeinsamen Nacht in sein Zimmer gebracht hatte. »Es ist jedenfalls etwas bequemer.«

»In der Tat.« Er ließ das Telefon in einen Becherhalter fallen und wandte sich mir zu. »Wir haben noch ein oder zwei Tage bis zur ersten Veranstaltung. Der offizielle Zeitplan scheint noch nicht ganz festzustehen.«

»Oh.« Ich blinzelte. »Ich dachte, wir müssten spätestens morgen hier sein.«

»In Paris funktioniert die Zeit anders. Wie auch immer, es wird dir einen Moment Zeit geben, den Jetlag loszuwerden«, sagte er, »und vielleicht einzukaufen.«

»Einkaufen?« Ich hob eine Augenbraue. »Ich kenne mich hier doch gar nicht aus.« Nicht in meinen kühnsten Träumen hätte ich mir vorstellen können, in Paris shoppen zu gehen. Vor allem, weil es so undenkbar war, einfach nach Paris zu jetten. »Ich wäre lieber bei dir.«

Julian lehnte sich näher heran und legte seinen Kopf schräg, um mir einen Kuss auf den Hals zu drücken. »Es ist zu verlockend, wenn du dein Haar hochgesteckt trägst«, warnte er mich. Dann seufzte er. »Wir haben die ganze Nacht Zeit, und ich vermute, dass du deine Garderobe noch um ein paar Dinge erweitern musst, bevor die Veranstaltungen beginnen.«

»Stimmt etwas mit meiner Kleidung nicht?«

»Nein, du bist perfekt.« Ein weiterer schwindelerregender Kuss. »Aber du wirst mehr als ein Kleid brauchen.«

»Oh.« Das war irgendwie logisch. »Tut mir leid, ich bin es nicht gewohnt, dass mich jemand bemerkt. Normalerweise sitze ich mit meinem Cello in einer Ecke.«

»Du hast die Aufmerksamkeit, die man dir schenkte, bestimmt nicht wahrgenommen«, sagte er.

»Das bezweifle ich.« Es war lächerlich. Noch nie hatte mir jemand bei einer Veranstaltung auch nur einen Drink spendiert.

»Ich nicht.« Sein Blick schweifte über mich und ließ jeden Zweifel daran verschwinden, dass er ernst meinte, was er sagte.

Aber ich war mit etwas anderem beschäftigt, das er gesagt hatte. »Oh nein.«

»Stimmt etwas nicht?« Er fuhr hoch, bereit, sich sofort um alles zu kümmern, was mich beunruhigte.

»Ich hätte das Cello mitnehmen sollen!« Warum hatte ich nicht daran gedacht? Ich war zu sehr mit meiner Unterwäsche und meinen Toilettenartikeln beschäftigt gewesen. Das war nur ein weiterer Beweis dafür, dass ich ungeübt war, was das Reisen anbetraf. »Wir sind zwei Wochen hier. Wie soll ich üben?«

»Ich bin sicher, dass wir in Paris eines finden können. Ich werde Celia bitten, sich darum zu kümmern.«

»Versprich mir, dass es nicht eine halbe Million Dollar kosten wird«, sagte ich aufrichtig. Es war mir egal, wie viel Geld Julian hatte, keinesfalls wollte ich anfangen, unbezahlbare Instrumente zu sammeln.

»Wie du willst.«

Ich kniff die Augen zusammen. Das war zu einfach. »Auch nicht mehr als eine halbe Million.«

Ich wurde mit einem leisen Lachen belohnt. Der Klang vergrub sich in meinem Bauch und ließ süße Ranken in mir emporwachsen. »Ahh.« Julian hob mein Kinn mit seinem Zeigefinger an und küsste mich. »Allmählich lernst du es, Kleines.«

Bevor ich mir weitere Bedingungen für seine Großzügigkeit ausdenken konnte, hielt der Bentley vor einem viergeschossigen Kalksteingebäude. In einer Stadt wie San Francisco würde es vielleicht niedrig wirken, aber in Paris stand es stolz zwischen seinen Nachbarn. Die Straße selbst war ruhig, verglichen mit der Stadt, durch die wir bisher gefahren waren, und bestand aus einem Dutzend ähnlicher Gebäude. Jedes mit seinen eigenen schönen Türen und schmiedeeisernen Balkonen.

»Erlaube mir, die Tür zu öffnen«, murmelte Julian, bevor er mit übermenschlicher Geschwindigkeit auf seiner Seite des Wagens verschwand. Ich wartete pflichtbewusst und war bestrebt, möglichst kein Knurren zu provozieren. Philippe schien nett zu sein, und ich wollte nicht, dass er den Kopf verlor, weil er den überfürsorglichen Vampir verärgert hatte. Meine Tür öffnete sich, und Julian streckte die Hand aus. Ich nahm sie und bemerkte beim Aussteigen, dass Philippe sich weit von meiner Seite des Wagens entfernt hatte. Offenbar schätzte er seinen Kopf ebenfalls.

»Es ist wunderschön«, sagte ich leise. Der Türbogen des Gebäudes war mit einem verschlungenen Art-déco-Design versehen, das hinreißend pariserisch aussah. Darüber befanden sich auf jedem Stockwerk je zwei Balkone. Leuchtende, rosafarbene Blumen wuchsen in Blumenkästen an den Brüstungen. In der Dämmerung erstrahlte alles in einem rosigen Glanz, der mich seltsam zufrieden stimmte. Ich war gerade mal eine Stunde hier, und schon fühlte ich mich wie zu Hause.

»Wollen wir?« Julian führte mich zum Eingang.

Bevor wir ihn erreichten, öffnete ein älterer Herr die Tür und trat anmutig zur Seite. »Willkommen zu Hause, Sir.« Er hielt inne und neigte den Kopf, um mich zu begrüßen. »Es ist uns eine Freude, Sie bei uns zu haben, Mademoiselle Melbourne.«

»Danke«, sagte ich strahlend und reichte ihm die Hand.

Er blinzelte schnell, als er sie nahm, und mir wurde klar, dass ich meinen ersten Fehler als Amerikanerin begangen hatte.

»Soll ich ihn auf die Wangen küssen?«, flüsterte ich Julian zu.

Sein Lachen dröhnte durch die hohe Halle und wurde von den Marmorböden zurückgeworfen.

»Ich bin sicher, dass Hughes es vorziehen würde, wenn du das nicht tätest.«

»Monsieur hat recht«, fügte Hughes hinzu und bewegte sich unbehaglich. »Ich bin nur der Butler.«

Ich lächelte und überlegte, ob ich im Internet nachschauen könnte, wie man auf Französisch grüßt.

»Möchten Sie eine Führung?«, fragte Hughes.

Ich öffnete den Mund, um zu antworten, aber Julian kam mir zuvor. »Bitte.«

Hughes führte uns weiter in das Foyer, wo neben Doppeltüren ein Flügel stand, ringsherum schwere Vorhänge, die mit dicken geflochtenen Schnüren zur Seite gerafft waren. Aber es war eher das, was ich hinter den Flügeltüren erblickte, was mich verblüffte.

»Ist das …?«

»Der Grund, warum ich das Haus gekauft habe«, sagte Julian, nahm meine Hand und führte mich zu den Türen. Er öffnete sie zu einer Steinterrasse. Im Gegensatz zu den Balkonen mit ihrem Eisengitter, die der Straße zugewandt waren, sah man von dort aus auf eine lang gestreckte Grünfläche, und gleich dahinter erhob sich der Eiffelturm in den Abendhimmel. Julian schob mich auf die Terrasse, damit ich einen besseren Blick darauf werfen konnte.

Ich hatte erwartet, dass ich das touristische Wahrzeichen kitschig finden würde. Wie könnte es anders sein? Aber gerade als wir dort standen, erstrahlten darauf tausend Lichtpunkte – der Beginn eines spektakulären Lichtspiels.

»Ich habe gehört, dass die Einheimischen es hassen«, flüsterte Julian, als er sich hinter mich stellte. Seine starken Arme legten sich um mich und zogen mich dicht an ihn heran. »Es ist nur etwas für Touristen.«

»Ich kann verstehen, warum«, gab ich zu. Mir stockte der Atem. Paris wurde dem Hype auf jeden Fall gerecht.

»Es ist ganz gut geworden, nicht wahr?«, fuhr er fort und streichelte sanft meinen Nacken. Es kam mir vor, als wäre es kein Zufall, dass mein Nacken sich zu seiner Lieblingsstelle entwickelte.

»Was? Die Lightshow?«, fragte ich, fasziniert von dem Laserspektakel.

»Das Haus. Es war noch nicht fertig, als ich es in den Achtzigerjahren kaufte.«

Wenn es damals noch nicht fertig gewesen war, dann ... Ich drehte mich in seinen Armen herum und blickte zu ihm auf. »Willst du damit sagen, du hast die Villa vorher noch nicht gesehen?«

»Nicht in ihrem jetzigen Zustand. Ich habe eine Freundin gebeten, die Fertigstellung zu überwachen. Mal sehen, was sie daraus gemacht hat.«

Sie? Ich hoffte, er meinte Celia.

Bevor ich fragen konnte, nahm er mich bei der Hand und führte mich wieder hinein, und wir setzten unseren Rundgang fort. Hughes zeigte uns die Küche, die mit ihrem schwarz emaillierten Ofen und den goldenen Beschlägen wie gemalt aussah. Dann führte er uns in ein Wohnzimmer am Haupteingang, das mit extravaganten Wandmalereien mit exotischen Pflanzen und Tieren dekoriert worden war. Vor einem großen

Kamin standen grüne Samtsofas einander gegenüber. Auf der anderen Seite befand sich ein weiteres, mit vergoldetem Stuck verziertes Wohnzimmer, und ich ahnte, wie viel die Möbel gekostet haben mussten.

»Vielleicht sollten wir die oberen Stockwerke ohne Hughes erkunden«, schlug Julian leise vor, sodass nur ich es hören konnte.

Ich leckte mir über die Unterlippe und nickte. Bisher hatte Paris jede romantische Vorstellung erfüllt, die ich hatte. Jetzt fehlte nur noch, verführt zu werden.

»Ich werde mich um das Gepäck kümmern.« Hughes neigte den Kopf mit einem verständnisvollen Lächeln.

»Lassen Sie sich Zeit«, sagte Julian, verschränkte seine Finger mit meinen und führte mich durchs Foyer und die breite, geschwungene Treppe hinauf. In der ersten Etage hielten wir inne. »Um ehrlich zu sein, weiß ich nicht mehr, was ich mit diesen Räumen gemacht habe.«

»Ich hoffe, dass nicht hinter einer dieser Türen dein Sarg versteckt ist«, sagte ich.

»Ja, hoffen wir es.« Er verdrehte die Augen, griff nach dem nächstgelegenen Türknauf, um einen Raum voller Spiegel zu präsentieren. »Ah, das Studio.«

»Sieht aus wie ein Ballettstudio«, sagte ich und rümpfte die Nase. »Gibt es etwas, das du mir nicht gesagt hast?«

»Es gehörte ursprünglich zum Haus. Ich habe beschlossen, es zu behalten.« Hinter dieser Geschichte steckte mehr, das konnte ich deutlich spüren, aber Julian schien nicht darüber reden zu wollen.

»Weiter«, sagte ich, um die Stimmung nicht zu verderben. Hinter der nächsten Tür entdeckten wir eine Bibliothek mit Regalen, die bis zur Decke reichten. In der Mitte verlief eine

Messingschiene, an der man eine Rollleiter aufstellen konnte. Eine Reihe übergroßer Polstersessel säumte den Raum, jeder mit einem anderen antiken Beistelltisch. Bei einer schnellen Durchsicht der Regale entdeckte ich Bücher in Dutzenden von Sprachen, von denen ich die meisten nicht identifizieren konnte.

»Noch ein Raum«, sagte er, »und dann können wir in die Obergeschosse gehen.«

Die Art und Weise, wie er Obergeschosse sagte, sandte mir Schauer über die Haut. Wir öffneten die letzte Tür und sahen einen Vorführraum, groß wie ein kleines Kino.

»Das sind alles Gästezimmer und ein paar Zimmer für die Angestellten«, erklärte er auf der Treppe und ging an der zweiten Etage vorbei. »Das ist das Zimmer, das ich dir zeigen wollte.«

Er führte mich in die dritte Etage, wo nur eine Tür wartete. Ich hielt den Atem an, als er sie öffnete und ein prächtiges Schlafzimmer zum Vorschein kam. Es war mit luxuriösen Seidenvorhängen, edlen Antiquitäten und einer großen Terrasse ausgestattet, die über die Grünfläche darunter hinausragte und einen spektakulären Blick auf den Eiffelturm bot. Aber ich konnte das alles kaum richtig wahrnehmen, denn auf Julians Bett wartete die schönste Frau, die ich je gesehen hatte.

Und sie war völlig nackt.

35

JULIAN

»Jules! Wie reizend von dir, du hast einen Imbiss mitgebracht!«

Thea drehte sich zu mir um und hob eine Augenbraue. Bis jetzt nahm sie es erstaunlich gut auf, dass da eine nackte Frau in meinem Bett war. Zu gut für meinen Geschmack. Vielleicht hatte sie zu viel Zeit mit Vampiren verbracht. Trotzdem, das hier war schwer zu erklären.

»Eigentlich habe ich meine Freundin mitgebracht«, sagte ich mit fester Stimme. »Jacqueline, das ist Thea. Thea …«

Aber Thea war von neugierig zu einer Mischung aus amüsiert und verblüfft übergegangen. Vielleicht war es doch etwas viel auf einmal gewesen. Jacqueline glitt vom Bett und schlenderte auf uns zu, ohne ihre Nacktheit irgendwie zu verbergen. Ich kannte sie zu gut, um zu glauben, dass sie einfach vergessen hatte, dass sie nackt war. Es war ein Machtspiel. Um die andere Frau im Raum einzuschätzen. Sie stemmte eine Hand in die Hüfte und reichte Thea die andere. »Enchanté.«

»Das Gleiche«, murmelte Thea, und ihre Blicke huschten umher, als suchten sie einen sicheren Ort, an dem sie verweilen konnten, ein Ort, der nicht Jacquelines Brüste war.

»Verzeiht den Überfall. Ich hatte nicht erwartet, Julian mit einem Menschen zu sehen.«

Thea blinzelte erschrocken angesichts dieser Unverblümtheit.

»Nun, wir haben ganz sicher nicht erwartet, so viel von dir zu sehen«, stieß ich hervor. »Vielleicht wäre etwas Kleidung angebracht?«

»Oh, natürlich.« Sie winkte mit einer zierlichen Hand, als ob es sich um ein dummes Missverständnis handelte, und schlenderte dann zum angeschlossenen Badezimmer. Sie ließ die Tür einen Spalt offen und zog sich vor uns an. »Wenn ich gewusst hätte, dass du jemanden mitbringst, wäre ich angezogen geblieben.« Sie steckte ihren Kopf heraus und ließ den Blick noch einmal an Thea hinuntergleiten. »Andererseits könnte ich mir die Mühe auch sparen, und wir ...«

»Zieh dich an«, schnitt ich ihr das Wort ab. Thea neben mir wurde rot. »Und vielleicht kannst du nächstes Mal vorher anrufen?«

»Du hast mir den Schlüssel gegeben.« Jacqueline kam aus dem Bad und band den Gürtel ihres kakifarbenen Kleides zu.

»Ein Fehler, stimmt.« Ich griff nach Theas Hand, aber sie schien mich nicht zu bemerken. Ich konnte es ihr nicht verübeln; Jacqueline konnte jede Kreatur blenden. Keiner – ob Vampir, Vertrauter oder Sterblicher – konnte ihr widerstehen.

Jacqueline warf ihre blonden Locken mit einer eleganten Leichtigkeit über die Schulter, und Thea fielen bei diesem Anblick fast die Augen heraus. Ich konnte sehen, wie sich meine Freundin mit dieser mysteriösen Vampirin verglich. Doch bevor ich das Missverständnis korrigieren konnte, fuhr Jacqueline fort. »Du hast mich gebeten, alles hübsch zu machen. Ich habe alles hübsch gemacht. Und dann werde ich so von dir begrüßt.«

»Jacque, du warst nackt in meinem Bett.« Ich starrte sie wütend an.

»Komm schon, das war doch lustig!« Sie schaute Thea Bestätigung heischend an, bekam aber keine.

Stattdessen fand Thea endlich ihre Stimme wieder und platzte heraus: »Und Sie sind ... wer?«

»Jacqueline DuBois. Julians älteste und *einzige* Freundin.«

»Älteste ist wahr«, murmelte ich. »Wir sind zusammen aufgewachsen.«

»Oh«, antwortete Thea leise und schlug die Augen nieder.

»Moment, glaubt sie etwa ...?« Jacqueline streckte die Hand aus und schlug mir so fest auf die Brust, dass ich fast zurückgeflogen und gegen die Wand geprallt wäre. »Du hast ihr *nichts* von mir erzählt?«

»Nein, hat er nicht.« Thea hob den Kopf und tat ihr Bestes, um sich zu behaupten, auch wenn ihre Unterlippe zu zittern begann.

»Du Blödmann. Jetzt weint sie deinetwegen!« Jacqueline legte einen Arm um Theas Schultern, bevor ich sie davon abhalten konnte. Thea war anscheinend zu überrascht, um etwas zu sagen. Das konnte ich ihr nicht verübeln. Die ganze Situation hatte einiges an Überwältigungspotenzial.

»Keineswegs. Sie weint *deinetwegen*«, stellte ich klar.

Aber Jacqueline ignorierte mich. Sie senkte die Stimme – als ob ich sie so nicht hören könnte. »Er hat nichts über mich gesagt? Jacqueline? Manchmal nennt er mich auch Jacque? Oder Jackie?«

»Nein.« Thea schüttelte den Kopf.

»Es ist deine Schuld, wenn du sie nicht vorbereitet hast«, rechtfertigte sich Jacqueline. Ich öffnete den Mund, um zu protestieren, aber Thea kam mir zuvor.

»Sind Sie seine richtige Freundin?«

Jacqueline sah mich an, ihre Augen leuchteten fröhlich, und

dann brachen wir beide in Gelächter aus. »Aber, Schatz, mais non!«

»Sie haben einen Schlüssel«, bemerkte Thea, »und Sie waren nackt ...«

»Das war nur ein Insider-Witz«, erklärte ich schnell, bevor ich mich zu Jacqueline umdrehte: »Wie konntest du das tun?«

»Ich habe dir das schönste Haus in Paris versprochen und die hübscheste Frau in deinem Bett, die ich finden konnte«, erinnerte mich Jacqueline, die Thea immer noch fest an sich drückte. »Ich habe nur versucht, ihm einen Anreiz zu geben, damit er seinen dummen Plan aufgibt, ein ewiges Nickerchen zu machen.«

»Ewig?« Fassungslos wiederholte Thea das Wort und schaute zu mir her. Sie wusste von meiner Auszeit von der Welt, aber ich hatte ihr nicht viel über die Gründe erzählt, warum ich mich schlafen gelegt hatte. Dank meiner besten Freundin würde ich jetzt viel zu erklären haben.

»Wie ich sehe, ist dein Ego immer noch intakt«, sagte ich und lenkte das Gespräch wieder auf Jacquelines Verhalten. »Oder gibt es heutzutage in Paris einen Mangel an schönen Frauen?«

»Ich sagte, die Hübscheste.« Sie sah Thea noch einmal an. »Obwohl, da habe ich vielleicht Konkurrenz.«

»Sie ist meine Freundin, nicht deine, reiß dich zusammen.«

»Man wird doch wohl noch gucken dürfen«, schmollte sie.

»Aber nicht anfassen.« Es war das Beste, Jacqueline an diese Regel zu erinnern, besonders wenn es um Thea ging.

»Warten Sie, flirten Sie etwa mit mir?«, fragte Thea plötzlich. Jacqueline stieß ein glockenhelles Lachen aus. »Ein bisschen.«

Thea drehte sich zu mir um. »Und du wirst ihr nicht den Kopf abreißen oder so?«

»Hat er schon vielen Leuten den Kopf abgerissen?«, fragte Jacqueline gedehnt, aber ohne Thea loszulassen.

»Nur einmal«, sagte ich, bevor Thea mich verpetzen konnte.

»Nur einmal?« Jacqueline warf einen beeindruckten Blick auf Thea. »Er muss dich wirklich mögen.«

»Also ... siehst du sie nicht als Bedrohung?«, wollte Thea wissen.

»Sie? Nein«, sagte ich und lachte. »Sie ist praktisch meine Schwester.«

»Ihr beide habt also nie ...« Sie stoppte und sah mich mit einem Blick an, der so spitz war wie meine Reißzähne.

»Nein«, sagte Jacqueline, aber ich merkte wieder einmal, dass ich Thea nicht anlügen konnte.

»Als wir Kinder waren«, gab ich zu, was mir einen frustrierten Blick von Jacqueline und ein Stirnrunzeln von Thea einbrachte. »Du musst verstehen, dass Teenager-Vampire ziemlich ...«

»... geil sind«, brachte meine alte Freundin den Satz für mich zu Ende. »Und es war das vierzehnte Jahrhundert. Es gab nicht viel anderes zu tun. Ich habe mit jedem geschlafen, nur um mich nicht aus Langeweile selbst zu pfählen.« Theas Mundwinkel verzogen sich leicht nach oben, was Jacqueline als Zeichen der Vergebung deutete. »Und ehrlich gesagt bist du viel eher mein Typ als Jules. Er hat keinen Humor.«

»Hör auf, meine Freundin anzubaggern.« Ich massierte meine Schläfen. »Erinnere mich daran, dass ich die Schlösser austauschen lasse.«

»Das ist ungerecht. Ich habe hier hervorragende Arbeit geleistet.« Jacqueline drehte Thea zu sich. »Findest du nicht auch?«

»Es ist wunderschön.« Thea wirkte etwas benommen von dem plötzlichen Themenwechsel.

»Du musst das Badezimmer sehen. Es ist wie für eine Königin gemacht.« Sie ergriff Theas Hand, warf mir einen triumphierenden Blick zu und zerrte sie in das Bad.

Das war meine Schuld. Ich hätte wissen müssen, dass Jacqueline von meiner Rückkehr nach Paris erfahren und mich überraschen würde. Dabei ging ich ihr eigentlich gar nicht aus dem Weg. Ich hatte einfach nur erwartet, etwas mehr Zeit zu haben, um Thea auf das Treffen mit ihr vorzubereiten und Jacqueline unter vier Augen alles zu erklären. Aber das Problem mit besten Freundinnen, vor allem mit denen, die man schon ewig kannte, war, dass sie überall und jederzeit auftauchen konnten. Sogar nackt in meinem Bett.

Ich schlenderte auf die Terrasse, genoss den Blick auf *La dame de fer*, den Eiffelturm, und überlegte, was ich als Nächstes tun sollte. Ich hatte Jacqueline seit Jahrzehnten nicht gesehen, und die Tatsache, dass sie hier war, bedeutete, dass sie erwartete, mit mir sämtliche Neuigkeiten auszutauschen. Aber ich wollte Thea nicht überfordern, nicht auf dem Höhepunkt des Pariser Gesellschaftslebens. Das allein war schon schlimm genug. Aber Jacqueline verfügte über etwas, das niemand sonst in meinem Umfeld hatte – das, was ich am meisten brauchte.

Überblick.

Meine Eltern waren zu sehr in die Politik der Riten verstrickt, als dass ich ihnen hätte trauen können. Sebastian war zu sehr damit beschäftigt, alles zu ficken, was sich bewegte. Und Celia hatte die lästige Angewohnheit, kryptische Bemerkungen zu machen und dann nicht zu erklären, worauf sie hinauswollte. Jacqueline war so handfest wie der Griff eines Schwertes und so präzise wie dessen Klinge. Deshalb verstanden wir uns auch so gut. Sie nahm kein Blatt vor den Mund, wenn ich mich idiotisch benahm. Und ich bei ihr auch nicht. Das funktionierte für uns. Meistens jedenfalls.

Das letzte Mal, als ich sie gesehen hatte, gehörte allerdings nicht gerade zu diesen harmonischen Momenten.

»Deine reizende Begleiterin ist müde«, sagte Jacqueline mit ihrer wohlklingenden Stimme, als sie Thea zurück ins Schlafzimmer begleitete. »Sie braucht ein Nickerchen.«

»Ich bin okay.« Aber noch während sie das sagte, riss sie die Hand hoch, um ein breites Gähnen zu überdecken.

»Das sehe ich«, sagte ich trocken. »Ich sollte dich zu Bett bringen.«

»Es ist buchstäblich zwei Meter entfernt.« Jacqueline verdrehte die Augen. »Sie braucht Ruhe und keinen dominanten Vampir, der sie wach hält.«

Thea presste die Lippen aufeinander, als ob sie sich das Lachen verkneifen müsste.

»Da lässt man euch beide für fünf Minuten allein, und schon fraternisiert ihr euch«, murrte ich.

»Fraternisieren?«, wiederholte Thea und kicherte dabei. »Okay, *alter Mann*.«

Ich blickte Jacqueline strafend an, die sofort abwehrend die Hände hochhielt. »Warum siehst du mich so an?«

»Sie war nur einen Moment mit dir allein, und jetzt nennt sie mich schon wieder *alter Mann*.«

»Du bist alt«, sagte Jacqueline mit einem Zucken ihrer zarten Schultern, was Thea noch mehr lachen ließ. Sie stupste Thea in Richtung Bett. »Ruh dich aus. Ich muss mich mit Jules besprechen, aber morgen …«

Thea nickte. Falls sie noch irgendwelche Bedenken wegen meiner Freundschaft mit Jacqueline gehabt haben sollte, hielten die sie zumindest nicht davon ab, ins Bett zu steigen und in einem Berg von Seidenkissen zu versinken. Ich bewegte mich zu ihrer Seite, vorbei an einer zunehmend amüsierten Jacqueline, und beugte mich über sie. »Ich wecke dich um Mitternacht. Das ist die beste Zeit, um Paris zu sehen. Jetzt ruh dich aus, Kleines.«

Ich gab ihr einen Kuss auf die Stirn und erntete ein leises Seufzen, das mich nur daran erinnerte, dass ich sie nicht zum Ausruhen hergebracht hatte. Ein Funke der Dunkelheit flackerte in mir auf, und ich trat schnell zurück, bevor mein Blutdurst die Oberhand gewann und Thea ihres Schlafs beraubte.

Als ich die Tür erreichte, war ihr Atem tief und gleichmäßig. Jacqueline gesellte sich zu mir, und wir machten uns schweigend auf den Weg in die vierte Etage, die gar keine Etage war.

»Ich glaube, du hast die beste Aussicht in der Stadt«, sagte Jacqueline, als wir auf das Dach hinaustraten. Vorher war dies nichts weiter als offene Fläche ohne jeden Charme gewesen. Jetzt war die Terrasse mit Seidenkissen in den Farben kostbarer Edelsteine ausgelegt, dazwischen standen kleine Tischchen, die zu Gesprächen einluden. Wie immer schien es, als wollte meine beste Freundin, dass ich mir mehr Freunde zulegte. Das Setting war eindeutig für angeregte Unterhaltungen unter Freunden gedacht.

»Deshalb habe ich das Haus ja gekauft«, erinnerte ich sie. »Der Marktwert wird steigen.«

Sie stöhnte, obwohl sie mich zu gut kannte, um überrascht zu sein.

»Und es ist ein schöner Ort, um eine Familie zu gründen. Es gibt viel Platz für kleine Vampire.«

»Nicht du auch noch.« Egal, auf welcher Seite des Spektrums sich meine Mutter befand – Jacqueline befand sich normalerweise am entgegengesetzten Ende. Aber die Ballsaison brachte anscheinend selbst die Freizügigste unter uns durcheinander. Wenn es so weiterging, würde sogar Sebastian meine Hochzeit planen. »Sind denn alle um mich herum von diesen verdammten Riten besessen?«

»Die Riten?« Jacqueline drehte sich zu mir um, verschränkte die Arme und starrte mich an. »Glaubst du etwa, es geht um diese blöden Rituale?«

»Worum sonst?«

Sie starrte mich einen Moment lang an, musterte forschend mein Gesicht. Gerade als ich es leid war, wie eine Laborratte beobachtet zu werden, warf sie den Kopf zurück und lachte. Ihr Lachen stieg in den rosigen Himmel auf.

»Du weißt es wirklich nicht«, sagte sie kichernd. Ihre Augen funkelten spöttisch.

»Was denn?«, murmelte ich. »Falls sie sich wieder irgendeinen neuen archaischen Schwachsinn ausgedacht haben, um ...«

»Julian«, unterbrach sie mich, nahm mich bei den Schultern und sah mir tief in die Augen: »Du wirst dich paaren.«

36

THEA

Eine kühle Brise strich über meinen Körper, ich drehte mich um und stieß … gegen einen schlafenden Vampir. Ich blinzelte verschlafen, als sich meine Augen an das dunkle Schlafzimmer gewöhnten. Dabei erwachte mein Gehirn und fügte all die Teile aus meinem Kurzzeitgedächtnis hinzu, die vom Schlaf noch verschwommen gewesen waren. Ich befand mich in Paris – in Julians Bett. Wärme breitete sich in mir aus, als ich mich an alles erinnerte, mein Atem stockte, als ich an die Stelle gelangte, wo ich Jacqueline in seinem Bett fand. Ich hob den Kopf, sah mich im Zimmer um und stellte erleichtert fest, dass wir allein waren.

Julians selbst ernannte beste Freundin – wie sie sich im Bad genannt hatte – war ein ziemlicher Schock gewesen, aber sie schien nett zu sein. Zumindest netter als die meisten Vampire, die ich bisher getroffen hatte.

Trotzdem wollte ich am liebsten mit Julian allein sein. Ich war erst seit ein paar Stunden hier, aber ich konnte bereits nachvollziehen, weshalb man Paris die Stadt der Liebe nannte.

Ich beobachtete ihn beim Schlafen. Sein Gesicht war entspannt und friedlich, nicht geprägt von Düsternis oder dem Blutdurst, die ihn normalerweise zu gleichen Teilen plagten.

In diesem Zustand war seine Schönheit hypnotisierend. Die animalische Männlichkeit, die von ihm ausging, war immer noch da, aber in die Ruhe des Schlafs gehüllt. Die scharfen Linien in seinem Gesicht waren weicher und lenkten die Aufmerksamkeit auf den perfekten Bogen seiner Lippen. Alles in mir wollte sich zu ihm beugen und ihn küssen.

Aber es war bestimmt besser, wenn ich mir vorher die Zähne putzte. Außerdem war es bestimmt keine gute Idee, einen schlafenden Vampir zu wecken.

Ich schlüpfte aus meinem Bett und machte mich im Badezimmer frisch. Ich würde Jacqueline später dafür danken müssen, dass sie es so gut ausgestattet hatte. Sie hatte vielleicht nicht damit gerechnet, dass er jemanden mit nach Hause brachte, aber sie hatte alles für den Fall vorbereitet, dass er es tat. Es gab extra Zahnpasta und Mundwasser. An der Rückseite der Tür hingen zwei kuschelige schwarze Bademäntel. Sie hatte sie mir vorhin gezeigt und wollte mir bei der Gelegenheit alle Schätze präsentieren, die zu meiner Verfügung standen. Vielleicht war ich dumm oder zu vertrauensselig, aber mir gefiel Jacqueline.

Leise entledigte ich mich meiner Reisekleidung, die ich schon viel zu lange trug, um mich darin noch wohlzufühlen. Ich wollte nicht riskieren, laut in meinem Gepäck zu kramen, also hüllte ich mich in einen kuscheligen Bademantel, schlich auf Zehenspitzen am Bett vorbei und hielt den Atem an, um auf die Terrasse zu gelangen.

Es war ruhiger als bei unserer Ankunft. Die Verkehrsgeräusche waren in den Hintergrund getreten, die Stadt schlief. Aber die Abwesenheit des Tages hatte eine andere Magie hervorgebracht. Im Nachthimmel glitzerten Lichter, und vor mir leuchtete der Eiffelturm. Es fühlte sich an, als wäre ich nach Hause gekommen. Das war albern, denn ich war noch nie hier gewesen. Trotzdem erfüllte mich eine schmerzhaft-schöne Sehnsucht, und ich hätte gern mein Cello dabeigehabt. Wie hätte ich sonst die Gefühle ausdrücken können, die sich in mir aufbauten.

»Schön.« Julians ruhige Stimme brach den Bann und versetzte mich in einen neuen. Welche Magie auch immer in seinen Adern floss, es brauchte nur ein Wort, um mich wieder zu verzaubern.

»Ja.« Ich seufzte, als er sich hinter mich stellte und seine starken Arme um meine Taille legte. Ich schmiegte mich an ihn und seufzte. »Es ist die schönste Stadt, die ich je gesehen habe.«

»Ich habe von dir gesprochen, Kleines.« Er strich mir das Haar aus dem Nacken, um mich dort zu küssen.

Ich schmolz an ihm dahin. Wir hatten uns schon zu lange anständig benommen.

Jetzt konnte und wollte ich ihm keine Minute länger widerstehen. Ich verdrehte den Hals, um ihn besser sehen zu können, und biss mir auf die Unterlippe.

»Ist das eine Einladung?«, fragte er düster.

»Mhh ... mhm.« Ich nickte. Aber jetzt, da wir allein waren, konnte ich mir nicht verkneifen, ihn aufzuziehen. »Es tut mir so leid, dass ich die Überraschung ruiniert habe, die hier auf dich gewartet hat.«

»Überraschung?«, wiederholte er verwirrt. Doch dann verstand er und stöhnte. »Das Schauspiel tut mir leid. Jacqueline ist, nun ja, Jacqueline eben.«

»Das sagt alles.« Ich lachte. »Sie scheint nett zu sein. Sie will mit mir shoppen gehen.«

Julians Augen weiteten sich, aber dann entspannte er sich. »Das hört sich nach einer guten Idee an. Sie wird das besser können als ich.«

»Dann sollte ich mit ihr gehen?« Ich begriff noch immer nicht ganz, was zwischen den beiden ablief.

»Jacqueline bedeutet mir viel«, sagte er und fügte schnell hinzu: »Nicht in romantischer Hinsicht. Sie ist meine älteste Freundin, und sie hat meinen Mist besser ertragen als jeder andere, den ich kenne. Ich möchte, dass sie dich kennenlernt.«

»Warum?« Die Frage rutschte mir heraus, bevor ich mir auf die Zunge beißen konnte.

Aber er zeigte keine Anzeichen von Verärgerung darüber, dass ich ihn ausfragte. »Weil du mir auch etwas bedeutest.«

Seine Worte – oder besser gesagt, die Art und Weise, wie er sie sagte – trafen mich völlig unerwartet.

»Außerdem brauchst du was zum Anziehen. Du hast nicht genug eingepackt«, fügte er hinzu.

Ich war mir ziemlich sicher, dass er meinte, ich hätte nicht die *richtigen* Sachen eingepackt. »Dann werde ich mit ihr losgehen.«

»Heute Nachmittag«, sagte er bestimmt. »Heute Abend musst du an einer Veranstaltung teilnehmen.«

»Mit dir?«, fragte ich gedehnt.

»Nein, diese Veranstaltung ist nur für Frauen«, sagte er beiläufig. »Der *Salon du Rouge*. Es wird erwartet, dass du daran teilnimmst. Jacqueline wird dich gewiss begleiten.«

»Okay.« Ich hatte noch etwa eine Million Fragen zu dieser Veranstaltung nur für Frauen. Ich war hier, um mich als Julians Freundin auszugeben, an seiner Seite zu bleiben und im Grunde wie ein Amulett übereifrige Vertraute abzuwehren. Es kam mir albern vor, allein zu Veranstaltungen zu gehen, es sei denn …

Es sei denn, Julian begann, mich als Teil seiner Welt zu sehen. Ein Schauer durchfuhr mich, aber ich zügelte ihn, bevor er sich als gefährliche Täuschung bis zu meinem Herzen ausbreiten konnte. So funktionierte das hier nicht. Wir hatten eine Abmachung. Wir hatten klare Regeln. Ich durfte die Momente, die ich mit ihm teilte, nicht mit der Hoffnung auf eine ungewisse Zukunft vergeuden.

Mein Magen knurrte und setzte dem romantischen Moment ein Ende.

»Du bist hungrig«, sagte Julian und wollte von mir ablassen, aber ich hielt seine Hand fest.

»Nein, bin ich nicht.« Ich war ausgehungert. Mein Körper war durcheinander und wusste anscheinend nicht, wie spät es war und wann ich essen sollte. Aber ich wollte diesen Moment noch nicht loslassen. Er war perfekt.

»Lügnerin«, nannte er mich amüsiert, küsste meine Schulter und schob den Bademantel beiseite, damit er besser an meine Haut herankam. »Es ist meine Aufgabe, für dich zu sorgen. Lass mich das tun.«

Als er sprach, stockte mir der Atem. Seit wir uns kennengelernt hatten, war er immer aufmerksam gewesen, selbst wenn diese Aufmerksamkeit mit Ärger oder Frustration einherging. Aber es war etwas Neues hinzugekommen. In seinen Worten lag eine Zärtlichkeit, die ich vorher nicht gehört hatte, und noch etwas anderes, das nicht zu dem Julian Rousseaux passte, den ich bisher gekannt hatte:

Unsicherheit.

Aber warum? Warum in aller Welt sollte ein neunhundert Jahre alter Vampir unsicher sein?

Trotzdem war ich nicht den ganzen Weg nach Paris gekommen, um mir eine solche Gelegenheit entgehen zu lassen. Ich drehte mich in seinen Armen, schlang einen Arm um seinen Hals und zog seinen Mund auf meinen. Julian stöhnte auf, wehrte mich aber nicht ab. Stattdessen schob er seine Hände in meinen Bademantel und griff nach meinen Hüften. Seine Fingernägel gruben sich in meine Haut, ließen mich ihre Schärfe spüren, und ich riss die Augen auf.

Ich wich zurück und wartete darauf, dass er seinen Fehler bemerkte, aber das tat er nicht. »Julian, deine Handschuhe ...«

»Ja?« Seine Augenbraue wölbte sich fragend. »Möchtest du, dass ich sie wieder anziehe?«

»N-n-nein«, stammelte ich. Ich suchte nach irgendeinem Anhaltspunkt – einem Schlüsselmoment –, der diesen plötzlichen Sinneswandel erklären konnte. »Ich dachte nur ...«

Aber ich wusste nicht, was ich dachte, weil das alles so schnell ging.

»Ich wollte deine Haut auf meiner spüren«, erklärte er sanft. »Ich habe dir doch gesagt, dass wir Handschuhe tragen, um andere zu schützen. Unsere Nägel sind ziemlich scharf.«

»Ich weiß«, neckte ich ihn sanft. Sein Griff um meine Hüften lockerte sich ein wenig.

»Habe ich dir wehgetan?«, fragte er erschrocken. »Wenn du möchtest, dass ich aufhöre ...«

»Ich mag Schmerz, gemischt mit Vergnügen«, erinnerte ich ihn, griff nach unten und legte meine Hand auf seine unter meinem Bademantel. »Hör nicht auf.«

»Es gibt noch einen anderen Grund, warum wir unsere Hände bedecken, Kleines«, erklärte er sanft. »Dort hat unsere Magie ihren Sitz – oder das, was davon übrig ist.«

»Magie?«, wiederholte ich. »Also wenn du sagst, dass die Vertrauten Hexen sind ...«

»Magie ist real«, sagte er lächelnd, »aber sie ist kompliziert. In den meisten Vampirfamilien ist nur noch sehr wenig Magie vorhanden. Deshalb haben wir die Riten. Hexenblut stärkt unsere Blutlinien.«

»Wie eine Infusion?«, fragte ich. Es war etwas schwierig, sich zu konzentrieren, wenn seine nackte Haut meine berührte. Er war wärmer, als ich erwartet hatte. Ich fragte mich, wie es sich anfühlen würde, wenn seine Hände weiter nach unten zwischen meine Beine rutschten.

Ich war so vereinnahmt von meinen Gedanken gewesen, dass ich nicht bemerkt hatte, dass Julian verstummt war. »Tut mir leid«, sagte ich schnell. »Das ist eine Menge zu verarbeiten.«

»Du solltest etwas essen. Allmählich riechst du wie reines Zuckerrohr«, sagte er leise. Er wollte seine Hände zurückziehen, aber eine hielt ich an meinem Körper fest.

»Warum versteckt ihr eure Magie?«, fragte ich, weil mir klar wurde, dass er vielleicht nie wieder offen über dieses Thema sprechen würde, wenn ich die Gelegenheit nicht nutzte.

»Damit wir sie nicht anwenden«, sagte er zu meiner Überraschung. »Manchmal, wenn wir jemand anderen berühren ...«

Meine Augen weiteten sich, als ich zu verstehen begann. »Ist es gefährlich?«

»Ja und nein.«

»Tolle Antwort«, sagte ich trocken.

»Sie lässt sich verwenden, um jemanden zu verletzen, aber das können nur diejenigen unter uns, die schon vor langer Zeit geboren wurden. Die meisten modernen Vampire könnten mit ihrer Magie nicht mal eine Kerze anzünden. Aber noch wichtiger ist, dass sie unser Leben enthält. Was glaubst du, warum sich Vampire von menschlichem Blut ernähren?«

Ich schüttelte den Kopf. Vermutlich war alles falsch, was ich gelesen oder in Filmen gesehen hatte. Bisher war es jedenfalls so gewesen. Er schlief nicht in einem Sarg. Ich hatte ihn mit eigenen Augen im Spiegel gesehen. Und Jacqueline hatte einen St.-Michaels-Anhänger getragen.

»In allen Lebewesen steckt ein wenig Magie, selbst in Menschen, die sie längst vergessen oder gemieden haben. Sie erhält unser Leben aufrecht. Aber in Wahrheit bedecken wir unsere Hände, weil Vampire glauben, dass eine Berührung zu den intimsten Handlungen gehört, die wir erleben können.«

Was er mir damit gesagt hatte, ließ meinen Mund trocken werden. Er wollte es mit mir teilen. Ich schluckte. »Und was sind die anderen Handlungen?«

Er legte den Kopf schief und wirkte verwirrt.

»Die anderen Handlungen?«, hakte ich nach. »Du hast gesagt, es sei eine der intimsten Handlungen. Was sind die anderen?«

Er nickte. Er beugte sich tiefer und fuhr mit seinen Lippen über meine, bevor er sie über meinen Kiefer an meinen Hals gleiten ließ. »Blut zu saugen, natürlich. Das ist einer der Gründe, warum wir normalerweise aus einem Becher trinken.«

»Normalerweise?«, fragte ich.

»Niemand ist perfekt«, sagte er, als wäre nichts dabei.

»Sex«, antwortete er danach, und ich spürte, wie mir heiß wurde. »Natürlich. Obwohl, manchmal ist Sex einfach nur Leibesübungen.«

Ich nickte, obwohl ich wirklich nicht behaupten konnte, etwas darüber zu wissen.

»Und noch was?«

»Du wirst lachen«, sagte er, aber ich schüttelte den Kopf. Trotzdem antwortete er mit einem amüsierten Lächeln: »Der intimste Akt ist es, sich an den Händen zu halten.«

Ich kicherte nervös, aber dann merkte ich, dass er es ernst meinte. »Händchenhalten? Wirklich?«

»Es ist schwer zu erklären.«

Aber ich wollte, dass er es mir erklärte, weil ich wissen wollte, ob er eines Tages meine Hand halten würde. Ich schlug die Augen nieder, konnte nicht danach fragen.

»Also, wenn du mich jetzt berührst ...« Ich brach ab und nahm all meinen Mut zusammen, um zu fragen, was ich wirklich wissen wollte. »Heißt das, du nimmst mich mit ins Bett?«

37

THEA

Am Nachmittag war ich immer noch Jungfrau, und trotz Julians vielen Versuchen, mir all die interessanten Dinge zu zeigen, die er mit seinen bloßen Fingern tun konnte, war an dieser Tatsache nicht zu rütteln.

Als ich neben ihm auf dem Rücksitz seines Bentley saß, musste ich unwillkürlich an all die Beinahe-Gelegenheiten zurückdenken, die es in der vorangegangenen Nacht gegeben hatte. In seinem Kaschmirmantel und dem grauen Anzug sah er fast so gut aus wie nackt. Fast.

Nachdem wir Stunden damit verbracht hatten, seine Pariser Wohnung kreativ einzuweihen, zweifelte ich nicht mehr daran, dass Julian mich genauso wollte wie ich ihn. Ich kapierte aber einfach nicht, weshalb er sich immer wieder zurücknahm. Jedes Mal, wenn wir kurz davor waren, die Grenze zu überschreiten, schaffte er es, uns wieder aus der Gefahrenzone zu bringen.

»Du möchtest bestimmt nicht, dass ich mitkomme, Kleine?«, fragte Julian zum fünfzigsten Mal, seit wir endlich aufgestanden waren.

Ich schüttelte den Kopf und setzte ein Lächeln auf. »Kein Problem – Hauptsache, Jacqueline beißt nicht.«

»Falls sie das tut, bekommt sie es mit mir zu tun«, versprach er düster. Er beugte sich vor und stahl sich einen Kuss. »Falls du deine Meinung änderst ...«

»Dann rufe ich an«, sagte ich. »Aber pass auf, dass du dein Handy nicht stummgeschaltet hast, alter Mann.«

»Keine Sorge. Ich glaube, ich hab den Dreh raus.« Er hielt sein Mobiltelefon hoch. Er hatte seine Handschuhe wieder an, aber ich konnte nicht widerstehen, über einen Streifen seines nackten Handgelenks zu streichen. »Vorsicht, sonst schleppe ich dich gleich wieder zurück ins Bett«, sagte er rau.

»Versprochen?« Ich leckte mir über die Unterlippe, was ihm ein frustriertes Stöhnen entlockte. »Aber was sollte ich dann zu all den Veranstaltungen anziehen? Ich müsste ja nackt gehen.«

»Bring mich nicht auf dumme Gedanken, Kleines«, sagte er, steckte die Hand in die Brusttasche seines Mantels und hielt eine schwarze Karte hoch. »Apropos – die wirst du brauchen.«

Ich zögerte und starrte auf die Kreditkarte. Es war eigenartig, sein Geld anzunehmen. Wir kannten uns erst seit einer Woche, aber er gewährte mir völlig unbekümmert den Zugriff auf sein Bankkonto. »Ich habe ein bisschen gespart. Das kann ich nehmen ...«

»Ich verspreche dir, dass *ein bisschen Erspartes* und Shoppen mit Jacqueline absolut unvereinbar sind«, sagte er trocken. »Du wirst sie brauchen, glaub mir.«

»Aber ...« Der Blick, den er mir zuwarf, ließ meinen Widerstand dahinschmelzen. Ich seufzte und nahm sie. »Wie hoch ist mein Budget?«

»Budget?«, wiederholte er verständnislos.

Ich widerstand dem Impuls, die Augen zu verdrehen. »Wie viel soll ich ausgeben? Ich will es nicht übertreiben.«

Julians Lippen verzogen sich zu einem schmalen Strich, und

ich brauchte eine Sekunde, bis ich merkte, dass er versuchte, nicht zu lachen.

»Mach dir keine Sorgen«, sagte er. »Das Geld wird schon nicht ausgehen.«

»Julian, ich weiß nicht …«

»Ich habe fast ein Jahrtausend damit verbracht, meine Bankkonten aufzufüllen«, sagte er freundlich. »Außerdem ist die Karte auf deinen Namen ausgestellt.«

»Was?« Ich ließ sie fast fallen. Als ich sie umdrehte, fand ich meinen Namen über seinem aufgelistet. »Moment mal. Wie bist du da so schnell rangekommen?« Wir hatten erst am Vortag über das Shoppen gesprochen.

»Wenn ich um etwas bitte, reagieren Banken normalerweise recht zügig.« Er legte den Zeigefinger unter mein Kinn und hob mein Gesicht an. »Hör auf, dir über Geld Gedanken zu machen.«

»Du hast leicht reden«, murmelte ich.

»Gib sie einfach Jacqueline und richte ihr von mir aus, sie soll sie weise verwenden«, sagte er und klang leicht genervt.

»Weise?« Ich kniff die Augen zusammen und starrte in seine funkelnden, blauen Augen. Warum fiel es mir so schwer, einen klaren Gedanken zu fassen, wenn er mich so ansah? »Es gibt also doch ein Budget!«

»Jacquelines Interpretation von weise dürfte eher mit meiner übereinstimmen, Kleines«, sagte er und lachte leise. Er küsste mich auf die Nasenspitze. »Vertraue ihr. Das tue ich auch. Du kannst ihr alles sagen, und sie wird sich um dich kümmern. Und jetzt geh schon, bevor du am Ende nackt an allen Veranstaltungen teilnimmst.«

»Wieso habe ich das Gefühl, dass man sich nicht daran stören würde?«, fragte ich, während ich meinen Sicherheitsgurt löste.

»Ich würde mich daran stören.« Seine Stimme war rau. »Ich glaube nicht, dass ich dann meinen Blutdurst im Zaum halten könnte.«

»Oh.« Das leuchtete mir ein. »Ich werde mir etwas zum Anziehen aussuchen.« Meine Tür öffnete sich, Philippe reichte mir die Hand und half mir beim Aussteigen. Aber ich konnte es mir nicht verkneifen, noch einmal nachzusetzen. »Es gibt bestimmt eine Ecke mit herabgesetzten Preisen.«

»Jacqueline wird dich nicht mal in die Nähe von so etwas lassen.«

Wie gerufen erschien Jacqueline an meiner Seite und sah in ihrem elfenbeinfarbenen Etuikleid und dem scharlachroten Mantel umwerfend aus. Ihr blondes Haar fiel ihr in voluminösen Wellen um die Schultern, und ihr Gesicht war völlig ungeschminkt, von den Lippen abgesehen, die leuchtend rot waren wie ihre Jacke.

»Bei mir ist sie sicher, Jules.«

»Behalte einfach deine Hände bei dir«, sagte er zu seiner alten Freundin und schüttelte den Kopf, »und lass sie keine Preisschilder sehen.«

»Wird gemacht!« Sie schenkte mir ein strahlendes Lächeln. »Wollen wir?«

Ich folgte ihr in ein großes Kaufhaus und fühlte mich so fehl am Platz wie noch nie. Überall im Gebäude gab es Stores von Modelabels, die ich nur aus Filmen und Magazinen kannte. Wir hatten kaum die Eingangstüren passiert, als auch schon ein Sicherheitsbeamter auf uns zu kam.

Nervös schob ich die Kreditkarte, die Julian mir gegeben hatte, in meine alte Geldbörse aus dem Secondhandladen. War es so offensichtlich, dass ich hier nicht hergehörte? Ich hatte das schickste Outfit gewählt, das ich eingepackt hatte – ein

Paar schwarze Leggings und eine weiße Bluse, die ich mir von Olivia geliehen hatte. Ich fand nicht, dass ich so deplatziert aussah, und in der Nähe schienen sogar mehrere Touristen in Jeans einzukaufen. Aber der Wachmann ließ mich links liegen und ging direkt zu meiner Begleiterin. Jacqueline begrüßte ihn mit einem Kuss auf jede Wange.

»Jean-Pierre, du siehst sehr gut aus.« Sie tupfte ihm etwas von der Schulter, und der ältere Mann wurde so rot wie ein Liebesapfel. »Ich habe eine neue Freundin mitgebracht. Ich glaube, Sophie erwartet uns.«

»Oui«, sagte er und blickte zu mir herüber. Verwirrung huschte über sein Gesicht, aber er fing sich schnell wieder. Er gab uns ein Zeichen, ihm zu folgen. Die Menge teilte sich vor uns. Ich war mir nicht sicher, ob das auf unsere bewaffnete Eskorte zurückzuführen war, oder ob Jacqueline einfach diesen Effekt hatte.

Wo ich auch hinsah, Eleganz und Qualität: Seidenschals in allen Farben und Mustern, kostbare Parfümflakons, die wie Kunstwerke präsentiert waren, und Schuhe und Handtaschen. Es war ein bisschen überwältigend.

»Ich habe meine Stylistin hinzugezogen«, erklärte Jacqueline, als wir eine Tür mit der Aufschrift »Privée« erreichten. »Aber falls du lieber in den Etagen shoppen gehen willst, können wir das auch tun.«

Ich schüttelte schnell den Kopf. Ich hätte gar nicht gewusst, wo ich anfangen sollte.

»Ich habe Sophie deine Maße gegeben, um einen Ansatzpunkt zu haben.« Als Jacqueline meine Tasche genauer betrachtete, verzog sie den Mund. »Ich glaube, du willst auch ein paar neue Handtaschen.«

»Nein.« Ich schüttelte den Kopf. »Ich brauche keine …«

»Du darfst beim Shoppen Wollen nicht mit Brauchen verwechseln«, unterbrach sie mich mit einem leisen Lachen. »Sonst macht es keinen Spaß.«

»Ich ... ich bin keine große Shopperin«, gab ich zu, als wir in einen anderen Raum geführt wurden.

»Weil du es nicht nötig hast?«, vermutete sie und hob ihre Augenbraue. Ihre Stimme klang herzlich. Da war nichts Abschätziges, wie ich es bei Sabine oder in gewissem Maße auch bei Celia gespürt hatte. Allmählich hatte ich das Gefühl, dass Jacqueline nicht nur freundlich, sondern sogar richtig lieb war.

»Julian erwähnte, dass du Studentin bist. Ich kann mir vorstellen, dass dabei nicht viel für Luxus übrig bleibt.«

»Nein, das stimmt. Es sei denn, man betrachtet Essen als Luxus.«

»Dann lass dich doch von Julian ein bisschen verwöhnen«, riet sie mir. »Außerdem wird von Julians Consort erwartet, dass sie sich geschmackvoll kleidet.«

Ich dachte an das grüne Samtkleid, das ich vor ein paar Nächten getragen hatte. Ich war mir lächerlich overdressed vorgekommen, als ich es angezogen hatte, aber in der Gesellschaft von Vampiren war ich nicht mehr so stark aufgefallen. Ich nickte – doch eine Sache fand ich etwas merkwürdig. »Consort?«

»Freundin«, korrigierte sie sich. »Geliebte. Manchmal kann ich ein bisschen altmodisch sein.«

Geliebte. Wenn sie wüsste! Julian hatte gesagt, dass ich Jacqueline vertrauen konnte. Ich fragte mich, ob das auch für wirklich persönliche Dinge galt, wie zum Beispiel, dass mein Vampirfreund keinen Sex mit mir hatte.

Bevor ich den Mut aufbringen konnte, das Thema anzusprechen, kam eine ältere Frau auf uns zu. Ihr Haar war im Nacken zu einem perfekten Dutt geknotet, und sie hatte eine strenge

Miene. Sie grüßte Jacqueline und begann dann schnell auf Französisch zu sprechen. Ein paar Minuten später lachten beide.

»Komm. Sophie hat ein paar Sachen für dich ausgesucht.« Jacqueline führte mich zu den vielen Kleiderständern, die im Raum standen. »Es wird eine Weile dauern, bis du das alles anprobiert hast.«

»Moment mal.« Ich starrte auf die Ständer, auf denen mindestens hundert verschiedene Kleidungsstücke hingen. »Das alles?«

»Das ist nur der Anfang«, sagte sie und schürzte die Lippen. Sie ging die Bügel durch, nahm ein umwerfendes schwarzes Kleid heraus und hielt es hoch. »Probier das an.«

Als ich mich umsah, stellte ich fest, dass es keine Umkleidekabine gab. Offenbar hatten Vampire kein Problem damit, sich vor Fremden nackt zu zeigen. Ich schlüpfte aus meinen Kleidern. Jacqueline kniff die Augen ein wenig zusammen und sagte leise etwas zu Sophie.

»Ich werde sie auch ein paar Dessous aussuchen lassen.«

»Oh, ich will nicht ...«

»Unsinn«, unterbrach sie mich erneut. »Du brauchst etwas Passendes, was du unter diesen Kleidern tragen kannst. Das muss sein.« Sie lächelte. »Aber wir werden auch ein paar heiße Teile aussuchen, mit denen wir Julian ein wenig nervös machen können.«

»Ich weiß nicht recht, was er davon halten wird.« Darüber lachte Jacqueline nur noch lauter.

Sophie kam mit einer kleinen Schatztruhe voller hauchdünnem Chiffon und winzigen Spitzendessous zurück. Sie zeigten mir geduldig, wie man einen Strumpfgürtel mit Strümpfen anlegt, und vor dem Spiegel musste ich eingestehen, dass ich mich noch nie so sexy gefühlt hatte.

Ich verlor das Gefühl für die Stunden, die sie damit verbrachten, mich in Kleider und Kostüme zu stecken und zu schnüren. Schließlich gingen sie zur Alltagskleidung über, nachdem sie eine unfassbare Menge von Jacquelines Must-haves ausgesucht hatten. Ich hätte jubeln können, als Sophie mir eine Jeans präsentierte. Dann fiel mein Blick auf das Preisschild.

»Ich habe Jeans«, sagte ich erschüttert zu Jacqueline.

»Und du hast auch ein Portemonnaie«, sagte sie mit einem Schulterzucken. »Wenn du Julians Geld nicht ausgeben willst, werde ich es tun. Und bevor du dich mit mir streitest, ich habe den strikten Befehl, dir alles zu besorgen, was du für den Rest des Jahres brauchen könntest.«

Ich bezweifelte, dass ich jemals so viele Kleider brauchen würde, aber mit Jacqueline zu streiten war genauso sinnlos wie bei Julian. Vielleicht war das so ein Vampirding. Ich nickte und war dankbar, dass ich auch etwas Normales zum Anziehen haben würde – wenn ich nur das Preisschild vergessen könnte. Aber bei der Bewegung wurde mir schwindlig, und ich stolperte. Zum Glück trug ich keine der Stilettos, die zu meinem immer größer werdenden Stapel an Einkäufen hinzugekommen waren. Ich legte eine Hand an meine Stirn, weil mir so schwindelig war.

»*Merde*«, fluchte Jacqueline leise. »Du bist hungrig. Ich habe vergessen, dass Menschen dauernd essen.«

»Oder überhaupt«, sagte ich mit schwacher Stimme. Ich war zu sehr damit beschäftigt gewesen, die letzte Nacht zu verdauen, um heute Morgen ordentlich zu frühstücken. Als ich auf mein Handy schaute, stellte ich fest, dass es schon fast zwei war.

»Besorgen wir dir etwas zu essen«, schlug Jacqueline vor, »und dann suchen wir aus, was du heute Abend anziehen wirst.«

»Dieser *Salon*«, sagte ich und spürte, wie mir der Appetit verging. »Gehst du hin?«

»Diese Veranstaltung ist nicht für mich bestimmt«, sagte sie und musterte mich von Kopf bis Fuß. »Du siehst nervös aus. Hat Julian dir gesagt, was dich erwartet?«

»Nein.« Ich verzog das Gesicht, »und die letzte Party, zu der er mich mitnahm, war eine Orgie.« Leider kam Sophie gerade zurück, als ich den letzten Teil des Satzes aussprach. Ihr stand der Mund offen, aber sie fasste sich schnell und war wieder ganz Profi.

Jacquelines Augen funkelten angesichts meines *Fauxpas*, als sie sich bei mir einhakte. »Komm«, sagte sie kichernd. »Es gibt hier eine kleine Teestube. Lass uns einen Happen essen und reden.«

Sie sagte etwas auf Französisch zu Sophie, die daraufhin nickte.

»Ich fühle mich schlecht«, gab ich zu, als wir gingen. »Sie hat den ganzen Tag darauf gewartet, dass ich etwas aussuche, und jetzt muss sie noch länger warten.«

»Die Rechnung wird es aufwiegen«, sagte Jacqueline mit einem schiefen Grinsen. »Und sie wartet nicht auf uns. Ich habe mich bereits um die Bezahlung gekümmert. Wir müssen nur noch das Ensemble für heute Abend aussuchen.«

»Aber ich habe Julians Karte.« Oder meine Karte, fiel mir wieder ein.

»Ich habe fast achthundert Jahre darauf gewartet, dass Julian eine findet, mit der ich shoppen gehen kann. Das geht auf mich«, sagte sie und winkte meinen Einwand elegant ab. »Und jetzt lass uns etwas essen.«

Die Teestube befand sich in einer ruhigen Ecke abseits der Kundenströme. Jacqueline bestellte für mich, und bevor ich blinzeln konnte, stand schon ein Tablett mit köstlichem Gebäck vor mir, zusammen mit einer dampfenden Kanne Tee. Ich schenkte mir eine Tasse ein und nahm dankbar einen Schluck.

»Lass mich raten«, sagte sie und beobachtete mich. »Er vergisst, dich zu füttern.«

»Nur manchmal. Manchmal vergesse ich selbst zu essen.«

»Gut, das wird sich ändern«, sagte sie geheimnisvoll. »Er lernt dazu. Er hat bestimmt nicht damit gerechnet, sich an einen Menschen zu binden.«

»Ich habe auch nicht erwartet, mit einem Vampir zusammen zu sein«, gab ich zu.

Ich nahm ein hübsches Schokoladentörtchen in die Hand, biss hinein und stöhnte vor Vergnügen. »Entschuldigung. Ich habe gar nicht gemerkt, wie hungrig ich war.«

»Entschuldige dich nicht für deine Natur.« Jacqueline schenkte sich eine Tasse Tee ein und nahm ein paar Schlucke. »Können wir über den heutigen Abend sprechen?«

Ich nickte mit vollem Mund.

»Wegen heute Abend«, begann sie und stellte ihre Teetasse neben der Untertasse auf der Marmorplatte ab. »Du hast bestimmt Fragen.«

Ich schluckte den Bissen herunter und griff nach einer Serviette. Mein Herz begann zu rasen. Das war meine Chance. »Ich habe eine Menge Fragen ... nicht nur wegen heute Abend.«

»Zu Vampiren?«, fragte sie. »Oder Julian?«

»Zu allem«, gestand ich.

»Und Julian gibt dir keine Antworten?«

»Manchmal.« Ich holte tief Luft. »Aber es gibt Fragen, bei denen ich mir nicht sicher bin, ob ich sie stellen kann. Ich weiß nicht, ob er mich vor seiner Welt beschützt oder ob er seine Welt von mir fernhält.«

»Ich verstehe«, sagte sie nachdenklich. Sie strich über den Rand ihrer Tasse, und ich fragte mich, ob ich mich zu weit vorgewagt hatte.

»Es tut mir leid«, sagte ich eilig. »Ich hätte dich nicht bitten sollen, hinter seinem Rücken über ihn zu reden.«

Aber Jacqueline lachte nur. »Ich habe nur überlegt, wo ich anfangen soll«, erklärte sie mir. »Aber das überlasse ich dir. Thea, was willst du wissen?«

Was ich wissen wollte? Was wollte ich *nicht* wissen?

Aber es stellte sich heraus, dass ich durchaus wusste, was ich fragen wollte, denn die erste Frage platzte geradezu aus mir heraus. »Warum muss er heiraten?«

Ich hatte das Gefühl, dass diese Frage von meinem Herzen kam und nicht von meinem Kopf. Vor allem, weil ich mir diese Frage nie bewusst gestellt hatte. Aber in meinen Worten lag eine Dringlichkeit, die ich nicht leugnen konnte, dazu kam ein Schmerz in meiner Brust, der immer größer wurde, je länger ich auf ihre Antwort wartete.

»Nun ...« Jacquelines Mund verzog sich, als sie ihre Teetasse anhob und einen weiteren kleinen Schluck nahm. »Ich schätze, darauf werden wir gleich noch kommen.«

»Ich meine, was sind die Riten?« Warum war mir nicht eingefallen, zuerst diese Frage zu stellen? Sie klang vernünftig und ganz und gar nicht so, als wäre ich von Julian und der Ehe besessen. Ich war doch nicht besessen, oder? Mein Herz antwortete mit einem weiteren Stich.

»Das ist etwas einfacher zu beantworten«, sagte sie, senkte die Stimme und beugte sich näher heran.

Für die Außenwelt musste es so aussehen, als wären wir zwei Frauen, die beim Mittagessen tratschten. Wenn jemand gewusst hätte, *worüber* wir redeten ...

»Vor einigen Hundert Jahren drohten die Blutlinien der Vampire auszusterben. Das war ungefähr zu der Zeit, als man Hexen auf dem Scheiterhaufen verbrannte«, sagte sie sachlich.

Ich errötete und dachte an den Geschichtsunterricht in der Highschool. »Dann gab es sie wohl wirklich.«

»Es gab manche«, sagte sie grimmig. »Aber sie verbrannten genauso viele unschuldige Menschen wie Hexen. Schließlich ging es nie darum, die Zauberei zu stoppen. Es ging um Kontrolle.«

»Davon hab ich gehört.« Das war definitiv Teil des Geschichtsunterrichts gewesen.

»Und dann fanden sie zufällig eine Lösung für die Probleme unserer beiden Arten. Nur die ältesten und mächtigsten Vampire können noch reinblütige Kinder zeugen. Aber fast alle hassen sich gegenseitig. Ich meine, wer kann es ihnen verdenken? Ich glaube nicht, dass es ein Paar gibt, das nach Tausenden von Jahren noch vögeln will.«

»Keine Ahnung.« Ich errötete. Jacquelines breites Lächeln machte mich fast blind. »Du bist jung.«

»Das klingt, als würdest du von griechischen Göttern reden.«

»Was meinst du wohl, wie die Menschen auf diese Mythen gekommen sind?«, fragte Jacqueline. Ich lachte, hörte aber sofort auf, als ich an ihrer Miene erkannte, dass sie es ernst gemeint hatte. »Die Vampire haben schon vor langer Zeit aufgehört, dagegen anzugehen. Und die Hexen auch. Es war für uns alle sicherer. Also wurden unsere Geschichten von den Menschen zu Mythen und Legenden umgeschrieben.«

»Wie nervig.«

Doch sie zuckte nur mit den Schultern. »Anfangs schon. Aber es war einfacher als die ständige Gewalt zwischen den Menschen und uns. Anders als manche Vampire behaupten, haben die meisten von uns ein Gewissen.«

»Die meisten?«

»Nicht jeder ist mit den Veränderungen der letzten Jahrhunderte zufrieden«, sagte sie düster.

»Okay, und was hat das mit den Riten zu tun?« Ich fühlte mich, als säße ich im Grundkurs für Vampire. Es gab so viel zu lernen.

»Entschuldigung. Mir geht so viel durch den Kopf.« Sie tippte sich an die Schläfe. »Es gibt so viel zu bedenken, und ich habe mein halbes Leben vergessen.«

»Ich auch«, sagte ich und merkte zu spät, wie lächerlich das klang. Ich hatte im Laufe von zweiundzwanzig Jahren ein paar Kleinigkeiten vergessen. Sie musste Jahrzehnte verloren haben.

»Es wird breit diskutiert, ob zuerst Vampire oder Hexen da waren und wer zuerst über Magie verfügte. Damals gab es alle möglichen Arten von Magie, aber nur in sehr mächtigen Vampiren war sie stark. Deshalb behaupteten die Hexen gerne, dass sie die Einzigen mit echter Magie waren und dass sie die Vampire erschaffen hätten. Und die Vampire behaupten, sie seien älter als die Hexen, und wenn die Hexen wirklich so mächtig wären, könnten sie ja wohl länger leben. Niemand weiß genau, wer recht hat, aber das hast du nicht von mir gehört.«

»Wie die Debatte um das Huhn oder das Ei?«

»Genau«, sagte sie und strahlte. »Die Hexen trauten uns also nicht, und wir trauten ihnen nicht. Es gab viele Flüche und geheime Bündnisse. Das alles geschah, als Julian und ich noch sehr jung waren, deshalb haben wir nicht viel davon mitbekommen. Und dann liefen die Dinge aus dem Ruder. Ich meine, ein ganzes Jahrhundert lang verfluchten Hexen Vampire, damit sie im Sonnenlicht verbrennen.«

»Oh! Dann ist das also wahr!«

»Das kannst du laut sagen. Zum Glück konnten wir das rückgängig machen.« Sie hielt inne, als die Bedienung erschien. Jacqueline bestellte eine frische Kanne Tee und fuhr fort: »Lange Rede, kurzer Sinn: Irgendetwas ging schief, oder eine Hexe verriet ihr Volk – die Magie wurde jedenfalls eingeschläfert.«

»Eingeschläfert?« Ich hatte keine Ahnung, was das bedeuten sollte, aber es hörte sich nicht gut an.

»Sie ist immer noch im Blut – wahre Magie –, aber sie können sie nicht benutzen. Sie können Familienmagie wirken. Zaubertränke benutzen«, erklärte sie, als sie mein Gesicht sah. »Aber nichts im Vergleich zu dem, wozu sie früher im Stande waren. Aber auch die Vampire haben den Preis dafür bezahlt. Unsere eigene Magie wurde schwächer, und wir sind auf die Magie angewiesen, die wir beim Blutsaugen aufnehmen.«

»Von Hexen?«

»Alle Sterblichen haben etwas Magie in sich. Manche Kulturen nennen es die Lebenskraft oder die Seele oder was auch immer«, erklärte sie mir. »Aber als die Magie einschlief, stellten wir fest, dass unsere eigenen Kräfte nachließen. Plötzlich war es schwieriger, neue Vampire zu zeugen, also wurden mehr Vampire aus Menschen erschaffen. Aber diese *erschaffenen* Vampire zeugten selten – wenn überhaupt – neue Vampire. Um unsere Familien zu vergrößern, mussten wir also Menschen verwandeln. Diese neuen Vampire verstanden die alten Traditionen und Regeln nicht immer. Worüber die Hexen nicht besonders glücklich waren.«

»Aber etwas hat sich geändert. Vampire und Hexen hassen sich nicht mehr«, stellte ich fest.

Sie schnaubte. »Es gibt immer noch viel Hass. Wir heiraten einander, um zu überleben. Vertraute brauchten Vampire, die sie versteckten und beschützten. Vampire entdeckten, dass Hexenblut ihre Macht vergrößert. Aber was noch wichtiger ist:

Sie entdeckten, dass ein weiblicher Vertrauter das Baby eines Vampirs austragen kann. Und ein weiblicher Vampir kann das Kind eines männlichen Vertrauten austragen. Nur die ältesten Vampirweibchen können mit einem anderen Vampir Kinder zeugen. Aber ein Vertrauter kann schwanger werden oder schwängern. Wir haben uns also gegenseitig am Leben erhalten. Buchstäblich. Man einigte sich darauf, dass die beiden Spezies alle paar Hundert Jahre zu einer gemeinsamen Paarungszeit zusammenkommen sollten. Vampire veranstalten solche Treffen bereits regelmäßig. Alle fünfzig Jahre gibt es Bälle, Abendessen und Orgien ohne Ende.«

Ich verkniff mir ein Lachen über ihren demonstrativen Überdruss, in meinen Augen hätte ein Turnus von fünfzig Jahren lang genug sein sollen, um die Sache nicht langweilig werden zu lassen ...

»Allmählich legten die Vertrauten gesteigerten Wert darauf, ihre Kinder mit den mächtigsten Vampirfamilien zu verkuppeln, und zwar aus anderen Gründen als dem Schutzbedürfnis«, fuhr sie fort. »Je mehr Macht, Geld oder Status die Verbindung mit sich brachte, desto besser.«

»Warum nennt man Hexen eigentlich Vertraute?« Dieser Teil war mir noch nicht klar.

»Das war eine subtile Beleidigung – Teil der Abmachung. Um den Schutz der Vampire zu erhalten, wurden Hexen zu deren Vertrauten. Bevor die Magie einschlief, hatten die Hexen Zaubersprüche sprechen können, und ein Geist erschien ihnen – in der Gestalt eines Vertrauten. Ihr Vertrauter diente ihnen auf die eine oder andere Weise. Hexen behaupteten früher, sie hätten Vampire erschaffen, damit sie ihnen als Vertraute dienten, aber dann die Kontrolle über sie verloren.«

»Haben sie?«, fragte ich.

Jacquelines blonde Wellen kräuselten sich über ihre Schultern, als sie den Kopf schüttelte. »Keine Ahnung. Wieder die Sache mit dem Huhn und dem Ei. Aber Vertraute genannt zu werden sollte sie daran erinnern, dass sie den Vampiren ihr Überleben verdankten.«

»Standen die Vampire nicht auch in ihrer Schuld?«

»Natürlich«, gab sie zu, »aber wir saßen am längeren Hebel. Wir hatten das Geld und die Ressourcen, um unterzutauchen, als die Menschen unsere beiden Arten jagten. Die Hexen brauchten uns. Es klappte bis vor Kurzem besser als gedacht.«

»Bis vor Kurzem?«, hakte ich nach.

»Vampire werden seltener schwanger, und es gibt Gerüchte, dass die alten Zaubersprüche und -tränke nicht mehr so gut funktionieren – wenn überhaupt. Das ist der Grund, warum der Convent die Riten zur festen Einrichtung gemacht hat. Sie wollen sicherstellen, dass die ältesten Blutlinien nicht aussterben, die noch über eine gewisse eigene Magie verfügen.«

»Sie wollen Babys«, sagte ich entgeistert.

»Ja, es ist, als ob man ständig von hoffnungsvollen Großmüttern umgeben ist. Wann wirst du endlich sesshaft? Wann bekommst du ein Baby?«, ahmte sie eine besorgt drängende Stimme nach.

Ich versuchte, mir vorzustellen, wie Julians Mutter ihn deswegen bedrängte. Allerdings war es mir unmöglich, mir Sabine als Oma vorzustellen.

»Moment«, sagte ich, als mir etwas einfiel. »Wenn Vampire Babys bekommen können, warum seht ihr dann alle aus, als wärt ihr in euren Zwanzigern oder Dreißigern?«

»Sieh genauer hin, und du wirst feststellen, dass es Vampire jeden Alters gibt. Wir altern, aber auf andere Weise als ihr. Eine typische Vampirkindheit dauert hundert Jahre. Die

Pubertät dauert mehrere Hundert Jahre. Für jeden von uns, der als Vampir geboren wird, ist es ein bisschen anders.«

»Und wie alt bist du jetzt? In Menschenjahren?«

»Um die dreißig«, sagte sie und klang dabei nicht überzeugt von ihrer eigenen Antwort. »Es fällt mir schwer, in Menschenjahren zu denken. Sie fühlen sich nie lang genug an.«

»Ich habe nie viel über Lebensdauer nachgedacht, bis meine Mutter krank wurde, und da wurde mir klar, wie wenig Zeit wir haben«, sagte ich ihr leise.

»Das ist auch für Vampire schwer zu begreifen. Wenn wir uns an einen von euch binden, fühlt es sich an, als würden wir euch einen Moment später schon wieder verlieren.« Sie schluckte und wandte den Kopf ab. Als sie mich wieder anschaute, glänzten ihre Augen.

Ich fragte mich, wen sie verloren hatte. »Weil die Vampire viele Jahre lang Kinder bleiben, stirbt der Elternteil, der ein Vertrauter ist, noch während sie sehr klein sind.« Mir drehte sich der Magen um. Es war schon schwer genug gewesen, die letzten Jahre mit der Angst zu verbringen, ich könnte meine Mutter verlieren. Ich konnte mir nicht vorstellen, wie es sein musste, wenn sie mir als Kind weggenommen worden wäre.

»Manchmal wird es in den Ehevertrag aufgenommen. Der Vampir willigt ein, den Vertrauten zu verwandeln, sobald ein Erbe gezeugt wurde. Aber so ist es nicht immer. Manchen Vampiren geht es nur darum, einen Erben zu zeugen. Manche Vertraute weigern sich, Vampire zu werden.«

Ich konnte mich nicht entscheiden, ob mich das mehr oder weniger traurig machte.

»Da habe ich eine Menge zu verarbeiten. Ich wünschte, ich wäre eine Vertraute. Dann wüsste ich wenigstens, wie alles funktioniert.«

»Auch sie sind nicht vollständig vorbereitet. Genau darum geht es an diesem Abend. Der *Salon du Rouge* bietet den Vertrauten die Gelegenheit, mehr darüber zu erfahren, was von ihnen erwartet wird, wenn sie einen Vampir heiraten. Aber es ist auch eine Gelegenheit für Vampirmütter und -schwestern zu entscheiden, ob eine Vertraute der Aufgabe gewachsen ist, die Frau eines Vampirs zu werden.«

»Also darum geht es heute Abend!« Ich schnappte mir ein weiteres Stück Kuchen und schlang es vor lauter Aufregung herunter. Aber es half nichts. »Wird Sabine da sein? Warum schickt mich Julian dahin? Er weiß doch, dass sie mich nie akzeptieren würde, und es ist ja nicht so, dass …«

Am liebsten hätte ich ihr alle Einzelheiten meiner befristeten Beziehung zu Julian aufgetischt, aber das fühlte sich wie ein Vertrauensbruch an.

»Ich fürchte, du könntest recht haben«, sagte sie sanft. »Sabine ist sehr traditionell eingestellt.«

»Sie will, dass Julian heiratet, damit er noch einen kleinen Vampir machen kann.« Ein saurer Geschmack erfüllte meinen Mund. »Aber er will keine Babys.«

»Ihr beide habt über Babys gesprochen?«

Sie schien den entscheidenden Teil meiner Aussage übersehen zu haben. »Er hat nur erwähnt, dass seine Mutter will, dass er heiratet und ein Baby bekommt. Er schien davon nicht besonders begeistert zu sein.«

»Er hat gute Gründe, auch wenn er sie vielleicht noch einmal überdenken muss«, sagte sie kryptisch. »Ich glaube, du hilfst ihm dabei.«

»Ich?« Fast hätte ich meinen Tee verschüttet. »Das bezweifle ich. Ich kann ja sowieso keine Kinder mit ihm bekommen.«

»Unabhängig davon, was der Convent oder Sabine oder

sonst jemand denkt – ihr könnt auf jeden Fall eine Familie gründen, Thea. Vielleicht werdet ihr keine Kinder bekommen, aber ihr beide könntet eine wunderbare Familie gründen.«

»Mit Leuten, die er verwandelt hat?« Ich versuchte, mir Celia als meine Stieftochter vorzustellen. Was sollte ich davon halten?

»Oder solchen, die man gemeinsam auswählt. Die Familien, die wir uns aussuchen, sind die, die wir behalten.«

»Ich glaube nicht, dass Julian vorhat, mich zu behalten.« Mir wurde eng ums Herz, als ich das aussprach. Er hatte mir gesagt, ich könne Jacqueline vertrauen, und ich brauchte jemanden, mit dem ich reden konnte.

Sie legte den Kopf schief und betrachtete mich schweigend. »Wie kommst du darauf?«

»Weil wir eine Abmachung haben«, gestand ich. Ich erzählte ihr, wie wir uns kennengelernt hatten, welche Abmachung wir getroffen hatten und dass er sich weigerte, mit mir zu schlafen. Als ich fertig war, glühten meine Wangen, aber sie wirkte nur amüsiert.

»Interessant«, sagte sie, und ein Lächeln umspielte ihre Lippen. »Julian hatte schon immer eine Schwäche für Jungfrauen – aber es gibt Regeln.«

»Regeln?«

»Er hat wohl vergessen, das zu erwähnen.« Sie verdrehte die Augen und murmelte: »Männer! Ja, es gibt Regeln. Hast du schon mal vom Bann gehört?«

»Ich bin mir nicht sicher.«

»Im Grunde bedeutet es, dass ein Sterblicher unter dem Einfluss eines Vampirs steht. Viele Sterbliche entscheiden sich dafür, in den Bann gezogen zu werden und unserer Art zu dienen.«

»Warum sollten sie das tun?« Das musste der Entscheidung

gleichkommen, ein wandelnder Blutbeutel zu sein. Ich konnte das nicht verstehen.

»Geld und Macht. Wir versuchen, uns nicht zu sehr in menschliche Angelegenheiten einzumischen, aber manchmal bitten sie uns um Hilfe.«

»Ihr versklavt sie also?«, fragte ich.

»Betrachte es als eine durch Magie bekräftigte, geheime Vereinbarung. Die Menschen werden immer vorher über die Bedingungen der Vereinbarung informiert«, erklärte sie.

»Und wenn sie ablehnen?«

»Wir lassen sie vergessen, dass sie jemals einen Vampir getroffen haben oder dass wir überhaupt existieren. Wir sind nicht daran interessiert, jemanden zu versklaven.«

»Aber ihr benutzt sie als Blutspender?«

»Nur wenn das Teil der Vereinbarung ist«, sagte sie. »Manche Menschen dienen als Anwälte, Wächter oder Buchhalter.«

Ich konnte nicht fassen, dass Vampire Buchhalter hatten. Es war einfach zu banal. »Moment mal, stehe ich unter einem Bann?«

»Ich glaube eher, er steht unter deinem Bann«, sagte sie und schnaubte wenig damenhaft. »Womit wir bei den Vampiren sind, die Sex mit Jungfrauen haben. Da kann es ein Problem geben.«

Meine Augen wurden schmal. Julian hatte diesen Teil praktischerweise ausgelassen. »Was für ein Problem?«

»Es ist, als stünde man unter einem Bann, aber auf höchster Stufe. Die Sterbliche ist an den Vampir gefesselt.«

»Bis der Vampir sie freigibt?«, mutmaßte ich.

»Nein. Der Tod ist die einzige Erlösung.«

Mein Magen kribbelte, als ich ihre Worte verstand. Das war

der Grund, warum mich Julian nicht entjungfern wollte. »Und er wusste das? Warum hat er es mir nicht gesagt?«

Ich hatte verdient, es zu erfahren. So etwas musste ich doch wissen.

»Ich glaube, er hat Angst, dass es dich vergrault.« Sie schnitt ein Gesicht, als teilte sie seine Sorge.

»Aber was wäre passiert, wenn wir uns vergessen hätten und versehentlich … Ich hätte erst erfahren, was passiert ist, wenn es zu spät gewesen wäre.«

»Dafür gibt es keine Entschuldigung«, gab sie zu. »Ich vermute, dass er sich auf Jahrhunderte sorgfältig kultivierter Zurückhaltung und eine gehörige Portion Selbsthass verlässt, um das zu verhindern.«

»Warum sollte man überhaupt das Risiko eingehen?« Fragte ich sie oder mich selbst? »Warum ist er nicht einfach gegangen, als er es herausfand?«

»Manchmal ist das, was wir uns vornehmen, nicht das, was das Schicksal für uns bereithält. Ich glaube, selbst Julian mit seiner Selbstbeherrschung kann dem Schicksal nicht entgehen.«

»Dem Schicksal?« Ich schüttelte lachend den Kopf. »Ich weiß nicht, ob ich an so etwas wie Schicksal glaube.«

»Wie lange kennst du Julian schon?«, fragte sie. »Ein paar Tage? Eine Woche?«

Ich nickte.

»Ein Wimpernschlag für einen Vampir und kaum Zeit für einen Menschen, richtig?«

»Ja, ich glaube schon«, sagte ich.

»Gib mir eine ehrliche Antwort.« Sie sah mir eindringlich in die Augen. »Bist du in ihn verliebt?«

38

JULIAN

Thea hüllte sich auf der Heimfahrt vom Shoppen in Schweigen. Sie drehte ihren zierlichen Körper zum Fenster und beobachtete, wie draußen Paris in völliger Stille vorbeizog. Nach den Tüten zu urteilen, die im Kofferraum des Bentley gelandet waren – Jacqueline zufolge handelte es sich dabei nur um einen kleinen Teil der Einkäufe –, war der Ausflug ein voller Erfolg gewesen. Aber Thea blieb unerreichbar, auch wenn sie neben mir saß.

Ich schickte eine kurze SMS an meine beste Freundin.

> Hast du meine Freundin unglücklich gemacht?

Drei Punkte erschienen und verschwanden dann. Ich wartete, aber es kam keine Antwort. Jacqueline und ich würden ein Wörtchen miteinander zu reden haben. Ich war davon ausgegangen, dass sie Thea in einige der heikleren Besonderheiten der Vampirgesellschaft einweihen würde – aber was genau hatte sie Thea erzählt?

Als wir wieder im Haus ankamen, geriet ich in Panik. Ich ging ums Auto herum und öffnete ihre Tür. Thea sah mich nicht an, als sie herauskletterte. Stattdessen eilte sie ins Haus, vorbei an einem verwirrten Hughes, der mir einen fragenden Blick zuwarf.

»Haben Sie *Mademoiselle* verärgert?«, fragte er. »Ich könnte arrangieren, dass Blumen geliefert werden.«

»Das wird nicht nötig sein«, sagte ich und stieg hinter ihr die Treppe hinauf. Auf der dritten Stufe hielt ich inne. »Wenn ich es mir recht überlege: Ja. Blumen sind wohl eine gute Idee.«

Ich ging ins Schlafzimmer und fand es leer vor. Sie war weder im Bad noch auf der Terrasse. Als ich mich umdrehte, um nach ihr zu suchen, kamen gerade ein paar der Hausmädchen, die begonnen hatten, die Einkaufstaschen hereinzutragen.

»Sollen wir die Sachen aufhängen?«, fragte eine.

Ich nickte, war zu abgelenkt, um mich darum zu kümmern, was sie taten. Von mir aus konnten sie sie in winzige Stücke schneiden und wie Konfetti durch die Gegend werfen.

Sie war nicht auf der Dachterrasse. Schließlich machte ich mich auf den Weg in die Bibliothek. Dort fand ich sie auf einem Fensterplatz mit Blick auf eine kleine Gasse. Es war die unspektakulärste Aussicht im Haus, aber sie starrte auf etwas, dass sich hinter der Scheibe befand.

Ich näherte mich ihr vorsichtig, weil ich befürchtete, dass sie wieder weglaufen würde. »War es so schrecklich? Ich verspreche dir, dass du nie wieder einkaufen musst.«

Sie blickte zu mir auf und sah erschrocken aus, als sie mich dort stehen sah. »Das Shoppen hat Spaß gemacht.«

»So wenig überzeugend warst du noch nie, Kleines.« Ich setzte mich neben sie, aber sie wich zurück, als ob sie nicht wollte, dass ich sie berühre.

»Das Shoppen war in Ordnung.« Sie drehte sich zu mir um. Ihre grünen Augen waren harte, glitzernde Smaragde. »Und das Gespräch mit Jacqueline war *erhellend*.«

»Ich verstehe.« Mir war klar gewesen, dass Thea Jacqueline die Fragen stellen würde, die sie mir nicht zu stellen wagte. Ich hatte geglaubt, ich könnte mir denken, was für Fragen das sein könnten. Vielleicht hatte ich mich geirrt. Was sie von meiner besten Freundin erfahren hatte, hatte sie nicht nur ein wenig verärgert. Thea war außer sich.

Sie strahlte es aus. Ingwer und Zimt mischten sich unter ihren blumigen Duft, würzige und scharfe Warnhinweise. Ich hatte es vermasselt. Aber wie schlimm?

»Thea, ich weiß nicht, was sie dir erzählt hat«, begann ich und erntete wieder einen eisigen Blick. »Aber was auch immer sie gesagt hat, es ist die Wahrheit. Jacqueline würde dich nicht anlügen.«

»Aber du hast es getan«, warf sie mir vor.

»Ich habe dich nie belogen.« Das konnte ich nicht. Ich hatte es versucht. Kein Wunder, dass ich alles vermasselt hatte.

»Du hast mir erzählt, dass du nicht mit mir schlafen willst, weil meine Jungfräulichkeit ein kostbares Geschenk sei oder so ein Quatsch«, schimpfte sie.

Ich musste mich anstrengen, um nicht zu lächeln. Wenn Thea fluchte, sah sie immer wie ein Kätzchen aus, das versuchte, ein Tiger zu sein.

»Das habe ich auch gemeint«, sagte ich leise. »Egal, was meine anderen Gründe sein mögen. Ich habe es so gemeint.«

»Aber du wusstest, dass ich an dich gefesselt bleibe, falls du die Kontrolle verlierst. Das ist völlig schräg!«

»Ich weiß. Aber ich werde die Kontrolle nicht verlieren.«

»Wirklich?« Sie hob das Kinn und blies sich eine widerspenstige Haarsträhne aus den Augen, bevor sie fortfuhr: »Also sind Blutdurst und Blutrausch Anzeichen dafür, dass du dich völlig unter Kontrolle hast?«

»Ja«, zischte ich. »Ich würde dich nie in Gefahr bringen.«

»Lügner«, sagte sie leise. »Allein meine Anwesenheit hier bringt mich in Gefahr, und wenn ich nicht darauf vertrauen kann, dass du mir alles sagst, was ich wissen muss ...«

Sie blickte weg, ihre Kehle geriet in Bewegung, als sie die Worte hinunterschluckte, mit denen sie ihre Gedanken abschloss. Wenn sie mir nicht trauen konnte, was dann? Was sollte dann aus uns werden?

»Hätte ich doch nur mein Cello mitgebracht«, sagte sie plötzlich. »Ich weiß gar nicht mehr, wer ich eigentlich bin.«

Ihre Worte trafen mich wie Messer ins Herz. »Ich würde dich nie ändern.«

»Das hast du deutlich gemacht«, sagte sie enttäuscht.

»Kannst du die Grenzen jetzt nicht besser verstehen?«

»Doch«, gab sie zu und holte tief Luft. »Aber ich weiß gar nicht mehr, warum ich eigentlich hier bin. Jacqueline hat gesagt ... Ach, das spielt auch keine Rolle.«

»Was hat sie gesagt?«, fragte ich, aber Thea blieb stumm. Ich streifte meinen Handschuh ab und griff nach Theas Gesicht. Ich nahm ihr Kinn in die Hand und strich mit dem Daumen über ihren Wangenknochen. »Kleines, was hat sie gesagt?«

Thea schmiegte sich in meine nackte Handfläche. »Nichts.«

»Was?«, fragte ich erneut.

»Ich brauche Zeit zum Nachdenken«, sagte sie, stand abrupt auf und schob meine Hand weg. »Und ich muss mich auf die Veranstaltung heute Abend vorbereiten.«

»Du musst da nicht hingehen«, sagte ich schnell. Sich mit meiner Mutter und einem Haufen versnobter Vampire und Vertrauter herumzuschlagen war das Letzte, was sie jetzt gebrauchen konnte.

»Warum? Weil ich herausfinden könnte, welche geheimen Anforderungen Vampirfrauen erfüllen müssen?«, fragte sie und verschränkte die Arme vor der Brust. »Zu spät. Ich weiß, dass du keine Kinder haben willst und deshalb mit mir zusammen bist – einer gewöhnlichen Sterblichen, die dir keine schenken kann.«

»So denke ich nicht von dir, und ich möchte nicht, dass du irgendwohin gehst, wo du dich unwohl fühlst.«

Sie verdrehte die Augen. Ihr Widerstand elektrisierte mich. Ich wollte Thea jeden wachen Moment. Wie war es möglich, dass ich sie noch mehr begehrte, wenn sie mich herausforderte?

»Ich gehe«, sagte sie mit klarer, fester Stimme. »Ich habe keine Angst vor deiner Mutter oder den anderen. Jetzt nicht mehr. Nicht, seit ich weiß, dass ich nie das sein kann, was sie wollen.«

»Was sie wollen, spielt keine Rolle.«

»Wird der Convent dir da zustimmen? Du hast dir etwas Zeit verschafft, aber irgendwann wirst du eine Vertraute heiraten und Vampirbabys machen müssen.«

»Einen Teufel werde ich tun!«, brüllte ich, warf einen Leseständer um und schleuderte damit eine antike Shakespeareausgabe durch die Luft.

»Welche anderen Möglichkeiten gibt es?«, fragte sie unbeeindruckt.

Ich sagte ihr das Erste, was mir einfiel. »Pack deine Sachen. Wir fahren nach Venedig oder Hongkong. Du bestimmst den Ort.«

»Ich gehe.« Ich hörte die Entschlossenheit in ihrer Stimme, und ich wusste, dass sie nicht von einer neuen Stadt sprach. Sie wollte den *Salon du Rouge* besuchen, und ich konnte sie nicht mehr davon abhalten.

»Warum?«, fragte ich.

»Weil ich das Gesicht deiner Mutter sehen will, wenn ich ihr sage, dass ich nirgendwo anders hingehen werde«, sagte sie mit einem provokativen Achselzucken.

»Wirst du nicht?« Doch die Erleichterung war nur von kurzer Dauer.

»Ganz ehrlich? Ich weiß es nicht«, sagte sie. »Ich muss darüber nachdenken, aber da ich im Grunde mein Leben aufgegeben habe, um mit dir hierherzukommen, bleibt mir keine andere Wahl. Du hast mich das ganze nächste Jahr an der Backe. Und ich werde bestimmt nicht die ganze Zeit damit verbringen, deiner Mutter aus dem Weg zu gehen.«

Das war zwar nicht gerade beruhigend, aber besser als der Gedanke, dass sie jetzt gehen könnte.

»Davon hat Jacqueline dir also erzählt – wie Vampirbabys gemacht werden?«

»Unter anderem.« Aber über das, was sie außerdem noch erfahren hatte, schwieg sie sich aus. »Ich sollte mich anziehen.«

»Soll ich dir helfen?«, fragte ich und grinste durchtrieben.

Aber darauf ließ sie sich nicht ein. »Ich bin immer noch wütend auf dich, also nein.«

»Bist du sicher? Ich kann sehr überzeugend sein.« Ich hakte einen Finger in ihren Hosenbund.

»Ich fürchte, dieser Bereich ist gesperrt, bis ich mir sicher bin.«

»Sicher worüber?«

Thea sah mir direkt in die Augen. »Dass du die ganze Mühe wert bist.«

*

Die nächste Stunde brachte ich damit zu, in der Halle unten auf und ab zu tigern. Dass sie die Wahrheit kannte, war schlimm genug, aber wie viel schlimmer konnte es nach heute Abend noch werden? Warum hatte ich dem Wunsch meiner Mutter entsprochen und Thea da hingeschickt? Sie war keine Vertraute. Wenn ich als reinblütiger Erbfolger eine Ehe mit ihr einging, würde das einen Skandal verursachen. Unsere Familie hatte sich von dem letzten Skandal nie ganz erholt.

Stoff raschelte an der Treppe, und ich drehte mich um und sah Thea am Treppenabsatz der ersten Etage stehen. Sie hatte das Kleid für den heutigen Abend passend zum Thema *Salon du Rouge* gewählt. Die rote Seide schlang sich um ihr Mieder und enthüllte die zarte Wölbung ihrer weichen Brüste. Ein Neckholder legte sich wie ein Choker um ihren Hals, und eine Seidenrose war seitlich über ihrer delikat pulsierenden Halsschlagader befestigt. Sie hätte ebenso gut ihr »Beiß mich«-Shirt tragen können.

Als sie die Treppe herunterkam, schoben sich ihre nackten Beine durch die langen Schlitze im Kleid. Sie war eine wandelnde Versuchung.

Ich ging bis zum Fuß der Treppe, um sie in Empfang zu nehmen. Als sie die letzte Stufe erreichte, gab ich ihr die Hand. »Ich finde, du bist das Schönste, was ich je gesehen habe.«

Ihr Blick fiel auf den Handschuh, den ich trug, und sie rauschte an mir vorbei. »Warte nicht auf mich.«

»Kleines«, sagte ich sanft. »Es ist noch nicht zu spät, deine Meinung zu ändern.«

Sie wirbelte herum und sah mich an. Ihr scharfer Blick musterte mich, ihre Miene blieb verschlossen. »Wünsch mir einfach Glück.«

Ich ergriff ihre Hand und drehte sie zu mir. »Du brauchst kein Glück.«

»Nein?«

»Niemand wird daran zweifeln, warum du dort bist.«

»Weshalb?«, fragte sie mich mit wachsamen Augen. »Ich bin kein Vampir. Ich bin keine Vertraute. Ich habe keinen Platz in eurer Welt.«

Ich hauchte einen Kuss auf ihre purpurroten Lippen. »Nein, das hast du nicht«, murmelte ich. »Du bist eine *Königin*, und eine Königin regiert ihr eigenes Reich.«

Ihr Mund verzog sich ein wenig, aber bevor ich mir darüber klar werden konnte, ob sich da ein Lächeln andeutete, löste sie sich von mir und klemmte sich ihre Clutch unter den Arm. Sie ging hüftschwingend hinaus zu Philippe. Er öffnete für sie die Wagentür und machte Stielaugen, sah aber schnell wieder weg.

Wenigstens hatte er etwas gelernt.

Thea hielt inne und warf einen Blick über ihre Schulter. »Ich bin eine Königin?«

Ich nickte und dachte schon an all die Möglichkeiten, wie ich mich später bei ihr entschuldigen wollte, angefangen damit, dass ich ihr das gefährliche Kleid ausziehen würde, das sie trug.

»Ich bin morgen früh wieder zu Hause.«

»Kleines«, knurrte ich. »Es wäre mir lieber …«

Aber sie saß bereits im Wagen. Die Königin hatte ihren Zug gemacht.

39

THEA

Eigentlich war ich kein wütender Mensch. Jedenfalls nicht auf diese Art. Ich war wütend, als Moms Krebs zurückkam. Ich war wütend, wenn Olivia den leeren Milchkarton in den Kühlschrank zurückstellte. Und mehr als einmal hatte ich Tanner verflucht, weil er die Klopapierrolle nicht gewechselt hatte. Das waren die lächerlichen Probleme der alten Thea.

Die alte Thea hatte mit zwei Jobs die Miete zusammengekratzt und studiert. Die alte Thea hatte es in jeder Hinsicht schlechter als ich.

Mit einer Ausnahme.

Die alte Thea hatte keine Ahnung von Vampiren gehabt. Sie hatte sich nie Gedanken über Blutdurst oder zeremonielle Rituale machen müssen, oder darüber, wie man mit Dreizehn-Zentimeter-Absätzen läuft. Und sie war ganz bestimmt nicht in einen temporären Vampirfreund verliebt.

Ich hatte die ganze Zeit Jacquelines melodische Stimme mit ihrem leichten französischen Akzent im Ohr, als sie mir diese eine Frage stellte.

»Bist du in ihn verliebt?«

Es spielte keine Rolle.

Es war nicht von Bedeutung.

Wir *konnten* nicht zusammen sein. Das wusste ich jetzt. Auf keinen Fall wollte ich für den Rest meines Lebens von ihm versklavt werden – selbst wenn sich mein Leben vergleichsweise kurz anfühlte. Und ich wollte auf keinen Fall Jungfrau bleiben und mich nur mit einem Teil von Julian zufriedengeben.

Aber ich hatte dabei ohnehin nichts zu melden.

Er musste heiraten und mit einer schönen Vertrauten Vampirbabys zeugen. Vielleicht wollte er das nicht, aber früher oder später würde er eine treffen, die seine Aufmerksamkeit fesseln konnte. Er würde eine Frau finden, die er zu seiner Ehefrau machen konnte.

Nächste Woche schon? Nächsten Monat? Konnte er sich dem Convent ein ganzes Jahr lang widersetzen? Und was zum Teufel sollte ich tun? Zu bleiben hätte bedeutet, sich noch mehr in ihn zu verlieben. Aber jetzt zu gehen war unmöglich. Ich hatte mich vom Studium beurlauben lassen. Ich hatte jede Chance auf das Reed-Stipendium verloren. Carmen hatte sogar eine süffisante SMS geschickt, dass das Quartett eine neue Cellistin gefunden hatte. Julian hatte mich gebeten, mein Leben hinter mir zu lassen, aber ich selbst war es gewesen, die in ihrer Eile, ihm zu folgen, alle Brücken hinter sich abgebrochen hatte.

Ich tupfte mir die Augenwinkel ab und versuchte, meine Tränen aufzuhalten. Auf keinen Fall wollte ich Sabine Rousseaux gegenübertreten, wenn mir die Wimperntusche über die Wangen lief. Vielleicht war es ein Fehler gewesen hierherzukommen, aber ich wusste absolut sicher, dass ich nicht das war, wofür sie mich hielt. Ich schlüpfte wieder in meine Opernhandschuhe aus Samt. Da ich weder ein Vampir noch eine Vertraute war, brauchte ich sie nicht zu tragen, aber heute Abend wollte ich etwas deutlich machen.

Ich hatte jedes Recht, dort zu sein.

Julian hatte sich für mich entschieden, und ich würde weder vor Sabine noch vor irgendeinem anderen Vampir kuschen, der mich einzuschüchtern versuchte.

»Mademoiselle«, sagte Philippe vom Fahrersitz aus. »Wir sind da.«

Ich schaute aus dem Fenster und versuchte, mich zu orientieren, aber inzwischen war es Nacht geworden. Eine Kalksteinmauer mit einem großen Eisentor verhinderte, dass ich sehen konnte, wohin der Fahrer mich brachte. Ich wusste wirklich nicht, was mich erwartete. Als wir das Kleid aussuchten, hatte mir Jacqueline weitere Einzelheiten über diesen Abend erzählt, aber ich war zu sehr mit den Enthüllungen beschäftigt gewesen, die sie beim Tee gemacht hatte.

Philippe öffnete mir die Tür und blieb seitlich stehen. Offensichtlich wollte er keinen Blutrausch bei Julian riskieren, indem er mir die Hand anbot. Ich reichte ihm meine Chanel-Clutch, um beim Aussteigen nicht das Gleichgewicht zu verlieren. Die Stilettos, die Jacqueline mir empfohlen hatte, waren mörderisch. Das Gute daran war, dass ich damit wahrscheinlich Vampire pfählen könnte, falls es nötig wäre.

Er reichte mir meine Clutch zurück, als ich sicher stand. »Ich bin in der Nähe und warte.«

»Das müssen Sie nicht tun«, sagte ich stirnrunzelnd. »Ich habe keine Ahnung, wie lange ich bleibe.«

»Ich habe meine Anweisungen«, erklärte er.

Natürlich verlangte mein überheblicher Freund, dass er wartete. »Ich bestehe darauf«, sagte ich.

»Monsieur Rousseaux hat sich sehr klar ausgedrückt«, antwortete er vielsagend.

Er hatte ihn gebannt. Warum überraschte mich das nicht?

»Essen Sie wenigstens etwas«, murmelte ich. Ein weiterer Wagen kam an, und ein paar Frauen stiegen aus dem Fond, die auch rot gekleidet waren. Jacqueline hatte mir gesagt, dass ich heute Abend Rot tragen sollte. Ich hatte versucht, eine andere Farbe zu wählen, schon um Sabine zu ärgern, aber sie war unnachgiebig geblieben.

Die Gruppe machte sich auf den Weg zum schmiedeeisernen Tor, und ich folgte ihnen mit etwas Abstand. Ich hatte Jacqueline gebeten, mich nicht zu begleiten. Ich wollte das alleine machen. Aber jetzt merkte ich, dass ich zu abgelenkt gewesen war, um ihren Anweisungen genügend Aufmerksamkeit zu schenken. Ich konnte jetzt hören, wie eine der Frauen mit einem Wächter redete, der gleich hinter dem Tor wartete.

Leider sprach sie Französisch.

Der heutige Abend begann wirklich großartig. Ich eilte hinter ihnen her, als sich das Tor öffnete, aber noch bevor ich hindurch schlüpfen konnte, hielt mich der Wächter auf.

Er fragte mich etwas auf Französisch, und ich schüttelte den Kopf. »Tut mir leid«, sagte ich entschuldigend. Er sah mich durch schmale Augenschlitze an. »Nachname?«, fragte er mit einem starken Akzent.

Ich schluckte. »Melbourne.«

Er studierte seine Liste. »Ich habe kein Melbourne.«

»Ich bin ein Gast von Julian Rousseaux.«

Seine Augen leuchteten auf. »Ich muss nachsehen.« »Sabine hat mich eingeladen«, fügte ich hinzu.

»Ich verstehe.« Er blätterte durch seine Seiten, stoppte schließlich und las etwas, das in makelloser Kalligrafie notiert worden war.

»Da sind Sie ja.«

Die Art und Weise, wie er es sagte, verriet mir, dass das, was auf diesem Papier stand, alles andere als angenehm war.

»Ich wünsche Ihnen einen schönen Abend«, fügte er hinzu und musterte mich dabei eingehend. »Man wird Sie am Eingang ankündigen. Vielleicht möchten Sie den Namen Rousseaux nennen.«

Weil ich nach ihren Begriffen ein Niemand war.

Ich schlenderte durch den gepflasterten Innenhof. Ein Teil von mir wollte da nicht rein. Der andere Teil von mir lernte gerade, wie verdammt schwer es war, in Stilettos auf unebenem Boden zu laufen. Als ich die Eingangstür erreichte, wusste ich, was ich zu tun hatte.

Eine Frau in einem einfachen schwarzen Kleid begrüßte mich. Sie war freundlicher als der Mann an der Pforte, aber wahrscheinlich nur, weil ich es überhaupt an der Pforte vorbei geschafft hatte. »Name?«

Ich holte tief Luft. »Thea Melbourne.«

»Und Sie sind eine Vertraute?«, fragte sie leise. »Ist das Ihr Familienname?«

»Ja, das ist mein Familienname. Ich bin keine Vertraute. Ich bin ein Gast.«

Sie hielt inne, als ob sie erwartete, dass ich meine Gastgeberin nannte, aber ich lächelte nur. Sie geleitete mich ins Foyer und wandte sich an die Anwesenden. »Mademoiselle Thea Melbourne.«

Köpfe drehten sich in meine Richtung, aber ich reckte das Kinn und sah über sie hinweg. Ich brauchte nicht zu wissen, ob sie tratschten. Julian hielt mich für eine Königin? Sich wie eine zu verhalten konnte nicht schaden. Nicht unter diesen Leuten.

»Danke«, sagte ich leise und trat einen Schritt hinein. »Viel Glück«, flüsterte sie.

Ich sah mich um. Fast alle waren wieder in ihre Gespräche vertieft. Die Hälfte der anwesenden Frauen trug Rot, die andere Hälfte Weiß. Die riesige Empfangshalle öffnete sich auf beiden Seiten in größere Räume. Als meine Absätze auf dem schwarzen Marmorboden klackten, wurde mir klar, dass Dutzende von Menschen anwesend waren – wenn nicht sogar Hunderte. Überall, wo ich hinsah, waren karminrote Pfingstrosen kunstvoll in silbernen Vasen und Gefäßen arrangiert. Ihre Blüten erfüllten die Luft mit ihrem süßen Duft.

»Thea!«, rief eine freundliche Stimme, und ich drehte mich um und stolperte fast über meine Füße, als Quinn Porter, meine freundliche Bekanntschaft aus der Nacht der Blutorgie, auf mich zukam. Wie ich war sie rot gekleidet, aber sie hatte sich für einen taillierten Hosenanzug entschieden. Die Jacke war in der Taille geknöpft. Darunter trug sie nichts. Der Effekt war atemberaubend.

»Quinn! Du siehst umwerfend aus«, sagte ich, als sie mich mit einer Umarmung begrüßte.

»Du aber auch. Ich liebe dein Kleid.« Sie ergriff meine Hände und lächelte. »Und Handschuhe, wie ich sehe.«

»Ich versuche, mich anzupassen«, murmelte ich.

»Als ob die Freundin von Julian Rousseaux sich irgendwo anpassen müsste«, sagte sie lachend. Wir hakten uns unter, und sie lenkte mich in eine freie Ecke. »Du bist das Gesprächsthema des Abends.«

»Was? Ich?« Mir fuhr der Schreck in die Glieder. Ich konnte nur ahnen, was Sabine den Leuten erzählt hatte.

»Jemand hat ausgeplaudert, dass der älteste Rousseaux nicht mehr auf dem Markt ist. Heute Abend gibt es hier viele gebrochene Herzen. Ich würde mich vorsehen«, riet sie mir.

»Er ist mitnichten vom Markt«, sagte ich und verzog das

Gesicht. Aber an die große Glocke wollte ich es auch nicht hängen.

»Aber du bist doch hier«, sagte sie.

»Ja, das bin ich. Und?«

»Menschen werden nicht zum *Salon du Rouge* eingeladen«, flüsterte sie und schaute sich um, als hätte sie Angst, dabei erwischt zu werden, wie sie mir Geheimnisse verriet.

»Du bist doch auch ein Mensch«, stellte ich fest.

»Ich bin eine Hexe. Glaub mir, für sie ist das nicht dasselbe.« Sie schüttelte den Kopf. »Das einzige Mal, dass ein Mensch den *Salon* besucht hat ...«

Doch bevor sie ausreden konnte, ertönte ein Gong. Das Gespräch verstummte augenblicklich, und alle wandten sich dem Geräusch zu.

Natürlich war es Sabine, die dort stand, mit einem Schlägel in der Hand. Sie legte ihn auf einem Silbertablett ab, das sofort zusammen mit dem antiken Messinggong aus dem Blickfeld verschwand. Hatten sie denn für alles einen Gong? Ihr schwarzes Haar war zu einem straffen Dutt zusammengebunden. Der schwarze Lidstrich wölbte sich in den Augenwinkeln zu gefährlichen Spitzen. Aber es war ihr weißes Seidenkleid, das die Aufmerksamkeit auf sich zog. Es überließ nichts der Fantasie. »Vampire müssen gute Gene haben«, murmelte ich. Quinn kicherte neben mir.

»Die meisten. Was glaubst du, warum so viele von uns verwandelt werden wollen?«, sagte sie leise.

Mir fiel ein, was Jacqueline über Ehen zwischen Vampiren und Vertrauten gesagt hatte. Anscheinend hoffte Quinn, in eine Vampirin verwandelt zu werden, wenn sie sich einen Ehemann suchte.

Bevor ich sie danach fragen konnte, ergriff Sabine das Wort.

»Willkommen im *Salon du Rouge*«, sagte sie. Bei ihrer Begrüßung breitete sich ein aufgeregtes Tuscheln im Saal aus.

»Heute Abend werden Sie erfahren, was genau von jeder von Ihnen verlangt wird, um als richtige Vampirfrau zu dienen.«

»Das kann ja heiter werden«, entfuhr mir, und sofort wurde ich angestarrt, Köpfe fuhren zu mir herum.

»Der *Salon* ist eine unserer ältesten Traditionen, und die Teilnahme daran ist ein Privileg.«

Ich konnte mir das Lachen kaum verkneifen. Es hörte sich an, als würden wir einer Schwesternschaft beitreten.

»Für die meisten unserer befreundeten Vertrauten ist dies der erste *Salon*. Sie sollten verstehen, dass über das, was hier geschieht, außerhalb dieser Mauern nicht gesprochen wird. Die Geheimnisse, die Sie hier erfahren, dürfen niemals preisgegeben werden.«

Mir war leicht übel. Ich schaute mich um und stellte fest, dass ich nicht die Einzige war, die nervös wirkte.

Mehrere Vertraute in roten Outfits linsten zur Tür.

»Heute Abend reden wir frei miteinander, damit jede von Ihnen – Vampirin oder Vertraute – darauf vorbereitet ist, die übrigen Riten zu vollziehen.« Die Leute um mich herum begannen zu tuscheln.

»Die übrigen?«, fragte ich Quinn.

»Heute Abend werden Sie auf die Probe gestellt«, sagte Sabine über das Gemurmel der Menge hinweg. Als ich mich umdrehte, sah ich, dass ihre Augen mich fixierten, als sie verkündete: »Willkommen zum ersten Ritus.«

40

JULIAN

Irgendwo in Paris befanden sich meine Mutter und meine Freundin im selben Raum. Ich hoffte nur, dass beide noch am Leben waren. Ich tigerte durch das Wohnzimmer, ein Auge auf die Uhr über dem Kaminsims gerichtet, das andere auf mein Telefon. Ich hatte meinen verdammten Verstand verloren. Und das alles nur, weil mir Jacqueline Flausen in den Kopf gesetzt hatte.

Thea war nicht meine Brut-Consort.

Das konnte sie nicht sein. In meinen neunhundert Lebensjahren bin ich zwischen Beziehungen und Betten hin und her gesprungen. Und ich war lange genug dabei, um zu wissen, dass die Geschichte vom Füreinander-bestimmt-Sein etwas war, was Vampirmütter ihren Kindern vor dem Schlafengehen erzählten. Es war ein Märchen. Nichts weiter. Noch nie hatte jemand, den ich kannte, tatsächlich seine Bestimmte oder seinen Bestimmten gefunden.

Ich schickte eine weitere Nachricht an Jacqueline, die mir nach wie vor aus dem Weg ging. Ich wollte wissen, wie viel sie Thea erzählt hatte und was genau im *Salon du Rouge* passierte. Meine Mutter hatte versprochen, dass es harmlos sei. Wenn es tatsächlich die Aussicht auf eine Beziehung mit Thea gab, war es besser, meine Familie so früh wie möglich mit im Boot zu haben.

Hughes betrat den Raum und beobachtete mich eine Sekunde lang. Ich konnte nur ahnen, was er über meine Aufregung dachte. »Monsieur, Sie haben Gäste.«

Das war das Problem, wenn man in Paris war. Bekannte kreuzten auf. Ich war davon ausgegangen, dass mir noch ein paar Tage blieben, bevor ich welche empfangen musste. Ich seufzte. »Führen Sie sie herein.«

Ich schlenderte zu dem antiken Barwagen in der Ecke, schenkte mir einen Scotch ein und machte mich auf Small Talk gefasst. Vielleicht würde mich das von der wilden Panik ablenken, die mich in Theas Abwesenheit überfallen hatte.

»Nette Bude, Gouverneur«, rief eine fröhliche Stimme. Ich drehte mich um, und da stand mein Bruder Benedict mit einer ungeöffneten Flasche Scotch. Sebastian stand neben ihm. »Ich habe ein Einweihungsgeschenk mitgebracht.«

Ich durchquerte das Zimmer mit zwei Schritten und begrüßte Benedict mit einer Umarmung. »*Mich* umarmst du nie, wenn ich zu Besuch komme«, beschwerte sich Sebastian. Aber er schlurfte bereits durch den Raum, und als er das Samtsofa erreichte, ließ er sich darauf fallen und legte die Füße hoch.

»Du hast mich von Celia wecken lassen«, erinnerte ich ihn.

»Das war Mutter«, betonte er. »Und ich habe dir eine lebendige Blondine mitgebracht.«

Benedict lachte leise. »Manche Dinge ändern sich nie.«

»Manche Leute, meinst du.« Ich nahm ihm die Flasche ab und las das Etikett. Sie war fünfzig Jahre alt und stammte aus einer kleinen Ortschaft außerhalb von Edinburgh, die nur für zwei Dinge bekannt war. »Der müsste gut sein.«

»Sag, was du willst, aber Werwölfe verstehen etwas von

Whisky«, sagte Benedict. »Sollen wir beenden, was du angefangen hast?«

Ich starrte ihn einen Moment lang an und fragte mich, ob er hergeschickt worden war, um mir einen Familienbeschluss betreffs meiner jüngsten Entscheidungen zu überbringen. Benedicts braune Augen – die ein warmes, tiefes Glühen hatten, das mich an Holzscheite in einem Kamin erinnerte – musterten mich ebenfalls. Er sah gut aus in seinem Anzug, der seinem massigen Vampirkörper auf den Leib geschneidert war. Seine Krawatte hing locker um seinen Hals.

Benedict war der Diplomat der Familie. Der Mann, den wir entsandten, wenn es etwas zu regeln gab, von angespannten Beziehungen zwischen rivalisierenden Blutlinien über Ratsangelegenheiten bis hin zu unseren zunehmend angespannten Beziehungen zu anderen Spezies. Wäre er ein Mensch, wäre er Premierminister oder Präsident. Aber das Vampirgesetz schrieb vor, dass wir niemals ein Amt in einer menschlichen Regierung bekleiden durften.

»Lass sie uns köpfen.« Er deutete auf die Flasche, die er mitgebracht hatte. Natürlich sprach Benedict über die Flasche Scotch, nicht über Thea.

»Tut mir leid. Ich bin etwas abgelenkt. Ich schenke dir einen Drink ein«, sagte ich. Je eher ich mein Gehirn – und meinen Schwanz – davon überzeugen konnte, dass Thea nicht das Zentrum des Universums war, desto besser. Ich goss Scotch ein und brachte jedem von ihnen ein Glas.

»Auf die Familie«, sagte Benedict und hob sein Glas.

Sebastian verdrehte die Augen. Er hatte sein Glas bereits an die Lippen gesetzt. »Wir sind unter uns. Du musst nicht den Musterknaben mimen.«

»Ob du es glaubst oder nicht, ich habe es wirklich so gemeint«, murmelte Benedict und warf ihm einen müden Blick zu. »Obwohl du hier bist.«

»Ich bin gerührt, Bruder.« Sebastian legte eine Hand auf sein Herz. Dann kippte er den Scotch in einem Zug hinunter. Er sah sich im Raum um. »Wo ist dein süßer, kleiner Mensch?«

Mir kam fast die Galle hoch – allmählich kannte ich diese Wut nur zu gut. Ich brachte nur ein einziges Wort heraus und schleuderte es ihm an den Kopf. »Ausgegangen.«

Sebastian grinste Benedict überheblich an und lachte. »Was habe ich dir gesagt.«

»Scheiße«, murmelte Benedict und nahm einen Schluck von seinem Scotch.

»Und du hast mir nicht geglaubt.« Sebastian sprang auf die Beine und ging in Richtung Whiskyflasche. Ich stellte mich ihm in den Weg, bevor er sie erreichen konnte.

»Was hast du ihm gesagt?«, fragte ich. Der Raum um uns herum verdunkelte sich. Dann wandte ich mich zu Benedict. »Was? Was hast du nicht geglaubt?«

»Reg dich ab. Du benimmst dich wie ein Psycho«, sagte Sebastian und schob sich an mir vorbei. Er hob die Flasche und nahm einen Schluck daraus.

»Tu dir keinen Zwang an«, brummte ich. Ich holte tief Luft und gab mir Mühe, nicht durchzudrehen. »Kann mir einer von euch sagen, wovon ihr da redet?«

»Sebastian meint, du hast eine Freundin – eine menschliche Freundin«, sagte Benedict.

»Und ihr seid deshalb hier?« Ich rückte näher. »Hat man euch vorgeschickt, um mich zur Vernunft zu bringen?«

Sein Mund verzog sich zu einem süffisanten Lächeln. »Hoffst du, dass es mir gelingt?«

»Thea ist ein Mittel zum Zweck. Mehr nicht«, informierte ich ihn.

»Tatsächlich?« Benedict klang nicht überzeugt. »Hör mal, ich habe genug Zeit mit Politikern verbracht, um zu merken, wenn man etwas schönreden will.«

»Ich rede nichts schön.« Ich entsiegelte die Flasche, die er mitgebracht hatte, und schenkte mir einen Schluck ein.

»Sie ist also ein Mittel zum Zweck?«, wiederholte er meine Worte. »Welcher Zweck?«

»Ich brauche dir nicht erzählen, dass sie die Riten verkündet haben.« Ich ließ mich in einen Ledersessel am Fenster sinken. »Sie ist eine Ablenkung. Wenn ich bereits liiert bin, kann man doch kaum erwarten, dass ich auf der Suche nach einer Ehefrau herumstolziere, oder?«

»Interessant.« Benedict nahm noch einen Schluck, aber ich bemerkte das Lächeln, das er zu verbergen versuchte.

»Ihr beide solltet mir dankbar sein.« Ich deutete mit meinem Zeigefinger auf jeden von ihnen. »Je länger ich es hinauszögere, desto mehr Zeit bleibt euch, bis es euch an den Kragen geht.«

»Und was glaubst du, wie lange du unsere Mutter in Schach halten kannst?«, fragte er und sprach damit die Frage aus, die ich mir selbst gestellt hatte, seit ich erfahren hatte, dass die Riten endlos andauern würden.

»Ich weiß es nicht«, gab ich zu und ließ den Kopf in meine Handfläche sinken. »Vielleicht sollte mich einer von euch einfach pfählen.«

»Diese Lösung kommt mir zu dramatisch vor«, sagte Benedict.

»Aber es hätte Stil«, fügte Sebastian hinzu. Er setzte sich wieder hin – diesmal auf den Perserteppich – und nuckelte weiter an seiner Flasche. »Warum heiratest du nicht einfach?«

»Ernsthaft?« Ich spürte schon wieder die Wut in mir aufsteigen, aber ich konnte sie unterdrücken. »Und warum heiratest *du* nicht?«

»Das werde ich tun – wenn ich an der Reihe bin.« Er grinste.

Ohne lange zu überlegen, schleuderte ich mein Glas in seine Richtung. Er zog gerade noch rechtzeitig den Kopf ein, und das Glas zerschellte hinter ihm an der Wand.

»Ich verstehe nicht, was daran so schlimm sein soll«, fuhr er völlig unbeeindruckt von dem Ausbruch fort. »Das ändert doch nichts. Schau dir Mum und Dad an. Die machen, was und *mit wem* sie wollen.«

»Ja, ein leuchtendes Vorbild für unser aller Eheglück«, sagte Benedict trocken. »Aber – ich sage es nur ungern – er hat nicht unrecht. Es ist ja nicht so, dass du deinen Menschen aufgeben müsstest. Viele Vampire halten sich nebenbei etwas Kleines, wenn sie verheiratet sind.«

Es war nur so dahingesagt. Woher sollte er wissen, was ihm da herausgerutscht war? Kleines. So nannte ich Thea. Ich meinte es liebevoll. Oder hatte ich von Anfang an gewusst, dass ich sie behalten wollte?

»Such dir einfach eine Vertraute, die unseren Eltern gefällt, schwängere sie und lebe dein Leben weiter«, fügte Sebastian hinzu. »Außerdem brauchst du Blut. Selbst deine Frau wird das verstehen. Gegen dein Bedürfnis, dich zu ernähren, kann sie nicht argumentieren, und nach allem, was ich über die Ehe gehört habe, wird sie froh sein, wenn du weiterhin deinen hübschen Menschen fickst, solange es den Frieden erhält.«

Mir riss der Geduldsfaden. Eben hatte ich noch mit zunehmendem Unwohlsein zugehört, aber einen Moment später hatte ich Sebastian schon an der Kehle gepackt. Seine Füße baumelten einen halben Meter über dem Boden. Sebastian öffnete den Mund, aber das einzige Geräusch, das er von sich gab, war ein Gurgeln.

»Hör auf, sie meinen hübschen Menschen zu nennen«, brüllte ich. »Red nicht mehr davon, dass ich sie ficken oder mir nebenbei halten soll.« Meine Hand quetschte seinen Kehlkopf. Blut rann von den Stellen, an denen meine Fingernägel seine Haut verletzt hatten.

Eine feste Hand klatschte auf meine Schulter. »Julian«, sagte Benedict sanft meinen Namen. »Lass unseren Bruder runter, bevor du ihm aus Versehen den Kopf abreißt.«

»Was heißt hier aus Versehen?«, zischte ich.

»Glaub mir, du hast mein Mitgefühl, aber du willst deinen Bruder doch nicht wirklich köpfen.«

Ich war mir nicht ganz sicher, ob das stimmte. Ich zwang mich dazu, langsam meine Finger zu entspannen, sodass er zu Boden fiel. Sebastian betastete vorsichtig seinen Hals.

Als er das Blut an seinen Fingern sah, lachte er leise. »Ich sagte doch, es steht schlimm um ihn.«

Fast wäre mir schon wieder der Kragen geplatzt, aber ich schaffte es, zurück zu meinem Stuhl zu stapfen. Benedict hob die Flasche auf und schenkte uns allen noch einen Drink ein.

»Anscheinend ist die Situation mit deinem Menschen etwas komplizierter, als du zugibst.« Benedict hob beschwichtigend eine Hand. »Ich maße mir dazu kein Urteil an. Wir sind hier, um zu helfen. Sebastian hat mir gesagt, dass etwas nicht stimmt.«

Ich starrte Sebastian an. Aber er hatte nicht einmal den Anstand, so zu tun, als hätte er nicht hinter meinem Rücken geklatscht.

»Also, wo ist deine Freundin?«, fragte Benedict und wählte jedes Wort sorgfältig, um mich nicht in Rage zu bringen.

»Sie ist zu einer Party gegangen.« Ich kippte meinen Scotch mit einem Schluck hinunter und winkte nach einem weiteren. Vampiren fiel es schwer, sich zu betrinken – aber unmöglich war es nicht. Ich wollte es versuchen.

Benedict ließ sich im Sessel gegenüber von meinem nieder. Den Drink hielt er in seiner Hand, ohne zu trinken. »So habe ich dich noch nie erlebt. Ich meine, ich verstehe das Bedürfnis, Sebastian den Kopf abzureißen ...«

»He!«, warf Sebastian ein. »Das ist also der Dank, wenn ich versuche zu helfen.«

Benedict fuhr fort, ohne ihn zu beachten, »... aber es sieht dir nicht ähnlich, dass du so ...«

»Mürrisch?«, schlug ich vor.

»Nein, dass du mürrisch bist, ist bei dir normal«, sagte Sebastian. Anscheinend kümmerte ihn nicht, dass ich zu Ende bringen könnte, was ich mit seinem Hals begonnen hatte.

»Gewalttätig. Besitzergreifend.« Benedict lehnte sich in seinem Sessel zurück und schwenkte die bernsteinfarbene Flüssigkeit in seinem Glas. »Ich habe Geschichten über jüngste Ausbrüche von Blutrausch und Blutdurst gehört.«

»Mutter übertreibt«, sagte ich.

»Bellamy auch?«, fragte er ernst. »Kein Wunder, dass das Gerücht umgeht, du seiest schon vergeben.«

»Ich war nie zu haben«, sagte ich bitter. Das hier entwickelte sich zum schlimmsten Familientreffen aller Zeiten.

»Bei diesem Tempo wirst du das nie sein.« Sebastian tauchte seinen Finger in den Flaschenhals und kippte ihn dann um. Er zog seinen Finger heraus und wischte das Blut an seinem Hals weg, das von unserem Streit herrührte. Die Wunden waren bereits verheilt. Es war kein bleibender Schaden entstanden, und er schien nicht wütend auf mich zu sein.

Ich konnte nur nicht verstehen, weshalb nicht.

»Was ist denn los?«, fragte Benedict. »Was ist so besonders an diesem Mädchen?«

Ich beugte mich vor und sah sie fest an. »Wenn ich es euch sage, dürft ihr es niemandem erzählen. Weder Mama noch Papa. Nicht einmal Lysander oder Thoren.« Das Letzte, was ich brauchte, war, dass noch mehr meiner Brüder in dieses Chaos verwickelt wurden.

»Dein Geheimnis ist …«

»Ihr müsst es mir versprechen.« Ich strich mit einem Nagel über meine Handfläche. Am Schnitt sammelte sich Blut, und ich streckte meine Hand aus.

»Ernsthaft? Ein Blutschwur?« Sebastian lachte, aber er hielt den Mund, als ich ihm einen wütenden Blick zuwarf. »Also gut.« Er streifte seine Handschuhe ab und tat es mir gleich. Er griff nach meiner Hand und schüttelte sie. »Ich schwöre, dass ich nie jemandem erzählen werde, dass du verrückt bist, weil du mein Bruder bist. Und dass ich dich liebe – obwohl du versucht hast, mich zu töten.«

»Ich verlasse mich darauf«, sagte ich grimmig. »Und es tut mir leid, dass ich versucht habe, dich zu töten.«

Sebastian zuckte mit den Schultern. »So was kommt vor.«

Benedict beobachtete den Austausch schweigend. Ich sah ihn an und wartete. Sebastian mochte sich zwar darüber beschwert haben, dass er einen Blutschwur leisten sollte, aber er sagte immer Ja. Benedict war vorsichtiger mit den Geheimnissen, die er zu bewahren bereit war. Einen Blutschwur abzulegen war für ihn eine ernsthafte Entscheidung. Er musste sich fragen, welches Geheimnis ich bewahrte, das eine solch extreme Maßnahme erforderte.

Schließlich stand er auf und zog seine Kalbslederhandschuhe aus. Einen Moment später legte auch er den Schwur ab. »Ich werde dein Geheimnis mit ins Grab nehmen.«

Ich seufzte erleichtert. Sie warteten neugierig.

»Thea ist Jungfrau«, sagte ich, bevor ich es mir anders überlegen konnte.

»Mit allem hätte ich gerechnet, aber nicht damit«, sagte Sebastian und verbiss sich offensichtlich das Lachen.

Benedict war nicht annähernd so amüsiert. »Was zum Teufel hast du dir nur dabei gedacht? Reißt du deshalb den Leuten buchstäblich den Kopf ab, wenn sie sie auch nur erwähnen? Jungfrauen und Blutdurst passen nicht zusammen, Idiot.«

»Danke«, sagte ich trocken. »Ist mir gar nicht aufgefallen.«

»Ernsthaft, Julian. Du musst sie gehen lassen, bevor es zu spät ist.«

»Das kann ich nicht. Sie weiß über unsere Welt Bescheid, und sie hat bereits Aufmerksamkeit auf sich gezogen. Es wäre nicht sicher.« Das taugte so gut wie jede andere Ausrede, um sie bei mir zu behalten.

»Leg einen Bann über sie, kauf ihr eine kleine Festung mitten im Nirgendwo und such dir was anderes. Du willst doch keinen Menschen fest an dich binden.«

»Da muss ich zustimmen«, warf Sebastian ein. »Das ist nie schön.«

»Weiß sie überhaupt, was passieren würde, wenn du nachgibst und mit ihr schläfst?«

»Sie weiß es. Sie war vorhin mit Jacqueline einkaufen.« Die beiden starrten mich an.

»Sie geht mit Jacqueline einkaufen? Kein Wunder, dass die Hälfte der Vampire in Paris glaubt, du wärst nur ein paar Schritte vom Traualtar entfernt.« Benedict stand auf und fing an, im Zimmer auf und ab zu gehen. »Wie hat sie reagiert, als sie es erfahren hat?«

»Nicht gut«, gab ich zerknirscht zu. »Außerdem habe ich nicht vor, sie an mich zu binden.«

»Wenigstens will sie nicht gebunden werden«, kam mir Sebastian zu Hilfe. »Da stehen nur die Verrückten drauf.«

»Da ist noch etwas anderes«, sagte ich langsam. Meine Brüder erstarrten und sahen mich erschrocken an.

»Wenigstens wissen wir jetzt, dass sie nicht schwanger ist«, murmelte Sebastian tonlos.

Benedict fuhr fort, ohne ihn zu beachten: »Was könnte schlimmer sein, als sich mit einer Jungfrau einzulassen?«

»Das hat Jacqueline auch gesagt.« Ich zögerte, aber ich konnte nicht ignorieren, was ich mir bereits zusammengereimt hatte. »Thea ist etwas ganz Besonderes.«

»Das ist der Blutdurst, der aus dir spricht«, sagte Benedict, aber ich schüttelte den Kopf.

»Nein, ich meine es ernst. Ich kann sie nicht anlügen. Ich kann sie nicht bannen.«

»Unmöglich«, sagte Sebastian. »Vielleicht hattest du nur einen schlechten Tag.«

»Ich habe es mehrmals versucht«, sagte ich frustriert. »Ich kenne sie seit einer Woche, und wenn einer von euch versuchen würde, sich zwischen uns zu stellen, würde ich ihm den Kopf abreißen.«

Benedict fluchte vor sich hin. »Du kannst doch nicht im Ernst glauben ...«

»Sie ist meine Brut-Consort«, murmelte ich. Eine Last fiel von meinen Schultern. Ich hatte die letzten vierundzwanzig Stunden damit verbracht, mir das genaue Gegenteil einzureden, aber ich wusste, dass Jacqueline recht hatte.

Thea war meine Brut-Consort, die mir Bestimmte.

Für den Bruchteil einer Sekunde stieg Freude in mir auf –, warm und vielversprechend und hoffnungsvoll. Aber ebenso schnell wurde sie von Furcht abgelöst.

»Nein«, sagte Sebastian. »Einander als Brut-Consort bestimmt zu sein ist ein Mythos. Ich habe noch nie jemanden gekannt, der tatsächlich einen vorbestimmten Brut- beziehungsweise Blutpartner gefunden hat.«

»Sie kann nicht deine Bestimmte sein«, sagte Benedict leise. »Noch nicht. Erst wenn du ...«

»Ich weiß.« Meine Stimme klang hohl, als käme sie von einem weit entfernten Ort und nicht aus meiner eigenen Kehle. Es gab einen Haken. Wir alle kannten die Ammenmärchen von der gegenseitigen Bestimmung, und wir alle wussten, wie der Bund besiegelt wurde.

»Scheiße«, stöhnte Sebastian. »Wir hätten mehr Scotch mitbringen sollen.«

»Wo ist sie heute Abend?«, fragte Benedict. Ich wusste, was er dachte. Er wollte uns zusammen erleben. Er war noch nie ein großer Fan von Jacqueline gewesen. Wahrscheinlich dachte er, sie brachte mich auf dumme Gedanken.

»Im *Salon du Rouge*«, sagte ich und spürte den Anflug von Kopfschmerzen. Weil ich ständig meinen Blutdurst unterdrückte und gerade einen Ausbruch von Blutrausch hinter mir hatte, brauchte ich etwas Stärkeres als Scotch.

»*Was?*« Sebastian fuhr herum, die Flasche in der Hand. »*Wo* ist sie?«

Ich wiederholte es. Sebastian schüttelte den Kopf, seine Miene verzerrte sich, was ich vielleicht komisch gefunden hätte, wenn es nicht um Thea gegangen wäre.

»Julian, weißt du, was dort vor sich geht?«, fragte er.

»Keiner weiß das«, schnauzte Benedict. »Das ist der Punkt. Es ist nur für die Frauen.«

»*Ich* weiß es.« Sebastians Blick verfinsterte sich. »Ich habe es von einer von Moms Freundinnen gehört.«

»Komm zur Sache«, sagte ich. Ganz gleich, was es war – es konnte nicht schlimmer sein, als zu wissen, dass Thea meine Bestimmte war und dass ich sie niemals haben konnte. Es sei denn, ich ließe einen anderen Mann ihr Erster sein. Verglichen damit war mir irgendeine dumme Party völlig egal.

Es stellte sich heraus, dass ich mich geirrt hatte.

»Julian«, sagte Sebastian sanft. »Sie durchläuft den ersten Ritus.«

THEA

Ich hatte mir diesen Abend anders vorgestellt. Nach Sabines theatralischer Ankündigung wurden die Vertrauten und ich eine alte Steintreppe hinunter in einen unterirdischen Raum geführt. Die Steinwände und der Boden gaben der kalten Luft einen feuchten, muffigen Geruch. Dort unten brannten verzierte Fackeln, aber ihre Flammen erhellten die unterirdische Kaverne nur spärlich.

»Das gefällt mir nicht«, murmelte Quinn neben mir.

Ich fröstelte und wünschte, Jacqueline hätte mir zu dem Kleid eine Stola mitgegeben. Vielleicht wusste sie nichts von diesem Part. Vielleicht hatte ich nicht aufgepasst, als sie mich warnte.

Quinn legte einen Arm um meine Schultern, und wir kuschelten uns zusammen. Einige andere um uns herum folgten diesem Beispiel. Keine sprach lauter als im Flüsterton.

»Wusstest du, dass dies der erste Ritus ist?«, fragte ich Quinn.

Sie schüttelte den Kopf. »Davon hat keine gesprochen, und glaub mir, ich hatte wegen heute Abend nachgefragt. Sie müssen das ernst gemeint haben vorhin, als es hieß, dass wir nicht darüber reden dürfen.«

»Wahrscheinlich, weil sie dafür sorgen werden, dass wir nicht mehr reden *können*.«

»Glaubst du, sie bannen uns?«

Ich sah mich um. Dieser Ort war eine Katakombe oder ein Verlies. Was auch immer hier geschehen sollte, würde unvergesslich sein. Ausgeschlossen, dass jede Vertraute, die an dem *Salon* teilnahm, dieses Geheimnis für sich behielt.

Bevor ich meine Überlegung Quinn mitteilen konnte, kam Sabine die Treppe herunter. In ihren Händen trug sie einen Korb, der wie ein Füllhorn geformt war. Neben ihr ging eine ältere Frau in einem roten Kleid mit gefesselten Händen. Hinter ihnen folgten in zwei Reihen schöne, weiß gekleidete Frauen. Jede trug einen kleinen Korb.

Wir waren alle mucksmäuschenstill, als Sabine stehen blieb.

»Heute Abend huldigen wir der Bona Dea«, sagte sie mit klarer, kräftiger Stimme, die von den Steinmauern widerhallte. »Damia – unser aller Mutter. Aus dir entspringt unser ewiges Leben.«

»Damia – unser aller Mutter«, wiederholte neben ihr die Frau in Rot. »Durch dich trägt unsere Magie Früchte.«

»Was zum Teufel soll das?«, flüsterte Quinn.

Genau mein Gedanke. Ich kam mir vor, als wären wir in die Einweihungszeremonie einer Sekte hineingeraten. Ich entdeckte eine ganze Reihe anderer Frauen, die sich ebenfalls umschauten. Wir waren nicht die Einzigen, die sich fragten, worauf wir uns da eingelassen hatten.

»Wir heißen deinen Geist bei uns willkommen«, fuhr Sabine fort.

»Wir wandeln in deiner Gegenwart«, fügte die Frau in Rot hinzu. Sie bückte sich, wickelte die dunkle Kordel von ihren Handgelenken ab und ließ sie auf den steinernen Boden fallen, wo sie mit einem Zischen aufschlug, bei dem sich in mir alles verkrampfte.

»Oh nein«, sagte ich, als die Schlange sich über den Boden zu schlängeln begann.

Die Vertrauten stoben auseinander, hoben die Röcke hoch und sahen sich panisch um.

Aber es gab keinen Ausweg. Die Vampire versperrten die Treppe, und Fenster waren nicht vorhanden. Sabine rief mit beschwichtigender Stimme: »Die Menschen haben die Schlange mit ihren Lügen zu eurem Feind gemacht. Man hat euch gelehrt, sie zu fürchten, aber sie will nur Vergnügen bereiten. Ihr alle hier kennt das exquisite Vergnügen der Fleischeslust. Damia lehrt uns, diese Lust zu genießen. Lust ist Macht. Lust ist weiblich. Lust ist der Samen, der schöne Früchte tragen wird. Die Schlange ist ihre Dienerin, und sie wird euch nichts tun. Sie will nur ihr Versprechen erfüllen.«

»Wir gehen mit ihr, um uns daran zu erinnern, dass wir die Macht in dieser Welt sind«, fuhr die Frau in Rot fort. »Unsere Blutlinien überdauern. Unsere Frucht gedeiht. Damia heißt uns willkommen und segnet uns. Sie lässt unsere Gebärmütter reifen und bereitet sie darauf vor, den Samen unseres Beschützers zu empfangen.«

Quinn kicherte leise, und ich stieß sie mit dem Ellbogen in die Seite. Dabei konnte ich es ihr wirklich nicht verübeln. Das Ganze war auch für meinen Geschmack ein bisschen sehr theatralisch.

»Und heute Abend werden wir Damia zum Dank für ihre Gaben unser Blut geben. Einen einzigen Tropfen von jeder von euch, damit wir weiterhin ihren Segen erhalten.«

Trotz Sabines Beschwichtigungen wichen mehrere Frauen vor der Schlange zurück.

»Angst hat keinen Platz in der Lust«, rief Sabine ihnen zu. »Für alle, die ihre Umarmung kennen, ist die Schlange eine Freundin. Zeigt euren Mut und erweist euch als würdig. Eine Vertraute muss die Reißzähne niemals fürchten. Heute Nacht wird sie die Töchter Damias nicht anrühren. Ihr habt euch auf euren Platz an ihrer Seite vorbereitet.«

»Die Schlange ist also ein Vampir? Verstehe ich die Symbolik richtig?«, fragte Quinn.

Aber ich hörte sie kaum, weil mein Herz so heftig zu schlagen begann, dass mir das Blut durch die Adern rauschte. Ich hatte nur noch Augen für die Schlange, die sich durch die Menge bewegte. Mir war egal, was sie symbolisierte. Mich interessierte, wonach sie suchte.

»Thea«, sagte Quinn leise, »steh nicht da wie eine Salzsäule. Du hast doch gehört, was sie gesagt hat. Die Schlange wird keine von uns anrühren.«

»Es sei denn …«

Bevor ich den Gedanken zu Ende denken konnte, riefen die Frauen hinter Sabine unisono: »Wir heißen deinen Geist in unserer Mitte willkommen. Wir wandeln in deiner Gegenwart.«

Sie hoben ihre Körbe und schütteten noch mehr Schlangen auf die Treppe. Sabine lächelte grausam, als sie ihr Füllhorn senkte, und sich weitere Schlangen daraus ergossen. Wie schwarze Seile wickelten sie sich ab, überkreuzten sich und verteilten sich in den feuchten Räumen.

»Damia.« Sabine hob ihren Kopf und brüllte: »Wir heißen dich willkommen. Unser Glaube kennt keine Furcht. Segne uns im ersten Ritus.«

»Es ist gerade noch viel schlimmer geworden«, sagte Quinn völlig verängstigt. Aber sie bewegte sich nicht. Keine der Vertrauten bewegte sich. Das war die Prüfung.

Eine Prüfung, die ich schwerlich bestehen würde.

»Damia ruft euch.« Sabine zog ihre Handschuhe aus und gab sie einer Frau hinter ihr. Eine andere reichte ihr einen silbernen Kelch. »Ihr wurdet für würdig befunden. Kommt zu …«

Ein Aufschrei aus der Menge unterbrach sie, und sie verstummte und sah zu, wie sich die Schlangen in Bewegung setzten und eine dicke Linie sich windender Dunkelheit formten. Die Schlangen schlängelten sich um die Füße der Vertrauten und vereinigten sich mit den anderen zu einer schwarzen Parade. Einige Frauen sahen aus, als würden sie gleich ohnmächtig werden, aber bald wurde klar, dass sich die Schlangen zusammenklumpten wie von einer unsichtbaren Kraft getrieben.

»Oh, verdammt«, murmelte ich, als sie immer näher kamen. Die erste Schlange – es war die, die die Frau in Rot losgelassen hatte – erreichte meine Füße. Es kostete mich all meine Beherrschung, mich nicht zu rühren, als sie begann, meinen Rock zu erklimmen. Die anderen schlossen sich an, sodass Quinn auf Abstand gehen musste, während sich die Schlangen wie ein Kranz um mich legten. Einen Moment später schlängelte sich mir die erste Schlange den Bauch hinauf, an meinen Brüsten vorbei und langsam weiter zu meinem Hals. Ihre Schuppen kratzten über meine nackte Haut, und ich spürte, wie mir ein bitterer Geschmack in die Kehle stieg. Sie schlängelte sich um meinen Hals und legte den Kopf an meine Kehle.

Ich wagte nicht, mich zu bewegen. Sabine hatte gesagt, die Schlangen würden die Töchter Damias nicht anrühren. Ich hoffte, dass sie damit nur die Hexen meinte, aber ich hatte die böse Vorahnung, dass es viel schlimmer war.

Alle waren verstummt, aber jetzt begann das Geflüster wieder. Wenn ich nicht schon vorher das Gesprächsthema der

Party gewesen war, würde ich es jetzt werden. Sabine, die dem Schauspiel reglos zugesehen hatte, setzte sich in Bewegung. Sie drückte ihrer Begleiterin den Kelch in die Hand, rauschte die Treppe herunter und marschierte auf mich zu. Die Schlangen, die mich umkreisten, wichen vor ihr zurück. Sie trat näher und pflückte mir die Schlange vom Hals. Das Tier streckte sich in ihren Händen aus, und sie warf die Schlange zu Boden.

»So, so.« Ihre blauen Augen blitzten in der Dunkelheit. »Anscheinend gehört eine unter uns nicht hierher.«

Wir blickten einander böse an.

»Ich glaube, das wussten Sie vorher schon«, sagte ich.

»Sei still, Vestalin.« Ihre Stimme war ein tödliches Flüstern, das nur für meine Ohren bestimmt war. Sie erhob die Stimme und wandte sich an die Gruppe. »Der Ritus wird fortgesetzt. Schwester Agnes wird eure Opfergabe an Damia entgegennehmen, und dann werden wir uns in die oberen Räume begeben, um uns zu unterhalten.«

Die Frau in Rot, bei der es sich um Agnes handeln musste, ging an den Rand der Treppe. Die Vertrauten bildeten eine Reihe, jede darauf bedacht, schleunigst ihren Blutstropfen zu opfern, um diesem Horrorspektakel zu entkommen.

Ich hingegen war von magischen Schlangen und einer wütenden Vampirmutter umzingelt. Sabine packte mein Handgelenk und zuckte leicht, als ihre bloße Haut meine berührte. Aber sie lockerte ihren Griff nicht, sondern zerrte mich zur Treppe und weg von den anderen Frauen.

Quinn warf mir einen besorgten Blick zu, als ich an ihr vorbeiging, und ich setzte ein Lächeln auf. Ich bezweifelte, dass sie mir meinen Mut abnahm.

Sabines Nägel bohrten sich in meine Haut, und ich schrie auf. Aber als ich versuchte, die Hand wegzuziehen, gruben sie sich noch tiefer ein. »Hör auf dich zu wehren«, murmelte sie. »Sonst könnte es passieren, dass du hier nicht lebend herauskommst.«

Sie zerrte mich die Treppe hinauf in den nun leeren Korridor und ließ mich schließlich los. Blut quoll aus den Wunden, die sie an meinem Handgelenk hinterlassen hatte. Sabine schnupperte, und ihre Augen verdunkelten sich. Schnell legte ich meine Hände um die Wunden.

Sie lachte und warf den Kopf zur Seite. »Ich bin nicht mein Sohn. Dein Blut führt mich nicht in Versuchung.«

»Dann habe ich mich wohl getäuscht«, schoss ich zurück.

Sie kam wieder auf mich zu und drängte mich in eine Ecke des Foyers. »Ist das dein Plan?«, fragte sie. »Hast du meinen Sohn damit umgarnt? Hat er von deinem Blut getrunken?«

»W-w-was?«, stotterte ich. »Nein!«

»Ich wusste doch, dass ich etwas in deinem Blut gerochen habe«, fuhr sie fort, ohne meine Antwort zur Kenntnis zu nehmen. »Eine Jungfrau! Was zum Teufel denkt sich Julian nur – oder ist das eine kleinliche Rache an seiner Familie?«

»Es mag dich schockieren«, warf eine ruhige Stimme ein, »aber das hat nichts mit dir zu tun, Sabine.«

Sie fuhr herum und gab den Blick frei, sodass ich meine Retterin sehen konnte.

Jacqueline.

Ich ließ erleichtert die Schultern sinken, als ich sah, dass dort Julians beste Freundin stand. Sie war weder in das von den Vampiren gewählte Weiß noch in das Rot der Vertrauten gekleidet. Stattdessen trug sie ein schwarzes Lederkleid, das ihren schlanken Körper umschmeichelte und ein paar Zentimeter über den Knien endete. Ihr blondes Haar war zu einem lockeren Zopf geflochten, der ihr über die Schulter hing. Doch am beeindruckendsten war ihr unbeeindruckter Gesichtsausdruck.

»Jacqueline«, sagte Sabine giftig, »du hast dich herabgelassen, dich uns anzuschließen. Aber wie ich sehe, respektierst du unsere Traditionen immer noch nicht.«

»Wirklich?«, erwiderte sie. »Ich dachte, du hättest deine Lektion gelernt, als Cam …«

»Sprich diesen Namen nicht vor mir aus«, fiel ihr Sabine ins Wort. »Außerdem ist das etwas anderes. Julian ist der Stammhalter der Rousseaux'schen Blutlinie. Ich werde nicht zulassen, dass er an eine Sterbliche gefesselt wird.«

»Das hast du nicht zu entscheiden«, entgegnete Jacqueline mit Entschiedenheit, drängte sich an Sabine vorbei und stellte sich neben mich.

»Vestalinnen sind zum ersten Ritus nicht zugelassen. Das letzte Mal, als eine Jungfrau in den *Salon du Rouge* eingedrungen ist, wurde sie Damia geopfert, um unsere Reue zu zeigen.« Sabine starrte mich an. »Ich habe dir das Leben gerettet, Mädchen. Du bist mir was schuldig.«

Mir blieb der Mund offen stehen. Sie konnte das alles nicht ernst meinen.

»Gott sei Dank, dass wir nicht mehr im achtzehnten Jahrhundert leben«, bemerkte Jacqueline trocken. »Im einundzwanzigsten Jahrhundert wird niemand eine Jungfrau opfern.«

»Ich hätte auch nicht erwartet, dass du das verstehst.« Sabine schnaubte verächtlich und richtete ihren Abscheu auf meine Freundin. »Du hast es noch nie verstanden. Wenn du der arrangierten Ehe zugestimmt hättest, würde das alles gar nicht geschehen.«

»Nicht das schon wieder.« Jacqueline atmete hörbar aus. »Julian wollte mich genauso wenig heiraten wie ich ihn.«

Ich schaute sie überrascht an, aber sie schüttelte leicht den Kopf. Jetzt war weder die Zeit noch der Ort, diese Geschichte zu erzählen.

»Manchmal hat die Ehe etwas mit Pflichterfüllung zu tun«, fuhr Sabine fort.

»Vielleicht sollte sie das aber nicht«, sagte Jacqueline. »Und du hast nicht zu entscheiden, wen Julian erwählt. Wenn er sich für Thea entscheidet ...«

»Er wird sie nicht erwählen!«, kreischte Sabine. »Er wird nicht das Opfer einer geldgierigen Jungfrau.«

Ihre Worte erweckten mich aus dem Schockzustand, der mein Gehirn lahmgelegt hatte. Ich konnte nicht zulassen, dass irgendjemand so über mich sprach – selbst wenn es Julians Mutter war. »Warum sollte ich mit ihm schlafen wollen?«

»Natürlich willst du das«, tat Sabine meinen Einwand ab.

»Ich will nicht die Sklavin deines Sohnes werden – aber das spielt keine Rolle, denn was wir tun oder nicht tun, geht dich nichts an!« Ich stampfte mit dem Fuß auf, vergaß dabei, dass ich gefährlich hohe Absätze trug. Ich brach mir fast den Knöchel.

»Keine Frau würde sich die Chance entgehen lassen, einen Vampir dauerhaft an sich zu binden.«

»Aber ich wäre diejenige, die gefesselt wird, nicht er.«

Sabines Augen wurden schmal, und ein böses Lächeln breitete sich auf ihrem Gesicht aus. »Wie ich sehe, war mein Sohn wenigstens so klug, dir das zu verheimlichen. Ich bin überrascht, dass Jacqueline diese kleine Tatsache nicht ausgeplaudert hat.«

»Sabine, es reicht«, sagte Jacqueline leise.

Doch ich warf ihr einen scharfen Blick zu. »Wovon sprichst du? Ich weiß, was Bindung bedeutet.«

»Nein, anscheinend nicht«, sagte Sabine hochmütig. »Denn

wenn du es wüsstest, würdest du wissen, dass es beide Parteien bindet. Die Frau ist den Befehlen und Launen des Mannes unterworfen, aber im Gegenzug erhält sie von ihm lebenslangen Schutz. Er muss über sie wachen und für sie sorgen. Die Bindung darf nicht gelöst werden.«

Etwas in meiner Brust spaltete sich in zwei Teile. Jetzt begriff ich, warum Julian mir das vorenthalten hatte. Er hatte das ernst gemeint, als er sagte, er würde nie die Kontrolle verlieren. Er wusste nämlich, was ihm ansonsten blühte.

Er wäre gezwungen, mich zu behalten.

Mein Magen krampfte sich zusammen, und ich musste mich fast übergeben. Ich schaffte es, mich zu beherrschen, raffte meinen Rock und ging zur Tür.

»Thea, warte!«, rief Jacqueline mir nach.

»Wage es ja nicht«, sagte Sabine. »Lass sie gehen. Je eher diese Scharade endet, desto besser. Für sie gibt es keinen Platz in dieser Familie. Ich werde nicht zulassen, dass mein Sohn bei diesem Menschen in der Schuld steht!«

Das reichte. Ich drehte mich einige Schritte vorm Eingang um. »Ich will weder Ihre Familie noch Ihr Geld noch Ihren Sohn.«

»Gut.« Sie hob den Kopf, Triumph stand in ihr markantes Gesicht geschrieben. »Ich bete, dass Julian auch zur Vernunft kommt.«

Tränen quollen mir in die Augen, als ich mich zur Tür drehte, aber Jacqueline stand schon davor.

»Weg da«, forderte ich.

»Bitte, Thea«, flehte Jacqueline. »Rede doch wenigstens mit ihm ...«

Ich schüttelte den Kopf. Ich wusste nicht, was ich tat, als ich hier heute Abend herkam. »Ich kann ihm nicht trauen.«

»Es ist nicht so, wie du denkst«, sagte Jacqueline. »Er hat sich nie Sorgen darüber gemacht, dass er an dich gebunden sein könnte.«

»Lügen!«, rief Sabine. »Kein Vampir will an eine Frau gebunden sein, der er nicht entkommen kann.«

Ich wusste, dass sie recht hatte. Sogar mein eigener Vater hatte meine Mutter verlassen, als sie schwanger war.

Wahre Liebe. Das Schicksal. Seelenverwandtschaft. All das gab es nur in Büchern.

»Julian war das egal«, sagte Jacqueline jetzt laut, »denn er ist bereits an sie gebunden.«

»Unmöglich. Sie ist noch Jungfrau!«

Jacqueline blickte zu Boden und atmete tief durch. Dann hob sie den Kopf wieder und blickte nervös zwischen uns hin und her. »Das spielt keine Rolle.« Sie warf mir noch einen besorgten Blick zu, dann wandte sie sich zu Sabine. »Thea ist Julians Bestimmte.«

42

JULIAN

Ich nahm den letzten Schluck von meinem Drink und stellte beim Nachschenken fest, dass die dritte Flasche Scotch bereits leer war. Meinen Brüdern fiel zu meiner Situation offenbar auch nichts ein.

Also tranken wir schweigend – bis wir die Eingangstür zuschlagen hörten. »Oh-oh«, sagte Sebastian grinsend. »Ich glaube, die Kleine ist zu Hause.«

»Nenn sie noch einmal so, und es gibt Ärger«, warnte ich ihn.

Er verdrehte die Augen. »Hoffentlich hat wenigstens sie Sinn für Humor.«

»Sie ist weit furchteinflößender als ich.«

Bevor Benedict etwas zu dem Gespräch beitragen konnte, kam Thea mit Jacqueline an der Seite ins Zimmer gestürmt. Beide sahen nicht erfreut aus, mich in der Gesellschaft meiner Brüder und leerer Flaschen zu entdecken. Ich richtete mich auf und ging auf Thea zu, die sich mit verschränkten Armen in der Mitte des Raumes aufbaute. Sie kochte vor Wut, und ich näherte mich vorsichtig. In ihren hohen Absätzen war sie viel größer als sonst, aber wahrscheinlich war das nicht der Grund, weshalb sie so einschüchternd wirkte.

»Kleines«, sagte ich leise beim Näherkommen.

Sie hob eine Augenbraue und sah sich im Raum um. »Habt ihr Spaß?«

»Ich trinke nur etwas mit meinen Brüdern«, sagte ich achselzuckend.

»Ein Glas oder eine ganze Bar?« Sie rümpfte die Nase. »Du riechst wie eine Schnapsbrennerei.«

»Wir haben uns unterhalten. Benedict ist in der Stadt.« Ich deutete mit einer Geste über die Schulter auf Benedict, der auf der Couch lümmelte. Er hatte inzwischen sein Jackett und die Krawatte abgelegt. Die Hemdsärmel waren hochgekrempelt.

»Hallo.« Benedict winkte. Noch vor einer Stunde hätte ich nicht erwartet, dass er so freundlich sein würde. Die Flasche Whisky, die er in der Zwischenzeit getrunken hatte, musste seine Stimmung verbessert haben.

Ich schaute auf meine Uhr. »Du bist früh zu Hause.«

»Tut mir leid, dass ich störe«, sagte sie mit ruhiger Stimme.

»Nein, ich bin froh, dass du wieder da bist.« Ich streckte die Arme nach ihr aus, aber sie wich zurück.

»Oh-oh!«, krähte Sebastian vom Sofa aus.

»Seid ihr alle betrunken?«, fragte Jacqueline mit einem Seufzer. »Sag mir, dass du mir etwas aufgehoben hast.«

»Vampire können sich betrinken?« Thea taute kurz auf, und ich erkannte unter der eisigen Fassade die Neugier, der ich von Anfang an verfallen gewesen war.

»Nein, eigentlich nicht.« Ich schüttelte den Kopf und schnitt eine Grimasse. Ich kniff mir in den Nasenrücken und schaute zu ihr hinüber. »Vielleicht ein bisschen, aber das lässt schnell nach.«

»Wie schön für dich.« Sie sah mich nicht an. Vielmehr schien sie sich im Raum umzusehen, nur um Augenkontakt zu vermeiden. War sie immer noch sauer wegen vorhin? Oder war der *Salon du Rouge* schlimmer gewesen, als ich es mir vorgestellt hatte?

»Willst du einen Drink?«, rief Jacqueline, während sie eine Flasche Gin öffnete.

»Nein«, sagte Thea leise. »Ich möchte mich hinlegen. In welchem Zimmer soll ich schlafen?«

Ich schüttelte den Kopf und versuchte, ihre Frage zu verarbeiten. »Unser Zimmer«, sagte ich dann.

»Du meinst dein Zimmer?«, korrigierte sie mich.

Mist.

»Vielleicht sollten wir …«

Aber Thea drehte sich um und rauschte davon. Ich stand nur da und sah stumm und schockiert zu, wie sie die Treppe hinaufging. Jacqueline trat an meine Seite und nippte kommentarlos an ihrem Getränk.

»Das ist also Thea?«, fragte Benedict. »Sie ist hübsch.« Wir drehten uns alle um und starrten ihn an.

Benedict hob die Hände und zuckte mit den breiten Schultern. »Was? Ich versuche doch nur, hilfreich zu sein.«

»Wenigstens scheint der Whisky Julians Blutrausch eingedämmt zu haben. Ich glaube, vor einer Stunde hätte dich diese Bemerkung noch ein Körperteil kosten können«, sagte Sebastian. Dann wandte er sich an mich. »Übrigens, Bruderherz, ich glaube, sie ist sauer auf dich.«

»Was du nicht sagst«, fluchte ich leise.

»Heute Abend lief es nicht so gut«, sagte Jacqueline.

»Möchte ich Details wissen?«

»Wahrscheinlich nicht«, sagte sie.

»Ich stecke in Schwierigkeiten, nicht wahr?«

»Darf ich dir einen Rat geben?«

Ich stöhnte, sagte aber nichts.

Jacqueline legte den Kopf schief, ihr blonder Zopf fiel ihr über die Schulter. »Wenn du so damit umgehen willst ...«

»Bitte«, sagte ich reumütig.

»Na schön«, gab sie nach und senkte ihre Stimme. »Geh mit ihr aus. Richtig schön. Und vielleicht solltest du sie ein wenig umgarnen.«

»Ist das wirklich eine gute Idee?«, fragte ich leise.

»Das kommt darauf an«, sagte sie beiläufig, bevor sie ihren Gin austrank. »Willst du sie verlieren?«

Ich erwiderte nichts. Das war auch nicht nötig. Sie kannte die Antwort bereits. Hatte ich überhaupt eine Wahl? Selbst in diesem Augenblick fühlte es sich an, als würde mein Körper die Treppe hinaufgezerrt werden.

»Ich sollte besser ...«

»Das ist eine gute Idee.« Sie lächelte und wandte sich an meine Brüder. »Wollen wir mal sehen, wo wir um diese Uhrzeit noch einen draufmachen können?«

»Ja sicher.« Benedict klang nicht sehr begeistert.

Aber Sebastian war schon auf den Beinen. »Die Nacht ist noch jung.«

Ich ließ die drei zurück, die sich bereits darüber stritten, welches Arrondissement sie ansteuern wollten. Ich nahm zwei Stufen auf einmal und betete, dass ich Thea in dem Schlafzimmer vorfinden würde, das wir seit unserer Ankunft geteilt hatten, und nicht in einer der Gästesuiten.

Meine Erleichterung darüber, dass sie in unserem Zimmer stand, war nur von kurzer Dauer, als ich ihre Arme voll mit ihren Habseligkeiten sah.

»Ich muss nur ein paar Sachen holen«, sagte sie und schaute an mir vorbei. Aber ihre brüchige Stimme verriet mir, dass sie nicht nur wütend war. Sie war verletzt.

Ich überbrückte die Distanz zwischen uns in einem Sekundenbruchteil und stellte mich ihr in den Weg, um sie am Weggehen zu hindern. »Kleines, was ist los?«

»Ich muss nachdenken«, sagte sie.

»Worüber?«

Sie schüttelte den Kopf. Tränen sammelten sich in ihren Augen.

»Gott, bist du schön, wenn du stur bist.«

»Ich bin nicht stur.« Ihre Stimme zitterte, als sie das Kinn hob und mich anschaute. Ich hob die Augenbrauen, und sie seufzte. »Okay, vielleicht bin ich doch ein bisschen stur.«

»Du musst nachdenken«, sagte ich und bemühte mich, ihre Wünsche zu respektieren. In diesem Moment hätte ich sie am liebsten nur ins Bett getragen und genommen. Meine Hemmungen, mit ihr ins Bett zu gehen, verflüchtigten sich von Minute zu Minute mehr. »Ich respektiere das.«

Sie warf mir einen skeptischen Blick zu.

»Aber das ist genauso dein Zimmer wie meins.« Ich trat näher an sie heran.

»Nicht im Entferntesten.« Sie machte einen schnellen Schritt zur Seite und ließ dabei fast eine Jeans fallen.

Ich wollte auf keinen Fall zulassen, dass sie sich in einem anderen Zimmer verkroch. Sie gehörte hierher. Sie gehörte in mein Bett. »Du nimmst das Bett.«

»Und wo wirst du schlafen?«, wollte sie wissen.

»Anderswo.«

»Du willst, dass ich *dein* Bett nehme?«

»Kleines, ich drehe durch, wenn du in einem fremden Bett schläfst«, sagte ich mit erstickter Stimme.

»Auch wenn es mein eigenes wäre?«, fragte sie, und ein Lächeln zupfte an ihren Lippen.

Sie dachte, sie hätte mich.

Ich wagte es, mit einem Finger über ihre Wange zu streichen. Sie erschauderte, als sich unsere nackte Haut berührte.

»Dann erst recht.«

Ihr eigenes Bett stand immerhin in San Francisco. Meine Pläne sahen nicht vor, dieses Jahr dorthin zurückzukehren. Vielleicht noch länger nicht. Allein der Gedanke, dass sie so weit weg sein könnte, raubte mir die Luft zum Atmen. Würde das jemals einfacher werden?

Sie musterte mich, ihre Miene zeigte, dass sie sich viele Fragen stellte. Nach einer Minute drehte sie sich um und warf die Kleidung auf den nächsten Sessel. »Gut. Ich werde mich jetzt bettfertig machen – allein.«

Ich schwieg, und Thea ging in Richtung Bad. Es war ein Sieg, wenn auch ein kleiner. Sie schloss die Tür, und ich hob ihre Kleider auf und trug sie zum Kleiderschrank. Ich wollte nicht daran erinnert werden, dass sie fast gegangen wäre. Ich hatte gerade alles wieder aufgehängt, als sie aus dem Bad kam. Ihr Gesicht war abgeschminkt und rosig, und sie war in einen Kaschmir-Bademantel gehüllt. Sie ging mit einem entschlossenen Blick an mir vorbei. Am Bett angelangt, streifte sie den Morgenmantel ab und gewährte mir einen kurzen Blick auf elfenbeinfarbenen Satin, bevor sie schnell unter die Decke kroch.

»Ich glaube, ab hier komme ich allein zurecht«, verkündete sie.

Jeder Instinkt in meinem Körper schrie danach, sich dazuzulegen. Ich hatte noch nie etwas mehr gewollt – weder Sex noch Macht noch Blut. Stattdessen nickte ich und setzte mich in den Sessel, den ich gerade freigeräumt hatte.

»Was machst du da?«, fragte sie. »Ich gehe ins Bett.«

»Juhuliahan.« Sie dehnte meinen Namen in fünf Silben.
»Du hast genug Betten in diesem Haus.«
»Der Sessel ist okay für mich.«
»Du hast gesagt, du schläfst …«
»Woanders«, stellte ich klar. »Der Sessel ist woanders.«
»Ich dachte, du meinst ein anderes Zimmer.« Sie zog die Decke bis zu ihrem Kinn hoch.
»Hoffentlich lernst du daraus, wie man Vereinbarungen trifft.«
Ihre Augen verengten sich, aber sie kuschelte sich ein. »Mir wird schon nichts passieren.«
»Das weiß ich.« Ihr konnte nichts passieren, weil ich es nicht zulassen würde.
»Ich kann nicht einschlafen, wenn du in diesem Sessel sitzt und mich anstarrst.«
»Vielleicht kann ich helfen.« Ich erhob mich von meinem Platz, aber sie streckte mir die Handfläche entgegen.
»Ich glaube nicht, dass das eine gute Idee ist.«
»Entspann dich, Kleines. Ich werde mich benehmen«, versprach ich ihr. Sie klammerte sich an die Decke, als wäre sie ein Schutzschild. Ich seufzte und setzte mich an das Fußende des Bettes. Ich hob das Bettzeug an und zog ihre Füße nacheinander in meinen Schoß. »Ob du es glaubst oder nicht, ich kann dich auch ohne Orgasmus zum Einschlafen bringen.«
Hatte ich mir das nur eingebildet, oder war ihr Blick dabei tatsächlich etwas enttäuscht gewesen?
Ich nahm einen ihrer Füße in meine Hände und begann ihn sanft zu massieren. Ich gab mir Mühe, meine Kraft zu kontrollieren, um sie nicht unabsichtlich zu verletzen. Zu sehen, wie sich Theas Gliedmaßen langsam entspannten, war die Zurückhaltung wert.

»Das fühlt sich toll an«, hauchte sie.

»Das habe ich mir schon gedacht, schließlich hast du diese entsetzlich hohen Schuhe getragen.«

Sie seufzte. »Das ist also der Vorteil, wenn man einen Vampir als Freund hat?«

Gott, diese Bezeichnung fühlte sich so falsch an. Am liebsten hätte ich es ihr gesagt, aber dann verzichtete ich doch darauf. »Einer davon.«

»Es gibt noch andere?« Sie grinste mich an. Es war zaghaft und ein bisschen gemein, und ich liebte sie dafür.

»Die anderen zeige ich dir auch gerne.«

Ich sah, wie sie schluckte. »Führe mich nicht in Versuchung. Heute Nacht ist alles von meinen Knöcheln aufwärts tabu.«

»Zur Kenntnis genommen, aber Kleines, verbotene Früchte schmecken am süßesten.«

»Wenn du Obst willst, geh in die Küche«, erwiderte sie trocken. »Heute Abend gibt es hier kein Obst.«

»Wegen heute Abend ...« Ich wechselte zum anderen Fuß und stellte zufrieden fest, dass ihre Lider bereits schwer wurden. Ihr zuzusehen, wenn sie so lange kam, bis ihr die Augen zufielen, war zwar bedeutend unterhaltsamer, aber das hier war immerhin etwas.

»Hmm«, murmelte sie verträumt.

»Was ist passiert?«

»Nichts«, sagte sie und klang noch müder als zuvor.

»Sebastian sagte, es sei der erste Ritus gewesen.«

Jetzt wurde sie hellhörig. Sie riss die Augen auf. »Du hast das gewusst?«

»Ich habe es erst erfahren, als du schon weg warst«, sagte ich schnell und merkte, dass ich einen Fehler begangen hatte. Ich tat mir bestimmt keinen Gefallen damit, wenn ich sie glauben ließ, ich hätte sie unvorbereitet zu einem Vampirritual geschickt. »Kannst du mir davon erzählen?«

»Das kann ich. Schließlich bin ich gegangen, bevor mich jemand bannen konnte, damit ich nie darüber spreche.« Aber sie sagte nichts weiter.

Vielleicht hatte ich die falsche Frage gestellt. »Willst du darüber reden?«

»Eigentlich nicht«, sagte sie. »Weißt du, es gab Schlangen und Gesänge und Blutopfer.«

»Blutopfer?«, wiederholte ich. Dunkelheit erfasste mich und drohte, mich zu überwältigen.

»So weit bin ich auch nicht gekommen«, sagte sie, leicht genervt, aber nicht wütend. »Ich wünschte, sie hätten mich mit einem Bann belegt und mich gezwungen, alles zu vergessen.«

»War es so schlimm?«

»Da waren Schlangen«, sagte sie eindringlich. »Viele Schlangen. An meinem Körper.«

Ich würde Jacqueline bitten müssen, mir genau zu berichten, was alles zum ersten Ritus gehörte.

»Du magst also keine Schlangen?«, vermutete ich.

»Jetzt nicht mehr.«

Ich lachte leise und schob ihre Füße zurück unter die Decke. Thea drehte sich auf die Seite und schlang ihre schlanken Arme um ein Daunenkissen.

Ich stand auf, aber bevor ich zu meinem Sessel zurückkehren konnte, platzte sie heraus: »Nicht. Schlaf bei mir im Bett.«

Ich ging ein paar Schritte näher und beugte mich vor, um sie auf die Wange zu küssen. »Du brauchst Zeit zum Nachdenken.«

Sie schüttelte den Kopf und griff nach mir.

»Ich bin direkt neben dem Bett.« Ich setzte mich wieder in den Sessel. »Und wenn du morgen aufwachst, würde ich dich gerne zu einem Date einladen.«

»Ein Date?«, wiederholte sie. »Das letzte Mal hast du gesagt ...«

»Ein richtiges Date.«

»Was ist mit all den Partys, für die wir nach Paris gekommen sind?«, fragte sie. Hörte ich da einen Hauch von Hoffnung in ihrer Stimme?

»Wir haben morgen Abend Theater, aber bis dahin sind wir frei.«

»Theater? Das klingt angenehm normal«, sagte sie.

»Ist es aber nicht«, versprach ich. Was Vampire taten, fiel niemals unter diese Kategorie.

Thea war so lange still, dass ich dachte, sie sei eingeschlafen, bis sie flüsterte: »Da ist etwas, das du wissen solltest.«

»Was?« Die Art, wie sie es sagte, gefiel mir nicht. Was konnte an diesem Abend noch alles schiefgelaufen sein?

»Aber sei nicht böse.«

Ich hielt mich an den Armlehnen meines Sessels fest und wartete.

Sie holte tief Luft und ließ dann eine Bombe platzen. »Deine Mutter weiß, dass ich noch Jungfrau bin.«

43

THEA

Als ich aufwachte, saß Julian schlafend in dem Sessel. Er hatte sich nicht umgezogen, und es sah so aus, als hätte er sich in der Nacht keinen Zentimeter bewegt. Ich betrachtete ihn für eine Weile und versuchte, alles zu verarbeiten, was in den letzten zwölf Stunden geschehen war. Ich war mit Schlangen bedeckt gewesen, seine Mutter wusste von meiner Jungfräulichkeit, und anscheinend war ich Julians Bestimmte. Was immer das auch heißen mochte. Oh, und ich war von Schlangen bedeckt gewesen, hatte ich das schon erwähnt?

War er meine Bestimmung?

Ich musste mehr über dieses ganze Füreinander-bestimmt-Sein und Brut-Consort-Sein wissen, was war das überhaupt für ein komisches Wort? Aber wie konnte ich ihn fragen? Jacqueline sagte, er wehre sich anscheinend dagegen. Doch warum? Es gab so viele Fragen, die ich ihm stellen wollte. Aber als ich seine markanten, vom Schlaf besänftigten Gesichtszüge betrachtete, durchströmte mich ein schmerzliches Gefühl.

Gestern war ich mir nicht sicher gewesen, ob ich bleiben konnte.

Heute war ich mir nicht sicher, ob ich gehen konnte.

Ich schlüpfte leise aus dem Bett und ging auf Zehenspitzen ins Bad und schloss die Tür so leise wie möglich. Da ich mich am Vorabend schick gemacht hatte und wusste, dass dies auch heute Abend von mir erwartet werden würde, beschloss ich, mich noch nicht zu schminken. Ich spritzte mir ein wenig kaltes Wasser ins Gesicht und griff nach dem Handtuch.

Julian reichte es mir.

»Oh mein Gott!« Ich schlug entsetzt die Hände vor die Brust. Ich holte ein paarmal tief Luft, um mich zu beruhigen, und starrte ihn im Spiegel an. »Gib wenigstens ein paar Geräusche von dir!«

»Dasselbe könnte ich auch von dir verlangen«, sagte er trocken, machte dabei aber eine ziemlich erschrockene Miene. »Du warst nicht im Bett, als ich aufgewacht bin.«

»Ich bin ja hier. Du hast noch geschlafen.« Ich tupfte mein Gesicht trocken, bevor ich etwas Tagescreme mit Lichtschutzfaktor auftrug.

»Trotzdem ...« Seine Hände legten sich auf meine Hüften, und er beugte sich vor, um meine Schulter zu küssen. Er verweilte dort und atmete tief ein. »Es tut mir leid.«

Ich hätte ihn wegstoßen sollen, aber ich wollte es nicht. Nach allem, was er mir verschwiegen hatte, hätte ich wütend sein und Antworten verlangen sollen. Stattdessen wollte ich nur so bleiben, bei ihm. In diesen Momenten fühlte es sich so einfach an, dass ich fast vergaß, wie kompliziert unsere Beziehung geworden war.

»Was tut dir leid?«

»Willst du eine Liste?« Er sah mir über den Spiegel in die Augen. »Es fängt damit an, dass ich dir von Bindungen hätte erzählen sollen.«

»Meinst du?«

»Ich weiß nicht, warum ich es nicht getan habe«, gab er zu und drückte mir einen Kuss auf die Schulter, der mich vor Lust erschauern ließ. »Ich werde dir alles erzählen, was du über diesen seltsamen Vampirkram wissen willst.«

»Wirklich?« Ich zog eine Augenbraue hoch und überlegte, ob ich ihn jetzt nach den Dingen fragen konnte, von denen Jacqueline erzählt hatte. Aus irgendeinem Grund brachte ich es trotz seines Angebots nicht über mich, danach zu fragen. In Wahrheit glaubte ich ihr einfach nicht. Julian kannte mich kaum. Er konnte unmöglich für den Rest meines Lebens an mich gebunden sein wollen. Ich verstand vielleicht nicht genau, was die Blut- oder Brutpartnerschaft bei Vampiren bedeutete, aber ich hatte genug Naturdokumentationen gesehen, um das Grundkonzept zu verstehen.

»Aber vorher«, sagte er, und ich hielt den Atem an, während ich auf seine Bedingungen wartete, »möchte ich dich zu einem Date ausführen.«

»Jetzt?«

»Ja.« Er hielt inne, seine Augen verfinsterten sich leicht. »Je eher, desto besser.«

»Weil wir heute Abend ins Theater gehen.« Ich seufzte. Ein Theaterbesuch in Paris klang wie ein Traum. Leider wusste ich, dass das Publikum aus Vampiren bestehen würde – was das Ganze in die Gefilde von Albträumen rückte.

Er küsste wieder meine Schulter und schüttelte den Kopf. Der Dreitagebart auf seinem Kinn kratzte verlockend an meiner Haut. »Wenn du dir nicht bald etwas anziehst«, sagte er dumpf, »werde ich dich zurück ins Bett tragen und den Tag mit meinem Gesicht zwischen deinen Beinen verbringen.«

Mir wurde ganz heiß, und meine Knie gaben fast nach. Ich hielt mich an der Marmorplatte fest, um mich aufrecht zu halten. »Das ist verlockend. Ich weiß gar nicht recht, ob ich mich anziehen will.«

Sein leises Lachen ließ Schmetterlinge in meinem Magen aufflattern. »Ich fürchte, wenn wir uns nicht aufraffen, werden wir jeden Moment, den wir in Paris haben, im Bett oder auf einem blutigen Event verbringen.«

»Wir könnten auch einfach die ganze Zeit im Bett verbringen und die blutigen Events auslassen«, schlug ich vor. Vorsichtig strich ich mit meinem Zeigefinger über seinen Handrücken. Seine Augen verdunkelten sich, und ein leises Grollen vibrierte in seiner Brust.

»Vorsichtig, Kleines«, warnte er mich. »Ich möchte nicht den ganzen Tag mit einem Anfall von Blutdurst verbringen.«

Ich hätte ihn gern auf eine Möglichkeit verwiesen, ihn davon zu heilen, aber ich musste erst noch entscheiden, ob ich bereit war, den Preis zu zahlen. Ich hob den Arm und griff nach meiner Haarbürste. Ich schluckte und zwang mich, an etwas Normales zu denken. »Was soll ich anziehen?«

»Was immer du willst. Obwohl es mir lieber ist, wenn du nichts trägst.«

»Ich glaube, das Wetter ist ein bisschen zu kühl dafür.« Trotz allem hatte es etwas zutiefst Befriedigendes, ebenso sehr begehrt zu werden, wie ich ihn begehrte.

»Ich gehe duschen, und dann ziehen wir los.« Wie aufs Stichwort knurrte mein Magen, und er grinste.

»Wir fangen mit einem Frühstück an.«

»Ich und mein blöder menschlicher Magen«, murmelte ich. Jetzt, wo ein Tag in Paris auf dem Plan stand, klang Frühstück banal. »Ich wette, du wünschst dir, ich müsste nicht ständig essen.«

»Ich würde nichts an dir ändern wollen, nicht einmal deinen

blöden menschlichen Magen.« Er ging zur Dusche, wandte sich ab und begann, sein Hemd aufzuknöpfen. »Es ist mir ein Vergnügen, mich um dich zu kümmern.«

Während er sprach, entwickelte sich eine andere Art von Hunger. Meine Augen verfolgten den Fortschritt seiner Finger, bis er den letzten Knopf öffnete. Er streifte das Hemd ab und hängte es an einen Haken. Als er seine Hose aufknöpfte, war ich bereits am Verschmachten.

»Wenn du mich weiter so ansiehst, kommen wir beide nicht weiter als bis ins nächste Zimmer«, sagte er und knurrte fast.

»Entschuldigung!« Ich hörte, wie die Dusche angestellt wurde, als ich die Badezimmertür erreichte. Aber ich konnte es mir nicht verkneifen, einen Blick zu riskieren.

Julian stand unter dem Duschkopf und ließ sich vom Wasser berieseln. Er drehte sich um und schüttelte das Wasser aus seinen Haaren. »Du hast ungefähr drei Sekunden, um deinen hübschen kleinen Arsch hier rauszuschieben, bevor ich dich übers Knie lege. Meine Beherrschung hat Grenzen, Kleines!«

Mein Blick schweifte nach unten, und ich stellte erfreut fest, dass er mindestens genauso erregt war wie ich. Ich hauchte ihm einen Kuss zu und schloss die Tür hinter mir. Jetzt hatte ich ein anderes Problem. Was sollte ich bei einem Date in Paris mit einem Vampir anziehen?

»Du hast Luxusprobleme, Thea«, sagte ich zu mir selbst und konnte mir ein Grinsen nicht verkneifen, als ich zum Wandschrank ging, um etwas auszusuchen.

*

Ich konnte einfach nicht aufhören, auf Julians Hintern zu starren. Ich hatte mich für die Designerjeans entschieden, die ich beim gestrigen Einkaufsbummel gekauft hatte, kombiniert mit einem rosafarbenen Pullover und einer übergroßen Kaschmirjacke. Julian hatte einen Blick auf mich geworfen, war in den Wandschrank gegangen und mit einem schwarzen Rippenpullover, der sich an seinen muskulösen Körper schmiegte, einem locker geknoteten Schottenschal und einer Jeans zurückgekehrt, die aussah, als hätten die Götter sie ihm auf den Leib gemalt.

»Du tust, als hättest du noch nie einen Mann in Jeans gesehen«, sagte er, als er mich wieder auf frischer Tat erwischte.

»Ich habe *dich* noch nie in Jeans gesehen«, korrigierte ich ihn. Ich hob mein Gesicht und grinste ihn an. »Warum trägst du überhaupt je etwas anderes?«

»Jeans sind für meinen Geschmack immer noch ein wenig zu modern.« Er legte einen Arm um meine Schulter, als wir in die ruhige, von Bäumen gesäumte Straße einbogen, an der das Haus lag.

»Modern?« Ich prustete.

»Manchmal vergisst du dann doch, dass ich ein alter Mann bin.« Er beugte sich vor und küsste mich auf die Stirn.

Ich ergriff die Hand, die über meine Schulter baumelte, und runzelte die Stirn, als ich seine Kalbslederhandschuhe spürte. Sie waren butterweich, und in der Herbstluft sahen sie kaum fehl am Platz aus, vor allem in Kombination mit der Lederjacke, die er sich auf dem Weg nach draußen geschnappt hatte. Nur erinnerten mich die Handschuhe an jedes einzelne Hindernis, das zwischen uns stand.

»Hier.« Er führte uns in eine kleine Bäckerei. »Das beste Frühstück in Paris.«

Ich hörte ihm zu, als er auf Französisch bestellte, und ein paar Minuten später bekamen wir beide einen heißen Kaffee und ein frisches Croissant. Ich nahm meinen ersten Bissen, als wir aus der Tür traten, und blieb wie angewurzelt stehen. Ein Dutzend Schichten des butterweichen Himmels zerfielen auf meiner Zunge. Ich stöhnte anerkennend auf.

»Du machst mich eifersüchtig auf ein Gebäck, Kleines«, murmelte er, während er mich sanft auf den Bürgersteig schob, damit andere Kunden eintreten konnten.

Ich schluckte und leckte mir über die Lippen. »Das solltest du auch. Ich glaube, ich habe gerade meine Unschuld daran verloren.«

»Sehr witzig«, sagte er düster.

»Das ist nicht wie die Croissants zu Hause«, sagte ich versonnen, als ich einen weiteren Bissen nahm.

»Du magst es also?«

»Ich denke gerade darüber nach, es zu heiraten«, sagte ich seufzend. »Wohin gehen wir?«

»Zu einem meiner Lieblingsorte in Paris«, sagte er.

»Wann warst du das letzte Mal hier?«, fragte ich und nippte an meinem Kaffee. »Was, wenn dein Lieblingsort nicht mehr da ist?«

»Das gehört zu den Dingen, die ich an Paris liebe«, sagte er, als wir die Straße überquerten und an einer Reihe wunderschöner Kalksteinhäuser vorbeikamen. »Es löscht seine Vergangenheit nicht aus wie andere Städte. Das Neue wächst um sie herum.«

»Es ändert sich also nie etwas?«

»Doch, schon, aber die wichtigen Dinge bleiben.« Eine Hupe gellte, als wir die Straße überquerten, und Julian schrie dem Fahrer etwas zu. »Manches leider doch. Ich vermisse die

Zeiten, in denen es nur Kutschen gab – vom Geruch vielleicht abgesehen.«

Wir gingen weiter die Straße hinunter. Julian erklärte mir die Architektur und erzählte Geschichten über jeden Ort, an dem wir vorbeikamen.

»Du hast hier viel Zeit verbracht«, sagte ich, während wir darauf warteten, eine größere Kreuzung überqueren zu können.

»Ich habe überall viel Zeit verbracht«, sagte er achselzuckend.

Neunhundert Jahre machten es möglich, dachte ich. Die Ampel an der Kreuzung schaltete um, und Julian legte seine Hand in meine, als wir die Straße betraten.

Dies war kein Date. Es war eine Szene aus einem Film. Jede Sekunde war noch perfekter als die vorangegangene. Ich wollte, dass es nie aufhören möge.

Je weiter wir gingen, desto voller wurden die Straßen. Überall, wo ich hinsah, knipsten Touristen Fotos. Boutiquen wichen Läden, die winzige Eiffeltürme und billige Sonnenbrillen verkauften. Das war Julians Lieblingsplatz in Paris? Ich vermutete, dass sich die Dinge ein wenig verändert hatten, aber ich keuchte auf, als wir um die Ecke bogen und ich die Fassade von Notre Dame erblickte. Ich hatte schon vor dem Feuer Bilder davon gesehen, aber selbst jetzt, umgeben von Baugerüsten, war es beeindruckend. Neben mir blieb Julian stehen.

»Was zum Teufel ist hier passiert?«

Ich blinzelte, kurzzeitig verwirrt. »Das Feuer ...«

»Niemand hat ein Feuer erwähnt«, sagte er, und mir fiel ein, dass er geschlafen hatte, als das Wahrzeichen brannte. »Anscheinend hat Celia im Dossier einiges weggelassen. Ich darf nicht vergessen, ihr für das nächste Mal zu sagen, dass ich mich mehr für solche Dinge interessiere als für die Einführung sozialer Medien.«

Mein Magen krampfte sich zusammen, als er von »nächstem Mal« sprach. Hatte er vor, wieder zu schlafen, wenn die Saison zu Ende war? Ich brachte es nicht übers Herz, ihn zu fragen, und bemühte mich zu lächeln.

»Na, komm.« Er zog mich zu einer steinernen Brücke, die über die Seine führte. Wir überquerten sie Hand in Hand und betraten eine andere Welt. Das Chaos, das die Stadt einhüllte, verblasste mit jedem unserer Schritte ein wenig mehr.

»Wo sind wir?«, fragte ich und sah mir die alten Steinbauten an.

»Auf der Île Saint-Louis«, sagte er, als wir an einigen ruhigen Bistros vorbeikamen. »Ich habe das achtzehnte Jahrhundert größtenteils damit verbracht, mir hier Ärger einzuhandeln.«

»Ärger, hm?« Ich konnte mir kaum vorstellen, dass es in dieser malerischen Gegend Ärger geben könnte. Er führte mich eine Seitenstraße hinunter und blieb vor einem unscheinbaren Tor stehen.

»Und das ist das bestgehütete Geheimnis von Paris. Zumindest hoffe ich, dass es das noch ist.« Sein schiefes Grinsen ließ mein Herz einen Schlag aussetzen. Er zog einen Handschuh aus und legte dann seine Handfläche auf das Eisentor. Es schwang auf und gab den Blick frei auf einen Innenhof, der angesichts der Straße, an der er lag, unglaublich groß erschien.

»Was machen wir hier?« Ich spähte hinein.

Julian zog seinen Handschuh wieder an und lächelte über meinen erstaunten Gesichtsausdruck. »Willkommen auf der *Île Cachée*.«

44

THEA

Ich sah angestrengt auf das, was mich hinter dem Tor erwartete, aber es überstieg mein Fassungsvermögen. Ich drehte mich um und schaute zurück auf die Straße. Graffiti verschandelten ein Gebäude, die nächste Straßenlaterne war mit Flyern beklebt, und im Hintergrund rauschten und hupten die Autos.

Hinter mir lag Paris. Vor mir eine völlig andere Welt.

»*Ill* was? Erinnere mich daran, Französisch zu lernen«, beschwerte ich mich.

»Île Cachée. Das bedeutet geheime Insel.«

Ich kniff die Augen zusammen, als ich ihm in den Hof und auf die Kopfsteinpflasterstraße folgte, die es eigentlich gar nicht geben konnte – obwohl ich darauf lief. »Aber wie ist das möglich?«

»Die Insel, die der Rest der Welt kennt, ist von einem Zauber umgeben«, erklärte er. Ich starrte ihn wieder an. »Eine Illusion. Die Welt sieht nur die Hälfte der Insel. Denen, die keine magischen Kräfte besitzen, erscheint sie nur halb so groß.«

»Und das ist die andere Hälfte?«, fragte ich, weil mir langsam ein Licht aufging.

»Ja, Kleines. Dieser Ort ist nur den Vampiren und Vertrauten bekannt.«

»Und jetzt mir.«

Er nickte, aber ich sah mich bereits um und versuchte, alles in mich aufzunehmen.

Es gab keine Souvenirläden oder Touristen mit Kameras. Die Menschen auf der Straße trugen eine amüsante Vielfalt an Kleidung, von Reifröcken über gestylte Perücken bis hin zu einem Mann mit einem Schwert an der Seite.

»Nicht alle von uns passen sich reibungslos an den Wandel der Zeit an«, flüsterte er.

»Ja, das sehe ich.«

Es fühlte sich an, als wären wir in die Vergangenheit gereist. Hohe Kastanienbäume säumten die stille Gasse und ließen ringsum goldene Lichtflecken tanzen. Ihre rostbraunen und goldroten Blätter rauschten trotz der fehlenden Brise. Ich beobachtete, wie ein einzelnes Blatt von der Spitze eines Astes fiel. Es segelte zu den Steinen darunter, landete malerisch und verschwand. Ich blinzelte ein paarmal. Als ich aufblickte, hing das Blatt wieder an dem Zweig. Noch während ich es beobachtete, vollführte es wieder seinen schönen Sturzflug.

»Das ist – Magie«, sagte ich und kam mir dumm vor. Natürlich war das Magie. Wie alles hier. Julian lachte leise und drückte mich an seine Seite.

»Die Magie ist hier stark. Sie ist geschützt«, erklärte er mir, während ich beobachtete, wie weitere Blätter fielen, verschwanden und wieder auftauchten. »Der Besucherkreis ist eingeschränkt, damit niemand zu viel von der Quelle abzieht.«

»Es gibt also ein magisches Reservoir in Paris?« Ich weiß nicht, warum mich das überraschte. Paris hatte wirklich etwas Magisches an sich, von den verträumten Alleen bis zum rosafarbenen Licht. Es passte, in seinem Herzen Magie entdecken zu können.

Julian beugte sich vor und küsste mich auf die Stirn. »So kann man es auch sehen.«

»Heißt das, Hexen dürfen hier zaubern?«

»Nein, das ist verboten. Zauberei, Tränke, alles, was aus dem Standard-Zauberbuch stammt, aber keine echte Magie ist.«

»Standard-Zauberbuch?«, wiederholte ich. »Bei dir klingt es wie etwas, das ich in einem Laden an der Ecke kaufen kann.«

Er deutete auf einen Laden mit blauer Tür auf der anderen Straßenseite, in dessen Schaufenstern sich Bücher stapelten. »Da gibt es bestimmt ein paar Exemplare.«

»Das werde ich mir für alle Fälle merken«, sagte ich leicht benommen. Wir gingen weiter, vorbei an Geschäften mit seltsamen Gegenständen in der Auslage, kleinen Bistros, vollgestopften Schaufenstern, bei deren Anblick ich große Augen machte und rot anlief. In einem hingen Seile und Ketten neben etwas, von dem ich befürchtete, es sei eine echte eiserne Jungfrau.

»Ist das …?« Ich stieß Julian mit dem Ellbogen an.

»Vampire mischen gerne Schmerz und Lust. Das ist für uns ganz natürlich«, sagte er achselzuckend.

»Warte.« Ich blieb stehen und spähte in das dunkle Fenster. »Ich dachte, da wird jemand gefoltert.«

Er schnaubte und stellte sich hinter mich. Julian senkte seinen Mund an mein Ohr und flüsterte: »Sieh genauer hin.«

Als ich mit etwas Mühe durch die Schaufensterfront tiefer ins Innere des Ladens blickte, sah ich eine Frau, die mit einem roten Seil gefesselt und sonst nur sehr spärlich bekleidet an einem goldenen Haken baumelte. Unter ihr lümmelten auf Stühlen ein paar Leute herum und unterhielten sich.

»Warum hängt sie da?«, murmelte ich.

»Schau hin«, befahl er in einem heiseren Tonfall, der mir den Atem raubte.

Ich spähte durch das Glas und sah, wie dunkle Flüssigkeit von ihren gefesselten Armen tropfte. Ein Mann unter ihr hob ein Glas, fing die tropfende Flüssigkeit geschickt auf und führte sie an seine Lippen.

Ich keuchte und wollte zurückweichen. Julian zog mich zurück auf den gepflasterten Weg.

»Ist sie ... okay?«, fragte ich, als der Schock nachließ.

»Ja.« Sein dunkles Lachen ließ eine Gänsehaut über meine Haut laufen. »Sie amüsiert sich. Manche Sterbliche bedienen gern Vampirmeister.«

»Mit Blut?«, platzte ich heraus.

»Unter anderem«, erwiderte er.

»Sie war also ein Mensch?« Ich warf einen Blick zurück auf den schwarzen Laden.

»Ja.« Mehr sagte er nicht.

Die Bäckerei nebenan wirkte im Vergleich dazu geradezu harmlos. Die Gerüche, die von ihr ausgingen, machten mich schwindelig. Ich machte einen Schritt darauf zu, aber Julian zog mich weg.

»Das ist keine gute Idee.« Er deutete mit dem Kopf auf ein Schild, das über der Tür hing und auf dem in goldenen Lettern *Enchanté: Sorts d'amour* geschrieben stand.

Ich zog fragend eine Augenbraue hoch.

»Liebeszauber«, sagte er und klang dabei ein wenig angestrengt. »Es ist schon schwer, daran vorbeizugehen, ohne auf dumme Ideen zu kommen.«

Ich verkniff mir ein Grinsen. »Vielleicht würde *ich* ja gerne da reingehen.«

»Du brauchst diesbezüglich keinerlei Hilfe«, versicherte er mir.

Der verlockende Duft wich einem seifig duftenden Rauch,

der aus dem Laden nebenan durch die großen, geöffneten Fenster drang. Kissen und Tische waren kunstvoll verstreut, um den Raum einladend zu gestalten. Auf den Kissen ruhend, schoben ein paar Kunden eine Pfeife hin und her.

»Opium«, sagte Julian und zog mich weiter. Wir kamen an einer Frau vorbei, die an einem Bistrotisch saß und eine neongrüne Flüssigkeit trank. Sie lächelte, als ein Mann sich zu ihr gesellte, der noch mehr von dem seltsamen Getränk mitbrachte. Weiter und weiter ging es. Geschäfte mit Seidenkleidern und teuren Anzügen, Buchläden voller kostbar wirkender Ledereinbände, düster-spannende Kaschemmen und Restaurants, in denen Dinge angeboten wurden, die in der menschlichen Welt verboten waren. Am Ende der Straße befand sich ein großer offener Markt, auf dem reges Treiben herrschte. Über ihm hing ein Banner, das in der Luft zu schweben schien und auf dem in fetten Blockbuchstaben *L'apothicaire* stand. Auf den Tischen standen Kisten mit seltsamen Waren. Einige davon bewegten sich. Ich schaute lieber nicht allzu genau hin. Es gab Flaschen und Kräuter und wilde, unheimliche Pflanzen.

»Hauptsächlich für die Herstellung von Zaubertränken«, erklärte Julian.

Es war wunderschön und überwältigend. »Ich könnte hier stundenlang herumstöbern.«

»Es gibt solche Orte in jeder größeren Stadt der Welt – Orte, die so von Magie durchsetzt sind, dass sie wie eine Oase wirken«, erklärte er. »Ich möchte dir alle zeigen.«

Mein Herz klopfte stärker bei dem Gedanken an weitere Tage wie diesen. Tage mit ihm voller Magie und Wundern und Schönheit – und die Nächte ... meine Haut wurde heiß, als ich daran dachte, wie sie sein würden.

Ich holte tief Luft und bemerkte einen unscheinbaren Mann, der uns von der anderen Seite der gepflasterten Straße aus beobachtete und mir dann zuwinkte. »Ich glaube, jemand hat dich erkannt.«

Julian blickte stirnrunzelnd auf.

Einen Moment später kam der Mann auf uns zu, der nicht viel größer war als ich. Kalte, dunkle Augen musterten mich, als er Julian begrüßte. »Rousseaux! Ich hatte gehofft, Sie hier zu treffen.«

»Boucher.« Julian schüttelte ihm die Hand. Der Mann trug Samthandschuhe, und ich fragte mich, ob er auch ein Vampir war. Seinem Aussehen nach hätte ich es nicht vermutet. Im Vergleich zu den anderen Vertretern dieser Spezies, die ich kennengelernt hatte, sah er gewöhnlich aus. »Darf ich Ihnen Thea vorstellen?«

Boucher wollte mich mit einem Kuss begrüßen, aber Julian knurrte. Er knurrte tatsächlich.

Wir starrten ihn beide an.

»Ich sehe, Sie haben eine Brut-Consort gefunden«, sagte Boucher trocken. Er fuhr fort, mein Gesicht zu mustern. »Bitte entschuldigen Sie, aber ich habe das Gefühl, Sie von irgendwoher zu kennen.«

»Thea war auf der Cocktailparty in San Francisco.«

»Ah, ja, und wie lautet Ihr Familienname?«

Ich versteifte mich. »Melbourne.«

»Thea war eine der Musikerinnen«, erklärte ihm Julian.

»Interessant.« Was Boucher über unsere Beziehung denken mochte, behielt er für sich. »Ihre Mutter ist bestimmt erfreut, eine Musikerin in der Familie zu haben.«

»Vielleicht, falls sie es schafft, über Theas Menschlichkeit hinwegzusehen«, erwiderte Julian mit einem Anflug von Bitterkeit.

Innerlich freute ich mich, dass er Bouchers Vermutung zu unserer Beziehung unkommentiert ließ. Aber ich zügelte meine Aufregung. Es war nichts weiter als ein Teil unserer Vereinbarung. Natürlich musste er den Anschein erwecken, ernsthaft an mir zu hängen.

»Was spielen Sie?«, fragte mich Boucher.

»Cello.« Es nur auszusprechen war schmerzhaft. »Wenn ich zu Hause bin.«

»Du musst sie zu Berlioz bringen. Er arbeitet an etwas Neuem«, sagte er zu Julian.

»Gott steh uns bei«, murmelte Julian.

»Hector Berlioz?«, fragte ich und machte große Augen. »Der ist doch schon seit Jahrhunderten tot!«

»Sag ihm das bitte nicht. Ich glaube, er hat jemanden überredet, ihn umzuwandeln, damit er eine Oper fertigstellen konnte«, sagte Julian. »Er ist immer noch nicht damit fertig.«

»Sie sind mit seiner Arbeit vertraut?« Boucher klang beeindruckt. »Nun, Sie müssen sie ihm vorstellen. Er ist in letzter Zeit besonders launisch.«

»Wir sind auf dem Weg dorthin. Ich hoffe, er hat ein Cello.«

»Natürlich hat er eins.« Boucher winkte ab, aber dann beugte er sich vor und flüsterte: »Die Frage ist nur: Wird er es Ihnen verkaufen?«

»Manche Dinge ändern sich nie.« Julian lächelte. »Sehen wir uns heute Abend?«

»Ja, mir wurde *offiziell* gestattet, ins Garnier zurückzukehren.« Er kniff die Augen zusammen. »Als ob sie mich davon abhalten könnten!«

»Vielleicht treffen wir uns dann dort.«

Wir verabschiedeten uns, und ich wandte mich an Julian. »Ich möchte Berlioz kennenlernen.«

Er lachte und zeigte in eine ruhige Seitenstraße. »Hier entlang.«

Am Ende der kopfsteingepflasterten Gasse wartete ein Musikgeschäft. Aber nicht irgendein Musikgeschäft. In den Fenstern spielten Instrumente ganz von allein.

Julian hielt inne. »Hör zu.«

Ich schloss die Augen und tat, wie mir geheißen. Eine vertraute Melodie fand ihren Weg zu mir, und ich lächelte.

»Was hörst du?«, fragte er.

Ich öffnete die Augen und sah ihn an. »Schubert? Erkennst du das Stück nicht?«

»Sie spielen für jeden ein anderes Lied«, sagte er. »Das Lied, das jeder gerade hören will.«

Ich schluckte diese Information und wusste nicht, wie ich sie verdauen sollte. Ich wollte ihn gerade fragen, was er gehört hatte, als die Tür zum Laden aufflog. Ein kleiner Mann stand darin und bedachte uns mit wilden Blicken. Er schüttelte den Kopf und schleuderte seine grauen Locken in alle Richtungen.

»Mensch!«, stieß er hervor und starrte mich an.

»Oh, ähm, ja.« Ich war mir nicht sicher, ob er auf eine Bestätigung wartete.

»Ich bin nicht interessiert«, sagte er zu Julian und schickte sich an, die Tür zu schließen.

Julian stellte die Stiefelspitze dazwischen. »Ich verkaufe keine Snacks, Berlioz«, sagte er. »Sie ist Cellistin.«

Ich zwang mich, ruhig zu bleiben und nicht zu sehr darauf zu reagieren, dass ich einen Musiker traf, den man seit über hundert Jahren für tot hielt. Berlioz musterte mich eine Sekunde. »Das werden wir gleich feststellen«, schnauzte er dann barsch.

Ohne ein weiteres Wort betrat er den Laden. Die Tür blieb offen, und wir folgten ihm.

»Er glaubt nicht, dass ich Cellistin bin?«, fragte ich Julian leise.

»Er leidet unter dem Mangel an Gesellschaft.« Julian zuckte mit den Schultern. »Manche meinen, er ist inzwischen verrückt.«

»Wirklich?«

»Ich glaube, er war schon ein bisschen verrückt, bevor ihn jemand zum Vampir machte, Kleines.«

»Wie beruhigend.« Aber meine Bedenken verflüchtigten sich, als ich die Stapel von unbezahlbaren Instrumenten und Schriftrollen sah, die mich umgaben.

Julian flüsterte: »Fass nichts an, außer ...«

Er verstummte, als Berlioz sich näherte und mir ein Cello in die Hand drückte.

»Spielen Sie!«, verlangte er von mir.

Ich nahm es mit zitternden Fingern entgegen und nickte. Doch kaum hatte ich es in der Hand, entspannte ich mich. »Was soll ich Ihnen spielen?«

»Was Sie wünschen«, sagte er unbestimmt und legte den Kopf schief.

Es war ein Test. Ich lächelte ihn an und wusste, dass ich diesen Test bestehen würde.

Eine Stunde später kamen wir wieder heraus, und Berlioz persönlich arrangierte die Lieferung eines Cellos zu Julians Wohnung. Ich hatte Berlioz, der sich normalerweise weigerte, seine Sachen zu verkaufen, überzeugt, als ich den vierten Teil seiner *Symphonie Fantastique* auswendig spielte.

Wir schlenderten an wucherndem Efeu vorbei durch die Straßen und schauten in die Schaufenster. Julian kaufte mir immer wieder Gebäck, als ob er nicht recht wüsste, wie viel Nahrung ein Mensch braucht. Ich beschwere mich nicht. Schließlich begann die Sonne zu verblassen und färbte das Licht rosa.

»Es ist perfekt«, sagte ich und ließ Paris in der Dämmerung auf mich wirken.

»In der Tat«, sagte Julian. Ich blickte auf und sah, dass er mich beobachtete. Er lächelte traurig und schaute auf seine Uhr. »Leider müssen wir zurück.«

»Können wir wieder herkommen?«, fragte ich.

»Wenn du willst.« Aber die gleiche Traurigkeit, die sein Lächeln trübte, färbte auch seine Worte.

Wenn wir Zeit hätten. Wir hatten nur ein paar Wochen in Paris, und ab heute Abend würde für uns beide die Ballsaison so richtig beginnen. Julian blieb unter einem Steinbogen stehen und zog mich an sich.

»Habe ich das richtig gemacht?«, fragte er und strich mit einem behandschuhten Finger über meine Unterlippe. »Ich bin ein bisschen eingerostet, wenn es ums Werben geht.«

Ich nickte, mein Mund öffnete sich instinktiv bei seiner Berührung. »Deine Balzkünste sind intakt.«

»Machst du dich über mich lustig, Kleines?«

»Ein bisschen«, gab ich zu und grinste ihn an. Er senkte sein Gesicht über meines und brachte seine Lippen ganz nah an meine heran.

»Darf ich dich küssen?«, fragte er sanft. Ich blinzelte, überrascht von seiner Bitte.

»Das ist ein richtiges Date«, erinnerte er mich, als er meine Reaktion sah. »Ich mache dir den Hof, schon vergessen?«

»Dann los«, sagte ich atemlos.

Er legte seine Lippen auf meine, mit einer gewollten Verzögerung, die mich völlig aus der Fassung brachte. Ein wildes Verlangen durchfuhr mich, als der Kuss sich vertiefte. Er ließ sich Zeit, bewegte seinen Mund langsam, als wollte er meinen Geschmack auskosten. Die rosige Dämmerung war bereits in den Abend übergegangen, als er sich schließlich wieder von mir löste. Ohne ein Wort zu sagen, nahm Julian meine Hand und führte mich von dem magischen Ort weg. Als wir die *Île Cachée* verließen und der magische Zauber verblasste, erfüllten die Geräusche einer geschäftigen Stadt die Luft um uns herum.

Ich seufzte. »Ich könnte dort für immer bleiben.«

»Wenn wir nur so viel Zeit hätten«, sagte er. Danach schwieg er, bis wir das Haus erreichten.

»Ich sollte mich fertig machen«, sagte ich und ächzte. »Wenn ich doch nur eine Vampirin wäre. Dann würde es nicht so lange dauern.«

Er wurde starr und wandte sich von mir ab. Ich erstarrte, als mir klar wurde, wie dumm ich gewesen war, diese leichtfertige Bemerkung zu machen. Nach einem Moment drehte er sich zu mir um. Die Ränder seiner Augen waren noch schwarz, aber es war klar, dass er die Kontrolle wiedererlangte. Ich wartete auf eine Zurechtweisung für meinen unbedachten Spruch, aber es kam keine. Stattdessen ließ er einen gierigen Blick über meinen Körper gleiten. Er rückte näher und griff mir zwischen die Beine. Ich zog die Luft durch die Zähne, als er seine Handfläche gegen mein Geschlecht drückte.

»Lässt du dich heute Abend unter deinem Kleid unbedeckt?«

Ich nickte, und mein Mund wurde trocken bei seiner verheißungsvollen Bitte.

»Ich verspreche dir, dass es sich lohnen wird, Kleines.« Er entfernte sich, ohne mich eines weiteren Blickes zu würdigen, und ließ mich mit der Frage zurück, was er vorhatte.

45

JULIAN

Das Palais Garnier, besser bekannt als die Pariser Oper, überragte die überfüllten Straßen wie ein Leuchtturm. Für die meisten Menschen, die die Stadt der Lichter besuchten, war der Eiffelturm das Zentrum der Metropole. Für Vampire war es die Oper. Doch heute Abend war das alles unwichtig, denn ich konnte meine Augen nicht von der Frau an meiner Seite lassen.

Thea blieb während der ganzen Fahrt ruhig. Ihre Hand, die in einem langen Samthandschuh steckte, ruhte unter meiner, während wir in der Schlange der Wagen warteten. Ich vermutete, dass sie mit demselben Gedanken beschäftigt war, der mich quälte.

Wenn ich doch nur eine Vampirin wäre, hatte sie gesagt.

In den letzten Tagen war ich von der Möglichkeit besessen gewesen, dass sie meine Brut-Consort war. Oder besser gesagt, von der Unmöglichkeit. Wehrte ich mich so sehr gegen den Gedanken, weil sie ein Mensch war, oder ging es mir darum, dass die Lebensspanne der Sterblichen so lächerlich kurz war. Ich umklammerte ihre Hand fester, als ob sie mir jeden Moment entgleiten könnte.

Thea blickte herüber und lächelte, aber ihre Augen verrieten, dass sie mit den Gedanken ganz woanders war.

»Woran denkst du?«, fragte ich sie.

Sie schaute nervös zu mir auf und sagte leise, damit Philippe es nicht hören konnte: »Dass alle die *menschliche Jungfrau* anstarren werden.«

Mehr als je zuvor wünschte ich, ihr diese Last nehmen zu können. »Du hast gesagt, sie wollten die Vertrauten zwingen, nicht darüber zu sprechen.«

»Das heißt nicht, dass sie sich nicht erinnern«, antwortete sie.

»Ja, aber auch dann wird nur die Hälfte der Leute dich anstarren.«

Sie schürzte unbeeindruckt von meiner Logik, die ja auch wirklich etwas dünn war, die Lippen.

»Noch so ein beschissenes Vampir-Aufmunterungsgespräch.«

»Noch eins?« Ich hob eine Augenbraue.

»Ich habe Jacqueline angerufen, während ich mich fertig gemacht habe.«

»Was hat sie gesagt?«, fragte ich neugierig.

»Dass sie mich anstarren werden, weil ich heiß bin«, sagte sie nüchtern.

»Da hat sie nicht unrecht.« Ich ließ meinen Blick über sie gleiten und erlaubte meinem Blutdurst, meine Augen gerade so weit zu verdunkeln, dass sie wusste, dass ich es ernst meinte. »Jeder Mann dort drin wird mit dir schlafen wollen, und jede Frau wird so sein wollen wie du.«

»Weil ich mit dir zusammen bin?« Ein Lächeln umspielte ihre Lippen und signalisierte mir, dass es mir gelungen war, sie abzulenken.

»Weil sie wissen, dass du zu mir gehörst.«

Sie lachte. »Du bist ziemlich eingebildet für einen alten Mann.«

»Sie werden dich nicht anstarren, weil du zu mir gehörst«, flüsterte ich ihr ins Ohr. »Sondern wegen der Art und Weise, wie du mir gehörst.«

»Wie denn?«, fragte sie leise.

»Ganz und gar.« Ich küsste die Stelle unter ihrem Ohr und erzeugte einen Schauer. »Vollkommen. Unzweifelhaft.«

Ihre Zunge fuhr über ihre Unterlippe, als sie sich an mich lehnte. »Warum bin ich dann no...?«

»Wir sind da«, unterbrach uns Philippe genau im rechten Moment, und ich stieg aus.

Ich wusste, was sie hatte fragen wollen. Jetzt war nicht der richtige Zeitpunkt, um darüber zu diskutieren oder sie daran zu erinnern, dass wir unsere körperliche Intimität beschränken mussten. Ich wusste nicht, wie lange wir noch vermeiden konnten, uns der Realität unserer Situation zu stellen.

Ich umrundete den Wagen, half Thea heraus und bot ihr den Arm. Sie hakte sich unter und fügte hinzu: »Darüber ist noch nicht das letzte Wort gesprochen.«

Doch als wir das Palais Garnier betraten, verstummte sie und schaute sich mit großen Augen um, als wollte sie alles in sich aufnehmen. Einen Moment lang sah ich diesen Ort, an dem ich schon tausendmal gewesen war, mit ihren Augen. Ich bewunderte die geschwungene Steintreppe, die Wandmalereien über den Köpfen und die Spiegel, die die Gäste, die sich im großen Foyer tummelten, zu einem Teil der extravaganten Szenerie zu machen schienen. Leider endete der Moment abrupt, weil wir umringt wurden. Die hiesigen Vampire, die sich weigerten, in die Staaten zu reisen, wollten offenbar alle Hallo sagen oder ein paar Worte mit uns wechseln.

Aber vor allem wollten sie einen Blick auf Thea werfen.

Vielleicht hatte Sabine nach dem ersten Ritus doch nicht alle mit einem Schweigebann belegt. Thea warf mir einen panischen Blick zu, als mehr und mehr Leute auf uns zukamen. Sie dachte wohl das Gleiche.

Eine herrische Stimme übertönte die Menge. »Du bist mit deiner kleinen Freundin gekommen.«

Die Gäste um uns herum bildeten eine Gasse, um Sabine den Weg frei zu machen. Sie hatte sich für Schwarz entschieden – eine ungewöhnliche Wahl für sie. Dunkle Spitze reichte von ihrem Hals bis hinunter zu ihren Handgelenken. Überall um sie herum flüsterten Vampire bewundernd, aber ich hatte den ganz klaren Eindruck, dass das Kleid eine Botschaft war. Sie trug Trauer.

»Mutter«, sagte ich kalt. Die Vampire, die uns zuvor begrüßt hatten, verzogen sich, als ob sie spürten, dass sich ein Sturm zusammenbraute. Aber ich bemerkte auch eine ganze Reihe neugieriger Schaulustiger.

Boucher erschien an der Seite meiner Mutter. »Julian«, sagte er, »und die schöne Thea.«

»Sag mir nicht, dass du das auch noch unterstützt«, zischte Sabine und starrte ihn wütend an.

»Ich wollte nur Hallo sagen.« Boucher seufzte. »Und ich bin gekommen, um mit dir zu reden. Es hat in letzter Minute eine Änderung gegeben. Eine der Sopranistinnen ist verschwunden.«

»Na großartig«, sagte sie heftig. »Haben wir alle Kisten überprüft, um sicherzugehen, dass sich nicht jemand die Freiheit genommen hat, sie als Snack zu stehlen?«

»Wir sind dabei«, versicherte er ihr, »aber wir mussten Berlioz wieder beruhigen. Er ist davon überzeugt, dass dies die Uraufführung ruinieren wird.«

»Berlioz präsentiert eine neue Oper?«, fragte Thea aufgeregt. Sabine blickte sie aus kalt glitzernden, saphirblauen Augen wütend an.

»Sie haben von ihm gehört?«

»Thea ist Cellistin«, erinnerte ich sie und versuchte, die Situation zu retten.

Thea schenkte Sabine ein charmantes Lächeln und fügte hinzu: »Wir haben ihn heute Nachmittag besucht, da hat er es nicht erwähnt.«

»Ihr ... habt ... Berlioz besucht?« Sabine klang gequält. Sie starrte mich an. »Was hat sie auf der *Île Cachée* zu suchen?«

»Ich habe sie dorthin ausgeführt«, griff ich ein, bevor eine der beiden die andere erwürgen konnte.

»Verstehe.« Ein Muskel zuckte an ihrem Kiefer. Sie drehte den Kopf und sah Thea an. »Berlioz führt eine neue Oper auf, die er für diesen Abend geschrieben hat. Die *Sinfonie für die Toten*. Ich hoffe, euch beiden gefällt sie.«

Die Art und Weise, wie sie es sagte, ließ mich vermuten, dass dies nicht der Fall sein würde.

»Entschuldigt mich«, sagte Sabine.

»Geh nur dorthin, wo du gebraucht wirst«, sagte ich bedeutungsvoll. Sabine fegte beleidigt davon und ließ einen ratlosen Boucher bei uns zurück.

»Ich hätte nicht gedacht, dass sich ihr Hass auf mich noch steigern könnte«, sagte Thea.

»Sabine mag niemanden«, versicherte Boucher ihr.

»Sie mag Sie.«

»Meine Liebe«, sagte er mit funkelnden Augen, »sie toleriert mich. Mehr ist bei ihr nicht zu holen. Ich hoffe aufrichtig, dass Sie sich heute Abend amüsieren.«

»Das werden wir«, murmelte ich. Boucher verabschiedete

sich, und ich entdeckte Benedict in der Ecke. Thea bemerkte ihn im selben Moment.

»Dein Bruder ist hier«, sagte Thea. »Jedenfalls einer von ihnen. Sollten wir ihn nicht begrüßen?«

Ich warf ihr einen fragenden Blick zu. War eine familiäre Konfrontation nicht genug für den Abend?

»Ich versuche nur, höflich zu sein«, erklärte sie, als ich sie in Richtung der geschwungenen Treppe lenkte. Pfingstrosen, Rosen und Lilien säumten das steinerne Geländer und verliehen der ohnehin schon üppigen Einrichtung noch mehr Dekadenz.

»Höflichkeit und Vampire vertragen sich nicht gut, Kleines.«

»Werden wir heute Abend bei deiner Familie sitzen?«, fragte sie vorsichtig, als wir die erste Tür erreichten.

»Wir haben eine Privatloge«, knurrte ich. Es war eine kleine Gnade, und ich war Boucher dafür etwas schuldig, dass ich meinen üblichen Platz im Haus hatte behalten dürfen.

»Also, ist das eine Vergünstigung oder ...«

»Ich habe jahrelang eine Loge gehabt, aber heute Abend benutzen wir die Loge daneben.« Das war alles, was sie wissen musste.

»Stimmt etwas nicht mit deiner?«, fragte sie.

»Loge drei ist intimer als meine. Ich wollte sie nicht teilen.« Ich warf ihr ein anzügliches Grinsen zu. Das wenigstens entsprach der Wahrheit. Nachdem ich Thea eine halbe Stunde lang mit der Vampirgesellschaft geteilt hatte, wollte ich sie jetzt wieder für mich allein haben.

Ich führte sie durch die Menge und ignorierte die neugierigen Blicke, die uns folgten. Als wir die dritte Loge erreichten, war ich erleichtert, dass sie offen und frei war.

»Sitzt du normalerweise in Loge eins?«, fragte sie.

»Nein, fünf«, sagte ich abwesend, während ich einen Blick in die Loge warf, die nach meinen Anweisungen hergerichtet worden war. Statt der üblichen acht Stühle warteten nur zwei darin. Die Stühle standen etwas weiter weg von der Brüstung als sonst, so würden wir gut sehen, aber den meisten, wenn nicht sogar allen neugierigen Blicken entgehen.

Ich wollte eintreten, aber Thea rührte sich nicht. Ein Schild an der Loge neben unserer faszinierte sie.

»*Loge du Fantôme de l'Opera*«, las sie vor und machte große Augen. »Moment, welche Loge hattest du noch mal?«

»Loge fünf.« Ich wusste, warum sie gefragt hatte.

Sie ergriff meinen Arm, ihre Samtfinger umklammerten mich fest. Selbst durch die Stoffschichten hindurch spürte ich ein Kribbeln von etwas Ungreifbarem, aber Thea schien es nicht zu bemerken. »Willst du damit sagen, dass du das …«

Ich stöhnte auf, denn ich wusste, dass sie es genießen würde, mich für den Rest des Abends damit aufzuziehen. »Ich schuldete Leroux Geld – das bildete er sich zumindest ein.«

»Und du hast es ihm nicht zurückgezahlt?«

»Es gab einige Diskussionen über die Rechtmäßigkeit seiner Forderung. Er glaubte, er hätte eine Runde Piquet gewonnen. Ich glaubte, er sei ein Betrüger.«

Ihr leises Lachen war Musik in meinen Ohren, zumal nach der katastrophalen Konfrontation in der Lobby. »War er ein Betrüger?«

»Ganz sicher. Wie alle Schriftsteller.« Ich streckte den Arm in Richtung der Loge aus. »Also hat er das verdammte Buch geschrieben und allen erzählt, dass die Hauptfigur nach mir gestaltet war.«

»Es scheint dir nichts auszumachen, die Phantomloge zu

benutzen«, bemerkte sie, als sie an mir vorbei in die Privatloge ging. Ich folgte ihr und schloss leise die Tür zur Außenwelt.

»Vielleicht werde ich dich tief ins Innere dieses Gebäudes entführen, zu meinem geheimen See, und dir eine Privatstunde geben. Würde dir das gefallen, Kleines?«

»Brauche ich noch eine Lektion?«, hauchte sie. Sie stand im Halbschatten, und ihr Tuch war ihr von den Schultern gerutscht. Selbst in der schwach beleuchteten Box sah ich den Puls an ihrem Hals. Der Raum verdunkelte sich, und in mir tobte der Blutdurst. Thea warf mir einen kurzen Blick zu und wich einen Schritt zurück, bis sie den roten Satinbezug der Wand berührte. Die Reflexion des Stoffes überzog ihre blasse Haut mit einem roten Schimmer. Ich hatte Bedenken gehabt, sie hierherzubringen, besonders nach der Idee, die sie mir in den Kopf gepflanzt hatte. Das waren enge Räume für einen Menschen und einen Vampir. Ich tat mein Bestes, um Abstand zwischen uns zu wahren, als wir unsere Plätze einnahmen. Doch trotz meines Beschützerinstinkts schien eine unsichtbare Hand mich sanft, aber beharrlich zu ihr zurückzuziehen.

»Komm«, sagte ich mit belegter Stimme, »dann erzähle ich dir, woher Leroux seine Ideen hatte.«

»Von dir?«, vermutete sie, als sie meine Hand nahm. Ich nickte, und sie lachte.

»Ein Betrüger und ein Dieb?«

»Vergiss nicht, dass er log, wenn es ihm in den Kram passte«, sagte ich mit einem schiefen Lächeln.

»Und er war dein Freund?«, fragte sie.

Ich stellte mich neben einen Stuhl und wartete, bis sie Platz genommen hatte. »Bekanntschaft wäre ein besserer Ausdruck. Er hat beim Spielen nie gewonnen.«

»Aber du hast trotzdem mit ihm gespielt?« Sie sah mich missbilligend an, aber sie lächelte immer noch.

»Jemand musste ihm sein Geld abknöpfen«, sagte ich, als ich mich neben sie setzte. »Warum nicht ich?«

»Weil du mehr Geld hast als selbst Gott«, schnaubte sie.

»Ja, und ich verwende es besonnener«, sagte ich ihr. An dem Abend, an dem Leroux einen beträchtlichen Teil seines Wochenlohns als Zeitungsschreiber im Spiel gegen mich verloren hatte, hatte ich auf dem Heimweg eine Frau freigekauft. Eine Jungfrau, die auf der Straße feilgeboten wurde. Leroux hätte das Geld ohnehin versoffen. Ich habe sie gerettet und in ein Kloster gegeben. Anscheinend war meine Moral im letzten Jahrhundert auf der Strecke geblieben, denn es fiel mir schwer, an etwas anderes zu denken als an Thea und ihre prekäre Jungfräulichkeit. »Damals war in Paris alles käuflich, und ein Mann wie Leroux wollte alles.«

»Und wie bist du das Phantom geworden?« Sie zog ihr Tuch höher und bedeckte damit einen Teil der entblößten Haut, die ich immerzu ansehen musste.

»Er hatte ein Talent dafür, die Wahrheit zu einer Sensation aufzubauschen«, sagte ich ihr. »Das Wasserreservoir unter uns wurde zu einem versteckten See, und die Gänge waren angeblich so angelegt, dass ein Geist durch das Theater spazieren konnte. Aber in Wirklichkeit ist da das Wasserreservoir, weil hier früher ein Sumpfgebiet war.«

»Und die Laufgänge?«

»Vampire lieben die Oper. Aber sie kann uns auch hinreißen«, sagte ich achselzuckend. »In den Anfangsjahren war es gelegentlich notwendig, unsere menschlichen Gäste rasch in Sicherheit zu bringen, wenn ein Vampir die Kontrolle verlor.«

»In Sicherheit bringen, weil ...« Thea schluckte und schüttelte den Kopf. »Vergiss es. Ich will es gar nicht wissen. Glaubst du, dass es heute Abend Probleme geben wird?«

»Heute Abend sind nur sehr wenige Menschen hier«, beruhigte ich sie. »Und es gibt jetzt Regeln für diese Dinge. Es ist inzwischen verpönt, ein Date mit in die Oper zu nehmen und auszusaugen.«

»Da bin ich aber froh«, bemerkte sie trocken. »Leroux wusste also, dass du ein Vampir bist?«

»Nein.« Ich lachte bei der Vorstellung, ich könnte einem Mann wie ihm von meiner Welt erzählt haben. »Aber ich habe ausgeplaudert, dass die Gänge dazu dienen, Gäste zu entfernen, die es aus eigener Kraft nicht mehr schaffen. Er dachte, ich meinte Betrunkene.«

Sie kicherte, doch bevor wir unser Gespräch fortsetzen konnten, wurde das Licht im Saal gedimmt und dann mehrmals aufgehellt. Thea drehte sich von mir weg zur Bühne und strahlte übers ganze Gesicht. »Ich kann nicht glauben, dass ich mit dem Phantom persönlich in der Pariser Oper sitze.«

»Ich hätte dir diese Geschichte nie erzählen sollen«, sagte ich leise.

»Mach dir keine Sorgen.« Sie tätschelte meine Hand. »Ich weiß jetzt schon, als was wir uns nächstes Halloween verkleiden.«

Ich verdrehte die Augen, als das Licht zum letzten Mal erlosch. Als nun das Orchester zu spielen begann, galt Theas Aufmerksamkeit ganz der Bühne. Sie saß mit geschlossenen Augen neben mir, aber sie war an einen anderen Ort versetzt worden. Als eine Sopranistin die Bühne betrat und die erste Arie anstimmte, öffnete sie die Augen und neigte den Kopf, um das Geschehen zu beobachten.

»Ich wünschte, ich könnte Französisch verstehen«, sagte sie sehnsüchtig.

»Sie singt von ihrem Liebsten, der ihr genommen wurde«, flüsterte ich. »Er ist in den Krieg gezogen und gestorben.«

Die Sopranistin war so begabt, wie Boucher gesagt hatte. Der Schmerz stieg aus eindringlichen Tönen empor, als sie ihre Geschichte erzählte. Es war ein Irrglaube, dass Vampire keine Gefühle hätten. Wir haben uns nur einfach schon vor langer Zeit aus der Welt der Sterblichen zurückgezogen, um nicht stets und ständig Trauer und Verlust erleiden zu müssen. In der Oper jedoch durchlebten wir diese Gefühle freiwillig.

Die Geschichte ging weiter, und ein Tenor betrat die Bühne. Der junge Mann war aus dem Krieg zurückgekehrt, aber er war kein Mensch mehr. Er war in einen Vampir verwandelt worden, und er erkannte seine Liebe nicht. Thea keuchte auf, als er die Frau angriff, und ihre Hand griff nach meiner. Natürlich hatte Sabine diese neue Berlioz'sche Produktion gebilligt.

Thea sah gebannt zu, und ich beobachtete sie dabei. Jeder Atemzug und jeder Seufzer, den sie von sich gab, drang tief in mich ein und verstärkte die emotionale Intensität, die ich bei jeder Szene spürte. Tränen traten ihr in die Augen, als die Frau sich vor ihrem verlorenen Liebhaber verstecken musste. Sie warf einen verstohlenen Blick in meine Richtung, hatte Angst im Gesicht. Ihre biochemischen Reaktionen auf die Oper ließen ihr das Blut in den Adern singen, bis ich ihr nicht länger widerstehen konnte.

Ich ließ meinen Blick über das Publikum schweifen und stellte fest, dass alle Augen auf die Bühne gerichtet waren. Das Debüt versprach, ein Erfolg zu werden, was es mir erleichterte, auf die Knie zu sinken.

»Was soll das w…?«, sagte Thea leise.

»Ich bin bei dir«, flüsterte ich, während ich meine Handschuhe auszog. Ich ließ meine nackten Handflächen über ihre Waden gleiten und drängte sie, sich an die Kante ihres Stuhls zu setzen. »So ist es gut. Behalte deine Augen auf die Bühne gerichtet und pass auf, dass niemand bemerkt, was ich hier unten tue.«

»Ein Rousseaux will sich wohl nicht auf den Knien erwischen lassen?«, stichelte sie flüsternd.

»Ich möchte nicht alle Männer hier eifersüchtig machen. Du duftest köstlich. Darf ich dich mit dem Mund berühren?«

Thea holte scharf Luft und zögerte einen Moment, bevor sie schließlich nickte. Ich hob ihren Rock an und stellte fest, dass sie getan hatte, worum ich sie gebeten hatte. Ihr nacktes Geschlecht begrüßte mich, und ich atmete ihren Duft ein, als ich einen Kuss auf ihren Innenschenkel drückte. Auf der Bühne begann ein Duett, das mein Verlangen widerspiegelte. Ich zog ihren Hintern an den Rand der Sitzfläche, schlang meine Arme um ihre Oberschenkel, um sie auszubalancieren, und senkte meine Lippen auf ihr zartes Fleisch.

Ein Stöhnen entschlüpfte ihr, als meine Zunge ihre rosigen Schamlippen teilte. Ich hob den Blick und sah, wie sie sich bemühte, ruhig zu bleiben. Ihre Finger krallten sich in die Armlehnen, als ich langsam mit der Zungenspitze über ihre geschwollene Klitoris strich. Ein weiteres Keuchen, das für alle anderen von dem Duett auf der Bühne übertönt wurde. Ihre winzigen Lustlaute vermischten sich mit der Oper, und ich verschlang sie, ekstatisch darauf bedacht, ihren Höhepunkt zu schmecken. Theas Beine begannen zu zittern, und sie schrie auf, als das Duett seinen Höhepunkt erreichte und meine Zunge mit ihrer Essenz überflutet wurde.

Ich konnte nicht aufhören. Das Lied ging in eine leidenschaftliche Auseinandersetzung zwischen Sopran und Tenor über, und ich saugte und leckte. Thea krallte sich in meine Haare, ihr ganzer Körper zitterte, als ich ihr immer mehr Lust bereitete. Schließlich presste sie ihre Schenkel an meinen Kopf, es war ein Zeichen dafür, dass sie es nicht mehr aushielt. Aber ich konnte nicht aufhören. Ihr Duft stachelte mich an, die Musik tat das Ihrige, und ich verlegte meine Lippen auf die weiche Innenseite ihres Schenkels. Thea entspannte sich mit einem Seufzer, ihre Schenkel öffneten sich und boten eine neue Versuchung.

Das Duett ging in eine *Aria parlante* über, und der Tenor steigerte sich in eine Frustration hinein, die sich auf mich übertrug, und ohne nachzudenken, senkte ich meinen Mund wieder auf ihren Innenschenkel und tat das Unverzeihliche.

46

THEA

Es hätte auch ein Kuss sein können. Seine Lippen waren weich auf meiner Haut. Bei der Berührung fielen mir die Augen zu, und ich zog scharf die Luft ein. Der Schmerz kam so schnell, dass meine Hände die Armlehnen umklammerten, als das Stechen auch schon in etwas anderes überging. Ein Kribbeln wie von Feuer und Eis – meine Nerven entflammten so heftig, dass ich nicht begriff, was ich spürte, bis es sich auszubreiten begann. Das Aufeinandertreffen von Hitze und Kälte baute sich zwischen meinen Schenkeln auf und breitete sich in meinem Inneren aus. Ich spürte alles – den Druck von Julians Mund auf meinem Fleisch, das Blut, das an seine Zähne quoll, das Gift, das durch meinen Blutkreislauf strömte.

Irgendwo protestierte mein Verstand gegen diese Entwicklung. Julian hatte mich gebissen.

Nicht nur gebissen. Er trank mein Blut.

Ich sollte es beenden, dachte ich vage, aber ich wollte nicht, dass es aufhörte.

Ich wollte, dass er mehr nahm. Ich wollte, dass er alles von mir nahm.

Ein neues Gefühl erblühte in meiner Brust. Mein Herz schwoll an, als müsste es platzen und das Blut herausspritzen, so wie mein Blut auf Julians Zunge spritzte. Dieses neue Gefühl vermischte sich mit Lust und steigerte sich in mir.

Die Arie erreichte ihren finalen, dramatischen Höhepunkt, das Publikum applaudierte frenetisch, und ich verlor das Bewusstsein.

Als ich mich wieder traute, die Augen zu öffnen, gab es im Saal Standing Ovations, und meine Welt war anders. Neu.

Es war nicht das erste Mal, dass Julian mich mit Gift verwöhnt hatte. Aber damals hatte er Hände und Mund benutzt, um mich zum Höhepunkt zu bringen. Diesmal hatte er mich nur gebissen.

Später würde das Konsequenzen haben. Doch als er jetzt den Kopf hob, waren seine Augen schwarz wie Obsidian und seine Lippen rot gefärbt. Eine Sekunde verging, während wir uns anstarrten. Wir hatten eine Grenze überschritten, und ich wusste jetzt, dass es für uns beide kein Zurück mehr gab.

Und dann stand Julian lässig auf, wischte sich den Mund ab und setzte sich neben mich. Ich wartete einen Moment und versuchte zu begreifen, was gerade passiert war. Als der Applaus abebbte, wurde die Oper fortgesetzt, und ich wagte einen Blick auf ihn. Seine Augen blieben schwarz, und seine Hände umklammerten die hölzerne Armlehne.

»Julian«, flüsterte ich und griff nach seiner Hand, als mein Herz zu rasen begann. Dieses Mal aus Panik.

»Geh weg«, presste er heraus.

»Was?«

Im Theater war es noch relativ ruhig, weil die nächste Szene gerade erst begann, deshalb drehten sich ein paar Gesichter in unsere Richtung.

»Du musst das sauber machen«, sagte er mit leiser Stimme. »Geh ins Bad, bis die Blutung aufhört.«

Ich starrte ihn an. Die Liebe, die ich noch vor einem Moment empfunden hatte, versickerte, als ich den Fremden neben mir anstarrte. »Bist du ...«

»*Raus aus der Loge, bevor ich dich umbringe*«, zischte er wütend, ohne den Blick von der Bühne zu nehmen.

Ich richtete mich mit wackeligen Beinen auf und stürzte aus der Loge. Die Toilette war in der Nähe, und ich stürmte hinein. Nachdem ich mich vergewissert hatte, dass ich allein war, schloss ich die Tür und ließ mich dagegen sinken. Egal, wie sehr ich mich anstrengte, ich sah immer wieder sein Gesicht und seinen unverhohlen hasserfüllten Blick. So hatte er mich angeschaut, als ich ihn das erste Mal in San Francisco gesehen hatte.

Da wurde mir klar, dass er mich damals auch hatte umbringen wollen. Nicht auf eine mörderische, psychopathische Weise. Es war komplizierter. Julian wollte all mein Blut.

Er hatte mich davor gewarnt, ihm jemals mein Blut zu geben. Jetzt verstand ich, warum.

Vor einer Stunde hätte ich ihm noch mein Leben anvertraut. Würde ich das immer noch tun?

Und was hatte ich erwartet?

Ich wischte mir die Tränen ab und beschmutzte meine Handschuhe mit Mascara. Ich konnte nicht die ganze Nacht hier sitzen und weinen. Ich stand auf und ging zu einem hohen Spiegel, der für Damen gedacht war, die den Sitz ihrer Kleider oder Strümpfe überprüfen wollten. Ich hob stattdessen meinen Rock an. Ich klemmte ihn mir unter die Brust, untersuchte mich und stellte fest, dass ich immer noch blutete. Ich fluchte leise vor mich hin und ging zu den Waschbecken. Mit einem feuchten Handtuch wischte ich die Stelle ab und entdeckte dabei zwei perfekt runde Bisswunden. Ich presste das

Handtuch darauf. Vorsichtig vergewisserte ich mich nach ein paar Minuten, dass kein Blut mehr zu sehen war, bevor ich das Handtuch in den Müll warf. Wenn Julian sich nicht beherrschen konnte, konnten es dann andere?

Ich konnte hier nicht ewig bleiben, und Julian hatte sich inzwischen bestimmt unter Kontrolle. Ich schloss die Tür auf und trat hinaus, entschlossen, zurück zu Loge drei zu marschieren und zu verlangen, dass wir gehen. Wir mussten reden, bevor er seinem Selbsthass erlag. Denn trotz der Achterbahn der Gefühle, durch die er mich gerade gebracht hatte, hatte ich endlich meine Antwort.

Er war meine Bestimmung.

Ich wusste allerdings noch immer nicht genau, was das bedeutete. Es war nur ein Bauchgefühl.

Doch etwas in meinem Inneren sagte mir, dass es so war. *Er war es.*

Ehrlich gesagt, war ich nicht ganz glücklich darüber. Vor allem, weil ich nicht geplant hatte, an einen sturen, mürrischen Vampir gebunden zu sein. Aber so etwas plante man wohl kaum je. Langsam ging ich den Korridor entlang und überlegte unterdessen, welche Fragen ich ihm zuerst stellen sollte. Ich hatte erst die Hälfte des Weges geschafft, als sich die Türen entlang des Korridors öffneten. Die Gäste strömten um mich herum und gingen zu den Toiletten oder zur Bar, um in der Pause einen Drink zu nehmen.

Ich kämpfte mich durch die Menge und versuchte, niemanden versehentlich zu berühren. De bemerkte ich, dass ich meine fleckigen Handschuhe im Toilettenmülleimer zurückgelassen hatte.

Als ich mich um eine Gruppe herummanövriert hatte, lief ich direkt in Sabine.

Sie warf mir einen missbilligenden Blick zu, und ein riesiger männlicher Vampir gesellte sich zu ihr.

»Thea, was machst du hier ohne Begleitung?«, fragte sie.

»Ich brauche keine Begleitung«, sagte ich und verdrehte die Augen. Ich hatte nicht die Geduld, mich mit ihr auseinanderzusetzen. Nicht jetzt.

»Das ist sie?« Ihr Begleiter sah mich an. »Sie ist kleiner, als ich sie mir vorgestellt habe.«

»Jetzt ist nicht der richtige Zeitpunkt, Darling«, zischte sie ihm zu.

Aber er lächelte mich breit an. »Du musst Julians Freundin sein.«

Sabine zuckte bei diesem Wort tatsächlich zusammen.

»Ich bin Dominic Rousseaux, Julians Vater«, erklärte er und ignorierte seine Frau.

»Oh. Freut mich, Sie kennenzulernen«, sagte ich und versuchte mich in der Höflichkeit, vor der Julian mich gewarnt hatte. Warum musste das ausgerechnet jetzt passieren?

»Wo ist mein Sohn?«, fragte er.

»Hoffentlich sammelt er nicht noch mehr Streunerinnen ein.« Sabine schniefte. Dann wurde sie still. Ihre Nasenlöcher blähten sich, und sie drehte sich zu mir um. Ihre behandschuhten Finger umklammerten mein Handgelenk und drückten so fest zu, dass ich dachte, sie würde mir die Knochen brechen. »Was hast du getan?«

»Was?« Ich versuchte, mich loszureißen, und wusste, dass uns einige Leute zusahen. In diesem Moment hätte ich alles für eine Ablenkung gegeben. Sie konnte nicht wissen, dass er mich gebissen hatte, und was sollte es für eine Rolle spielen, selbst wenn sie es wüsste?

»Ich rieche …«

Ein Schrei unterbrach sie, gefolgt von weiteren furchtbaren Schreien. Ich drehte mich um und sah das Grauen vor mir. Schwarz gekleidete Gestalten hatten jedes Treppenhaus besetzt und begannen, Vampire zu packen. Ich sah einen roten Schlitz quer über der Brust eines der Angreifer, als er eine Vampirin packte und ihr einen Pflock ins Herz rammte.

Es war nicht wie in den Filmen. Vampire bluten. Ihr Blut ergoss sich über das Abendkleid, ihre dunkle Haut wurde aschfahl, als sie ausblutete. Der Mann warf sie zu Boden und stürzte sich auf einen anderen Vampir.

Dann brach die Hölle los.

Ich weiß nicht, ob ich geschrien habe, denn aus der Menge um mich herum gellten Schreie. Sekunden später gab es weitere Angreifer, die mit Vampiren kämpften.

»Bring sie weg von hier«, befahl Dominic und schob mich zu Sabine. Er bewegte sich auf das Chaos zu. Sabine packte mich am Arm und zerrte mich weg.

»Wir müssen ihnen helfen«, rief ich ihr zu.

»Gegen die hast du keine Chance«, schrie sie mich an, als ich mich gegen sie wehrte. »Das sind Vampire.«

»Aber die Männer in Schwarz ...«

»*Sind Vampire*«, wiederholte sie und zog mich mit sich. »Unfassbar, dass es so weit gekommen ist. Deshalb solltest du nicht hier sein. Die Blutlinien müssen gestärkt werden, damit wir diese Monster bekämpfen können. Stattdessen spiele ich hier deine Babysitterin.«

Ich riss mich aus ihrem Griff los. »Ich brauche keinen Babysitter.«

Wir sahen uns eine Minute lang an, und dann nickte ich und fügte eine unausgesprochene Bitte hinzu. *Geh.*

Sie konnte kämpfen. Ich konnte es nicht. Sie wurde gebraucht. Ich nicht. »Lauf«, knurrte sie und stürzte sich ins Getümmel.

Ich sah mich nach einer Waffe um, fand aber nichts. Wahrscheinlich würde ich diese antiken Kandelaber nicht einmal anheben können.

Aber Sabine hatte mich nicht in Sicherheit gebracht. Sie hatte mich nur von der Meute weggedrängt. Ein schwarz gekleideter Vampir sah mich und kam auf mich zu. Seine Finger umklammerten den Pflock in seiner Hand. Es spielte wahrscheinlich keine Rolle, ob ich ein Vampir war oder nicht. Ein Pflock ins Herz würde mich töten.

Ich rannte zu unserer Loge und betete, dass Julian darin war, aber sie war leer. Ich drückte von innen gegen die Tür und versuchte, dem Angriff standzuhalten, aber ich war nicht stark genug. Genau wie Sabine gesagt hatte. Der Vampir stieß die Tür auf und stieß mich dabei zu Boden.

»*Carpe noctem!*«, rief er, als er den Pfahl anhob.

»Ich bin ein Mensch!« Das war der einzige Trumpf, den ich hatte. Aber er reichte nicht, um mich zu retten. Er veränderte nur das Spiel.

»Ein Mensch?«, krächzte er und stellte sich über mich. »Jemand hat einen Snack mitgebracht. Erinnern wir sie daran, wozu Menschen da sind.«

Ich schrie auf, als er mich packte und auf die Beine stellte.

»Du gehörst hier nicht her, aber das wusstest du ja.« Seine Augen waren schwarz, und ich wusste, dass mich jetzt nichts und niemand mehr retten konnte. »Du gehörst auf einen Serviertelller.«

Er senkte sein Gesicht in meinen Nacken, und ich machte mich auf Schmerzen gefasst. Sie blieben aus.

Stattdessen sackte ich auf den Boden. Als ich aufblickte, sah ich, wie der Körper meines Angreifers ins Schwanken geriet und dann in meine Richtung taumelte. Kopflos.

Bevor er mich unter sich begraben konnte, hoben mich starke Arme vom Boden auf und trugen mich schnell davon. Ich schmiegte mich an Julians Brust und schwelgte in dem Gefühl von Sicherheit, das ich in seiner Umarmung spürte. Ja, ich vertraute ihm immer noch. Egal, was er getan hatte. Egal, wie er darüber dachte. Ich wusste, dass er mir nie etwas antun könnte. Ich hatte gerade einem seelenlosen Ungeheuer gegenübergestanden. Julian war kein Ungeheuer. Egal, was er von sich dachte.

Als wir einen Notausgang erreichten, machte er halt.

»Bring sie zu mir nach Hause und bewach sie«, befahl er jemandem.

Ich klammerte mich an ihn, als er versuchte, mich weiterzureichen.

»Es ist okay«, beruhigte er mich. »Sebastian wird dich hier wegschaffen.«

»Ich werde nicht ohne dich gehen«, protestierte ich, als er mich auf die Beine stellte. »Wenn du da wieder reingehst, gehe ich auch.«

»Du bist so mutig, Kleines. Das war das Erste, was ich an dir geliebt habe.« Er packte mich und zog mich fest an sich. Seine Lippen pressten sich auf meine, und ein süßer Geschmack überflutete meinen Mund.

Gift.

Dieses Mal war es kein Versehen. Gift strömte durch meinen Körper, und eine seltsame Leichtigkeit überkam meinen Verstand. Julian entließ mich in die wartenden Arme seines Bruders.

»Sie wird stinksauer auf dich sein.« Sebastian klang eine Million Meilen entfernt.

»Das ist mir egal, solange sie lebt«, bellte Julian. Ich versuchte, mich dem Ursprung des Klanges zu nähern, aber Sebastian hielt mich fest.

»Mach keine Dummheiten«, sagte Sebastian zu ihm, »und lass dich nicht umbringen.«

Umbringen.

In meinem vernebelten Gehirn erinnerte ich mich an eine harte Lektion. Vampire konnten sterben. Ich hatte gerade zugesehen, wie einer vor meinen Augen starb. Julian wandte sich ab und stürzte sich in den Kampf.

»Nein!«, schrie ich. »Bitte! Ich liebe dich!«

Das ließ ihn innehalten. Er drehte gerade so weit den Kopf, dass ich sehen konnte, dass seine Augen völlig schwarz waren. Er lächelte und verschwand im Kampfgetümmel.

47

JULIAN

Hier lauerte überall der Tod, und Thea liebte mich. Ich hatte noch den Geschmack ihres Blutes auf der Zunge, als ich mich in den Kampf stürzte.

Ich schloss die Erinnerung an sie in mir ein. Ich durfte mich nicht ablenken lassen, aber zu wissen, dass sie hinterher auf mich wartete, trieb mich an. Ein schwarz gekleideter Vampir kam mit erhobenem Pflock auf mich zu. Ich wartete, bis er nah genug war, um seine Hand zu heben und zuzuschlagen. Ich duckte mich darunter weg, wirbelte herum und fegte ihm von hinten die Füße weg. Er fiel nach hinten, aber ich war schon aufgestanden, schlang einen Arm um seinen Hals und riss ihm den Kopf vom Rumpf. Ein paar Meter weiter stürzte sich ein anderer Vampir auf eine Gruppe von Gästen, die aneinandergedrängt dastanden. Ich nahm den Kopf, den ich in den Händen hielt, und schleuderte ihn mit voller Wucht. Er traf den Vampir genau zwischen den Schulterblättern, was der Gruppe Zeit verschaffte, um in den Saal zurückzulaufen.

Ich schnappte mir den Pflock aus der Hand meines Angreifers. »Danke.«

Jetzt hatte ich wenigstens eine Waffe. Wir hatten Jahrhunderte mehr Kampferfahrung als unsere Angreifer, aber wir waren in der Unterzahl. Ich sah, wie meine Mutter und mein Vater zusammenarbeiteten, um eine kleine, koordinierte Gruppe von Terroristen zur Strecke zu bringen. Wenigstens wussten meine Eltern, wie man kämpfte. Hier gab es viele Vampire, die nicht vorbereitet waren. Überall lagen Leichen, und nicht alle von ihnen waren Vampire.

Mein Blick fiel auf eine Vertraute, die sich mit einem Pfahl in der Brust auf dem Boden wand.

»B-b-b ...«, stammelte sie. Ihre Hand streckte sich schlaff vor, während ihr Blut von den Lippen spritzte. Ich kniete nieder, um ihre Wunde zu untersuchen. Der Pflock hatte ihr Brustbein durchbohrt und die Knochen zersplittert, die ihm im Weg gewesen waren. Ein paar Splitter ragten aus der Stelle, wo ihr Fleisch auseinanderklaffte und das Herz freigelegt hatte. Die Verletzung war zu schwer. Nicht einmal Magie konnte sie mehr retten.

Ich zog ihren Körper in meine Arme, nahm ihre Hand und hielt sie fest. Ihre Magie pulsierte gegen meine und wurde mit jedem Herzschlag schwächer. Ihr Kopf fiel zurück, und sie stieß die letzten Worte aus. »Nimm. Es.«

Elektrizität sprühte wie Blitze gegen meine Handfläche, als sie ihre Magie in meinen Körper übertrug. Nach einem letzten Energieausbruch wurde ihr Körper schlaff.

Ihre Magie rauschte durch meinen Körper, als ich sie sanft auf die blutgetränkten Fliesen legte. Ich wollte gerade aufstehen, als eine Vampirin über meinen Kopf flog und gegen die Wand prallte. Sie wurde schlaff und zerfiel zu einem Haufen schwarzer Kleidung und blutiger Hände. Ich wirbelte herum, um mich bei meiner unerwarteten Verbündeten zu bedanken, aber sie rannte bereits in Richtung Treppe. Sie war ganz in

Schwarz gekleidet. Es war keine von uns, die mich gerettet hatte. Es war eine von ihnen.

Was zum Teufel? Ich sprang über einen Toten hinweg und meiner Retterin hinterher.

Ihr dunkles Haar wirbelte um ihr Gesicht und verdeckte es, als sie floh. Ohne nachzudenken, folgte ich ihr, sprang über das Geländer und landete gerade eben noch auf dem unteren Treppenabsatz. Ihr Kopf drehte sich leicht in meine Richtung. Es war nur ein flüchtiger Blick, den sie mir zuwarf, ehe sie weiterstürmte, aber er reichte aus, damit ich wie angewurzelt stehen blieb.

Das war absolut unmöglich.

Ich riss mich aus meiner Verblüffung und lief ihr hinterher. Ich kam nur einen Schritt weiter, bevor ein Körper aus dem ersten Stockwerk herabfiel und mich fast erwischte. Er krachte mit einem dumpfen Schlag vor mir auf die Stufen. Ich schaute auf und sah Bellamy am Geländer stehen. »Tut mir leid, Jules!«

Ich nickte und verfolgte weiter die Terroristin, die mir das Leben gerettet hatte.

Aber sie war weg. Der Boden des Foyers war mit Leichen übersät. Ich fragte mich, wie viele gestorben waren und wie vielen die Flucht gelungen war. Als ich zwischen den Toten umherging, sah ich bekannte und fremde Gesichter. Als ich hinter mir Schritte hörte, drehte ich mich um, um den nächsten Angriff abzuwehren.

Aber es waren mein Vater und Benedict. Sie erreichten mich mit zwei langen Schritten. Mein Vater nahm mich in die Arme.

»Den Göttern sei Dank.« Er löste sich von mir, sein Gesicht war finster und von Trauer gezeichnet. »Wir können Sebastian nicht finden.«

»Er hat Thea weggebracht«, sagte ich.

»Er ist geflüchtet?«, brüllte Dominic.

»Ich bin der bessere Kämpfer, deshalb bin ich geblieben. Er hat sich um seine Familie gekümmert.«

»Diese Sterbliche von dir ist ...«

»Sie ist die mir bestimmte Brut-Consort«, unterbrach ich ihn und knurrte.

Benedict stellte sich zwischen uns. Er warf mir einen warnenden Blick zu. »Lasst uns nachsehen, ob sie alle weg sind.«

»Gut«, murmelte ich. »Wie auch immer.«

»Und Mom?«, fragte ich Benedict, als wir losmarschierten.

»Sie gibt allen den Gnadentod, die ihn benötigen.«

Ich schluckte und erinnerte mich an das erste Mal, als ich meine Mutter nach einer Schlacht sah. Anders als die Männer, die nach dem Kampf scherzten und prahlten, ging sie zurück auf das Schlachtfeld und bot jedem, der es wollte, den Tod an. So erfuhr ich, dass sie als *Angelus Mortis* bekannt war.

Der Engel des Todes.

Wir blieben dicht beieinander, als wir das Gebäude nach Überlebenden absuchten, aber es gab keine. Ein paar Dutzend waren gefallen. Weil der Angriff so brutal gewesen war, überraschte es mich, dass es nicht mehr waren. Die schnelle Ausführung und der ebenso schnelle Rückzug sagten mir, dass es nur eine Kampfansage gewesen war, kein ausgewachsener Angriff. Weitere würden folgen.

»Warum tun Sie das?«, fragte Benedict, während er die Leiche eines Angreifers untersuchte. »Sie hätten es auch während der Vorstellung tun können – sie hätten uns einschließen und bei lebendigem Leibe verbrennen können.«

Benedict, der immer der Politiker von uns gewesen war, hatte nie das Herz eines Kriegers besessen. Er hatte viele Schlachten gesehen, aber die Kunst des Krieges war ihm fremd geblieben.

»Sie wollten uns nicht töten«, sagte Dominic leise.

»Und was ist das?« Mein Bruder zeigte auf die Toten, die um uns herum lagen.

»Eine Botschaft«, antwortete ich.

»Von wem?«

»Ich weiß es nicht.« Ich dachte an die Frau, die mich gerettet hatte und geflohen war. Sie war wie die anderen gekleidet gewesen. Sie gehörte zu ihnen, wer auch immer sie waren. Ich erinnerte mich an ihre Kleidung: schwarz, mit einem roten Schlitz über der Brust. »Ich glaube, bei Mutters Orgie war ein Mann anwesend, der eine Maske trug, die gestaltet war wie die Uniform, die diese Angreifer trugen. Mutter ließ ihn vom Sicherheitsdienst vor die Tür setzen. Wer war dieser Mann?«

»Hier ist weder die Zeit noch der Ort dafür«, sagte mein Vater düster und fügte leise hinzu: »Nur dem eigenen Blut kann man trauen.«

Benedict nickte. Nur unserer Familie konnten wir trauen. Aber nach allem, was ich heute Abend erlebt hatte, war ich mir da nicht mehr sicher. Aber wie er sah ich ein, dass diese Überlegungen noch warten mussten.

Dominic sagte kein weiteres Wort, während wir alle Etagen inspizierten. Wir fanden unsere Mutter in der zweiten Etage, als sie gerade einem Vertrauten einen schnellen Tod schenkte. In der Nähe lagen ein paar schwarz gekleidete Vampire mit tödlichen Wunden ebenfalls im Sterben.

»Keine Gnade für sie, nehme ich an?«, fragte Benedict und ging auf sie zu.

»Nein!«, befahl sie und stand auf. Auf ihr schwarzes Kleid fiel Licht, und ich sah klebrige, nasse Flecken auf dem Stoff, von denen ich wusste, dass es Blut war.

»Du hast noch nie jemanden von der Gnade ausgeschlossen«, sagte er.

»Nur Krieger verdienen diese Ehre«, sagte sie kalt. Sie ging zu einem der sterbenden Männer und spuckte ihn an. »Das da sind Feiglinge.«

Keiner von uns widersprach ihr.

»Wurde schon jemand gerufen?« Dominic schlang einen Arm um ihre Taille und zog sie zu sich. Der Tod machte einen immer emotional.

»Das war nicht nötig. Alle waren da«, sagte sie knapp. »Boucher kümmert sich um die Menschen, die anwesend waren. Und der Convent tritt zusammen, um die nächsten Schritte zu besprechen.«

Dominic sah sich um und seufzte. »Das ist vielleicht ein Schlachtfeld.«

Sie lächelte ihn müde an und löste sich von ihm. Sie ging zu Benedict, begutachtete ihn kurz und schloss ihn danach fest in die Arme. Sie zögerte, als sie mich erreichte.

»Mutter«, sagte ich leise.

»Sohn.«

Ich schlang meine Arme um sie, weil ich wusste, dass unsere Differenzen niemals etwas daran ändern konnten, was wir füreinander waren: Familie.

Sabine löste sich von mir und sah sich um, ihre Miene wurde panisch.

»Sebastian?«

»Es geht ihm gut«, sagte mein Vater und warf mir einen strafenden Blick zu. »Er hat die Frau in Sicherheit gebracht, die unserem Sohn *bestimmt* ist.«

Sabines Augen wurden schmal, aber sie sagte nichts.

»Du scheinst nicht überrascht zu sein, meine Liebe. Ich

fand diese Enthüllung eher schockierend.« Er warf einen bösen Blick auf meinen Bruder. »Wieso erfahre ich nichts davon?«

»Später«, sagte sie knapp, als eine Gruppe elegant gekleideter Vampire auf uns zukam. Sie hatten kein einziges Blutfleckchen an sich, und kein einziges Haar war fehl am Platz. Anscheinend ließ der Convent der Vampire andere die Kämpfe ausfechten.

»Sabine, Dominic«, begrüßte die größte Frau sie in einem düsteren Ton. »Wir werden noch heute Abend mit allen reinblütigen Schöpfern sprechen.«

»Selbstverständlich«, sagte Sabine und schlug in einem unerwarteten Ausdruck von Ergebenheit die Augen nieder.

»Eure Söhne werden nicht gebraucht«, fuhr die Frau fort, »im Moment.«

Das gefiel mir nicht, aber ich war mehr als froh, hier wegzukommen.

»Ich fahre dich nach Hause«, sagte Benedict. »Ich nehme an, Sebastian hat deinen Wagen genommen.«

»Wahrscheinlich.« Ich hoffte nur, er hatte Philippe fahren lassen.

Mein Bruder hatte seinen Mercedes auf einem Parkplatz in der Nähe geparkt. Ich blieb stehen, als ich die hellbraune Innenausstattung sah, und runzelte die Stirn. »Ich fürchte, ich werde deine Sitze besudeln.«

»Das werde ich auch«, sagte er achselzuckend.

»Du warst wohl zu lange in Frankreich«, sagte ich, als ich auf den Beifahrersitz rutschte. Ich schnallte mich an und griff in meine Brusttasche nach meinen Handschuhen. Als ich sie über meine blutigen Hände zog, spürte ich, wie die frische Magie sie tränkte.

»Du hattest keine Handschuhe an!«, bemerkte Benedict.

»Es hat funktioniert«, sagte ich ihm. »Eine Vertraute vermachte mir ihre Familienmagie, bevor sie starb. Es ist schon eine Weile her, seit ...« Es war ungewöhnlich, dass eine Vertraute ihre Magie vollständig an einen Vampir weitergab. Die Frau, die heute Nacht in meinen Armen gestorben war, hatte wohl das Gefühl, dass ihr keine andere Wahl blieb.

»Wenn du dir eine Frau nehmen würdest – eine Vertraute –, hättest du Zugang zu ihrer Magie.« Er hielt seinen Blick auf die Straße gerichtet. »Das könnte einen großen Unterschied machen.«

»Wozu?«, fragte ich. Selbst jetzt noch, nach allem, was passiert war, wollte meine Familie mich mit einer Vertrauten von alter Familie verheiraten.

»Wegen dem, was heute Abend passiert ist.« Er räusperte sich. »Du sagtest, da war jemand auf Mutters Party. Und jetzt das. Ich wusste, dass die Spannungen groß sind, aber ich hätte nie Gewalt erwartet.«

»Spannungen?«

»Einige Vampire behaupten, dass wir zu fügsam geworden sind. Jeder scheint dazu eine Meinung zu haben. Wer auch immer diese Gruppe sein mag – sie scheint sich den extremen Stimmen zuzuordnen. Jenen, die wollen, dass wir die Nacht zurückerobern.«

»*Carpe noctem*«, sagte ich. Benedict zog eine Augenbraue hoch.

»Das hat der Vampir, der in Mutters Party eingedrungen ist, auch geschrien.«

»Dieser Angriff«, sagte er und holte tief Luft. Ich wusste schon vorher, was er sagen wollte.

»Das war geplant. Sie müssen Leute in unsere Kreise eingeschleust haben.«

Ich zögerte, hin- und hergerissen zwischen der Entscheidung, ihm entweder zu sagen, wen ich auf der Treppe gesehen hatte, oder es für mich zu behalten. Bevor ich mich entscheiden konnte, fuhr er fort: »Was ist, wenn es einen weiteren Angriff gibt?«

»Wir werden wieder kämpfen.« Wir hatten alle genug Kriege erlebt, um das zu wissen.

Benedict hielt vor dem Haus. Durch die Seitenscheibe sah ich, dass im Studiofenster Licht brannte. Ich konnte Thea nicht sehen, aber ich wusste, dass sie da war.

»Soll ich mit reinkommen?«, fragte er.

Ich schüttelte den Kopf. Ich klopfte ihm auf die Schulter und zwang mich zu einem Lächeln. »Kannst du Sebastian nach Hause fahren? Ich würde gerne mit Thea allein sein. So etwas wie heute Abend hat sie noch nie erlebt.«

»Ja«, sagte er zögernd, »aber, Julian, sei vorsichtig.«

»Das bin ich«, sagte ich mit fester Stimme.

»Diese Sache mit der Bestimmung ...« Er blickte mich nervös an. »Du kannst nicht erwarten, dass die Familie sie als Brut-Consort akzeptiert. Du weißt, dass sie es nicht tun werden, erst recht nicht, wenn die Verbindung ...«

»Danke für deine Besorgnis«, beendete ich seinen Vortrag und öffnete die Wagentür. Ein Pärchen, das gerade vorbeiging, starrte auf meine blutbefleckte Kleidung. Ich musste mich zuerst im Haus waschen, bevor ich zu ihr gehen konnte. Das Letzte, was Thea jetzt brauchte, war eine Erinnerung an die Gewalt, der ich ausgesetzt gewesen war.

»Julian«, rief Benedict, und ich beugte mich zum Fenster hinunter, »ist sie es wirklich wert?«

Ich blickte wieder zu dem warmen Schein, der aus dem Fenster leuchtete, und hörte die leisen Töne eines Cellos. Ich schloss die Wagentür mit einem definitiven »Ja«.

48

THEA

Nicht einmal das Cello konnte mich beruhigen. Ich saß im Ballettstudio. Irgendwie erinnerte es mich an die Orchesterproben oder daran, wie es war, Olivia beim Training zuzuschauen. Hier fühlte ich mich momentan mehr zu Hause als in Paris. Gleich, nachdem mich Sebastian hergebracht hatte, tauschte ich mein Abendkleid gegen einen seidenen Morgenmantel, trug einen Schemel in den Raum und begann zu spielen. Berlioz hatte dafür gesorgt, dass mich das Instrument in tadellosem Zustand und perfekt gestimmt erreichte, und ich war ihm dankbar für seine Liebe zum Detail.

Der Bogen fühlte sich zwischen meinen Fingern gut an, als ich anfing, jedes Stück zu spielen, das ich jemals auswendig gelernt hatte. Meine nackten Füße wurden auf dem Holzboden eiskalt, aber das war mir egal. Ich war entschlossen, dem Gefängnis des Wartens zu entkommen. Es hatte eine Zeit gegeben, da hätte die Musik genügt, um mich an einen anderen Ort und in eine andere Zeit zu versetzen. Doch heute Abend schweiften meine Gedanken und mein Herz immer wieder zu Julian – wo immer er auch war. Sebastians Beteuerung, dass er auf sich selbst aufpassen könne, erinnerte mich nur daran, dass der Mann, den ich liebte, gegen Leute kämpfte, die seinen Tod wollten. Was, wenn sie ihn mir wegnehmen würden? Was wäre, wenn sie mir den Partner wegnehmen würden, der mir bestimmt war?

Unwillkürlich begann ich Schubert zu spielen – das Stück, das ich am Abend unseres Kennenlernens gespielt hatte. *Der Tod und die Jungfrau.* Jetzt hätte mich die seltsame Übereinstimmung zwischen Kunst und Leben fast zum Lachen gebracht. Ich schloss die Augen und ließ die angstvollen Töne der Musik den Aufruhr widerspiegeln, der in meinem Inneren tobte. Die Musik pendelte zwischen trauriger Sehnsucht und Angst und etwas, das sich wie eine Verfolgungsjagd anfühlte. Ich stieg ein, mein Herz schwebte und zerriss im Takt der Partitur. Das *Andante con moto* begann, und in meinen Augen brannten Tränen. Ich wollte sie nicht öffnen. Ich weigerte mich zu weinen, bis ...

Julian stand neben mir. Er legte mir sanft eine Hand auf die Schulter und sagte leise: »Hör nicht auf.«

Ich war so in meine Gedanken und die Musik vertieft gewesen, dass ich nicht gehört hatte, wie die Tür geöffnet wurde. Ich tat, was er verlangte. Ich spielte weiter, während er sich hinter mich kniete und seine Stirn an meine Schulter lehnte. Ich schaute durch meine feuchten Wimpern in den Spiegel. Er hatte sich seines Smokings entledigt, sein Haar war nass, er hatte wohl gerade geduscht. Und dann wurde mir klar, warum. Der Bogen verrutschte mir für einen Moment und zersägte die Luft mit einem grellen Ton. Julian rührte sich nicht. Ich spielte weiter. Er sah aus, als ob er betete. Tat er das? Später würde ich ihn fragen, wen er heute Abend verloren hatte. Oder besser gesagt, wen wir verloren hatten, denn jeder Kummer, den er ertrug, war jetzt auch meiner.

Ich hielt inne, als ich das Ende des Andantes erreichte, und er drückte mir einen Kuss auf den Nacken. »Spiel weiter, Kleines.«

Die Hitze seines Mundes hielt sich auf meiner Haut, die Seide war seinem Kuss nicht gewachsen. Ich spielte weiter. Jetzt, da er hier war, jetzt, da ich ihn spüren konnte, glitt ich mit jedem Augenblick, den ich spielte, weiter in einen friedlichen Zustand. Nach ein paar Minuten legte sich ein Arm um meine Taille. Ich bemerkte es kaum, bis seine Hände den Morgenmantel von meinen Schultern streiften. Ich schloss die Augen, als die kühle Luft über meine nackte Haut strich. Ich trug nichts unter dem Bademantel, und Julian stieß ein anerkennendes Zischen aus.

»Mach weiter«, wies er mich an. Sein Mund wanderte an meiner Wirbelsäule entlang. Ich seufzte und versuchte, nicht zu zittern, als er meine nackte Haut küsste. Er ließ sich Zeit, verwöhnte meinen Rücken, und kehrte langsam zu meinem Hals zurück. Ich spürte, wie ein Reißzahn über meine Schulter strich, und holte tief Luft. Ich hatte keine Ahnung, ob ich weiterspielen konnte, wenn er mich biss. Mein Schoß pochte bei dem Gedanken, dass er von mir trinken würde, während ich für ihn spielte, und ich stöhnte leise. Er verharrte und drückte die scharfen Spitzen an meine Haut, bevor er die Stelle küsste.

Kein Biss.

Er brachte seinen Mund an mein Ohr und sprach gerade so laut, dass es die Musik übertönte. »Davon habe ich geträumt, seit ich dich zum ersten Mal spielen sah. Öffne die Augen, wenn wir zusammen spielen.«

Ich holte tief Luft und öffnete die Augen. Julian lehnte seine Stirn an meine Schulter, während er seine Hand nach unten bewegte. Seine Finger spreizten mich, und ich verpasste fast einen Ton.

»Soll ich aufhören?«, fragte er.

Ich schüttelte den Kopf, wollte, dass er weitermachte. Er hob den Kopf, sah mir in die Augen, und dann begann er seinerseits zu spielen. Seine Finger tanzten über mein geschwollenes Fleisch. Ich konnte sie nicht sehen, weil das Cello die Sicht bis zu meinen Schultern versperrte. Aber ich spürte jeden sehnsüchtigen Ton. Die Musik baute sich in mir auf, steigerte sich und brachte eine stakkatoartige Serie von Zuckungen mit sich. Jedes Pochen der Lust war heftig und vielversprechend. Ich dachte an die Oper – an seine Reißzähne in mir – und verlor die Kontrolle. Der Bogen fiel klappernd zu Boden. Ich griff hinter mich und schlang einen Arm um seinen Hals, als er die letzten Takte unseres Duetts vollendete.

Schreie kamen mir über die Lippen, als er mich zu einem Crescendo brachte und mich festhielt, während ich mich seinem Spiel hingab.

Als nur noch der Rhythmus meines Pulses zu hören war, beruhigte er mich und nahm mir das Cello aus der Hand. Ich sah mich im Spiegel. Unter meinen gespreizten Beinen klebte geblümte Seide, mein Geschlecht glänzte von der feuchten Hitze des Höhepunkts, und jeder Zentimeter meines Körpers war zu sehen. Ich starrte die Fremde an, die ich dort sah.

Sie ging mit dem Tod.

Sie kannte das Verlangen.

Sie sehnte sich nach dem Verbotenen.

Julian kehrte zurück und stellte sich hinter mich, seine Hände lagen auf meinen Schultern, und seine Blicke schweiften über meinen zur Schau gestellten Körper. Ich gönnte mir das gleiche Vergnügen. Man konnte ihn nicht mit einem Menschen verwechseln. Er hatte den Körper eines antiken Gottes, nicht den eines Menschen.

Seine muskulöse Brust war so definiert, so vollendet geformt, dass er aussah wie aus Marmor gemeißelt. Er war perfekt.

Etwas wuchs in mir an und breitete sich aus.

Es war nicht das ständige Verlangen nach seiner Berührung. Das kannte ich. Dieses neue Gefühl verwurzelte sich in meiner Brust, während wir uns schweigend ansahen. Es blühte auf und dehnte sich aus, bis ich meinte, zerspringen zu müssen. Ich veränderte mich. Das konnte ich nicht leugnen. Und wollte es auch nicht.

Ich wusste, was ich wollte.

Ich hob eine Hand und legte sie vorsichtig auf die Hand, die auf meiner Schulter ruhte. Seine Nasenlöcher blähten sich bei der kühnen Berührung, aber er wich nicht zurück. Es war die intimste Botschaft, die ich ihm senden konnte.

Meine Hände besaßen keine magischen Kräfte. Ich hatte keine zu bieten. Ich hatte ihm nur eines zu geben:

Mich selbst.

Jeden Teil von mir. Mein Herz, meine Seele, meinen Körper und damit auch meine Zukunft.

»Bring mich ins Bett«, sagte ich.

Julian blieb ruhig. Ein Muskel spannte sich an seinem Kiefer an, aber seine Blicke verbargen den Kampf in seinem Inneren nicht. Er ließ mich los und ging weg. Mein Herz stockte, bis er sich um den Hocker herumbewegte und mich von ihm hochhob. Er nahm mich in seine starken Arme und ließ mich meine Beine um seine Hüften legen, während sein Mund meine Lippen suchte. Ich schlang die Arme um seinen Hals und drückte mein nacktes Geschlecht gegen seine Haut. Er zögerte nicht und trug mich aus dem Atelier ins Schlafzimmer.

Er legte mich vorsichtig quer übers Bett und zögerte.

Ich streckte mich, rollte mich auf den Bauch und griff nach der Kordel seines Seidenpyjamas. Er sagte kein Wort, als ich den Knoten löste und die Hose über seine schmalen Hüften schob. Seine Erektion sprang heraus, und ich rutschte auf Hände und Knie, nahm sein Glied in die Hand und liebkoste es, während ich meinen Mund darüberstülpte. Jeder Muskel in seinem Körper versteifte sich, als ich ihn so verwöhnte. Eine Hand griff in mein Haar und versuchte, mich zu bremsen, aber ich hörte nicht auf. Ich konnte nicht. Ich wollte nichts weiter, als seine Erinnerungen an den heutigen Abend auszulöschen, wenn auch nur für einen gestohlenen Moment.

Seine Finger krallten sich zusammen, aber ich machte weiter, bis ein Knurren ertönte. Einen Moment später war ich in der Luft, weil er mich auf den Rücken warf. Er stürzte sich auf mich, seine starken Arme schlossen sich um meinen Körper. Meine Beine öffneten sich für ihn. Julian hob den Kopf und atmete tief ein. Als er seinen Blick mit meinem verschränkte, waren seine Augen schwarz.

Ich hatte keine Ahnung, was ich da tat. Ich konnte mich nur auf meinen Instinkt verlassen. Ich hob die Hüften und stieß gegen ihn, sein Mund öffnete sich. Seine Reißzähne fuhren heraus, und ich wappnete mich.

Ich wusste, was ich wollte: ihm gehören, ganz und gar und so wie er mich wollte.

Ich drehte den Kopf zur Seite und bot ihm meinen Hals dar. Aus den Augenwinkeln sah ich, wie ein Schmerz über sein Gesicht huschte. Er streckte die Hand aus und griff nach meinem Kinn. Ich schloss die Augen, bereit für seinen Biss. Stattdessen drehte er mein Gesicht zurück.

»Nein, Kleines«, presste er heraus. »Nicht so.«

Ich hob die Lider und blickte in die schwarzen Seen seiner

Augen. »Ich bin dir *bestimmt*, Julian. Ich bin dein. Alles von mir. Mein *Körper*. Mein *Blut*. Du kannst beides haben. Du kannst *alles* haben.«

Sein Mund prallte auf meinen. Ein Reißzahn berührte meine Lippe, und ich nahm den Eisengeschmack wahr, als sich der Kuss vertiefte. Ich wusste nicht, ob er absichtlich mein Blut vergießen wollte oder ob es ein Unfall war, aber es war mir egal. Julian verlagerte sich, sein Gewicht drückte gegen mich, und dann spürte ich seine Hand zwischen meinen Beinen. Ich stöhnte in den Kuss hinein, als sein Daumen kurz über meine Klitoris strich. Dann verschwand er, und etwas Weicheres und Breiteres nahm seinen Platz ein. Ich war so vertieft in den Kuss, dass ich einen Moment brauchte, um zu erkennen, was es war. Es stieß gegen meinen Eingang, und ich keuchte auf. Julian lehnte sich zurück und beobachtete mich, während er mit seiner Eichel an meiner Spalte entlangfuhr.

Sein Atem ging rasend schnell, und seine Augen blieben schwarz, während ich mich unter ihm wand.

»Du weißt nicht, was du verlangst«, keuchte er heiser. »Du weißt nicht, was du aufgibst.«

Ich schluckte. Seit ich die Wahrheit wusste, hatte ich an nichts anderes gedacht. »Ich habe mich dafür entschieden«, flüsterte ich. »Ich wähle dich. Ich entscheide mich für dich.«

Seine Augen schlossen sich, und dann presste er sich ganz langsam gegen mich. Mein Körper protestierte, ein Feuerkranz loderte, wo er noch nicht in mich eingedrungen war. Ich krallte mich in die Laken und zerknüllte den Stoff, während ich darauf wartete, dass er mir die Unschuld nahm.

Julian brachte seine Lippen auf meine und küsste mich, bis mir die Luft wegblieb. Das Feuer kühlte ab, als er wieder begann, an mir entlangzustreichen. »Ich werde dich nie verdienen.«

»Du bekommst mich trotzdem«, sagte ich leidenschaftlich. Es gab so viel, was ich über ihn lernen musste. Ich hatte nur einen flüchtigen Blick auf einige der Schatten seiner Vergangenheit geworfen, aber mit jeder Sekunde, die verging, war ich mir sicherer, dass mein Leben untrennbar mit seinem verbunden war. Julians Stirn ruhte auf meiner, als er langsam in mich eindrang. Ich hielt den Atem an und wartete darauf, dass der Schmerz verging, doch dann zog er sich zurück.

Ich öffnete die Augen und sah seine blauen Augen auf mich herabblicken. In ihnen brannte Schmerz. »Ich kann nicht«, sagte er und schickte hinterher: »Ich will nicht, Thea.«

Es tat so weh, und einen Moment später liefen mir wegen der Zurückweisung dicke Tränen über die Wangen. Er wandte sich ab, und es war mir peinlich, dass ich so die Fassung verlor.

Ich versuchte, mich unter ihm herauszuwinden, aber er hielt mich fest. »Ich will nicht«, wiederholte er und brach mir von Neuem das Herz, »weil ich dich liebe.«

Dann streckte er die Hand aus und drückte seine Handfläche auf meine.

49

JULIAN

Ich hatte noch nie die Hand einer Geliebten gehalten. Während Zweifel in mir tobten, ob ich sie nehmen sollte, hatte diese einfache Berührung etwas an sich, das alles veränderte. Tränen strömten über Theas Wangen. Ihr Kopf drehte sich zur Seite, und sie starrte auf die Stelle, an der unsere Hände ineinander verschränkt waren. Ich beugte mich hinunter und küsste die Tränen von ihrem Gesicht. Nach einem Moment rollte ich mich auf die Seite und nahm sie in meine Arme. Ich drückte sie an mich und nahm diesmal ihre beiden Hände. Ich verschränkte meine Finger mit ihren und hielt sie fest, bis sich ihre unregelmäßige Atmung beruhigte.

»Ich weiß, es ist kein Sex«, murmelte ich in ihr Haar, »aber für einen Vampir ist es viel intimer.«

Sie gab ein leises Geräusch von sich und streckte ihre Finger. »Sag mir noch einmal, warum.«

»Vielleicht ist es nur eine Legende. Es gibt Geschichten, die älter sind als ich«, fügte ich hinzu.

»Das ist schwer zu glauben«, neckte sie mich, klang aber enttäuscht. »Geschichten worüber?«

»Die erste Magie«, flüsterte ich. »Als ich ein Kind war, vor Äonen also, erzählte mir meine Mutter von einer Zeit, als noch

Magie im Blut der Menschen pochte. Damals war die Magie das Leben selbst.« Ich hob unsere umschlungenen rechten Hände, ließ ihre Hand dann los, deutete auf die Linien und fuhr fort: »Du konntest die Magie in den Linien deiner Handfläche sehen.«

»Wie Handlesen?«, fragte sie skeptisch.

»Ich glaube, das Handlesen lässt sich darauf zurückführen, also ja, in gewisser Weise. Die Linien der Handfläche entsprechen verschiedenen Kräften: Elementar-, Erd- und Sexualkräften ...«

»Sexuelle Kräfte?«, unterbrach sie mich kichernd.

Ich entspannte mich etwas bei ihrem Lachen. »Ja, Anziehungskraft war einst der Ursprung der Hexen. Als die Magie verschwand, war sie in den Adern von Tausenden von Hexenblutlinien noch vorhanden, aber die meisten konnten nicht darauf zugreifen.«

»Die Vertrauten können ihre Magie in Wahrheit also gar nicht einsetzen?«

»Keine echte Magie. Nur die Zaubersprüche und -tränke, die von Generation zu Generation weitergegeben wurden.«

»Aber was hat das mit Vampiren zu tun? Ich weiß, dass ihr euch immer darüber streitet, welche Art zuerst da war.«

»Das ist bis zu einem gewissen Grad wahr«, gab ich zu. »Aber ich bin immer davon ausgegangen, dass die Hexen zuerst hier waren.«

Sie drehte sich leicht und sah mich an. »Wirklich?«

»Das ergibt für mich den meisten Sinn.« Ich hob ihre Hand an meine Lippen und küsste sie. »Aber egal, das sind nur Geschichten. Es gibt wahrscheinlich viele wissenschaftlich belegbare Gründe dafür, warum die Magie schwindet.«

»Es ist trotzdem traurig«, sagte sie leise. »Immer das Gefühl zu haben, dass man nur die Hälfte von dem ist, was man eigentlich werden sollte.«

»Du bist alles, was du sein musst, und du wirst dich immer weiterentwickeln«, sagte ich fest.

»Aber ich werde niemals deine Bestimmte sein. Deine Brut-Consort.« Sie starrte an die Wand. Die Sekunden verstrichen, während ich überlegte, was ich ihr sagen könnte. Aber mir fiel nichts ein. Wie zum Teufel sollte ich ihr klarmachen, dass sie sich irrte?

Ich konnte es nicht, weil ich wusste, dass sie recht hatte.

Es gab nur eine Möglichkeit, es zu schaffen. Ich konnte kaum fassen, dass ich es überhaupt in Betracht zog. Es war völlig verrückt, aber das wären wir auch, wenn uns nichts einfiel, um unser Problem zu lösen. Wir befanden uns an einem Scheideweg. Wir mussten uns für eine Richtung entscheiden.

»Thea, es gibt einen Weg.«

Ich hörte, wie ihr Atem stockte. Es dauerte einen Moment, dann sagte sie: »Ich höre.«

»Wenn du keine Jungfrau wärst«, begann ich langsam, »dann gäbe es kein Risiko für ...«

»Dann fick mich doch endlich!«, brach es aus ihr heraus. Sie ließ meine Hände los und drehte sich zu mir um.

»*Ich* kann nicht«, wiederholte ich meine Worte von vorhin. Sie sah mich verletzt an.

»Ich verstehe nicht, wie ich meine Jungfräulichkeit verlieren soll, wenn du sie mir nicht nimmst«, sagte sie trotzig.

Sie gehörte wirklich zu mir. Stolz betrachtete ich die Frau, die mir bestimmt war, und mit der ich nicht gerechnet hatte. Aber jetzt war nicht der richtige Zeitpunkt, um sentimental zu werden. »Ich wäre nicht derjenige, der sie dir nehmen würde, Kleines.«

Sie wurde bleich. »Ich verstehe das nicht.«

»Ich glaube schon«, sagte ich vorsichtig. Ich machte mich auf einen Ausbruch von Blutrausch gefasst und setzte ein mattes Lächeln auf. »Es gibt jede Menge Männer, die bereit sind, dir bei diesem Problem zu helfen.«

Ihr Mund klappte auf, und sie stotterte: »Du willst, dass ich mir irgendeinen Typen suche, der mich fickt? Mich entjungfert?«

Ich fand es nicht so lustig wie sonst, wenn sie vulgär sprach. Ich konnte nicht. Schon als ich sie das Wort aussprechen hörte, war ich kurz davor, gewalttätig zu werden.

»Ich möchte dich zu der mir bestimmten Brut-Consort nehmen«, sagte ich angespannt.

»So weit bin ich einverstanden.« Thea setzte sich auf. Sie schlug die Beine übereinander und gewährte mir einen Blick auf das Thema, um das es ging. Ich stöhnte, schnappte mir ein Kissen und warf es ihr in den Schoß.

»Ich kann nicht denken, wenn ich das sehe.«

»Wenn das stimmt …« Sie nahm das Kissen und warf es auf den Fußboden. »Wie kannst du es dann in Ordnung finden, meinen Körper mit einem anderen Mann zu teilen?«

Ich stürmte schon quer durch den Raum, bevor sie nur blinzeln konnte. Meine Faust schlug durch die Gipswand, und ich malte mir aus, was ich dem Mann antun würde, der auch nur einen Finger an sie legte.

»Das ist auch eine Antwort«, sagte sie hinter mir. »Julian, ich werde nicht mit einem anderen Mann schlafen. Das werde ich dir nicht antun.« Ich zog meine Hand aus dem Loch, wobei Putz auf den Boden bröckelte, und schüttelte etwas Staub ab. Dann drückte ich die Schultern durch, drehte mich zu ihr um und gab mir Mühe, gefasst zu wirken. »Ich gebe dir meinen Segen.«

»Scheiß auf deinen Segen!«, schrie sie. »Ich habe mein ganzes Leben auf dich gewartet. Das wusste ich schon, als wir uns kennenlernten. Es muss einen anderen Weg geben.«

»Keuschheit wäre eine Option«, sagte ich trocken.

»Das bezweifle ich«, schoss sie zurück. Thea kletterte aus dem Bett und kam auf mich zu. »Eines Tages hast du einen Ausrutscher. Ich weiß das, weil du heute Nacht auch schon einen Ausrutscher hattest. Hattest du etwa geplant, von mir zu trinken?«

Ich schluckte, meine Gedanken verdüsterten sich. »Nein.«

»Eben.« Sie verschränkte die Arme über ihren kleinen Brüsten. »Es ist nur eine Frage der Zeit.«

»Das hört sich nach einer Herausforderung an, Kleines.« Meine Handfläche zuckte, als ich überlegte, wie ich ihr am besten helfen konnte, bei diesem Thema ihre Grenzen zu verstehen.

»Nein. Das ist gesunder Menschenverstand.« Sie schnappte nach Luft. »Du hättest mich heute Nacht fast genommen.«

»Ich weiß«, sagte ich bitter.

»Du klingst nicht so glücklich darüber«, murmelte sie.

»Bin ich auch nicht.« Ich tigerte durch das Zimmer und warf ihr dabei immer wieder Blicke zu. »Das ist unfair dir gegenüber.«

»Das ist uns beiden gegenüber unfair«, korrigierte sie mich. »Ich weiß, was die Bindung für dich bedeutet.«

Ich schnaubte. »Und wenn schon. In dem Moment, als ich dich sah, wusste ich, dass ich dich entweder beschützen würde, bis du diese Welt verlässt, oder …«

»Oder?«, fragte sie.

Ich drehte mich so, dass ich ihr direkt in die Augen sehen konnte. »Oder dass ich derjenige sein würde, der dich aus dieser Welt hinausbefördert.«

Sie zuckte nicht mal mit der Wimper. »Ich habe es dir schon gesagt. Ich gehöre dir ganz und gar. Wenn das ...«

»Blödsinn!«, unterbrach ich sie grob. War ich schon zu weit gegangen? Sie konnte nicht wirklich meinen, was sie andeutete. »Du klingst gebunden. Kannst du dir vorstellen, wie viel schlimmer es noch werden könnte?«

»Allerdings, und ich bin bereit, dieses Risiko einzugehen.«

»Du bist so wahnsinnig stur!«, presste ich hervor.

Sie zuckte mit der Schulter. »Vielleicht, oder vielleicht habe ich einfach mehr Vertrauen in uns.«

Mir riss der letzte Geduldsfaden. Eben noch trotzte sie mir vom anderen Ende des Zimmers aus, und im nächsten Moment war ich nur noch wenige Zentimeter von ihr entfernt. »Ich werde dich niemals an mich binden«, knurrte ich. Ihre Augen weiteten sich, und ich wusste, dass ich ihr Angst einjagte. Gut, vielleicht würde sie mich dann endlich hören. »Ich werde nie wieder zusehen, wie jemand, den ich liebe, so in Fesseln gelegt wird.«

Ihre Unterlippe zitterte bei meinem Worten, und dann stellte sie die naheliegende Frage. »Wen meinst du mit jemand anderem?«

In meinen Gedanken sah ich die Frau, die in der Oper die Treppe hinunterlief. Ich schloss die Augen. »Meine Schwester«, sagte ich leise. »Camila war an ihren Mann gefesselt. Es endete ... schlecht.«

Diesmal blieb sie ruhig. Diese Enthüllung schien ihr Argument zu entkräften. Sie schloss die Augen und holte tief Luft. »Ich glaube, ich muss einen Moment allein sein.«

»Ich verstehe«, sagte ich, stapfte ins Bad und nahm mir einen Bademantel. »Ich lass dich allein.«

Thea sah mich nicht an, als ich ihn überstreifte und in Richtung Tür ging. Ich kam nur ein paar Schritte weit, bevor ich zu ihr zurückkehrte. Ich hob mit dem Zeigefinger ihr Kinn an und blickte ihr in die Augen. »Wir werden einen Weg finden.«

»Ich möchte dir wirklich glauben.« Sie versuchte sich an einem Lächeln, aber es war gequält.

Ich strich mit dem Daumen über ihre Unterlippe. »Ich hole uns etwas Wein. Und vielleicht etwas zu essen?«

Sie nickte, sah mich aber nicht an.

Sie zurückzulassen war schmerzhafter als alle Wunden, die ich im Laufe der Jahrhunderte auf den Schlachtfeldern ertragen hatte – und ich hatte so manche erlitten, die einen Menschen getötet hätten. Alles war im Wandel. Ich hatte es im Bett gespürt. Die Blutpaarung wollte sich vollziehen, versuchte es sogar noch, als ich ihre Hände hielt. Aber ich hatte mich gesträubt. Zur Strafe fühlte ich mich, als wäre ich in zwei Teile gerissen worden. Ich schloss die Tür zum Schlafzimmer und ging zur Treppe. Je weiter ich mich von ihr entfernte, desto leichter fiel es mir, meine Entscheidung zu begründen. Als ich die letzte Stufe erreichte, war ich mir sicher, dass ich das Richtige getan hatte. Doch bevor ich in die Küche gehen konnte, klingelte es an der Tür.

Hughes erschien, als wäre er gerufen worden. Er blieb stehen, als er mich in meinem seidenen Morgenmantel entdeckte.

»Vielleicht sollte ich die Tür öffnen?«, schlug er vor.

»Das ist, glaube ich, besser.«

Er nickte und ging zur Haustür, als es schon wieder klingelte. Wer auch immer das war, war ungeduldig und zwar mitten in …

Als Hughes die Tür öffnete und meine Besucher begrüßte, blieb ich wie angewurzelt stehen.

Meine Mutter, die immer noch ihr blutbeflecktes Ballkleid

trug, stand dort, umgeben von den anderen Mitgliedern des Convents. Als sie mich so unzureichend bekleidet in der Empfangshalle erblickte, sah sie mich aus schmalen Augen an.

Ich wünschte mir mehr denn je etwas von Benedicts Geschick, mit Leuten umzugehen. So aber runzelte ich nur die Stirn. Ich verknotete meinen Morgenmantel fester und ging barfuß auf sie zu.

»Soll ich sie hereinführen, Sir?«, fragte mich Hughes leise, als ich ihn erreichte.

»Ich erledige das«, erwiderte ich. »Bringen Sie uns eine Flasche Wein. Oder besser ein paar.« Ich wartete, bis Hughes weg war, dann gab ich ihnen ein Zeichen. »Kommen Sie herein. Ich nehme an, Sie wollen mit mir sprechen.«

»In der Tat«, sagte einer der alten Vampire ernst. Er sah mich von oben bis unten an. »Das heißt, wenn Sie nicht gerade beschäftigt sind.«

»Bin ich nicht.« Meine mir Bestimmte hatte mich weggeschickt. Meine Brut-Consort, die sich weigerte, Vernunft anzunehmen. Meine Freundin, die sich zurückgewiesen fühlte.

Ich machte mich auf den Weg in das angrenzende Wohnzimmer, aber meine Mutter räusperte sich. »Vielleicht irgendwo, wo man ungestörter ist?«

Ich führte sie in das offizielle Besprechungszimmer und schloss die Türen hinter uns. Während ich ihnen zu verstehen gab, dass sie sich setzen sollten, blieb ich stehen. Das Letzte, was ich wollte, war, dass einer von ihnen es sich hier bequem machte. »Geht es um das, was heute Abend passiert ist?«

»Ja und nein«, sagte eines der Conventmitglieder kryptisch.

»Danke, dass Sie das geklärt haben.« Ich schlenderte zum Barwagen und schenkte mir etwas von dem Scotch ein, den mir meine Brüder dagelassen hatten.

»Es geht um die Riten«, sagte meine Mutter vorsichtig.

Ja, natürlich. Ich trank langsam einen Schluck von meinem Drink und drehte mich zu ihr um. »Schon? Bis jetzt gab es doch nur einen Ritus.«

Ihre Augen funkelten mörderisch, als ich ihr offenbarte, dass ich wusste, was am Abend im *Salon du Rouge* geschehen war.

»Wie Sie wissen, werden die Riten zur Auffrischung unserer Spezies und zur Stärkung unserer Bündnisse mit der magischen Gemeinschaft durchgeführt«, sagte ein alter Vampir mit einer Nase wie ein angespitzter Pfahl. »Ja, ich weiß Bescheid«, sagte ich ungeduldig. »Beabsichtigen Sie, heute jeden infrage kommenden Vampir zu besuchen und ihm einen Vortrag zu halten?«

Ich schaute zu meiner Mutter, um zu sehen, ob ich richtiglag, aber sie hatte sich abgewandt und ihr Gesicht in Schatten gehüllt. Einen Moment später verstand ich, warum.

»Das wird nicht nötig sein«, sagte das Conventmitglied. »Sie sind der Einzige, der gegen das Gesetz verstößt.«

»Das Gesetz?« Ich verschluckte mich fast an meinem Scotch. »Seit wann sind die Riten Gesetz?«

»Seit einer Stunde«, sagte sie kalt.

Meine Finger krallten sich um mein Glas. Ich merkte kaum, als es in meiner Hand zerbrach. Ich war zu sehr damit beschäftigt zu verarbeiten, was sie als Nächstes sagte.

»Und wir sind hier, um dir die letzte Warnung zu überbringen.«

50

THEA

Ich brauchte ein paar Augenblicke, um mich zu sammeln, bevor mir klar wurde, dass ich nichts erreichen würde, wenn ich ihn von mir stieß. Ja, sein Plan war dumm. Nein, ich würde nicht mit einem anderen schlafen, nur um den Weg für unser Zusammensein freizumachen. Ich hatte keine Ahnung, wie es mit uns weitergehen sollte, aber wir würden nichts erreichen, wenn wir unsere Probleme nicht gemeinsam anpacken.

Ich ging zum Schrank und zog mich an, für den Fall dass das Klingeln, das ich vorhin gehört hatte, bedeutete, dass Gäste eingetroffen waren. Ich hatte wahrlich keine Lust, halb nackt in einen Raum voller Vampire zu kommen. Ich zog eine der Designerjeans an, die Jacqueline ausgesucht hatte, und suchte mir einen weichen Kaschmirpullover. Dann schlüpfte ich in ein Paar Samtschuhe und war schon fast aus dem Schlafzimmer heraus, als ich den Alarm auf meinem Handy hörte.

Ich hatte es ans Ladegerät gehängt, als ich aus der Oper zurückkam, weil ich meine Mutter anrufen wollte, wenn die Zeit in Kalifornien passte. Nach allem, was ich heute Abend erlebt hatte, bedauerte ich, sie nicht früher angerufen zu haben. Sie war vielleicht immer noch sauer auf mich, weil ich mit dem

Studium aussetzte, aber das war mir egal. Das Leben war kurz. Ich hatte diese Lektion heute Abend aus nächster Nähe erlebt.

Ich zog den Stecker und sah ein halbes Dutzend verpasste Anrufe von ihr.

Bevor ich die Wahlwiederholung drücken konnte, begann das Telefon erneut zu klingeln.

»Mama?«, sagte ich sofort. »Es tut mir so leid. Ich wollte dich eigentlich gleich anrufen.«

»Spreche ich mit Thea Melbourne?«, fragte mich eine fremde Stimme.

Ich erstarrte, und mein Herz schlug mir bis zum Hals. Ich nickte.

»Hallo?«, sagte die Fremde.

»Oh!« Ich wurde aus meiner Erstarrung gerissen. »Ja, hier ist Thea.« Ich sah auf mein Display und stellte fest, dass der Anruf eindeutig vom Telefon meiner Mutter kam. Mich durchfuhr ein Riesenschreck.

»Hier ist das St.-John's-Krankenhaus. Vorhin wurde eine Patientin in die Notaufnahme gebracht, und wir haben diese Nummer als ihren Notfallkontakt gefunden. Kennen Sie die Besitzerin dieses Handys?«

»Es ist meine Mutter«, flüsterte ich und umklammerte das Telefon, als könnte ich mich daran festhalten.

»Wäre es möglich, dass Sie ins Krankenhaus kommen?«

»Ich bin in Paris.« Es war schrecklich, das sagen zu müssen. Ich gab mir alle Mühe, meine Panik in den Griff zu bekommen. »Stimmt etwas nicht?«

»Normalerweise würde ein Arzt persönlich mit Ihnen sprechen wollen, aber wenn Sie nicht herkommen können ...« Ich hörte das Klackern einer Tastatur. Wie kann man in so einem Moment nebenbei noch andere Dinge tun?

»Ist meine Mutter tot?«, platzte es aus mir heraus.

»Oh, nein«, sagte sie sanft. »Aber sie ist nicht bei Bewusstsein. Die Ärzte versuchen herauszufinden, was passiert ist. Soll ich darum bitten, dass man Sie anruft, sobald wir mehr wissen?«

»Ja«, sagte ich so leise, dass ich mir nicht sicher war, ob sie mich hören konnte, und setzte mich, das Telefon in der Hand, in Bewegung. Ich war schon aus der Schlafzimmertür und rannte zur Treppe. Ich erstarrte, als ich von oben einen Blick auf mehrere Personen erhaschte, die gerade gingen. Während Hughes sie hinaus begleitete, erkannte ich das dunkle, perfekt frisierte Haar der Frau, die als Letzte ging. »Und ich bin schon unterwegs.«

Sabine drehte sich um, als sie meine Stimme hörte, und durchbohrte mich mit ihren Blicken. Ihr Gesichtsausdruck ließ mich erschaudern. Aber sie sprach kein Wort. Sie murmelte nur etwas zu Hughes und ging hinter den anderen Besuchern hinaus.

»Ich kündige Sie an«, sagte die Krankenschwester am anderen Ende der Leitung.

»Danke.« Ich legte auf und stürzte die Treppe hinunter. »Wo ist er?«, fragte ich Hughes.

»Im Salon.« Aber da rannte ich schon den Flur hinunter. »Kann ich Ihnen behilflich sein, Mademoiselle?«

Ich schüttelte den Kopf, mein Herz klopfte, als ich um die Ecke bog und Julian fand, der aus dem Fenster in die sternenfunkelnde Nacht starrte.

»Meine Mutter«, sagte ich und keuchte. Ich konnte die Tränen kaum zurückhalten. »Es tut mir leid. Ich muss sofort nach Hause. Das Krankenhaus hat angerufen.«

Julian drehte sich nicht zu mir um. Er schaute unverwandt

aus dem Fenster. Seine Hand ruhte auf dem Fensterbrett, und ich ertappte mich dabei, wie ich wieder rief: »Meine Mutter! Ich weiß, dass wir uns streiten, aber ...«

»Wir streiten nicht«, sagte er leise. »Glaubst du das etwa?«

Ich hielt inne, war unsicher, wie ich diese Frage beantworten sollte. »Hör zu, das spielt auch keine Rolle. Meine Mutter ist im Krankenhaus. Ich muss bei ihr sein.«

»Ich verstehe.« Julian sah mich beim Sprechen nicht an. Er ging an mir vorbei und legte eine Handvoll Glasscherben auf den Tresen. Ich starrte auf seine blutige Handfläche und rätselte, wie er sich verletzt hatte und warum er sich so seltsam verhielt.

»Anscheinend müsstest du auch ins Krankenhaus.« Ich ging zu ihm, aber er starrte weiter durch mich hindurch. »Julian?«

»Es wird heilen«, sagte er abweisend. »So. Du musst nach Hause.«

»Ja, können wir bald fahren?«, fragte ich.

Es gab eine Pause, dann antwortete er: »Ich fürchte, ich muss hierbleiben.«

Ich nickte. Ich wollte seine Lage verstehen. Von ihm wurde erwartet, dass er blieb. Aber es tat trotzdem weh. »Kannst du bald nachkommen?«

»Ach, Kleines.« Die Art, wie er das sagte, flößte mir Angst ein. »Leider ist das nicht möglich.«

»Ich verstehe nicht«, sagte ich zögernd. Ich suchte in seiner Miene nach Gründen für seine plötzliche Distanz. Wir hatten gerade noch im Bett Händchen gehalten. War er etwa so wütend, weil ich nicht mit einem anderen Mann schlafen wollte? Aber ich hätte genauso gut eine Maske analysieren können. Sein Gesicht verriet nichts.

»Ich glaube, das ist unser Schwanengesang«, sagte er bitter.

Mein Herz bekam tausend Risse. »Ein Schwanengesang ist ein Ende …«

»Genau.« Er blickte mir tief in die Augen, sah dann schnell weg. »Das war unvermeidlich. Ich finde, es ist besser, es jetzt zu beenden, bevor jemand verletzt wird.«

»Verletzt?« Ich starrte ihn an. Was hatte er gesagt? Was war hier los? »Hat das etwas mit deiner Mutter zu tun?«

»Nein. Ich habe mir etwas vorgemacht. Das sehe ich jetzt ein.«

Ein Schluchzen brach aus mir heraus. Ich stellte mich vor ihn und wollte ihn zwingen, mich anzusehen. Er konnte das alles nicht ernst meinen, nicht nach dem, was er gesagt hatte. Er liebte mich. Ich liebte ihn. Aber Julians Augen sahen an mir vorbei. »Warum tust du das? Wir lieben uns doch.«

»Manchmal bist du so menschlich«, sagte er mit brüchiger Stimme. »Ich nehme an, wenn das Leben nur einen Wimpernschlag dauert, kann man sich leicht einbilden, dass Liebe ausreicht.«

»Liebe reicht aus.« Ich glaubte daran. Warum konnte er das nicht? »Wir werden einen Weg finden.«

»Du warst nie für meine Welt bestimmt.«

»Ich bin *dir* bestimmt«, sagte ich mit sanfter Stimme. Er war mir bestimmt. Vielleicht war es nicht offiziell, aber das änderte nichts daran, wie ich für ihn empfand. Oder an dem, was ich getan hätte, um mit ihm zusammen zu sein. Aber als ich ihn jetzt ansah, wusste ich, dass sich für ihn etwas geändert hatte.

Und dann holte er zum letzten Schlag aus. »Ich kann keinen Menschen heiraten. Ich kann dich nicht heiraten.«

»Weil man dir gesagt hat, dass du es nicht kannst?« War Sabine deshalb hier gewesen?

»Weil ich es nicht tun werde. Du warst nur eine Gespielin.

Das habe ich immer gewusst.« Seine Worte schnitten mir ins Herz. Mir blieb die Luft weg. Ich schüttelte den Kopf, wollte ihm nicht glauben. Das konnte er nicht ernst meinen.

Ich griff nach seiner Hand und drückte sie. Julian wich nicht zurück. Er schloss die Augen und nahm meine Berührung entgegen. Er verstand, was ich sagen wollte.

Wenn es wahr gewesen wäre und er mich wirklich nicht wollte, hätte er nicht zugelassen, dass ich ihn so berühre. Er hatte mir gesagt, dass dies für einen Vampir der intimste Akt sei. Jetzt wusste ich, dass er log. Ich verstand nur nicht, warum. Ich öffnete den Mund, wollte von ihm eine Erklärung verlangen.

Aber da wich Julian zurück und riss seine Hand aus meiner. Ich sackte auf einem Stuhl zusammen und schluchzte. Er liebte mich. Dessen war ich mir sicher. Aber dieses Wissen machte den Schmerz nur noch größer.

»Ich werde deine Reise organisieren.« Und dann ließ Julian mich einfach zurück, damit ich die Scherben meines gebrochenen Herzens einsammeln konnte.

Ich saß da ein paar Minuten oder vielleicht auch Stunden. Ich verlor jegliches Zeitgefühl, bis Jacqueline ins Zimmer trat. Ich sah zu ihr auf, und mein Gesicht verriet gewiss, was ich nicht sagen konnte. Sie eilte herbei, hockte sich neben mir auf den Boden und schlang ihre Arme um meine Schultern. Ich weinte nicht mehr. Ich hatte keine Träne mehr übrig. Nicht für ihn.

»Armer Liebling«, sagte sie leise, »ich werde die Männer nie verstehen.«

Hinter ihr trat jemand ein, und für einen kurzen Moment spürte ich einen Hoffnungsschimmer. Er verging, als ich Sebastian entdeckte, der sich im Hintergrund hielt. Er beobachtete uns schweigend. Er sah nicht überrascht oder besorgt aus, nur misstrauisch. Falls er eine Meinung zu den Handlungen seines Bruders hatte, behielt er sie für sich.

Es war dumm von mir zu glauben, ich könnte in seine Welt hineinpassen. Nicht, wenn seine ganze Familie sich weigerte, mir darin einen Platz einzuräumen. Was wollte er hier überhaupt?

»Das Flugzeug steht bereit«, antwortete Sebastian auf meine unausgesprochene Frage. »Wir können aufbrechen, sobald du bereit bist.«

Er war gerufen worden, um mich wegzubringen.

So erlosch der letzte Funke meiner Hoffnung. Julian wollte mich nicht einmal zum Flughafen bringen. Das war mehr, als ich ertragen konnte.

»Wir können gehen«, sagte ich.

»Du hast schon gepackt?«, fragte Jacqueline und sah mich skeptisch an.

»Ich will davon nichts«, sagte ich leise. Ich konnte den Gedanken nicht ertragen, an die Zukunft erinnert zu werden, die ich verloren hatte – die Zukunft, die Julian uns entrissen hatte.

»Blödsinn.« Jacqueline stand auf und klopfte sich die Knie ihrer Lederhose ab. »Du nimmst alles mit und auch etwas von seinem Kram. Ich werde packen.«

Ich versuchte nicht, mit ihr zu diskutieren. Sie hatte wahrscheinlich recht. Ich sollte alles nehmen. Ich wusste nicht, was mit meiner Mutter passiert war, aber ich wusste, dass jetzt mehr Arztrechnungen anfallen würden. Ich könnte die Designerkleider verkaufen, um sie zu bezahlen. Das würde mich nur jedes Mal ein Stück von meiner Seele kosten.

Jacqueline verschwand die Treppe hinauf, und ich wartete. Ich wusste nicht einmal genau, worauf ich wartete. Sebastian blieb untypisch schweigsam. Er riss keine Witze und lächelte nicht.

Er wusste mehr als ich. Da war ich mir sicher.

Aber ich konnte mich nicht mehr darum kümmern. Die reale Welt zerrte an mir, zerrte mich zurück in das Leben, das ich leben sollte. Vielleicht war das alles nur ein Traum gewesen. Meine Mutter brauchte mich. Ich würde keine Zeit mehr an einen Mann verschwenden, der mir das Herz gebrochen hatte.

Als Jacqueline mit einem vollgestopften Koffer zurückkehrte, war ich bereits auf den Beinen. Ich ging in Richtung Tür. Ich hatte sie gerade erreicht, als uns vom Obergeschoss her das Geräusch von splitterndem Glas innehalten ließ. Mein Körper wollte zu dem Geräusch hin und zu dem Mann, der es verursacht hatte – ich wusste, dass er es gewesen war. Ich schloss die Augen und weigerte mich nachzusehen. Dennoch zog ich den Moment in die Länge, so als ob er doch noch auf der Treppe erscheinen würde.

Aber Julian kam mir nicht nach. Er verabschiedete sich nicht.

Und ich verließ ihn.

DANKSAGUNG

Manche Bücher schwirren schon eine Weile in einem herum, bevor sie endlich ans Licht kommen, deshalb geht mein Dank an alle, die mir jahrelang zugehört haben, wenn ich mal wieder über meine Vampirbuchidee schwadronierte.

Ich schulde meiner Poweragentin Louise Fury, die schon immer im Team Sexy Vampire war, und den fantastischen Co-Agenten von The Bent Agency großen Dank für alles, was sie tun! Ein besonderer Dank geht an meine Agenten für Auslandsrechte, die meine Romane zu den Leserinnen und Lesern auf der ganzen Welt bringen. Ihr rockt! Ohne mein Team könnte ich das nicht schaffen. Ein großes Dankeschön an Michelle und Shelby, die dafür gesorgt haben, dass ich mich konzentrieren und auf dem richtigen Weg bleiben konnte – was eine monumentale Aufgabe ist. Meine unendliche Dankbarkeit gilt Graceley und Paper Myths Media für all ihre harte Arbeit an diesem Buch. Es braucht ein ganzes Dorf, immer weiterzuschreiben. Ein riesiges Dankeschön an meine Schriftstellerfreundinnen, die diesen verrückten Prozess mitgemacht haben, darunter Audrey, Cora, Amy und viele, viele mehr. Und eine herzliche Umarmung und ein Dankeschön an meinen Leserinnenzirkel Geneva Lee's Loves, der mir Glück bringt.

Danke an Josh für das ganze Entwicklungsdopamin. Danke an Rosa und Shelby für das akribische Korrekturlesen. Eines Tages werde ich *lay* und *lie* unterscheiden.

Und an meine Familie, die mir einerseits einen Grund gibt, diese verrückten Geschichten aufzuschreiben, und anderseits die Unterstützung und Liebe, die ich dafür brauche. Danke an meine älteren Kinder James und Sydney für die Brainstorming-Sitzungen zum Thema Magie und an meine kleine Sophie als unendliche Quelle derselben. Und danke an Josh, dass er meine Bestimmung, mein fester Halt und mein größter Fan ist.

Romantisch, sexy, unvergesslich – die große »Royal«-Saga im Überblick!

978-3-7341-0283-7 978-3-7341-0284-4 978-3-7341-0285-1 978-3-7341-0380-3 978-3-7341-0381-0

978-3-7341-0383-4 978-3-7341-0476-3 978-3-7341-0884-6 978-3-7341-0885-3

978-3-7341-0886-0 978-3-7341-1151-8 978-3-7341-1152-5

Lesen Sie mehr unter: **www.blanvalet.de**

Die große Liebesgeschichte von Clara und Alexander neu erzählt aus Sicht des verführerischen Kronprinzen!

Ca. 320 Seiten, ISBN 978-3-7341-1150-1

Prinz Alexander liegt die Welt zu Füßen. Er ist jung, gutaussehend und der zukünftige König Englands. Und wenn der royale Bad Boy etwas will, dann nimmt er es sich – und zwar immer. Als er bei einer Abschlussfeier an der Oxford University auf die schüchterne Clara Bishop trifft, fasziniert ihn die kluge Studentin vom ersten Augenblick an. Er kann einfach nicht anders, als sie zu küssen. Und dieser eine Kuss verändert alles: Clara geht ihm nicht mehr aus dem Kopf und zieht ihn wie magisch an. Sie ist ganz anders, als all die Frauen, die er bisher kannte. Sie scheint die erste zu sein, die in ihm nicht den Thronfolger Englands sieht, sondern den verletzlichen Mann, der er tief im Inneren ist …

Lesen Sie mehr unter: **www.blanvalet.de**